Erwin Rosen

Der Deutsche Lausbub

in Amerika

Die drei Bände in einem Buch

Erwin Rosen: Der Deutsche Lausbub in Amerika. Die drei Bände in einem Buch

Erstdruck: Stuttgart, Lutz, 1911-1913

Neuausgabe
Herausgegeben von Karl-Maria Guth
Berlin 2017

Umschlaggestaltung von Thomas Schultz-Overhage unter Verwendung des Bildes: Eastman Johnson, Sunday Morning, 1863

Gesetzt aus der Minion Pro, 11 pt

Verlag: Henricus - Edition Deutsche Klassik GmbH
Mörchinger Str. 33, 14169 Berlin, info@henricus-verlag.de
Druck: Libri Plureos GmbH, Friedensallee 273, 22763 Hamburg

ISBN 978-3-7437-0473-2

Bibliografische Information der Deutschen Nationalbibliothek

Die Deutsche Nationalbibliothek verzeichnet diese Publikation in der Deutschen Nationalbibliografie; detaillierte bibliografische Daten sind im Internet über www.dnb.de abrufbar.

Inhalt

Erster Band

Das Amerika der Leichtsinnigen

Wenn Bruder Leichtfuß gar zu arg gehaust hat, und geplagte Familiengeduld reißt, so verfällt man in deutschen Landen häufig auf den bewunderungswürdig energischen und einfachen Ausweg: das schwarze Schaf der Familie nach Amerika zu schicken; nach den Vereinigten Staaten, in denen es so schöne Gelegenheiten zu segensreicher Arbeit gibt, und die so hübsch weit weg sind, daß eine respektable Entfernung die arme Familie schützt. Jeder Hapagdampfer, jedes Lloydzwischendeck trägt alljährlich Hunderte dieser Art von Menschenkindern über das große Wasser, deren Sündenregister von fast monotoner Gleichförmigkeit ist: Leichtsinnsstreiche und Schulden!

* *
*

Das schwarze Schaf ist im Yankeeland. Und nun fängt der Humor an; ein grimmiger Humor voll grotesken Lachens und bitteren Weinens; eine moralische Komödie mit den schönsten tragischen Möglichkeiten. Das neue Land nimmt Bruder Leichtfuß – den verdorbenen Gymnasiasten, den leichtsinnigen Studenten, den verschuldeten jungen Leutnant oder was er sonst gewesen sein mag – liebevoll in seine Arme, verschluckt mit unbeschreiblicher Schnelligkeit die goldenen Pfennige der Heimat und spielt dann Fangball mit ihm. Hop – auf und nieder. Hop – arbeiten oder hungern. Hop – ihm die Nase auf den Boden gedrückt, wie man's mit einem Kätzchen macht. Hop – ihn zu Boden geworfen, daß alle Knochen krachen. Hop, hop, hop – ihn geschüttelt und zerzaust und geschunden! Da schnappt Bruder Leichtfuß nach Luft, ist furchtbar verwundert, fühlt sich merkwürdig elend und erkennt langsam aber sicher die primitiven Wahrheiten des Lebens von Geld und Hunger und Arbeit und Liebe, – wenn er nicht schon längst vorher elend zugrunde ging.

Manchmal aber ist unter diesem Amerikaheer von deutschen Leichtsinnigen der richtige leichtsinnige Strick mit einem Stückchen Poesie im Leib, der nach dem ersten Luftschnappen sich jubelnd in den Lebensstrom da drüben stürzt, glückselig, in seinem Element, sehnsüchtig nach Abenteuern über alle Maßen. Wundervoll frei fühlt er sich; allen Zwangs entledigt. Eine Welt des Sehens und Erlebens liegt vor ihm, und Hunger und Not erscheinen nur winzige Dinge in der immer neuen Begeisterung, die jeder neue Tag bringt. Frei wie ein Vogel in der Luft ist Bruder Leichtfuß und jedem Impuls darf er folgen in köstlicher Naivität. Er tastet – er sucht – er trinkt in vollen Zügen die groteske Romantik des ungeheuren Landes ein, das mit aller drastischen Wirklichkeit so starke Reize abenteuerlicher Poesie vereint …

So ist es mir ergangen. Um des brausenden Lebens willen ist dieses Buch meiner amerikanischen Wanderjahre geschrieben, in lächelndem Erinnern an jagende Jugend. Ein Buch des Leichtsinns.

Aber wenn ich heute auf die drei Jahre von 1894-1897 zurückblicke, die dieser erste Teil meiner Erinnerungen aus der Amerikazeit schildert, so will es mir scheinen, als sei der Leichtsinn gar ehrlich erkauft gewesen! In ehrlicher Münze zahlte der Lausbub mit Hunger und Elend und harter Arbeit für seinen jungfrischen Optimismus, denn grimmiger Lebenshumor will es, daß sich mit zügellosem Leichtsinn starke Kraft paaren muß, soll Freund Optimist im Leben bestehen. Und in dieser Kraft stecken Möglichkeiten.

Den starken Leichtsinnigen sei dieses Buch des Leichtsinns gewidmet.

Bruder Leichtfuß im Yankeeland, der du erst in Jahren verstehen wirst, weshalb dich das tätige Leben so hin und her schüttelt, sei gegrüßt! Seist du im Osten oder im Westen, im Wolkenkratzer oder auf der Prärie, sei gegrüßt von einem, der das erlebte, was du erlebst, und der mit dir weinen und mit dir lachen kann. Fast möchte ich in lächelnder Wehmut dich beneiden, Bruder Leichtfuß, denn mein Märchen der Jugend ist ausgeträumt.

Hamburg, im Sommer 1911.

Erwin Rosen
(Erwin Carlé)

Vom Beginn des Beginnens

Der Lausbub und die Kuchen. – Beim Ochsenwirt in Freising. –
Gymnasialzeiten. – Das erste Malheur. – Die Attacke auf den
Glaspalast im Seminar. – Bei Glockengießermeisters. – Erste Liebe
und zweites Malheur. – Die Familiengeduld reißt.

Das Übereinstimmen der beteiligten Kreise war erstaunlich.

»Oin Lausbube!« sagten die Professoren in München.

»A solchener Lausbub ...« erklärte der Pedell.

»Dieser lie–ii–derliche Bursche!« stöhnte der Ordinarius dreimal täglich.

»Ja – der Lausbub!« nickten die Tanten und die Verwandten.

»Ein furchtbarer Strick bist du gewesen!« pflegt meine Mutter zu sagen. »Gräßliche Geschichten hast du gemacht!« Dann lacht sie und fragt regelmäßig, ob ich mich denn auch an Frau Schrettle erinnere und an die Kuchen ...

Ich war zwölf Jahre alt. Quartaner. Lateinschüler der Klasse 3a des Königlich Bayrischen Maxgymnasiums in München. Meine Würde als Lateinschüler schützte mich aber keineswegs davor, gelegentlich zu der Frau Kolonialwarenhändlerin Schrettle an der Ecke geschickt zu werden, um irgend etwas für den Haushalt zu holen.

»An Empfehlung an d' Frau Mama!« sagte jedesmal die dicke Frau Schrettle, während ich ebenso regelmäßig vornehm nickte und dabei kein Auge von den Kuchen auf dem Ladentisch verwandte. Von Frau Schrettles berühmten Kuchen. Sie waren aus Blätterteig; sie waren mit Himbeeren belegt; sie waren Wunderwerke – und sie führten den Lateinschüler so lange in Versuchung, bis er eines Nachmittags vor Klassenanfang Hals über Kopf in den Laden stürzte.

»Einen Himbeerkuchen soll ich holen!«

»Bitt' sehr! A schöne Empfehlung!« dienerte Frau Schrettle und schrieb der Mama einen Himbeerkuchen an.

Der Raub war gelungen, und der Lausbub wiederholte die Operation einen ganzen Monat lang fast jeden Tag! Verzehrt wurden die Kuchen auf dem Schulweg, in ehrlicher Teilung mit den Spezerln und Freunderln aus der Quarta. Bis an einem Novembersonntag die Katastrophe kam – Frau Schrettle mit ihrer Rechnung. Mir fiel das Herz in die Hosen, als meine Mutter fragend sagte:

»Himbeerkuchen?«

»Guat sans, nöt?« meinte Frau Schrettle stolz.

»Aber wir haben ja gar keine Himbeerkuchen gehabt!« rief meine Mutter entrüstet.

Nun war die Reihe zum Erschrecken an Frau Schrettle.

»Der Herr Sohn hat's g'holt!« stotterte sie. »Jeden Tag!«

Kladderadatsch. Frau Schrettle erhielt ihr Geld und ich vorläufig eine Ohrfeige mit der Aussicht auf mehr, wenn der Vater nach Hause kam. Meine Mutter weinte und ich weinte und meine Mutter sagte, es sei ja fürchterlich, und ich fand, es sei noch viel fürchterlicher! Zehn Minuten später schlich ich mich heulend aus dem Haus und rannte in dichtem Schneegestöber durch die Straßen, durch den englischen Garten, der Isar zu. Bei der Bogenhausener Brücke begann die einsame Landstraße. Es war bitter kalt. Die Schneeflocken peitschten mir ins Gesicht, und ich kleiner Kerl mußte mich tüchtig gegen den scharfen Wind anstemmen. »Ich geh' nicht nach Hause!« murmelte ich immer wieder vor mich hin. »Nach Hause geh' ich ganz gewiß nicht ...«

Spät abends stolperte ein halb verhungerter und halb erfrorener Lateinschüler in die Gaststube des Roten Ochsen im Städtchen Freising.

»Da schaugt's her«, rief der Ochsenwirt. »Ja was wär' denn dös! Was willst denn du nacha im Wirtshaus?«

»Was zum essen möcht' i'.«

»Wo kimmst denn her?«

»Von München. A – an Ausflug hab' ich g'macht«, log ich, beinahe weinend.

»Woas?« schrie der Wirt. »Den Sauweg von Minken bist herg'loffen in dem Sauwetter? Lüag du und der Teifi. Dös wär' a sauberer Ausflug. Wia heißt' denn und wo wohnst'?«

Wie ein Häuflein Elend stand ich schlotternd da, gab dem Riesen vor mir Auskunft und sah mit Zittern und Bangen, wie er zu dem großen Gasttisch in der Ecke schritt, wie er mit den Gästen zischelte, wie er mit Frau Wirtin tuschelte, wie der Hausknecht gerufen und mit einem Zettel fortgeschickt wurde.

»Hock di' hin an Tisch«, brummte der Wirt. »D' Frau bringt dir was zum essen.«

Ich entsinne mich noch dunkel, daß ich gierig alles verschlang, was mir vorgesetzt wurde, daß Frau Wirtin mich in die Wohnstube führte und auf ein Sofa bettete. Und daß eben auf einmal mein Vater da war und ich mich furchtbar vor ihm schämte und eine fürchterliche Angst vor ihm hatte. Aber was der Ochsenwirt von Freising zu meinem Vater beim Abschied sagte, das weiß ich noch ganz genau.

»Is nix zu danken, Herr«, sagte er. »Den 12 Uhr Zug nach Minken werd'n S' grad no' derwischen. Ja, dö Buam! Früchteln san' halt Früchteln. Is eh nix dabei. Aber an Hintern tät i' eahm halt do' vollhau'n!«

Was am nächsten Tag ausgiebigst geschah!

* *
*

Der Lausbub wurde älter, stieg mit Ach und Krach von Klasse zu Klasse, und blieb ein Lausbub … »Ein leichtsinniger Schüler«, hieß es in den Zeugnissen. »Seine Leistungen stehen in bedauerlichem Mißverhältnis zu seinen Fähigkeiten; sein Betragen ist nichts weniger als zufriedenstellend«. Ich muß bei meinen Lehrern in einem erbärmlich schlechten Ruf gestanden haben. Die Abneigung beruhte jedoch auf Gegenseitigkeit. Heute noch ist mir das Gedenken an meine Gymnasialzeit das Gedenken an eine harte Zuchtanstalt, an gedankenloses Eintrichtern von Lehrbüchern, an schablonenmäßiges Auswendiglernen, an mangelnde Liebe und mangelndes Verständnis, an bakelschwingende Schulmeisterei, an groben Unteroffizierston, an fast komisches Nichtverstehen. Ich erinnere mich an ein beständig schnupfendes Ungeheuer von einem Professor mit rotem Taschentuch und fettigem Rockkragen, der über ein ut mit dem Indikativ in viertelstündige Raserei zu verfallen pflegte; ich erinnere mich an donnernde Philippiken, wie unsittlich es sei, daß ein so fauler Bursche wie ich sich ohne Arbeit nur durch sein bißchen Talent das Aufsteigen in die nächsthöhere Klasse erschwindele; ich erinnere mich an einen Ordinarius der Untersekunda, der mich mit dem geschmackvollen und gut deutschen Ausdruck »Frechjö« belegte, weil ich, nachdem er mir die Erlaubnis, das Schulzimmer zu verlassen, verweigert hatte, ihn aus einem höchst natürlichen und dringenden Grund ein zweitesmal darum bat. Aber ich kann mich nicht entsinnen, daß jemals mich ein Lehrer beiseite nahm und in Güte mit mir sprach, um herauszubekommen, was in meinem Hirn vorging; weshalb der dumme Junge so dumme Streiche machte – und ein Lausbub war.

* *
*

»Düsser Bursche!« sagte der Herr Rektor wutschnaubend, als ich ihm vorgeführt wurde. »Düsser unver–bösserliche Lümmel! Das Maß üst voll. Der Krug geht so lange zum Brunnen, bis er brücht!«

Der Schulgewaltige hatte recht. Ich war ein infamer Bengel. Von meiner Unverbesserlichkeit zeugte eine lange Reihe von Karzerstrafen, wegen Rauchens auf der Straße, wegen Nichtablieferung von Schularbeiten, wegen Betroffenwerden in dem Hinterzimmer einer Gastwirtschaft. Außerdem hatte mich das Lehrerkollegium schon längst im Verdacht, der berüchtigten Schülerverbindung des Maxgymnasiums anzugehören, die in versteckten Vorstadtkneipen studentische Gebräuche nachäffte. Trotz aller Anstrengungen des Pedells gelang es nie, die Sünder in flagranti zu erwischen. Stellten wir doch stets den jüngsten »Fuchs« als Wache auf die Straße, und wenn der Pedell oder ein Professor sich blicken ließen, wurden wir prompt gewarnt, kletterten aus Hinterfenstern, flüchteten über Höfe, stiegen über Mauern. Aber man wußte im Maxgymnasium doch so von ungefähr, welche Schüler die Schuldigen waren, und sah den verdächtigen Subjekten scharf auf die Finger. Ich jedenfalls galt als besonders verdächtig!

Nun war das Krüglein meiner Sünden übergelaufen:

Ich schwänzte drei Tage die Schule! Fürst Bismarck war nach München gekommen und in Lenbachs Villa abgestiegen. Dorthin lief ich schleunigst nach dem Mittagessen, ließ Nachmittagsunterricht eben Nachmittagsunterricht sein und stand bis zum späten Abend auf der Straße, aus Leibeskräften hurraschreiend. Weil die Freiheit gar so schön war und der junge Sommer gar so sonnig, ging ich am nächsten Tag auch nicht ins Gymnasium, und am dritten Tag erst recht nicht, sondern trieb mich in den Isarauen herum und schwelgte in unzähligen Zigaretten und machte erschrecklich schlechte Gedichte.

»Ein Schüler der 6. Klasse schwänzt! Das üst noch nücht vorgekommen!« donnerte der Rektor. »Was haben Sü zu sagen?«

Stotternd versuchte ich zu erklären, daß ich es gar nicht so böse gemeint hätte, daß –

»Oine gemeine Lüge! Geknipt haben Sü!«

»Das ist nicht wahr. Das verbitt' ich mir«, brauste ich auf.

»Halten Sü das lose Maul! Sü sind ein Verlorener. Sü sind eine Gefahr für die tugendhaften Schüler. Der Lehrerrat wird das weitere über Sü beschließen.«

Binnen vierundzwanzig Stunden wurde ich aus dem Tempel des Humanismus hinausgeworfen, dimittiert, und damit nicht nur vom Maxgymnasium, sondern auch von jeder anderen höheren Lehranstalt in München ausgeschlossen. Meine Reue war tief und ehrlich.

Das Königliche Seminar in Burghausen, einem kleinen bayrischen Gymnasialstädtchen an der österreichischen Grenze, nahm den Entgleisten auf. Das Seminar war ein Internat, eine Art Besserungsanstalt. Die Zöglinge wurden morgens ins Gymnasium geführt und mittags wieder abgeholt; nachmittags wieder hingeführt und abends wieder abgeholt. In der Zwischenzeit aß man an langen Tischen im Speisesaal, arbeitete in den Studiersälen, schlief des Nachts in gemeinsamen Schlafsälen – jede Minute unter Aufsicht, unter strengster Zucht. Sechs Monate lang ging alles gut, und meine Zeugnisse schnellten zu verblüffender Güte empor. Dann fing's wieder an.

Die Aufsicht in unserem Studiersaal führte ein Präfekt, den wir alle aus tiefstem Herzensgrund haßten. Das kleine Männchen im bis an den Hals zugeknöpften Priesterrock pflegte auf leisen Sohlen hinter unsere Bänke zu schleichen und uns über die Schultern zu gucken. Wir Obersekundaner empfanden sein Spionieren, wie wir es nannten, als eine ungeheuerliche Beleidigung. Er war ein gestrenger Herr, der über nichts viele Worte verlor, sondern bei Verstößen gegen das Hausregiment einfach in knappen, kurz hervorgesprudelten Sätzen Strafarbeiten auferlegte. Strafarbeiten erster Güte. Mit dem Auswendiglernen von hundert Versen der Odyssee begann erst sein Repertoire. Auf den Spaziergängen verbot er uns das laute Sprechen; nachts wandelte er stundenlang im Schlafsaal auf und ab. Wir hatten natürlich keine Ahnung, daß diese nächtliche Vigil einen ganz bestimmten Zweck hatte, und nicht das geringste Verständnis dafür, daß er nur seine Pflicht tat! Wir sahen in ihm nur die Verkörperung einer erbarmungslosen Autorität, die uns stets auf dem Nacken saß. Und haßten ihn.

Nun war es Sitte im Seminar, daß einmal im Monat die höheren Klassen unter Führung ihrer Präfekten einen Ausflug machten, bei dem in irgend einem Dorfwirtshaus Bier getrunken und geraucht werden durfte; eine Vergünstigung, die als Sicherheitsventil wirken sollte. Diesmal teilte uns der Leiter des Seminars mit, daß auf Vorschlag unseres Präfekten der Ausflug in diesem Monat unterbliebe. Wir seien einer solchen Vergünstigung nicht würdig. Wir sollten gefälligst fleißiger sein und uns nicht so viele Hausstrafen zuziehen!

Unsere Wut kannte keine Grenzen.

»Der Schleicher!«

»Der Spion!«

»A solchene Gemeinheit!«

Prompt wurde eine Verschwörung organisiert. Auf dem nachmittäglichen Spaziergang stopften wir unsere Taschen voll kleiner Steinchen. Und abends, als alles ruhig geworden war im Schlafsaal und wir alle in den Betten lagen, klirrte mit scharfem Klang ein Steinchen gegen das Glashaus des Präfekten. Glashaus? Jawohl! Der Gegenstand unseres Hasses schlief in einem winzigen deckenlosen Gemach, dessen Wände aus Rahmenwerk mit Glasfenstern bestanden; in einem richtigen Glashäuschen. Die Wände verhüllten Vorhänge, durch die er uns aber beobachten konnte. Was ja auch der Zweck des Glasgemachs war. Wir Münchener nannten es den Glaspalast.

Ein zweites Steinchen prallte gegen den Glaspalast; ein drittes, ein viertes. Der Präfekt, völlig angekleidet, kam hervorgeschossen.

»Ruhe!«

Dann verschwand er wieder. Und im nächsten Augenblick knatterte es wie Gewehrfeuer gegen seine Wände. Diesmal kam er sofort und rief mit vor Entrüstung bebender Stimme:

»Lausbuben!«

»Unverschämt!« schrie eine Stimme aus einem Winkel des Schlafsaals. (Das war ich!)

»Lassen Sie die Kinderei!« befahl der Präfekt ruhiger werdend. »Bestrafen werde ich Sie morgen.«

Aber wir waren viel zu aufgeregt, um Vernunft anzunehmen. Ohn' Unterlaß klatschte der Hagelsturm von Kieselsteinen gegen die Glaswände. Der Präfekt rannte zwischen den Bettreihen auf und ab und stürmte und wütete. Unterdessen sorgten die Bettreihen, denen er jeweilig den Rücken zukehrte, für Aufrechthaltung des Bombardements. Es war eine Orgie. Schließlich lief er davon und holte den Rektor. Denn der Leiter des Seminars war gleichzeitig Rektor des Gymnasiums – ein Grobian, den wir liebten.

»Wenn während des Restes der Nacht nicht völlige Ruhe in diesem Schlafsaal herrscht«, erklärte der Rektor trocken, »so werde ich höchstpersönlich erscheinen und Sie alle körperlich züchtigen. Ich werde an dem einen Ende der Bettreihe anfangen. Und so weiter. Ad infinitum. Wenn Sekundaner sich wie Volksschüler betragen, so muß man sie prügeln wie Volksschüler. Dies ist Logik. Guten Abend!«

Ich unverbesserlicher Sünder aber lachte die halbe Nacht hindurch, indem ich mir vorstellte, wie grandios doch diese Prügelszene gewesen wäre!

Am nächsten Morgen kam alles ans Licht der Sonnen ...

»Haben Sie geworfen?«

»Jawohl, Herr Rektor.«

»So? Soo? Soo–o? Weshalb haben Sie das getan?«

»Wegen des Ausflugs.«

»So–oh! Ich stehe in loco parentis und habe gute Lust, Sie zu ohrfeigen.«

Im nächsten Augenblick: Klatsch links, klatsch rechts.

»Sie sind wirklich unverbesserlich. Im Seminar kann ich Sie nach dieser Leistung nicht länger belassen. Aus dem Gymnasium werde ich Sie nicht entfernen, weil Sie wenigstens nicht gelogen haben. Aber ich warne Sie! Nur die geringste Kleinigkeit – und Sie fliegen!«

Am gleichen Nachmittag noch wurden in feierlicher Zeremonie ich und ein anderer Schüler für unwürdig des Seminars erklärt und vom Pedell ins Städtchen geführt. Mich brachte er zu einer Frau Glockengießermeister die mich in Kost und Verpflegung nahm.

* *
*

Ich aber segnete den Präfekten und den Glaspalast und die Steinchen, denn nun war ich ein freier Bursch, ein Stadtschüler! Auf dem Stübchen bei Glockengießermeisters konnte man lange Pfeifen rauchen, soviel man nur wollte, und am Abend holte Glockengießermeisters Töchterlein gern eine Maß Bier. Das war wunderschön – goldene Freiheit. Fast ein Jahr lang ging alles gut, bis das Märchen kam; ein richtiges Märchen: Es war einmal eine Königin, die neigte sich zu einem Pagen, und ein groß' Gerede entstand im Königsschloß ...

In wundernder Rührung gedenke ich jener Zeiten erster Liebe. Die Königin war eine junge Dame, vielumworben im Städtchen, älter als der Unterprimaner, der ein Mann zu sein glaubte, es aber durchaus nicht war. Ich weiß noch genau, wie ich mich geärgert hatte, als ein Brief meines Vaters mich zwang, zum Besuch in jener Familie »anzutreten«; mit welchem Widerstreben ich dann bei einer zufälligen Begegnung auf dem Eisplatz meine Schulverbeugung vor Mutter und Tochter machte und wohl oder übel die junge Dame zum Schlittschuhlaufen einladen mußte. Familiensimpelei nannte ich dergleichen damals. Doch es dauerte nicht lange, und der Unterprimaner wartete oft stundenlang in zitterndem Bangen auf dem Eisplatz, ob *sie* kommen würde – – und war glückselig, wenn sie kam. In schweigendem Glück zuerst. Und dann brach es wie ein Sturm über uns Menschlein herein. Aus dem Alltagssprechen wurden gestammelte Worte von tiefem Sinn, leises Geflüster, zaghaftes Gestehen, ein:

»Je vous aime!«

»I love you so ...«

Die großen Worte, die ein so wunderbares Geheimnis zu bergen schienen und doch fast körperlich schmerzten im Gesprochenwerden, wären in deutscher Sprache nie über unsere Lippen gekommen. Das war das Glück; unvergeßliche Zeiten der Begeisterung, des Göttertums zweier junger Menschen, die ein jeder im andern die Vollkommenheit sahen, den heimlich geträumten Jugendtraum. Wir schwelgten in Goethe und Scheffel und Heine und schrieben einander lavendelfarbene Briefchen und jubelten laut in den Gängen der alten Herzogsburg droben auf dem Schloßberg. Wie glückselige Kinder.

Da fing das Städtchen zu reden an. Die Perückenzöpfe braver Bürger wackelten erschrecklich vor lauter entsetztem Kopfschütteln. Was mögen ehrsame Honoratioren und entrüstete Gymnasiallehrer alles gesagt und alles gedacht haben! Als ich zehn Jahre später wieder in das Städtchen kam, schlug Frau Glockengießermeisterin die Hände über dem Kopf zusammen und erzählte drei Stunden lang von den merkwürdigen Dingen, die damals das Städtchen geredet hatte, nicht mit Engelszungen. Die Königin aber von damals wohne weit drüben im Schwäbischen am Bodensee und sei eine stattliche junge Regimentskommandeuse geworden, die dem Herrn Oberst schon eine Schar von Kindern beschert habe –

Der Unterprimaner wurde schleunigst aus dem Gymnasium fortgejagt, unter dem ein wenig fadenscheinigen Vorwand, am offenen Fenster eine lange Pfeife geraucht und einen vorübergehenden Professor nicht gegrüßt zu haben. Ich hatte ihn nicht gesehen. Aber der Lehrerrat faßte es als Verhöhnung auf.

Der Rest ist eine häßliche Erinnerung. Durch die zweite Dimission war dem Entgleisten jedes Gymnasium in Bayern verschlossen, und übrig blieb nur eine Münchner Presse. Aber nun war Hopfen und Malz verloren; ich hatte die Empfindung, man hätte mir schweres Unrecht getan und wurde gleichgültiger denn je. Ich kneipte. Machte Schulden. Groteske Schulden.

Bis eines Tages langgeprüfte Familiengeduld riß und kurzerhand beschlossen wurde, den Unverbesserlichen drüben über dem großen Wasser für sich selbst sorgen zu lassen; ein Beschluß, der allzu energisch gewesen sein mag. Denn schließlich hatte der Lausbub weder gestohlen noch geraubt. Wenn ich mir aber den Lümmel von damals vorstelle, wie er alltäglich die schönsten Ermahnungen mit gelangweiltem Gesicht anhörte, um sich dann zu schütteln wie ein naßgewordener Hund und schleunigst eine neue Dummheit auszuhecken (die der Familie gewöhnlich ein Sündengeld kostete) – so verstehe ich alles! Glaube mir, oh Leser: Der Lausbub war ein infamer Lausbub!

Im Zwischendeck der Lahn

Im Bremer Ratskeller. – »So schmiede dir denn selbst dein Glück!« – An Bord. – Der Steward, der Zahlmeister und das Nebengeschäftchen. – Vom Itzig Silberberg aus Wodcziliska. – Atra cura … – Das Mädel mit den hungrigen Augen. – Die beiden Däninnen. – Im New Yorker Hafen.

Den ganzen Tag waren wir in Bremen umhergerannt. Als wir bei der ärztlichen Untersuchung uns einer langen Reihe von Auswanderern anschließen und stundenlang warten mußten, sagte mein Vater auf einmal:

»Du solltest eigentlich doch die Überfahrt in der Kajüte machen und nicht im Zwischendeck!«

Aber sofort besann er sich. »Nein! Es bleibt dabei. Es ist besser, wenn du dich schon auf dem Schiff an neue Verhältnisse gewöhnst.«

Und dann kam der letzte Abend im deutschen Land.

Bis gegen Mitternacht saßen mein Vater und ich im Bremer Rats-keller, in einem stillen Winkel, verborgen zwischen bauchigen Apostel-fässern. Edler Wein funkelte in den Gläsern. Von der großen Stube her klang Stimmengewirr, lustiges Lachen fröhlicher Menschen. Mir war erbärmlich zumute; ich starrte in den goldgelben Wein und kämpfte immer wieder mit Tränen und dachte an den Abschied von meiner Mutter und wagte es nicht, meinem Vater in das vergrämte Gesicht zu sehen.

Erst Jahre später habe ich das verstanden, was mir mein Vater an jenem Abend sagte. Er sprach wie ein Mann zum andern, wie ein Freund zum Freund; erklärte mir, daß es ihm bitter schwer würde, den einzigen Sohn in die Welt hinauszuschicken. Er wisse aber keinen andern Rat. Das Leben selbst mit all' seinen Härten müsse mich in die Kur nehmen …

»Geh' zugrunde, wenn du zu schwach fürs Leben bist!«

Und ich lächelte unter Tränen, denn meine Art von Stolz hatte ich trotz allen Gedrücktseins und trotz aller Reue. Das gefiel ihm.

»Du wirst nicht zugrunde gehen, glaube ich. So gefährlich auch das Experiment ist, für so richtig halte ich es. Du mußt auf deine eigenen Füße gestellt werden. Du mußt dich austoben! Auf der Universität würdest du nichts als neue Streiche machen, dich vielleicht ins Unglück stürzen; Soldat, wie du es werden möchtest, kann ich dich nicht werden lassen, denn zum armen Offizier eignet sich kein Mensch so schlecht wie du – ins kaufmännische Leben paßt du erst recht nicht. So schmiede dir denn selber dein Glück …«

Stundenlang sprach mein Vater mit mir. Meine Fahrkarte lautete nach Galveston in Texas. Mein Aufenthalt in New York würde nur wenige Stunden dauern; am nächsten Tag nach Ankunft der Lahn in New York sollte ich mit einem Dampfer der Mallorylinie nach Texas weiterfahren. Da draußen im jungen Land würde es mir weit leichter werden, mich durchzuschlagen, als in einer Riesenstadt mit ihren Tausenden von Arbeitslosen.

»Such' dir dein Brot! Halte den Kopf hoch, mein Junge; laß dir nichts schenken; gib Schlag um Schlag; hab' Respekt vor Frauen. Du wolltest ja immer Soldat werden – bist jetzt ein Glückssoldat.«

Und die Gläser klirrten zusammen.

Da bat ich schluchzend um Verzeihung – – – Nie in meinem Leben werde ich jenen Abend vergessen; denn als ich sieben Jahre später wiederkam, da hatten sie meinen Vater begraben.

Am nächsten Morgen fuhren wir nach Bremerhaven zum Lloyddock. Dort lag wie ein riesiges schwarzes Ungetüm der Schnelldampfer Lahn. Auf dem kleinen Häuschen am Dock, das irgend ein Bureau enthalten mochte, flatterte die deutsche Flagge. Am Kai drängten sich die Menschen, und an der Schiffsreeling standen in dichten Reihen Kajütenpassagiere, die Abschiedsgrüße zu ihren Freunden hinunterriefen und Taschentücher flattern ließen. Wir stiegen die Gangplanke hinan. Ein Zahlmeister des Norddeutschen Lloyd verlangte meine Zwischendeckkarte, und ein Polizist prüfte meinen Paß. Auf dem Vorderschiff war ein unbeschreiblicher Wirrwarr. Männer und Frauen und Kinder standen und saßen herum, zwischen Köfferchen und Säcken und Bündeln. Irgend jemand spielte auf einer Ziehharmonika, und ein Mädel sang dazu: »Et hat ja immer, immer jut jejange' – jut jejange' ...« Die unbehilflichen Menschen, die sich gegenseitig im Wege standen, schnatterten und schimpften; die Ziehharmonika johlte einen Gassenhauer nach dem andern, bis die Walzerklänge der Schiffskapelle auf dem Promenadedeck sie übertönten. Mein Vater und ich standen an der Reeling zwischen einem russischen Juden in fettglänzendem Kaftan und einer Bauernfrau mit buntem Kopftuch. Ich schluchzte vor mich hin. Die Menschen und die Dinge schwammen mir vor den Augen; mir war, als müßte ich schreien in bitterer Reue. Mein Vater sagte ein über das andere Mal:

»Mein lieber Junge – mein lieber Junge!«

»Besucher von Bord!« riefen die Stewards. Die Glocke begann zu läuten.

Langsam setzte sich der Schiffskoloß in Bewegung. Und ich stand und starrte mit brennenden Augen nach dem Kai. Hochaufgerichtet stand mein Vater am äußersten Ende der Landungsbrücke, den Kopf in den Nacken geworfen, wie das seine Art war, und winkte mir zu. Einmal. Zweimal. Dann wandte er sich mit einem scharfen Ruck, und in wenigen Sekunden war er im Menschengewühl verschwunden – – –

*   *
*

Ein Steward klopfte mir auf die Schulter. »Haben Sie schon 'ne Koje?«
»Nein.«

»Na, hören Sie 'mal – dann ist's aber höchste Zeit. Machen Sie, daß Sie 'runterkommen. Die Treppe dort.«

Ich nahm meinen Handkoffer und stieg hinunter, in einen Riesenraum mit langen Reihen von Holzgestellen: nebeneinander und übereinander geschichteten Kojen. Viele Hunderte von Schlafplätzen waren es. Jedes Bett enthielt eine Strohmatraze, zwei hellbraune Wolldecken und ein Kopfkissen. Auf jedem Kopfkissen waren ein Blechbecher, ein zinnerner Teller, Messer, Gabel und Löffel hingelegt. Überall auf den Holzgestellen kletterten Männer herum, und da und dort stritt man sich um die Plätze. Ich muß recht hilflos dagestanden haben. Ein Steward sah mich prüfend an, dann ging er auf mich zu:

»Das wird Ihnen man nich' gefallen hier unten mit die Polacken un' die Jüden un' die ganze Gesellschaft – das is nix nich' für junge Herren, sag' ich. Kommen Sie mit.«

Natürlich ging ich mit. Mir war alles furchtbar gleichgültig. Durch endlose Gänge und über unzählige Treppen führte er mich ins Bureau des vierten Zahlmeisters.

»Können wir nich' 'ne Koje fixen für diesen jungen Herrn?« fragte mein Begleiter den Zahlmeister.

Jawohl, es ging. Gegen eine Entschädigung von zwanzig Reichsmark wollte der Herr Zahlmeister eine Koje für mich im Vorratsraum aufstellen lassen. Ja, sie stand merkwürdigerweise schon fix und fertig da, in einem Winkel, durch eine aufgespannte amerikanische Flagge schamhaft verhüllt.

»Das is schandbar billig«, flüsterte mir der Steward zu. »Da haben Sie Glück gehabt. Nu wollen wir aber einen trinken. So 'ne kleine Flasche Hamburger Kümmel kost' nur 'ne Mark fufzig. Haben Sie zufällig eine da, Herr Zahlmeister?«

Jawohl; es war eine da.

»Prost!« (Einundzwanzig Mark und fünfzig Pfennige wechselten ihre Besitzer). Da starrte mich der Steward auf einmal entsetzt an. »'n Strohhut? Nee, is' nich' möglich – 'n Strohhut! Mensch, haben Sie keine Mütze?«

Nein, ich hatte keine Mütze.

»Mensch! So 'n feiner Strohhut – der geht über Bord, sag' ich Ihnen. Bei dem Wind! Ich hab' zufällig 'ne Mütze. Kost 'n Taler! 'ne feine Mütze!«

Natürlich kaufte ich die Mütze.

Dann komplimentierte mich der Zahlmeister höflich aber energisch hinaus. Ich kennte ja jetzt meinen Schlafplatz. Von 7 Uhr morgens aber bis 9 Uhr abends hätte ich in seinem Bureau nichts zu suchen.

Auch das war mir sehr gleichgültig – wie alles und jedes an Bord der Lahn an jenem ersten Tag. Ich aß fast nichts, interessierte mich für nichts, lief stumpfsinnig an Deck auf und ab, stand stundenlang in einem einsamen Winkel an der Reeling, schlich mich früh am Abend in des Zahlmeisters Bureau, ging ins Bett und weinte unter der Decke wie ein kleiner Junge …

Fröhlicher Sonnenschein flutete durch die kleinen rundlichen Kajütenfenster, als ich am nächsten Morgen erwachte und schläfrig um mich blinzelte. Was war das für ein Tönen und Surren? Im ganzen Körper fühlte ich das Vibrieren des vorwärtspeitschenden Riesenschiffes – mir war, als läge ich in einer Schaukel, auf und ab schwingend; als würde ich der Decke zugeschleudert, bliebe dort einen Augenblick hängen und versänke dann in unendliche Tiefen. Ein Stückchen von mir selbst schien jedesmal zurückzubleiben; droben an der Decke und unten in der Tiefe. Einmal hatte ich das entsetzliche Gefühl, als hätte sich mein Magen von mir getrennt und schwebe irgendwo in der Kajüte. Ich sprang aus dem Bett, und sofort hörte das Rumoren in meinem Innern auf. Im Handumdrehen war ich angezogen, eilte an Deck und machte mich mit wahrem Heißhunger über Kaffee und Brötchen her, die aus einem großen Kessel und einem Ungetüm von Korb durch zwei Stewards verteilt wurden. Wenig Menschen waren an Deck. Ich trat an die Reeling. Da draußen war majestätische Ruhe. Wie die Unendlichkeit selbst sahen sie aus, die immerzu vorwärtsrollenden Wasserberge, in ihrer gewölbten Mitte tief schwarz und doch glänzend wie ein Spiegel grünblau aufsteigend, schaumig weiß an den Rändern. Dann überholte der eine Wasserberg den andern, zusammenstürzend, und eine neue Welle wurde aus ihnen geboren, zu kurzem Spiel. Nimmer aufhörende Bewegung und doch verkörperte Ruhe. Ich trank die salzige Luft ein, die einem die Augen aufleuchten ließ und das Blut schneller durch die Adern jagte. Und schaute in den Sonnenhimmel. Frisch und froh und leicht fühlte ich mich. »So schmiede dir denn selber dein Glück –« Vergangen war vergangen und feige wäre es, die Ohren hängen zu lassen. Hast du Schneid genug zu dummem Leichtsinn gehabt, so mußt du auch Schneid genug haben, nicht in nutzloser Reue zu flennen.

Ich wurde unternehmungslustig und stieg ins Zwischendeck hinab. Es war fürchterlich da unten. Armselige Häuflein menschlichen Elends lagen auf den Kojen herum, mit grüngelben Gesichtern, jammernd in den Qualen der Seekrankheit, zu energielos, um in frische Luft an Deck zu gehen. Eine Unterwelt des Stöhnens und der Gerüche. Und die Konsequenzen der Seekrankheit machten sich sehr bemerkbar, so daß ich allen Göttern für mein Schlafplätzchen im Vorratsraum dankte.

»Se belieben nix ssu sein seekrank?« fragte mich ein alter Jude, der knoblauchduftend auf einem Bündel neben seiner Koje saß.

»Nein.«

»Nu, das frait mich. Was ham Se genommen ein for de Magen?«

»Nichts. Ich blieb nur in der frischen Luft.«

»Püh, frische Luft. Wer' ich raufgehen ssu sitzen in der frischen Luft? Wer' ich nich'! Bin ich gegangen rauf und hab mer gesetzt auf Stricke. Is 'n Goj gekommen, wo hat ge–soogen an die Stricke un' bin ich gefallen auf 'n Rücken.

»'s Tauwerk is nich' zum Sitzen da«, sagt er.

»Se ver–sseihen gütigst«, sag ich. Nu bin ich gegangen ssu sitzen auf 'e Bank ganz vorne.

»Paß man auf. Da is feucht!« sagt der Goj.

Nu, ich bin geblieben sitzen. De Bank is for alle da und er hat mer nix nich' ssu sagen, denk' ich. Nu, ich sitz – un' wie ich so sitz, kommt e Welle un' macht mer himmelschreiend naß. Waih geschrien, sag ich, was is das for e Gemeinheit?«

»Siehste«, sagte der Goj.

»Nu belieben Se gütigst ssu verstehen, daß ich nix will wern naß un' nix will haben tun mit die Gojim vons Schiff. Püh! Was wern Se machen drieben, wenn ich fragen derf?«

»Weiß ich noch nicht.«

»Nu? wie haißt? Sind Se e Millionär?«

»Nee! Leider nicht. Was wollen denn Sie in Amerika anfangen?«

»Nu, der Silberberg is gegangen nach e böse Pleite in Wodcziliska in Galizien nach New York, un' is geworden e gemachter Mann. Bei de Geschäfte is' ssu machen e Rebbach, schreibt er an de Verwandt-schaft. Nu – wer ich handeln – wie der Itzig Silberberg aus Wodczilis-ka.«

Als ich wieder oben war und dankbar die frische Luft einatmete, lachte ich laut und lange über den handelstüchtigen Sohn Israels. Dann wurde ich nachdenklich.

»Was wern Se machen drieben? ...«

Zum Teufel auch, was würde ich eigentlich anfangen? Was werden wir essen? Was werden wir trinken? Ich glaube, ich habe dieser wich-tigen Lebensfrage etwa zehn Minuten gewidmet. Zukunftssorgen waren bis jetzt nicht meine Spezialität gewesen: In schleierhaften Erinnerungen an allerlei Indianerbücher dachte ich an galoppierende Pferde und schießende Cowboys, und ... damit war der Schatz meines Wissens erschöpft. Hm, abwarten. Es war mir ja auch so unendlich gleichgültig. Da drüben, irgendwo in der zusammenfließenden Masse von Himmel und Wasser würde in so und so viel Tagen neues Land auftauchen, neue Menschen, neue Dinge. Das würde zweifellos sehr interessant und sehr lustig sein. Ich freute mich schon so auf dieses neue Land, als hätte ich weiß Gott welche wichtigen Pläne. Nebenbei mußte man dann allerdings Brot verdienen. Man mußte arbeiten oder dergleichen. Irgend etwas. Nun, das würde sich schon finden.

»Hinter dem Reiter auf dem Pferde sitzt die schwarze Sorge ...«

Das war mir schon in Tertia komisch vorgekommen. Laß sie doch sitzen! Und ich pfiff mir eins und entschied, die Sache sei vorläufig erledigt. Es klang famos, ein Glückssoldat zu sein. Das Wesen eines Glückssoldaten war mir zwar sehr schleierhaft, aber ich vermutete, die Hauptsache sei, sich um nichts zu kümmern, was ich wunderschön fand, und wozu ich unbestritten großes Talent hatte.

Alles war überhaupt wunderschön. Prachtvolles Gefühl, so sein ei-gener Herr zu sein. Freilich – ein dutzendmal jeden Tag sah ich an mir hinunter, konstatierte, daß mein heller Sommeranzug ausgezeichnet saß und wünschte mich sehnlichst zu den eleganten Herren und Da-men auf das Promenadedeck hinüber. Da gehörte ich doch hin! Von Rechts wegen!

Nach und nach waren all die Jammergestalten nach überstandener Seekrankheit an Deck gekommen und verzehrten mit großer Regelmäßigkeit unglaubliche Mengen der derben Schiffskost, als wollten sie Versäumtes wieder einholen. Da waren oldenburgische Bauern, wortkarge Hünen, die den ganzen Tag lang in besorgter Wacht auf ihren Habseligkeiten saßen und niemals mit irgend jemand sprachen. Da waren galizische Juden, ungarische Arbeiter, deutsche Handwerker.

Sie hockten gewöhnlich in Gruppen zusammen. Sie scherten sich den Teufel um die Schönheiten des Meeres und die Fremdartigkeit des Schiffskolosses, aßen und tranken und rauchten und wuschen Wäsche und flickten Zeug und machten aus dem Zwischendeck ein Dorf mit alten Gebräuchen und alten Sitten. Die Weiber säugten ihre Kinder und holten ihren Männern das Essen und tanzten kreuzfidel, wenn der lustige bayrische Bierbrauer seine Ziehharmonika herbeiholte, und die Männer stritten sich und vertrugen sich wieder und erzählten ein wenig und logen ein bißchen, und die Stewards spielten bald die Polizeigewaltigen, weil sie Deutsche waren und ihnen das im Blut steckte; bald erinnerten sie sich daran, daß sie Kellner waren, und ergatterten Nickel.

Die oldenburgischen Bauern hatten Geld im Sack und gingen nach Kansas, um sich in einer deutschen Ansiedlung Land zu kaufen. Die Handwerker berichteten Wunderdinge von amerikanischen Wunderlöhnen – die ungarischen Arbeiter schnatterten den ganzen Tag in ihrer aufgeregten Art – die Juden hockten auf Kisten und Koffern zusammen und mauschelten.

Ich hatte wenig Verständnis für sie und ihre Art; das Zwischendeck der Lahn ist mir eine verschwommene Erinnerung, aus der nur ein paar Menschen auftauchen.

Da war ein schlankes Mädel mit hungrigen Augen. Sie reiste allein und erzählte jedem, der es hören wollte, daß sie des Dienstmädchenspielens und der gnädigen Frauen überdrüssig sei und – ja, da drüben gab's Geld, viel Geld und schöne Kleider, und sie sei ganz gewiß nicht dumm. Die Frauen im Zwischendeck betrachteten sie mit tiefster Abneigung, und die Männer verdrehten die Augen, wenn sie sich blicken ließ. Sie saß stundenlang ganz vorne an der Spitze des Schiffes und starrte aufs Meer hinaus. Einmal setzte ich mich neben sie.

»Einen Pfennig für Ihre Gedanken!«

»Hoh!« sagte das Mädel, und ihre Augen lachten, »meine Gedanken sind viel mehr wert.«

»Wieviel denn?«

»Nicht zum sagen. Ich hab' daran gedacht, daß ich alles Schöne haben will, was es nur gibt – alles, alles!«

Sie drehte sich um und sah mich an. Ich war zu jung damals, um in den hungrigen Augen zu lesen, und sie lachte und ging weg.

Und da waren meine beiden Däninnen. Schwestern, blutjunge Dinger in blauen Matrosenanzügelchen und kleinen schwarzen Hütchen. Sie saßen immer zusammen und kicherten, und wenn die Sonne schien, leuchteten die goldblonden Haare. Ich sagte einmal irgend etwas zu ihnen, da schüttelten sie lachend die Köpfe, denn sie sprachen nur dänisch und verstanden keine andere Sprache. Am letzten Abend der Reise aber war ich mit ihnen zusammen. Spät war's schon, und ich saß allein auf dem dunklen Verdeck und starrte in die Sternenwelt hinaus. Da kamen die Schwestern, kichernd und lachend, und eine setzte sich rechts von mir und eine links. So blieben wir die ganze Nacht im Dunkeln und schauten aufs Meer hinaus und schauten einander an, und betrachteten das Sternengeglitzer und freuten uns, wenn die Wellen silberschäumend aufblitzten. Stunde auf Stunde verrann, und wir rückten immer enger zusammen.

Ohne auch nur ein einziges Wort sprechen zu können.

Ich hab' die beiden armen Dinger nach Jahren wieder gesehen in jämmerlichem Elend. Aber das ist eine andere Geschichte.

*　*
*

Wie ein feiner Dunstschleier lag's über dem Meer. Graue Gebilde tauchten auf am Horizont, kaum sichtbar in verschwommenen Umrissen, aber von erdrückender Masse, schwer, ungeheuer. Sie wuchsen, stiegen empor, nahmen Form und Gestalt an, zergliederten sich in schattenhafte Häusermassen, zerteilt, interpunktiert von himmelstrebenden, riesengroßen Schatten, die grob und eckig wie Würfel aussahen und gewaltig, als habe eine übermenschliche Hand sie hingestellt. Das Meer wurde lebendig. Schiffe kamen in Sicht – Dampfer, groß und klein, Segler, Ozeanschlepper. Und langsam lösten sich aus den Schatten Farben heraus, das Meer erdrückend, als wolle die Riesenstadt sagen: Hier herrsche ich!

Getöse überall. Aus dem Wasser taucht ein Weib auf, fackelschwingend, eine Strahlenkrone um das Haupt, die Statue der Freiheit. Nun fahren wir mitten im Häusergewirr, das auf allen Seiten unabsehbare Linien von Schiffen bunt umsäumen, in allen Farben, in allen Größen.

Zwei zierliche Schleppdampfer drängen unseren Schiffskoloß hübsch langsam und vorsichtig an den Pier, von dem aus schwarzer Menschenmenge weiße Tücher grüßend flattern. Die Gangplanken werden gelegt, die Kajütspassagiere gehen an Land, die Dampfwinden fördern eilend ihre Kofferlasten aus dem Schiffsbauch. Wir Zwischendeckler müssen lange warten, bis auch wir das Schiff verlassen dürfen und uns in der Landungshalle zur Zollrevision aufstellen können.

Die ging schnell genug vorüber; bei den armen Leuten vom Zwischendeck war nicht viel zu holen für Onkel Sam. Dann marschierte man uns auf einen kleinen Dampfer, der uns nach den Auswandererhallen hinübertrug.

Es war ein riesengroßer Raum, durch Holzwerk in lange, schmale Gänge eingeteilt, mit kleinen Holzhäuschen für die Ärzte und die Auswanderer-Kommissare. An denen mußten wir im Gänsemarsch vorbeischreiten. Nach einer Stunde etwa kam auch ich an die Reihe. Der Arzt sah mich flüchtig an und winkte nur mit der Hand, ich dürfe weitergehen; der Kommissar fragte mich nach meinem Namen und sah auf einer Liste nach, die er in der Hand hielt.

»Sie sind Deutscher?«

»Ja.«

»Was haben Sie in Deutschland gearbeitet?«

»Nichts!« platzte ich heraus, und der Beamte lachte.

»Was wollen Sie hier in Amerika?«

Ich muß wahrscheinlich auf diese Frage ein recht dummes Gesicht gemacht haben, denn der Beamte wartete die Antwort gar nicht ab und fragte lächelnd:

»Zeigen Sie mir die erforderlichen dreißig Dollars.«

Er warf einen flüchtigen Blick auf die Goldstücke in meinem Geldtäschchen.

»Schön. Sie können passieren. Und viel Glück!«

Da stand ich nun in der kleineren Seitenhalle mit ihren Kofferbergen und mir fiel ein, daß auf dem Fahrschein der Dampferlinie, die mich nach Texas bringen sollte, umständlich auseinandergesetzt war, man müsse bei der Ankunft in New York die Fahrkarte auf den Hut stecken. Das tat ich. Sofort schoß ein bewegliches kleines Kerlchen auf mich zu:

»Hello, mister. Sie fahren mit der Mallory-Linie. Ich bin der Agent. Alles in Ordnung. Geben Sie mir Ihren Gepäckschein her. So! Bleiben Sie hier stehen. Rühren Sie sich ja nicht vom Platz. Sie haben gar nichts zu tun. Wird alles besorgt. Ist alles bezahlt.«

Und weg war er. Bald sah ich ihn hier, bald dort im Menschengedränge auftauchen, und immer hatte er neue Schutzbefohlene am Wickel, die er schleunigst zu mir in die Ecke führte. Endlich waren wir vollzählig.

»Eins, zwei, drei – sieben!« zählte er. »Allright. Alles in Ordnung. Gepäck wird gebracht. Gehen wir. Immer hinter mir drein!«

So betrat ich die Straßen New Yorks.

Ein Tag in New York

Wie ich mir einen Revolver kaufte. – Der policeman und der Stiefelputzer. – Wie man eingeseift und barbiert wird. – Im Geschwindigkeits-Restaurant. – Die Bowery. – Hallelujamädchen. – Im Park.

»Bleiben Sie lieber im Heim«, meinte das kleine Männchen. »Es ist gescheiter und billiger!«

»Fällt mir nicht im Traum ein«, sagte ich.

»Well, ich habe Sie gewarnt. Dies ist eine große Stadt, eine feine Stadt, aber eine merkwürdige Stadt. Wenn Sie morgen in Ihr leeres Portemonnaie gucken und weinen, dann ist's Ihr eigenes Begräbnis! Also der Dampfer geht morgen früh um acht Uhr ab!«

Und er trippelte aus dem Bureau.

Ich sah ihm lachend nach. Hier im Auswandererheim in der State Street wehte Zwischendeckluft, und Zwischendeckluft hatte ich gründlich satt. Da waren große Räume mit lauter Schlafplätzen dreifach übereinander; Kojen, richtige Kojen – da war ein Eßraum mit riesig langen Tischen und Bänken. An denen saßen Auswanderergestalten, denn es war gerade Essenszeit. Und Bündel lagen umher, und dumpfe Luft war in dem Raum, und ich machte, daß ich hinauskam.

»Wohin?« fragte der Mann mit der Mütze, der an der Türe stand.

»'raus!«

»Lieber nicht. Viel zu heiß zum Spazierengehen.«

»Mir egal. Ich will 'raus.«

»Hm. Fahren Sie weiter?«

»Ja. Mit dem Mallory-Dampfer morgen früh.«

»Texas? Was Sie nicht sagen! Haben Sie schon 'n Revolver?«

»Mann!« sagte der mit der Mütze erstaunt und mitleidig, als ich den Kopf verneinend schüttelte. »Da unten muß man unbedingt 'n Schießeisen haben!«

Daß ich aber auch daran nicht gedacht hatte! Ich machte mir schwere Vorwürfe über meinen unverzeihlichen Leichtsinn und war von tiefer Dankbarkeit erfüllt, als der Mann mit der Mütze sich erbot, mir einen Laden zu zeigen. Er führte mich in ein Geschäft am Broadway, flüsterte mit dem Verkäufer, bekam irgend etwas in die Hand gedrückt, und ging wieder. Er dürfe nicht lange fortbleiben – der gentleman dort würde mich schon fixen.

»I – I desire to buy a revolver!« stotterte ich.

»Certainly«, antwortete der Verkäufer. »Talk German. Bitte, sprechen Sie nur deutsch. Sie wünschen einen Revolver?«

Ich bejahte.

»Sie müssen natürlich das beste haben, was es nur gibt, besonders da Sie nach Texas reisen, wie mir der Mann vom Heim sagte. Dort kann das Leben eines Mannes leicht genug von der Güte seiner Waffe abhängen!«

(Texas muß ja fa–mos sein! Dachte ich mir, freudig überrascht).

»Ich möchte Ihnen diesen Smith und Wesson Revolver bestens empfehlen. Feinster Nickelstahl. Selbsttätiger Patronenauswurf. Selbstwirkende Sperrvorrichtung. Treffsicherheit auf dreihundert Meter garantiert. Kolossal bequem in der Hüftentasche zu tragen!«

»Ich weiß doch nicht ...« sagte ich, die kleine Maschine möglichst sachverständig betrachtend. »Gerade mit diesem System bin ich nicht vertraut.« (Ich verstand überhaupt nichts von Revolversystemen.)

»Ich erkläre Ihnen den Mechanismus genau. Außerdem können Sie die Waffe auf unserem Schießstand probieren. Diese Tür dort!«

Ich zitterte vor Freude. Das war ja wunderbar. Kaum konnte ich meine Ungeduld meistern, als wir in die Schießbahn kamen, und er mir zuerst den Mechanismus, das Laden, das Patronenauswerfen zeigte. Endlich gab er mir den Revolver in die Hand, und schleunigst knallte ich auf die von Glühlampen hellbeleuchtete kleine Scheibe los.

»Ausgezeichnet!« rief der Waffenhändler.

»Hab' ich getroffen?« fragte ich errötend.

»Ob Sie getroffen haben?« meinte er. (Als ob das gar nicht anders möglich sei.) »Selbstverständlich. Ins Zentrum haben Sie getroffen!«

Beinahe hätte ich Hurrah geschrien. Ich freute mich wie ein kleiner Junge. Nach dem zwölften Schuß ging der Waffenhändler zur Scheibe und brachte mir das Stückchen Pappe. Sämtliche Schüsse saßen in den beiden inneren Kreisen. Wie stolz ich war! So stolz, daß ich ohne weiteres den sehr teuren Revolver kaufte. Hätte ich damals schon gewußt, daß es ein alter Trick amerikanischer Waffenhändler ist, auf den Schießständen sauber zurechtgeschossene Scheiben in Bereitschaft zu haben, die den Kunden für ihre eigenen unterschoben werden, so würde ich wohl bedeutend weniger eingebildet gewesen sein!

Die sollten mir nur kommen in Texas! Meine texanische Zukunft schien mir gesichert! Ich besaß einen Revolver!

*　*
*

... Ich muß versucht haben, den Fahrweg des Broadway zu überschreiten. Eine elektrische Straßenbahn wenigstens gab sich die erdenklichste Mühe, mich zu rädern – die Pferde eines Lastwagens versuchten mit zynischem Gleichmut, mir die Füße wegzutreten – ein Radfahrer kollidierte zuerst mit meinen Rippen und hielt sich dann vertrauensvoll an meinem Halse fest – und siebenundzwanzig Kutscher brüllten zu gleicher Zeit auf mich ein.

»Hilfe!« schrie ich.

Da tauchte ein Hüne von Polizist mit grauem Helm, blauem Rock und einem niedlichen kleinen Knüppel in der Hand neben mir auf, sah mich mißbilligend an und hob den kleinen Finger der rechten Hand ein bißchen in die Höhe. Wie durch Zauberschlag standen all' die Wagen still, schwiegen all' die Kutscher, hörten all' die Elektrischen mit ihrer dröhnenden Klingelei auf. Und der Hüne faßte mich behutsam am Arm und bugsierte mich auf die andere Seite der Straße.

»Donnerwetter!« rief ich.

»Oh – aha!« sagte der policeman in deutscher Sprache. »Frisch von drüben? Lassen Sie sich in eine Unfallversicherung aufnehmen!«

Sprach's und schritt majestätisch weiter. Ich aber guckte betrübt an mir hinab und konstatierte, daß mein Rock bestaubt, meine Stiefel mit Schmutz bespritzt und meine Manschetten zerknüllt waren.

Da sah ich an der Straßenecke einen pompösen, mit Messingblech verzierten Lehnstuhl stehen, vor dem ein Negerjunge hockte, und ich begriff, daß das ein Etablissement zum Stiefelputzen war.

Wie hießen doch Stiefel auf englisch? Richtig – boots. Aber wie drückte man sich auf englisch aus, wenn man etwas geputzt haben wollte? Keine Ahnung! Damals begann ich zum erstenmal, speziell den Lehrern der englischen Sprache zweier bayrischer Gymnasien allerlei Übles an den Hals zu wünschen. In Zukunft tat ich das noch häufig. Wie der schöne und wahre Satz: »Die Tugend ist das höchste Gut« auf englisch hieß, das hatte man uns gelehrt; die spartanischen Jünglinge und die verschiedenen Enormitäten ihrer Erziehung – das war ein sehr beliebtes Übersetzungsthema gewesen. Aber wie man sich auf englisch die Stiefel putzen ließ – das war den Herren Humanisten wahrscheinlich zu gewöhnlich gewesen. Und auf dem Broadway von New York dankte ich den Göttern, daß ich als Primaner in Burghausen so viele englische Schundromane gelesen und so viele englische Liebesbriefe geschrieben hatte. Sonst wär' ich dagesessen mit meinem humanistischen Englisch!

Nein, das Wort für reinigen fiel mir nicht ein. Ich kletterte daher wortlos auf den Lehnstuhl. Der Neger fiel auch sofort über meine Stiefel her, bürstete, ölte, frottierte mit sieben verschiedenen Tüchern und erzielte eine glänzende Herrlichkeit, die ich mit Staunen betrachtete, während ich meinen Schädel damit quälte, wie ich elegant fragen könnte, was die Geschichte kostete.

»What does that cost?« meinte ich schließlich.

»A nickel – fünf Cents«, grinste der Neger. »Deutsches, heh? Nix englisch, heh?«

Und tief beschämt gab ich ihm meinen Nickel.

Es war so heiß, daß man kaum atmen konnte; es war, als strömten Fluten glühender Luft aus dem Asphalt der Straße. Ich beneidete die westenlosen Herren mit ihren dünnen Jäckchen und die Damen, die Fächer trugen und sich unablässig Kühlung zufächelten; ich wunderte mich, daß trotz der Hitze alle Leute so rannten; war erstaunt, als ich durch eine Spiegelscheibe in ein Bankgeschäft hineinguckte und lange Reihen von Angestellten in Hemdärmeln sitzen sah; in eleganten Hemdärmeln, an den Ellenbogen von breiten bunten Seidenbändern zusammengehalten. Aber immerhin in Hemdärmeln. Ich guckte in alle Läden hinein, starrte verblüfft an himmelragenden Wolkenkratzern empor, ließ mich vorwärts schieben im Straßengewühl. Ein Barbierladen brachte mich auf die Idee, mich weiterhin verschönern zu lassen.

Eine Viertelstunde lang saß ich in der Reihe der Wartenden, bis eine der emsig arbeitenden Gestalten in fleckenlosem weißen Linnen mich ansah und rief:

»Next!«

Der Nächste! Ich war an der Reihe.

Der Barbier war ein Künstler. Leise wie ein Hauch glitt er mir über das Gesicht. Auf einmal spürte ich etwas an meinen Füßen, merkte, daß ein Neger sich heimtückischerweise herbeigeschlichen hatte und mir die Stiefel putzte! Herrgott, sie waren doch schon geputzt worden! Ich wollte protestieren. Es ging aber nicht, weil der Künstler gerade an meinen Mundwinkeln operierte. Lieber die Stiefel zweimal geputzt als einmal geschnitten, dachte ich mir.

Da! Jemand ergriff meine rechte Hand. Diesmal wäre ich fast zusammengezuckt. Mühsam aus den Augenwinkeln schielend, stellte ich fest, daß ein anderer Neger mit Scheerchen und Feilen und Bürstchen meine Nägel bearbeitete! Na, meinetwegen.

Dreimal wurde ich eingeseift, dreimal rasiert. Dann legte sich auf einmal ein weißes Tuch über mein Gesicht –

Ich brüllte! Das Tuch war kochend heiß.

»Nice, aint it?« fragte der Barbier.

Nice – das hieß hübsch. Die New Yorker Barbiere schienen mir einen grotesken Geschmack zu haben. Aber wirklich, nach dem ersten Schrecken fühlte man sich erfrischt, wohlig. Von Zeit zu Zeit fragte mich der Barbier irgend etwas, und ich nickte nur mit dem Kopf, weil ich seinen Geschäftsjargon nicht verstand.

So übergoß er meine Wangen mit höllischem Feuer und salbte mich mit kühlenden Wohlgerüchen – zerschlug ein Ei auf meinem armen Schädel und brühte mir die Haare, um gleich darauf durch einen eiskalten Guß einen brillanten Kontrast zu erzielen – schnitt mir die Haare – rasierte mir den Nacken – frottierte, rieb, schund mich. Aber es war sehr schön!!

»Thank you!« sagte der Künstler.

Und die junge Dame an der Kasse präsentierte mir mit bezauberndem Lächeln eine Rechnung von fünf Dollars und packte mir eine Haarbürste, eine Zahnbürste und eine Dose mit Pomade fein säuberlich ein. Ich fiel beinahe in Ohnmacht. All' das Zeug hatte ich nickender-

weise in aller Unschuld gekauft! Ich wollte protestieren, ich wollte –
– da sah mich die junge Dame mit einem süßen Blick an, mit einem
Blick, der einen Eisblock hätte schmelzen können. Da tat auf einmal
die Fünf-Dollarrechnung gar nicht mehr weh. Ich bezahlte nicht nur,
sondern ich bezahlte mit Vergnügen.

Stundenlang wanderte ich ziellos umher, beschauend, staunend. Mir
kam's vor, als sehe eine Straße wie die andere aus, als herrsche überall
das gleiche verwirrende Getöse, das gleiche Getümmel. Ein Eindruck
verwischte den andern. Ich fing an müde und vor allem hungrig zu
werden. Da sah ich ein Schild mit grellen roten Buchstaben: Restaurant.
Schleunigst trat ich ein.

An kleinen Tischen saßen Männer, in angestrengter Arbeit vornüber
gebeugt. Sie aßen krampfhaft darauf los, als sei dies ein Preisessen,
mit einem tüchtigen Preis für den, der zuerst fertig würde. Speisekarten
gab's nicht. Dafür hingen überall an den Wänden Plakate mit Namen
von Gerichten, und riesengroße Schilder besagten, daß hier ein Ein-
heitspreis herrsche. Was man auch aß, alles kostete fünfundzwanzig
Cents.

»Was ist's Ihrige?« brüllte der Kellner im Vorbeijagen.

»Beefsteak!« schrie ich ihm nach.

»Medium?« brüllte er zurück.

»Yes!« schrie ich auf gut Glück, denn ich hatte keine Ahnung, was
»medium« bedeuten sollte. (Das Wort ist ein echt amerikanischer
Spezialausdruck, Restaurantjargon, und heißt »mittel«, halb durchge-
braten.)

»Tee, Kaffee, Milch?« erkundigte sich der Ganymed, vom anderen
Ende des Lokals herüberschreiend.

»Bier!« rief ich entrüstet.

»Nix Bier!« johlte er zurück. »Tee, Kaffee, Milch ...«

»Milch!« schrie ich. Ich war empört. Nicht einmal ein Glas Bier
konnte man also bekommen! Wäre ich meinem Englisch nicht so
mißtrauisch gegenübergestanden, so hätte ich dem Kellner gründlich
meine Meinung über seine unkommentmäßigen Getränke gesagt!

Nach wenigen Sekunden schon stürzte er auf meinen Tisch los. Ich
starrte ihn in jähem Erstaunen an. Der Mensch mußte im Nebenberuf
Jongleur sein, denn er balancierte auf ausgestrecktem linkem Arm eine
Pyramide von hochaufgetürmten Schüsseln und Schüsselchen mit allerlei Gerichten, mit einer Selbstverständlichkeit, als sei für ihn das

Gesetz der Schwerkraft aufgehoben. Von den dutzend Schüsseln, die da auf seinem Arm schwebten, nahm er die oberste und warf sie mir hin. Jawohl – warf sie mir hin. Die Platte glitt über das Tischtuch und rutschte niedlich in Position vor meinen Platz. Der reine Zaubertrick. In gleicher Art kam ein Schüsselchen mit gebratenen Kartoffeln gerutscht und ein Glas Milch. Dann warf er mir ein rosa Pappstück hin mit dem gestempelten Aufdruck: 25 Cents. Das war die Rechnung. Man bezahlte an einer kleinen Kasse.

Ich glaube, ich habe sehr rasch gegessen. Erstens war ich hungrig und das Beefsteak ausgezeichnet, und zweitens steckte die Schnellesserei an. Man konnte in der nervösen Hast dieser Futterstelle mit Dampfbetrieb so etwas wie beschauliche Gemütlichkeit nicht bewahren.

Wieder stand ich in dem Straßenlärm. Über das hohe eiserne Gerüst in der Straßenmitte donnerten alle Augenblicke Eisenbahnzüge. Es fing an dunkel zu werden. Lichter flammten auf, das Meer von Reklameschildern und Plakaten hell beleuchtend. Denn ein Laden reihte sich hier an den andern. Die Straßenfront war eine ununterbrochene Folge von Schaufenstern, von Trödelläden, Kneipen, Kleidergeschäften, Bazaren, Theatern. Und ein jeder versuchte seinen Nachbarn durch grelle Anpreisung zu übertrumpfen; hier glitzerten hunderte von Glühlämpchen in einem Schaufenster, dort lenkte ein schwingendes Feuerrad die Aufmerksamkeit auf billigen Schmuck, da sollte ein lichtumrahmter Farbenklecks einer Tänzerin mit flatternden Jupons und rosabestrumpften Beinen in ein Varieté locken. Cheap, billig, war das Motto der Straße. Billig, billig – stand überall in Rot und Grün und Gelb angeschrieben – billig, schrien an jedem zweiten Fenster Buchstaben aus Glühlampen geformt. Billig, billig …

Die Straße war die Bowery, das Viertel der Armut, des Lasters, des billigen Vergnügens. Das wußte ich freilich damals nicht. Ich sah nur, wie erbärmlich der lichtumflutete Tand in den Fenstern war – wie das Geschäft der Straße hinter dem Pfennig herhetzte – wie die Menschen sich drängten und starrten und gafften. Energische jüdische Herren versuchten, mich in ihre Kleidergeschäfte hineinzuziehen, eine junge Dame rempelte mich an, ein Mann, der aus einer Bar hinausgeworfen wurde, sauste an mir vorbei und hätte mich beinahe mitgerissen. Matrosen johlten. Neben Herren, die trotz ihrer Seidenhüte und trotz der Brillantbusennadeln merkwürdig gewöhnlich aussahen, drängten sich Gestalten in halbzerrissenen Kleidern, Neger, Dirnen, barfüßige Kinder.

An den Ecken lungerten Männer und Frauen, riesige Polizisten schritten langsam auf und ab. Man war wie eingekeilt. Denn auch der Straßenrand bildete eine einzige Linie von Licht und Verkaufsbuden, von rollenden Läden. An jedem der kleinen Wagen steckte eine Petroleumfackel, und der rote Schein stach sonderbar von den weißen Lichtfluten der Bogenlampen ab. Da waren Obstverkäufer und Blumenhändler und Limonadekarren. Ein behäbig aussehender Mann in weißer Schürze hatte einen riesigen Kessel um sein Bäuchlein geschnallt, einen tragbaren Ofen. Man sah die glühenden Kohlen auf dem Rost. Er wanderte hin und her am Straßenrand, aus Leibeskräften schreiend: Wiener Wurst – Wiener Wurst, gentlemen – hot Wiener Wurst. Da kam ein wanderndes Restaurant, ein kleines Häuschen auf Rädern von einem Esel gezogen, das sandwiches und beefsteaks anpries. Daneben stand das Tischchen eines Händlers, der Spielkarten verkaufte. Die Straße war eine Hölle von Lärm und Getümmel und Gerüchen – ich wurde gestoßen und gedrängt, bis ich mir so hilflos vorkam wie ein biederer Bauer aus Feldmoching auf dem Münchener Oktoberfest …

Da ertönte ein Trompetenstoß und helle Frauenstimmen sangen, das Gedröhne übertönend:

Hallelujah –
Hallelujah, this is the day of the Lord.
Hallelujah – Hallelujah!

Vier Mädchen in den häßlichen Hüten und den blauen Jacken der Heilsarmee standen an der Straßenecke, eine amerikanische Flagge ausgespannt in den Händen. Die Straßenbummler scharten sich um sie, und dann und wann warf jemand ein Geldstück in die Flagge. Da – jetzt sangen die schönen Mädchenstimmen in deutscher Sprache:

»Flieh' doch die Versuchung,
Die Leidenschaft brich!
Glaub' immer an Jesum,
Er rettet auch dich.«

Salbungsvoll, marktschreierisch, unangenehm. Und doch – wie das klang … In dieser Straße. Unter diesen Menschen!

Das Auswandererhaus lag grau und nüchtern da. In der drückenden Abendschwüle hatte der Gedanke an die vielen Menschen in den kahlen Räumen, an die Bettreihen der Brettergestelle, etwas Abstoßendes. So wanderte ich noch umher trotz aller Müdigkeit. Ganz in der Nähe fand ich einen kleinen Park, Anlagen mit duftendem Jasmingebüsch und breiten Bänken, ein grünes Fleckchen, eingekapselt zwischen den Schiffsreihen des Hafens und den Häusermassen der Wolkenkratzer. In einem Winkel war noch ein Plätzchen auf einer Bank, neben einem Liebespärchen, lachenden, schwatzenden jungen Menschen.

Der Park lag in weichem Halbdunkel. Draußen auf allen Seiten flutete es von Licht, von den Tausenden von Lichtpünktchen im Hafen bis zu dem grellen Bogenlampenschein der Citystraßen. Rot und gelb und weiß blitzte es auf – Feuerräder, die irgend eine Reklame umrahmten hoch droben in der Luft auf Wolkenkratzern; Dampfer im Hafen, die mit ihren vielen Fenstern und Hunderten von Glühlampen aussahen wie schwimmende Lichtmassen; ein Meer von Licht überall. Und, wie aus weiter Ferne kommend, ein dumpfes Getöse, der vibrierende Ton des nächtlichen New York, die Nachtsprache der Riesenstadt, die sich aus Millionen, aus Milliarden von Einzelgeräuschen zusammensetzt, ein unbeschreiblicher Ton, bald wie leises Flüstern, bald anschwellend zu dröhnendem Tumult …

Da kam aus Müdigkeit und Verlassensein das Heimweh über mich. Auf der Bank im Hafenpark unter einer Laterne schrieb ich den ersten Brief an meine Mutter. Einen lustigen Brief. Über den Barbier und das Restaurant und die Bowery.

Das Pokerschiff

Zwischen New York und Texas. – Vom amerikanischen Nationallaster. – »Fine game, dieses Poker!« – Die Weisheit des Bluffens. – Key West und Johnny Young aus San Antonio. – Eine bissige Bemerkung über Millionäre. – Im Salon! – Good bye, Miss Daisy ... – Dies ist Texas, mein Sohn!

»There you are! Good bye!« sagte der zappelige kleine Agent der Mallorylinie, auf die Gangplanken des Texasdampfers deutend, nickte mir zu und verschwand im Gewühl.

Ein Höllenlärm herrschte auf dem Pier trotz der frühen Morgenstunde. Scharen von Arbeitern rannten vom Pier zum Dampfer und vom Dampfer zum Pier. Säcke, Kisten, Fässer schienen in der Luft umherzufliegen; Dampfwinden kreischten. Eine dröhnende Stimme von der Kommandobrücke trieb fluchend zur Eile an. Rußig und ungewaschen sah der schwarze Dampfer mit den grellroten Schornsteinbändern aus. Zwischen dahinstürmenden Menschen und daherpolternden Kaufmannsgütern kletterte ich an Deck, ohne daß eine Menschenseele sich um mich kümmerte. Hier gab's keine väterliche Fürsorge wie beim Norddeutschen Lloyd – keine Polizisten, keine eleganten Schiffsoffiziere, keine uniformierten Stewards, die einem Plätze anwiesen ... Ein Mann in Hemdärmeln (dafür trug er aber elegante Beinkleider, Lackstiefel und eine goldberänderte Offiziersmütze) sah mich verwundert an, als ich ihm meine Zwischendeckskarte zeigte, und deutete einfach mit dem Daumen nach der Vorderdeckstreppe. Ich stieg hinab. In einem mäßig großen Zwischendecksraum standen eine Menge Kojen. Aber jede war mit irgend einem Gepäckstück belegt. Da kam ein Mann in weißer Jacke die Treppe herunter.

»Wo ist mein Platz?« fragte ich ihn.

»Hier!« sagte er und deutete auf die Kojen.

»Aber da liegen doch überall Sachen!«

»Dann ist kein Platz mehr da!« meinte der Steward seelenruhig.

»Aber ich habe doch bezahlt!«

»Well, das macht nichts aus«, erklärte der Steward. »Für Ihr Geld kommen Sie nach Galveston. Schlafen können Sie, wo's Ihnen beliebt. In den Kojen oder auf dem Boden oder auf dem Verdeck!«

Und pfeifend stieg er die Treppe empor.

Ich sah um mich. Kein Mensch war im Zwischendeck, trotzdem überall Koffer und Bündel lagen. Am andern Ende der Kojenreihen entdeckte ich aber eine Tür und trat in einen großen, halbdunklen, durch einige Glühbirnen schlecht erleuchteten Raum, in dem ein paar dutzend Leute vor einem hohen Bartisch standen.

»Da ist noch einer«, sagte der Mann hinter der Bar. »Was ist Ihre Spezialität, Herr?«

Ich sah ihn fragend an.

»Was wollen Sie trinken, mein' ich«, erklärte der Mann. »Sie sin' wohl 'n Fremder?«

»Jawohl«, sagte ich. »Sehr.«

»Well, das macht nichts. Der Herr hier traktiert. Was ist das Ihrige?«

»Ein Glas Bier.«

»Schluck's hinunter, sonny!« sagte einer der Trinkenden. »Jawohl – ich traktiere. Und es wird nicht das letztemal sein, daß dieser gute alte Junge hier« (er schlug sich auf die Brust) »auf diesem gesegneten Schiff eine Runde bezahlt. Soll sich der Mensch vielleicht nicht freuen, wenn er aus New York herauskommt? Im Winter ist es so kalt, daß man Millionär sein muß, um die Kohlenrechnung zu bezahlen; im Sommer ist es so heiß, daß man dreimal im Tag den Sonnenstich bekommt und nachts im Eiskasten schlafen muß. Mit den Löhnen ist's Essig, weil das italienische Pack von drüben zu billig arbeitet, und ein solides kleines Geschäftchen kann man auch nicht machen, weil alles schon gemacht ist, was es in der Geschäftslinie nur gibt. New York ist ungemütlich. Verdamm' New York, sag' ich. Hat einer von den Herren 'was dagegen?«

»Ich nicht«, meinte der Mann hinter der Bar. »New York kann für sich selber aufpassen. Groß genug ist es.«

»Das ist wahr. Ein großer, unappetitlicher, rauchiger Haufen von einer Stadt ist es. Von Wolkenkratzern und elektrischem Licht kann ich nicht leben, sag' ich. Texas für mich, meine Herren, wo ich der Schlauere bin, und nicht New York, wo die anderen alle die Schlaueren sind. Texas für mich, sag' ich.«

Da freute ich mich diebisch, weil ich jedes Wort mühelos verstand, und trank vergnügt das winzig kleine Glas Bier aus.

»New York hin, New York her«, sagte ein Mann neben mir, ein prachtvolles Menschenexemplar, riesengroß, mit breiten Schultern und einem merkwürdig weichen Gesichtsausdruck. »Ich rutsche jetzt zum drittenmal auf dieser verdrehten Mallorylinie nach Texas hinunter. Wenn ich dort bin, kalkulier' ich mir zusammen, daß ich wieder in New York sein möchte, und wenn ich glücklich wieder in New York bin, läßt es mir keine Ruhe, bis ich mein Fahrgeld nach Galveston wieder bezahlt habe. Wenn ich in Texas auf einem Gaul sitze, möcht' ich in einem New Yorker Varieté sein, und wenn ich in New York sechs Monate lang richtige Mahlzeiten gegessen habe, werd' ich ganz verrückt nach Texasmaisbrot und Texasspeck. Ich hab' noch nicht die richtige Ruhe, denk' ich mir.«

Die Männer lachten schallend auf.

»So geht's uns allen«, rief einer. »Ich pfeif' auf die richtige Ruhe. Um die zu haben, müßte ich entweder Millionär sein oder tot und begraben. Dies ist ein großes Land, und meiner Mutter Sohn will dort sein, wo etwas los ist. Gefällt's mir nicht in der einen Stadt, geh' ich in eine andere, und sind im Osten die Zeiten schlecht, so ist damit noch lange nicht gesagt, daß sie auch im Westen schlecht sein müssen. Das Glück läuft einem nicht nach. Immer hinter drein! Entfernung spielt bei mir keine Rolle. Immer hinter drein, meine Herren, und der Teufel holt den, der zuletzt kommt.«

* *
*

»Deutscher sind Sie? Und erst vierundzwanzig Stunden im Land? Dann lassen Sie die Finger davon!« grinste der Riese.

Er war mit mir an Deck gegangen. Während die Sam Houston (so hieß der Texasdampfer) sich durch das Hafengewirr schlängelte, nannte er mir die gewaltigen Wolkenkratzer bei Namen und pries in begeisterten Reden die Vortrefflichkeit der New Yorker Varietés und lobte die Appetitbrötchen der New Yorker Bars. Als aber die Wolkenkratzer untertauchten in einer einzigen gewaltigen Steinmasse, als die hin- und herhuschenden Dampfer seltener wurden und die Millionenstadt langsam am Horizont verschwand, wurde er ungeduldig.

»Gehen wir 'runter!« hatte er gesagt und mir erklärt, daß sich auf dem alten Kasten die Zeit natürlich nur durch Pokerspielen totschlagen lasse.

»Aber spielen Sie ja nicht mit!«

Ich fühlte mich beleidigt. Wenn man die Bänke der Obersekunda neben dem Sohn eines amerikanischen Konsuls gedrückt hat, so ist man in die Anfangsgründe des amerikanischen Nationallasters eingeweiht! Die Geheimnisse der Paare und der vier Asse und des Flush und des Bluffens waren mir längst keine Geheimnisse mehr. Selbstverständlich würde ich pokern!!

Überall auf dem Boden des Barraumes waren wollene Decken ausgebreitet, und auf den Decken saßen und kauerten die Männer von vorhin, in kleinen Gruppen von vier und fünf, mit Karten in den Händen, mit ernsten Gesichtern. Vor jedem lagen kleine Häuflein Silbergeld und zerknüllte Dollarscheine. Biergläser und Whiskyflaschen standen umher.

»Na, nun will ich aber meinen Hut aufessen, wenn das nicht unanständige Eile ist!« schmunzelte der Riese. »Das gesegnete Schiff ist noch gar nicht richtig unterwegs, und da fangen die schon mit dem Pokern an. Sechs Partien! Hoh!! Und ich will meinen Hut noch einmal aufessen, wenn das nicht eine sehr vergnügte Reise wird! 's ist doch ein wahrer Segen, daß diesmal keine Frauen und Kinder im Zwischendeck sind.«

Fünf Minuten später war ich mit Jack (so hieß der Riese), Tommy (so hieß der Barmann) und zwei anderen schon mitten im eifrigsten Pokerspielen, und in weiteren zehn Minuten hatte ich unter dem schallenden Gelächter der Runde meinen ersten Bluff verloren ... Jack hatte nämlich vier Asse!

»Gegen vier Asse anzubluffen ist Pech!« sagte Jack trocken. »Tun Sie's nicht wieder.«

Es war ganz still im Barraum; kein lautes Wort wurde gesprochen. Nur die Silberstücke klirrten. Die Männer hockten regungslos da, mit halb verschleierten Augen. Kalt wie Eis. Die Karten glitten über die weiche Decke, die Dollars sammelten sich zu einem Häuflein an, Banknoten wurden in den pot geworfen – bis die Hand des Gewinners das Geldhäuflein an sich raffte; hin und her wanderten das Silber und die grünen Noten.

»Fünf Dollars mehr ...«

»Das – und noch fünf!«

»Halte ich – und fünf mehr!«

So wurde geflüstert; in gleichgültigem Ton, gelassen, ruhig. Und doch wußte sogar meine unerfahrene Jugend, daß unter der Maske äußerlicher Ruhe die Spielleidenschaft zittern mußte – aber wie diese Männer sich beherrschten! Wie sie mir imponierten! Wie ich sie beneidete um ihre kühle Ruhe und ihren eisernen Willen!

Nichts war natürlicher, als zu versuchen, es ihnen gleichzutun. Und ich gab mir große Mühe, recht unbefangen auszusehen. Meine Karten betrachtete ich nur so nebenbei, als interessierten mich ihre Werte eigentlich gar nicht, und mein Geld rollte so leichthin auf die Decke, als könne ich es nicht rasch genug loswerden. Es verflüchtigte sich auch wirklich mit erstaunlicher Schnelligkeit. Aber das war mir nicht etwa eine Mahnung, vernünftig zu sein und aufzuhören, sondern ich spielte nur um so toller darauf los.

Um ein Uhr nachmittags kam der Steward und brachte das Essen. Kein Mensch ließ sich dadurch stören. Die Blechteller mit den Beefsteaks und den gebratenen Kartoffeln, die Blechtöpfe mit starkem schwarzem Kaffee wurden auf die Decken gestellt, als sei das selbstverständlich, und mit gleicher Selbstverständlichkeit holte sich der Steward von jeder Decke einen Vierteldollar aus dem Topf für seine Mühe, ohne ein Wort zu sagen. Man aß so nebenbei und spielte, spielte, spielte. Röcke wurden ausgezogen, Westen geöffnet, Kragen abgebunden. Berußte Heizer kamen aus dem Maschinenraum gestiegen und pokerten mit, Matrosen mischten sich unter die Spielergruppen. Der Barraum war eine Spielhölle. Ich verlor und gewann, gewann und verlor, rauchte unzählige Zigaretten, dachte an nichts als Karten und Geld. Um keinen Preis hätte ich meinen Platz auf der Wolldecke aufgegeben –

»Drei Dollars mehr ...«

»Wer gibt?«

»Full house, my money –«

Als die schmutzige Heizerhand den Geldhaufen einstrich, in dem mein letztes Silberstück lag, kam der Schiffsingenieur die Zwischendeckstreppe herunter.

»Gentlemen!« rief er. »Dieses gesegnete Pokerschiff verschluckt nebenbei auch Kohlen und braucht Leute, die es mit Kohlen füttern. Ich möchte also die Herren Heizer der dritten Wache ersuchen, sich gefälligst dahin bemühen zu wollen, wohin sie gehören und zwar verdammt schnell. Runter mit euch, ihr Söhne von Spielkarten!«

»Pokerschiff ist gut«, sagte Jack. »Drolliger Junge, dieser Ingenieur. Wer gibt?«

Ich war am Geben. Und ich wechselte meinen letzten Zehndollarschein. Laß dich nicht verblüffen, sagte ich mir, nur ja nichts anmerken lassen! Was die anderen können, kannst du auch!

* *
*

Spät nachts kletterten Jack und ich an Deck, denn im Kojenraum war es viel zu heiß zum Schlafen. Zwischen Fässern und Tauwerk vorne am Bug machten wir uns aus den Pokerdecken ein Lager zurecht.

»Good night!« sagte Jack.

Ich lag da und starrte in den Mond, und unklar stieg in mir die Ahnung auf, daß ich ein furchtbarer Esel gewesen sei. Reingefallen, mein Junge … Die Silberstücke und die Dollarnoten, mit denen am Morgen noch mein Geldtäschchen vollgepfropft gewesen war, trieben sich jetzt in den Taschen anderer Leute herum – mir waren nur ein paar Dollars übriggeblieben. Zu dumm – –

»Fine game, dieses Poker«, meinte der Riese neben mir, »famoses Spiel!«

Da lachte ich hell auf.

»Haben Sie gewonnen?«

»No.«

»Well, morgen ist auch noch ein Tag und übermorgen desgleichen usw. Holen Sie sich's wieder. Bluffen Sie!«

Und im flimmernden Mondenschein, unter Wellengemurmel und Maschinengetöse, wurde mir zum ersten Male amerikanische Weisheit gepredigt, von einem einfachen Arbeiter. Poker war weiter nichts als ein Abklatsch des Lebens. Bluffen mußte man im Leben wie beim Pokern, nicht verblüffen lassen durfte man sich. Wenn man fünfzehn Cents in der Tasche hatte und nicht wußte, wo man seine nächste Mahlzeit herkriegen sollte, – mußte man aussehen und auftreten, als hätte man ungezählte Dollarnoten in der Tasche und einen offenen Kredit bei der nächsten Nationalbank. Dabei stellte man sich besser, als wenn man jedem Menschenkind entgegenschrie: Bemitleide mich, ich Ärmster habe nur noch fünfzehn Cents! Schneid mußte man haben. Beim Pokern mußte man durch eiserne Ruhe den Anschein erwecken, als hätte man ausgezeichnete Karten – im Leben mußte man sich arbeitskräftiger und klüger und besser stellen als man war. Nur nicht unterkriegen lassen! Glaub' an dich selbst, und die anderen werden an dich glauben. Sag' den Leuten, du seist stark, und man wird nicht gerne mit dir anbinden. Hilf dir selber, und alle Welt wird dir helfen. Bete nicht: Lieber Gott, hilf mir, ich bin ja so schwach – sondern bete: Lieber Gott, ich bin ja so stark, laß mich so bleiben! Und man mußte stets daran denken, daß das nächste Spiel das Glück bringen konnte, beim Pokern wie im Leben ... Da schlief ich seelenvergnügt ein.

Wieder wurden die Decken ausgebreitet, und wieder rollten die Dollars, und wieder kamen die Heizer und die Matrosen in jeder dienstfreien Minute. Ich stand im Banne des Pokerschiffs wie jeder andere. Aus meinen wenigen Dollars wurde ein Silberhäuflein – dann schmolz es zusammen – dann wuchs es im ewigen Hin und Her. Der Tag verging mir wie im Flug. Drei Tage. Am dritten Tage kamen wir in Key West an. Als ein Schiffsoffizier in den Barraum hinunterrief, wer wolle, könne auf etwa zwei Stunden an Land gehen, sprang ich auf und eilte die Treppe empor.

Die anderen aber blieben sitzen und pokerten weiter.

* *
*

Der amerikanische Prediger Talmage nannte einst in einer jener Sensationspredigten, die eine halbe Stunde nach Schluß des sonntäglichen Gottesdienstes in seiner berühmten Washingtoner Kirche an alle Zeitungen Amerikas telegraphiert wurden (von ihm selbst – gegen Honorar!), das Pokern die Nationalsünde der Vereinigten Staaten. Unzweifelhaft spiegle das Teufelsspiel um das goldene Kalb die besonderen Charaktersünden des Amerikaners getreulich wieder! Alle Glücksspiele zwar seien frevelhaft, doch dem Pokerspiel fehle sogar das versöhnende Moment des Leichtsinns. Das sei kein Glücksspiel mehr – sondern raffiniertes wohlberechnetes Sündigen! Mit bewußter Gier setze sich der Amerikaner an den Pokertisch und locke mit ehrbarem kaltem Lächeln dem armen Nebenmenschen (den man doch als Christ lieben müsse!) einen Dollar nach dem andern ab. Die Männer, die vier Asse in der Hand hielten und dabei ein betrübtes Gesicht machten, als hätten sie nicht einmal zwei Könige, um den armen Nächsten durch diese optische Vorspiegelung falscher Tatsachen saftig hineinzulegen – diese Männer seien schlimmere Sünder denn die Zöllner von dereinst! Ein moderner Tanz um das Goldene Kalb! Es illustriere im Kleinen die großen amerikanischen Sünden – die Goldgier; die Anmaßung, sich klüger zu dünken als der Nachbar; die Sucht, sich durch unehrliche Mittel zu bereichern, und vor allem einen frevelhaften Mangel an christlicher Nächstenliebe. Der Mann, der mit selbstzufriedenem Lächeln die sündigen Resultate eines niederträchtigen Bluffs einstreiche, sei der alte Pharisäer in moderner amerikanischer Auflage. Nur noch viel schlimmer! »Pokert nicht mehr, oh Amerikaner, und ihr werdet bessere Menschen werden!« - also predigte Ehrwürden Talmage - und ein vergnügtes Schmunzeln ging über das ganze Land. Denn jener Kampf im Pokerspiel von Selbstbeherrschung gegen Selbstbeherrschung, von Unverschämtheit gegen Unverschämtheit, von Geldwert gegen Geldwert und von Bluff gegen Bluff ist wahrlich typisch für die Art der Männer des Yankeelands, und Prediger Talmage hätte wissen können, daß seine Mitbürger gerade auf das stolz sind, was er ihre Nationalsünden nannte! Man lachte furchtbar über die Predigt. Und sie löste in jedem braven Amerikaner den frommen Wunsch aus, doch recht häufig als moderner Pharisäer mit frommem Augenaufschlag saftige Bluffresultate einstreichen zu können … Das ist eben die Nationalsünde!

*   *
*

Auf der Gangplanke des Sam Houston stieß ich mit einem Herrn in weißen Leinenkleidern und riesigem grauem Schlapphut zusammen.

»Pardon me«, sagte er.

»I beg your pardon«, antwortete ich.

»My fault!«

»Aha - Sie sind ein Deutscher! Well, ich bin Johnny Young aus San Antonio und meine Freunde behaupten, ich sei unerträglich neugierig. Also Sie sind Deutscher? Ferner glaube ich sagen zu können, daß Sie noch nicht lange im Lande sind?«

»N-nein!«

»Aha! Wußte doch, daß kein amerikanischer Schneider diesen Anzug gemacht hat. Es ist so einfach, ein Prophet zu sein, wenn man die Augen ein wenig offen hält und nur ein bißchen nachdenkt. Well, well. Sie haben gepokert und verloren?«

Ich sah ihn erstaunt an.

»Ja? Stimmt's? Nein, ich bin kein Zauberer. Alles pokerte. Und natürlich pokerten Sie mit. Und natürlich verloren Sie!«

Wir schritten in weichem feinem Sand dahin, auf einem breiten Weg, eingesäumt von Palmen in endloser Reihe. Die dunkelgrünen Fächerwipfel stachen scharf ab von dem gelben Sand und dem tiefblauen wolkenlosen Himmel. Die Luft war feucht und schwül. Holzhütten tauchten auf. Im Hintergrunde schimmerten weißgetünchte Häuser. Es war wie ein Märchen – die Palmen ringsum, die schwere Luftschwüle, das grelle Tropenlicht; der merkwürdige Mann neben mir mit den weißen Haaren und dem frischen Gesicht, der vom ersten Augenblick an einen unbeschreiblichen Eindruck auf mich machte. Ich glaube, ich wäre ihm blindlings gefolgt, irgendwohin. Er war als junger Mensch in Key West gewesen. Während wir unter den Palmen dahinschritten erzählte er von den Milliarden und Abermilliarden Zigarren, die alljährlich in dem Hüttengewirr des Inselstädtchens von den geschickten Fingern kleiner Creolinnen verfertigt werden; von den Schmugglern Key Wests, von den Wreckern, von den Flibustiern, von Kämpfen mit Zollkuttern, vom Menschenriffraff der Florida Keys – von den Spielen Key Wests hinter verschlossenen Türen, bei denen Berge von Gold sich auf den Tischen häufen und jeder Spieler den Revolver schußgerecht vor sich auf dem Tisch liegen habe. Die Flibustier Floridas segeln Waffentransporte nach einsamen Landungsplätzen an der kubanischen Küste, wo Leute warten, die sehr arm sind, aber trotzdem für Waffen sündhaft viel Geld übrig haben. Revolutionäre. Die gibt's immer da drüben. Oft genug jagt ein Kriegsschiff solch einem Segler ein halbes Dutzend Granaten in den Leib. Aber die Waffen werden mit Gold aufgewogen – und solange Key West steht, wird es seine Flibustier haben, ebenso wie es stets das Hauptquartier der Wrecker sein wird. Das sind desperate Schiffskapitäne mit kleinen Segelbooten und einer Mannschaft von Inselnegern, die mit Taucheranzügen umgehen können. Sie kreuzen still und unauffällig an der Küste. Wenn ein Schiff an den gefährlichen Bänken strandet, so ist bald ein Wrecker da und schickt seine Taucher hinab, die alles nach oben befördern, was des Nehmens wert ist, ohne sich lang darum zu scheren, wem die Ladung gehört. Der Wrecker betrachtet alles als gute Beute. Er wird ein reicher Mann, wenn es ihm gelingt, Onkel Sam's Kanonenbooten zu entwischen.

Ich hörte in atemloser Spannung zu. Johnny Young lachte, als er endete, und sah mich vergnügt an.

»Ja, ja – ich hab' was übrig für rapides Leben trotz meiner sechzig Jahre. Herrgott, wär' ich noch jung! Könnt' ich noch einmal mittollen! Sehen Sie, ein anderer würde Ihnen sagen, Sie seien verflucht leichtsinnig gewesen, Ihre junge Nase in Pokerkarten zu stecken und Ihr bißchen Geld zu verlieren, anstatt die Centstücke zusammenzuhalten für die Not der ersten Zeiten in einem neuen Land. Ich sage: Das Geld, das ein junger Mensch wie Sie mitbringt, ist so wertlos für ihn wie altes Papier! Es hindert ihn nur im Lebenskampf. Denn je schneller er vor das Problem gestellt wird, entweder zu hungern oder Geld zu verdienen, desto rascher lernt er Land und Leute und Art kennen. Das mag bittere Medizin sein, aber es ist gute Medizin. Ich kann unsere Millionäre nicht leiden, die einem in salbungsvollen Memoiren vorlügen, wie fleißig sie in die Kirche zur Sonntagsschule gingen, wie sie Pfennig für Pfennig sich zusammensparten, wie sie mit ihrem so erworbenen Erstlingskapital von hundert Dollars sich weitere hundert Dollars hinzuarbeiteten, wie sie in harter Plage und getreuer Pflichterfüllung steinreiche Leute wurden. Das ist verdammter Schwindel. Mit dem Bravsein und dem Pfennigfuchsen hat noch kein großer Kaufmann Menschenkenntnis und Wagemut gelernt. Geh' hinaus ins Land, würde ich zu einem jungen Mann sagen. Laß dir das Leben um die Ohren pfeifen und lerne das Menschenpack kennen, so wie es ist und nicht wie's in frommen Bilderbüchern steht. Ist einer stark, dann kann er starke Medizin vertragen, und ist einer schwach, dann ist's nicht schade um ihn.«

Meine Augen müssen vor Begeisterung geleuchtet haben. Wie wunderbar mußte es sein, mitten im Leben zu stehen und zu sehen und zu lernen und stark zu sein. Mir war's, als springe Kraft und Selbstvertrauen von dem alten Mann auf mich über. Da schrillten vom Deck die mahnenden Pfeifensignale des Dampfers.

»Ich wollte Ihnen ja noch einen Rat geben«, sagte Herr Johnny Young aus San Antonio. »Beinahe hätte ich's vergessen. Gehen Sie zum Zahlmeister und lösen Sie sich eine Karte für einen Kajütenplatz nach. Der Unterschied für die Strecke Key West–Galveston wird nicht besonders groß sein. Es ist gescheiter, bequem untergebracht zu sein, statt auf hartem Boden zu schlafen und das Geld beim Pokern zu verlieren. So. In einer halben Stunde geht der Dampfer. Ich habe noch dringende Privatgeschäfte.«

Und mit einem verabschiedenden Kopfnicken tauchte er in das Hüttengewirr.

Ich aber rannte glückselig zum Dampfer und sprang an Deck. Im Bureau zeigte ich dem Purser meine Anweisung auf die Schiffskasse. (Mein Vater hatte, durch Vermittlung des Norddeutschen Lloyd, arrangiert, daß mir bei der Ankunft in Galveston fünfhundert Mark ausbezahlt werden sollten.) Zuerst machte er Schwierigkeiten, weil das Geld erst in Galveston fällig war, als ich ihm aber erklärte, daß ich von Key West ab im Salon zu fahren wünsche, wurde er sehr liebenswürdig. Verdiente doch der Dampfer dabei Geld.

* *
*

Meine Koffer ließ ich aus dem Schiffsraum holen, zwei Anzüge ließ ich mir aufbügeln von der Stewardeß, ich fiel über die Waschschüssel in der eleganten kleinen Kajüte her, ich probierte ein halbes Dutzend Kravatten, ich machte Toilette wie ein Backfisch vor seinem ersten Ball. Während ich den kunstvollen Knoten der Halsbinde schlang, dachte ich an den schmutzigen Barraum und die pokernden Menschen in Hemdärmeln. Wie war's denn nur möglich gewesen! Die Stewardeß bekam ein Trinkgeld, das sie einen Knix machen ließ. Im verlassenen Rauchsalon drehte und wand ich mich in eitler Selbstgefälligkeit vor dem Spiegel – bewunderte im Eßzimmer die überladene Einrichtung in Weiß und Gold, das strotzende Silber auf dem Bufett – promenierte auf dem segeltuchüberspannten Kajütendeck unter eleganten Damen und Herren – ließ mir vom Steward einen bequemen Deckstuhl bringen und schlürfte aus spitzem Champagnerkelch Sherry mit Eis und Sodawasser. Da schritt schwerfällig Jack der Riese unten übers Deck. Er sah mich sitzen, betrachtete mich, betrachtete mich noch einmal, schüttelte den Kopf und sagte laut und vernehmlich:

»Jetzt will ich aber verdammt sein!«

Beim supper stellte mich Mr. Johnny Young als seinen jungen Freund vor, frisch vom Vaterland. Ich machte Verbeugungen nach rechts und nach links und erzählte von deutschen Gymnasien und deutschen Offizieren. Und bediente ritterlich die Dame zu meiner Rechten, Miß Daisy Benett, aus Dallas, Texas.

»Wie tapfer von Ihnen, daß Sie dieses gräßliche Zwischendeck studierten!« sagte Miß Daisy.

»Es war sehr interessant«, murmelte ich.

Wie der verlorene Sohn kam ich mir vor, der endlich von den Träbern wieder zu menschenwürdigem Leben übergeht. Jedes breakfast, jedes dinner, jedes supper war mir ein Freudenfest, das ich mit tausend Wonnen auskostete, nicht um der vielen Gänge und der mancherlei Delikatessen willen, sondern weil ich mir so vornehm schien. So gut angezogen. So tadelloses Benehmen. So ganz gute Kinderstube. Hans im Glück war ich sieben Tage lang. Miß Daisy geruhte, mein Englisch drollig zu finden und konstatierte, ich sei ein guter Junge. Aber artig sein! Ich schleppte ihr Stühle und Decken und Bücher auf Deck und versorgte sie für ein halbes Jahr mit Schokolade und Bonbons. Droben auf dem Promenadedeck verplauderten wir die sommerschwülen Nächte und starrten zusammen ins Meer. Und in der allerletzten Nacht rauchten wir Zigaretten und tranken eisgekühlte Erdbeerbowle und –

»It's good bye, my boy ...«

»Und good bye, Miß Daisy –«

»Wie jung Sie sind, my boy, und – ja, wie neugierig ich doch bin! Wie's Ihnen wohl ergehen wird?«

Da lachte ich, lustig und leichtsinnig, als sei's ein Scherz, und sprudelte hervor, wie wenig Geld ich hätte, und wie ich so gar nicht wüßte, was beginnen.

»Fight your way, my boy«, sagte Daisy. »Schlag' dich durch!«

Gelbe Sandbänke tauchten am Morgen auf, immer klarer hervortretend in langgezogenen Streifen; das tiefe Blau des Golfmeeres wurde heller, grünlicher. Gegen Mittag waren wir mitten im Hafenlärm. Scharf umrissen lagen im grellen Sonnenlicht die Häusermassen Galvestons da.

Dutzende von Negern sprangen an Deck, als der Sam Houston am Pier anlegte, priesen Hotels an und bemächtigten sich der Gepäckstücke der Passagiere. Während der Menschenstrom die Gangplanken hinabflutete, guckte ich noch einmal in den Zwischendecksraum. Da waren die Decken, da rollte das Geld, da waren die Männer und lachten einen Schiffsoffizier aus, der, purpurrot im Gesicht, mit der Hafenpolizei drohte, wenn sie nicht sofort mit dem verdammten Pokern aufhören und sich zum Kuckuck scheren würden.

»Zehn Dollars mehr!« hörte ich eine tiefe Baßstimme sagen –

Dann ging ich von Bord. Unten am Pier riß mir ein baumlanger Neger den Koffer aus der Hand.

»City of Galveston, Herr? Feinstes Hotel!«

Ich schlenderte hinter ihm drein, an Mr. Johnny Young aus San Antonio vorbei, der eben in einen Wagen stieg. Abschiednehmend lüftete ich den Hut. Johnny Young nickte mir lächelnd zu und deutete mit weitausholender Armbewegung auf das Getriebe.

»Dies ist Texas, my son!«

Mein letzter Dollar

Den Weg zur Arbeit finden – den Wegweiser … – Wär' ich nur ein Schuster! – Beim Herrn Kanzleichef im deutschen Konsulat. – Auf dem Telegraphenamt. – Das letzte Silberstück. – Der gute Samariter. – Nun fängt ein neues Leben an …

In der Situation lag Humor:

Wie machte man es eigentlich, sich das Leben um die Ohren pfeifen zu lassen? *Was* taten Glückssoldaten denn, wenn ihnen das Geld ausging? *Wo* stand nun der Wegweiser, der zu Arbeit und tätigem Leben wies?

Bruder Leichtfuß fand den Wegweiser nicht –

Tag für Tag war ich in der backofenheißen Inselstadt umhergewandert, im Hafengetriebe, in menschenwimmelnden Hauptstraßen, staunend, starrend, und wurde mit jedem Tag verwirrter, hilfloser. Frau Logika dozierte mit sonnenklarer Deutlichkeit, daß etwas geschehen müsse, irgend etwas, denn selbst Bruder Leichtfuß (der seelenruhig im besten und teuersten Hotel Galvestons wohnen blieb) erkannte die große Wahrheit, daß das Leben Geld kostet. Und das Geld schwand dahin und bald würd' mir's ergehen wie dem armen Mann im schwarzen Walfisch zu Askalon.

Den Wegweiser finden – den Wegweiser …

Stundenlang jeden Tag stöberte ich im Hotelvestibül den Anzeigenteil der Zeitungen durch. Da wurden Schneider verlangt, und nach Schustern war rege Nachfrage, und um Bäckergesellen schien man sich zu reißen; aber irgend eine Stellung, die *ich* hätte ausfüllen können, stand niemals in der Zeitung. Mehr als einmal dachte ich: Wärst du nur ein Schuster oder doch wenigstens ein Schneider! Keinen Pfennig schienen mein Latein und mein Griechisch und die ganze humanistische Bildung in dieser Texasstadt wert zu sein. Herrgott, man konnte doch nicht wildfremde Menschen fragen, ob sie vielleicht etwas für einen zu tun hätten! Wie machte man es? Stundenlang quälte ich mich mit der Abfassung eines Stellengesuches. Gebildeter junger Deutscher sucht – – Ja, was denn eigentlich? Was konnte ich denn leisten?

Da kam die große Idee. Das deutsche Reich unterhielt in den großen Städten des Auslandes deutsche Konsuln, um deutschen Reichsangehörigen mit Rat und Tat beizustehen. Natürlich! Dorthin mußte ich gehen und dort würde mir geholfen werden! Ich ließ mir im Hotel die Adresse geben und rannte spornstreichs nach dem Konsulat, drückte ganz aufgeregt vor Freude auf die Türklinke und –

»Können Se nich' anklopfen?« schrie mir eine Stimme entgegen.

In einem kahlen Raum mit zwei gelbangestrichenen Stehpulten, den Bildern des Kaisers und der Kaiserin und einer riesigen Holzbarriere saß auf hohem Drehstuhl ein Mann, der mich wutentbrannt über seine Brille hinweg anfunkelte. Hinter seinen beiden Ohren steckten Federhalter.

»Was wollen Se?«

»Ich wünsche, den deutschen Konsul zu sprechen.«

»Is' nich' da. Un' überhaupt – sagen Se nur, was Se wollen. Ich bin der Kanzleichef.«

Da genierte ich mich gewaltig und wußte nicht recht, wie ich's anstellen sollte.

»Ich bin soeben erst aus Deutschland angekommen und –«

»Nu ja und was wollen Se hier?«

Die Frage verblüffte mich. »Ich weiß eben nicht … ich möchte Rat erbitten –«

Der Kanzleichef kletterte von seinem hohen Sitz herab und stellte sich vor mich hin.

»So? So–oh? Haben Se Papiere?«

Mein deutscher Reichspaß machte den Gestrengen um eine Nuance freundlicher.

»Na, und?«

In meiner Verlegenheit tappte ich sofort in medias res hinein. »Ja, ich wäre Ihnen sehr dankbar, wenn Sie mir einen Rat geben könnten. Ich habe nämlich nur noch sehr wenig Geld und –«

Da gab sich der Kanzleichef einen förmlichen Ruck. In strenger Mißbilligung glotzten mich die brillenbewehrten Äuglein an, und

schnarrend, schnell, als ob er Auswendiggelerntes herunterleiere, sagte
er:

»Der Deutsche, der nach Amerika kommt, hätte erstens lieber in
Deutschland bleiben sollen. Zweitens kann das deutsche Konsulat ihm
keine Arbeit verschaffen, denn es hat keinen Einfluß auf den Arbeitsmarkt und muß als Behörde es ablehnen, sich mit Arbeitsvermittlung
zu beschäftigen!«

»Aber –«

»Drittens verfügt das Konsulat über keinerlei Mittel zu Unterstüt-
zungszwecken. Tja – wenn Sie kein Geld mehr haben, können Se
wiederkommen und 'ne Karte an den deutschen Verein haben. Dort
kriegen Se 'n Vierteldollar und 'n Mahlzeitticket.«

»Herr – seh' ich so aus?« sagte ich wütend. Mir war, als müßte ich
in den Boden sinken. Dieser Mann war ein Barbar, ein Prolet, ein –
–

»Tja – das kann man nich' wissen!«
Er grinste mich an und ich starrte ihn an.
»Wollen Se sonst noch was wissen?«

»Herr, ich bin humanistisch gebildet!« schrie ich, knallte die Tür
zu und stolperte die Treppenstufen hinunter. Ein Hohngelächter gellte
mir nach. Mit zornrotem Kopf lief ich die Straße entlang. Dem Konsul
würde ich schreiben und ihm gründlich meine Meinung über das Betragen seines Kanzleichefs sagen! Meinem Vater würde ich schreiben
und ihn bitten, sich beim bayerischen Ministerium zu beschweren und
–

Herrgott, was anfangen!

Heute war Wochenende, und nach Bezahlung der Wochenrechnung
im Hotel würde mir wahrscheinlich kein Geld mehr übrig bleiben.
Was tun – was tun? Ich nahm mir vor, aus dem Adreßbuch deutsch-
klingende Namen von Kaufleuten herauszuschreiben und die um Rat
zu bitten, so schwer's auch sein würde. Irgend etwas mußte sich doch
finden … Wenn sich aber nichts fand! Wenn ich da stand ohne Geld?
Bittere Gedanken stiegen in mir auf und formten sich zu bitteren
Vorwürfen. Trotz allem und trotz allem – war es recht gewesen, daß
man mich aufs Geratewohl hinausgeschickt hatte in die weite Welt?
Und auf einmal kam mir in meiner Verzweiflung der Gedanke, daß
das Geld in meiner Tasche das einzige Bindeglied zwischen mir und
der Hilfe in der Heimat war. Heute konnte ich noch telegraphieren,

morgen würde ich das Geld für das Kabeltelegramm nicht mehr haben
…

Ich ging aufs Telegraphenamt. Auf einer Fensterbank in einem stillen Winkel beschrieb ich ein Formular nach dem andern, nur um eines nach dem anderen zu zerreißen. »Sofort Kabelgeld.« Nein, so war's nicht richtig; einen Grund wenigstens mußte man angeben, kurz und klar, denn natürlich kostete jedes Wort viel Geld. »Hilflos, erbitte Kabelgeld.« Dieses Formular zerriß ich schnell, kaum geschrieben, so schämte ich mich vor mir selber. Hilflos. Wie das klang. Nein: »Bitte hundert Dollars Hotel City Galveston, da Arbeitssuche noch erfolglos.« Wieder zögerte ich. Ich stellte mir vor, wie das Dienstmädchen das Telegramm ins Wohnzimmer bringen würde – Ich bildete mir ein, mein Vater würde die Achseln zucken und irgend etwas Scharfes, Häßliches sagen, und meine Mutter würde bitten … Wenn ich meiner Mutter kabelte? »Noch erfolglos schlimm daran schnell hundert Dollars Hotel City Galveston.« Hundert Dollars waren freilich sehr viel Geld und –

»Nein!« sagte ich auf einmal, so laut, daß vorbeigehende Herren mich neugierig anstarrten.

Nein!

Mochte es gehen wie es wollte. Ganz recht hatten sie da drüben im geliebten alten München – hatten Kummer und Sorgen genug gehabt mit mir. War weiter nichts als verdammte Anstandspflicht, sie mit meinen Affären nicht mehr zu behelligen.

* *
*

Die Wochenrechnung war fällig. Die Wochenrechnung, die mein letztes Geld verschlang. Der Mann im Hotelbureau strich gleichgültig Banknoten und Silber ein und fragte mich ebenso gleichgültig, ob ich irgend welche besonderen Wünsche hätte und ob ich noch längere Zeit zu bleiben gedächte.

»Weiß noch nicht«, sagte ich.

Ich setzte mich auf einen der Rohrstühle im Rauchzimmer, paffte eine Zigarette und befühlte verstohlen den harten Silberdollar in meiner Westentasche. Das war mir übrig geblieben – *ein* Dollar. Ein einziges Silberstück stand zwischen mir und dem Nichts. Ich biß die Zähne zusammen und versuchte, nachzudenken. Es war etwa drei Uhr nachmittags. Zuerst mußt du deine Uhr und ein paar Anzüge versetzen oder verkaufen, sagte ich mir. In Amerika wird's wohl auch Leihhäuser geben. Aus dem Hotel mußte ich noch heute fort, natürlich; irgendwo mußte man doch billiger wohnen können. Ich beschloß, einen Polizisten darüber zu befragen. Und dann mußte ich Arbeit suchen, mußte Arbeit finden, sonst – Daran zu denken, an das andere, an das, was geschah, wenn ich keine Arbeit fand, wagte ich nicht. Ich kam mir so verlassen vor, so hilflos, so – –

Da sprach mich ein Herr an, der neben mir saß, weit zurückgelehnt im Schaukelstuhl mit übergeschlagenen Beinen. Den schneeweißen Filzhut mit riesiger Krämpe hatte er weit in den Nacken geschoben, und die schlanke Gestalt umschlotterte ein bequemer Anzug aus dünner Rohseide. Scharfgeschnittenes Gesicht. Lustig blinzelnde Augen. Es sei furchtbar heiß heute. Ob ich die Hitze nicht vertragen könne? Ich sähe miserabel aus. Ob ich mich nicht wohl fühlte?

»Nein. Ja. Doch!« stotterte ich verwirrt.

»Well, sollten einen Whisky nehmen! Feine Sache, so 'n kleiner Whisky, wenn man nicht ganz allright ist. Kommen Sie mit mir zur Bar! – So! Mann, vorhin sahen Sie ja kreideweiß aus. Besser jetzt?«

»Ja, danke«, murmelte ich.

»And that's allright«, lächelte der Texaner, sich bequem gegen die Bar lehnend. »Sie sind frisch von drüben? Ja? Kam mir nämlich so vor. Mein Vater ist auch von Deutschland nach Texas gekommen. Hm ja, ich spreche aber lieber englisch. Was wollen Sie hier beginnen?«

»Das weiß ich eben nicht!« platzte ich heraus.

»Kann ich mir denken!« meinte er. Er sah mich nachdenklich an und kaute an seiner Zigarre. »Well, lassen Sie uns wieder ins Rauchzimmer gehen, wenn's Ihnen recht ist. Bißchen plaudern. Ja?«

Wir setzten uns in die weichen Rohrstühle, ich und der erste Mensch in dieser Texasstadt, der sich um mich kümmerte.

»Well – und wie gefällt's Ihnen im guten alten Texas?«

»Gar nicht!« stöhnte ich.

Da lachte er auf und schlug sich aufs Knie. »Mann, erzählen Sie 'mal, wenn Sie wollen. Will mich ja nicht aufdrängen. Würd' Ihnen aber gerne einen Rat geben.«

Bruder Leichtfuß ließ sich nicht lange nötigen in seinem Jammer und sprudelte hervor, wie schlecht es ihm ginge und wie erbärmlich er daran sei.

»Ist nichts dabei. Gar nicht schlimm!« sagte der Texaner gleichmütig, als ich geendet hatte. Und dann brach er auf einmal in schallendes Gelächter aus.

»Hoh – Sie haben also wirklich kein Geld mehr?«

»N–nein!«

»Und dann wohnen Sie im besten Hotel!« Er lachte Tränen.

»Ich will heute noch ausziehen.«

»Wohin denn? Ohne Geld?«

»Ich muß eben Sachen versetzen.«

»Ach so!« Er lachte und lachte.

»Was soll ich denn sonst anfangen?«

Der Texaner zündete sich umständlich eine neue Zigarre an. »Unsinn!« sagte er. »Bessere Männer als Sie sind schon ohne Geld dagesessen. Is' nix dabei. Müssen eben arbeiten. Das bißchen Geld zum Leben verdienen kann jedes Kind. Was können Sie denn eigentlich?«

Da sprudelte ich mein ganzes bißchen Lebenslauf hervor.

»Schwierig!« sagte er. »Sehr schwierig. Aber auch für den dicksten Baum ist eine Axt gewachsen. Ich glaub' nicht, daß Galveston etwas für Sie ist. Hier drängt sich alles zusammen. Hm ja, Sie sind also grasgrün im Land, sind Ihr Leben lang auf Schulbänken gesessen, und haben noch nie 'was gearbeitet. Wollen Sie denn arbeiten – irgend etwas?«

»Natürlich!«

»Sicher? Irgendwelche Arbeit?«

»Alles!«

»Na, dann kommen Sie mit auf unsere Farm!«

Ich ließ mich in den Stuhl zurückfallen und schnappte förmlich nach Luft. Siedendheiß lief es mir über den Körper. Ich konnte kaum sprechen.

»Auf Ihre Farm?« stotterte ich. »Sprechen Sie – sprechen Sie im Ernst?«

»Selbstverständlich.«

»Ich weiß gar nicht, wie ich Ihnen danken – –«

»Unsinn, Mann. Ist ein ganz einfaches Geschäft. Sie sind jung und Sie sind stark und Sie können ganz zweifellos arbeiten, wenn Sie wollen. Der »alte Mann« und ich haben alle Hände voll Arbeit auf der Farm. Weiße Männer sind selten und teuer in der Erntezeit, und die Neger hier unten sind die faulsten Stricke auf der ganzen Gotteswelt. Abgemacht? And that's allright!« Und er streckte mir die Rechte zum Handschlag hin.

Stundenlang konnte ich nicht einschlafen in dieser Nacht. Ich sah mich auf galoppierendem Pferd dahinjagen – sah mich arbeiten draußen in frischer Luft – sah mich als freien Mann, der durch seiner Hände Arbeit sein Brot verdiente … Der Texaner hieß Charles Muchow. Die Farm seines Vaters lag hundert Meilen nördlich von Galveston, bei dem Städtchen Brenham, und morgen schon wollte er die Rückreise antreten, ich mit ihm. Er hatte einen neuen Farmwagen und einen Rotationspflug in Galveston gekauft. Wie's mir wohl ergangen wäre, wenn nicht der Zufall mich mit ihm zusammengeführt hätte? Jetzt hatten die Sorgen ein Ende und das neue Leben begann. Vom ersten Augenblick an hatte mir der junge Texaner mit seinem merkwürdigen Selbstbewußtsein und der unerschütterlichen Ruhe gefallen, und während der langen Abendstunden im Rauchzimmer waren wir beinahe Freunde geworden. Er nannte mich Ed, ich nannte ihn Charley.

»Das Mistern ist nicht Mode in Texas«, hatte er gesagt, »und Ihr gesegneter Name ist zu vertrackt. Sagen wir Ed. Kurz und klar – einfach Ed!«

Früh am nächsten Morgen weckte er mich, und nach dem Frühstück ging's zum Bahnhof der Santa Fé Eisenbahn. Die Wagen unseres Zuges trugen in goldenen Lettern die Inschrift: Lone Star Express – Einsamer-Stern-Expreß. Wir stiegen ein. Ein weicher Teppich bedeckte den Boden, und statt Bänken oder Polstersitzen standen in langen Reihen, je zwei und zwei nebeneinander, bequeme Lehnstühle mit weichen Ledersitzen, die sich in alle möglichen Lagen zurechtschrauben ließen. Auf den Rücken der Stühle vor uns waren kleine Flaggen mit einem Stern in der Ecke eingepreßt, und darunter stand wieder in Goldbuchstaben »Lone Star Express«; kleine blaue Sterne auf rotem Grund bildeten den Deckenschmuck des Wagens; überall, an den Wänden, an den Türen prangte die Flagge mit dem einsamen Stern – das Wahrzeichen des Staates Texas.

Der Expreß jagte dahin. Zwischen weiten, weißglänzenden Flächen. Aus tiefblauem Himmel brannte die Sonne, drückend heiß schon, trotz des frühen Morgens. Unübersehbar, bis an den Horizont reichend, dehnten sich die ungeheuren Massen von tiefem Grün; Gebüsch, Sträucher, in schnurgeraden endlosen Reihen, dazwischen in feinen

Strichen die schwarze Erde. Über dem massigen Grün lag es wie frisch gefallener Schnee, hingestreut in riesigen Flocken, in silberleuchtenden Schneebällen. Wie Silberfäden und Spinngewebe breitete sich die weiße Schönheit über das ganze Land.

Wir fuhren durch das Reich des Königs Baumwolle.

Im Reich des Königs Baumwolle

Das Städtchen aus Sand und Holz. – Im Texasladen. – Mr.
Muchow Senior. – Der Kampf mit dem Schimmel. – Ein Sommer
beim König Baumwolle. – In Deutschland wär' die Farm ein
Rittergut gewesen … – Baumwollpflücken und Baumwollmühle. –
Die Reklamereiter. – Nigger Slim. – Im deutschen Klub. – Wie
aus dem Wald das Feld wurde. – Der Neger. – Die amerikanische
Krankheit des Wandertriebs.

»Brenham!« riefen die Kondukteure.

Wir schritten durch tiefen weichen Sand. Da und dort standen Schuppen, bald aus rohen Brettern, bald aus grauem Rollblech; dazwischen Lagerplätze, angefüllt mit Bretterhaufen und Kohlen und langen Reihen von Fässern. Vor uns zeichnete ein rotes Gebäude aus nackten Ziegelsteinen sich scharf gegen den blauen Himmel ab, inmitten eines weiten Straßenvierecks von Häusern aus Holz, die von Farben flammten. An allen Wänden waren Inschriften in Rot und Gelb und Grün und Weiß, Reklame in Worten, in Bildern; von den Dächern flatterten Fahnen mit den Namen von Firmen neben Sternenbannern. Bunt, schreiend, grell war das Bild. Reiter auf galoppierenden Pferden jagten über den Sandboden vor den Häusern, Männer in farbigen Hemden, rote und blaue Tücher um den Hals geschlungen, den Sombrero im Nacken. Zwischen ihnen fuhren in scharfem Trab leichte zweirädrige Wägelchen. Pferde überall. Über dem hölzernen Fußweg die Häuserreihen entlang lief, Haus mit Haus verbindend, eine auf Holzpfosten erbaute Überdachung, eine Art Loggia, ein Wandelgang. An den Pfosten waren Hunderte von Pferden angebunden, fertig gesattelt. Aus Sand und Holz und Farben und Pferden bestand das Städtchen. Die sausenden Reiter, die Neger, die da herumstanden, die grelen Farben, das Hasten und Jagen – mir war, als stünde ich vor dem Tor einer Wunderwelt.

»Müssen zuerst nach Robert Brothers«, sagte Charley. »Dort wird der alte Mann sein.«

Die Herren Gebrüder Robert hausten in einem Laden im Wandelgang. Auf schmutzigem rohem Bretterboden und an verwahrlosten Wänden standen und hingen Tausende der verschiedensten Dinge; Haufen von Pflügen, Sätteln, Wolldecken, Schaufeln, Kleidern, Pyramiden von Hüten. Silberverziertes Zaumzeug bedeckte den Boden. Fässer mit Mehl, Kisten mit Tabak, Säcke mit Zucker und Salz standen überall herum. Auf dem Handgriff eines Pfluges balancierte mit verlockender Grandezza ein Seidenhut, und zwischen allerlei Lederzeug waren Revolver und Gewehre achtlos hingeworfen; auf einem Whiskyfaß prangte ein pompös befederter Damenhut, und in einer Schachtel teilten sich Patronen den Raum mit friedlichen Biskuits. Und überall, wo nur ein Plätzchen frei war, hockten auf Fässern und Kisten Männer mit Pfeifen zwischen den Zähnen und Gläsern mit Bier in den Fäusten.

»Hello!« sagte Charley. »Da ist er ja!« Er schritt auf einen Winkel zu.

»Guten Tag, Vater!«

»Guten Tag, Charley«, sagte eine Gestalt in derbem blauem Leinen. »Deinen alten Vater haben sie beim Würfeln so hereingelegt, daß er für die ganze Gesellschaft die drinks bezahlen mußte. Kein Narr ist so schlimm wie ein alter Narr, mein Junge!«

»Wie du meinst, Vater. Dies ist ein junger Deutscher. Heißt Ed. Freund von mir.«

»Verdammt angenehm!« sagte der Alte.

»Er kommt mit uns auf die Farm.«

»Wie du meinst, Charley«, antwortete der Alte. »Frisch von drüben, nicht? Well – well … Kauf' ihm, was er braucht, Charley. Was ich noch sagen wollte, die Mexikaner mit den Ponys sind da, und ich hab' um einen Schimmel gehandelt. Wollen nachher hinfahren.«

Der alte Mann mit dem struppigen grauen Bart blinzelte mir vergnügt zu.

Ich stand da, schüchtern wie ein kleiner Junge, und sagte kein Wort. Und ließ mich von einem Warenhaufen zum andern zerren, ließ mir einen breitrandigen grauen Sombrero mit silberbeschlagenem ledernem

Hutband kaufen, blaue baumwollene Arbeitskleider, derbe Stiefel und lederne Reitgamaschen, eine Pfeife und einige Päckchen Tabak.

Dann half ich, unsere Koffer auf den grünen Farmwagen packen und kletterte ungeschickt auf den Wagensitz neben den alten Muchow. Die beiden Maultiere spitzten die langen Ohren, streckten die glattgeschorenen Schwänze mit den komischen Haarbüscheln an den Enden kerzengerade in die Höhe, und los ging es. Wir sausten die Häuserreihen entlang, bogen um eine Ecke und hielten mit einem Ruck vor einem winzigen hölzernen Kirchlein. Hunderte von Pferden tummelten sich auf dem großen freien Sandplatz neben der Kirche, in drängender Masse, in buntfarbigem Knäuel, fortwährend umkreist von Reitern in gestrickten Jacken und spitzigen zuckerhutförmigen Hüten, die mit gellenden Zurufen und knallenden Peitschenhieben die Tiere zusammengedrängt hielten. Keines der Pferde stand ruhig; sie galoppierten durcheinander, wieherten und bissen sich.

»Die weiße Stute dort in der Ecke!« sagte der alte Muchow. »Dreißig Dollars!«

Ein Mexikaner, der zu uns herangeritten war, nickte, gab seinem Gaul die Sporen und sauste in den Pferdeknäuel hinein. Rechts und links stoben die Tiere auseinander. Nun hatte er den Schimmel erreicht, der den Kopf hochwarf, mit einem gewaltigen Satz durch die Reihen der Pferde brach und in sausendem Galopp auf uns zujagte. Charley saß ruhig auf seinem Fuchs und schwang in immer größer werdenden Kreisen den Lasso. Die Schlinge zischte durch die Luft, fiel über den Hals des Pferdes, spannte sich. Ein scharfer Ruck, und wie vom Blitz getroffen, brach der Schimmel zusammen. Im Nu waren Charley und der Mexikaner über ihn her, legten ihm einen dicken Strick in kunstvollen Schlingen über Hals und Maul, banden das andere Ende des Strickes an den Wagen und –

»Fahr zu, Vater!« schrie Charley. »So schnell du kannst. Wir haben ihn!«

Die Peitsche klatschte auf die Maultiere, der Schimmel wurde emporgerissen, und in tollem Jagen ging es vorwärts. Das verängstigte Tier stürmte gegen den Wagen an, aber da war Charley schon neben ihm, und in schweren Schlägen sauste die Peitsche auf den Schimmel nieder. Er schreckte zusammen, machte einen jähen Satz zur Seite, wurde wieder fortgerissen durch den Strick, der ihm das Maul zusammenschnürte. Immer wieder wehrte er sich und immer wieder siegte der winzige Knoten über die riesige Kraft des Tieres.

Brenham lag hinter uns. Da und dort tauchten noch vereinzelte Holzhütten auf, auf einsamen sandigen Strecken. Dann kam Wald, dann kamen grüne Felderstrecken, dann wieder Sand, dann ging's durch einen Bach, daß das Wasser hoch aufspritzte. Der alte Mann stand hochaufgerichtet vorne im Wagen, die Pfeife zwischen den Zähnen, und peitschte auf die Maultiere ein; Charley galoppierte neben dem Schimmel her und drängte ihn vorwärts, wenn er sich sträuben wollte; ich war nach hinten geklettert und scheuchte mit fuchtelnden Armen und geschwungenem Hut das Pferd zurück, wenn es in seiner Angst auf den Wagen einstürmte. Ich war toll vor Aufregung, sah nichts, hörte nichts, hatte nur Augen für den Kampf mit der wilden Kreatur, die immer wieder zerrte und sich aufbäumte und fortgerissen wurde und mit weißem Schaum bedeckt war. Mir war, als seien nur Minuten vergangen, als wir vor einem Drahtzaun so jäh anhielten, daß ich gegen die Wand geschleudert wurde. Als ich heruntersprang, hatte Charley schon den langen Strick vom Wagen gelöst und um einen Baum geschlungen. Das weiße Pferd stand zitternd still und starrte uns aus erschreckten Augen an.

»Und das ist allright!« sagte Charley. »Ed, Sie haben geschrieen, als ob Sie am Spieße stäken!«

Inmitten des Drahtzauns waren Gebäude aus Holz; ein Wohnhaus mit einer breiten Veranda, Ställe, an einer Seite offen, in denen Pferde und Maultiere standen, ein paar Hütten. Ein Neger eilte herbei, öffnete ein Tor aus Rahmenwerk und Stacheldraht und führte den Wagen hinein. Eine alte Frau und zwei Mädchen kamen. Wir gingen ins Haus, setzten uns an einen Tisch in einem Zimmer, an dessen Wänden Gewehre und Lederzeug hingen, und aßen. Gekochten Speck gab es und Maisbrot und gebackene Süßkartoffeln, deren gelbes Fleisch genau so schmeckte wie Kastanien. Beim Essen wurde ausgemacht, daß ich alles frei haben sollte und fünfzehn Dollars im Monat.

Wir gingen in den Hof. Charley betrachtete nachdenklich den Schimmel, der an seinem Strick zerrte.

»Ich reit' ihn doch!« brummte er. »Eigentlich sollte er über Nacht an dem Baum angebunden bleiben und nichts zu fressen und nichts zu saufen bekommen. Dann wär' er morgen mürbe. Aber das ist eine

Schinderei. Ich will ihn schon kriegen. Sie können mitreiten, wenn Sie wollen.«

Ob ich wollte!

Jim der Neger sattelte mir ein Pferd. Während ich aufsaß, warfen er und der alte Muchow dem Schimmel Leinen um die Füße und hielten sie straff gespannt. Das Tier konnte sich nicht rühren. Charley trat vorsichtig heran, legte ihm Decke und Sattel auf und schnürte die Gurte mit aller Kraft zusammen. Dann sprang er selbst auf. Die Leinen wurden losgelassen und der Strick um den Hals des Pferdes durch einen raschen Schnitt gelöst. Zitternd stand es da. Mit einem Male machte es einen gewaltigen Satz, drehte sich im Kreise, bockte, schüttelte sich. Aber der Reiter auf seinem Rücken saß fest. Ein schallender Peitschenhieb. Und das Tier brüllte auf und jagte davon – mein Pferd im Galopp hinterdrein.

Beim ersten Sprung wäre ich fast aus dem Sattel geschleudert worden, und ich hatte instinktiv mit beiden Fäusten in die Mähne gegriffen, ums liebe Leben zupackend. Bald aber fühlte ich, daß ich breit und sicher saß, merkte, daß das Pferd unter mir in ruhiger Stetigkeit galoppierte: spürte in meinen Beinmuskeln, wie es sich dehnte und streckte. Langsam beugte ich mich vor und drückte die Schenkel an. Da schoß Molly vorwärts, dem weißen Flecken mit dem schwarzen Punkt da vorne nach.

Holtergepolter ging's über den Sandboden, in Grasland hinein, über grüne Stauden hinweg, hinter dem weißen Flecken her, der größer und deutlicher wurde und jetzt wieder erkennbar war als Mann und Pferd.

Das Grün der Felder flog vorbei, Grasboden kam wieder, dann Sand. Da sah ich, daß der Mann vor mir sich mit aller Kraft in die Zügel legte, bis der Schimmel herumflog und verzweifelt aufbäumte, sich im Kreis drehend. Aber das harte Eisen in seinem Maul blieb erbarmungslos und – neue Schmach! – Sporen wurden ihm in die Seiten gestoßen, und Peitschenhiebe hagelten auf ihn nieder, Schlag auf Schlag …

Noch wehrte sich der Schimmel. Während ihn das Eisen im Maul und die Peitsche in großen Kreisen über den Sand trieb, duckte er mitten im Jagen zur Seite, ballte sich zusammen wie eine Katze und sprang in die Höhe. Der Sattelgurt hielt, der Mann blieb sitzen. Mehr Peitsche! Mehr Sporen! Immer enger wurden die Kreise, die Schleifen. Dreimal, viermal ging die tolle Jagd an mir vorbei. Mir schien es, als verlangsame sich das sinnlose Dahinschießen, als gebe sich das Pferd geschlagen. Aber das duldete der Mann auf seinem Rücken nicht. Unaufhörlich arbeitete seine Peitsche.

Da brach mit einemmal das Pferd mitten im Lauf zusammen. Der Reiter glitt leicht aus dem Sattel. Ich galoppierte hin. Da stand Charley zu dem Schimmel hinabgebückt, und das Tier wieherte leise und rieb die rosige Schnauze an seinem Ärmel und beschnupperte seine Hand. Mann und Pferd waren schweißbedeckt und schmutzüberzogen; dem Pferd zitterten die weißen Schaumflocken auf dem Leib – auf des Mannes Gesicht lag der Staub in dicker Kruste.

»Der Schimmel ist mein«, sagte Charley. »Texas Girl soll die Stute heißen, Texasmädel. Du bist ein gutes Pferd, Texasmädel, und ich denke, wir beide brauchen die Peitsche nicht mehr.«

Er stand auf, und der Schimmel folgte ihm wie ein Hündchen.

Langsam gingen wir zurück. Es war Spätnachmittag, und die Sonne brannte nicht mehr so heiß wie mittags in Brenham. Aber noch lag es wie zitterndes Geflimmer in der drückenden Luft. Wir schritten auf weiter Grasfläche. Vor uns streckten sich grüne Massen von Laubgebüsch mit Millionen von weißen Flecken, die Baumwollenfelder. Das Land gehörte zum größten Teil den Muchows. Fünf Zehntel waren mit Baumwolle bepflanzt, ein Zehntel mit Mais, ein Zehntel mit Zuckerrohr. Der Rest war Gras und Wald.

In Deutschland wär' die Farm ein Rittergut gewesen, der alte Mann mit den komisch schlotternden Hosen ein staatsstützender Agrarier, und Charley ein Gardeleutnant!

Hier unten in Texas wohnte der Besitzer von fast zwei Quadratmeilen Land in einem Holzhäuschen, das so aussah, als sei es in einem Tag zusammengenagelt worden, und aß in Hemdärmeln Speck und Kartoffeln zum Abendbrot.

In dem großen Zimmer, das als Wohnraum und Eßraum diente, stand auf rohem Bretterboden ein kostbares Piano, und über dem Piano hingen Tabakblätter zum Trocknen von der Decke herab – vor einem Schaukelstuhl aus Mahagoni lag ein Holzklotz als Fußschemel – eine zerbrochene Fensterscheibe war mit Papier zugeklebt; überall war die gleiche merkwürdige Mischung von teuren Dingen und primitivstem Behelfen. Das Haus hatte kein Fundament. Es war auf vier Ziegelsteinpfeilern errichtet, einen Meter hoch vom Erdboden, und in der Wohnstube konnte man hören, wie die Schweine unter dem

Fußboden wühlten. Draußen auf dem Hof standen, achtlos in einer Ecke zusammengeschoben, landwirtschaftliche Maschinen, die Tausende wert sein mußten, ohne Dach und Fach, ohne jeden Schutz vor der Witterung. Vierzehn Pferde hausten in einem Schuppen, der an einer Seite offen war und vier Maultiere waren einfach an einen Zaun angebunden. Und am gleichen Zaun hing Sattelzeug, das von Silber strotzte …

»Well, Sie müssen sich verdammt komisch vorkommen!« sagte der alte Muchow, der Tränen gelacht hatte über Charleys Bericht von unserem Zusammentreffen in Galveston. »Schadet aber nichts. Wird sich schon machen. Arbeit schändet nicht, sag' ich. Wenn Sie erst 'mal ein bißchen Amerikaner geworden sind, können Sie vielleicht 'was Gescheiteres tun, als auf einer Farm zu arbeiten. Aber bei uns sind Sie willkommen. Sie arbeiten mit Charley das, was Charley arbeitet und – well, werden schon auskommen.«

Ich schlief oben im Dachraum zusammen mit dem jungen Muchow, denn Raum war knapp in dem Häuschen. Was ich alles träumte! Von Baumwollkönigen und Texas Girls und Sträuchern, auf denen weißes Silber wuchs, und genialen jungen Deutschen, die wunderbar schnell reich wurden. Da störte mich eine polternde Stimme in meinem Reichwerden.

»Hello, boys!«

*   *
  *

Wir gingen in die Morgendämmerung hinaus, Säcke mit breiten Tragbändern über den Schultern, wassergefüllte Tonkrüge in den Händen. Ein Stückchen glühendroter Sonne war schon am Horizont zu sehen, und der feine weiße Nebel über dem Meer von Grün zog sich langsam in die Höhe. In wenigen Minuten hatten wir das Baumwollenfeld erreicht, das gepflückt werden sollte. Der alte Farmer und die beiden Mädchen tauchten sofort in die Buschreihen hinein.

»Du hängst dir den Sack um, so, daß du ihn neben dir herschleifst«, erklärte Charley, »und dann pflückst du mit beiden Händen die Früchte aus den Kapseln und steckst sie in den Sack. Und in zwei Stunden wird dir der Rücken so weh tun, daß du meinst, mit deinem Rückgrat sei irgend ein Malheur passiert. Aber das ist nur die Baumwollkrankheit und sie hört auf, wenn du dich erst einmal an das Bücken gewöhnt hast.«

Er fing an einer Sträucherreihe zu pflücken an, ich an der nächsten. Seine Arme arbeiteten wie Windmühlenflügel und seine Hände wühlten in den Baumwollbüschen, zupfend, greifend, pflückend … Wie feines, schneeweißes Haar sahen die Silberknollen aus. Sie steckten in vier zusammengewachsenen rundlichen Kapseln und ließen sich mit einem leisen Griff herauszupfen, so, wie reife Eicheln leicht aus ihren Bechern fallen. Dort, wo die Früchte aus den Kapseln herauswuchsen, waren sie fest und hart; die von den Fäden ganz umsponnenen Samenkügelchen konnte man deutlich fühlen. Aus dem festen Kern heraus aber quoll es seidenweich, faustgroß, in runden Bällen, von denen zwischen breitem Grün Dutzende und Aberdutzende an jedem der Sträucher saßen. Ich zupfte und zupfte, doch Charley war schon weit voraus. Da kam der Eifer des Wettbewerbs über mich. Mit flinken Fingern ging's in die weiße Pracht hinein, die Bälle einheimsend, so schnell es nur gehen wollte. Ich hatte nur Augen für meine Hände, die hastend vom Busch zum Sack und vom Sack zum Busch flogen. Bald fing mein Rücken zu schmerzen an, denn die Sträucher reichten einem nur bis zu den Schultern und man mußte fortwährend in gebückter Stellung stehen.

»Ausleeren!« rief Charley.

Sein Vater und seine Schwestern waren herbeigekommen. Der Alte zog eine primitive Federwage aus der Tasche und begann mit dem Wiegen.

»Charley, 25 Pfund.«

»Ich armer alter Mann: 23 Pfund.«

»Mary, 24 Pfund.«

»Lizzie, 22 Pfund.«

»Ed, 18 Pfund. Verdammt gut für einen Grünen.«

Ein Schluck Wasser aus den Tonkrügen, und dann ging's wieder in die Buschreihen hinein. Die Stunden flogen dahin; Reihe auf Reihe wurde abgepflückt, Sack auf Sack gewogen und ausgeschüttet, bis am Ende des Feldes es sich auftürmte wie Hügel frischgefallenen Schnees. Immer heißer wurde es. Der schwere Hut drückte auf meinen Schädel, das Tragband schnitt in die Schultern ein, die Kleider schienen mir am Leibe zu kleben; aber ich war so vergnügt wie schon lange nicht mehr, froh wie ein Kind, das ein neues Spielzeug bekommen hat. Beim

Mittagessen aß ich mehr, als ich je in meinem Leben gegessen hatte und am Abend war ich so müde, daß mich die ganze Familie auslachte! Und am Abend des dritten Tages schrieb ich einen begeisterten Brief an meine Eltern. Ich sei Texasfarmer. Mir ginge es ausgezeichnet. Es sei wunderbar – einfach wunderbar …

Die Neger kamen. Sie halfen pflücken und luden ihre Baumwolle auf dem Farmhof ab. Denn ein großer Teil der Muchowschen Farm war an Neger verpachtet, die Land und Werkzeug geliefert bekamen und dafür die Hälfte der Ernte abliefern mußten. Sechs Familien waren es, Männer in zerfetzten Hosen, Weiber in roten und blauen Röcken und grellkarierten Kopftüchern, splitternackte Kinder, die alle zusammen schwatzend und schreiend in die Baumwollenfelder zogen und gefüllte Säcke herbeischleppten, bis sich weiße Berge auf dem Farmhof türmten.

* *
*

Am Ende der Woche ging's mit vier hochbeladenen Wagen nach der Baumwollenmühle. Einen Wagen fuhr ich und kam mir sehr wichtig vor auf meinem hohen Sitz und hielt die Zügel krampfhaft in den Händen, als ob die alten Maultiere nicht auch ohne mich hinter den Wagen dreingelaufen wären! Nach einer halben Stunde Fahrt hielten wir mitten im Wald vor einem wackelig aussehenden hölzernen Gebäude, aus dessen hohem eisernem Schornstein schwarzer Rauch quoll.

Drinnen begannen Maschinen zu stampfen. Ein Wagen nach dem andern wurde dicht an das Gebäude herangefahren und sein weißer Inhalt mit großen Holzschaufeln in eine breite Öffnung hineingeschaufelt. Von dort brachte ein endloser Aufzug, ein breites Lederband mit Holzkästchen, die Baumwolle nach oben. Wir gingen in die Cottongin, die Baumwollenmühle, hinein, an einem Dampfkessel vorbei, den ein halbnackter Neger mit Holzklötzen fütterte, und stiegen auf einer Leiter zu dem Maschinenstockwerk empor. Aus dem Aufzug flutete ein weißer Strom von Baumwolle in ein Sägewerk, dessen mit ungeheurer Geschwindigkeit sich hin und her bewegende kleine Sägen die Silberfrüchte zerrissen und zerfetzten. Die federleichten weißen Fäden wurden von der Maschine weitergeschoben in einen breiten Holzkasten hinein, der senkrecht bis hinab auf den Erdboden reichte, während die schweren Samenkörner durch eine Öffnung in den unteren Raum fielen. War der Holzkasten mit Baumwollfasern angefüllt, so senkte sich eine hydraulische Presse herab, die genau in seine Öffnung paßte, und preßte die leichte weiße Masse in einen schweren Ballen zusammen, den mechanische Vorrichtungen mit Sackleinwand und Eisenbändern umspannten.

Der alte Muchow pinselte mit schwarzer Farbe auf jeden Ballen ein gewaltiges M.

»So«, sagte er, »nun wollen wir den Samen in einen Wagen schaufeln und die acht Baumwollballen auf einen zweiten Wagen laden. Ihr beide könnt dann nach Brenham hineinfahren. Euch Jungens macht es doch mehr Spaß, wenn ihr in die Stadt fahren könnt, als mir. Ich denke, wir spannen die vier Gäule vor deinen Wagen, Charley, und geben Ed die Maultiere. Mit denen kann er zurecht kommen.«

»Selbstverständlich!« behauptete ich.

Wenn man mich damals gefragt hätte, ob ich eine Dampfmaschine zu erbauen verstünde, würde ich wahrscheinlich auch ja gesagt haben! Das Vierspännigfahren ging gut, eine Tatsache, die für den gesunden Pferdeverstand der Muchowschen Maultiere zeugte. Die Straße war zwar miserabel und hatte allerlei gefährliche Löcher und Rinnen, aber die Tiere wichen ganz von selber aus. Als wir uns Brenham näherten und der Weg breit und eben wurde, rief mir Charley zu, ich solle neben ihm fahren.

»Die Reklamereiter werden gleich kommen!« schrie er herüber.

»Die was?«

»Die Reklamereiter, mein Sohn. Jungens, die eine volle Whiskyflasche in der Satteltasche stecken haben und sich ein besonderes Vergnügen daraus machen werden, einem gewissen Charley und einem gewissen Ed einen ordentlichen Schluck von der richtigen Sorte anzubieten! Die Sache ist nämlich so: für Baumwollsamen bekommst du bei jedem Agenten genau das gleiche Geld, die Tagesnotierung selbstverständlich. Die Samenagenten können also ihre Konkurrenten nicht durch höhere Preise überbieten, sondern nur durch größeren Umsatz. Deshalb schicken sie Reklamereiter auf die Landstraßen hinaus, gerissene Jungens, die jeden Farmer im Umkreis von fünfzig Meilen kennen. Oft lauern auf einer einzigen Zufuhrstraße ein halbes Dutzend solcher Reklamereiter. Sobald eine Wagenladung in Sicht kommt, reiten sie auf den Farmer zu und sind so liebenswürdig zu ihm, als ob er der Präsident der Vereinigten Staaten wäre; bieten ihm Whisky an, erzählen ihm die neuesten Brenhamerwitze, reiten neben seinem Wagen her, so lange, bis einer von ihnen die Ladung gekriegt hat. Heidi, da sind sie schon!«

Zwei Reiter kamen herangejagt, was die Pferde nur laufen wollten, hart nebeneinander, weit vornübergebeugt auf ihre Gäule, und parierten mit scharfem Ruck vor unseren Wagen.

»Hello, Muchow, old boy!«

»Guten Tag, Jungens! Warum habt ihr's denn so eilig? Ist der Sheriff hinter euch drein?«

»Nee, Muchow. Der Sheriff sitzt zu Hause und rechnet sich aus, wer fürs Gehängtwerden reif ist. Er schwankt noch zwischen dir und einem übelberüchtigten Neger aus Palavera County.«

»Donnerwetter, Kinder, da habt ihr aber Glück«, sagte Charley todernst. »Der Sheriff von Brenham wird immer nachlässiger. Er weiß wohl gar nicht, daß ihr beide wieder im Land seid?«

Da hielten die beiden Reiter lachend die Hände in die Höhe:

»Allright, Charley. Wir geben's auf. Dagegen können wir nicht an. Wer soll denn nun deinen Baumwollkram haben, Muchow? Ich reite für Smith & Donahan und John hier für Faraday & Co. Wer soll's sein?«

»Kommt darauf an«, lachte Charley. »Trockene Gegend hier, nicht?«

Eine Whiskyflasche kam prompt zum Vorschein, und Charley beguckte sich lange und andächtig den Himmel durch den Flaschenhals.

Der andere Reiter reichte mir eine Flasche herüber. »Neu in der Gegend hier?«

»Danke. Ja. Ich bin erst kurze Zeit im Land.«

»Aber Ed! Das mußt du nicht jedem hergelaufenen Pferdedieb gleich auf die Nase binden!«

»Doch, doch!« meinte der Reklamereiter. »Ihr noch unschuldiger Ruf könnte sonst leiden. Denn nur einem ganz grasgrünen Grünhorn (entschuldigen Sie den Ausdruck!) kann man es verzeihen, wenn er sich zu einer halbtoten Mumie, wie diesem Muchow hier, auf 'ne gottverlassene Farm hinhockt.«

»Jawohl!« grinste Charley. »Allerlei Leben würd' er mit euch sehen – die innere Ausstattung des Countygefängnisses aber auch! Dicky, du kriegst die Ladung; dein Whisky ist so schlecht, daß du unbedingt Geld verdienen mußt, um besseren kaufen zu können. Du kommst das nächstemal dran, John. So! Reitet, Jungens! Go to the devil!«

»Sollen wir ’was ausrichten?« schrien lachend die Reiter, schon im Davonjagen …

»Siehst du, Ed, das sind nette, manierliche Jungens, mit denen man wenigstens ein vernünftiges Wort sprechen kann, ohne daß man einen Seidenhut auf dem Schädel haben und bei jedem dritten Wort eine Verbeugung machen muß. So laß ich’s mir gefallen. Gute alte Texasmode, Sohn!«

»Grasgrünes Grünhorn hat er gesagt!« meinte ich. »Nette Höflichkeit!«

»Well – wenn Euer Kaiser nach Texas käme, wäre er auch ein Grünhorn. Is nix dabei!«

*　*
*

In Brenham waren wir unsere Ladung in einer halben Stunde los; den Samen bei Smith & Donahan, die Ballen im Schuppen von Roberts Brothers. Die Pferde und die Maultiere banden wir vor dem gleichen Laden wie neulich an. Wir wollten gerade hineingehen, da kam einer der umherlungernden Neger auf uns zu, ein schlanker schwarzer Bursche. Sein Hut strahlte in sieben verschiedenen Farben und hatte mindestens doppelt so viele Löcher; seine Hosen hielt er mit beiden Fäusten krampfhaft fest, weil sie viel zu weit waren und stetig herabzurutschen drohten; sein Hemd mochte in unschuldiger Jugend einmal weiß gewesen sein.

»Mistah Muchow – dies schwarze Kind hier is’ sehr angenehm froh, daß Mistah Muchow in Stadt sin’!«

»So, du Sohn eines faulen Vaters? Und was machst du denn in Brenham? Und wie steht’s mit dem Pflücken? Heh, Slim?«

»Macht Melusina Maryanne, Mistah Muchow. Dieser Nigger hat kein’ Kaffee, kein’ Zucker, kein’ Tabak, kein’ gar nix. Kleines Zettelchen für fünf Dollars, Mistah Muchow!«

»Der alte Mann hat dir erst vorige Woche einen Kreditschein gegeben!«

»Huh – is’ alles weg.«

»Ja, dann kriegst du aber schließlich nicht mehr viel Geld, wenn wir deine Baumwolle verkaufen, Slim.«

»Is nix dabei. Un – klein’ bißchen weißes Geld möcht’ Slim, Mistah Muchow, ein Dollar oder zwei!«

»Wozu denn?«

»Diesem Nigger juckt die rechte Hand, Mistah Muchow, un' das ist ein feines Zeichen, bringt jedesmal Glück. Slim will 'n bißchen crap schießen un' die schwarze Gesellschaft 's ganze Geld abnehmen!«

»Hier hast du 'n Dollar, Slim. Jetzt lauf weg, Slim. Wenn du morgen nicht beim Baumwollpflücken bist, frißt dich der alte Mann mit Haut und Haaren auf, das kann ich dir sagen!«

Grinsend trollte sich der Neger.

»Das ist einer von unseren Pächtern«, sagte Charley, »und der lustigste Nigger, den ich im Leben gesehen hab'. Nun wollen wir 'mal zugucken, wie er seinen Dollar los wird.«

Wir bogen um die Ecke, und richtig, da in dem Nebengäßchen, hockte Neger Slim mit einem halben Dutzend schwarzer Spießgesellen im Sand, und auf einer alten Jacke rollten Würfel hin und her.

»Komm, kleine Sieben!« rief Neger Slim beschwörend. »Willst du wohl 'rauskommen, du miserabel langweilige Sieben. Schnell – und kauf' Frauchen ein Paar Schuhe. Liebe süße Sieben ...«

Sieben! Slims schwarze Tatze schoß hervor und strich die Silbermünzen ein, die auf der Jacke lagen.

Ein neues Spiel begann.

Die anderen Neger rollten die Augen und ärgerten sich.

»Oha, dicke Elf! Komm liebe dicke Elf!«

Wieder gewann Neger Slim. Achtmal hintereinander gewann er, und beim neunten Spiel konnte er keinen Gegeneinsatz bekommen, denn er hatte seine schwarzen Brüder bis auf den letzten Cent ausgeplündert!

»Nix weiß' Geld mehr?« sagte er enttäuscht. »Dann is' dies nette kleine Spielchen alle, gentlemen. Wenn ihr Geld habt, könnt ihr wiederkommen.«

Und würdevoll schlenderte er die Straße hinab, mit den Vierteldollars in seiner Hosentasche klimpernd.

Charley und ich gingen in Gus Meyers Salon an der Ecke der Wandelhalle. Der kleine Raum war peinlich sauber, der Boden mit weißem Sand bedeckt. An der Decke schnurrten elektrische Fächer, deren scharfer Luftzug Kühlung brachte. Männer, die an der Bar schnell ein Glas Bier hinunterstürzten, gingen und kamen fortwährend. An einem großen runden Tisch saß um eine gewaltige Platte von Kaviarbrötchen eine lustige Gesellschaft.

»Der deutsche Klub«, flüsterte Charley mir zu. »Guten Morgen, gentlemen! Es würde mich eine pleasure sein, die nächsten Biers zu trihten ...«

»Lieber Muchow, Ihr Deutsch ist 'was Gräßliches«, schmunzelte ein dicker Herr. »Es würde Ihnen also ein Vergnügen sein, die nächste Auflage Bier zu stiften? Bewilligt!«

»Yes, that's it«, sagte Charley. »Und dies hier ist ein junger Deutscher, der – –«

»Wissen wir«, lächelte der dicke Herr mit vergnügten Äuglein. »Sie unterschätzen das alte Brenham und seine Neugierde, lieber Muchow. Meinen Sie wirklich, daß jemand brühwarm aus Deutschland nach dieser feinen Metropolis kommen kann, ohne daß darüber gesprochen wird? Prosit!« (Zu mir): »Wie gefällt's Ihnen? Gut? Ja? Das ist merkwürdig, denn zwischen Gymnasium und Farmarbeit ist doch ein wesentlicher Unterschied. Well – manchmal wundere ich mich, was sich eigentlich deutsche Eltern dabei denken, wenn sie – – na ja, dies ist 'ne verrückte Welt. Sehr verrückt. Aber man darf nur keine Müdigkeit vorschützen. Es wird Ihnen noch gut gehen – und es wird Ihnen noch schlecht gehen – aber schützen Sie nur ja niemals Müdigkeit vor!«

Er sah sicherlich nicht müde aus. Weder er noch die anderen. Sie sprühten von Kraft und Selbstvertrauen. Der Herr mit den vergnügten Äuglein war der Eigentümer des Brenham Herald, der Zeitung der Stadt, die in einer täglichen englischen und in einer wöchentlichen deutschen Ausgabe erschien. Da war der Agent einer Großbrauerei und ein Sattlermeister, der Besitzer einer Sodawasserfabrik und der Vertreter eines Nähmaschinengeschäfts. Das Gespräch drehte sich nur um Arbeit und Geld und neue Unternehmungen. In Brenham war Erntezeit in mehr als einem Sinn. König Baumwolle herrschte, King Cotton, wie der amerikanische Süden seine weiße Silberfrucht nennt – King Cotton ritt über das Land und verwandelte sein Reich von feinen weißen Fäden in schweres gleißendes Gold. Das Geld rollte. Der allmächtige Dollar strömte aus Dutzenden von Zufuhrstraßen nach dem Texasstädtchen. Der Farmer bezahlte den Kredit, den er das Jahr über bei den Geschäftsleuten der Stadt in Anspruch genommen hatte, er kaufte Maschinen und gab Geld für Vergnügen aus. Und männiglich mühte sich offenbar aus Leibeskräften, möglichst viel von dem Goldsegen zu erhaschen. Diese deutschen Männer, die deutsch und englisch wirr durcheinander sprachen, begnügten sich nicht etwa

mit einem einzigen Beruf, mit einem einzigen Geschäft, sondern
dehnten ihre Interessen nach allen möglichen Richtungen aus. Der
Redakteur und Verleger, so hörte ich mit Staunen, betrieb nicht nur
nebenbei die einzige Buchhandlung Brenhams, sondern er besaß auch
eine Farm und hatte außerdem Geld in allen möglichen Unternehmungen stecken. Augenblicklich war er eifrig damit beschäftigt, bei Kaviarbrötchen und schäumendem Lagerbier eine Eisfabrik zu gründen. In
zehn Minuten setzte er seinen Freunden auseinander, daß Eis als Sta-
pelbedarf des Südens ein ausgezeichneter Fabrikationsartikel sei und
daß er gar nicht einsehe, weshalb Brenham sein Eis von auswärts beziehen müsse. Die anderen nickten zustimmend – der Sattlermeister,
der nebenbei noch eine Sägemühle besaß; der Bieragent, der Direktor
von zwei Brenhamer Gesellschaften war; der Nähmaschinenmann, der
aus Mexiko Mustangs importierte …

»How much?« fragte der Sattlermeister.

»Zehntausend, oder sagen wir fünfzehntausend«, meinte der dicke
Herr.

In weiteren zwanzig Minuten hatte sich die Gesellschaft einverstanden erklärt. Die Brenham Ice Company Limited war so gut wie gegründet! Und im nächsten Augenblick wurde fast gleichzeitig darüber gesprochen, wer als geschäftsführender Direktor der neuen Eisfabrik
bestellt werden sollte, und wo man heute abend pokern wollte.

»Hustle!« sagte der Eigentümer des Brenham Herald, mich über die
Brille hinweg anblinzelnd. »Kennen Sie das Wort? Drängen heißt es,
sich rühren, sich mit beiden Ellbogen vorwärts schieben. Hustle!«

* *
*

Die Zeit schwand dahin. Längst war die weiße Pracht der Felder hin-
ausgewandert nach den Baumwollzentren der Welt; die weiten Strecken
lagen öde, gedörrt vom Sonnenbrand da. Der Indianersommer kam,
der wundervolle Texasherbst mit seinen leuchtenden roten und braunen
Farben, mit seiner goldenen Sonne. In aller Herrgottsfrühe, in der
Morgendämmerung, begann immer die Arbeit der Farm. Zuerst war
es Baumwollpflücken gewesen von Sonnenaufgang bis Sonnenuntergang, dann kam das Einernten der Maiskolben, dann das Schneiden
des texanischen Zuckerrohres, des Winterfutters für Pferde und Vieh.
Als die Ernte eingeheimst war, ging es an Kleinarbeit. Die Stachel-

drahtzäune wurden ausgebessert, wir legten Bewässerungsgräben für die Felder an, wir flickten unser Sattelzeug, wir bauten einen neuen Stall, wir besserten die Farmwagen aus und strichen sie schön grün an, oder rumorten zwischen den Pflügen und Farmgeräten. Die Arbeit der Texasfarm schien mir keine Bürde.

»Ich kann mir kein rechtes Bild von deinem Leben machen«, schrieb mir einmal mein Vater. »Du berichtest über Reiten und Schießen und Jagen, du schreibst uns lustige Negergeschichten. Ist das Bauernarbeit in Texas?«

Doch die Arbeit war da und sie war schwer. Die ganze Art des Landes jedoch gab ihr einen romantischen Zug, und dieser romantische Zug vergrößerte sich ins Ungeheure für einen jungen Menschen wie mich. So wie es in der Stadt keine kleinere Münze als fünf Cents gab, weil kein Mensch sich mit Kupfergeld abgeben wollte, so fehlte auch auf der Texasfarm jede Kleinlichkeit. Wie sonniger Leichtsinn lag es über dem fast jungfräulichen Land, das ohne künstliche Hilfe reiche Ernte hergab. Dumpf dahin zu arbeiten, fiel hier keinem Menschen ein. Wir lebten auf der Farm in freier Natur ein freies Leben, das selbst schwerer Arbeit einen merkwürdigen Reiz verlieh. Und manchmal war die Arbeit wie ein Fest ...

»Well, Jungens«, sagte der alte Muchow eines Abends, »ich denke, wir machen uns jetzt an den Wald drüben bei der Slimpachtung und hauen uns ein neues Stück Feld heraus.«

Am nächsten Morgen ritten Charley und ich zu den Negerpächtern der Umgegend und trieben Arbeiter auf, und am nächsten Tag schon begann die Arbeit. Im Morgengrauen zogen wir hinaus. Voraus ritten der alte Mann, Charley und ich, hinter drein fuhr Jim der Neger mit vier Maultieren und einem Farmwagen, bepackt mit zwei riesigen Kesseln und Säcken mit Proviant. Über Ackerfurchen und knisternde Maisstengel ging's hinweg. Am Waldrande prasselte ein Feuer aus dürrem Holz, an dem zwei schwarze Gestalten kauerten und sich die Hände an den Flammen wärmten. Es war Neger Slim und seine Ehefrau Melusina Maryanne.

»Schön' guten Morgen, Mistah Muchow, schön' guten Morgen, Mistah Charley, Mistah Ed. Feine Sache, so 'n kleines Feuerchen. Nix niemand noch nich' da von die faulen Niggers.«

»Wie viele kommen denn, Slim?«

»Sechzig Stück, Mistah Muchow – jeder gesegnete Farmnigger in dieser Gegend, so wahr dieses Kind einmal in' Himmel kommen will. Nur der Washington Columbus von Mistah Davis sein' Farm nich' un' das ist schade, weil das ein Nigger is', der mit die Axt fein Bescheid weiß.«

»Warum kommt er denn nicht?«

»Kann nicht. Is krank. Kann nicht sitzen, nicht liegen, nicht stehen, kann kein gar nix.«

»Wieso denn?«

»Oh – das is' sehr einfach. Ein anderer farbiger Gentleman hat ihm ein' ganze Ladung Schrot in die rückwärtige Gegend hineingeschossen!«

Wir brachen in schallendes Gelächter aus.

»Wegen ein' kleine Meinungsverschiedenheit beim Würfeln«, fiel Melusina Maryanne, die junge Negerfrau, mit schriller Stimme ein. »Lord – was is' das Würfelspielen für ein' schlechte Gewohnheit! So was tut mein Slim nicht! Ich würd's ihm auch mit mein' Besen austreiben!«

»Tut Slim niemals nich'«, log der Neger darauf los und schielte vergnügt zu Charley und mir herüber.

Als das Rot des herbstlichen Sonnenaufgangs durch die Baumreihen zu schimmern begann, kamen sie von allen Seiten herangeritten, schwarze Gestalten mit Äxten über den Schultern, auf struppigen Pferden, auf altersschwachen Maultieren. Im Nu häufte sich ein Berg von alten Sätteln und Decken am Waldrand. Die Ponys und »mules« begannen draußen auf dem Feld zu grasen. Die Reiter aber drängten sich um das Feuer und ließen sich von Melusina Maryanne heißen schwarzen Kaffee in ihre blechernen Becher einschenken, fischten Speckstücke aus der brodelnden Pfanne und frisches Maisbrot aus dem Kessel. Weiße Zähne zermalmten und dicke Lippen schmatzten.

»So, Jungens!« rief der Herr der Farm von seinem Gaul herab, »nun wollen wir dem alten Wald zu Leibe gehen. Charley, Ed, zählt euch dreißig Mann ab und fangt hier zu arbeiten an. Die anderen kommen mit mir. Los, Kinder. Wollen 'mal sehen, auf welcher Seite mehr gearbeitet wird!«

Hemden wurden heruntergerissen, nackte schwarze Oberkörper glänzten im Sonnenlicht, und donnernd erdröhnten die Axtschläge. In langer Linie arbeiteten unsere dreißig Neger, Baum an Baum. Mit rhythmischer Regelmäßigkeit fielen die hoch über die Köpfe geschwungenen Äxte. Zuerst ein Hieb von oben, der tief in den Stamm hineinbiß, dann ein ergänzender waagrechter Schlag, der das angehauene Holzstückchen herausschleuderte. So entstand eine winzig kleine Kerbe in der Form eines liegenden V, flach wie ein Teller unten, schräg in den Baumstamm hineinfressend von oben. Mit jedem Hieb wurde die Kerbe größer, bis der verwundete Stamm sein eigenes Gewicht nicht mehr tragen konnte, die Holzfasern rissen und der Baum krachend zur Erde fiel. Dann sprangen drei, vier Mann auf ihn und hieben ihm die Äste ab, und der alte Jim schlang eine Kette um den Stamm und schleppte ihn mit seinen Maultieren an den Waldrand hinaus. Die Äste blieben liegen. Da waren Fichten, deren rotes Holz so weich und wässerig ist, daß es nur zum Verbrennen taugt; Buchen, Eichen und Hickorybäume, deren Stämme auf einen besonderen Haufen gelegt wurden, denn sie waren so wertvoll, daß sie in Brenham verkauft werden sollten. Ihr Holz ist hart wie Eisen. Die zähen Ranken, die sich von Baum zu Baum schlangen, der Efeu der alten Eichen und wucherndes Gestrüpp mit scharfen Dornen fielen unter den Axthieben. Schritt für Schritt drangen die Neger in den Wald ein. Ich hielt es nicht lange aus beim Zusehen, sondern sprang vom Pferd, holte mir eine Axt und schlug darauf los, daß die weißen Holzsplitter flogen.

Da gerieten Slim und ein anderer Neger in Streit. Sie hatten ihre Äxte verwechselt.

»Is meine Axt!«

»Nein, meine!«

»Das is' ein' dicke Lüge, du schwarzer Gauner!«

»Is' kein' Lüge!«

»Is' es doch!«

»Is' es nich' –«

Wütend funkelten sich die beiden Neger aus rollenden Augen an. Charley aber zog gelassen den Revolver hervor und spannte den Hahn.

»Äxte weg, Jungens! Wer von euch beiden eine Axt oder ein Messer anrührt, den schieße ich über den Haufen. Gebraucht eure Fäuste meinetwegen, ihr Dickschädel!«

»Komm her, Affensohn!« brüllte der Neger.

»Komm du her!« schrie Slim.

Da auf einmal krümmten sich die beiden zusammen – senkten die Köpfe – rannten aufeinander los. Genau wie kämpfende Böcke. Die Schädel prallten in dumpfem Krach zusammen. Wieder rannten sie, wieder stießen die schwarzen Köpfe hart aufeinander; zwei-, drei-, fünfmal. Beim fünftenmal kratzte Slim's Widersacher sich die krause Wolle auf seinem Schädel und schlich davon.

»Is' das nicht ein fein' kleines Köpfchen, das dies Kind hier auf die Schultern sitzen hat!« jubelte Neger Slim.

Wir aber lachten, daß wir beinahe von den Pferden fielen.

»Dafür soll dieser Sohn eines Ziegelsteins ein Pfund Tabak haben«, sagte Charley. »Das ist das erstemal, daß ich ein richtiges Niggerboxen gesehen habe. Ein Neger ist doch ein merkwürdiges Individuum. Sein Schädel ist so hart, daß wahrhaftig etwas daran ist an dem alten Witz von dem Schwarzen, der im siebzehnten Stockwerk eines Wolkenkratzers aus dem Fenster fiel und in der Luft inbrünstig gebetet haben soll: Dear Lord, laß mich auf meinen Kopf fallen, if you please, und ich armer Nigger bin gerettet! Eines Negers Schienbeine aber sind so weich und so empfindlich, daß ihn der leiseste Stoß schmerzt. Wenn du einmal mit einem Neger Unannehmlichkeiten hast, Ed, so gib ihm einen kräftigen Fußtritt gegen das Schienbein, und er wird heulend davonlaufen! Well – nun hör' mal! Vorhin wollte ich es dir nicht sagen, aber du mußt nicht mitarbeiten beim Baumfällen! Mit Negern arbeitet man nicht zusammen!«

Ich schämte mich fast, daß ich das nicht selbst empfunden hatte. Denn so naiv ich den Neger betrachtete, so fühlte ich mich doch in natürlichem Instinkt dem Mann der schwarzen Rasse gegenüber genau so als Herr und Höherstehender, wie der alte Muchow oder sein Sohn; empfand eine Abneigung, deren erster Grund der penetrante Geruch der Ausdünstung des Negers sein mochte. Für den Neger soll der Weiße übrigens genau den gleichen unangenehmen Geruch haben. Man plauderte mit dem Neger. Man amüsierte sich über seinen grotesken Humor, über sein komisches Englisch. Man brauchte ihn notwendig. Wie alle anderen Riesenfarmen in dem spärlich besiedelten Land basierte der Muchowsche Besitz auf Negerarbeit im Pachtsystem. Die Negerfamilien bekamen Land und Werkzeuge und mußten dafür das Land bestellen und die Hälfte des Ertrags abliefern. Sie waren vollkommen abhängig von dem Herrn der Farm, weil sie fast niemals bares Geld in die Hände bekamen und immer in der Schuld des Farmers standen, denn sie waren faul und verschwenderisch. Bekamen sie nach der Ernte wirklich Geld, so verpufften sie es in wenigen Wochen; die Männer in Trinkgelagen, die Weiber in komischem Putz, und waren dann wieder auf den Farmer angewiesen, der ihnen für die einfachsten Lebensmittel ungeheure Preise anrechnete. Eine Wirtschaftsteilung, bei der der Neger als der wirtschaftlich Schwächere und Untüchtigere unbedingt den Kürzeren ziehen mußte. So wurde das Land nach uralten primitiven Methoden bestellt, und was der Farmer durch nachlässige Bewirtschaftung verlor, glaubte er durch den Umfang seines Besitzes und den billigen Grundwert wieder hereinzubringen. Um straffe moderne Organisation, um wissenschaftliche Bodenausnutzung mühte sich niemand, weil der Neger nur in dem althergebrachten System zum Arbeiten zu bringen war, weil er als Tagelöhner zum Beispiel unter ständiger Aufsicht hätte sein müssen. Mir erschienen die Neger von einer fast kindlichen Harmlosigkeit. Als Kinder wurden sie auch behandelt, und als Kinder fühlten sie sich. Sie kamen mit den kleinsten Anliegen zu uns, sie konnten nicht einmal die einfache Baumwollarbeit, in der sie doch aufgewachsen waren, selbständig verrichten. Man behandelte sie freundlich, aber man hielt sie sich energisch vom Leibe. Kein Neger durfte den Farmhof betreten, ohne vorher angerufen und sich Erlaubnis erbeten zu haben; jeder Schwarze mußte ausweichen, wenn wir auf der Straße ritten oder fuhren; er durfte in Brenham kein Restaurant betreten oder sich in öffentlichen Räumen gleichzeitig mit Weißen aufhalten. Er war ein untergeordnetes Wesen und sollte es bleiben.

Stück für Stück und Tag um Tag verschwand der Wald. Die Stämme türmten sich draußen auf dem Feld auf. Nach drei Wochen stand kein Baum mehr, und eine halbe englische Meile weit sah man nichts als Haufen von Geäst und nackte, weißschimmernde Baumstümpfe. Nun begann die eigentliche Rodearbeit; die Stümpfe wurden herausgesprengt. Den Negern machte das ein Heidenvergnügen, und uns drei Weiße hielt es in ständiger Aufregung, weil die Schwarzen kaum wegzutreiben waren bei den Sprengungen. Das grobe Sprengpulver spaltete die Stümpfe nur und lockerte sie aus dem Erdreich. Feuer mußte die Arbeit vollenden. Der alte Mann selbst warf den Brand in das Gestrüpp, und langsam fraßen die roten Flämmchen in das Kleinholz, bis ein Windstoß kam und die kleinen Feuerzüngelchen zum rasenden Feuermeer aufpeitschte, das eine glühendrote Rauchwolke weithin über das Land trieb. Den ganzen Tag und die ganze Nacht umritten wir den Flammenherd und löschten Dutzende und Aberdutzende von Bränden, die durch glühende Funken in den benachbarten

Feldern im Baumwollengesträuch und unter den Maisstengeln entstanden waren. Unsere Löschmanier war höchst einfach. Zwei Reiter hielten eine nasse Decke zwischen sich gespannt und schleiften sie im Galopp über den brennenden Boden. Mehrere Tage lang brannte das neugewonnene Land. Dann aber hätte man auf der weiten Fläche kein Stückchen Holz mehr finden können; die Stümpfe, die herausgesprengten Wurzeln, die Äste, das Gestrüpp, das dürre Laub von vielen Jahren, der uralte Laubmoder – das alles war eine schwarzverkohlte Masse mit Tausenden von weißen Aschenhäufchen. So wurde aus dem Wald das Feld ...

* *
*

»Charley und Ed, die beiden Spitzbuben«, sagte der alte Muchow öfter als einmal, »sind gar nicht mehr auseinanderzubringen. Immer stecken sie beisammen. Die Pferde reiten sie mir zu schanden, ihre ewige Schießerei hat mich schon halb verrückt gemacht, bei den Negern strolchen sie herum, – aber arbeiten tun sie, das muß man ihnen lassen. In einer Manier freilich, als täten sie's nur, weil's ihnen Vergnügen macht!«

Monate tollen Erlebens. Ich lernte Vertrauen in meine Fäuste und in meine Kraft; lernte auch den wildesten Gaul reiten; lernte das weiche Englisch des amerikanischen Südens; lernte den merkwürdigen Texasmischmasch von Selbstvertrauen und Schlenderjahn. Die Muchows fühlten sich unabhängig wie große Herren auf ihrem riesigen Grundbesitz, aber sie so wenig wie die Nachbarn hatten den Ehrgeiz, das alte Schlendersystem der Farmer zu verbessern. Es war, als seien die weißen Männer auf dem flachen Land angesteckt von der Sorglosigkeit und Gleichgültigkeit des Negers. Sie lebten ein Herrenleben in ihrer Art, aber sie aßen Maisbrot und Speck das Jahr über und wohnten in rohen Holzhäusern; sie trugen derbes Leinen und betrachteten eine Zigarre als Sonntagsluxus. Dutzende von Pferden standen auf jeder Farm, und kein Mensch wäre hundert Meter zu Fuß gegangen, aber die Tiere wurden niemals beschuht und fast niemals geputzt. Die Farmen sahen schmutzig und verkommen aus, die Straßen nach der Stadt waren in einem so erbärmlichen Zustand, daß sie bei der Regenzeit unpassierbar wurden. In der Erntezeit warfen die Farmer mit Goldstücken um sich, und die Hälfte des Jahres mußten sie bei den

Geschäftsleuten der Stadt Kredit in Anspruch nehmen. Man arbeitete aus Leibeskräften – ließ aber auf einmal alles liegen und stehen, wenn ein Neger mit der Nachricht gelaufen kam, Mister So und So von der nächsten Farm wolle zum Fischen nach dem Brazos reiten. Oder zum Kaninchenjagen. Oder auf die Waschbärenjagd. Dann sattelte man schleunigst die Gäule und ritt mit.

Es war ein merkwürdiges Leben auf der Texasfarm, das mir unbeschreiblich verlockend schien. Texasfarmer wollte ich werden! Es war sehr leicht, wenn man erst als halbwegs tüchtig bekannt war, Kredit zu erhalten und durch langsames Aufsteigen vom Pächter zum Farmer selbständig zu werden. Jeder Farmer verpachtete lieber an einen weißen Mann als an einen Neger, weil der Weiße von selbst arbeitete und der Schwarze nur, wenn er dazu getrieben wurde. Das Haus bauten einem die Nachbarn, die Geräte lieferte der Farmer, das Geld, das man bis zur Ernte brauchte, streckte er einem vor. Wenn die Baumwollenpreise nur einigermaßen gut waren, konnte man bald genug eigenes Land besitzen.

Wie oft hatte mir der alte Muchow das auseinandergesetzt! Aber für den Gang meines Lebens bestimmend war sein Sohn. Hätte nicht die amerikanische Krankheit unstillbaren Wandertriebes ihn erfaßt, so pflanzte ich heute aller Wahrscheinlichkeit nach Baumwolle irgendwo in der Nähe der Muchowschen Farm, ein Texasmädel wäre meine Frau, Texasgrund und Boden wäre mein eigen …

Denn im Spätherbst kam eine sonderbare Ruhelosigkeit über den jungen Muchow. Es gab fast nichts zu tun auf der Farm. Das Land sah öde aus; alles war verdorrt, der Boden, die Büsche und das Laub, das Gras. Man sah nichts als einförmiges Braun. Wir ritten täglich meilenweit übers Land, und auf einem solchen Ritt hielt Charley auf einmal seinen Gaul an und ließ die Zügel fallen. Lange Zeit sah er sich im Kreise um. Dann richtete er sich auf, wie jemand, der mit sich selber eins geworden ist.

»Ich geh' fort«, sagte er.

»Was?«

»Fort geh' ich. Zu verdammt langweilig!«

»Wohin denn?«

»Weiß noch nicht. Ich reit' jedes Jahr los. Neu-Mexiko war es letzten Winter, Indian-Territory das Jahr vorher. Für Cowboys gekocht, drüben bei San Antonio (und die Jungens haben oft genug geschimpft über meine Kocherei!) – mitgeholfen beim Branden der Rinder – dann nach Nordwesten hinauf – das verdiente Geld in einem Wagen und Provisionen angelegt und nach Gold gesucht – den Teufel 'was gefunden – halb verhungert in Albuquerque angekommen, Wagen und Gaul verkauft und nach Hause gefahren. Das waren famose fünf Monate, sonny! Diesmal ist es El Paso! Bei El Paso wird eine neue Eisenbahn gebaut. Gus sprach davon. Da strömen die lustigsten Kerle aus dem ganzen Süden zusammen. Jawohl – es ist 'ne feine Idee! Ich reite nach El Paso! Glory Hallelujah!«

Wie eine ansteckende Krankheit sprang sein Wandertrieb auf mich über.

»Nimm mich mit!« sagte ich.

»No, sir.«

»Warum denn nicht?«

»Geht nicht. Du kennst das Land noch nicht. Schließlich schlagen sie dir den Schädel ein und ich bin daran schuld. Nein. Bleib' beim alten Mann.«

Als wir nach Hause kamen, platzte er mit seinem Projekt heraus:

»Vater – hm – Mutter – hm, ich denke, ich reite morgen ...«

»Ach du meine Güte!« sagte Mutter Muchow leise.

»Wie du meinst!« brummte der Alte. »Eine verfluchte Wirtschaft! Du wirst schon noch in irgend 'n Malheur 'reintreten. Well – well – – bin auch mal jung gewesen, aber die neue Generation könnte doch 'was zugelernt haben. Hab' mir's schon gedacht, daß die Vagabundiererei wieder anfängt. Dann reite in drei Kuckucksnamen! Laß dich nicht über die Ohren hauen! Wo willst du hin?«

»Nach El Paso, Vater. Zum Eisenbahnbau.«

»Well, wie du meinst.«

Ich saß da und wäre beinahe geplatzt vor Neid. Und auf einmal kam's über mich wie fiebernde Unruhe.

»Wenn Charley fortgeht ...« begann ich.

»Hoh!« sagte der alte Muchow. »Da ist noch einer! Zu tun ist ja freilich nichts auf der Farm, aber du hättest doch wahrhaftig gerne hierbleiben können!«

Und ich beschloß, mein Glück im Texasstädtchen zu versuchen.

*   *
*

Kurz vor Brenham durchschnitt die Staatsstraße nach Osten, nach San Antonio und El Paso, unseren Weg. Dort, an der Kreuzung, hielten wir. Braun, dürr, öde, sandig lag die Gegend da. Auf dem untersten Ast eines Baumes am Straßenrande saßen träge vier Aasgeier.

»Good bye, Vater«, sagte Charley.

»Na, dann reite, mein Junge. Nimm dich in acht mit dem Mexikanerpack da drüben!«

»Allright, Vater. Good bye, Ed. Besser, du bleibst beim alten Mann. Überleg' dir's noch.«

Und im vollen Galopp jagte Texasgirl auf der Straße nach Osten vorwärts, mit einem Reiter, der lustig den Hut schwenkte und die sechs Schüsse seines Revolvers in die Luft knallte zum Abschiedsgruß –

»Eine verfluchte Wirtschaft!« brummte der alte Mann. »Wenn ich nicht selber einer von der Sorte gewesen wäre, könnt' ich dem Bengel wahrhaftig böse sein. Na, er kann für sich sorgen; wer mit dem anbindet, hat alle Hände voll. Was willst du denn in Brenham anfangen?«

»Keine Ahnung, sir.«

»Eine verfluchte Wirtschaft! Ehem! Ich lasse jeden das aufessen, was er sich einbrocken will. Wenn einer Dummheiten machen will, dann soll er sie eben machen. Man muß einen Mann mit seinem Mädel allein lassen und einen Narren mit seiner Narrheit. Good bye, mein Junge!«

Da hinten in Texas

Der Lausbub wird Apothekerlehrling. – Im Wunderland. – Grasgrüner Wissensdurst. – Die Negerin und das Liebespulver. – Ein Nachtklingel-Erlebnis. – Der Lausbub langweilt sich. – Das Gäßchen der winzigen Häuschen. – Klein-Daisy. – Die Dame, das Parfüm und die Folgen. – Ex-Apotheker. – Der frühere Leutnant aus dem heiligen Köln und sein Rat. – Der Mann mit den leuchtenden Augen. – Vorbereitungen zu einer geheimnisvollen Reise.

An einem der runden Tischchen in Gus Meyers Salon saß, emsig schreibend, der Redakteur und Verleger des Brenhamer Herald. Neben ihm stand ein kleiner Junge in Arbeitskleidern, mit Druckerschwärze beschmiert.

»Hello!« rief mir der Redakteur entgegen. »In dreieinhalb Sekunden hab' ich den Gouverneur von Texas vollends abgemurkst.« (Er schrieb weiter.) »So. Hier, mein Söhnchen! Lauf! Korrektur und letzte Depeschen bringst du mir hierher. Gus, noch 'n Bier! Und wie steht's mit Bruder Leichtfuß aus dem deutschen Vaterland?«

Er schüttelte sich vor Lachen, als ich ihm erzählte, weshalb ich in Brenham sei.

»Und was wollen Sie anfangen?«

»Ich hab' keine Ahnung ...«

»Selbstverständlich haben Sie keine Ahnung!« schrie er lachend, als ob das der beste Witz der Welt wäre. »Ich hätte auch keine an Ihrer Stelle. Es wäre auch wirklich zuviel verlangt von Bruder Leichtfuß, er solle sich – hokuspokus, hast du nicht gesehen? – in einen geldverdienenden Praktiker umzaubern, sobald er nur auf amerikanischen Boden plumpst!«

»Könnten Sie mir nicht einen Rat geben, Herr Doktor?«

»Hoh! So ist's recht. Wenn man selbst nichts weiß, so weiß vielleicht ein anderer etwas!«

Er lachte, und unter Lachen und Biertrinken pumpte er mit unglaublicher Schnelligkeit alles aus mir heraus, was er wissen wollte. Was mein Vater sei? Weshalb ich eigentlich Deutschland verlassen hätte? Meine Familie? Meine Verwandten? Welche Schulen?

»Stimmt alles!« schmunzelte er endlich. »Sie wären auch viel zu jung, um konsequent und überzeugend zu lügen. Das ist nämlich eine große Kunst! Hm – und nun wollen wir sehen, was sich in dieser feinen aufblühenden Texasstadt alles mit Ihnen aufstellen läßt. Aha – oho ... guten Morgen, Mr. Mindus!«

»Tag, Doktor!« sagte ein Herr, der soeben eingetreten war, ein Riese von respektabler Größe und noch weit respektablerer Breite, ein Riese in Hemdsärmeln, doch in Hemdsärmeln aus schillernder Seide; in blitzenden Lackstiefeln, auf dem Kopf einen Panama.

»Interessanter Fall, Herr Mindus!« sagte der Doktor. »Wir haben hier den jungen Deutschen, der bei den Muchows auf der Farm – ich erzählte Ihnen doch davon?«

Der Mann in den seidenen Hemdsärmeln nickte.

»Nun, er hat gemerkt, daß er in der stillen Farmzeit ziemlich überflüssig war und ist gegangen. Frage: Was fängt er an?«

»Geld?« fragte Mr. Mindus lakonisch.

»Ih wo!«

»Well – dann muß er arbeiten!«

»Aber, bester aller Apotheker, – Herr Mindus ist Besitzer der großen
Apotheke da drüben, mein Junge, – das wissen wir auch! Aber wie
und wo? Ich denke mir, wenn ein verwöhnter junger Mensch frisch
von der Schulbank fünf Monate Farmarbeit aushält, dann muß er zu
gebrauchen sein.«

»Das werden wir ja sehen«, sagte der Apotheker und wandte sich
mir zu. »Wenn Sie wollen, so können Sie bei mir in der Apotheke
arbeiten – –«

Ich saß da, so erstaunt und so überrascht, daß ich kaum ein Wort
hervorbringen konnte, und hörte, wie mir der Apotheker erklärte, er
»taxiere«, ich sei vorläufig fünfzehn Dollars im Monat und Verpflegung
für ihn wert, und in einer Viertelstunde solle ich nach der Apotheke
kommen. Dann schüttelte Mr. Mindus dem Doktor die Hand, nickte
mir zu und ging fort. Der Verleger des Brenham Herald sah mich lachend an.

»Eine verrückte Welt! Nun sind Sie Apothekerlehrling hier hinten
in Texas!«

Eine halbe Stunde später hielt ich einen Mörser zwischen den
Knieen und stampfte arbeitsam auf Kreideкügelchen los. Die zerstampf-
te Kreide füllte ich in kleine Schachteln. In jede Schachtel kamen drei
Tropfen Veilchenextrakt. So fabrizierte man hier hinten in Texas Puder.

*　*
*

Gewaltige Glaskugeln mit giftig grün, zart rosa und schreiend gelb
anilingefärbtem Wasser gefüllt, schillerten im Schaufenster als Wahrzeichen der Apotheke. Auf riesigen Regalen standen die Flaschen und
die Fläschchen mit den Rohstoffen der pharmazeutischen Kunst;
endlose Reihen von Patentmedizinen; von Pillen und Mixturen, Sarsa-
parillen und Blutbelebern. In Schaukästen waren alle möglichen Waren
aufgestapelt; Bürsten, Kämme, Toilettenartikel, wundertätige Fleckseifen
und Pokerkarten, Proben von wunderbar wachsenden Sämereien und
garantiert-echte Monte Carlo Rouletten; Vasen, Spielmarken, Puppen.

Der Herrenwelt brachte die Apotheke liebevolles Verständnis durch ein halbes Dutzend dickbauchiger Whiskyfässer entgegen, denn wer hier Wert auf guten Whisky legte, kaufte seinen Bourbon oder seinen Rye in der Apotheke. Für die Damenwelt sorgte die Sodawasser-Fontäne, die Jimmy Hawkins bediente.

Sie war ein Wunderwerk. In einem pompösen Nickelgehäuse, das den halben Laden ausfüllte, verbargen sich Eisbehälter, Kohlensäureapparate und Dutzende von kleinen Fäßchen mit allerlei Fruchtsäften und Ingredienzien. Auf dieser Maschine spielte Jimmy Hawkins wie auf einem Klavier; er schlug die Tasten geheimnisvoller Hähne an und komponierte merkwürdige Getränke. Die Basis war immer ein Glas Sodawasser zu drei Vierteln gefüllt, dazu kamen Fruchtsäfte oder flüssige Schokolade, und das ganze krönte jedesmal ein Löffel Icecream, Gefrorenes. Es war der punch romain europäischer Cafés, verflüssigt, ins Amerikanische übersetzt und verbilligt, – der soda drink zu fünf Cents. Die hohen Stühle vor der Soda Fountain wurden niemals leer. Hunderte von Damen schlürften alltäglich die eiskalten Herrlichkeiten. Dieser vordere Teil des Ladens war das Sanktum der holden Weiblichkeit des Texasstädtchens. Weiter hinten drängten sich die Männer von den einsamen Farmen; rauchend, schwatzend, plaudernd, denn sie wollten nicht nur kaufen, sondern auch unterhalten sein, etwas hören vom Getriebe des Städtchens und den Dingen der großen Welt. Noch weiter hinten an den Ladentischen – die Apotheke war riesig groß – versammelten sich die kaufenden Negerherrschaften. Und das Ganze war ein unbeschreiblicher Wirrwarr!

Bruder Leichtfuß schien es, als sei er im Wunderland.

Freilich mußte man kehren und fegen und spülen in diesem Wunderland, und Kisten schleppen und langweilige Salben in langweiligen Mörsern ewig lange zerreiben. Aber da waren Kasten und Schränke und Fläschchen und Dosen, die man so wunderschön durchstöbern konnte, und geheimnisvolle Gifte und geheimnisvollere Apparate und das fortwährende Kommen und Gehen von vielen Menschen. Ich entwickelte einen gierigen Lerneifer, gegen den kein Mensch etwas einzuwenden hatte; verbrannte mir die Finger gehörig an Schwefelsäure und kurierte mir Zahnschmerzen mit so viel kristallisiertem Cocain, daß ich beinahe sehr krank geworden wäre. Mr. Mindus und den Prokuristen und Jimmy Hawkins bombardierte ich fortwährend mit Fragen, die mit einem gemütlichen Grinsen über meinen grasgrünen Wissensdurst beantwortet wurden. So wurde aus dem wunderlichen Wirrwarr nach und nach ein vertrautes Hantieren mit vertrauten Dingen. Es dauerte gar nicht lange, so verkaufte der Lausbub Chinin (das war ein Stapelartikel) und Patentmittelchen – und nach wenigen Wochen schon durfte er neben dem Prokuristen am Rezepttisch stehen, wenn's viel zu tun gab, und beim Bereiten von Mixturen helfen! Einem deutschen Apotheker würden die Haare zu Berge gestanden sein über diesen Leichtsinn, aber man nahm es nicht so genau da hinten in Texas. Es war auch gar nicht so schwer. Die drei Ärzte des Texasstädtchens schrieben ihre Rezepte hübsch deutlich und leserlich, wie es Sitte ist in Amerika, und mein Latein und mein ewiges Herumschnüffeln und Fragen kamen mir bald zu statten. Ich rezeptierte darauf los …

Man stelle sich meinen Stolz vor!

Dummheiten machte ich natürlich auch, und ich vergesse nie, wie der pompöse Mr. Mindus aus dem Häuschen geriet, als ich dem berüchtigtsten Gauner von Brenham in aller Harmlosigkeit fünf Flaschen Whisky auf Kredit verkaufte! Und einmal kam eine junge Negerin und verlangte verschämt:

»Love powder, please!«

Liebespulver? Was beim Kuckuck war Liebespulver?

»Wie meinen Sie?« fragte ich verlegen. (Ich hatte damals eine ewige Angst, einen Kunden mißzuverstehen und mich zu blamieren.)

»'n Liebespulverchen – ein ganz kleines Liebespulverchen, Herr, aber nur allerbeste Qualität.« Sie lächelte genierlich. »So 'n recht gutes Liebespulver; ich brauch's für eine Freundin.«

»Aber …«

Mr. Mindus trat hinzu.

»Liebespulver? Jawohl! Ich lasse es sofort bereiten – wir werden unser Bestes für Sie tun!«

Und mir flüsterte er zu: »Stellen Sie sich doch nicht so ungeschickt an! Geben Sie ihr eine ganz kleine Dosis Saccharin! Wickeln Sie's in ein rosa Pulverpapier hübsch ein und berechnen Sie anderthalb Dollars – nein, zwei Dollars!«

Als die Negerin seelenvergnügt gezahlt hatte und strahlend fortgegangen war, sagte mir der Apotheker seine Meinung: »Wir haben alles und führen alles. Das merken Sie sich gefälligst! Fragen Sie mich, wenn Sie selbst nicht Bescheid wissen. Die schwarze Gans ist natürlich in irgend einen Nigger verliebt und will Gegenliebe dadurch fabrizieren, daß sie ihm ein Liebespülverchen beibringt. Die Bande ist nun einmal so abergläubisch. Sage ich ihr, so etwas gebe es nicht, so erzählt sie sämtlichen Niggerfrauenzimmerchen in Brenham, meine Apotheke sei nichts wert, und mein Geschäft leidet. Ergo bekommt der Nigger sein Saccharin und wahrscheinlich wird's auch helfen. Liebe erzeugt Gegenliebe, mit oder ohne Saccharin, aber das verstehen Sie noch nicht. Geschäft ist Geschäft. Das merken Sie sich, bitte. Sie müssen noch viel amerikanischer werden, mein Lieber!«

Und wahrhaftig – nach einigen Tagen kam eine junge Negerdame in die Apotheke, die auch verschämt tat und auch verlegen lächelte.

»– kleines Liebespülverchen ...« bat sie. »So, wie mein' Freundin Matilda gekauft hat!«

Es mußte also geholfen haben! Jedenfalls nahm man es entschieden gar nicht genau hier hinten in Texas. Einmal in der ersten Zeit war ich in heller Verzweiflung. Ich schlief in einem Kabinett hinten im Laden, zusammen mit Jimmy Hawkins, dem Gehilfen, einem wortkargen Gesellen, der mir von allem Anfang an kurz und bündig erklärt hatte:

»Abends hab' ich gewöhnlich dringende Geschäfte in der Stadt, mein lieber Junge. Unter uns gesagt. Offiziell bin ich hier. Sollte dieser fette alte Mindus einmal kommen, so bin ich soeben ein bißchen an die frische Luft gegangen, weil ich Kopfschmerzen hatte. Sabé? Kommt irgend ein Narr mit einem Rezept, so soll er warten, bis ich wieder da bin. Seien Sie nett zu mir und ich bin nett zu Ihnen! Sabé.«

Und prompt um acht Uhr verschwand Mr. Jimmy Hawkins regelmäßig, um gegen Mitternacht zurückzukehren und wortlos ins Bett zu gehen.

Da machte einmal – es war schon spät Nacht – die Klingel einen Heidenlärm. Als ich hinauseilte, stand ein Farmwagen vor der Türe. Ein Mann, der an allen Gliedern zitterte und kaum sprechen konnte vor Aufregung, hielt mir ein kleines Kind hin. Ich schlug die Tücher zurück, in die das leise stöhnende, fast bewußtlose Kind gewickelt war, und sah mit unbeschreiblichem Entsetzen, daß von den kleinen Füßchen Hautfetzen herabhingen. Rohe Brandwunden! Ich hätte am liebsten geheult vor Ratlosigkeit, aber irgend etwas mußte geschehen. So tränkte ich in fliegender Eile Verbandwatte in Öl und wickelte die armen kleinen Füßchen darein, mehr um den Vater zu beruhigen als dem Kind zu helfen, dem ich doch nicht helfen konnte. Rasch noch ein paar Tropfen kalifornischen Tokaiers eingeflößt – dann sprang ich auf den Wagen und fuhr in sausendem Galopp zum Arzt. Der schien ganz zufrieden mit dem harmlosen Mittelchen, das mir eingefallen war …

Jimmy Hawkins aber hatte die nächsten acht Tage lang keine dringenden Geschäfte mehr in Brenham zur Nachtzeit!

Wochen und Monate vergingen. Der Herr Apothekermeister Mindus hatte mir mit salbungsvollen Ermahnungen ein pharmazeutisches Werk gegeben, in das ich dreimal hineinguckte, um es dann vorsichtig mit den Fingerspitzen anzufassen und im fernsten Winkelchen meines Zimmerleins zu verstecken. Das Ding war noch viel langweiliger als die griechische Grammatik! Dafür las ich Nächte lang in amerikanischen Zeitungen (ich glaube heute noch, daß das viel gescheiter war) und durchschmökerte bei selbstgedrehten Bull-Durham-Zigaretten und raffiniert gebrauten Limonaden Hunderte amerikanischer Romane, von den drei Ärzten des Städtchens zusammengeborgt. Dann wieder durchschnüffelte ich Kasten und Schubladen. Und war sehr zufrieden mit mir selbst und schrieb begeisterte Briefe nach Hause. Aber gar bald wurden die Apotheke und dann die Menschen und das Städtchen zu tagesgewohnten Dingen, und Bruder Leichtfuß fing an, sich sehr zu langweilen.

Die Texasstadt war ja die Einfachheit selbst. Auf dem riesigen Platz vor der Apotheke, in vier Straßenreihen, spielte sich die Jagd nach dem Dollar ab. Im tiefen Sand dieser Straßen drängten sich die Menschen und galoppierten die Pferde den ganzen Tag. An das Geschäftsviertel schloß sich eine hölzerne Stadt an, kleine Häuschen mit breiten Veranden und grünen Gärtchen. Dort wohnten die kleinen Leute, die Angestellten und die Handwerker. Ein freier Platz, der die Stadt aus Holz durchschnitt, trennte das Viertel der Weißen von der Budenstadt der Neger, die unerbittliche Sitte zwang, im gleichen Stadtquartier zusammen zu hausen. Auf der anderen Seite erstreckten sich Villenstraßen weit hinein ins flache Land; die Gartenstadt der erfolgreichen Brenhams. Unten beim Bahnhof lagen die Warenschuppen und die wenigen Fabrikgebäude. So sah das Städtchen aus, in das aus dem Farmhinterland der allmächtige Dollar floß und gehörig beschnitten in Warenform zurückwanderte – das Städtchen war das Hirn, das aus den Früchten eines gesegneten Bodens eine gewaltige Warenzirkulation schuf und über den ganzen Distrikt souverän herrschte. Ein fortwährendes Hasten und Jagen im Städtchen, und dennoch eigentlich primitivste Einfachheit des Lebens und der Menschen und der Methoden – wie es dem Lausbub schien, der für feine Unterschiede noch so gar kein Verständnis hatte.

Er langweilte sich sehr und zwang Mr. Jimmy Hawkins energisch, sich in die Abendstunden mit ihm zu teilen. Einen Tag du, einen Tag ich! Und natürlich fand der Lausbub auf seinen Entdeckungsreisen gerade das, was er nicht hätte finden sollen.

Der Frühling war ins Land gekommen nach dem Texaswinter fürchterlicher Regengüsse, frohen Sonnenscheins, eiskalter Nordstürme, und wie jungfrischer Duft breitete es sich über das Städtchen. Die vier Straßen lagen einsam im Abenddunkel da. Ein Reiter galoppierte dicht an mir vorbei – ein alter Neger schlürfte mit schweren Schritten vor mir dahin – ein Buggy mit weißgekleideten Damen knirschte im Sand … Von droben glitzerte aus tief dunklem Blau die Sternenpracht nieder. Träumend schlenderte ich dahin durch die Stadt aus Holz, durch den matten Lichtschein aus den Fenstern, den das Sternenmeer erdrückte, und malte mir aus, wie's jetzt wohl aussehen würde droben auf der alten Herzogsburg oder in meinem braungetäfelten Zimmerchen im guten alten München. An Negerbuden kam ich vorbei. Überall war es still. Dann überschritt ich das Eisenbahngeleise und fand mich in einem Gäßchen der winzigsten Häuschen, die man sich nur denken kann, mitten hingestellt in den Sand, in den man knöcheltief einsank. Ein halbes Dutzend Häuschen – eng zusammengedrückt, fein und zierlich. Aus winzigen Fensterchen drang durch festgeschlossene rote Vorhänge warmes rotes Licht. Von irgendwoher klang ganz leise ein Liedchen –

> Said the devil: I will be good, boys
> Most assuredly I'll be!
> But I'd rather not begin just yet, boys –
> Therefore, deary little darling, come to me!

Ganz leise klang es, gesungen von irgendeinem Mädel, und ich lachte schallend auf über den lustigen Teufel. Ein leises Kichern antwortete.

»Boy – boy o' mine!« flüsterte eine Stimme.

In der Türe eines der kleinen Häuschen schimmerte etwas Weißes, und aus dem Weißen tauchte ein schmales Gesichtchen mit lustigen Augen auf und ein Händchen zupfte mich am Ärmel.

»Was willst denn du hier, my boy?«

»Ich? Gar nichts!«

»Das ist aber wenig! Oh – ich kenn' dich aber doch? Freilich, du bist ja der kleine Dutchy von der Apotheke! Und ist es denn hübsch zwischen deinen Salben und Fläschchen? Ach, ich möchte einmal einen ganzen Tag lang bei euch sein und nach Herzenslust von all den schönen, süßen, kalten Sachen trinken. Ich glaub', ich beneide dich ein bißchen, mein Junge!«

»Ich mag die Limonaden gar nicht mehr«, antwortete ich sehr verlegen. »Was sind das nur für komische kleine Häuschen! Und was tust du denn hier?«

»Ich? Ich heiß' Daisy, mein Junge!«

Da tauchte der Dampfer vor mir auf und Miß Daisy Benett und die wundervollen durchplauderten Sommernächte im warmen Golf.

»Ist es nicht ein hübscher Name?«

»Sehr hübsch – Daisy!«

Und das Händchen packte den Lausbub am Ohr und ein kicherndes Geflüster sagte ihm, er dürfe hineinkommen, wenn er recht artig sein wolle.

»Im Ernst?«

»Freilich!«

Eine schmale Treppe ging's hinauf, an einer Türe vorbei, aus der Lachen und Stimmengewirr drang, und dann huschte sie, mich mit sich ziehend, in ein winziges Stübchen. Da war es blütenweiß und blitzsauber und alles so sonderbar klein und zierlich. Daisy setzte sich hin und plauderte unaufhörlich, über alle und jeden im Städtchen. Vor vielen Jahren sei Mr. Mindus nach dem damals viel kleineren Brenham gekommen und in jener Straße, in der jetzt die Apotheke liege, habe er mit Hustenmitteln und Chinin hausiert; an der Ecke stehend, einen kleinen Kasten an Riemen über die Schultern geschlungen. Der reiche Mr. Mindus! Und wen ich denn noch kenne? Den Doktor von der Zeitung? Ach, das sei ein guter Mensch, aber ein furchtbar leichtsinniges Menschenkind, das nie auf einen grünen Zweig kommen würde.

»Woher weißt du denn das?« fragte ich erstaunt.

»Ja – wir wissen alles!«

Und die Männer seien schlecht und fade und das Leben ein häßlich Ding. So schwatzte sie stundenlang und lachte lustig, wenn ich etwas so recht Unbehilfliches sagte, um dann auf einmal fast traurig vor sich hinzustarren. Und ich sei ein guter kleiner Junge, und es sei so nett, wieder einmal zu plaudern. Mir aber schien es, als wohne in ihren Augen der wärmste Sonnenschein, den man sich nur denken konnte, und es kam mir vor, als sei das Leben auf einmal viel schöner geworden. Wie hübsch es doch ist, an törichte Jugend zurückzudenken, an eigene Jugend, da man harte Dinge noch durch feinzart verbergende Rosenschleier sah. Arme kleine Daisy …

Ein schüchterner Kuß im Dunkeln bei der Türe zum Abschied. So lernte der Lausbub das Mädel kennen und holte sich aus dem Sternengeflimmer beim Heimweg jauchzende Träume vom Himmel herunter, einen schöner als den andern; Träume, in denen es durcheinander wirbelte von Sonnenscheinaugen und leisem Gekicher, als ob das etwas ganz Großes und völlig Unfaßbares wäre. In den hellen Tag hinein spannen sich die Träume.

Dann und wann kam Daisy in die Apotheke, von den Herrlichkeiten der Fontäne zu naschen, vergnügt zu mir herüberblinzelnd; dann und wann gab's Lachen und Plaudern im winzigen Häuschen – immer nach schweren Kämpfen mit Mr. Jimmy Hawkins, dem es höchlichst mißfiel, daß auch er die Schönheit stiller häuslicher Abendstunden einmal auskosten sollte.

Und dann – –

Spät abends war es, als leise, ganz leise die Nachtklingel anschlug. Mit großem Gepolter fuhr ich erschrocken aus meinem Zimmerchen hervor und rannte zur Türe. Da stand eine gewisse kleine Daisy!

»Ach, Mr. Apotheker«, sagte sie mit vor Lachen halb erstickter Stimme, »ich möcht' gerne ein Schlafpulver haben!«

»Du – du!«

Der Mond, der zwischen den grünen und roten Glaskugeln ein bißchen hineinblinzelte durchs Schaufenster, sah einem tollen Treiben zu in der ehrsamen Apotheke. Zwei richtige Kindsköpfe waren zusammen, zwei sehr ungezogene Kinder, die zwischen den Ladentischen einhertanzten und unbezahlte Limonaden tranken. Der eine Kindskopf war furchtbar neugierig, und der andere eitel und aufgeblasen wie ein Pfau, denn mir kam's vor, als zeigte ich dem Mädel meine eigenen

Schätze und sei eine Stunde lang wirklicher Alleinherrscher im Wunderland der Apotheke. Klein-Daisy trank sechs Limonaden mit Gefrorenem, glaub' ich, beguckte erschrocken die Glasdose mit klebrigzäher brauner Opiummasse, von der ich ihr erzählte, daß man mit ihr das halbe Texasstädtchen vergiften könnte, und steckte ihr Näschen in alle Schubladen. Ein Gekicher und ein Geflüster! War's ein Zufall oder war es nun ein besonders boshaftes kleines Teufelchen, das mir den Gedanken an Wohlgerüche eingab – ich nahm eine Parfümflasche vom Gestell und bespritzte das lachende Mädel mit einem Schauer Veilchendufts –

»Süß – einfach süß, du guter Junge!« jubelte Daisy. »Gib' doch her!« Und im gleichen Augenblick hatte sie mir auch schon das golden etikettierte Flakon entrissen, drehte es hin und her in den Händchen, probierte und probierte.

Da – ein scharfes metallisches Knipsen – ein jähes Aufflammen elektrischen Lichts – und rot und imponierend, elegant wie immer stand der Herr Apotheker Mr. Mindus in der Türe. Er schüttelte den gewaltigen Kopf langsam von einer Seite zur andern und betrachtete sich mit Kenneraugen die Bescherung.

»Is' ja reizend! Guten Abend!!« sprudelte er endlich hervor.

»Guten Abend!« sagte Daisy höflich. Ich aber stand da, erstarrt wie weiland Frau Lot.

»Wollten Sie sich so spät noch Parfüm kaufen, mein Fräulein?« fragte Mr. Mindus eisig.

»Ach nein, ich hab' nur ein bißchen gerochen«, lächelte sie.

»Und mein bestes französisches Violet auch noch! Es ist doch unerhört ...«

Mich hätte man totschlagen können, aber kein einziges Wörtchen hätte ich hervorgebracht. Mir grauste einfach. Auch in Daisy schien eine Ahnung aufzudämmern, daß die Situation aller Gemütlichkeit entbehre.

»Ich glaub', ich könnte jetzt eigentlich gehen«, sagte sie.

»Meinen Sie wirklich, mein Fräulein?« brummte der Apotheker. »Nun, wie Sie meinen. Allerdings möchte ich mich gerne mit meinem Angestellten privatim unterhalten!«

»Guten Abend!« sagte Klein-Daisy, guckte mich bedauernd an und hüpfte hinaus. In der Türe drehte sie sich noch einmal um:

»Es war ja alles nur Scherz!«

»Ganz richtig, mein Fräulein«, war Mr. Mindus' eisigkühle Antwort. »Und nun«, zu mir gewandt, »wollen wir uns ernsthaft unterhalten, wenn es Ihnen gefällig ist. Dieser Laden ist eine Apotheke, wenn Sie es noch nicht wissen sollten. Meine Geduld ist finished, – aus, zu Ende: Sie sind entlassen!«

Ich sah ihn verständnislos an.

»Auf der Stelle entlassen! Sie sind ein Luftibus. Was wissen Sie von dem Mädel, heh? Wenn sie nun irgend ein Gift gestohlen und das größte Unglück damit angerichtet hätte, heh? Von der moralischen Seite der Sache will ich ganz absehen, obgleich – Sie sind neunzehn Jahre alt, nicht wahr? Es ist doch unglaublich!«

»Aber –«

»Sie sind ein Luftibus. Ich habe Sie schon längst beobachtet. Well, Sie waren fleißig und mehr als willig, aber Sie haben gar keinen Begriff, was ein Angestellter eigentlich ist. Sie verkaufen drauf los, ohne zu fragen – und ich wette, hundertmal, nein, tausendmal haben Sie Sachen zu billig verkauft, weil Sie nicht erst lange fragen wollten. Wenn Sie sich jetzt auch noch Mädels in den Kopf setzen, hab' ich keinen ruhigen Moment mehr. So, nun gehen Sie ins Bett. Morgen werden wir weiter sehen. Es – ist – doch – unglaublich!«

* *
*

Mr. Jimmy Hawkins kam nach Hause.

»Hello! Mr. Mindus war soeben da.«

»Der Alte!« schrie Mr. Jimmy entsetzt. »Großer Cäsar – haben Sie ihm gesagt, daß ich furchtbare Kopfschmerzen gehabt hätte und nur ein bißchen – –«

Da erzählte ich ihm die Tragödie, und der gefühllose Mensch lachte sich beinahe tot. Mir war gar nicht lächerlich zumute.

»Und nun hören Sie einmal!« sagte ich. »Mein Gehalt hab' ich erst gestern bekommen und entlassen bin ich auch. Ich hab' nicht die geringste Lust, morgen früh auszuwandern, wenn der Laden gesteckt voll ist, und mich auslachen zu lassen. Wollen Sie mir helfen, meinen Koffer zu Gus Meyer hinüberzutragen? Mit dem Packen bin ich in einer halben Stunde fertig.«

Jawohl, das wollte er.

Bei Gus Meyer im Hinterstübchen regierte, halb Wirt, halb Kellner, mein Freund Starkenbach, bei dem ich hie und da in den späten Abendstunden ein Glas Bier getrunken und nebenbei sehr viel über amerikanische Dinge gelernt hatte. Im heiligen Köln war er Leutnant gewesen und hatte um eines Mädels willen den bunten Rock ausgezogen. Die Frau Schwiegermutter, eine verwitwete Hopfenfirma, machte ein scheel Gesicht und dressierte den Exleutnant und Ehemann zum Hopfenreisenden; sie schickte ihn nach Holland, da und dort hin, und jammerte ohn' Unterlaß über seine schauderhaften Spesenrechnungen. Ein groß Gezänk herrschte, bis eines schönen Tages das leichtsinnige junge Ehepaar nach Amerika durchbrannte. Starkenbach kannte jeden Staat und jede größere Stadt der Vereinigten Staaten. Es war ihm bitterhart gegangen, aber er war lustig geblieben, er und sein Frauchen, die mich zu meinem Entsetzen immer Bubi nannte. Im Texasstädtchen sparte er sich als rechte Hand Gus Meyers langsam aber sicher ein Vermögen zusammen.

Er machte ein verdutztes Gesicht, als ich den Koffer hineinschleppte. Und ich erzählte vom Mädel und vom Apotheker, und er holte seine Frau aus der Küche, und beide zusammen lachten wie nicht gescheit.

Dann wurde Starkenbach ernst:

»Aber nun wollen wir doch einmal überlegen. Sehr viele Leute in Brenham würden Ihnen wahrscheinlich Arbeit geben, aber nur deshalb, weil Sie eine spottbillige Arbeitskraft sind, und nur unter der Voraussetzung, daß Sie sich mit ein paar Dollars im Monat begnügen. Das ist nichts für Sie. Sie könnten noch zwei Jahre hierbleiben und um keinen Schritt weiterkommen. Nein, ich würde Ihnen raten, in eine große Stadt zu gehen und einmal gründlich auf eigenen Beinen zu stehen. Sie sind fast neun Monate hier, wissen etwas vom amerikanischen Leben – ein wenig! – und sprechen gut Englisch. Sie haben arbeiten gelernt. Das wenigstens haben Sie profitiert. Sie sind also nicht mehr so hilflos wie zuerst. Ich würde entschieden nicht in Brenham bleiben an Ihrer Stelle. Um Gotteswillen nicht in einem kleinen Nest sitzen bleiben in diesem Land! In großen Städten pulsiert das Leben –«

»In großen Städten wohnt der Hunger!« lächelte seine Frau traurig.

»Der Hunger wohnt überall. Hier müssen Sie mit den Händen arbeiten; dort – in einer großen Stadt – können Sie vielleicht mit dem

Kopf arbeiten. Sie sehen, Sie lernen, Sie haben Gelegenheiten. Jawohl, ich rate Ihnen, sich schleunigst aus Brenham fortzumachen!«

»Und wohin?« fragte ich, schon halb und halb überzeugt, nein, beinahe schon begeistert.

»Irgendwohin. Chicago, Kansas City, St. Louis – sagen wir St. Louis. Es ist am nächsten, keine tausend Meilen weit weg. Die rührigste Stadt des Mittelwestens, nach Chicago. Und wenn Sie dort sind, dann reden Sie einfach! Rennen Sie einen Wolkenkratzer nach dem andern ab, verlangen Sie in jedem Bureau den Geschäftsinhaber selbst zu sprechen, erzählen Sie den Leuten, was Sie sind und was Sie können. Reden Sie! Sie können die Menschen interessieren, wenn Sie nur wollen, denn Sie haben etwas gelernt und gute Manieren. Reden Sie! Man wird Ihnen Ratschläge geben, wenn auch nur, um Sie loszuwerden; man wird Sie hierhin und dorthin schicken. Es wird sich etwas finden!«

»Ich tu's!« rief ich. Eine Vision von einer ungeheuren Stadt stieg vor mir empor – eilende Menschen – hastendes Leben – Tausende von Möglichkeiten …

»Sie haben recht! Was kostet die Fahrt?«

»Wieviel Geld haben Sie?«

»Zwanzig Dollars.«

»Viel zu wenig«, murmelte Starkenbach. »Hm, man kann das aber so machen, und man kann es auch anders machen. Billy!«

Der einsame Gast stand langsam auf und trat zu uns an die Bar. Aus seinem scharfgeschnittenen Amerikanergesicht leuchteten durchdringende graublaue Augen; so klar, so abgrundtief, daß man unwillkürlich immer wieder in diese Augen schauen mußte. Er trug einen dunkelblauen Anzug, weiches blaues Flanellhemd, weit in den Nacken zurückgeschobene Mütze.

Starkenbach sprach nun englisch. »Well, Billy, wie kommt man am billigsten nach St. Louis?«

Die grauen Augen lächelten: »Das wissen Sie so gut wie ich!«

»Ja, wenn ich es wäre, der nach St. Louis wollte, wäre es einfach genug!«

»Oh, ich habe gehört, um was es sich handelt; so viel Deutsch verstehe ich. Die Fahrt ist ja ganz einfach für Ihren deutschen Freund – durch Texas via Dallas, Oklahoma Territory, Arkansas, Missouri über die Frisco Linien. Santa Fé und Frisco Linien. Schnurgerade fast nach Norden.«

Und das nannte dieser Mann einfach!

»Sie gehen nach Norden, Billy?« fragte Starkenbach.

»Bis Dallas. Mit dem 2 Uhr Nacht-Expreß, also in zwei Stunden. Wie langweilig Sie doch sind, Starkenbach, und wie Sie auf dem Busch herumklopfen! Weshalb sagen Sie es nicht gleich, daß ich Ihrem deutschen Freund helfen soll? Er sieht aus, als ob er Schneid hätte, und wenn Sie es wünschen, will ich ihn gerne ein Stück mitnehmen. Natürlich hat er hier keine Aussichten.« Er wandte sich zu mir. »Ich will Ihnen den Weg nach St. Louis zeigen. Es ist eine Eigentümlichkeit von mir, viel zu reisen und niemals mein Geld an Fahrkarten und dergleichen zu verschwenden. Meine Art des Reisens ist sehr interessant, verstößt aber einigermaßen gegen die allgemein üblichen Anschauungen, vielleicht auch gegen gewisse Gesetze.«

»Wie reisen Sie denn?« fragte ich neugierig.

»Das werden Sie schon sehen!« brummte Starkenbach.

»Schön«, lächelten die grauen Augen. »Wir haben noch anderthalb Stunden Zeit. Ihr Gepäck müssen Sie hier lassen; Starkenbach kann es Ihnen ja nachschicken. Der dunkelgraue Anzug, den Sie anhaben, geht sehr gut. Setzen Sie eine Mütze auf dazu. Die weiße Wäsche geht nicht. Ziehen Sie ein Flanellhemd an. Nehmen Sie mehrere Taschentücher mit, ein paar Strümpfe (die können Sie in der Rücktasche unterbringen), Taschenkamm, Taschenbürste, Rasiermesser, Taschenmesser, Seife (Starkenbach wird Ihnen ein Stückchen Ölpapier geben), starke Lederhandschuhe, wenn Sie welche haben, Uhr, aber ohne Kette, Pfeife und Tabak natürlich, Zündhölzer. Haben Sie ein warmes seidenes Halstuch? Nehmen Sie's mit. Haben Sie einen Revolver? Ja? Den lassen Sie, bitte, hier. Ist nur gefährlich. Hm, und feste Stiefel. Das wäre alles!«

Dann fing er an mit der jungen Frau zu plaudern, als sei die Angelegenheit erledigt. Starkenbach zog mich in ein Nebenzimmerchen, in dem er allerlei Krimskrams aufbewahrte.

»So, hier können Sie sich umziehen!« sagte er.

Ich war wie vor den Kopf geschlagen … Fast empfand ich so etwas wie Angst, zum mindesten ein Unbehagen. Stärker aber als alles in mir war bodenlose Neugierde.

»Mann – wer ist dieser Billy? Wie reist er? Wie soll ich denn nach St. Louis kommen? Und mein Koffer?«

»Bleibt hier, bis Sie mir schreiben. Billy ist ein Gentleman bis in die Knochen. Anständiger Mensch. Interessanter Mensch. Ich kenn' ihn seit vielen Jahren und bin Tausende von Meilen mit ihm gefahren. Ho, Sie werden sich wundern! Ich kann Ihnen in der Geschwindigkeit das alles nicht so genau erklären, aber es gibt Mittel und Wege in diesem Land, einen Eisenbahnzug zu benützen, ohne dafür zu bezahlen. Billy fährt jahraus, jahrein von Staat zu Staat, von Stadt zu Stadt. Wie er heißt, weiß ich selbst nicht – er will nur Billy genannt werden. Spricht glänzendes Englisch, wie man's hierzulande selten findet und ist hochgebildet. Was sein eigentlicher Beruf ist, weiß ich auch nicht. Als wir kein Geld hatten, in Denver war es, schrieb er einige Artikel für eine dortige Zeitung und wurde glänzend bezahlt dafür. Ich hab' ihn als Feinmechaniker arbeiten sehen und als Elektriker. Seine Krankheit ist der Wandertrieb und manchmal wünsche ich – – na ja. Herrgott, was waren das für Zeiten damals! Vorhin erzählte er mir, er wolle nur rasch ein bißchen nach Arizona – einige Tausend von Meilen! – weil dort im Frühsommer der Kontrast zwischen kakteenbedecktem Sand und grauem Felsenhintergrund so farbenreich und reizvoll sei. So ist Billy! Nun, Sie werden sich wundern! Nach St. Louis kommen Sie aber bestimmt durch ihn!«

Wie im Traum packte ich ein und aus und zog mich um; wie im Traum ließ ich mir Butterbrot in die Taschen stecken …

»Es ist Zeit!« sagte der Mann mit den leuchtenden Augen kurz. »Möchte den Zug nicht versäumen. Bye – bye, Starkenbach!«

»Ich wünsche – ich möchte mir manchmal wünschen …« seufzte dieser.

»Wünschen Sie sich keinen Unsinn!« sagte Billy scharf. »Danken Sie den Sieben Himmeln für Ihre Seßhaftigkeit!«

Und dann ging's hinaus in die Dunkelheit.

Wie die Wanderung begann

An der Geleiseböschung. – Der erste Sprung auf einen fahrenden Zug. – Die Fahrt. – Im Märchenland aufregenden Erlebens. – Das Hotel zur Eisenbahn. – Von der Königin Nikotin und ihrem Göttergeschenk. – Billy der Wanderer! – Das Abenteurerblut regt sich. – Ein psychischer Impuls. – Wanderer Nr. 3.

In der Apotheke funkelte noch ein Licht, und trübe schimmerte es rot und grün von den farbigen Glaskugeln im Schaufenster. Bald waren wir am Bahnhof. Das Bahnhofsgebäude mit seinen Lichtern ließ der schweigsame Mann neben mir links liegen und betrat zwischen langen Reihen von Frachtwagen die Geleise. Es war dunkel hier. Nur das Weiß und Rot der kleinen Signallämpchen an den Weichen blitzte da und dort auf und erleuchtete den blanken Stahl des Hauptgeleises. Wie ein grellschimmernder Fleck auf schwarzem Grund lag weit hinten der Bahnhof da. Vorsichtig schritt Billy zwischen den Frachtwagen dahin, dem weißen Fleck wieder entgegen. Ich folgte ihm lautlos. Dann ging es die Böschung hinab, an Haufen von aufgestapelten Schwellen entlang. Dreißig Meter vom Bahnhof blieb Billy stehen, kauerte sich nieder und winkte mir, das gleiche zu tun. Unsere Köpfe ragten nur ein wenig über die Böschung empor.

»Noch zehn Minuten«, sagte Billy, auf die Uhr sehend.

»Und – – –?«

»Pst! Nicht sprechen!«

Ein leises Zittern, ein kaum merkbares Sichregen in den Stahlschienen vor unseren Köpfen. Es wurde stärker, lauter. Ein feuriges Riesenauge blitzte auf. Und nun ein Gerassel, ein schallendes Dröhnen. Ein greller Pfiff. Der Expreß brauste heran, und mit einemmal war alles Leben und Lärm. Kondukteure sprangen herab, Reisende stiegen aus und ein; Schwatzen, Lachen, Rufe und Kommandos tönten herüber.

Billy rührte sich nicht. Das Riesenauge der Lokomotive warf weithin blendenden Schein über das Geleise. Wir, an der Böschungsseite, blieben im Dunkel. Aus einer gewaltigen Röhre ergoß sich Wasser in den Tank des Tenders. Der Lokomotivführer, eine Petroleumfackel in der Linken, eine langstielige Kanne in der Rechten, schritt von Ölkapsel zu Ölkapsel seiner Maschine, ölte und untersuchte.

»Hören Sie!« flüsterte Billy. »Wenn der Zug sich in Bewegung setzt, springen Sie auf den ersten Wagen nach dem Tender. Direkt nach dem Tender. Ja nicht vergessen! Das ist der Postwagen und die einzige Möglichkeit. Links und rechts vom Trittbrett sind Messingstangen. Klammern Sie sich an und schwingen Sie sich hinauf. Geht es nicht, so lassen Sie sich nach rückwärts fallen. Kümmern Sie sich nicht um mich; ich werde nach Ihnen springen. Warten Sie aber ja, bis die Lokomotive ganz nahe hier ist, sonst werden wir vom Bahnhof aus gesehen. So – jetzt!«

Der Expreß hatte sich in Bewegung gesetzt. Mir schien es eine Ewigkeit zu dauern, bis die Lokomotive herankam. Endlich. Mit einem Satz sprang ich auf, geblendet einen Augenblick lang durch die Laterne, verspürte etwas wie Luftdruck, ließ die schwarze Masse des Tenders vorbeidröhnen und sah Stufen, einen Messinggriff. Blindlings griff ich zu. Und wurde förmlich hinaufgerissen. Im gleichen Augenblick schob mich etwas vorwärts und neben mir stand lachend Billy.

»Ausgezeichnet für's erste Mal«, sagte er. »Machen Sie sich's bequem.« Er hockte auf dem Boden der Plattform nieder, mit dem Rücken gegen die Wagenwand gelehnt. »Wie gefällt es Ihnen?«

Ich schnappte nach Luft und nickte nur.

»Dies ist ein blinder Postwagen«, erklärte er. »Blind, weil er vorne und hinten keine Türen hat, sondern nur Seitentüren; zum Schutz gegen Eisenbahnräuber. Sie verstehen – damit nicht Verbrecher vorne aufspringen (so wie wir's gemacht haben) und dann von der Plattform aus die Türe erbrechen können. Mögen die Götter den Mann segnen, der den Einfall des blinden Postwagens hatte. Wenn es nicht etwa dem Heizer beifällt, über den Tender zu klettern, sind wir bis zur nächsten Haltestelle sicher.«

Der Zug jagte dahin mit ungeheurer Geschwindigkeit. Von beiden Seiten und von vorwärts, über den niedrigen Tender hinweg, fegte der gewaltige Luftdruck auf uns ein wie Sturmwind. Feuchter Dampf und winzige, scharf stechende Kohlenteilchen peitschten unsere Gesichter. Der Wagen, auf dessen Plattform wir saßen, rüttelte so, daß ich mich krampfhaft anklammern mußte. Sprechen war fast unmöglich geworden in dem tosenden Lärm des dahinjagenden Zuges; man hätte schreien müssen, um sich zu verständigen. Ich starrte und starrte. Draußen huschte es vorbei wie gigantische Schatten; schwarze Schatten der Nacht, bald tiefdunkel, bald grau in grau – Häuser und Bäume und

Felder und Dörfchen. Ein einsames Licht dann und wann, glitzernd nun, dann verschwunden, wie hüpfendes Irrlicht im Sumpf. Ich zitterte vor Kälte und duckte mich zusammen unter dem einpeitschenden Luftstrom. In mir aber jubelte es. Mir war es, als sei ich im Märchenland aufregenden Erlebens, fern von den Dingen des Alltags. Ich war wie trunken. Damals wußte ich es nicht – aber was ich zum erstenmal erlebte in jener Texasnacht, war berauschendes Zigeunertum, nackte Romantik, der alte Traum vom Dahinstürmen in die Welt hinein, primitivstes Mannestum. Das ließ einen zittern und jubeln zugleich; das ließ einem die Augen aufleuchten und das Herz rascher schlagen. Weiter, immer weiter. Mehr Schatten. Mehr Lärm. Mehr Lichter tauchten auf, erlöschend, von neuem geboren. Immer mehr. Wie ein leiser Ruck, wie ein sanftes Knirschen ging es durch den Zug, und das Dahinjagen verlangsamte sich.

»Herunter – sobald wir durch den Bahnhof sind!« rief der Mann neben mir.

Ein Auftauchen von flutendem Licht – ein Sprung – und wieder lagen wir auf feinem Kohlengeröll an einer Böschung und warteten wieder endlose Sekunden, bis das pfauchende Ungetüm auf uns zustürmte, und wieder sprangen wir.

Das wiederholte sich viermal, fünfmal, achtmal. Aus den tiefen Nachtschatten wurden graue Nebel, in denen hier ein Haus, dort ein Stück Wald in unbestimmten gespenstischen Umrissen erschien, vorbeisausend, noch ehe das Auge bestimmte Formen unterscheiden konnte. Weiter, immer weiter. In Dampf und Lärm und Sturmwind. So Schönes hatte ich noch nie erlebt. Immer lichter wurden die Nebel und weit draußen im Osten säumte es sich wie ein feiner heller Streifen am Horizont hin, wie ein dünnes silbernes Band. Und mit einemmal kam ein zartrosa Schimmern in die weiße Linie, dann ein rotes Glühen, und ein leuchtendes Stückchen des Sonnenballs zerriß das Grau in Grau der Dämmerung, schuf Farben. Gelbleuchtenden Sand, sattes Feldergrün.

Weiter, immer weiter. Eine Station – der Sprung …

Als wir so dalagen, schlenderte ein Kondukteur an der Lokomotive vorbei, sah sich forschend um, guckte die Böschung entlang und kam auf uns zu.

»Hello, Jungens«, sagte er. »Hab' euch abspringen sehen. Schluß! Ich könnte in Unannehmlichkeiten kommen, wenn man euch sähe.

Ich selbst werde auf der blinden Plattform fahren bis zur nächsten Station. Gebt euch also keine Mühe!«

»Allright!« rief mein Begleiter und stand lachend auf. »Komm, mein Junge. Dieser Zug hat seine Schuldigkeit getan.«

»Probiert es ja nicht!« rief der Kondukteur noch einmal.

Billy schlenderte ganz langsam über das Geleise und betrachtete sehnsüchtig den Kuhfänger, den schaufelförmigen Holzaufbau an der Lokomotivenspitze, der dazu da ist, Hindernisse auf dem Geleise wegzuschleudern. (Das erklärte er mir erst später.)

»Man könnte auf dem Kuhfänger – –« murmelte er. »Aber nein, hat keinen Sinn. Ist ja gleich heller Tag.«

Er zog mich mit sich, nachdem er einen raschen Blick auf den Namen am Stationsgebäude geworfen hatte. Clifton hieß die Station. Wir verschwanden auf Nebengeleisen, zwischen Reihen von Frachtzügen, und der Expreß toste vorbei. Billy sah sich die Frachtwaggons sehr sorgfältig an und öffnete dann die Schiebetüre eines leeren Wagens –

»Hotel zur Eisenbahn!« lächelte er. »Klettern Sie nur hinein.«

Und in diesem leeren Frachtwagen studierten wir Karten und Fahrpläne. Hundertundfünfzig Meilen weit waren wir gefahren in der Nacht. Dann legten wir uns zum Schlafen hin, uns mit den Röcken zudeckend, denn so war es wärmer … Ein Geschüttel und Gerüttel weckte mich auf, und als ich aufstehen wollte, wurde ich gegen die Wand geschleudert. Der Zug war in Bewegung.

»Alles in schönster Ordnung!« rief Billy mir zu, ohne aufzustehen. »Der Zug geht in unserer Richtung; dessen habe ich mich versichert, ehe wir hier hineinkletterten. Ein Segen, daß die faulen Bremser nicht in die leeren Wagen guckten vor der Abfahrt!«

Ich zitterte am ganzen Leibe vor Kälte, so heller Sonnenschein auch durch die Türritzen drang; in jenem unbeschreiblichen Zittern, dem Gefühl hilfloser Schwäche, das zu einer im Freien und in den Kleidern verbrachten Nacht gehört wie Sonnenaufgang zum Tagesanbruch. Instinkt zeigte mir das Heilmittel. Eine Zigarette. Ah – du Wunderkraut, du Ruhespender, du duftendes Göttergeschenk! Seist du nun in Reispapier gehüllt oder in deine eigenen Blätter eingewickelt, oder glimmst du in der Schale einer Pfeife – du bist Sorgenbrecher und Tröster immerdar. Zauberkraft wohnt in dir. Du vermagst es, hinwegzutäuschen über Hunger und Kälte; du vermagst es, die geheimnisvollen Zellen im Menschengehirn anzuregen zu hohem Flug. Märchen kannst du erzählen. Träume gaukelst du vor. In deinen blauen Wölkchen wiegen sich Feen. Vielleicht muß man arm sein, um deine Wunder wirklich zu erkennen, arm und jung; den Armen aber und den Jungen bist du fürwahr ein göttlich Ding, du Wunderding voller Widersprüche und Zartheit. Du beruhigst den Ruhelosen – du nimmst die Trägheit von den Trägen. Du wärmst in Kälte und du kühlst in Sonnenglut, du stillst nagenden Hunger. Den Jungen unter den Armen bist du Sektkelch und Schönheit und Lebenstraum, du Wunderkraut!

Denke ich an harte Zeiten zurück, so darf nie die Dankbarkeit fehlen gegen die duftenden tiefbraunen Blätter. Die einem oft mehr halfen als Menschen es hätten tun können! Wenn nicht die Worte den Armen fehlten, würden sie Göttin Nikotin preisen in tausend Zungen –

Billy blinzelte zu mir herüber.

»Es ist ein Nachteil dieses Landes«, sagte er, »daß seine Zigaretten so schlecht sind! Man sollte eigentlich nur türkische Importen rauchen! Ihre Zigarette ist jener Mischmasch von Virginiatabak und Parfümierung (wenn sie wenigstens Opium dazunähmen!), der den Lungen so unsagbar schädlich ist – haben Sie übrigens noch eine?«

Ich lachte laut auf und bot ihm mein Zigarettentäschchen an.

»Danke! Lachen Sie nicht! Eine schlechte Zigarette ist besser als gar keine Zigarette. Mit den übrigen Dingen des Lebens ist es ja genau ebenso!«

Rücken an Rücken saßen wir da, gegen die rumpelnde, stoßende Wagenwand gelehnt. Billy paffte, streifte die Asche ab, paffte wieder.

»Sie haben das unschätzbare Talent, den Mund halten zu können«, lächelte er. »Sie plagen mich nicht mit Fragen. Und nun sind Sie wohl neugierig?«

»Unbeschreiblich!«

»Hm, na ja. Ich heiß' Billy, kurzweg Billy. Mein Familienname ist gleichgültig. Manche Freunde nennen mich Billy den Wanderer. Das ist geschmacklos, aber im allgemeinen zutreffend. Dann und wann erschafft die Weltordnung, die unsere Frommen den Herrgott nennen (man müßte sie eigentlich um ihres Glaubens willen beneiden!), Männer, die so gar nicht hineinpassen in das Weltsystem von Dollars und Cents, und Essen und Trinken, und Liebe und Ehe. Zigeuner. Ruhelose Geister. Arme Teufel mit allzuheißem Blut. Einer von denen bin ich wohl. Ich habe sehr viel Geld verdient in meinem Leben, wenn gewisse Notwendigkeiten an mich herantraten oder wenn es mir der

Mühe wert schien, aber glücklich bin ich nur auf einem Eisenbahnzug. Und zwar als Kontrebande. Weil es gefährlich ist, vielleicht, oder aus Trotz, – was weiß ich. Im Salonwagen fahren kann jeder Narr. Na ja. Staatauf, staatab, bald in Kalifornien, bald in Missouri, oder in Nevada, oder in Texas; interpunktiert leider durch Arbeitspausen, denn Geld gehört zu jeder Art von Leben. Wie's gemacht wird, haben Sie nun schon so ungefähr gesehen. Ich warne Sie dringend, daß die Geschichte gefährlich ist und zweifellos gegen gewisse Gesetze verstößt, was mir gleichgültig ist, es Ihnen aber nicht sein sollte. Dieser schauderhaft langweilige Frachtzug wird uns nach Cleburne bringen, das höchstens vierzig Meilen von hier entfernt ist. Dort verzweigt sich die Santa Fé nach Norden und nach Nordosten. Sie fahren mit der Nordostlinie, die, tausend Meilen lang ungefähr, den schnurgeraden Weg nach St. Louis bedeutet. In St. Louis angekommen, reden Sie! Sehr guter Rat von Starkenbach! Hm ja, klettern Sie einfach in einen leeren Frachtwagen, und wenn der Bremser kommt, geben Sie ihm einen halben Dollar. Das ist das Sicherste – für Sie. Sie werden in fünf bis acht Tagen dort sein.«

»Und Sie?«

»Ich? Ja, das weiß ich eigentlich noch nicht. Das ist ja eben das Schöne. Ich nehme vorläufig die Nordlinie, über Fort Worth nach Oklahoma und nach Kansas, um dann, es gibt keine anderen Linien, wieder nach Südwesten abzubiegen, nach Neumexiko und Arizona. Möchte einmal wieder Arizonasand sehen und blühenden Kaktus. Im übrigen wartet in Fort Worth ein Freund auf mich.«

Nun erzählte ich. Und als ich einmal im Eifer einen Homervers zitierte – falsch – korrigierte mich der Mann mit den leuchtenden Augen ohne eine Miene zu verziehen! Wir aßen unsere Butterbrote und schliefen wieder. Kurz vor Mittag rumpelte der Zug in die Station Cleburne und wir kletterten hinaus. Eine einsame Pumpe des Frachtbahnhofs gab Wasser her zur Toilette (auch eine kleine Kleiderbürste trug Billy bei sich!), und dann gingen wir in das Städtchen, um in Kaffee und gebratenem Speck und Maisbrot zu schwelgen. Bei Zigaretten und Geplauder vergingen die Nachmittagsstunden wie im Flug. Billy wollte mit dem Abendexpreß nach dem Norden fahren; ich sollte den später abgehenden schnellen Frachtzug nach dem Nordosten benützen. Die Aufschriften der Waggons hatte er mir genau auseinandergesetzt, damit ich mich nicht irren konnte, und mir obendrein vom

Bahnhof Karten und Fahrpläne geholt, die es dort, wie überall in den Vereinigten Staaten, gratis gab. Er erklärte und erläuterte und erklärte wieder. Gedankenlos hörte ich zu und hatte sicherlich im nächsten Moment vergessen, was ich einen Augenblick vorher gehört.

Nach der großen Stadt am Mississippi, nach dem Hasten und Treiben der Menschen, dem vielen Reden und dem Glücksjagen sehnte ich mich gar nicht mehr! Nein, mich lockte die Gegenwart. Der rätselhafte Mann neben mir; die Kraft, das Selbstbewußtsein, das er ausströmte. Das Geheimnisvolle seines Lebens. Neugierde. Eigenes Abenteuerblut vielleicht. Die ganze Umgebung.

Wir saßen wieder in der Nähe des Bahnhofes, auf weicher Grasböschung, mitten im Getriebe der Eisenbahn. Züge jagten vorbei. Eine komische kleine Lokomotive rannte unter angstvollem Gestöhn und fürchterlichem Geschimpfe (so klang es!) auf und ab und ab und auf, dort einen Frachtwagen vor sich herpuffend, hier lange Wagenreihen schleppend. Schimpfende und gestikulierende Männer eilten hin und her mit der schimpfenden Lokomotive, holten sich vereinzelt dastehende Frachtwagen herbei und bumpsten andere auf Nebengeleise. Alles war Leben und Bewegung; das Städtchen über dem Geleise drüben sah wie tot aus im Vergleich. In den Telegraphendrähten über unseren Köpfen klang und surrte es – ja, das tote Holz der Telegraphenstange neben mir bebte und zitterte, als trüge es schwer unter der Wucht der Botschaften, die über die Drähte huschten. Nach und nach brach die Dunkelheit herein, und unzählige Lichtpünktchen flammten neben dem Geleise auf; die Wegweiser der Eisenbahnstadt. Eine fremde Welt, die mir voller Bedeutung und voller Geheimnisse schien; deshalb vielleicht, weil die Aufregung der nächtlichen Fahrt noch in mir nachzitterte.

»Mein Zug wird in wenigen Minuten da sein«, sagte Billy, die Pfeife zwischen den Zähnen, scharf nach der Stadt hinsehend. »Ich rate Ihnen noch einmal, sich an die Frachtzüge zu halten und sich den guten Willen der Bremser zu erkaufen, wenn Sie entdeckt werden. Der Eilfrachtzug nach dem Nordosten wird ungefähr in zwei Stunden abgehen. Die Wagen müssen entweder die Aufschriften »St. Louis« oder »via Springville« tragen. Passen Sie darauf auf! Ich glaube nicht, daß Sie besondere Schwierigkeiten haben werden. Und nun good bye! Lassen Sie sich's gut gehen im alten St. Louis! Viel, viel Glück!«

»Und vielen Dank ...«

»Du meine Güte, was ist da zu danken!«

Der Expreß brauste in die Station. Es dauerte lange Minuten, bis er sich wieder in Bewegung setzte. Jetzt – die Lokomotive kam langsam daher. Der Mann mit den leuchtenden Augen stand auf, nickte mir lächelnd zu, trat an die Schienen und sprang.

Und während seines Springens, in dem winzigen Bruchteil einer Sekunde, faßte ich einen plötzlichen Entschluß, an den ich vorher auch nicht einen Augenblick lang gedacht hatte! Drei gewaltige Sätze machte ich neben dem schon ziemlich rasch fahrenden Zug her und bekam glücklich die Messingstange des Postwagens zu fassen. Ein krampfhaftes Emporziehen –

Ich stand neben Billy auf der Plattform.

»Du Narr!« sagte er. »Du verdammter Narr!«

Ich lachte laut auf.

»Du querköpfiger Narr – ich denke, du willst nach St. Louis?«

Der Zug machte einen solchen Lärm, daß ich schreien mußte. Und ich schrie:

»Eisenbahnfahren will ich!«

»Dann dreimal Narr du!«

In einer halben Stunde hielt der Expreß an der nächsten Station, und Billy riß mich fast mit Gewalt von der Plattform herunter, mich zur Böschung hinzerrend. Auf alten Schwellen setzten wir uns nieder.

»So«, sagte er, »der Expreß kann zum Teufel gehen, wenn ich auch eigentlich nicht einsehe, weshalb ich meine wertvolle Zeit vertrödeln soll, nur, weil du ein großer Narr bist. Nun erzählst du mir ganz genau, was in deinem Kopf vorgegangen ist, als du mir nachsprangst. Hattest du es dir vorher überlegt?«

»Nein.«

»Weshalb bist du mir dann nachgesprungen?«

»Weil ich wollte. Ich kann das nicht so genau erklären. Ich mußte einfach!«

»Hoh – man nennt das psychische Impulse! Ich verstehe ja ganz gut, daß das Eisenbahnfieber einen packen kann; an der Krankheit laboriere ich selbst. Ich würde mir die Geschichte aber doch noch überlegen an deiner Stelle. Es bedeutet Hunger und Durst, mein Sohn. Man kann kaputtgehen dabei. Man ist, niemand weiß das besser als ich, bei diesem Leben eine quantité négligeable (oder hast du dein Französisch schon vergessen?), sich selbst und andern verdammt wenig wert. Ich persönlich bin hart wie Stahl und kenne das Leben, was du von dir wohl kaum sagen kannst. Ich tue, was ich will. Es ist mein Wille, im Lande umherzuhetzen, weil es nichts gibt, das mir mehr Freude macht, mehr Glück gibt. Gefällt es mir, mein Leben zu ändern, so brauche ich nur dem Schienenweg adieu zu sagen und kann mir da oder dort Erfolg holen. In anderen Worten, ich bin ein fertiges Menschenkind und du bist weich und formfähig, wie – na, wie Butter. Geh' also nach St. Louis, mein Sohn!«

»Nein!«

»Huh – so energisch?«

Ich sprudelte hervor, daß ich noch nie so Schönes erlebt hätte und daß –

»Ganz richtig. Und der Hunger?«

»Ist mir gleichgültig.«

»Und du wirst sehr schwer arbeiten müssen, denn auch zu solchem Leben gehört Arbeit!«

»Gern.«

»Hm – als ich ein Bub war, erwischte mich mein Vater einmal beim Zigarettenrauchen. Worauf er mich in sein Arbeitszimmer führte, mir höflich Platz und eine schwere Zigarre anbot, die ich unter seinen Augen zu Ende rauchen mußte. Die Folgen dieser Zigarre waren bei weitem unangenehmer als Prügel! So rauch' du denn die Zigarre des Schienenlebens, mein Sohn. Dir wird sehr übel werden! Du wirst anderseits aber auch viel lernen. Und dann werde ich dir nach St. Louis helfen. Dann wirst du nicht mehr weich wie Butter sein! Komisch, daß ich unsteter Geselle nun auch noch Verantwortung auf meine Schultern nehmen soll!«

»Ich bin für mich selbst verantwortlich.«

»Ja freilich. Sehr!«

Und wir lachten beide. In einer Stunde kam ein Frachtzug durch, mit dem wir weiterfuhren. Diesmal kostete die Fahrt Geld, denn ein Bremser ertappte uns beim Hineinklettern und erhob prompt einen Tribut von einem halben Dollar dafür, nichts gesehen zu haben. In wenig mehr als dreißig Minuten kamen wir in Fort Worth an, das nur vierzig Meilen entfernt war. Billy ging sofort nach dem Aussteigen zu dem riesigen hölzernen Wasserbehälter auf dem Frachtbahnhof, aus dem die Lokomotiven gespeist wurden, und leuchtete mit Zündhölzern sorgfältig den unteren Rand ab. Dann zeigte er mir mit einem Ausruf der Befriedigung ein frisch geschnittenes, rohes »J«.

»Aha!« sagte er. »Joe ist schon da.«

»Wer ist Joe?«

»Ein Freund, ein lieber Kerl, den ich schon seit langen Jahren kenne. Eisenbahnkrank, so wie ich. Er hat die Zeichen hier hineingeschnitten, damit ich weiß, daß er da ist. Nun warten wir hier. Er wird bestimmt öfters nachsehen, ob ich schon gekommen bin.«

Es dauerte auch gar nicht lange, so tauchte eine Gestalt hinter dem Holzrahmenwerk des Behälters hervor und eine elektrische Taschenlampe blitzte auf.

»Oho!« sagte Billy. »Du bist aber vornehm geworden, Joe! Elektrische Beleuchtung in der Tasche!«

»Fein! Nich' wahr, Billy?«

»Nun, und wie war's mit der Arbeit im Elektrizitätswerk?«

»Schön. Fünfzig Dollars verdient in zehn Tagen. Aber –«

Billy kicherte leise.

»– du hättest mich nich' alleinlassen sollen, Billy. Die verdammten Soldaten im Fort droben haben mir jeden Dollar beim Pokern wieder abgeknöpft. Die gesegnete Laterne hier – das is' alles, was übrig blieb!«

Billy lachte laut und lange.

»So ist nun einmal das Leben, mein alter Joe«, stieß er hervor, noch immer lachend. »Ich hab' noch sechzig Dollars, und wenn die zu Ende sind, müssen wir eben wieder arbeiten. Dies ist Ed. Deutscher. Fährt mit uns.«

Joe, sauber und adrett in dunklem Anzug und Mütze, hatte ein rotes, rundes, volles Gesicht. Listige Äuglein blinzelten aus diesem Gesicht hervor – – –

Unter den Romantikern des Schienenstrangs

Von Texas nordwärts. – Ein wunderliches Leben. – Der betrogene
Betrüger der guten Stadt Guthrie in Oklahoma. – Jargon des
Schienenstrangs. – Ein abenteuerliches Jahr und seine Einflüsse. –
Die Entwicklungsgeschichte seiner Majestät des Tramps. – Die
amerikanische Vagabundenarmee. – Der Arbeitslose. – Der
Tramp. – Die Romantiker. – Lebenssehnsucht und Wandertrieb. –
Präsident Roosevelts Vagabundenfahrt auf der Lokomotive. –
Geheimnisvolle Unterströmungen modernen Abenteurertums. –
Amerikaner in exotischen Kriegen. – In der Sommerfrische von
Lucky Water, Arizona. – Von flammenden Farben und meiner
Frau im Mond. – Arbeiten!

Hastend trieb Billy vorwärts. Schnurgerade nach Norden ging es zuerst,
durch das nördliche Texas in Oklahoma hinein, durch ungeheure
Flächen von welligem Grasland und spärlichem Wald; immer mit
Schnellzügen auf der blinden Plattform der Postwagen.

Einmal verbrachten wir eine tolle Nacht auf dem Piloten einer Ex-
preßlokomotive, zu dritt, eng zusammengedrückt, aneinander geklam-
mert; auf den hellen Fleck starrend, den die Laterne über unseren
Köpfen auf die Schienen warf. Die Welt schien körperloses, schwarzes
Dunkel. Nur der gelbweiße Schein da vorne auf dem Schienenstrang
barg rasende Bewegung in sich. Als ob sie auf uns zuspringen wollten,
so stürmten uns die hölzernen Blöcke entgegen, die den stahlglänzen-
den feinen Strich auf beiden Seiten verbanden. Zuerst, am Rande des
Lichtscheins, in der Verjüngung, sahen die Schwellen fein und zart
aus wie Zündhölzer. Dann wurden sie stärker, massiver – riesengroß
zu unseren Füßen. Es war wie ein wunderlicher Hexenwirbel. Wie ein
sturmwindgepeitschter Zauberkreis von funkelnden Schienen und
dunkel glänzenden Schwellen, von Steinchen und Erde und Grasbüscheln; uns entgegenjagend, wirbelnd, sich drehend. Man mußte wie
fasziniert auf den Blendkreis der Laterne starren, jedes Steinchen, jeder
Schwellenbuckel prägte sich einem ein. Dazu das Rütteln und Stampfen
der Stahlmasse, auf der wir hingekauert waren, und der peitschende
Luftdruck, der schmerzend wie feine Nadeln in die Haut drang, jedes
Stück Zeug am Leibe flattern ließ und sich wie schwere Last gegen

den Körper anstemmte. Und Stille ringsum, als schweige alles vor dem dahersausenden stählernen Ungetüm auf den stählernen Schienen; als regierten nur seine Geräusche – – – Das dumpfe Poltern mit dem hellen Metallklang dazwischen. Das Rauschen und Rasseln. Das Stöhnen in den glühenden, dampfschnaubenden Lungen.

Aus Dampf und Rauch und jagender Bewegung und vorbeihuschendem Land schien die Welt zu bestehen. Jeder Funke Energie konzentrierte sich auf Vorwärtskommen. Alles andere war gleichgültig. Man fuhr in Frachtzügen untertags, weil man dann in leeren Frachtwagen schlafen und so den Schlaf mit dem Vorwärtseilen verbinden konnte. Die unfreiwilligen Pausen (wenn ein Kondukteur oder ein Bremser uns ertappte und grinsend erklärte, wir möchten lieber dem nächsten Zug die Ehre schenken) wurden zum Essen benutzt und zu sorgfältigem Erkundigen über die nächsten Züge. Es war ein wunderliches Leben. Und das wunderlichste daran war die Geschäftigkeit! Kein noch so energischer Kaufmann hätte mehr Zeit und Mühe aus seine wichtigsten Affären verwenden können als wir auf unser zweckloses Vorwärtshasten. Dabei riskierten wir auch noch täglich die Hälse!

Ich war wunschlos glücklich damals in dem fortwährendem Fieber des Neulings. Und es scheint mir heute, als sei die trotzige Energie, die dieses sonderbare Leben einem einimpfte, ohne daß man es merkte, die Gleichgültigkeit gegen Gefahr und Beschwerden, das praktische Anpassen an harte Lebensbedingungen, das man wie im Spiel lernte – als sei dies alles die verschwendete Zeit voll und ganz wert gewesen …

Das Leben war wie ein Dahinhuschen durch eine mehr oder weniger gleichgültige Welt voll der verschiedensten Menschen und der verschiedensten Farben, in der das einzig Wichtige die Züge auf dem Schienenstrang und wir drei Menschen schienen. Wir drei Menschen! Nie wieder im Leben hab' ich so das Gefühl engstverbundener Freundschaft mit Männern gehabt wie damals! Was dem einen gehörte, gehörte auch dem andern, und der eine stand für den andern ein mit allem, was er hatte und konnte. Und doch blieb die dünne Scheidewand bestehen, die Männerfreundschaft haben muß, wenn es nicht einfach frère et cochon sein soll – das Respektieren persönlicher Dinge, die Disziplin gewisser Höflichkeiten, eine Art Respekt des einen vor dem andern. Dieses eigenartige Zusammenhalten in einem Mischmasch von Herrentum und Vagabundenleben ist mir etwas Unvergeßliches wie Billy selbst.

Wir kamen nach Guthrie in Oklahoma, eine Stadt mit dem typischen Gemengsel des Westens von vornehmen Villen und bescheidenen Bretterbuden. Guthrie war damals, und ist wahrscheinlich heute noch, was der Amerikaner eine wide open town nennt, eine »weit offene Stadt«, wörtlich übersetzt. Der Begriff ist simpel. Weit offen. Alles darf hinein. Spielhöllen, geöffnet die Nacht hindurch; Salons, in ununterbrochenem Betrieb Tag und Nacht; profitables Dulden von elegant gekleideten und energisch bemalten Damen. Skrupellose Dollarjagd überall. Eine Bar neben der andern säumte die Hauptstraßen. »Zum sporenklingelnden Cowboy« hieß da ein Salon, »Das Glück von Oklahoma« ein anderer; »Zum toten Indianer« – »Die sieben Whisky-Seeligkeiten« – »Das Paradies der Getränke« – »Zum letzten Schuß« – – so nannten sich die Trinkhallen Guthrie's. Reiter galoppierten hin und her, deren Beine in dem geteilten Hosenschurz aus Buffalofellen steckten, der das Kennzeichen der Cowboys ist. Am Sattelknopf hing stets der Lasso; an einem Riemen um die Hüften baumelte der schwere Revolver. Zwischen den Reitern drängten sich Fußgänger; bald im einfachen Flanellhemd und den riemengegürteten Hosen des Westens, bald in eleganten Anzügen und tadelloser weißer Wäsche.

»Lebendiges altes Städtchen!« brummte Billy.

Wir traten in eine Bar (»Zum grinsenden Prairiehund« hieß sie), und ich vergaß ganz meinen Whisky über meinem Staunen. Da war ein Gefunkel von Spiegelscheiben und geschliffenen Gläsern und zwischen den Spiegelscheiben leuchtete ein Kolossalgemälde, ein üppiges Weib auf weichen Kissen hingestreckt. Ich zerbrach mir vergeblich den Kopf darüber, wo ich das Bild schon gesehen haben mochte –

»Rubens-Kopie«, lächelte Billy, »mit einigen Zutaten freier Phantasie wiedergegeben. Du wirst das Ding noch tausendmal sehen in ebensoviel Salons. Es ist ein niedliches Beispiel, wie sehr wahre Kunst und wirkliche Schönheit in diesem merkwürdigen Land manchmal auf den Hund kommt.«

Dann ging's in ein kleines Hotel, wie sich das Bretterhaus mit seinen winzigen Zimmern für einen halben Dollar im Tag stolz nannte; denn wir verbanden einen ganz bestimmten Zweck mit dem kurzen Aufenthalt im Oklahomastädtchen: Toilettesorgen! Billy hatte seine besondere Art, die Toilettenfrage zu lösen. Frisch gekaufte Wäsche gehörte dazu, ein Badezimmer und ein in den Küchenregionen ausgeborgtes Bügeleisen, das unseren Kleidern wieder Eleganz verlieh und vor allem durch die Dampfentwicklung beim Bügeln gründliche Reinigung vom Kohlenstaub des Schienenstrangs erzielte. Die getragene Wäsche blieb natürlich zurück, denn ein Sichabschleppen mit Gepäck selbst in kompaktester Form war unmöglich bei unserem Leben. Das wiederholte sich immer wieder – die Bügelszene war eine Art wöchentlicher Etappe im Wanderleben, die ziemlich viel Geld kostete. Aber in den kleinen Stationen später im Südwesten wusch und bügelte Madame vom Boardinghouse gerne unsere Wäsche für wenige Cents, während wir wartend in den Betten lagen.

Den halben Nachmittag plagten wir uns mit der Bügelarbeit. Abends nach dem Essen (es war sehr hübsch, wieder an einem weißgedeckten Tisch zu essen), schlug ich vor, durchs Städtchen zu wandern.

»Not on your life«, grinste Joe gemütlich. »Fällt diesem Kind hier gar nicht ein. Meinetwegen kann der Teufel das Städtchen holen! Der Neffe meiner seligen Tante Jemima schläft viel zu selten in einem Bett, um nich' gründlich zu schlafen, wenn er kann. Geh' spazieren, wenn du willst – ich schlafe!«

»Sehr vernünftig!« lächelte Billy. »Guthrie ist ein teures Pflaster, mein Sohn, und ich persönlich mag nicht mit Leuten zusammen sein, die mit Geld um sich werfen, wenn ich nicht mitmachen kann!«

»Ich will aber nur spazierengehen!«

»Dann nimm Geld mit!«

»Aber ich habe ja noch dreizehn Dollars ungefähr, und dann will ich ja auch gar kein Geld ausgeben.«

»Dann geh' spazieren! Viel Vergnügen, mein Junge!«

So ließ ich ärgerlich die beiden sitzen und lief voller Neugierde die lichterfunkelnde Hauptstraße entlang, in einem Gedränge von Cowboys und eleganten Herren und arg geschminkten Damen. Die Salons lockten mich gar nicht. Aber ein Plakat – eine Tänzerin darstellend, mit dem in grellen Lettern daruntergedruckten Vermerk »Eintritt frei in dieses Varieté!« – schien mir gerade das Richtige. Ich trat ein. An runden Tischchen saßen viele Menschen, darunter merkwürdig viele Damen in phantastischen Kostümen. Das reine Maskenfest! Seide in grellen Farben überall, funkelndes falsches Geschmeide, bemalte Gesichter.

»Furchtbar interessant ...« dachte ich mir.

Ein Kellner (in dunkelrotem Flanellhemd und Hosen aus Manchestersamt) brachte mir eine Flasche Bier, für die er einen halben Dollar einkassierte, was ich teuer fand. Dann öffnete sich der Bühnenvorhang, und eine dicke Blondine krähte einen Gassenhauer –

»When the bells go tinge–linge–ling
We'll join hands and sweetly we shall sing:
There'll be a hot time
In the old town –
Tonight, my darling – tralala ...«

Die Tingeling Glocken und das süß gesungene Versprechen, daß heute noch der Teufel los sein würde im alten Städtchen, schienen tiefen Eindruck auf die Zuhörer zu machen, denn sie brüllten vor Vergnügen und trampelten in gräßlichem Gedröhn mit ihren schweren Stiefeln. Der Teufel im Städtchen mußte auch in mystischem Zusammenhang mit den Lackstiefelchen der Blondine stehen, denn auf diese deutete sie fortwährend. Dann tanzte sie ein bißchen und machte furchtbar viele Knixe, und dann löste eine andere junge Dame sie ab. Die hörte ich aber gar nicht, denn – die dicke Blondine kam hinter dem Vorhang hervor und steuerte schnurgerade auf meinen Tisch zu. Neben mich setzte sie sich!

Am liebsten wäre ich davongelaufen!!

»Welch' ein trockenes Gefühl man doch im Hals hat nach dem Singen!« sagte sie mit einer Stimme, die geradezu rostig klang.

»Flasche Bier?« fragte der Kellner im roten Flanellhemd und stellte zwei Flaschen hin, ohne eine Antwort abzuwarten. Die tinge-ling Dame packte eine Flasche und ein Glas, dann die andere Flasche – und im Handumdrehen war das Bier den Weg seiner Bestimmung gegangen. Sie mußte wirklich sehr durstig sein!

»Fremder?« sagte sie. »Ja? Werden finden, daß hier 'was los ist! You bet!«

Und da brachte der Mann im roten Flanellhemd schon wieder zwei Flaschen, und Fräulein Nachbarin zu meiner Linken leerte prompt die eine ganz und die andere zur Hälfte.

»Jetzt muß ich wieder singen«, sagte sie und stand auf. »Komm' gleich wieder.«

In mir aber dämmerte eine Ahnung auf, daß ich Ärmster es war, der für diese Bierflaschen bezahlen mußte, und in einer wahren Heidenangst vor dem Durst der Dame rief ich den Aufwärter herbei.

»Vier Flaschen Bier?«

»Sechzehn Dollars!« sagte der Mann im roten Hemd.

»Heh?«

»Sechzehn Dollars – Sie sin' wohl 'n Fremder? Kommen Sie mit, wir werden 's Ihnen erklären!«

Und wie ein Schaf zur Schlachtbank wurde ich auf den Vorplatz geführt, wo ein anderer Mann (der trug ein blaues Flanellhemd!) zu uns trat. Ein Flüstern zwischen rotem und blauem Hemd. »Correct!« sagte das blaue Hemd. »Sechzehn Dollars. Das weiß jedermann. Well, sagen wir zehn Dollars statt sechzehn – ich bin nich' so!«

»So viel Geld hab' ich nicht bei mir!« erklärte ich wütend – und in Heidenangst, denn der Mann im blauen Hemd trug einen riesigen Revolver im Gürtel.

»Dann geht Tommy hier mit Ihnen, es zu holen«, entschied das blaue Hemd …

Beinahe hätte ich bezahlt, aber da waren wir schon auf der Straße, ich und das rote Hemd.

»Welches Hotel?«

»M–m–m …« murmelte ich und bog links ab. In mir kochte alles vor Wut über die Gaunerei. Und plötzlich wußte ich es: Den Teufel würde ich bezahlen! An der dunklen Ecke der Nebenstraße blieb ich stehen:

»Gehen Sie nur wieder zurück – ich habe kein Geld. Ihr seid Schwindler!«

Und im gleichen Augenblick stieß ich den Mann im roten Hemd mit beiden Fäusten vor die Brust, daß er zu Boden kollerte, und rannte um die Ecke, so schnell mich nur meine Füße tragen wollten. Hinter mir knallte es, – noch einmal – dreimal … Wieder bog ich um eine Ecke, rannte geradeaus im Dunkeln, lief in die Kreuz und Quer. Erst nach einer halben Stunde wagte ich mich wieder in die Hauptstraße und schlich vorsichtig ins Hotel, zu Billy ins Zimmer. Zitternd vor Aufregung drehte ich das elektrische Licht an und weckte ihn.

»Was ist los?« fragte er blinzelnd. »Oh – du! Ausgeplündert, heh? Jeder Centavo fort, heh? Aber das ist doch nicht so wichtig, um mich zu wecken!«

In fliegender Eile erzählte ich, und seine Augen wurden immer größer.

»Mann! Den Jüngling hingeschmissen – ausgekniffen ...« und er lachte wie besessen, sich im Bett wälzend vor Vergnügen. Er lachte wie ein Verrückter!

»Achgottachgott«, stöhnte er, »gehen wir zu Joe hinüber!«

»Du – Joe!«

Joe fuhr empor.

»Du Joe – Ed ist in 'n Varieté gegangen, so eine freie Eintrittsaffäre, du weißt schon – vier Dollars die Flasche Bier – zahlte nicht, konnte nicht, nee wollte nicht – Kellner mitgegangen – Kellner biff-biff gegeben – davongerannt – oh Lord, ich lach' mich ja noch tot! Das Bier – die dicke Blondine – der Kellner hat geschossen ... ich sterbe wirklich vor Lachen!!«

Joe begriff zuerst nicht. Als er aber den Zusammenhang verstand, wieherte er förmlich.

»Ist dieser Ed grasgrün«, stieß er endlich hervor »– und bindet mit den geriebensten Gaunern dieser feinen Stadt an! Ein Glück hat er!! Geschossen hat der Kellner? Das beweist wieder einmal, daß ein Revolver lange nich' so gefährlich is' wie er aussieht! Und nun empfehlen wir uns, kalkulier' ich!«

Billy nickte, noch immer lachend, und erklärte mir kurz, daß nach diesem Intermezzo Guthrie in Oklahoma ein entschieden ungesunder Aufenthaltsort für mich sei. Die beiden Herren in den roten und blauen Flanellhemden wurden wahrscheinlich eine eifrige Suche nach mir veranstalten! Noch in der Nacht verließen wir (ich genierte mich furchtbar über die Geschichte) das Hotel, eilten, die blendend hellerleuchtete Hauptstraße klüglich vermeidend, auf weitem Umweg nach dem Bahnhof und fuhren mit einem langweiligen Frachtzug nach Nordwesten. In Guthrie zweigte die Santa Fé scharf ab, hinüber zu ihrer riesigen Hauptlinie, die, Tausende von Meilen lang, durch das nordöstlichste Stück Texas, das sich in das Territorium von Oklahoma hineinzwängt, durch Neumexiko, Arizona und Kalifornien nach San Franzisko führt.

Vorwärts – immer vorwärts ...

Von Kiowa (das war gerade über der Kansaslinie, und so hatten wir drei riesengroße amerikanische Staaten berührt in zwei Wochen!) ging es wieder nach Süden, in ein sonniges Land von Sand und Prairie und fernschimmernden Bergen hinein! Wir reisten sehr schnell. Die Stationen waren meistens klein, und einen einzigen Schnellzug konnten wir oft zehn, ja zwölf Stunden lang benützen. Fast auf jeder Station trafen wir Wanderer, bald Arbeitslose, bald typische Tramps; bald nach Osten ziehend, bald nach Westen wie wir. Selten wechselten wir mehr als wenige kurze Worte mit ihnen, denn der Mann vom Schienenstrang ist wortkarg. Sie erkundigten sich gewöhnlich nach Entfernungen; noch öfter nach den genauen Fahrzeiten der Lokalfrachtzüge und der schnellen, durchgehenden Eilfrachtzüge. Der Jargon der »road«, des Schienenstrangs, war kurz und knapp und voller Eigentümlichkeiten. Nie wurde man anders genannt als »Jack« von diesen wandernden Menschen, die man an den Wasserfässern der Stationen begegnete, als sei dies ein Sammelvorname für alles, was da auf der Eisenbahn kreuchte und fleuchte.

»Hello, Jack!«

»Selber Hello!«

»'rauf oder runter?« (Hinauf hieß »nach Westen«; hinunter »nach Osten«!)

»Hinauf!«

»Hm, ihr nehmt die nächste »Schnelle«, nich?« (Das bedeutete den fälligen Eilfrachtzug.) »Paßt lieber auf – hundert Meilen zurück haben sie im Fahren abgestoppt und uns mitten auf der Strecke den Boden küssen lassen!« (Das hieß, daß die Tramps entdeckt und bei verlangsamter Fahrt vom Zuge geworfen worden waren.) »Habt ihr vielleicht gesehen, ob der Lokale leere boxcars hat? Ja? Das is' allright. So long, Jack!«

Das waren so Fachausdrücke. Die Tramps sprachen niemals vom Ort ihrer Bestimmung, sondern sie reisten einfach »die Linie hinauf oder hinunter.« Die Riesen-Eisenbahnlinien des Landes bezeichneten sie als etwas Altvertrautes nur mit den Anfangsbuchstaben: S. F. (Santa Fé) U. P. (Union Pazific) S. P. (Southern Pazific) oder mit Spitznamen, wie die berühmte Käte, wie die Kansas und Texas Eisenbahn genannt wurde. Ihr Reisen hießen sie jumping, springen; Stationen bezeichneten sie nicht mit Namen, sondern sagten: Nächster stop, zweiter, fünfter stop die Linie hinauf oder hinunter. In einem Frachtwagen zu fahren, hieß – eine Leere springen; auf dem Postwagen: den Blinden springen … Verballhornt wie die Eisenbahnausdrücke war auch ihre ganze Sprache, ein heruntergekommenes Englisch. Als müßten sie ihr Sprechen ihren Verhältnissen anpassen, denn abgerissen, zerlumpt, heruntergekommen sahen fast alle aus. »Arme Teufel«, pflegte Billy zu sagen. »Arme Teufel sind's und dumme Teufel! Und geht es einem auch noch so schlecht … das letzte Geld darf niemals in den Magen wandern, sondern muß auf den äußeren Menschen verwandt werden! Der saubere Rock ist stets die Brücke zu den Dingen des Lebens. Er gibt äußere Gleichberechtigung mit jedem Menschen. Wer sich den sauberen Rock nicht bewahrt, ist ein Narr!«

Städtchen auf Städtchen huschte vorbei. Jeder Tag brachte neue Aufregung, neues Vorwärtshasten. Und jeder Tag führte uns Hunderte von Meilen weiter. Aus den flachen Wellentälern wurden gewaltige Einschnitte, riesenbreit, in felsiges Bergland, das sich weithin am Horizont auftürmte; ein Land des Sandes und der Steine, ein Land glasklarer trockener Sonnenluft, die den Blick auf ungeheure Entfernungen vorwärtsdringen ließ – Neumexiko. In wenigen Tagen durchquerten wir den Staat. Dann kamen wir auf das Gebiet Arizonas.

* *
*

Im Erinnern an die Zeiten meines Dahinjagens auf den Schienensträngen der Vereinigten Staaten ist es mir, als sei jede Einzelheit unauslöschlich in mein Hirn eingegraben wie buntes Mosaik, aus farbensprühenden Steinchen geformt. Keines der Steinchen verlor in den fünfzehn Jahren, die seitdem nun verflossen sind, seinen Glanz. Schärfer treten die Dinge hervor in der Erinnerung, als sie es im leichtherzigen Erleben gewesen sein mochten; klarer, deutlicher in ihrem starken Einfluß auf das Werden und Wachsen des Menschen. In Gut und Böse. Den Trotz hab' ich im Wanderleben gelernt; das trotzige Wollen, ein gewisses Ziel zu erreichen nur, weil ich es wollte, sei es klein oder groß. Gleichgültigkeit gegen Geld, das ja dem Manne nur wenig bedeuten konnte, der in hetzendem, gefahrvollem Vorwärtshasten etwas so unbeschreiblich Schönes sah, daß Hunger und Entbehrungen lachend in den Kauf genommen wurden. Verderblichen Lebensleichtsinn, sonderbar gepaart mit Kraft. Träumen hab' ich gelernt, wie mans nur lernen kann in Einsamkeit, wenn dahinfließende Stunden ein gleichgültiges Nichts bedeuten. Sehen hab' ich gelernt! So viele Menschen und so viele rasch wechselnde Bilder zogen an dem Wanderer vorbei, daß er Menschen und Dinge sehen lernte – in mehr als bloßem Verstehen von Land und Leuten. Und den Humor hab' ich mir geholt in jenem Wanderjahr; das lustige Lachen über eigene Torheit und eigene Schwächen, weil es klüger war, zu lächeln als zu weinen, wenn die Dinge einem gar zu sehr weh taten. So ist mir das eine Jahr etwas nie zu Vergessendes geworden.

Ein Wanderjahr unter den Romantikern des Schienenstrangs …

* *
*

So riesenschnell waren das Wachstum und die Entwicklung der ungeheuren nordamerikanischen Union, daß auf die Periode des pfadsuchenden Reiters und des rohgezimmerten, von Pferden und Maultieren gezogenen Wanderkarrens ohne Übergang die Zeit der Eisenbahnen folgte. Vorwärtspeitschende Notwendigkeit rascher Entwicklung schaltete das Verkehrsstadium wohlgepflegter Landstraßen einfach aus. So wurden die Schwachen, die Faulen und die Arbeitslosen auf den Schienenstrang gedrängt; denn Landstraßen für den landstreichenden Wanderer gab es nur im Osten, während im Westen die wenigen Wege nicht nur schlecht, sondern völlig planlos angelegt waren; von Farm zu Farm führend, nach einem Städtchen vielleicht, so, wie es das augenblickliche Bedürfnis der nächsten Anwohner erforderte. Den schnurgeraden, den nächsten Verbindungsweg von Ort zu Ort und den einzigen Weg, der sicher nach größeren Städten führte, bedeutete damals und bedeutet noch heute die Eisenbahn – der Schienenweg. Von Schwelle zu Schwelle, also auf dem Bahngeleise, schritt der Wanderer auf seinem Vagabundenweg und marschierte so von Städtchen zu Städtchen, bis er Arbeit fand oder das Versiegen milder Gaben ihn weitertrieb. Einer von diesen Vagabunden nun kam einmal, als ein Frachtwagen an ihm vorbeirasselte, auf den naheliegenden Gedanken, daß es doch viel schöner sein würde, zu fahren als zu laufen!

Er sah die Türe eines leeren Frachtwagens offenstehen, packte krampfhaft zu, klammerte sich an, zog sich empor und saß gemütlich im Frachtwagen. Er lief nicht mehr. Er fuhr!

Dieser kluge Mann war der Urvater eisenbahnfahrenden amerikanischen Vagabundentums.

Er war der Ahne des amerikanischen Tramps, so, wie er seit fünf Jahrzehnten ist und noch ein, höchstens zwei Jahrzehnte sein wird. Statt langweilig und mühsam von Eisenbahnschwelle zu Eisenbahnschwelle vorwärts zu »trampeln«, bediente Mister Tramp sich nunmehr in Wirklichkeit des Schienenstrangs. Bahnwärterhäuschen und sorgfältige Streckenüberwachung gab es ja nicht und gibt es nicht auf den ungeheuren amerikanischen Schienenwegen: erforderten sie doch ein Beamtenmaterial, das jeden Betrieb unrentabel machen würde. Auf den kleinen Bahnhöfen gab es nur ein oder zwei Stationsbeamte, die keine Zeit hatten, sich darum zu kümmern, wer sich auf den Schienen herumtrieb, und selbst in den großen Städten war es leicht, sich in den Wagenwirrwarr eines Frachtbahnhofs einzuschleichen. Mister Tramp hatte also gar keine so schwere Aufgabe. Er trieb sich in aller Gemächlichkeit auf den Bahnhöfen herum, mit den Beamten Verstecken spielend, suchte sich einen leeren Frachtwagen aus und kletterte hinein, wenn der Zug sich in Bewegung setzte. Wurde er entdeckt und auf der nächsten Station vom Zuge gejagt, so wartete er in philosophischem Gleichmut auf den nächsten Zug.

Nach und nach wurde er waghalsiger und bekam immer mehr Appetit auf diese wunderschöne billige Eisenbahn, die ihn mit solcher Schnelligkeit von Staat zu Staat führte. Man sperrte die leeren Frachtwagen zu – da kletterte er aufs Dach der Wagen oder ritt auf den Puffern, sich an den Stangen der Wagenwände festhaltend. Bald warf er ein neidisches Auge auf Schnellzüge und entdeckte, daß man ja auch mit Schnellzügen fahren konnte! Man sprang auf den ersten Wagen und war sicher wenigstens bis zur nächsten Station, eine respektable Strecke gewöhnlich. Entdeckte ihn wirklich ein Kondukteur und wollte ihn verhaften lassen, so sprang Mister Tramp noch im Fahren ab und war längst verschwunden, ehe der einsame Bahnhofpolizist nur begriff, um was es sich handelte.

Die Eisenbahner wehrten sich natürlich. Als intelligente dollarjagende Amerikaner erpreßten die Bremser der Frachtzüge kleine Geldkontributionen von den Vagabunden, die sie in ihren Wagen erwischten; prügelten sogar manchmal, nur, um häufig selbst geprügelt zu werden. Wurde ein Verbrechen begangen auf einer Bahnstrecke, so folgten Perioden rücksichtslosen Einschreitens gegen die Eisenbahnvagabunden. So mancher arme Teufel von Tramp ist von brutalen Eisenbahnern mitten in sausender Fahrt vom Zug geschleudert worden. Brach er sich den Hals, um so schlimmer für ihn. Jedenfalls krähte kein Hahn danach. Sehr bald aber merkten die großen Eisenbahngesellschaften, daß ein scharfes Vorgehen gegen die Tramps sehr unangenehme Folgen für sie habe – allerlei Bahneigentum wurde von den schlimmen Elementen unter den Wanderern, rachsüchtigen Gesellen, zerstört, ja, sogar Züge gefährdet. Schließlich sagten sich die Gesellschaften, daß es besser sei, ein Auge zuzudrücken, als sich einen Haufen wertvoller neuer Schwellen nach dem andern von gereizten Wanderern anzünden zu lassen. Ein System halber Duldung setzte ein, das noch heute regiert. Eine Duldung, die manchmal gewisser Komik nicht entbehrt. So ist es in vielen Städten des Westens zur Gewohnheit geworden, einen bettelnden Tramp, der die braven Bürger belästigt, auf keinen Fall einzusperren und mehr oder weniger lange Zeit auf Gemeindekosten durchzufüttern. Oh nein! Mister Sheriff nimmt Mister Tramp beim Wickel, führt ihn auf Umwegen nach dem Frachtbahnhof und zwingt ihn mit vorgehaltenem Revolver, sich mit dem nächsten Frachtzug aus dem Staube zu machen. So ist das Städtchen Mister Tramp los – und die anderen Städtchen mögen auf sich selber aufpassen.

Das Wanderleben in den Vereinigten Staaten ist einzig in seiner Art.

Auf den Schienensträngen des ungeheuren Landes jagt eine Armee von Vagabunden dahin, Tausende von Männern, deren Zahl mit den wirtschaftlichen Verhältnissen des Landes steigt und fällt, um ins Ungeheure anzuschwellen in arbeitslosen Krisenzeiten. In ihrer Zusammensetzung ist diese Armee unendlich verschieden, – so verschieden, daß eine Welt von Denken und Art zwei Männer trennen mag, die im gleichen Frachtwagen hocken. In diesen Unterschieden steckt eine Romantik, die selbst in den Vereinigten Staaten nur wenige Leute auch nur ahnen. Der Volkswirtschaftler, der sich mit dem Trampunwesen befaßt, muß ja notwendigerweise verallgemeinern und seine Beobachtung ausschließlich der sozialen Seite zuwenden. Die Romantik wird ihm entgehen.

Das harmloseste und in seinen Motiven am leichtesten zu durchschauende Individuum in der amerikanischen Vagabundenarmee ist der Arbeitslose, den harte Zeiten und Arbeitsmangel aus einer Stadt wegtreiben, um anderwärts sein Glück zu versuchen. Mag er nun noch Sparpfennige in der Tasche haben oder schon mittellos und abgerissen sein – er ist niemals ein Vagabund im eigentlichen Sinne des Wortes, sondern bleibt stets der Arbeiter, dem das Wandern, die Eisenbahn also, nur Mittel zu dem Zweck ist, ihn rasch neuen Arbeitsgelegenheiten zuzuführen.

Mit dem Tramp, dem eigentlichen amerikanischen Vagabunden, hat er nichts gemein. Denn der wirkliche Tramp ist ein arbeitsscheuer Geselle. Der Amerikaner, der ein scharfes Auge besonders für diejenigen menschlichen Schwächen hat, die seiner unruhigen, rastlosen, arbeitsfreudigen Art unsympatisch sind, hat das Wesen des Tramps richtig erkannt, wenn er ihn spottend »Weary Willy« und »Tired Jack« nennt – »den müden Willy« – »den todmüden Jack«! Unter ihnen sind Menschen, denen die grausame Härte des Arbeitsmarkts so mitgespielt hat, daß sie nicht mehr wollen, vielleicht nicht mehr können; Kranke und körperlich Schwache, deren Arbeitswert gering ist; Schwächlinge, die sich vor den Mühen des Lebens und der Härte körperlicher Arbeit so fürchten, daß sie lieber ein erbärmliches, bettelndes Jammerleben führen, als sich in die Arbeit des Tages hineinzuwagen – Schwache und Arme, Schwächlinge und Untüchtige, den Anforderungen der Zeiten nicht gewachsen. Ihr Los ist hart. Viel härter als härteste Arbeit. So gutmütig der Durchschnittsamerikaner ist, so wenig Verständnis hat er in seinem praktischen Denken für das merkwürdige Verlangen eines Menschen, essen zu wollen, ohne zu arbeiten. Eine brave Farmersfrau mag sich durch die wehleidige Geschichte eines Tramps rühren lassen und ihm eine Mahlzeit geben; wenn aber ihr Mann dazukommt, so wird er Mister Tramp zärtlich ein Beil in die Hand geben und ihn liebevoll zu dem Holzhaufen im Hof führen: So, mein Junge, arbeite erst einmal ein bißchen! Der europäische Handwerksbursche, der von Haus zu Haus Kupferstücke einheimst, würde sich baß wundern im Yankeeland, so artverwandt Mr. Tramp und er sich auch sein mögen. Nur ist Mr. Tramp eine besonders groteske Figur. Sein eigenartiges Eisenbahnleben ist höchst ruinös für Kleider. Neue Kleider kann er sich nicht kaufen. So wird er äußerlich zur grotesken Verzerrung eines Menschen. Aus den Stiefeln gucken die Zehen hervor. Die zerfetzten Hosen mit den vielen Flecken hält ein Strick um den Leib. Der Rock, schwer malträtiert von Regen und Sonnenschein und Kohlenstaub, schimmert und glänzt in allen nur möglichen dunklen Farbentönen; der zerknüllte Hut trägt unfreiwillige Komik in sich. Im Gesicht wochenalte Bartstoppeln. Und um die Schultern geschlungen an dicker Schnur trägt Mister Tramp sein eigentliches Wahrzeichen – die alte Konservenbüchse, die er notwendig braucht, um seinen Kaffee zu kochen oder die Kartoffeln zu sieden, die in höchster Not aus Farmerfeldern in seine Tasche wandern …

Doch außer den Arbeitsuchenden und bettelnden Tramps gibt es, zum geringen Bruchteil freilich, noch ein anderes Element in der amerikanischen Armee der Wanderer; Menschen, so grotesk, so grandios in der Großzügigkeit ihres Zigeunertums, so eigenartig, daß sie eine Art Rätsel modernen amerikanischen Lebens darstellen. Romantiker des Schienenstrangs möchte ich sie nennen, die Menschen unter denen und mit denen ich ein Jahr gelebt. Ihr Leben ist nackte Romantik, eine Romantik, die sich auf den Schienensträngen abspielt.

Keine Schwäche, kein Geschlagensein im Kampfe des Lebens treibt sie zum Wandern, sondern nur ihr eigener abenteuerlicher Wille, eine dumpfe Sehnsucht nach einem Leben, das außerhalb des Herkömmlichen, des Durchschnittlichen liegt. Sie tragen anständige Kleider und sie lassen sich nichts schenken. Sie betteln nicht.

So gehen die Romantiker des Schienenstrangs dahin von Osten nach Westen, von Süden nach Norden, über ungeheure Flächen. Sie halten es nicht lange aus an einem Ort. Sobald ihnen Geld in der Tasche klimpert, kommt eine unbeschreibliche Unruhe über sie, mag die Arbeit noch so lohnend, mögen ihre Lebensbedingungen noch so angenehm sein. Ein Plakat, eine Zeitungsnotiz gibt den äußeren Anstoß – die Schönheiten Kaliforniens werden beschrieben oder irgend etwas Interessantes über Arizona gemeldet. Da packt den modernen Zigeuner die tolle Laune. Er, der vielleicht in Chicago oder in Denver ist, muß sofort, augenblicklich, ohne Zeitverlust nach Kalifornien oder nach Arizona! Es peitscht ihn vorwärts mit unwiderstehlicher Gewalt. Er hat nicht das geringste in Kalifornien oder in Arizona zu suchen; in Wirklichkeit sind ihm auch beide Staaten mehr als gleichgültig. Wahrscheinlich kehrt er sofort wieder um. Dumpfe Sehnsucht ist es in Wahrheit, die ihn treibt, ein übermächtiger Wandertrieb, der zwar ein Ziel haben muß, auf daß die fixe Idee vollständig sei, dem das Ziel an und für sich jedoch ein Nichts bedeutet!

Ich will so schnell als möglich nach Kalifornien! Ich muß schleunigst nach Arizona!!

Ein Mann mit einem Ziel, dem nichts etwas gilt als dieses Ziel! Er ißt nur einmal im Tag, hungert oft, friert, schläft kaum – vorwärts, nur vorwärts. Er erträgt unerhörte Beschwerden, riskiert hundertmal sein Leben – immer vorwärts. Auf den Plattformen der Postwagen eilt er seinem Ziel zu, vorne auf dem Piloten der Lokomotive, er besteigt gelegentlich, wenn es gar nicht anders geht, einen Frachtzug (den er verachtet!), fährt mit dem Expreß, sich eng an das gewölbte Wagendach eines Pullmannwaggons andrückend, in jeder Sekunde in schwerer Gefahr, hinabgeschleudert zu werden. Nur vorwärts! Ich habe Männer gekannt, die sich, wenn jede andere Fahrtmöglichkeit versagte, ein Brettchen über die beiden dünnen Eisenstangen legten, die zwischen den Axen eines Pullmannwagens angebracht sind, sich auf dieses Brett hinkauerten und so lange Strecken *unter* dem Waggon fuhren! Jedes Mittel ist ihm recht, aber immer vorwärts. Entdeckt ihn ein Kondukteur vorne auf der Plattform, so klettert er hinten auf ein Waggondach! Sein Hirn arbeitet fortwährend an dem Erfinden neuer Tricks zu raschem Fahren; jeder Muskel seines Körpers ist wochenlang auf das Unerhörteste angestrengt. Etwas Poetisches liegt in dieser merkwürdigen Sehnsucht, über weite Räume zu ziehen, etwas Urmenschliches, etwas unbeschreiblich Abenteuerliches. Eine Mischung von Vagabundentum und Energie, von geheimnisvollen Sehnsuchtstrieben und nüchterner Kraft.

Er ist in Kalifornien, in Arizona. Dann wieder Arbeit. Dann wieder neue Hetzjagd nach neuem Ziel!

Bodenloser Leichtsinn liegt über solch unsteten Leben, und doch wieder auch romantischer Zauber; lockend, verführend. Vor zwei Jahren ungefähr las ich im Londoner »Daily Telegraph« eine aus amerikanischen Zeitungen übernommene Meldung, Theodore Roosevelt – damals war er Präsident und auf einer Jagdfahrt im Westen – habe von Denver aus nach Westen auf einem Spezialzug eine Fahrt von über hundert Meilen auf dem Kuhfänger, dem Piloten der Lokomotive, gemacht. Er sei voller Begeisterung gewesen über die lustige Fahrt mit ihren Eindrücken freien Dahinschwebens in den Raum hinein! Wie hab' ich mich damals amüsiert (Teddy hatte doch immer etwas übrig für brausendes Leben!); denn – über genau die gleiche Strecke war auch ich gefahren. In genau der gleichen Weise, auf dem Kuhfänger! Allerdings nicht auf einem Spezialzug, sondern in höchst notwendiger Verborgenheit.

In das lustige Erinnern aber mischte sich rückhaltslose Bewunderung für den merkwürdigen Mann des tätigen Lebens, der unter den ungeheuren Aufgaben seiner gewaltigen Stellung sich die Lebensneugierde und die Spannkraft bewahrt hatte, ein tollkühnes Vagabundenstücklein zu wagen. Tollkühn! Denn wer auf dem Piloten eines in voller Geschwindigkeit dahinbrausenden Zuges fährt, dicht über den Schienen, setzt auf jedem Meter Strecke sein Leben ein. Ein Häschen, über die Schienen rennend, erfaßt von dem weit hinabreichenden Rahmenwerk und mit ungeheurer Wucht emporgeschleudert, wird den Leichtsinnigen betäuben, ihn hinabwerfen; ein vom Piloten gepacktes Steinchen kann ihm den Schädel zerschmettern. Es steckt etwas vom Romantiker in Theodore Roosevelt, Soldat, Expräsident, Jäger, Schriftsteller, Philosoph, Politiker. Ein D'Artagnan in der Hülle des Staatsmannes!

Wer sich phantastischer Wanderlust so hingibt, wer bloßem Sehnsuchtstrieb so viel Kraft und so viel Zähigkeit widmet – in dem Mann stecken Möglichkeiten, wenn er auch ehrbarer Bürgerlichkeit als Inbegriff leichtsinniger Tollheit erscheinen mag. Als Episode muß man das Leben dieser Männer auffassen! Ein kleiner äußerlicher Anstoß lenkt oft ihre Kraft in geordnete Bahnen. Oder ein großes Erlebnis – das Weib, das in dem Männertum ihrer tollen Jugend so gar keine Rolle spielte. So lange sie aber ihr Leben führen, sind sie Abenteurer de pure sang. Grundverschieden einer von dem andern. Neben dem arbeitsfäustigen Brausekopf wandert der Gebildete mit dem disziplinierten Hirn, neben gedankenlosen Gesunden verbissene Neurastheniker; Abenteurer aber sind sie alle. Sie lauschen auf alles, was nach Abenteuermöglichkeit aussieht. Sie kennen sich untereinander, sie sehen, sie hören, sie erwerben sich Freunde hier und dort. Die Amerikaner, die in den südamerikanischen Revolutionen eine so große Rolle spielen, rekrutieren sich aus den Romantikern des Schienenstrangs. Der große Abenteurer, der Glückssoldat, der seinen Degen dem Dienst südamerikanischen Goldes verkauft, kennt seine Leute. Er darf nur in New Orleans oder in Galveston einem alten Freund vom Schienenstrang ein Wörtchen zuflüstern, und in drei Wochen hat er seine Leute. Wie der Blitz verbreitet sich die Neuigkeit, ohne daß eine Silbe zu den Ohren von Menschen dringt, die plaudern würden.

Ich hab' oft in drei, vier Sätzen – denn diese Menschen sind schweigsam – von Dingen erzählen hören, die mich ungläubig aufhorchen ließen. Der eine kannte Kuba wie seine Tasche und grinste über das schlechte Schießen der Insurgenten; der andere erwähnte so nebenbei, er möchte wieder einmal nach Haiti; der dritte hatte große Eile, nach San Franzisko zu kommen, weil er »dort einen Mann kenne, der vielleicht ein bißchen Geld in eine Goldsucherfahrt stecken würde«.

Unrast haust in jedem von ihnen. Aus dem einen wird ein Führer von Arbeitern am Panamakanal, ein Amt, zu dem man harte Abenteurernaturen braucht; der andere stirbt als Glückssoldat, irgendwo in Südamerika erschossen; wieder ein anderer tritt in den Dienst des Waffenschmuggels, der von Amerika aus sich überallhin in die Welt erstreckt, wo rebellierende Minoritäten kämpfen. Ich deute hier nur an – denn die geheimnisvollen Unterströmungen modernen Abenteurertums lassen sich nicht verfolgen. Ich weiß, daß man mir den Vorwurf der Übertreibung machen wird. Ich möchte aber eine Tatsache erwähnen, die dem Zeitungsleser nicht fremd, dem Mann mit internationalen Beziehungen wohlbekannt ist:

In jedem modernen Krieg spielen Abenteurer aus den Vereinigten Staaten eine große Rolle, zum mindesten in den »exotischen« Kriegen. Die Munitionszufuhr der Buren wurde von amerikanischen Männern und von amerikanischen Maultieren besorgt. In ihren Reihen kämpften als Offiziere und Soldaten Abenteurer aus aller Herren Ländern, die – aber fast alle auch Englisch sprachen, und zwar amerikanisches Englisch. Im russisch-japanischen Krieg lag der Betrieb der Blockadebrecher, die Port Arthur mit Kriegsmaterial versorgten, zum großen Teil in amerikanischen Händen. Erst ganz kürzlich las ich im »Berliner Tageblatt« die lakonische Drahtmeldung: »In Guatemala rücken die Revolutionäre, von Amerikanern geführt, gegen die Hauptstadt vor.«

Die Unterstützung der mexikanischen Insurgenten durch amerikanische Abenteurer ist ja wohlbekannt.

Das sind Möglichkeiten dieses modernen Romantikertums, die ich erwähnen muß, weil sie eine Phase verborgenen Lebens unserer Zeit scharf beleuchten – aber sie dürfen nicht verallgemeinert, sie müssen als Andeutungen aufgefaßt werden, als Anregung vielleicht für die wenigen Wissenden, ihr Scherflein dazu beizutragen, dieses Leben zu schildern.

Und die Romantiker des Schienenstrangs müssen sterben. Zehn Jahre mag es noch dauern, zwanzig vielleicht. Dann sind die Schienenstränge des Riesenlandes unter dem Sternenbanner bewacht und abgesperrt wie im alten Europa, und der Wanderer aus Passion wird ein Ding der Vergangenheit sein. Übrig bleiben wird nur der landstraßenwandelnde, bettelnde Tramp und das Heer der Arbeitslosen. Der Abenteurer muß sterben, wenn die großen Massen vordringen, die mit sich Ordnung und System bringen. Das ist gut so. Und doch –

man möchte träumend in die Zukunft schauen können. Was wird aus dem Grand Seigneur glorreichen, freien Vorwärtsstürmens? Spürt ihr kein Verwandtsein mit meinem törichten, rastlos dahinjagenden Idealisten, ihr Menschen im Zeitalter des Fliegens? Ihr, die ihr selbst hastend und hetzend lebt! Nur seid ihr, nein, sind wir – denn jene Zeiten gehören vergangener Jugend – klug und weise, denn wir schaffen Werte im Dahinjagen, und meine Freunde vom Schienenstrang schufen sich nichts als Augenblicksrausch. Sie waren Träumer, wenn sie es auch nicht wußten. Man muß sie lieb haben im Erinnern; um der Sehnsucht willen, die in ihnen lebte …

*   *
*

In Arizona war es.

Der Schnellzug hielt im Morgengrauen, wenige Sekunden lang, an einer winzig kleinen Station. Billy sprang ab und rannte auf das Wasserfaß zu. Natürlich folgten wir ihm. Und da brauste der Zug auch schon weiter.

»Was hast du denn?« fragte Joe empört. »Jetzt ist der verdammte Zug glücklich weg. Hat uns ja kein Mensch gesehen – hätten ruhig weiterfahren können!«

»Sei still!« lächelte Billy und kauerte sich am Wasserfaß nieder. »Kinder, vor allem müssen wir feststellen, wieviel Geld wir noch haben. Gebt einmal euer Geld her.« Er zählte. »– 42 Dollars. Nun hört einmal zu: dieser sonnige Arizonasand hat Schönheiten, von denen ihr nichts ahnt; es ist ein stilles Fleckchen Welt, in dem man wieder einmal spielen und lachen kann. Hier wollen wir ein wenig bleiben!«

»Grandioser alter Gedanke!« murmelte Joe.

Ich aber wunderte mich nur. Die Hetzfahrt durch die vier Staaten hatte mich schon gelehrt, zu staunen, ohne viel zu fragen. Bald nach Sonnenaufgang gingen wir hinüber zu dem winzig kleinen Stationshäuschen, traten in das Zimmer des Agenten, und Billy setzte mit einer absoluten Wahrhaftigkeit, die unter den Umständen fast komisch war, dem Mann auseinander, was er wollte. Der war fast sprachlos vor Erstaunen.

»Hier bleiben wollt ihr? …« stotterte er endlich. »In diesem verdammten Sandloch?«

Billy erklärte ihm noch einmal, daß wir durchaus keine Tramps, sondern nur unruhige Gesellen seien, die zwar kein Geld für so törichte Dinge wie Fahrkarten ausgäben, aber sonst alles bar bezahlten – »Weiß schon, verstehe schon!« brummte der Agent – und daß wir einige Wochen lang ein billiges Leben führen wollten.

»Sommerfrische! Verstehen Sie denn nicht?« lachte Billy.

»Die verrückteste Idee, die mir in meinem Leben vorgekommen ist«, meinte der Agent grinsend. »Aber es geht. Es geht wirklich!«

Und es ging. Mrs. Jack Parker, eine rundliche Witwe, der das größte der vierzehn hölzernen Häuser der Station gehörte, übernahm gegen eine bare Vorausbezahlung von fünfundzwanzig Dollars gerne die Verpflichtung, uns drei Männer zwanzig Tage lang zu behausen und zu beköstigen. Es war spottbillig. Nun konnte ich mich aber nicht mehr halten:

»Dies ist ein Märchen!« sagte ich zu Billy.

»Ist es auch«, jubelte er und seine Augen leuchteten. »Sollen auch zwanzig Märchentage sein – gerade so unwahrscheinlich und gerade so schön wie ein wirkliches Märchen. Hm – Unsinn. Welch' ein Kind Sie doch sind! Billige Tage billiger Beschaulichkeit sind es – weiter nichts!« Und er lachte lustig …

»Lucky Water« hieß die Station – Glückswasser. Sie und die vierzehn Häuschen hinter ihr verdankten ihr Dasein dem ungeheuer tiefen artesischen Brunnen neben dem Stationshäuschen, den einst die Santa Fé hatte bohren lassen müssen, weil die Strecke zwischen den beiden nächsten Stationen zu lang war, als daß die Lokomotiven sie ohne Wasser hätten durchmessen können. So reichlich Wasser spendete der Brunnen, daß es möglich gewesen war, eine einfache Bewässerungsanlage herzustellen und mitten im Sand Gemüse zu bauen und Vieh zu züchten. So waren die vierzehn Häuschen entstanden. Und jeden Abend nahm der Eilfrachtzug die Gemüsekörbe und die Milchkannen mit nach der nächsten großen Stadt. Es waren einfache Menschen, die Leute von Lucky Water, die uns wahrscheinlich für ein bißchen verrückt, aber doch harmlos hielten.

In meinem Leben vergess' ich Lucky Water nicht!

Von den Rändern seines grünen Gartenflecks dehnte sich weit und breit trostloser Sand, und gegen Norden schimmerten stahlblaue Felsenmassen. Glühend brannte tagaus, tagein die Sonne nieder aus tiefblauem Himmel, an dem nie ein Wölkchen zu sehen war. Die trocken heiße Luft war von unbeschreiblicher Klarheit und Durchsichtigkeit. Weit entfernte Gegenstände schienen zum Greifen nahe. Und Sand, überall Sand; bald glänzend weiß, bald tiefbraun. In einzelnen Fleckchen wuchs zähes rostbraunes Gras, und überall wucherten, kaum aus dem Sand hervorlugend, winzigkleine Kakteen mit eisenharten Dornen. Das war unser Spielplatz. Wie Kinder gebärdeten wir drei Männer uns. Viele Stunden lang lagen wir oft im heißen Sand und rauchten und schwatzten. Der sonst so schweigsame Billy konnte ganze Nachmittage hindurch mit wahrer Wollust die absurdesten Pläne ersinnen und sie uns begeistert auseinandersetzen:

Hetzfahrt nach San Franzisko! Dann sollten wir drei ein billiges Zimmerchen mieten und arbeiten wie besessen. Irgend etwas – Und sparen wie Russel Sage! (Das war ein berüchtigt geiziger New Yorker Milliardär, der einmal erklärte, es sei eine Sünde, mehr als einen Dollar bares Geld bei sich zu tragen. In der Bank verdiene das Geld doch Zinsen!) Jeder Narr könne Geld sparen, wenn er das Sparenwollen zur fixen Idee mache, behauptete Billy. Und wenn wir Geld hätten, würden wir uns als Kohlenzieher nach Honolulu verdingen, dort arbeiten und die Sprache der Südsee lernen. Dann kaufen und verkaufen und im Kleinen importieren und reich werden … Oder: Über Galveston nach New Orleans, nach Mobile und so weiter nach Florida. Von dort aus sich den kubanischen Insurgenten angeschlossen. Denn ein amerikanischer Revolver mit einem Amerikaner dahinter sei überall sein Gewicht in Diamanten wert – –

»Aber das ist ja blinkeblanker Unsinn!!« so schlossen immer Billys lange Reden. »Augenblicklich ist die Welt wunderschön und das genügt. Wenn wir einmal übrige Zeit haben, können wir ja gelegentlich auch reich werden –!«

Wettrennen liefen wir über den heißen Sand hin. Kein Tag verging ohne Boxen, in dem Billy ein Meister war. In der Wüste von Lucky Water lernte ich es, mich mit harten Fäusten zu wehren, in Geschicklichkeit und Ruhe, die allemal über brutale Kraft triumphiert. Ich verspürte den Hieb von unten auf das Kinn, der auch den stärksten Mann bewußtlos hinschleudert; den Schlag auf die Herzgrube, der den Getroffenen nach Luft schnappend hinsinken läßt. Wir zerhämmerten uns gegenseitig, bis jeder Fleck am Oberkörper brannte wie Feuer – und waren glückselig dabei.

Dann die Abende des Schweigens draußen im Sand! Wenn im Westen der Feuerball in roter Glut in das Land eintauchte, blieb auf Sekunden der Himmel tiefblau. Dann kam das Farbenmärchen. Ein greller Purpurstreifen leuchtete tief unten am Horizont, funkelnd grün an den Rändern, mit goldenen Strahlen an den Seiten, bis in unmerklichem Wechsel dunkles Violett aus dem Purpur wurde und fahles Grün weithin über den Himmel kroch und mit den blauen Tönen verschwand und das Violett aufsaugte. Und dann, schnell wie ein Blitzschlag, tiefstes Dunkel. Schwarzblaue Schattenmassen, in denen es fein, ganz fein aufglitzerte. Immer deutlicher wurden die Lichtpünktchen, und ehe man sich's versah, flammte es da droben in der abgründig blauen Unendlichkeit von Millionen strahlend weißer Schönheiten – in einem Zittern, einem Tanzen, einem Flimmern, als müßte im nächsten Augenblick ein ungeheurer Sprühregen weißen Lichts herabsinken auf die Erde.

Und stundenlang hab' ich oft in den Mond gestarrt; zu meiner Frau im Mond, von der ich um alles in der Welt den beiden andern nichts gesagt hätte. Meine Frau im Mond! Ganz unten am rechten Rand der Lichtscheibe war in blendender Weiße der Büstenansatz und der schlanke Hals, aus dem in feinen Schatten das Köpfchen emporwuchs mit massigem, tiefdunklem Haar. Weit lehnte sich das Weib zurück, als starre es in die Sternenpracht hinein. Über den Lippen bildeten helle und dunkle Mondflecken in undeutlichen Umrissen einen Männerkopf, zum Küssen sich niederneigend.

Traum über Traum kam, ein Luftschloß nach dem andern stieg empor und zerfloß in sehnsüchtigem Grübeln. Mein nur waren die Luftschlösser, wie es sein muß in den Träumen der Jugend. Wie leicht war es doch, sich Macht und Reichtum und Schönheit herunterzuholen aus den Sternen und in die Heimat zurückzukehren: Da bin ich – ich! Und Gold ausstreuen, und den bunten Rock des Offiziers anziehen, der von frühester Kindheit an mir den Lebenstraum bedeutet hatte. So lebten sie glücklich immerdar – sie beide – denn in die Träume gaukelte das Bild der alten Herzogsburg, und der Glückspilz von Träumer wandelte Hand in Hand mit dem Mädel in unbeschreibliche Seligkeiten hinein …

»Sie können uns gebrauchen!« lächelte Billy so ganz nebenbei am Morgen des letzten Tages. »Mister Agent war so liebenswürdig, zu telegraphieren!«

»Wer kann uns brauchen?« sagte Joe erschrocken.

»Die Reparatursektion der Santa Fé sechzig Meilen westlich. Hast du die Frachtzüge mit den neuen Eisenbahnschwellen nicht bemerkt, die in den letzten Tagen hier durchkamen?«

»Eisenbahnarbeit?« stöhnte Joe. »Ach du meine selige Tante Jemima! Billy – das is' – – nee, Billy das is' gräßlich.«

»Arbeiten müssen wir, mein Sohn, und wenn du im südlichen Arizona andere Arbeit findest, bist du klüger als ich. Also weine nicht!«

»Pfui Deibel!« sagte Joe aus gequältem Herzen. »Pfui – Deibel –!!«

Billy lächelte.

»Well«, meinte er, vergnügt blinzelnd, »das ist so etwas wie wunderschön poetische Gerechtigkeit, mein Sohn. Sonst haben wir die Eisenbahn – nun hat die Eisenbahn uns!«

Wie das Wandern endete

Die Eisenbahn hat uns! – Sektion 423, Southern Pazific. – Als Streckenarbeiter in Arizona. – Der »boss«. – Von Kindern Italiens. – Wir haben wieder die Eisenbahn! – Hände in die Höhe! – Seine Ehren, der Friedensrichter. – Die braven Spitzbuben von El Dorado. – Dahinjagen und Arbeit. – Von den Schüttelfrösten der Malaria. – Krank und einsam. – Nach St. Louis. – Ein ganzer Mann.

Dicht neben dem Schienenstrang, viele Meilen weit von den beiden nächsten Stationen entfernt, stand ein schmuckloses hölzernes Haus mit vielen kleinen Fensterchen, über dessen Türe in schwarzen Buchstaben die Inschrift stand: Sektion 423, Southern Pazific. Der Zug hielt einen Augenblick lang, und wir sprangen ab. Ein vierschrötiger Mann in blauen Arbeitskleidern, mit respektablem Bäuchlein und wirren feuerroten Haaren, trat aus der Türe und sah uns prüfend an.

»Die drei von Lucky Water?« fragte er. »Versteht ihr 'was von der Arbeit?«

»Halt' den Mund!« raunte Billy mir zu. Dann gab er Antwort:

»Oh ja!«

»Ist mir verflucht angenehm«, brummte der Feuerrote. »Wie heißt ihr?«

»Billy Smith, Joe Donovan, Ed Müller.«

»Amerikaner?«

»Wir beide, ja. Unser Freund hier ist Deutscher.«

»So? Das macht nichts aus. Nun kommt herein zum Essen. Die Arbeitsbedingungen kennt ihr ja. Einen Dollar siebzig im Tag, glatt, Essen und Wohnen schon abgezogen. Arbeitszeit mindestens 31 Tage. Wer vorher geht, bekommt kein Geld. Come in!«

Beim Hineingehen sagte er: »Ein Segen, daß man mit euch wenigstens christliches Englisch reden kann, begorra!« (Er war offenbar ein Irländer.) »Die andern sin' Italiener, hol' sie der Kuckuck, und wenn ich was sag', grinsen sie. Mit den Nasen muß ich sie auf die Arbeit stoßen, bis sie kapieren, was getan werden soll. Mit den Händen muß ich reden wie ein gesegneter Indianer – hol's der Teufel! Wozu braucht eigentlich dies Land schnatternde Söhne von affenbesitzenden Orgeldrehern? Das möcht' ich wissen! Well, kommt nur herein!«

An dem langen, wachstuchbedeckten Tisch in der Stube saßen, eifrig kauend, sieben italienische Bahnarbeiter, die uns alle miteinander ihr »Parla italiano?« entgegenschrien und enttäuscht aussahen, als wir die Köpfe schüttelten. Eine dicke Frau mit einem lustigen Gesicht trug das Abendessen auf, und wir griffen zu. Ich wunderte mich über die Reichhaltigkeit der Speisen. Es gab gebratenes Fleisch und gebackene Kartoffeln. Dazu Tomaten. Dann wurden ausgezeichnete kleine Pfannkuchen gebracht, Platten mit wahren Bergen davon, und endlich Apfelkuchen. Teller mit Speck, schneeweißes Brot, Flaschen mit allerlei Saucen standen auf dem Tisch.

»Haben Sie ›overalls‹?« fragte Billy den Feuerroten nach dem Essen. »Wir möchten unsere Kleider schonen.«

»Jawohl«, meinte er. »Das nenn' ich christlich. Die Italiener sin' nich' so sauber. Könnt' ihr haben. Wäsche auch.«

Er fischte aus einer Truhe die blauen Arbeitshosen hervor, sackartige Affären, in die man hineinkletterte und sie sich über den Schultern zuknöpfte; Flanellhemden und derbe Wäsche. Dann kauften wir uns noch Tabak und bezahlten zu seinem großen Staunen bar, statt uns den Betrag später abziehen zu lassen. Dann ging's ins Bett. Einer der beiden Schlafräume war von den Italienern voll besetzt, so daß wir im Nebenraum allein schliefen. Saubere eiserne Feldbetten standen da, frisch überzogen, und in der Ecke war einfaches Waschgeschirr, aber ebenso sauber.

»Die Arbeit ist schwer«, erklärte Billy, »so schwer und verhältnismäßig so schlecht bezahlt, daß sich Amerikaner nur selten und dann nur kurze Zeit dafür hergeben. In den sections gibt's fast nur Italiener. Aber die Lebensbedingungen sind gut.«

Im Dämmergrauen am nächsten Morgen wurde gefrühstückt, eine sehr solide Mahlzeit, und kurz nach Sonnenaufgang ging's hinaus auf den Schienenstrang zur Arbeit. Auf handcars. Das sind Draisinen einfachster Konstruktion, deren Räder genau auf die Geleise passen, mit Pumpgriffen versehen wie eine Feuerwehrspritze. Durch das Auf- und Niederdrücken der Handgriffe überträgt sich die Kraft auf die Axen. Wir »pumpten« uns mit Eilzugsgeschwindigkeit vorwärts bis zum Arbeitsplatz des Tages. Dort lagen riesige Haufen von weißglänzenden neuen Eichenschwellen, die gegen die alten ausgewechselt werden mußten. Die Arbeit war bitterhart, denn es mußte im Eiltempo gearbeitet werden. Der Amerikaner duldet kein Zeitvertrödeln. Mit Stahlhammer und Stemmeisen wurden die schweren Klammern herausgeschlagen und dann die alten verfaulten Schwellen unter den Schienen hervorgezerrt. Die neuen Schwellen mußten eingeschoben, niedergeklammert (ich lernte es schnell, den riesigen Hammer zu führen) und in den Kies des Schienenbetts eingestampft werden. »Tamponieren« hieß der Fachausdruck dafür. Mit langen eisernen Stangen, deren Ende schräg abgestumpft war, wurde unter die Schwellen hineingestoßen, bis Schwellen und Untergrund eine feste Masse waren. Auf dem »boss«, dem Herrn, dem Vorarbeiter, ruhte gewaltige Verantwortlichkeit, denn es mußte nach der Wasserwage gearbeitet werden, damit die Schienen völlig horizontal blieben, und an Kurven mit der erhöhten Außenschiene war sogar eine recht schwierige Kalkulation erforderlich. In Deutschland hätte ein Ingenieur solche Arbeit geleistet. Hier tat's ein alter Irländer, der kaum lesen und schreiben konnte. Ein Praktiker, unter dessen Aufsicht vierzig Meilen Schienenstrang standen, für dessen Beschaffenheit er und nur er allein verantwortlich war. Er mußte dafür sorgen, daß nicht verfaulte Schwellen das Geleise unsicher machten, er wechselte Schienen aus, er grub raffinierte Abzugskanäle, wenn Grundwasser den Bahndamm bedrohte, er patrouillierte mit seiner Handvoll Leute täglich die Riesenstrecke, über die er herrschte. Die Eisenbahngesellschaft machte den simplen Praktikus zum Selbstherrscher und holte so die denkbarste Höchstleistung aus ihm heraus. Sie zwang ihn zu denken! Zu organisieren! Und so leistete er weit mehr, als wenn er in bureaukratischem Befohlenwerden und Gehorchen gleichgültig sein Tagewerk getan hätte. Dafür bezahlte ihn die Bahn gut und ließ ihn an der Beköstigung seiner Arbeiter Geld verdienen.

Von Sonnenaufgang bis nach Sonnenuntergang wurde gearbeitet, mit einer kurzen Pause dazwischen, in der das mitgebrachte Lunch verzehrt wurde. Jeder Muskel am Körper schmerzte. Der Rücken wollte mir beinahe brechen vor lauter Hämmern und Stoßen und Schaufeln. Aber ich arbeitete darauf los – aus Leibeskräften. Denn ich wollte hinter keinem zurückstehen. Und ich begriff bald den Zweck der Arbeit, ihre Feinheiten. Selbst gröbste Arbeit hat ja ihre Tricks.

»Das is’ christlich!« sagte O’Flanagan, der boss, als wir abends müde und zerschlagen auf die Draisinen stiegen. »Billy ist extraprima, Joe is gut un’ der Deutsche wird noch gut. Das is mir verdammt angenehm. Weg von den Handgriffen, ihr drei! Pumpen sollen nur die Italiener; bin froh genug, daß ’mal gesegnete Christen da sin’, denen man eine Wasserwage und einen Maßstab in die Pfoten geben kann!«

So wurde die abendliche Patrouille, die sich jedesmal über mindestens zwanzig Meilen erstreckte, für uns zu einer Spazierfahrt. Unsere Bevorzugung führte natürlich zu Händeln, bei denen es im italienischen Lager prachtvolle blaue Flecken um die Augengegend gab. Das mag sehr roh gewesen sein – aber es war sehr schön!

Man arbeitete, man aß, man kroch früh am Abend todmüde ins Bett. Ein Tag war wie der andere. Nur an den Sonntagen schlief man bis in den hellen Tag hinein und las am Nachmittag die Zeitungen der Woche. Es dauerte nicht lange, so wurden meine Hände schwielig und meine Muskeln eisenhart. Aber ich versäumte an keinem Abend die Handeinreibung mit Glyzerin und die sorgfältige Nagelpflege, die Billy mir mit wahrem Fanatismus vormachte. Man müsse Hände und Finger gut behandeln, wenn sie nicht ewig die Schaufel führen sollten, pflegte er zu sagen. Ein diszipliniertes Hirn sorge unter allen Umständen für ein diszipliniertes Äußere! Billy war weise.

Vierzig Tage waren vergangen, als der Extrazug mit dem Zahlmeister kam, der die Sektionen des Bahnsystems ablohnte, und wir bekamen unser Geld. O’Flanagan richtete es so ein, daß die Patrouillenfahrt an jenem Abend uns bis zur nächsten westlichen Station brachte.

»Adieu, Jungens«, sagte er, »seid christlich gewesen! Wär' mir lieber, ihr würdet noch bleiben. Kann's euch aber nicht übelnehmen, be jabers. Könnt was Gescheiteres tun, als Eisenbahnarbeiten. So long!«

»Das merk' dir, Billy!« grinste Joe.

»Man muß die Arbeit nehmen, wie sie kommt«, antwortete Billy achselzuckend.

»Jetzt aber wird der Spieß umgedreht, my dear Billy! Hat die Eisenbahn uns gehabt – so haben wir jetzt, bei meiner seligen Tante Jemima, wieder die Eisenbahn!!«

Und der nächste Schnellzug führte drei nichtzahlende Passagiere nach Westen.

Tag und Nacht ging es dahin, als müsse versäumte Zeit eingeholt werden. In kaum zehn Tagen legten wir eine ungeheure Strecke zurück, zuerst auf einer Nebenlinie nach Westen, dann zurück im Bogen nach Osten, die Arizonalinie überschreitend, über Albuquerque nach dem Norden, durch Neumexiko nach Colorado hinein – gepackt vom Fieber des Vorwärtshastens. Auf dieser Fahrt kam ich zum ersten und einzigen Mal in den Vereinigten Staaten mit der Macht des Gesetzes in Konflikt.

Es war in einem kleinen Städtchen nicht weit von La Junta in Colorado. Der Frachtzug rumpelte in dem prachtvollen Sommermorgen dahin, hielt, rumpelte wieder hin und her. Und dann war Ruhe.

»Confound it«, sagte Billy nach einer Weile, »ich glaub', wir sind auf einem Nebengeleise.« Er öffnete vorsichtig die Schiebetüre einen Spalt weit und guckte hinaus. »Wahrhaftig! Infames Pech. Winzig kleine Station auch noch!«

Verärgert kletterten wir hinaus, um uns umzusehen und so schnell als möglich mit einem anderen Zug weiterzufahren. Zuerst sprang Billy zu Boden, dann Joe und endlich ich. Kein Mensch war zu sehen. Wir wollten über das Geleise hinweg zur Straße hinübergehen, als urplötzlich aus der Böschung eine Gestalt auftauchte und eine drohende Stimme rief:

»Hände in die Höhe!«

Billy und Joe hielten prompt die Arme empor, während ich fassungslos den Mann im Schlapphut und die riesigen Revolver in seinen Fäusten anstarrte.

»Hände in die Höhe!!« donnerte es wieder. »Hands up – oder, bei Gott, 's gibt ein Begräbnis!!«

Da schossen auch meine Arme senkrecht empor, und eine unbeschreibliche Angst kam über mich. Billy aber lächelte.

»Umdrehen!« befahl der Mann im Schlapphut, und ich merkte, wie seine tastende Hand meine Taschen befühlte.

»So! Nun marschiert ihr vor mir her; links, wenn ich links sage, rechts, wenn ich rechts sage, und wer einen Versuch macht, zu entfliehen, bekommt eine Kugel. Vorwärts, im Namen des Gesetzes!«

»Was ist denn nur – was kann es denn sein ...« rief ich, erschrocken. Billy aber fragte, ohne den Kopf zu wenden:

»Lieber Herr, haben Sie vielleicht den Sonnenstich?«

»Keine Witze!« befahl der Mann hinter uns. Aber ich hörte, wie er leise lachte.

»Ist man in dieser Gegend immer so unhöflich?« fuhr Billy fort. »Und ich möchte mich wirklich erkundigen, was im Namen aller Unvernunft Sie eigentlich von uns wollen?«

»Das werdet Ihr beim Friedensrichter hören!«

»So? Nun, der Friedensrichter wird auch von mir Verschiedenes zu hören bekommen.«

»Ach, das wird keinen Unterschied machen«, lachte der Mann hinter uns.

Das Städtchen bestand aus höchstens zwei Dutzend Häusern. Wir wurden in ein Haus hineinmarschiert, in dem eine Eisenhandlung war, und fanden uns in einer Stube, die nichts enthielt als eine Bank, einen Tisch und einen Stuhl. Wir mußten uns auf die Bank setzen, und der Mann mit den Revolvern pflanzte sich neben uns auf. Nach einer Weile trat ein weißbärtiger Herr in Hemdsärmeln ein, nahm einen Rock vom Nagel an der Türe, zog ihn an und sagte:

»Die Gerichtssitzung ist eröffnet! Was haben Sie dem Gericht zu melden, Mr. Sheriff?«

»Drei Tramps, Euer Ehren!«

»Schön. Heben Sie die rechte Hand empor und schwören Sie – im Namen m–m–m die Wahrheit um–m – um ... nichts als die Wahrheit ... m–m –«

Der Sheriff murmelte auch etwas.

»Tatbestand?« fragte der Friedensrichter.

»Illegales Fahren auf der Eisenbahn, Euer Ehren, und gemeingefährliches Herumtreiben ohne Subsistenzmittel. Ich persönlich habe die drei Angeklagten beobachtet, wie sie aus einem Frachtwaggon kletterten.«

Der würdige Richter rieb sich die Hände.

»Vier Tage Zwangsarbeit im Straßenbau!« verkündete er. »Das Gericht ist geschlossen!«

Ich fiel beinahe um.

»Einen Moment«, sagte Billy, »darf ich in die Tasche greifen?«

»Jawohl.«

Billy holte eine Handvoll Dollarnoten hervor, die der würdige Richter überrascht betrachtete und sich darauf schleunigst wieder hinsetzte.

»Die Gerichtssitzung ist wieder eröffnet!« sagte er.

»Wir müssen uns illegalen Fahrens schuldig bekennen«, begann Billy; »ich bitte jedoch, in Erwägung dessen, daß wir nicht ohne Geldmittel und nicht gemeingefährlich, sondern nur auf Arbeitssuche sind, auf eine Geldstrafe zu erkennen.«

»Zugestanden!« erklärte der Friedensrichter sofort. »Sagen wir einmal 6 Dollars für den Mann!«

»Ein bißchen viel, Euer Ehren – für Arbeitslose.«

»Hm – sagen wir 10 Dollars für alle drei?«

Der Sheriff trat zum Richtertisch und flüsterte etwas. Ich hörte deutlich die Worte: bar Geld – Tramps gibt's genug ...

»Fünf Dollars Gesamtgeldstrafe, in Anbetracht der Umstände!« entschied der Richter, und Billy bezahlte.

»So!« sagte Seine Ehren, das Geld einstreichend: »Die Gerichtssitzung ist geschlossen!«

Der Sheriff führte uns wieder auf die Straße und meinte, es sei Zeit zum Mittagessen. In seinem Hause könnten wir für einen halben Dollar alle zusammen ausgezeichnet essen! Als wir am Tisch saßen, meinte Billy:

»Kluge, gerissene Gegend hier, nicht, Mr. Sheriff?«

»Sehr!«

»Macht Ihr es immer so?«

»Hm«, sagte der Sheriff gemütlich, »das ist doch furchtbar einfach. Wir bauen hier eine neue Straße un' haben verflucht wenig Geld dazu. Well, un' wenn wir Tramps erwischen, müssen sie gratis arbeiten. Feine Idee! Wenn die Zeiten gut sind, haben wir schon dreißig Mann in der Woche gekriegt. Aber ich will verdammt sein, wenn Ihr nicht die ersten seid, aus denen wir bares Geld herausbekommen haben!«

»Großartig!« sagte Billy. »Der Scherz ist beinahe fünf Dollars wert. Übrigens – wie heißt denn dieses hoffnungsvolle, aufblühende Gemeinwesen?«

»El Dorado«, sagte der Sheriff.

Da lachten wir alle drei schallend auf.

»Wenn ich mich einmal zur Ruhe setze«, prustete Billy, »dann komm' ich hierher. Eine Stadt, in der man andere die Arbeit tun läßt, die man selbst tun sollte, ist wirklich ein Dorado. Ihr könntet euch doch zum Beispiel auch euer Holz von gelegentlichen Vagabunden spalten lassen?«

»Das ist keine schlechte Idee«, sagte der Sheriff. »Aber wenn's einmal bekannt wird, kommen sie nicht mehr hierher!« setzte er betrübt hinzu.

*　*
*

Sommer und Herbst waren dahingeschwunden in einem rastlosen Wirrwarr von hastendem Dahinjagen und Arbeit. Durch große Strecken von Colorado, durch das südliche Kansas, wieder nach Texas und nach Arkansas hinüber und zurück nach Kansas, hatte unser planloser Weg uns geführt.

In einem Steinbruch arbeiteten wir einmal; wir halfen Farmern dann und wann, wir plagten uns einen Monat lang auf einer Sektion der Kansaseisenbahn, wir schleppten Kohlensäcke, wir arbeiteten in einem Elektrizitätswerk. Ein unendlich armes Leben wäre es gewesen, wenn nicht die Eisenbahn eine so wunderbare, immer neue Anziehungskraft ausgeübt hätte. Und wenn nicht Billy mit seinem Humor, seiner Klugheit, dem unbeschreiblichen Einfluß, der von ihm ausging, uns zusammengehalten hätte. Aber über ihn wie über mich kam es in all den Träumen und all dem Hasten oft wie ein Sehnen nach anderem Leben, und wir sprachen so manche Arbeitspläne durch.

»Zuerst Geld in den Händen haben und dann mit dem Kopf arbeiten!«

Das war der Grundzug seiner Ideen. Schließlich beschlossen wir, nach San Franzisko zu gehen, das Billy gut kannte, und dort uns das Glück zu erjagen; die Mittel zu ganz großen Wanderzügen, zu Aufregung und Erleben im großen Stil. In Kansas war es, auf einer winzig kleinen Station der Union Pazific, wo wir diesen Entschluß faßten. Wir wollten ihn sofort zur Ausführung bringen. Joe, der simple, Billy getreu wie ein Diener dem Herrn, ging überallhin mit, ohne zu fragen und ohne sich im geringsten um Dinge der Zukunft zu kümmern. Nach Westen also ging unser Weg.

»In zwölf Tagen spätestens sin' wir in Frisco«, sagte Billy, »und dort arbeiten zuerst nur Joe und ich, bis du uns wieder gesund geworden bist. Langweilige Geschichte, krank zu sein. Tu's nicht wieder!«

Denn ich war krank.

In fortwährendem Fieber. Mein Gesicht war zitronengelb fast geworden, wie das eines Chinesen, und von Tag zu Tag wurde ich schwächer. Ich litt an Malaria. Die Keime der Krankheit hatte ich mir wahrscheinlich schon in Texas oder vielleicht auch in den Sumpfgegenden des Staates Arkansas geholt. Billy erkannte sofort, was mir fehlte. Täglich schluckte ich so und soviele Pillen des einzigen Gegenmittels, das es gab, Chinin. Der Tag fing mit Chinin an und hörte mit Chinin auf. Zuerst machte sich die Krankheit auch kaum anders bemerkbar, als in der sonderbaren Gesichtsfarbe, in Fieber und in Müdigkeit. Aber ich war so abgehärtet, daß ich mir aus dem bißchen Fieber wenig machte. Das dauerte wochenlang. Dann kam es über mich wie Schlafsucht, und oft mußte ich mich auf gefährlicher Fahrt gewaltsam wachhalten. Und dann packte mich der Schüttelfrost der Malaria.

Ein unangenehmer Geselle. Ich saß zusammen mit Billy und Joe in einem Frachtwagen, als es mich auf einmal glühend heiß überlief. Kaum eine Sekunde später schauderte ich in eisiger Kälte, und die Zähne fingen mir an zu klappern. Und dann schüttelte und rüttelte es mich, als sei ich eine Ratte in den Zähnen eines Foxterriers. Mein Körper flog hin und her; der Mund klappte auf und zu, ohne daß ich ein Wort sprechen konnte; Arme und Beine zuckten wie in Krämpfen. Da half kein Wollen, keine Selbstbeherrschung. Der Begriff Schüttelfrost ist viel zu blaß und schwach, um die Urgewalt solch' eines Malariafrostes wiederzugeben. Wehrlos war man wie ein Kind. Die Beine trommelten auf dem Boden des Wagens, der Körper wurde umhergeworfen. Und merkwürdigerweise verspürte ich dabei weder Schmerz noch ein besonderes Kältegefühl – nur ein willenloses Nachgeben jedes Muskels unter geheimnisvoll rüttelnder Macht – ein Wundern, was das sein mochte, wie lange es dauern mochte.

Zehn Minuten währte der Anfall, auf den Erschöpfung und Müdigkeit folgte.

Nun begann das Elend. Pünktlich jeden zweiten Tag, um die gleiche Stunde, zur selben Minute fast wiederholte sich regelmäßig der Anfall von Schüttelfrost. Und in immer zunehmender Stärke. Wenn es halb zwei Uhr wurde je am zweiten Tag, so wußte ich genau: Jetzt kommt mein treuer Feind, der Schüttelfrost! Da half weder Chinin, selbst in den ungeheuerlichsten Dosen, noch Whisky in großen Gaben. Geschüttelt mußte werden. Geschüttelt, daß ich oft meinte, die Glieder müßten mir aus den Gelenken gerissen werden; gerüttelt, daß Hören und Sehen mir verging. So waren Wochen vergangen, Wochen von Frost und Fieber. Und immer schwächer und elender wurde ich. Immer magerer. Immer gelber im Gesicht.

Aber ich ließ es mir nicht merken, wie erbärmlich mir zumute war, und freute mich wie ein Kind auf das sonnige Kalifornien. Täglich verschluckte ich mehr Chinin und täglich mußte ich mehr und mehr alle Kräfte zusammennehmen.

Da kam ein Tag im Spätoktober, der dem Träumen und dem Wandern ein Ende machte. In der Nähe von Roßville war es, auf einer kleinen Wasserstation. Ich war sehr krank.

Der Expreß war herangebraust. Billy und Joe sprangen auf die blinde Plattform. Ich sprang neben ihnen her. Und in dem Augenblick, als ich mich hinaufschwingen wollte, tanzte es vor meinen Augen wie tausend Sterne, und in meinem Kopf schienen die Dinge zu wirbeln. Trotzdem packte ich blindlings zu. Dann verspürte ich einen Stoß, einen Ruck und kollerte die Böschung hinab. Ich hatte den Messinggriff verfehlt und war gegen die Wand des Postwagens angesprungen ...

Zitternd an allen Gliedern richtete ich mich auf.

Nachdenken! Billy und Joe hatten natürlich nicht mehr abspringen können und fuhren ohne mich weiter. Ich sah im Fahrplan nach. Der Expreß fuhr 69 Meilen weit ohne Aufenthalt. Selbstverständlich würden Billy und Joe auf jener Station auf mich warten. Also weiter mit dem nächsten Zug! Der kam, ein Eilfrachtzug, in einer Stunde. Ich trank Wasser, rauchte eine Zigarette. Aber mit einemmal, durch den Shock des Herabgeschleudertwerdens wahrscheinlich, kam all' die mühsam verhaltene Krankheitsschwäche zum Ausbruch. Die Dinge schwammen mir vor den Augen. Ich konnte kaum stehen, nur mit großer Mühe gehen. Als der Eilzug kam, wollte ich mitfahren, fiel aber beim zweiten

Sprung vorwärts schon hin. Da wußte ich, daß ich sehr krank war und in meinem Zustand niemals nach Kalifornien kommen würde, und setzte mich hin und heulte zum Steinerbarmen um meinen Billy. War ich doch nur ein kaum zwanzigjähriger Junge!

Und ich dachte nach und dachte nach. Wenn ich Billy auch mit einem Personenzug nachfuhr, so war es doch nur neuer Jammer. Ich war krank und würde ihm nur eine Last sein. Denken – denken … Ich starrte auf die Karte, und in mein fieberndes Hirn schlich sich ein Gedanke ein:

Nach St. Louis! In eine ganz große Stadt; in die Stadt, die im Vorfrühling mein Ziel gewesen war. Mit dem Wandern war es ja aus; denn wer kaum stehen konnte, der mußte weg vom Schienenstrang, der Kraft und Mut erforderte.

Billy! Billy!!

Keinen einzigen Augenblick lang beschäftigte mich der Gedanke, was ich in St. Louis anfangen würde. Solche Dinge waren dem Mann im Fieber unendlich gleichgültig! Ich wußte nur, daß es aus war – aus. Keine Schnellzüge mehr; kein Springen. Und daß ich nach St. Louis wollte!

Mit vieler Mühe schlich ich nach der Station hinüber und fragte, was eine Fahrkarte nach St. Louis kosten würde. Die Entfernung war verhältnismäßig gering, kaum 400 Meilen.

»Siebzehn Dollars«, sagte der Agent.

»Bitte! Wann geht der nächste Zug?«

»4 Uhr 32 Minuten.«

Das war in kaum einer Stunde. Ich bezahlte, und wenige Dollars blieben mir übrig. Dann verschluckte ich eine Chininpille nach der andern und versuchte zu rauchen. Und dann saß ich auf einmal auf weichem Polster und träumte todmüde im Halbschlaf in mich hinein, in einer einzigen Vorstellung, in einem einzigen Gedanken.

Billy!

Immer wieder sah ich den Mann mit den leuchtenden Augen vor mir; ihn, den ich vergötterte wie nur Jugend vergöttern kann. Kein häßliches Wort – keinen häßlichen Gedanken hatte ich je von ihm gehört. Denn dieser Mann, hart an der Linie wandernd, die den nützlichen Menschen und den Vagabunden scheidet, war ein ganzer

Mann.[1] Stolz und vornehm und frei. Und der fiebernde junge Mensch da im Schnellzug schluchzte in sich hinein –

Die Welt war ärmer geworden für ihn.

Die Armen und Elenden von St. Louis

Bei den guten Samaritern. – Allein in der Riesenstadt. – Am Ufer des Mississippi. – Vom Grauen und von der Scham. – Eine Orgie in der Häßlichkeit. – Der Menschenpferch. – Auf Arbeitssuche. – Im Reich der kupfernen Töpfe. – Die Miniaturhölle des Palasthotels. – Das Glöckchen der Neugierigen.

Der Schnellzug brauste in die weite Bahnhofshalle von St. Louis. Sehr langsam, sehr vorsichtig, denn die Glieder waren mir schwer und träge wie Blei, stieg ich aus und wurde von der nach den Ausgängen flutenden Menschenmenge erfaßt und weitergeschoben; den Bahnhofssteig entlang, durch eine Vorhalle in eine breite Straße. Menschen hasteten vorbei, Wagenwirrwarr zog dahin. Mechanisch ging ich vorwärts, guckte in Ladenfenster, betrachtete das Straßenbild und bog in einen weiten, ruhigen Platz ein. Mein Kopf fieberte. Das Gehen wurde mir schwer. Ich versuchte, zu überlegen, was ich nun zunächst tun müßte, war aber so gleichgültig und müde, daß der Gedankengang immer wieder in ein Nichts zerfloß. Langsam schlenderte ich dahin. Da überrieselte mich ein Schauer, eiskalt, dann ein siedendheißes Wallen, und nun packte mich der Malariafrost, daß mein Körper zuckte und hin und her geschleudert wurde, während ich mich krampfhaft an einem Laternenpfahl festhielt –

»Was ist denn los?« fragte eine Stimme, die mir von weither zu kommen schien, und ein riesengroßes blaues Etwas tauchte neben mir auf.

»Sind Sie krank?«

---

1   Nicht ganz zwei Jahre später traf ich Billy wieder, auf Kuba, im spanisch-amerikanischen Krieg – Mr. Billy van Straaten, Leutnant in einem Freiwilligen-Regiment. Die Episode wird in dem zweiten Teil meiner amerikanischen Erinnerungen und Eindrücke geschildert werden. E. R.

Das blaue Etwas war ein Polizist, einen Kopf größer als ich, der erstaunt auf mich niederguckte. Ich wollte antworten, konnte es aber nicht vor Geschütteltwerden und Zähneklappern.

»Krank is' er!« sagte der Polizist. »Werden wir gleich haben. Umarmen Sie nur die alte Laterne, mein Junge – halten Sie sich fest. In einer Minute bin ich wieder da. Geh' nur zur Telephonbox.«

»Sie hat's ordentlich«, meinte er, als er zurückkam.

Ich wollte lächeln, nicken, aber es ging nicht. Glockengerassel ertönte, Hufschläge galoppierender Pferde donnerten, hilfreiche Hände erfaßten mich und schoben mich zwischen weiche Kissen. Und dann fand ich mich auf einmal in einem kleinen Zimmerchen, auf weichem Lehnstuhl. Eine Gestalt im weißen Linnenmantel des Arztes beugte sich über mich, mir mit einem Elfenbeinstäbchen die Haut am Oberarm ritzend.

»Da wären wir ja!« sagte der junge Arzt. »Sie stellen den schönsten Fall von Schüttelfrost dar, junger Mann, der mir seit einiger Zeit vorgekommen ist. Aber wer wird denn gleich in Ohnmacht fallen! Schon mehrere Male Schüttelfrost gehabt?«

»Seit sechs Wochen – jeden zweiten Tag. Wo bin ich eigentlich?«

»Oho!« rief der Arzt und pfiff durch die Zähne. »O – ho!! Sie sind im öffentlichen Hospital von St. Louis, junger Mann, und augenblicklich werden Sie geimpft.« Er strich die Lymphe ein. »Wir werden Sie gründlich ausleeren, mein Junge, und Ihnen diese Malariadummheiten schon austreiben!«

Die nächsten Tage waren ein einziges langes Schlafen, mit Bildern dazwischen von Krankenschwestern, die mir Medikamente einflößten und Milch gaben. Nur schlafen, schlafen. Dann kamen die Tage der Genesung.

»Sie sind nun kerngesund«, lächelte der junge Arzt, als ich nach drei Wochen zur Entlassung in das Bureau des Krankenhauses geführt wurde. »Stark und kräftig! Viel Glück! Wenn Sie einmal reich geworden sind, mein Junge, schicken Sie uns netten Leuten vom öffentlichen Hospital einen fetten Scheck. So! Nun schlagen Sie sich mit der Welt da draußen herum, Sie leichtsinniger Teutone, und lassen Sie es sich möglichst gut gehen. In rebus adversariis – oder wie heißt es? Halt – als einem Geistesbruder in Latein und Griechisch will ich Ihnen noch etwas zeigen.«

Er holte aus einem Schrank mit vielen Fächern eine nummerierte Glasplatte hervor, schob sie unter das Mikroskop auf seinem Arbeitstisch und ließ mich durchgucken. »Was sehen Sie?« fragte er.

»Einen runden Kreis«, antwortete ich; »weiß, rosa an den Rändern, und in der Mitte rostbraune kleine Pünktchen und Striche.«

»Ganz richtig. Was ist das wohl?«

»Ein mikroskopisches Präparat.«

»Natürlich. Der runde Kreis ist ein Blutstropfen, und zwar ein Tröpfchen Ihres Blutes, mein Junge, und die Punkte und Striche, die Sie ganz richtig rostbraun nennen, sind die Malariaparasiten, die in Ihnen rumorten! Denen haben wir den Garaus gemacht!«

... Es war ein sonniger Nachmittag in den ersten Novembertagen, klar und kalt, als ich aus der Pforte des Hospitals wieder in die Welt hinaustrat. Trübselig schaute ich an mir hinunter. Die barmherzigen Samariter in dem ziegelroten Gebäude dort hatten in einem Punkt ein ganz klein wenig gesündigt; in einer Kleinigkeit, aber in einer wichtigen Kleinigkeit. Meine Kleider waren, wie es nach der Vorschrift geschehen mußte, in Dampf desinfiziert worden und sahen nun betrüblich aus; so zerknittert und ungebügelt, daß ich mir zerzaust vorkam wie Freund Struwwelpeter aus dem Bilderbuch. Dazu waren meine Taschen leer, bis auf Kleingeld – weniger als ein Dollar, und so hieß es sofort Arbeit finden in der großen Stadt.

»Ein gesunder Mensch, der keine Arbeit findet, ist entweder bodenlos dumm, oder auf eine bestimmte Art von Arbeit versessen, die es im Augenblick eben nicht gibt!« hatte Billy immer gesagt.

Gesund war ich wieder und für bodenlos dumm hielt ich mich nicht. Es mußte gehen! Freilich, der junge Mensch, der viele Monate lang da draußen im weiten offenen Land gelebt und nur für simple Menschen gearbeitet hatte, fühlte sich fremd zwischen den ungeheuren Wolkenkratzern, den eleganten Läden, den hastenden Leuten. Es war nicht gar so einfach, da den Hebel anzusetzen. Die Stunden zerrannen.

Ich war eine sich senkende abschüssige Straße hinabgegangen, eine menschenwimmelnde, schmutzige Straße, mit Hunderten von kleinen Läden, und stand nun an ihrem Ende, vor einer Hölle von Lärm und Arbeit. »Levee« hieß es auf dem breiten Straßenschild an der Ecke.

Ein schmutzig gelber Strom, riesenbreit, wälzte träge seine Wassermassen dahin, in einem Getümmel von Dampfbooten mit vielen Stockwerken, die eines hinter dem andern den Kai säumten. In der

Ferne ragte das Stahlwerk von Brücken empor. Tausende, Abertausende, Millionen von Säcken und Fässern und Kisten waren längs der Dampfer aufgestapelt, und dazwischen huschten mit polterenden Karren Tausende von Menschen hin und her. Ein lärmender Wagenverkehr erfüllte die Levee, die sich unübersehbar weit den Fluß entlang hinzog mit ihrer Häuserreihe und der rauchqualmenden Linie von Dampfern den Häusern gegenüber. Ehrfurchtsvoll fast starrte ich auf die Fluten dieses Stromes der Ströme – als Bub schon war mir sein tönender Name etwas Geheimnisvolles gewesen: Mississippi. Ich schaute und staunte und trieb mich in dem Lärm umher. Meine Not vergaß ich ganz, bis Schneeflocken zu fallen anfingen und in beginnender Dunkelheit die Häuserreihe drüben in grellem elektrischem Licht aufflammte. Es wurde immer kälter. In einem Restaurant, das mit großen roten Buchstaben im Schaufenster versprach, für 10 Cents eine Mahlzeit zu liefern, aß ich ein »Lammhaché« und trank eine Tasse Kaffee –

Du mußt Geld haben! Du mußt Arbeit finden! Was hätte ich nicht darum gegeben, wäre nun Billy neben mir gesessen – er, der Schwierigkeiten weglächelte und immer genau wußte, was zu tun war, und wie man die Dinge anpacken mußte. Verstohlen zählte ich mein Geld. Es waren 70 Cents. Einen Augenblick lang wollte es mich überkommen wie lähmender Schrecken, dann gab ich mir einen Ruck: Der morgige Tag mußte Arbeit bringen. Bei Tagesanbruch mußte ich auf den Beinen sein und so lange suchen und so lange fragen, bis ich etwas fand.

Als ich aus dem warmen Raum wieder hinaustrat in den wirbelnden Schnee, fror ich erbärmlich. Es war bitterkalt da drunten am Mississippiufer. Schon wollte ich einen Polizisten aufsuchen, um mich nach billiger Unterkunft zu erkundigen, als mir ein grelles Transparent auffiel, über einem Hauseingang angebracht, aus dem es hervorleuchtete: Lodging! 10 cents, 15 cents, 25 cents! Einen Augenblick lang zögerte ich. Wußte ich doch von Billy, daß in derartigen Logierhäusern, in denen man für wenige Cents schlafen konnte, der Abschaum der Großstadtmenschheit sich herumtrieb. Aber es war ja nur für eine Nacht. Ich trat ein. Im Hausflur hing ein zweites Transparent, eine Hand mit ausgestrecktem Finger, die zu einer Türe an der Seite hinwies.

Rauchiger Qualm schlug mir entgegen, als ich die Türe öffnete, stickig, atemraubend, verpestet; ein Höllenbrodem von Menschenausdünstung, furchtbar überheizter Luft und schalem Tabaksrauch. Auf einem Stuhl neben dem Eingang saß ein Mann in Hemdsärmeln, der krachend die Türe hinter mir zuwarf, als ich eingetreten war; unter ärgerlichem Gebrumm über die verdammte kalte Luft da draußen.

»Zahlen!« sagte er und streckte mir die Hand hin. »Zehn Cents!«

Für meine beiden Nickel bekam ich ein schmutziges Pappstück, die Quittung, die mich berechtigte, über Nacht hier zu hausen.

»Kannst hier sitzen oder gleich nach hinten gehen un' dich hinschmeißen«, murmelte er. »Wie dir's verdammt angenehm ist!«

Eine Petroleumlampe mit rußgeschwärztem Schutzglas hing an der Decke, und ihr trübes Licht schimmerte in sonderbarem, bald gelblichem, bald rötlichem Schein durch die grauen Massen von Rauch und Dunst hindurch. Zwei lange Tische standen in dem mächtig großen Raum, und auf den Bänken vor ihnen saßen viele Menschen. An einer Bar im Hintergrund hantierte ein altes Weib, emsig beschäftigt, in riesengroße Gläser Bier einzuschenken. Alles schrie und lachte und fluchte durcheinander. Erstaunt, entsetzt war ich am Eingang stehengeblieben und sah gedankenlos einem schmierigen Menschen zu, der neben mir am Boden hockte, sich den Rock ausgezogen hatte und fluchend die Riemen losband, mit denen sein linker Arm fest an die Körperseite geschnallt war.

»Was beim Teufel gibt's hier zu schauen?« fuhr er mich endlich an. »Heh? Hast noch nie 'ne angebundene Pfote gesehen?«

Da begriff ich. Der Mann war ein Scheinkrüppel; ein Bettler, der ein Gebrechen heuchelte.

Mein erster Impuls war, wieder umzukehren. In den Boden hinein hätte ich mich schämen mögen. Dann dachte ich an die Kälte draußen und an die wenigen Pfennige in meiner Tasche. Es mußte ertragen werden – doch eine Nacht nur, das schwor ich mir. Um nicht allzusehr aufzufallen durch Stehenbleiben, setzte ich mich auf die Ecke der nächsten Bank, wo noch ein Plätzchen frei war, und zündete mir mechanisch eine meiner letzten Zigaretten an. Wenn man nicht rauchte, war es nicht zum aushalten in dieser Luft.

So war ich nun mitten unter den Armen und Elenden der Riesenstadt am Mississippi, anstreifend an einen Menschen mit aufgedunsenem Gesicht, dessen Rock in Fetzen an ihm herabhing und der sich die Hände wohl lange nicht mehr gewaschen hatte, so schmutzig waren sie. Ich wußte wenig damals von Armut und Elend, von ihren Ursachen und Wirkungen; ich mag unduldsam gewesen sein, wie es die empfind-

liche Nase und die empfindlichen Ohren reinlicher Jugend sind – aber
mir schien es, als hätte ich in meinem jungen Leben noch nie etwas
so Furchtbares gesehen, etwas so Erbärmliches wie diese Männer in
diesem Raum. Von Schmutz starrten alle. Die zerschlissenen Kleider,
die eingebeulten Hüte kamen mir grotesk vor, unnatürlich und häßlich
nicht zum sagen. Ein Grauen packte mich – man muß älter sein, als
ich es damals war, um die Ärmsten der Armen mit verstehenden Augen
betrachten zu können. Die Sprache, die ich hörte, war widerlich wie
ein verfaulendes Ding.

»Eh – du! – Sohn einer Hündin – hast 'n verfluchtes Zündholz?«
fragte da einer den andern.

Die Antwort ist nicht wiederzugeben. Das Wort vom Sohn einer
Hündin wurde von jedermann gebraucht; es ging von Mund zu Mund,
als sei es ein Kosename der Brüderschaft der Elenden. Ich kannte den
Ausdruck wohl; in Texas und im Westen, wo Fluchen und Derbheit
zu Hause sind und es keinem Menschen einfällt, selbst den stärksten
Ausdruck übelzunehmen, galt dieses Wort als das Unsagbare, als *die*
Beleidigung. Wer »son of a bitch« sagte, wollte bis aufs Blut weh tun
und – griff gleichzeitig nach dem Revolver. Das Wort hat schon
manchen Todschlag verschuldet. Und hier wurde es grinsend gesprochen und mit Lachen angehört. Die Flüche jagten sich. Es war eine
Orgie in Häßlichkeit für Auge und Ohr …

»Nix gemacht heute, heh?« fragte mich der Zerlumpte neben mir.
»Soll ich dir ein Glas Bier bezahlen? Ja – 's ist hart genug im Winter
in dieser verdammten Stadt!«

Ich murmelte irgend etwas über einen kranken Magen, der kein
Bier vertragen könne, und gab ihm eine Zigarette, staunend über seine
Gutmütigkeit. Scham gab es hier nicht. Da und dort sah ich ein blei-
ches stilles Gesicht unter den lachenden und schreienden Menschen;
die meisten aber der Gäste des Zehn-Cent-Hotels machten sich entschieden keine Kopfschmerzen über ihre jämmerliche Lage. Sie nahmen
auch kein Blatt vor den Mund. Der Mann mir gegenüber erzählte
grinsend von jüdischen Bäckern in einer Straße des Judenviertels; sei
der Mann da, so bekomme man frisches Brot, sei die Frau da, so gebe
es ein Nickelstück obendrein. Ein anderer meinte, man müsse in die
vornehmen Läden gehen; da bekäme man schon etwas, nur, damit sie
einen los würden. Daß es ein Kinderspiel sei, sich »'s Futter zu besorgen«, darin stimmten alle überein, nur bares Geld für Schlafen und

einen Schluck sei rar ... Ihr Elend und ihr Betteln waren diesen Armen selbstverständliche und notwendige Dinge. In mir stritten sich alle möglichen Empfindungen, und mehr als einmal wollte ich hinauslaufen in die Kälte und wieder allein sein; doch der Trieb nach Wärme und Schlaf war stärker als der Widerwille.

Nach und nach wurden die Tische leer. Eine unbeschreibliche Müdigkeit kam über mich, und zögernd ging ich nach hinten, dorthin, wo alle hingingen – dorthin, wo der Schlafplatz sein mußte.

Und blieb entsetzt stehen.

Mitten in einem großen Raum leuchtete der rotglühende Bauch eines gewaltigen eisernen Ofens. In einer Ecke hing eine schmutzige Laterne. Der Boden war wie übersät mit Menschen, die da in langen Reihen lagen, dort in dichten Klumpen zusammengepackt schienen; in der Mitte des Zimmers, den Wänden entlang, überall. Nur um den glühenden Ofen war ein schmaler Kreis freigeblieben, und die Männer, die dichtgedrängt am Rande dieses Kreises lagen, hatten sich halbnackt ausgezogen. Bündel von Kleidern und Stiefeln dienten ihnen als Kopfkissen. Seite an Seite schliefen sie, Kopf an Kopf und Köpfe gegen Füße; in einem Wirrwarr von Leibern, der grauenhaft dicht war in der Nähe des heißen Ofens und sich ein wenig lichtete gegen die Wände zu. Die Plätze nahe dem glutstrahlenden Ungetüm waren wohl am begehrtesten um ihrer Wärme willen. Überall auf dem Boden lagen Zeitungen herum, die Matrazen dieses Schlafraumes, und Zeitungen waren es, mit denen die Schlafenden sich zugedeckt hatten. Die Männer stöhnten im Schlaf; sie schnarchten, sie wälzten sich hin und her. Da fluchte einer über irgend etwas, hier kroch ein neuer Ankömmling auf Händen und Füßen über die Leiber hinweg, sich ein Plätzchen in der Menschenreihe suchend. Über die Armen und Elenden hin sandte der glühende Ofen heiße Luftwellen, und in seine unerträgliche Hitze mengten sich die Dünste von Menschen und Kleidern und der Geruch von Bier und Rauch des äußeren Raumes. Ein Stall war dieses Zimmer; ein Menschenpferch, dessen Luft beizend in Augen und Lungen drang.

Ich stand und starrte, und immer neue Menschen drängten sich an mir vorbei und plumpsten wie Säcke nieder, wo noch ein bißchen Raum war zwischen den Leibern. So müde war ich – so müde. Und dann vergaß ich Nacht und Müdigkeit über dem entsetzlichen Raum und flüchtete endlich wie einer, der vor ansteckendem Pesthauch flieht.

»Hell! Wohin willst du?« fragte der Mann an der Türe. »Der Teufel soll das 'rein und 'rauslaufen holen!«

»Hinaus!«

»Ist kein Platz mehr drinnen?«

»Doch!« sagte ich, wider Willen lachend. »Aber nicht für mich. Ich will lieber die ganze Nacht herumlaufen, als da drinnen schlafen. Und jetzt geben Sie die Türe frei, sonst –«

»Langsam, immer langsam!« grinste der Mann. »Für 25 Cents mehr kriegst du 'n Bett, und für 50 Cents will ich dir's frisch überziehen.«

»Zuerst muß ich es sehen.«

»Warum denn nicht; Geschäft ist Geschäft.«

Er führte mich eine Treppe empor, in einen kleinen Verschlag mit eisernem Feldbett, und brachte frische Leintücher und einen neuen Kissenbezug. Ich zahlte das Geld; meine letzten Pfennige. Als er gegangen war, zog ich die Oberkleider aus, wickelte mich in die Leintücher und schlief auf dem Boden. Dem Bett traute ich nicht. Es war eisig kalt, aber durch die zerbrochene Fensterscheibe drang doch frische Luft. Und man war allein.

»Nie wieder eine solche Nacht in einem solchen Haus!« war mein letzter Gedanke. »Lieber in den Fluß springen da drüben!«

Auf einmal fiel mir ein, daß in meiner Tasche ja noch meine Uhr steckte. Da kam ich mir förmlich reich vor – –

Stockfinster war's noch, als ich frierend aufwachte am nächsten Morgen und beim Schein eines Zündhölzchens auf die Uhr sah. Sechs Uhr. Auf der wassergefüllten Waschschüssel in der Ecke hatte sich eine dicke Eiskruste gebildet, und das Stückchen Seife in der Schale war so fest angefroren, daß ich es mit dem Messer loslösen mußte, aber das eiskalte Wasser erfrischte den Körper unbeschreiblich. Unten in dem Zimmer mit den langen Tischen und den vielen Bänken waren die Fenster geöffnet und frische kalte Luft strömte herein. Hinter der Bar stand das alte Weib von gestern abend.

»Guten Morgen!« sagte sie. »Der Vogel, der früh aufsteht, erwischt den Wurm, heh? Von denen da drinnen rührt sich keiner vor acht Uhr; dann müssen sie aber 'raus, weil Joe die Fenster aufmacht und mit der Gießkanne kommt, hih, hih!«

»Guten Morgen!« antwortete ich und wollte gehen, aber sie stellt eine große Schale dampfend heißen Kaffees vor mich hin und brummte:

»Bettgäste kriegen 'n Kaffee gratis – besonders, wenn's solche Narren sind, die Joe fünfzig Cents für ein Bett zahlen, das bloß fünfundzwanzig kostet!«

Und diese fünfzig Cents waren mein allerletztes Geld gewesen! Ich lachte laut auf und dankte leise den guten Göttern für die angenehme Überraschung des warmen Kaffeetranks.

Arbeit suchen!

Es war hell und klar und sonnig und bitterkalt draußen auf der Straße. Eine breite Mauer von Schnee, fünf, sechs Fuß hoch, türmte sich weißglitzernd neben dem Fußgängerweg auf, soweit man sehen konnte, und Scharen von Männern mit Schneeschaufeln und Besen waren eifrig dabei, diese winterliche Mauer immer höher zu bauen. Es bedurfte wahrlich keiner besonderen Intelligenz, um hier die Arbeitsmöglichkeit zu erkennen.

»Verzeihen Sie –« sagte ich zu dem baumlangen Aufseher, der, die Pfeife zwischen den Zähnen und die Hände in den Taschen, durch Kopfnicken die Schar leitete, »entschuldigen Sie – aber kann man hier noch ankommen? Ich suche Arbeit.«

»Dann suchen Sie am falschen Platz«, antwortete er. »Schneeschaufler werden punkt sechs Uhr morgens im kleinen Hof des Rathauses angenommen.«

»Ich brauche aber sofort Arbeit.«

»Well – das is' Ihre verdammte Affäre. Wenn's heute weiterschneit, kann ich Sie morgen früh anstellen. Jetzt nicht.«

So begann die lange Arbeitssuche, das Laufen und Suchen den ganzen Tag hindurch. Zweimal lief ich die ungeheure Mississippifront auf und nieder, fragte gewissenhaft jeden Arbeitsplatz ab, sprach mit Hunderten von Menschen und log erschrecklich über meine Arbeitsfähigkeiten. Zwanzig, dreißigmal wiederholte sich das gleiche Frage- und Antwortspiel:

»Können Sie mit schweren Kisten umgehen?«

»Jawohl – ausgezeichnet!«

»Erfahrung gehabt darin?«

»Massenhaft!« (Das war eine eklatante Unwahrheit …)

»Schön – dann melden Sie sich am Montag früh um sieben Uhr!«

Immer wieder erhielt ich diese Antwort. Arbeitsgelegenheit schien in Mengen da zu sein; nur war diese boshafte Arbeitsgelegenheit stets so eigentümlich, sich immer erst in einigen Tagen materialisieren zu wollen. Zwar gab dies Trost und Hoffnung, war aber entschieden unpraktisch für ein Menschenkind, das seinen letzten Pfennig verschlafen hatte. Ich fragte und fragte. An Vorarbeiter wandte ich mich bald nicht mehr, denn die erkundigten sich sofort, ob ich dem »Verbande«, der Gewerkschaft, angehöre und wurden grob, wenn ich verneinen mußte. In den Bureaus wurde ich entweder abgewiesen oder auf den Montag (den ich nachgerade zu hassen anfing) bestellt. So gab ich, es war schon fast Mittag, der Mississippilevee meinen Segen und schlich hungernd und frierend hinauf nach dem Stadtzentrum. Im Vorbeigehen bat ich einen dicken Polizisten, der sehr gutmütig aussah, um Rat.

»Heiliger Sankt Patrik«, sagte der, »andere Leute haben auch kein Geld und andere Leute möchten auch Arbeit haben. Da soll der Kuckuck raten. Reden Sie und fragen Sie Gott und die Welt, und dann fangen Sie wieder von vorne an!«

Und ich redete!

In dem Stadtviertel, das die Levee mit dem Geschäftszentrum verband, lag Fabrik an Fabrik, und Fabrik auf Fabrik suchte ich ab mit dem stereotypen: »Ich suche Arbeit!« Hier waren die Leute grob und schüttelten die Köpfe, ohne sich die Mühe eines gesprochenen Nein zu geben; dort fragte man mich zehn Minuten lang neugierig aus, um dann achselzuckend zu bedauern. Dort sollte man in einer Woche wiederkommen. Es war ein Straßenwandern und Fragen zum Herzzerbrechen. Die Müdigkeit kam und der Hunger machte sich immer bemerkbarer. So hungrig wurde ich, daß ich geradezu Schmerz empfand, wenn ich im Vorbeigehen in die Schaufenster von Bäckereien und Delikatessengeschäften guckte; so hungrig, daß ich immer wieder und wieder krampfhaft nach der Uhr in meiner Tasche fühlte und mit dem Gedanken liebäugelte, daß das kleine tickende Ding die schönsten Mahlzeiten in sich barg. Aber ich empfand, daß ihr Wert das letzte war, das vom Nichts trennte, und biß die Zähne zusammen. Weiter suchen! Mir war, als sei ich mutterseelenallein zwischen den ungeheuren Gebäuden, den himmelragenden Wolkenkratzern, die da die Lehre von der Kunst des Dollarjagens hinausschrien in die Welt; allein in dem Gewühl von Menschen, die hastig vorwärtsstrebten, als wisse jeder von ihnen ganz genau, was er tun müsse. Nur ich, ich allein unter den Tausenden, wußte das nicht. Hart sahen die Männer und die Frauen aus, gleichgültig. Selbstbewußt aber vor allem; so selbstbewußt, daß mir jedes scharfgeschnittene Gesicht und jedes klare Auge ein Vorwurf zu sein schien: Weshalb bist du denn so hilflos – warum kannst du nicht was wir können! Erbärmlich klein kam ich mir vor. Und erbärmlich hungrig.

Ich wanderte wieder der Levee zu. In den Wolkenkratzern, in den eleganten Läden, im Stadtviertel der Banken – da hatte ich nichts zu suchen, denn ich kannte den Wert von Geld und äußerer Erscheinung; mein zerknitterter Anzug, meine Geldlosigkeit bedingten, das wußte ich recht gut, primitive Arbeit mit den Fäusten. Der Abend war hereingebrochen, und fast instinktiv spähte ich in dem Lichtermeer der Straßen nach den drei vergoldeten Kugeln, die in Amerika ein Pfandgeschäft bedeuten. Essen – schlafen – und dann aufs Rathaus morgen in aller Frühe zum Schneeschaufeln. Da trat dicht vor mir, aus einer Seitentüre eines riesengroßen Gebäudes aus mächtigen Sandsteinquadern ein Jüngelchen in dunkelgrünem Pagenanzug mit goldigen Borten und goldigen Knöpfen, eine Zigarette in seinem Kindermund, und nagelte mit großer Bedächtigkeit ein Plakat an die Mauer: Man wanted in kitchen.

Gesucht ein Mann für die Küche …

»Was ist das?« fragte ich das Kind.

»Dies ist der Seiteneingang zum Palacehotel«, antwortete der Pagenjüngling. »In der Küche brauchen sie einen Mann zum Geschirrwaschen. Können Sie nich' lesen?«

»Der Mann bin ich!« sagte ich. »Nimm das Ding nur wieder herunter von der Wand! Und nun zeig' mir den Weg, mein Sohn!« Die Tätigkeit des Geschirrwaschens erschien mir zwar einigermaßen komisch. Aber es war Arbeit, und Arbeit brauchte ich.

»Kommen Se mit«, sagte das Kind mit einem herablassenden Kopfnicken, denn in seiner Weltvorstellung stand ein Hotelpage natürlich turmhoch über einem angehenden Geschirrwäscher.

Und in fünf Minuten war ich von einem pompösen Küchenchef, der englisch, deutsch und französisch wirr durcheinander sprach und ein quecksilbernes Bündel von empfindlichen Nerven schien, in aller Form als Töpfeputzer Nummer 2 des Palasthotels angestellt. Arbeitszeit von 6 Uhr abends bis 6 Uhr morgens, Essen und Wohnen frei, dreißig Dollars im Monat, Abgang von der Stelle nur am 17. eines jeden Monats …

Die Küche der Riesenkarawanserei, die sich Palasthotel nannte, wäre jeder Durchschnittsfrau als der siebente Himmel von silberfunkelnder und kupferglänzender Küchenschönheit erschienen; jede Frau hätte den ungeheuren Herd, die Köche in schneeweißen Anzügen, die blitzende Sauberkeit überall staunend bewundert. Jeder Durchschnittsmann aber wäre vor dem Getriebe nervöser Hast in dieser Küche entsetzt geflüchtet! Ich wenigstens hab' mir aus dem Arbeitsmonat in jenem Küchenreich einen unbezwinglichen Widerwillen gegen alles, was Koch heißt, mit hinübergenommen ins Leben. Diese Köche waren eitel wie die Pfauen, nervös wie hysterische Weiber und unverschämt wie reiche Parvenus. Sie zankten sich untereinander in einem endlosen Geschnatter von Französisch und Englisch und Deutsch und Italienisch, und verfluchten sich gegenseitig in alle Tiefen der Hölle, bis der großmächtige Küchenchef aus seinem Privatbureau trat. Dann schwenzelten sie devot um die Majestät der Küche herum.

Mir bedeutete das kleine Gemach an der Küchenseite, in dem ich arbeiten mußte, mit seinen ewig nassen Steinfliesen und seinen marmornen Putzbecken von allem Anfang an eine Miniaturhölle, die in alle Ewigkeit dazu verflucht war, in heißen Dampf gehüllt zu sein und ein immer sich erneuerndes Chaos von rußigen Kupferkesseln und Kasserolen und Töpfen in allen Größen und Formen zu beherbergen. Man kam sich vor wie Sisyphus – gegen Unmöglichkeiten anarbeitend. Ohn' Unterlaß rannten, wie aus Kanonen geschossen, zappelige Köche in die Türe und warfen mit vielen Sapristis und Nom de Dieus und Hells mir ganze Kupferberge vor die Füße, während ich im Schweiße meines Angesichts mit harten Bürsten und scharfer Salz- und Essiglösung putzte und wusch. Es ist lustig, sich an lächerliche Kleinigkeiten zu erinnern; ich verspüre heute noch das verzweifelte Entsetzen, das mich immer überschlich, wenn ich glücklich den letzten von Hunderten von Töpfen blitzsauber hatte, und dann auf einmal eine Höllenschar von Köchen Dutzende und Aberdutzende schmutziger Kasserolen in meine Miniaturhölle feuerte!

So leicht die Arbeit an und für sich sein mochte – kein Faden blieb einem trocken am Leib! Ich war Nummer zwei. Nummer eins, ein Südfranzose, arbeitete von 6 Uhr morgens bis 6 Uhr abends. Um ein Uhr nachts gingen die Köche nach Hause, und es wurde still in der Riesenküche. Meine Arbeit aber begann eigentlich erst, denn von den späten Theatersoupers war immer noch ein Regiment von Töpfen da. Dann aber hieß es, jedes Stückchen Metallglanz in der Küche putzen. Den Herd entlang, der die ganze eine Längswand einnahm, lief ein

Anrichtetisch aus solidem Kupfer, an die fünfzehn Meter lang. Der mußte blitzblank sein. Der Herd mußte geschwärzt, seine Metallteile geputzt werden; die Pfannen an dem Gerüst über dem Anrichtetisch sollten blinken und leuchten und genau nach Größe geordnet sein. Da waren noch die Messingbänder der Geschirrwaschmaschinen, ungeheurer Bottiche, in denen Plattformen durch elektrische Kraft rotierten und die aufgestapelten Teller und Platten mechanisch reinigten. Da waren die Küchenfliesen zu waschen. Jede Minute der zwölf Arbeitsstunden mußte ausgenützt werden, wenn ich fertig werden wollte. Um 6 Uhr morgens dann schlich ich mich in das winzige Zimmerchen im sechsten Stockwerk, in dem der Südfranzose, Nummer eins, und ich zusammen hausten, ohne uns jemals zu sehen als eine Minute lang am Morgen und am Abend, wenn wir uns ablösten.

Heute noch kann ich kein Kupfergeschirr sehen, ohne mit Grauen an die elegante Küche des Palasthotels und ihre Höllenarbeit zu denken! Diese Küche war eine der Sehenswürdigkeiten des Hotellebens von St. Louis, mit Stolz gezeigt – aber unter Vorsichtsmaßregeln. Wurden Besucher ins Küchenreich geführt, so ertönte schrill eine elektrische Glocke. Das Glöckchen der neugierigen Affen wurde sie genannt. Ihr Schrillen war das Signal zu vornehmem Dekorum. Die Köche ließen, wie durch Zauberspruch gebannt, ab vom Schimpfen und Schnattern; die Mädels bei den Geschirrmaschinen banden sich rasch frische Schürzen um und gaben sich Mühe, recht niedlich auszusehen; ich mußte die Türe zu meinem Putzreich schleunigst zumachen. Und die neugierigen Affen sagten dem Chef Schmeicheleien über den lautlosen Betrieb … Ich aber fluchte innerlich und zählte mir an den Fingern die Tage bis zum 17. Dezember ab und wunderte mich, ob es denn Männer geben könne auf dieser Welt, die Töpfeputzen im Palasthotel länger als einen Monat aushielten. Prompt um 9 Uhr morgens bat ich Seine Majestät den Küchenchef um eine Anweisung auf die Hotelkasse.

»Es ist merkwürdig«, meinte der Chef, »daß wir mit dem Personal des Putzraumes so häufig wechseln müssen. Die Arbeit ist doch leicht. Nun, wenn Sie das Geld durchgebracht haben, können Sie wieder vorfragen.«

»Thank you!« sagte ich.

Als ich aber für die Arbeit von fünf Wochen ein Bündel von dreiundvierzig Dollarscheinen zärtlich in die Tasche steckte, mischte sich in meine komische Wut auf jene Hölle kupferner Greuel leise Dankbarkeit, und froh wie ein aus Qual Erlöster zog ich meinen besten Anzug an. Starkenbach hatte mir auf meine Bitte meinen Koffer ins Hotel geschickt. Ein Zettel lag obenauf:

»Viel Glück, lieber Freund! Wie gefällt Ihnen mein gutes altes St. Louis? Lassen Sie es sich möglichst gut gehen und nehmen Sie dieses putzige Leben nicht allzu ernst!«

Da hatte ich laut aufgelacht. Wenn man Kupferkessel putzte, hatte das Leben so gar nichts Putziges – und was ich vom guten alten St. Louis kannte, waren – – eine Miniaturhölle im krassesten Elendsviertel der Stadt und eine andere Miniaturhölle in einer der vornehmsten Karawansereien der hotelzivilisierten Welt.

Im Zeichen der Zeitung

Witwe Dougherty. – Das Reich der Bücher. –
Kipling-Begeisterung. – Ein Wegweiser des Kismet. – Mein erstes
literarisches Verbrechen. – Der Beinbruch als Glückszufall. – Ich
werde Depeschenübersetzer bei einer großen deutschen Zeitung. –
Enthusiasmus und Neugierde. – Aller Anfang ist leicht! – Ein
journalistisches Mädchen für alles. – Amerikanisches
Deutschtum. – Der Schwur gegen die Potentaten. – Vom Sehen
und vom Lernen. – Wieder draußen in der kalten Welt. –
Reisefieber!

Die Frau mit den scharfen Linien im Gesicht und dem aus böser Erfahrung geborenen Mißtrauen der zimmervermietenden Sippe in ihrem Wesen sah mich prüfend von oben bis unten an und brummte:

»Das Zimmer kostet zwei Dollars die Woche, junger Mann, und wer nicht pünktlich vorausbezahlt, der fliegt!«

»Wie meinen Sie?«

»Fliegt, hopla, adieu – die Witwe Dougherty vermietet ihre Zimmer nicht zu ihrem Vergnügen. Will aber nichts gesagt haben, Herr – nur mein Geld muß ich haben. Kohlen kosten zehn Cents der Eimer, und wenn Sie kochen wollen, leih' ich Ihnen das Geschirr. Wer bar bezahlt, ist der Gentleman! Nehmen Sie das Zimmer?«

Bruder Leichtfuß, sonnenfroh mit seinem Reichtum von dreiundvierzig grünen Scheinen des Dollarlandes, bezahlte klüglich gleich für einen ganzen Monat und richtete sich in einem von Witwe Doughertys winzigen Zimmerchen häuslich ein, den ersten Abend zwischen den eigenen vier Wänden in unzähligen Zigaretten selig verträumend. Elegant war er wieder, der Lausbub, und Geld hatte er in der Tasche! Da war's kein Wunder, wenn er sich blutwenig um Zukunftspläne und Zukunftsnöte scherte. Das Ringen um die Zukunft war im Grunde gigantisch einfach! Furchtbar simpel!! Man – jawohl, man – nun, man ging eben nach dem Rezept von Freund Starkenbach in einen Wolkenkratzer und ließ sich in den verschiedenen Kontors melden – nun, und redete – Das würde sich alles schon finden. Das hatte ja gar keine Eile! Die Welt war wunderschön …

Von einer Straßenbahn in die andere kletterte ich am nächsten Morgen und trank mit dem Selbstbewußtsein, das in den guten Kleidern und in den Dollarscheinen steckte, das Getriebe der Mississippistadt ein; das hastende Straßenbild, die himmelstrebenden Wolkenkratzer, den Wirrwarr der Riesenstadt, bis der Zufall mich in das Gebäude der öffentlichen Bibliothek von St. Louis führte, in die Welt der Bücher.

Hunderttausende von Büchern füllten auf breiten Regalen die riesigen Säle. Raffiniert eingerichtete Kartenkataloge im Vorzimmer gaben einen ausgezeichneten Überblick. Liebenswürdige junge Damen schafften in wenigen Sekunden die Bücher herbei, deren Titel und Nummern man auf einem Zettelchen aufgeschrieben hatte, und dann lockten die weichen Lehnstühle in den eleganten Sälen zum Lesen und zum Träumen.

Um 11 Uhr morgens war ich in die Bibliothek gekommen – bis zum späten Abend blieb ich, ohne an Essen und Trinken auch nur zu denken; glückselig in der Bücherpracht. Und pünktlich in aller Frühe am nächsten Tag war der Lausbub wieder da! Wie ein Hungriger verschlang ich Buch auf Buch, als müßte ich mich für die langen Monate primitiven Lebens mit einemmal entschädigen; wie Hans im Glück kam ich mir vor, wie ein ausgeträumter böser Traum lag das Hantieren mit rußigen Kupferkesseln in weiter Ferne. Es war so still und wohlig in den vornehmen Räumen! Und die Bücher!! Wahllos las ich durcheinander, bald deutsch, bald englisch, bald französisch; ja sogar die Schreckgespenster der Schulzeiten, die Odyssee, der Cicero, waren Offenbarungen von Schönheit für den Exkesselputzer, dem das

Rumoren in den klassischen Sprachen, das Bewußtsein der Bildung, wieder ein selbstbewußtes Rückgrat gab. Praktisch gedacht, war's bodenlose Zeitverschwendung – auf die Straßen hinaus hätte der leichtsinnige Strick gehört, auf die Arbeitssuche hätte er gehen müssen! Statt dessen fraß er ein Dutzend Romane im Tag, von der Marlitt bis zum Sudermann, von den Indianern des guten Fennimore Cooper bis zu den afrikanischen Geheimnissen Rider Haggards, mit einem Stück Ilias und einem Kapitel Kant oder Schopenhauer dazwischen … Eines der Bücher, die am stärksten auf mich wirkten, waren sonderbarerweise die Erlebnisse eines Opiumessers von Thomas de Quincey; nicht um der Opiumträume willen, die mir manchmal sogar langweilig schienen, sondern ob der unbeschreiblich schönen englischen Wortperlen. Ein gelehrter Ästhet hatte da aus allen Sprachen der Welt Schönheiten geborgt und sie kunstvoll hineingemengt in die Simplizität der einfachen englischen Sprache; ohne gründliche Kenntnisse des Lateinischen und Griechischen wäre es unmöglich gewesen, das Buch zu verstehen. Und da war Kipling, der Meister moderner englischer Schilderung, der in Worten malte und zum Greifen deutlich darstellte; der Bilder von englischen Soldaten und krasse Szenen indischen Lebens so in den Leser hineinzauberte, daß man sich im Märchenland Indien heimisch fühlte, als hätte man von Kindesbeinen an dort gelebt. Der englische Zauberer, der blaß und matt wirkt, wenn man seine Wortkunst in andere Sprachen überträgt, ist mir, bald bewußt, bald unbewußt, auf Jahre hinaus das Vorbild geblieben; seine farbensprühenden Soldaten waren es, die mir die Sehnsucht einimpften, so wie er Menschen hinzustellen, die lebendig dastanden vor dem Leser und eine ganze Klasse, eine Berufsart, einen Typ mit allen Eigentümlichkeiten verkörperten; so wie er Gegenden zu schildern, daß man im lesen mit staunenden Augen Land und Leute vor sich sah, wie vor einem Gemälde stehend.

Leichtsinn war's; unbeschreiblicher Leichtsinn, aber mir ist, als seien die Tage in der Bibliothek von St. Louis Merksteine gewesen; Wegweiser des Kismet, die Bruder Leichtfuß auf neue Wege führten.

Wie ein pfennigfuchsender Geizhals sparte ich, um die Freuden der Bücher ja recht lange ausdehnen zu können; kochte mir selbst Kaffee des Morgens, trank mittags ein Glas Milch, aß ein Brötchen irgendwo in der Nähe der Bibliothek und kaufte abends ein wie ein guter Hausvater, um dann auf dem winzigen eisernen Ofen zu kochen und zu braten. Gar oft plagten mich freilich Gewissensbisse und ich nahm mir vor, am nächsten Morgen aber ganz bestimmt die Wanderung in den Wolkenkratzern zu beginnen. Kam jedoch dann der Morgen, so fand er mich sicher wieder vor der Bibliothek, ums Portal schleichend wie die Katze um den heißen Brei! Nur noch einen einzigen Tag! Nur ein paar Bücher noch lesen! Nur ein wenig noch!! Mochte der Kuckuck die Sorgen holen – denn da oben war's ja so schön, so schön …

»Aber wir schließen um drei Uhr – jetzt gleich«, sagte lächelnd die junge Dame am Büchertisch; »wissen Sie denn nicht, daß es heute Weihnachtsabend ist, Sie unersättlicher Bücherwurm?«

Da schlich ich mich betrübt nach Hause, und weil mir die Bücher gar so fehlten, gab mir ein Teufelchen den Gedanken ein, selbst etwas zu schreiben. Ein gräßliches Machwerk wurde es; eine weinerliche Geschichte von einem deutschen Leutnant, der, in bitterer Armut zum Hotel der Armen und Elenden am Mississippiufer gesunken, nach einem fürchterlich langen Monolog über den Jammer der Welt und die Scheusäligkeit der Dinge sich im Schein des glühenden Ofens eine Kugel durch den gemarterten Kopf schoß … Und da dieses Verbrechen einer Skizze mich natürlich in die schönste Jammerstimmung hineinbrachte, so bedauerte ich mich aus tiefster Seele ob dieses einsamen Weihnachtsabends und schrieb zum erstenmal seit langer Zeit einen langen Brief an meine Mutter. Einen weinerlichen Brief – den ich am Christmorgen schamrot in hundert Fetzen zerriß mit dem Vorsatz, dann erst zu schreiben, wenn es mir gut gehen würde. Meinen deutschen Leutnant aber kopierte ich fein säuberlich und sandte ihn an die Redaktion der Westlichen Post, der großen deutschen Tageszeitung von St. Louis.

* *
*

Zitternd vor Aufregung saß ich auf dem wackeligen Stuhl neben dem papierübersäten Redaktionstisch und starrte dem Lokalredakteur in das runde Gesicht mit den boshaft funkelnden Äuglein.

»Ganz richtig!« sagte der Lokalredakteur. »Ich schrieb Ihnen, Sie möchten vorsprechen. Also«, (er kramte unter den Papieren auf dem Tisch und zog mein Manuskript hervor) »ich muß Sie vor allem darauf aufmerksam machen, daß nach den Regeln des praktischen Lebens ein armer Teufel, dem die Zehen aus den Stiefeln gucken und dem der Hunger im Magen beißt, ein so wertvolles Besitztum wie einen Revolver nicht zum Totschießen benützt. Er verkauft ihn, Verehrtester! Lassen Sie also Ihren deutschen Leutnant zum mindesten zuerst sein Schießeisen aufessen und hängen Sie ihn dann an einem Strick auf. Oder werfen Sie ihn in den Mississippi; das ist auch ein schöner Tod! Waren Sie Offizier?«

»Nein.«

»Na, weshalb kaprizieren Sie sich dann auf Ihren Jammerlappen von Leutnant? Weg mit ihm! Wissen Sie was – wir wollen den selbstgemordeten Unglücklichen noch einmal morden!« (Ritsch, ging der Rotstift über meine schönen drei Seiten Einleitung.) »Und was quatscht der Mensch alles zusammen!« (Ritsche, ratsche war mein langer Monolog beim Kuckuck.) »So! Nun haben wir den Stall gefegt, Verehrtester, und was übrig bleibt, ist die gute Schilderung eines Schlafhauses niederster Klasse, die ich gerne bringen werde.«

Beinahe wäre ich umgefallen vor freudiger Überraschung –

»Nun wär' es mir aus besonderen Gründen lieb«, fuhr er fort, »wenn Sie mir erzählen würden, was Sie in Malheurika eigentlich treiben!«

»... Hm«, grinste er endlich, »dieses Herumkugeln ist typisch. Es geht den meisten so! Nun hören Sie: Unser zweiter Depeschenübersetzer hat sich in der Sylvesternacht aus Glatteisgründen, ja, und sonstigen Gründen, ein Bein gebrochen und wir brauchen jemand zur Aushilfe, bis der arme Doktor Morgenstern wieder gesund ist. Wollen Sie es versuchen? Ja? Das Honorar – Honorar heißt Ehrensold – beträgt zwölf Dollars wöchentlich. Dann gehen Sie also mit Gott zu meinem lieben Freund und Widersacher, dem Depeschenredakteur, grüßen Sie ihn von mir, und sagen Sie ihm Bescheid. Da draußen – rechts – auf dem Gang! Guten Morgen, Herr Kollege!«

Herr Kollege! He–err Ko–ll–ege! Fabelhaft! Zum Weinen schön! Überglücklich stürmte der nagelneue Kollege hinaus auf den Gang und sah in einer Art schmalen Verschlags von Glaswänden ein grauhaariges kleines Männchen auf hohem Drehstuhl sitzen. Das Männchen putzte sich eben umständlich eine große feuerrote Nase mit einem noch röteren Taschentuch und stak im übrigen bis an die Ohren in einem wahren Berg von seidendünnen Papierblättchen.

»Mein Name ist Carlé – ich bin zur Aushilfe angestellt und soll mich bei Ihnen melden!« sprudelte ich hervor.

»Sähr angenähm. Ich heeße Schulze, Doktor Schulze, Härr Kollege, und bin ä gemiedlicher Sachse. Sind Sie Fachmann, Härr Kollege?«

»Nein, Herr Doktor!«

»Ach herrjemmerschnee, das is' aber ungemiedlich – ich ersticke, erstücke ja in düssem Berg von Associated Press copy. Fangen Sie nur gleich an, Härr Kollege, es wird schon schiefgehen!«

Damit drückte er mir ein Bündel der seidendünnen Papierchen in die Hand und führte mich ins Nebenzimmer an den verwaisten Tisch des Mannes mit dem Beinbruch. Ein Herr, der an einem zweiten Tisch saß – es war der Polizeireporter – stand auf, klappte die Hacken zusammen und stellte sich vor: Pressenthin!

»Ein Härr Carlé, lieber Härr Referendar«, erläuterte das graue Männchen, »der mür helfen würd, das vertrackte Zeug der Associated Preß Luderchen in anständiges Deutsch zu bringen. Übersetzen Sü nach Gutdünken, Härr Kollege – lassen Sü den Mist weg und spinnen Sü die besseren Sachen ein wänig aus. Fabrizieren Sü gute Überschriften und heben Sü mir, bitte, die Originale auf. Nun, wür werden ja sehen!«

Mit brennendem Eifer machte ich mich an die Arbeit und fand, daß das Übersetzen der mit der Schreibmaschine auf dünnes Seidenpapier vervielfältigten Zeitungstelegramme kindereinfach war. Das erste Telegramm schon war niedlich. Ein pathologisch anormaler Arzt in Chicago hatte sich das merkwürdige Vergnügen geleistet, auf offener Madison Street in Chicago am hellichten Tag alle Damen zu küssen, denen er begegnete, und war natürlich eingesperrt worden. Während ich diese echt amerikanische Sensationsnachricht übersetzte, fiel mir auch schon eine Überschrift ein – ein Heinezitat, das famos paßte: »Herr Doktor, sind Sie des Teufels?« Ich fand die Spitzmarke so nett, daß ich vergnügt vor mich hin kicherte. Nach einer halben Stunde kam der Depeschenredakteur wieder:

»Lassen Sü einmal sehen, Härr Kollege. Ist das schon alles fertig? Menschenskind, das gefällt mür. Häh! Hoh! Herr Doktor, sind Sie des Teufels? Ausgezeichnet, mi fili; häh, gute Idee – wir beide werden schon miteinander auskommen!«

So war ich nun ein Rädchen in der großen Maschine der Tagespresse; ein winzig kleines Rädchen freilich, ein krasser Rekrut in der Armee der Männer von der Feder. Die Neuigkeitsdepeschen der Associated Preß, des Wolff-Bureaus der Vereinigten Staaten, kamen natürlich in englischer Sprache und mußten nicht nur in Deutsch übersetzt, sondern auch bearbeitet werden. Denn im Original waren sie trocken wie Stroh und sachlich wie ein Gothaischer Hofkalender. Die Associated Preß versorgte Ihre Majestät die Presse mit nackten Tatsachen und nichts als Tatsachen. In den ersten Tagen übersetzte ich glatt. Aber das graue Männchen mit der komischen Nase war ein journalistisches Genie, ein Enthusiast, der es meisterhaft verstand, in wenigen gelispelten Worten unschätzbare Winke zu geben.

»Düs üst ein knochiges Skölett«, pflegte er zu lächeln. »Zaubern wür dem Skölett ein bißchen Fleisch auf die Knochen! Presto! Eins, zwei, drei – die Geschüchte ist furchtbar einfach ...«

Und dann wattierte er eine magere Depesche mit einigen Sätzen fein stilisierter Einleitung; machte mit einem geschickten Wort hier, mit einem Schlaglicht dort die trockene Meldung interessant, ohne sich jemals an der Wirklichkeit der Tatsachen zu vergreifen. Denn ein Schuster müsse mit seiner Ahle umgehen können, und ein Journalist mit den Raffiniertheiten der geschriebenen Sprache.

»Das üst grobes Handwerk, mi fili! Dü feinen Instromente des Zeitungshandwerks aber stecken oben im Schädel, und um sie zu schleifen muß man lesen – zehntausendmal so vül lösen als man schreibt. Lesen Sie, Mann, lesen Sü, wenn Sie nur können, und Sie werden dem alten Depeschenmenschen noch einmal dankbar sein.«

Begeistert war ich von der Arbeit der Zeitung. Das kleine Zimmerchen bei der Witwe Dougherty sah mich nur zur Schlafenszeit, denn die engen, ungemütlichen, lärmerfüllten Redaktionsräume der Westlichen Post waren mir ein Paradies, das unwiderstehlich lockte. Ich war der erste, der morgens kam, und der letzte, der spät nachts ging. Wenn ich in der Frühe das Redakteursexemplar durchstudierte und in richtiger Jungeneitelkeit die Depeschen, die ich bearbeitet hatte, mit dem Rotstift anstrich, war ich stolz wie ein König und fand bescheiden, daß doch ein gewaltig großer Teil der Zeitung aus meiner Feder hervorgegangen war ... Und wenn der gute alte sächsische Doktor brummte: »Sü machen sich – Sü machen sich, mi fili!« dann hätt' ich mit keinem Dollarkönig in keinem Dollarwolkenkratzer getauscht. Ich glaube, ich war eitel wie ein Pfau, wie es Bruder Leichtfuß ja sein mußte nach dem Riesensprung vom Kesselputzer zum Redaktionstintenfaß – und oft dachte ich mit jenem Respekt, mit dem man an eingetroffene Prophezeiungen denkt, an die Worte, die mir der alte Rektor des Gymnasiums von Burghausen einst ins Dimissionszeugnis geschrieben hatte: »Die Leistungen dieses Schülers hätten weit bessere sein können; hervorzuheben wäre nur eine gewisse Gewandtheit im deutschen Aufsatz und sein Interesse für die englische Sprache.« Hoh! Diese Gewandtheit und dieses Interesse brachte mir jetzt zwölf Dollars in der Woche und Träume, die unter Brüdern Hunderttausende wert waren. Und glückselige Briefe schrieb ich nach Hause, so stolz, als sei meine Ernennung zum Chefredakteur nur eine Frage höchst kurzer Zeit – –

War der Lausbub lächerlich eitel, so war er mindestens ebenso neugierig und dreimal so enthusiastisch. In dem Enthusiasmus rosenroter Jugend, der über die schwierigsten Schwierigkeiten mit einem Hopla-hop hinwegsetzt, weil er sie gar nicht erkennt! Jahre später hörte ich einmal bei einem Klubdiner von Zeitungsmenschen in New York einen Toast von Jakob Pulitzer, dem großen Zeitungsmann, der die Zirkulation seiner Zeitung »World« in kaum einem Jahr auf eine halbe Million hinaufgetrieben hatte und sich vor einigen Jahren erschoß, weil er unter der Last seiner ungeheuren Pläne zu einem armen Nervenbündel geworden war.

»Meine Herren – es lebe die Jugend!« toastete Jakob Pulitzer. »Die Jugend lebe; die tolle unverschämte Zeitungsjugend, meine Herren, die voller Arbeitskraft ist und voller Begeisterung; die noch enthusiastisch genug ist, um in einem Reporterstückchen ein welterschütterndes Ereignis zu sehen! Geben Sie mir Jugend, meine Herren, die nichts Besseres verlangt, als zwölf Stunden im Tag arbeiten zu dürfen, die nichts weiß von Geld und Frauen und Lebenskunst, die darauf losstürmt und naiv schildert, was sie sieht – und ich zeige Ihnen den Weg zum großen Zeitungserfolg. Männer von weiser Erfahrung als kommandierende Generäle an der Spitze der Ressorts und tolle Jugend in Reih und Glied! Wir lenken nur. Wir sichten. Die rohen Werte aber schafft die Jugend. Es lebe die Zeitungsjugend, meine Herren!«

Mein Enthusiasmus kannte keine Grenzen. Es schien mir, als sei das alte Sprichwort herumgedreht – als müsse es heißen: Aller Anfang ist leicht! Dem Jungen, der keine Verantwortung kannte und auf sie gepfiffen haben würde, hätte er sie gekannt, der kaum die Anfangsgründe des Journalismus kennen gelernt hatte, schien das Getriebe der Zeitung ein Spiel. Die rasche Arbeit des Depeschenübersetzens ließ viel freie Zeit übrig, die es mir erlaubte, dutzende und aberdutzende von englischen Zeitungen im Tag zu lesen und nach Herzenslust umherzuschnüffeln. Überall pfuschte ich hinein. Herr Pressenthin, mit dem Spitznamen Herr Referendar, den er aus seiner deutschen Juristenzeit mit hinübergenommen hatte ins neue Land, versah das wichtige Ressort der Polizeireportage und trieb sich tagsüber auf der Polizei und in den Gerichten herum. Wenn er dann abends kam, war der Hüne mit dem urgemütlichen sanftgeröteten Gesicht und den biervergnügten Äuglein todunglücklich. Und wenn er endlich seine sieben Bleistifte gespitzt und seine Notizen zurechtgelegt hatte, ließ er sich vorerst eine Flasche Bier holen. Dann fing er an zu jammern:

»Ogottogottogottogott, das Leben ist schwer und zeitraubend – ogottogott, was soll ich nun wieder schreiben über den Mist!!«

Fünf Minuten darauf hatte er sich sicher in irgend einer schauerlichen Partizipialkonstruktion so festgerannt, daß er beinahe weinte! Mir war's ja eine persönliche Ehrung, wenn ich nur arbeiten durfte, und so manche gräßliche Polizeigeschichte hab' ich zusammengedichtet, während der gute Referendar mit seiner Bierflasche auf und abging und mir die Tatsachen diktierte. Dafür hatte er dann immer das gleiche Lob: »Menschenskind, Sie sind gewandt wie ein Affe ...«

Und da war im Nebenraum ein schwindsüchtiger armer Teufel, ein stiller junger Mensch, stets tief über den Zeichentisch gebeugt.

»Darf ich zusehen?« pflegte ich Herrn Westermann, den Zeichner, zu fragen. »Aber es ist mir ja eine Ehre, Herr Kollege!«

Dann konnte ich stundenlang zusehen, wie die Stahlnadel Linien und Schraffierungen in die Kreidefläche grub. Es war ein eigentümliches Illustrationssystem, jetzt schon längst veraltet, glaube ich. Herr Westermann zeichnete die Illustrationen der Tagesereignisse mit feinem Stahlstift in mit harter Kreide dick ausgelegte Zinkplatten. Mit fabelhafter Geschicklichkeit. Sobald der Stift die Zinkplatte erreichte, (durch die Kreidelage durchkratzend) bedeutete das Auftauchen des grauen Zinkuntergrundes den wirklichen Zeichenstrich, dick oder dünn, je nachdem der Untergrund bloßgelegt wurde. Diese Kreideplatten, mit Blei ausgegossen vom Stereotypeur, ergaben ein Negativ, das dann stereotypiert und so im Druck zum Positiv ward.

Oder auf einmal schlug schrill der Feuertelegraph an, der die Redaktion mit der Hauptfeuerwache verband – eins, zwei, drei Schläge, Großfeuer – Pause, ein, zwei, sieben Schläge – im 7. Distrikt. Ein Blick auf die Feuerdistriktkarte, die an der Wand hing, und holtergepolter sauste ich mit dem Feuerreporter und dem Zeichner die Treppe hinunter. Während der Feuerreporter die wichtigen facta zusammentrug, Brandursache, Versicherungshöhe und dergleichen, stand ich nur und schaute, und schrieb dann in fliegender Eile ein Bild des Geschauten nieder, um in Seligkeiten zu schwelgen, wenn der Lokalredakteur meine Federphotographie in Borgis durchschossen zum Setzen gab.

Das Glück erreichte seinen Höhepunkt, als ich nach den ersten Wochen auf einmal fünfzehn Dollars Wochengehalt bekam und zu allerlei selbständigen Reporteraufgaben in die großen deutschen Vereine und auf ihre Bälle geschickt wurde, denn es war ja Faschingszeit. Man wurde feierlich empfangen auf solchen Bällen! Die Ehrenkarte der Westlichen Post war ein Talisman, der ganz mechanisch die schönsten Verbeugungen der Herren Vereinsvorstände produzierte, Vorstellungen nach links und rechts, Liebenswürdigkeiten von jungen Damen, und – vor allem eine sauber ausgeschriebene Liste der »prominenten« Teilnehmer, damit der Herr Doktor (ich!) von der Westlichen Post auch ja niemand vergaß. Und der Herr Doktor wurde stets zu Sekt eingeladen –

Klar und scharf traten auf den Bällen und Festlichkeiten von Turnvereinen und Liedertafeln die Eigentümlichkeiten des Deutschamerikanertums hervor. Der sonderbare Kampf zwischen alter Anhänglichkeit an die Heimat und dem Anpassenmüssen an das neue Land. Zum allergrößten Teil waren die St. Louis'er Deutschen der wohlhabenden Kreise schon längst amerikanische Bürger geworden und behalfen sich, so gut es eben ging, mit dem alten Deutschamerikanermotto:

»Unser Deutschland ist uns die Mutter, zu lieben und zu ehren; das Land des Sternenbanners ist uns die Frau, mit der man durch dick und dünn geht ...«

Sie pflegten deutschen Sang und deutsche Gemütlichkeit, tranken deutsches Bier und importierten deutsche Kartoffeln aus den Vierlanden, weil sie doch anders schmeckten als die wässerigen amerikanischen Gewächse. Sie wetterten gegen das verdammte Muckertum und die Weiberwirtschaft in der amerikanischen Gesellschaft, und arbeiteten mit Geld und Einfluß gegen die frömmelnde Sonntagsheiligung, die Theater und Restaurants am Sonntag hermetisch verschloß. Aber sie zersplitterten sich auch in Kleinigkeiten der Vereinsmeierei und persönlichen Eifersüchteleien; zersplitterten sich so, daß die ungeheure politische Macht, die das Deutschtum von St. Louis bedeutete, niemals geschlossen in die Wagschale geworfen werden konnte. Deutsch fühlten sie sich auf ihren Festen. Im Alltagsleben aber hatte das Muß der Dollarjagd, die Formlosigkeit, die Hast, das Vorwärtspeitschen des »amerikanischen« Geschäftsmannes sie in den Krallen. So naiv ich war, so lachte ich doch, als mir ein merkwürdiger deutscher Herr, der mir als sehr reich und »prominent« geschildert worden war, auf solch einem Ball einmal sagte:

»Es ist 'was Schönes um die deutsche Gemütlichkeit, aber beim Dollar hört die Gemütlichkeit auf. Mei' Sohn lacht, wenn ich will, daß er deutsch sprechen soll, und sagt er könn' kei' money machen mit dem Deutschreden!«

Selbst auf den deutschen Bällen sprach ja das junge Volk nur Englisch und redete höchstens mit den Eltern ein barbarisches Gemisch von Deutsch und Englisch:

»Poppa (Papa) gib mir ein wenig small change (Kleingeld); ich mecht mir ein ticket (Karte, in diesem Fall: Los) für die lottery kaufe! Es gibt schene prizes von valuable (wertvolle) Gegenstände –«

Und ebenso barbarisch mahnte die brave Mama, während der Papa das Kleingeld aus der Hosentasche zog: »Geh nur, mein Kind; aber tanz' mer net zu much« (viel), »damit du mir keine Kohld ketsche tust!« (to catch cold – sich eine Erkältung zuziehen.) Und eine bildhübsche junge Dame sagte mir einmal als höchstes Kompliment: »Sie sehen wirklich gar nimmer deutsch aus!«

Ausnahmen waren da; starke, selbstbewußte deutsche Männer. Die Mehrzahl aber lebten in einem sonderbaren Zwiespalt völkischer Gefühle – bald deutsch empfindend, bald von der sonderbaren Angst gepackt, vom Vollblutamerikanertum als nicht ganz gleichwertig angesehen zu werden. Sie kreuzten die deutsche Flagge und das amerikanische Banner in ihren Vereinssälen und wußten nicht, sollten sie nun links schielen oder rechts, sollten sie nun Deutschland, Deutschland über Alles singen oder Heil dir, Amerika! Sie waren manchmal ein ganz klein wenig komisch und wirkten sonderbar in ihrer Zwiespältigkeit in kleinen Dingen. Und dennoch hatte dieses amerikanische Deutschtum einen gewaltig großen Zug, der hoch über allen Eigentümlichkeiten stand: Den ehrlichen Instinkt des deutschen Mannes, der sich die Finger sauber hielt von den Geldschwindeleien und der schmutzigen Wühlarbeit der Stadtpolitik, der seine Frau ehrte, ohne sie zum Luxusspielzeug zu machen wie sein amerikanischer Nachbar

– der nur einen greulichen Fluch übrig hatte für die Salbung und den Sonntagsschwindel amerikanischer Pfaffen. Und immer stärker wird das Rückgrat der deutschen Männer in Amerika, je stärker das Reich wird; immer größer die Zahl der Deutschen, die in den Vereinigten Staaten tüchtige Arbeit leisten und doch stolz Deutsche bleiben. Die es nicht so wie früher für richtig halten, nach sechs Monaten in Dollarika vors Gericht zu laufen und die berühmte Formel der Bürgererklärung zu schwören:

»Ich erkläre es unter Eid als meine Absicht, Bürger der Vereinigten Staaten von Nordamerika werden zu wollen, und sage allen europäischen Königen und Prinzen und Potentaten die Treue ab, insonderheit dem deutschen Kaiser ...«

Bruder Leichtfuß lernte sehr viel in jenen Tagen, ohne es auch nur im geringsten zu wissen. Gedankenlos, so wie ein Kind an der Milchflasche saugt, sog er allerlei wertvolles Wissen in sich ein. Er schnüffelte bei den Setzmaschinen herum und lernte es, das Negativ gesetzter Lettern zu lesen; er gewöhnte sich an die Schriftarten und ihre Namen; er trieb sich in der Stereotypie umher. Der alte Chefredakteur Pretorius der Westlichen Post, der einst Gouverneur von Missouri gewesen war, und auf dessen Stimme heute noch das offizielle Amerika horchte, gab in seinen kurzen Leitartikeln ein wunderbares Beispiel von Knappheit und Klarheit – der Depeschenredakteur lehrte mich flüssigen Stil und brachte mich dahin, zwischen Wesentlichem und Nebensächlichem unterscheiden zu können – der Lokalredakteur predigte immer wieder:

»Lernen Sie sehen! Wo Sie auch noch hinkugeln mögen in Ihrem jungen Leben und was Sie auch noch anfangen mögen mit sich, lernen Sie sehen! Es wird Ihnen unbeschreiblich nützen. Aus dem Sehen von Einzelheiten erst erwirbt man sich den Blick für den großen Zug des Ganzen. Aus der Gabe, scharf zu sehen, erwächst das Können – für den Zeitungsmann und überall im Leben. An diesem Schreibtisch hier saß einst ein Mann, der einer der größten war in dieser Kunst: Karl Schurz. Jawohl, Karl Schurz war einst Chefredakteur der Westlichen Post und ist heute noch Aktionär. Er, der Deutsche, der es in Amerika zum Minister brachte, konnte sehen, und deshalb konnte er mit unbeschreiblicher Schönheit schildern – weil er in Bildern schrieb und sprach, riß er die Masse mit sich und schritt von Sieg zu Sieg in der Politik. Sehen lernen! Aus den feinen Strichen vieler Einzelheiten entsteht das große Federbild!«

Vor allem aber kristallisierte sich mir aus dem täglichen Lesen unzähliger amerikanischer Zeitungen und Zeitschriften in ganz mechanischem und instinktivem Erfassen ein scharfes Bild amerikanischer Dinge heraus. Die Kämpfe, die Ziele der beiden großen politischen Parteien des Landes. Das Getriebe des Tages. Tausend beleuchtende Einzelheiten über Frauen, über Gesellschaft, über Sitten. Dann technische Dinge: Die Raffiniertheit der Überschriften, die Federschilderungen in Sensationsprozessen, die ein prachtvolles Beispiel dafür waren, wie aus einer Unzahl von kleinen Bilderchen der große Eindruck geschaffen werden konnte. Ein unbewußtes Lernen war es. Ein Gezwungenwerden zum Denken, zum Mitbeobachten des sausenden Rades der Zeitereignisse. Und dann war da das naive Bewußtsein des jungen Menschen, daß hinter ihm die Macht der großen Zeitung stand. Das gab merkwürdiges Selbstvertrauen! Die Visitenkarte mit der Bemerkung links unten in der Ecke »on the editorial staff of the Westliche Post« öffnete alle offiziellen Türen, und bei Erkundigungen im Rathaus oder bei der Polizei wurde man mit unbeschreiblicher Liebenswürdigkeit behandelt. Der Amerikaner weiß die Macht der Presse zu schätzen.

Mir ist die Geschicklichkeit unvergeßlich, mit der der Polizeichef von St. Louis mich einmal in seinen Dienst einspannte. Vom Polizeihauptquartier war telephoniert worden, man möchte einen Redakteur senden, und da Pressenthin auf irgend einer Gerichtsverhandlung war, mußte ich hingehen.

»Sie sprechen ja englisch, als seien Sie im Lande geboren«, sagte der Mann mit dem kurzgeschorenen Schnurrbart und den scharfen grauen Augen, als ich mich mit einigen Worten vorgestellt hatte. »Ich freue mich stets, wenn ich immer wieder sehe, mit welchem Talent gebildete junge Deutsche sich in unsere Sprache und unsere Art einarbeiten. Rauchen Sie?« (Der Polizeichef bot mir eine Zigarre an.) »Es ist mein Prinzip, den Herren von der Presse gegenüber stets ohne Rückhalt zu sprechen, damit der jeweilige Fall klar daliegt. Ich werde Ihnen also alles über den Fall mitteilen, was ich selbst weiß, unter der Voraussetzung, daß Sie solche Einzelheiten unterdrücken, bei denen ich dies besonders bemerke. Sind Sie damit einverstanden?«

»Ja, gerne.«

»Es handelt sich um einen Mord, und zwar um einen besonders für Ihr Blatt interessanten Fall. Heute früh um fünf Uhr wurde im Hause Nummer 763 der Sunbury Avenue (das ist eine unserer elegantesten

Villenstraßen, wie Sie ja wissen werden) um Hilfe gerufen. Der Polizist auf Patrouille eilte herbei und fand ein händeringendes Dienstmädchen, die ihn in den ersten Stock führte. Das Haus ist eine kleine Villa. Dort lag in einem Schlafzimmer eine alte Dame erschossen auf blutüberströmtem Fußboden. Ich wurde aus dem Bett geholt und war um 5½ Uhr mit meinen Detektiven an Ort und Stelle. Folgendes sind die ermittelten Tatsachen: Das Haus gehört einem Herrn Nolden, einem Deutschamerikaner, Kassier der Schlitzschen Brauerei. Mister Nolden befindet sich augenblicklich auf einer Geschäftsreise im Süden. Die Erschossene war seine Frau. Eine Waffe wurde nicht gefunden, und alle Anzeichen deuten auf Mord, dem ein Kampf vorhergegangen sein muß, da die Möbel in Unordnung und die Teppiche verschoben waren. Auf dem Fußboden fanden wir einen ausgerissenen Knopf mit einem Stückchen Zeug noch daranhängend; einen Knopf von einem hellbraunen Mantel. Fußabdrücke eines Männerfußes wurden ebenfalls gefunden, jedoch nur auf der Treppe und auf einer Stelle des Vorplatzes. Die Schußwunde rührt wahrscheinlich von einem 32kalibrigen Revolver her. Nun liegt, da außer dem Dienstmädchen und Frau Nolden niemand im Hause war und Spuren gewaltsamen Eindringens sich weder an den Fenstern noch an den Türen finden ließen, die Annahme nahe, daß das Dienstmädchen einen Liebhaber ins Haus gelassen hat, und daß dieser den Mord mit oder ohne ihr Wissen verübte. Wir haben das Dienstmädchen nicht verhaftet, sie wird jedoch bewacht, um den Mörder abzufassen, wenn er sich ihr nähern sollte. Bitte bringen Sie über das Dienstmädchen gar nichts. Oder nein, deuten Sie so ein bißchen geheimnisvoll an, daß der Chef der Polizei selbst sie zwei Stunden verhörte und daß das Mädchen nicht verhaftet worden sei. Sie ist Irländerin, hübsch, sehr hübsch. So aufgeregt über das furchtbare Unglück, daß sie kaum vernehmbar war. Wahrscheinlich finden wir durch sie den Schlüssel zum Verbrechen. – Nun danke ich Ihnen bestens. Ich habe bereits Detailangaben für Sie zusammenstellen lassen, – hier bitte«, (er reichte mir ein paar Bogen mit Maschinenschrift bedeckt). »Alles Wissenswerte. Genaue Örtlichkeitsbeschreibung und so weiter. Vielen Dank!«

Ich eilte auf die Redaktion und schrieb und schrieb, während der Lokalredakteur selbst in die Sunbury Avenue fuhr, ohne etwas Neues herauszubekommen. Schon war alles gesetzt, als spät abends ein Polizist eine eilige Mitteilung vom Hauptquartier brachte:

»Der Mörder von Frau Nolden ist heute nachmittag vom Polizeichef und dem Detektivsergeanten O'Hara verhaftet worden. Das Dienstmädchen Lizzie Roberts, die Geliebte des Mörders, ist Mitschuldige. Der Mörder heißt Patrick Rafferty und ist Kellner. Die Verhaftung wurde in seiner Wohnung Doverstreet 73 vorgenommen. Sie dürfen verwenden, was ich heute früh über das Dienstmädchen sagte.«

Telephonisch bekam ich noch nähere Einzelheiten über die Verhaftung und beutete dann das Interview mit dem Chef der Polizei weidlich aus …

»By Jove«, sagte der Lokalredakteur, als ich begeistert die Liebenswürdigkeit des Polizeimannes pries, »Sie sind ein unschuldiges Schaf!«

»Aber wieso denn –«

»Weil Sie nichts merken. Weil dieser geriebene Kapitän Green niemals liebenswürdig ist, wenn er nicht die besten Gründe hat. Sehen Sie, in vier Wochen sind die Wahlen. Er selbst steht und fällt mit seiner Partei, der im Rathaus herrschenden Partei, die sich in den Wahlausrufen besonders ihrer guten Polizeiorganisation rühmt. Der Polizeichef braucht Reklame gerade jetzt!! Verstehen Sie? *Er* hat alles geleitet, alles gemacht, alles verhaftet!!! Und ich wette meinen Kopf, Sie Unschuldslamm, daß er, als er mit Ihnen sprach, schon längst von Patrick Rafferty wußte und nur die Spannung vergrößern wollte. Kapieren Sie? Aber die Geschichte macht sich gut – und so mag es ihm hingehen. Hierzulande wie anderwärts ist man der Presse gegenüber nur dann liebenswürdig, wenn man etwas von ihr haben will, mein junger Freund!«

* *
*

Ich war gerade in eifriger Arbeit an einer langen Depesche. Da trat der Lokalredakteur ein – und mit ihm ein dicker Herr, der ein wenig hinkte. Eine fürchterliche Ahnung stieg in mir auf …

»Guten Morgen, Doktor Morgenstern!« rief Pressenthin. »Gratuliere zur Wiederherstellung! Nun erzählen Sie uns einmal aufrichtig: War es der Punsch oder war's wirklich das Glatteis?«

»Beides – beides, Sie neugieriger Polizeimensch«, lachte der dicke Herr.

Während ich eine Verbeugung machte und vorgestellt wurde, wünschte ich dem Dicken aus tiefster Seele Pest, Cholera und einen zweiten Beinbruch an den Hals, diesem fetten Engel, der mich armen Teufel aus dem Paradies vertrieb. Ein Gesicht muß ich gemacht haben wie der sprichwörtliche Lohgerber, dem die Felle fortgeschwommen sind!

Das war das Ende; ein klägliches Ende, so schien es mir, der zwei Monate des Glücks. Ein trockenes geschäftliches Ende. Eine Gratifikation von fünfundzwanzig Dollars bekam ich als besondere Anerkennung. Und bei der nächsten Gelegenheit würde ich im Redaktionsstab angestellt werden – und ich solle mich recht oft sehen lassen …

Als ich aus der Redaktion auf die Straße trat, kam ich mir vor wie ein Ausgestoßener. Wie einer, dem Sankt Petrus die Tür zum Himmelreich vor der Nase zugeschlagen hat. Schleunigst lief ich in meine geliebte Bibliothek. Aber die Bücher kamen mir schal vor und die Stille in den Sälen bedrückend, und ich glaube, am liebsten hätte ich geheult damals. Welch' ein Esel Bruder Leichtfuß doch war – welch' ein unbeschreiblich törichter dickköpfiger Junge! Empfindlich wie ein Goldschlägerhäutchen und unpraktisch wie ein Pensionsbackfisch trotz aller Lebensschneid und aller harten Erfahrungen.

So klar lag der Weg da. So einfach wäre alles gewesen! Die guten Menschen auf der Westlichen Post hätten mich, war doch einer liebenswürdiger als der andere, dahin und dorthin protegiert und mir ohne Zweifel im St. Louis'er Deutschtum Stellung verschafft, und im Laufe der Zeiten wäre ich wohlbestallter Redakteur einer großen Zeitung geworden. Ein sonnenklarer Weg!

Es mag Kismet gewesen sein, daß ich mich furchtbar genierte bei den wenigen Besuchen, die ich noch auf der Redaktion machte; daß eine merkwürdige Unruhe und Unzufriedenheit über mich kam. Für einen Narren hätte mich jeder vernünftige Mensch gehalten – denn eines Abends stieg ich im Bahnhof von St. Louis in den Durchgangsexpreß nach San Franzisko, ohne im geringsten zu wissen, was ich in San Franzisko eigentlich wollte!

Reisefieber war es. Tolles Vorwärtsrollen. Unbewußtes Denken an Billy und an unsere Pläne von damals. Der Entschluß zu der Reise von Tausenden Kilometern war in fünf Minuten gefaßt worden; etwas mehr Zeit kostete die Entscheidung: sollte ich heimlich auf Plattformen fahren oder brav bürgerlich bezahlen? Nein, bezahlen! Das Vagabundenreisen von damals hatte seinen romantischen Reiz verloren, denn tausendmal reizvoller war ja die Romantik der Arbeit.

Das Inselchen der Fische in San Franzisko-Bai

Wohin Zukunftssorgen gehören. – Ein logisches Selbstgespräch. – Das Land der Sonne. – Blühende Obstwälder. – Ankunft in San Franzisko. – Mr. Frank Reddington, schwarzes Schaf und verlorener Sohn. – Die Geschichte vom strengen Gouverneur. – Der tragikomische Hundeschwanz. – Wie der Millionärssohn energisch wurde. – Der Gott der Arbeit pfeift. – Bei den Kabeljaus. – Eine Stockfischfabrik. – Wer zuletzt lacht, lacht am besten!

Wieder bewährte sich glänzend mein schönes Talent, die Sorgen der Zukunft dorthin zu verweisen, wohin sie von Rechts wegen gehörten – in die Zukunft! Flüchtig drängte sich mir zwar der Gedanke auf, daß es weit schöner und angenehmer gewesen wäre, hätte ich mehr Geld gehabt. Fünfzehn Dollars etwa besaß ich noch, als ich den Fahrschein bezahlt hatte.

»Kannst du es ändern?« fragte ich mich.

»Nein!«

»Nach San Franzisko willst du aber?«

»Ja!«

»Na, also.«

»Und was willst du in San Franzisko anfangen?« fragte ein inneres Stimmchen.

»Wie kann ich das jetzt schon wissen!« gab ein anderes inneres Stimmchen anscheinend logisch zur Antwort.

Somit war die Angelegenheit zur schönsten Selbstzufriedenheit erledigt. Friedlich schlief ich in den weichen Polstern die ganze Nacht hindurch und blinzelte am nächsten Morgen vergnügt in die weiten Kansasebenen hinaus. In Colorado nickte ich bekannten Stationen vergnügt zu. Billy und Joe und ich waren da auf der Fahrt nach Osten durchgesaust. Das Felsengebirge fand ich prachtvoll (vom Speisewagen aus) – über die Mormonen unterhielt ich mich während der Fahrt durch Utah ausgezeichnet mit einer jungen Dame, die sich sehr entrüstet über die umfassende Heiraterei des Mormonentums aussprach und dabei energisch flirtete – Nevada verschlief ich zum größten Teil. Dann fuhren wir stundenlang in Tunnels, den riesigen Schneehütten

der Sierra Nevada, die viele Meilen lang den Schienenstrang über-
decken, um ihn vor Schneewehen und Lawinen zu schützen. Und
dann tauchte wie durch Zauberschlag ein sonnenglänzendes Frühlings-
land aus dem Dunkel auf. Saftiges Grün überall. Wälder von Obstbäu-
men unter tiefblauem Himmel, übersät in unbeschreiblicher Pracht
mit feinzarten Blüten, schimmernd von schneeigem Weiß zu silbrigen
und hellrosa Tönen, strahlend in warmem Sonnenschein. Kalifornien,
das Märchenland des Goldes. Das Land der Sonne und der Schönheit.

Stunden von Märchenfahrt im Sonnenland. Dörfer, Städte. Und
endlich das Brausen und der Lärm der Königin des Westens, ein
Auftauchen von tiefblauen Meeresfluten, ein Dahinschwimmen auf
riesigem Fährboot, das im Städtchen Oakland, dem kleinen Bruder
der glänzenden Schwesterstadt drüben über der Bai, den ganzen Eisenbahnzug aufnimmt und über die Wasser hinüberträgt nach San Franzisko; eine gewaltige Bahnhofshalle – ein Gewühl von Menschen …

* *
*

Da lachte ich vergnügt vor mich hin, wie einer lacht, der seinen Willen
durchgesetzt hat, und schritt in den Wirrwarr hinein. Noch interessierte
mich das Leben und Treiben um mich her wenig. Denn Bruder
Leichtfuß war praktisch geworden und gedachte sich, so wie er's in
St. Louis getan hatte, vor allem die vier eigenen Wände zu sichern. Es
fiel ihm gar nicht ein, nach Weg und Richtung zu fragen. Da wo der
Lärm am größten war, wo die Geschäfte sich häuften, wo die Menschen
sich am meisten drängten, da durfte man nur rechts oder links abbie-
gen und fand sicherlich in Nebengäßchen die Pappschilder mit der
lakonischen Legende vom zu vermietenden Zimmer. Im geschäftigsten
Teil der Stadt hausen ja immer die Junggesellen. So war es in St.
Louis, so ist es überall auf der Welt, so war es auch hier. In einem
Sträßchen, eingekeilt zwischen der Hafengegend und der glanzvollen
Hauptstraße, der Market Street, fand ich bald ein Zimmer, klein,
schäbig, aber mit prachtvollem Blick auf die Bai. Die sieben Dollars,
die es im Monat kosten sollte, zahlte ich sofort im voraus und hörte
geduldig zu, wie Madame Legrange, die Dame des Hauses, mir erzählte,
San Franzisko sei eine Perle (so schön freilich nicht wie Paris), und
sie sei eine Französin (»ah, la belle France, monsieur!«) und Mieter,
die monatlich im voraus bezahlten, könnten auf ihre besonderen égards

zählen, und sie sei auch einmal jung und schön gewesen. Das mußte aber schon lange her sein!

Und jetzt hinaus zur Königin des Westens! Vier Stufen auf einmal nehmend in Eile und Neugierde (es war Abend geworden über dem Auspacken und dem Baden) rannte ich die steile Treppe hinab und – –

»Hopla – confound it!« sagte ich.

»Hopla – oh, the devil!« sagte er.

Gleichzeitig betrachteten wir verblüfft eine Blechkanne, die polternd die Treppe hinabrollte, in dem offenbaren Bestreben, auch die wenigen Tropfen Bier, die noch in ihr waren, im Rollen loszuwerden. Er saß unten auf einer Treppenstufe, ich oben. Zwischen uns breitete sich ein Miniatursee von Bier und Schaum. »Er« war ein eleganter junger Mensch mit einem prachtvoll energischen Gesicht.

»The devil!« sagte ich.

»Confound it!« sagte er.

»Entschuldigen Sie meine Ungeschicklichkeit«, bat ich.

»Aber es ist ja nicht der Rede wert«, versicherte er.

Endlich einigten wir uns dahin, zusammen frisches Bier zu holen an der Ecke und es zusammen auszutrinken – eine wahrhaft salomonische Lösung. »Er« gefiel mir vom ersten Augenblick an mit seiner frischen flotten Art und seinem kinderlustigen Lachen. Während wir oben auf seinem Zimmerchen saßen, ich auf dem einzigen wackeligen Stuhl, er auf einem wunderschönen schweren Lederkoffer, wurden wir, im Handumdrehen fast, vergnügt und offenherzig wie alte Freunde.

»Der Koffer ist famos, heh?« lachte er, als er meine bewundernden Blicke sah. »Er tut mir leid!«

»Weshalb denn?«

»Weil ich ihn über kurz oder lang einmal aufessen werde!«

Da war unter schallendem Gelächter das Eis gebrochen. Mitten im Erzählen waren wir in einer Viertelstunde. Mein neuer Freund hieß Frank Reddington. Reddington Junior eigentlich …

Wie er so dasaß, schlank, sehnig, Rasse in jeder Linie, die Hände um die Knie verschränkt, ein Lachen um die Mundwinkel, Lachen in den Augen, hätte sich jedes Mädel in ihn verliebt.

»Zug um Zug!« lächelte er. »Zuerst ich. Also die Sache ist so: Zuerst fing der Gouverneur (governor oder auch pater nannte er seinen Vater) melodisch an zu brummen. Nach dem Empfang gewisser Rechnungen – sie waren allerdings sündhaft, wie ich zu des Gouverneurs Entschuldigung bemerken muß – stimmte er einen gellenden indianischen Kriegsgesang an und telegraphierte mir so unerhört grobe Telegramme, daß ich mich vor den Telegraphenboten genierte. Sie rochen direkt nach Schwefel. Endlich, als das Professorenkollegium der Universität Harvard mich aus dem Tempel hinausjagte (diese gelehrten Herren haben so wenig Humor), wurde der Gouverneur tobsüchtig. Well, ich wurde also 'rausgeschmissen und fuhr prompt ins liebe Vaterhaus nach New York. Die mater war todunglücklich –

»Du sollst sofort nach der Bank kommen. Ach, Franky dear, was bist du für ein schlimmer Junge!«

Das fing gut an. Mir war elend zumute, das kann ich Ihnen sagen. In der Bank (der Gouverneur ist Präsident der First National Bank von New York) machte der Kassier ein Gesicht, als sei ich eine verabscheuungswürdige Kreuzspinne, und führte mich ins Privatkontor.

»Nimm Platz«, sagte der Gouverneur. »Nach meinen Informationen aus Harvard hast du dich betragen wie ein Hanswurst! Well, sir, was hast du zu deinen Gunsten anzuführen?«

Ich hm – hmte. Was soll man auch in solchen Fällen sagen!

»Nichts – nichts – gar nichts gearbeitet. Fußball gespielt. (Für den Betrag deiner Rechnungen der Sportfirma ernährt ein Arbeiter seine Familie!) Schulden gemacht links und rechts! Dumme Jungenstreiche! Was war das eigentlich mit dieser letzten Geschichte?«

Ja, diese letzte Geschichte!

Der Schlußkladderadatsch basierte auf einem Hundeschwanz, an den ein gewisser Franky dear eine geschickte Auswahl von Feuerwerkskörpern angebunden hatte. Nun frage ich Sie: Was konnte ich dafür, daß der dazugehörige Hund dem Professor der Physik gehörte und die wahnsinnige Idee hatte, zu seinem Herrn in die Physikklasse zu rennen – mitsamt Schwanz, Knallfröschen und Donnerschlägen! Dabei war das Hündchen nervös, begreiflicherweise, und rannte in dreieinhalb Sekunden für mehrere hundert Dollars physikalische Instrumente über den Haufen. Lange soll es nicht gedauert haben. Aber so lange es dauerte, war das Tempo dieser Vorstellung ungewöhnlich flott! Und dabei hatte ich doch rein erzieherische Absichten verfolgt, denn wenn Moppelinus sich heimtückisch in ein Studentenzimmer schleicht und einen nagelneuen Flanellanzug schändet, so muß Moppelinus bestraft werden! Well, der Gouverneur lachte nicht einmal. Ich sei der Schandfleck einer sonst ehrbaren Familie. Aus den einzelnen Posten von Faulheit, Leichtsinn und Frechheit ergebe sich als Gesamtbilanz ein hoffnungsloser Taugenichts. Ich solle mich gefälligst zum Teufel scheren, und zwar sofort, augenblicklich, ohne Zeitverlust. (Wahrscheinlich war irgend eine Lieblingsaktie des pater auf der Börse bös gezwickt geworden, denn er schien in einer Schandlaune.)

»Ich finde es entschieden langweilig, Vater eines Sohnes zu sein!« sagte er dann ganz gemütlich. »Dieses – dieses Zeug«, dabei deutete er auf einen Stapel Rechnungen, »werde ich regulieren. Im übrigen handelt es sich nicht um Geld, sondern um ein Prinzip. Du wirst arbeiten, sir. Mein Privatsekretär wird dir deine Instruktionen erteilen. Vorläufig wünsche ich dich nicht mehr zu sehen.«

Der Privatsekretär im Vorzimmer grinste und überreichte mir maschinengeschriebene Befehle. Sehr präzise. Sofort nach Chicago fahren und sich bei dem Präsidenten der Illinois Central Eisenbahn melden (in deren Aufsichtsrat der pater saß). Dort angestellt werden im Hauptbureau – mit acht Dollars Wochengehalt.

Da fuhr mir der Ärger in die Glieder: »Wissen Sie, was?« sagte ich. »Melden Sie dem Gouverneur, daß ich seinen Standpunkt für durchaus richtig hielte und zu arbeiten gedächte. Aber ohne seine verdammte Protektion! Mitteilungen über meinen Aufenthaltsort werde ich Ihnen von Zeit zu Zeit zugehen lassen, und Sie werden dem Gouverneur darüber berichten. Good morning, sir!«

Der Privatsekretär fiel beinahe in Ohnmacht.

Du dreifacher Narr! sagte ich mir, als ich auf der Straße stand. Aber nun hast du einmal A gesagt und mußt auch B sagen. Um eine lange Geschichte kurz zu machen – in sechs Tagen war ich in Frisco (die goldene Uhr und die Schmucksachen und die überflüssige Garderobe hatten ein nettes Sümmchen gebracht) und bezog die Universität von Kalifornien. Um jeden Preis fertig studieren, gerade weil der Gouverneur es anders wollte! Für das laufende Semester reichte das Geld. Well, und in den Ferien wurde ich Kellner – ein scheußliches Geschäft – und dann wohnte ich billig und schrieb Kolleghefte ab für Söhnchen, die überflüssiges Geld hatten, und gab Privatstunden im Boxen. Gearbeitet hab' ich wie ein Pferd, und Spaß hat es mir gemacht. Im nächsten Semester kommt das Schlußexamen, das ich zweifellos bestehen werde, und dann telegraphiere ich dem Gouverneur, er könne jetzt das Kalb schlachten lassen für den verlorenen Sohn. Jawohl – nach den ersten sechs Monaten hat mir Higgins, das ist der Privatsekretär, gedrahtet, ich sei ein Narr, und der Kassier sei angewiesen, meine Schecks zu honorieren. Ich hab' aber gedankt. Zuerst muß der Gouverneur den nötigen Respekt vor mir bekommen, damit wir eine gemütliche Verkehrsbasis haben!«

Da kam mir mein eigenes Erleben blaß und ärmlich vor –

Aber auch ich fing an zu erzählen, und Frank Reddington wollte sich ausschütten vor nimmerendendem Gelächter über die Familienähnlichkeit zwischen den Professoren seiner Harvard Universität und den Schulmeistern meiner Gymnasien. Sie ermangelten ja so gänzlich des Humors! Hüben wie drüben!! Als ich von Billy und den Tollheiten des Schienenstrangs berichtete, murmelte er ein über das andere Mal: »By Jove; das probier' ich auch noch!« – und über die Westliche Post riß er die Augen weit auf …

»The devil! Das haben Sie aber dumm angestellt, my dear boy! Dort bleiben hätten Sie sollen! Hinhängen hätten Sie sich müssen an die gesegnete Zeitung wie ein hungriger Floh an ein fettes Hündlein!!«

Bis spät in die Nacht hinein saßen wir zusammen. Und als wir uns nach einer letzten Zigarette trennten, sagte Frank:

»Sie und ich – ich und Sie … wir passen zusammen wie Zwillinge. Was für ein närrischer Geselle der Zufall doch ist! Schwarze Schafe und verlorene Söhne alle beide – aber noch immer sehr lebendig. Hei – oh! Sie kein Geld und ich kein Geld! Und gestern haben die Ferien angefangen! That's a good thing! Wissen Sie was? – Fahren wir Tandem! Spannen wir uns zusammen ins Joch! Jagen wir gemeinschaftlich den verrückten runden Dingerchen nach, die man in diesem gesegneten Land Dollars nennt – wollen Sie?«

Ob ich wollte!!!

Frühmorgens riß jemand meine Zimmertür auf und eine Stimme schrie. »Auf in den Kampf, Torero! 'raus mit Ihnen, Bruder – der Gott der Arbeit pfeift den verlorenen Söhnen!«

Schläfrig rieb ich mir die Augen.

»Man kleide sich prestissimo an!« befahl Frank. »Im Examiner von heute morgen steht ein lakonisches Inserat: »Men wanted – Männer werden gesucht. Broad Street 21.« Männer sind wir, nicht wahr? Well, dann, hurry up – fix schnell …«

Broad Street 21. erwies sich als elegantes Kontor (Johnson & Komp., Konserven, stand auf dem Firmenschild), vor dessen Türe in langen Reihen schäbige Gestalten standen. Frank grinste. »Gibt noch mehr Männer in San Franzisko, heh? Scheinen nicht die einzigen zu sein! Welch' ein Segen, daß wir elegant genug aussehen, um frech sein zu dürfen!« Wir schoben uns an den Wartenden vorbei und ließen uns beim Geschäftsführer melden.

»Und womit kann ich Ihnen dienen, gentlemen?« fragte der Manager.

»Was ist das für ein Inserat?« fragte Frank zurück.

»Oh – wir brauchen Leute für unsere Fabrik von Fischkonserven in der Bai.«

»Zu welchen Bedingungen?«

»Zwei Dollars im Tag und freie Verpflegung. Aber verzeihen Sie, ich begreife nicht recht –«

»Bodenlos einfach!« grinste Frank. »Wir brauchen Geld – Arbeit – und – wollen Sie uns nehmen?«

»Eh?« sagte der Manager und machte ein verblüfftes Gesicht.

»Annehmen – engagieren!«

»Die Arbeit ist aber schwer ...«

»Well, das macht nichts!«

Und unter lustigem Lachen und zweifelhaften Witzen wurden wir prompt angenommen.

»Ich tu' Ihnen gelegentlich auch einmal einen Gefallen! Thank you!« bedankte sich Frank.

Der Geschäftsführer lachte und lachte, und wir liefen schleunigst nach Hause, um alles einzurichten. Aus dem Weg kauften wir uns billige Arbeitskleider. In einer Stunde sollten wir uns wieder im Kontor einfinden, um auf einem Kutter nach der Arbeitsstätte zu fahren.

Eine wundervolle Fahrt war es über die tiefblauen Wasser der Bai hin, zwischen den blühenden Städten, die wie ein Kranz von Blumen die Gestade umsäumten; an Kais mit gigantischen Ozeandampfern entlang zuerst, an Inselchen vorbei, zwischen Fischerflottillen hindurch. Und als die Königin des Westens in spinngewebigen, feinen Umrissen weit zurück im Westen lag, landeten wir mit den zwei Dutzend Menschen, die außer uns der Kutter trug, an der Landungsbrücke einer winzigen Felseninsel mit simplen Holzgebäuden. Das war das Inselchen der Fische. Und in einer halben Stunde standen Frank und ich nebeneinander hinter einem breiten Holztisch, lange, scharfe Messer in den Händen; zogen sonngedörrtem Kabeljau die Haut ab und schnitten das kernige, gelbweiße Fleisch in lange Streifen …

Auf der Insel regierte als Alleinherrscher Seine Majestät Cod, der Kabeljau. In Dutzenden von ungeheuren Bottichen auf einer Balkenplattform zwischen Fabrikgebäude und Wohnhaus waren in grobem Salz Millionen von Fischen eingespeichert, die allmorgendlich von uns Männern in langschäftigen Stiefeln aus der Tiefe der Bottiche herausbefördert und zum Dörren in die Sonne gebreitet wurden. Reif, suncured, sonnengetrocknet, waren sie in zwei, drei Tagen. Dann wanderten sie zu uns in die Fabrik, wurden abgehäutet, entgrätet, zerschnitten und in hübsche kleine Holzschachteln gepackt; das Rückenfleisch als extra prime quality, das Seitenfleisch als Ware zweiter Güte: Stockfisch! So standen wir und zerlegten und schnitten von sechs Uhr morgens bis sechs Uhr abends.

»Hab' ich es mir doch gleich gedacht, daß die Geschichte irgend einen Haken haben mußte«, sagte Frank ironisch lächelnd schon am ersten Tag. »Zwei Dollars im Tag werden nicht umsonst gezahlt. Und nun haben wir die Bescherung!«

Der Haken war da – die Bescherung ganz besonders unangenehm! Die Haut der cods und ihr Fleisch waren von scharfer Salzlauge so durchtränkt, daß bei dem Häuten und Zerlegen schon in den ersten Stunden uns Arbeitern die Hände wund wurden. Dann schnitt man sich natürlich in der Hetzarbeit, und auch die scharfen Gräten rissen Wunden. Selbst die peinlichste Vorsicht konnte das nicht vermeiden. In diese wunden Stellen drang ätzend und beißend die Salzlauge! Es war eine Art Martyrium; eine recht harmlose und ungefährliche Märtyrerschaft zwar, aber gerade schmerzhaft genug für meinen bescheidenen Geschmack.

»The dickens!« sagte Frank erstaunt am ersten Abend und rieb sich zärtlich die geschundenen Hände.

»Scheußlich!!« brummte ich und tat desgleichen.

Meine Hände waren schön rot wie ein gesottener Krebs und bluteten an zwanzig Stellen, besonders unter den Nägeln. Doch wir trösteten uns mit Vaseline und Philosophie und schwatzten stundenlang mit dem chinesischen Koch der Insel, der uns in seinem schauderhaften Pidgin-Englisch von der Chinesenstadt Frisco's vorschwärmte. Von den Spielhöllen, in denen die Kinder des himmlischen Reichs Tag und

Nacht Fan-Fan spielten und sich gelegentlich dabei gegenseitig totstachen; von den »Sechs Gesellschaften«, den geheimen Vereinen, die unumschränkt in der Chinesenschaft herrschten und die Einfuhr und Rückbeförderung von Chinesen als Monopol betrieben. So mächtig waren sie, daß keine Dampfergesellschaft einen Kuli als Zwischendeckspassagier zur Rückreise annahm, wenn er nicht einen Erlaubnisschein der »Sechs Gesellschaften« vorweisen konnte, als Zeichen, daß er seinen Verpflichtungen dem Geheimbund gegenüber nachgekommen war. Wie Diktatoren herrschten die sechs Gesellschaften; schossen Geld vor, belobten, bestraften, errichteten Schulen für die chinesische Jugend, Tempel für die Erwachsenen. Sam Ling machte immer ein ängstliches Gesicht, wenn er von diesem Geheimbund sprach …

Er war ein quecksilberiger kleiner Kerl, der famos kochte und die unglaublichsten Leistungen in seiner Bretterbude von Küche an der Felsenwand vollbrachte. Es ist mir heute noch ein Rätsel, wie er es fertig brachte, um sechs Uhr morgens für vierzig Mann (soviele waren wir) Pfannkuchen zum Frühstück zu liefern. Delikate, winzig kleine Pfannkuchen, kaum so groß wie eine Untertasse, die man bebutterte und bezuckerte, immer einen auf den andern klappend. Ein Dutzend mindestens aß ein jeder. Ein Dutzend mal vierzig – das waren fünfhundert Pfannkuchen, die der arme Sam Ling herzauberte – vor sechs Uhr morgens. Wie er es auch machte – sie waren da; frisch, heiß, knusprig. Die Verpflegung war vorzüglich und die Schlafräume hell und sauber. Wenn nur das Salz nicht gewesen wäre – das verdammte Salz!

Frank und ich waren fast immer zusammen und kümmerten uns wenig um die anderen Männer. Abends verbanden wir uns immer gegenseitig die wunden Hände. Dabei gewöhnten wir uns das sonderbare Vergnügen an, recht kräftig zuzupacken und einer dem andern ins Gesicht zu starren, ob sich nicht vielleicht doch ein Schmerzenszug entdecken ließ.

»Good God«, sagte Frank regelmäßig jeden Abend, wenn er seine Hände betrachtete. »Stockfisch! Cod! Unschuldiger Stockfisch! Man sollte es doch nicht glauben, daß solch' ein unschuldiger Stockfisch einen so schinden kann! Wenn der Gouverneur mich jetzt sehen würde, wäre er vielleicht zufrieden! Heh?«

Dann gingen wir zur Felsenspitze und starrten wortlos ins Meer hinaus, in das saphirblitzende Gewoge mit den braunen und braunroten

Fischersegeln und den unförmigen Dampfern dazwischen. Wenn dann weit im Westen der Sonnenball niederging und es sich wie Rubinengefunkel in das Blau mischte, lachten wir uns nickend zu. Da drüben lag San Franzisko. Der schwache rote Schimmer am Horizont dort war ein Widerschein seiner nächtlichen Lichterpracht. Wie wollten wir herumstöbern in dem Lichtschein dort, wenn einmal die Zeit erfüllet war und – wie wollten wir unsere Hände pflegen!

Tag um Tag verging, und endlich war ein Monat vorbei. Eines Morgens fragte der Vorarbeiter im Arbeitssaal laut:

»Wer will aufhören und nach San Franzisko zurück? Morgen kommt der Kutter.«

Merkwürdigerweise (mir wenigstens kam es merkwürdig vor) meldete sich niemand. Frank und ich sahen uns an – sahen uns wieder an – genierten uns gegenseitig, bis ich endlich den Anfang machte und rief:

»Ich!«

»Ich auch!« schrie Frank dazwischen und lächelte: »Und warum denn nicht! Wir sind ja hier (sämtlichen Göttern Homers sei dafür gedankt!) nicht angewachsen, noch mit den dreimal vermaledeiten cods verheiratet. Mann, ich bin froh! Hände – freut euch!«

Ein Sommermorgen war es, an dem wir das Felseninselchen zum letztenmal sahen und einander feierlich versprachen, wir würden, wie es auch kommen und wie es uns noch ergehen möge in diesem lustigen Leben, eines niemals, aber auch niemals tun: Stockfisch essen!

Während der Fahrt rechneten wir uns aus, daß wir beide zusammen wohl siebentausend Stockfische, zehn Pfund schwer das Stück ungefähr, abgehäutet, entgrätet und präpariert hatten. Mit unseren armen Händen! Zehn Stück in der Stunde etwa, und zehn Arbeitsstunden waren es im Tag, und zweiunddreißig Tage lang hatten wir gearbeitet. Siebentausend Stück!

»Weinen könnte man!« sagte Frank Reddington. »Weinen! Man kann ja nie wieder einem Kabeljau ins Gesicht schauen! Wer je im Leben mir gegenüber das Wort »cod« erwähnt, den boxe ich über den Haufen. So!!«

Und als wir uns umgekleidet und (vor allem) Handschuhe angezogen hatten, präsentierten wir uns im Kontor mit unseren Zahlungsanweisungen.

»Wie hat's Ihnen gefallen«, fragte der Manager und grinste.

»Famos«, meinte Frank sauersüß.

»Das freut mich sehr. Zeigen Sie mir doch einmal Ihre Hände!«
Dabei betrachtete der Geschäftsführer augenzwinkernd unsere Handschuhe.

»Mann«, sagte Frank ernst, »spotten Sie nicht meines ehrwürdigen
Alters.« (Das ganze Kontor lachte.) »Sonst gebe ich Ihnen meinen
Fluch und erscheine Ihnen nach meinem Tode dreimal jede Nacht als
Stockfisch!!« (Das ganze Kontor brüllte.)

Wir aber strichen ein jeder vierundsechzig Dollars ein und lachten
auch.

Die Stadt des Goldenen Tors

Das Erbe der Goldgräber. – Die lustige Königin des Westens. –
Von vernünftigen schwarzen Schafen. – Die Stadt der Sieben
Hügel übertrumpft! – Kletternde Straßenbahnen. – Im Park des
Goldenen Tors. – Der dunkle Flecken der Sonnenstadt. – Im
Chinesenviertel. – Die Straße der lebenden Schaufenster. – Wie
der Lausbub zum Professor wurde. – Von Deutsch lernenden
Lehrerinnen. – Die amerikanische Frau. – Kluge
Mädchenerziehung und törichte Weiberherrschaft. – Die
Amerikanerin in Kunst und Leben. – Die Sehnsucht nach der
Zeitung.

Stolz nennen sich die Männer Kaliforniens zum Unterschied von den
im Land der Sonne wohnenden, aber in anderen Staaten der Union
geborenen Amerikanern the Native sons of California, die eingeborenen
Söhne von Kalifornien. Stolz sind sie auf ihre Ahnen, die Goldgräber.
Diese zähen, eisenharten Goldgräber von anno dazumal, die sich mit
Mensch und Natur herumschlugen, bis nur der Starke überlebte, haben
die Kraft ihrer Muskeln in Generationen hinein vererbt. Groß, schlank,
sehnig sind die Männer des Kalifornien von heutzutage; stolz, üppig
seine Frauen. Im scharfen Gegensatz zu den überschlanken Amerikanerinnen der Oststaaten. Noch etwas anderes aber vererbten die
Goldgräberahnen: Lachender Übermut steckt diesen schönen Menschen
im Blut; der gleiche Lebensleichtsinn, dieselbe Genußsucht, das gleiche
Eintrinkenwollen der Freude wie ihren Urgroßvätern. Den Männern

des Goldes, die heute arm waren und morgen reich; heute sich ein Vermögen aus der Erde kratzten, um es morgen zu verspielen.

Die Königin des Westens war eine gar lebenslustige Dame. Reich wollten die eingeborenen Söhne von Kalifornien freilich auch werden, gerade so wie die Dollarjäger in Chicago oder St. Louis oder New York, aber keiner vergaß über der Hetzjagd des Dollars das Vergnügen. Die Marketstraße strahlte des Nachts in einem Flammenmeer von Licht. Rechts und links, Seite an Seite fast, schrien Theater, Varietés, französische Restaurants, elegante Bars: Amüsiert euch, Söhne Kaliforniens!

Eine lustige Welt. Tag für Tag und Abend für Abend durchstreiften Frank Reddington und ich die Stadt, eine Woche lang, denn wir waren es ja unseren Händen schuldig, wenigstens ein paar Tage hindurch die Nichtstuer zu spielen. Für was alles diese Hände als Ausrede herhalten mußten! Wenn wir einmal in einem französischen Restaurant speisen wollten, oder wenn eine Bar lockte oder ein Roulettetisch winkte, da mahnte lachend einer den andern:

»Es ist ja eigentlich schade um das sauer verdiente Geld – aber denken Sie nur an unsere Hände!«

Die Puritaner des Ostens hätten sich hier auf den Kopf gestellt vor Entsetzen! In den lustigen Varietés, in die wir gingen, gewissenhaft keines übersehend, setzten sich kichernde Soubretten zu den Gästen an die Tische und zauberten ihnen Vierteldollars für süße Manhattan Cocktails und Brandy Flips aus den Taschen; in den eleganten Bars war stets eine Seitentüre, über der in goldenen Lettern stand: Nur für Klubmitglieder! Hinter dieser Tür wurde Poker gespielt, dort klappten Farokästchen und sausten Rouletten. Klubmitglied jedoch war ein jeder, der einen anständigen Anzug trug und so aussah, als ob er die nötigen Dollars zum Verspielen besitze! Die Aufschrift war eben weiter nichts als eine verbindliche, nette, gemütliche Formsache der Polizei gegenüber. Wir versuchten einige Male unser Glück an der Roulette, verloren eine Kleinigkeit und gewannen dann an einem Abend zusammen über siebzig Dollars! Merkwürdigerweise hörten wir auch zur richtigen Zeit auf! In Franks Zimmer tanzten wir einen wahren Indianertanz der Freude in jener Nacht und beschlossen feierlich, den größten Teil des Geldes in neuen Anzügen anzulegen und niemals mehr als drei Dollars auf dem Roulettetisch zu riskieren.

»Sonst verlieren wir die Geschichte wieder«, grinste Frank. »Ich finde übrigens, mein lieber Junge, daß wir für schwarze Schafe und verlorene Söhne verdammt vernünftig sind! Heh?«

Und des Tages streiften wir stundenlang in der Stadt umher. Rom hat den klassischen Namen der Stadt der sieben Hügel. Nun, ein Römer würde sich, wanderte er durch San Franzisko, nur in einem Gefühl der Beschämung und des hoffnungslosen Übertrumpftseins der sieben Hügel seiner Vaterstadt erinnern! Lumpige sieben Hügel! In San Franzisko wimmelt es von Hügeln. Acht, neun – zwölf – oder gar noch mehr. Flach ist die eine Seite der ungeheuren Marketstraße, die die Stadt entzweischneidet, flach dem Hafen zu. Auf der anderen Seite aber streben Hügel empor bis weit hinaus zum Stillen Meer, zur Golden Gate; Hügel mit eleganten Wohnhäusern an holzgepflasterten Straßen, die auf und nieder gehen in scharfen Winkeln, bald steigend, bald fallend.

Und diese ewigen Hügel hinauf und hinab kletterte fortwährend ein Gewirr von Straßenbahnen. Es war ein sonderbares Gefühl, unten zu stehen und von hoch oben einen Straßenbahnzug rasselnd auf sich zukommen zu sehen. Cable Cars wurden sie genannt, Kabelwagen. In der Mitte zwischen ihren beiden Schienen lief eine dritte, gespaltene Schiene, unter der in einem hohlen Raum unmittelbar unter dem Straßenpflaster ein endloses Drahtseil dahinsurrte. Eine Art Riesenzange packte auf einen Handgriff des Führers hin durch den Spalt hindurch das Seil, das dann den Wagen mit sich weiterriß, während bei Haltestellen die Zange ausgelöst und eine starke Luftbremse in Tätigkeit gesetzt wurde. Wie in einer Wellenschaukel kam man sich an besonders schlimmen Stellen vor – vorwärtsgeworfen – rückwärts gestoßen – geschüttelt, gerüttelt …

Weit hinaus gegen das Meer zu streckten sich die stillen Straßen des elegantesten San Franzisko, und weit draußen standen die Paläste der Eisenbahnkönige der Southern Pazific und Union Pazific Eisenbahnen, des Zuckerkönigs Spreckels, des deutschen Ingenieurs Sutro. Dann kam eine wüste einsame Sandstrecke, die nach Nordwesten zum Goldenen Tor, nach Südwesten zum Presidio führte. Eine komische kleine Eisenbahn rumpelte über den Sand dahin, zu einer der schönsten Parkschöpfungen der Welt. Ein Deutscher, der Ingenieur Sutro, hat das Wunderwerk geschaffen. Mitten aus der eintönigen Sandfläche heraus sprießen prachtvolle Baumgruppen und grünende Grasflächen,

Blumenbeete und Palmen. Dann Felsengruppen, wieder Palmenhaine, und plötzlich, auftauchend wie eine Zauberwelt, die gewaltige Schönheit des Ozeans. Da eingedrängt in ein Felsentor schroffer Klippen, dort zwischen Himmel und Erde verfließend in die Unendlichkeit. Golden Gate. Das goldene Tor, die Felsenpforte von der Welt des Westens zur Welt des Ostens.

Doch auch der dunklen Flecken gab es in der lustigen Sonnenstadt.

Düster, winkelig, schmutzig stieg unten im Osten, dicht beim Hafen, mitten aus der glänzenden Geschäftsstraße Kearney Street ein bizarres Häusergewirr auf zwei Hügelchen empor. Mit wenigen Schritten trat man aus dem Schein strahlender Bogenlampen und reicher Schaufenster in eine Welt dunkler Schatten – in die Chinesenstadt San Franziskos. Enge Gäßchen. Winzige Häuserchen. Geheimnisvolle dunkle Gänge. Über die Gassen spannen sich leuchtendrote Plakate mit chinesischen Inschriften, Laden lag an Laden, bezopfte kleine Männer mit gelben Gesichtern huschten hin und her. Mehr als das Auge jedoch staunte die Nase, denn wie eine dichte Wolke lagerte ein unbeschreiblicher Geruch über dem Viertel der Chinesen; fremdartig über alle Maßen; jetzt lockend, nun abstoßend. Bald duftete es süß und schwer wie von blühendem Jasmin, bald bedrückend wie schwerer Nebel, bald würzig wie Spezereien – fremde Menschen hatten die Gerüche ihres Landes mit sich getragen über den Ozean. In jedem Gäßchen standen Polizisten (später hat mich mein Freund der Polizeileutnant gar oft durch die Chinesenstadt geführt); denn in den kleinen Häuserchen tief unten in den Gängen, die unterirdisch Haus mit Haus verbanden, hausten Verbrecher und wohnte das Laster. Da waren Opiumhöhlen und chinesische Spielhöllen und Diebskneipen.

»Wär' ich einer der Führer der öffentlichen Meinung von San Franzisko«, sagte Frank, als wir eines Abends wieder die Chinesenstadt durchstöberten, »so würde ich so lange agitieren, bis das Rattennest weggefegt würde vom Erdboden!«

Der Gedanke war nicht eben neu. Kaum ein Tag verging, ohne daß in den Friscoer Zeitungen die »Chinesenstadtfrage« ventiliert wurde. Doch die Chinesen besaßen Geld und wußten gewichtige Dollars da anzulegen, wo sie in Form von einflußreichem politischem Schutz gute Zinsen trugen. So behauptete eben die Polizei, das Chinesenviertel sei ja die schönste Mäusefalle, in der sie Tag für Tag Verbrecher erwische, und die Stadtbehörden erklärten, ein Zusammenleben der Chinesen erleichtere ihre Überwachung. Im übrigen war die öffentliche Meinung von San Franzisko gar nicht empfindlich gegen groteske Zustände:

Sie duldete ja die Straße der lebenden Schaufenster!

Oben auf dem Hügel der Chinesenstadt lag, halb versteckt in winkeligen Häusermassen, ein Gäßchen, aus dem des Nachts heller Lichtschein funkelte, und dem die Müßiggänger in Scharen zupilgerten. An seinem Eingang, links und rechts, standen Nacht für Nacht zwei Offiziere der Heilsarmee. Mit ernsten Gesichtern grüßten sie die Vorbeigehenden und deuteten schweigend auf ein Plakat, das sie zwischen sich ausgespannt hielten und mit Blendlaternen scharf beleuchteten. Auf dem weißen Fetzen Leinwand stand in roter Schrift geschrieben:

»Bruder, lieber Bruder! Sieh dir die Schande an! Hilf uns als Mann und als Amerikaner, mit deiner Meinung und mit deiner Stimme bei den Wahlen, die Schande zu besiegen! Hilf den Ärmsten der Frauen, lieber Bruder!«

Innen im Gäßchen drängten sich die Menschen, in steter Vorwärtsbewegung gehalten durch ein halbes Dutzend von Polizisten, deren halblauter Ruf move on – move on … nicht stehen bleiben! – die einzigen Laute waren, die aus der sonderbaren Stille hervorklangen, denn alle Welt starrte und starrte in die beleuchteten Fenster in den winzigen Häuserchen der beiden Seiten des Gäßchens. Was man da sah, schien bald grausame Tragik, bald übergroteske Lächerlichkeit.

Die Fenster waren Schaufenster mit lebendigen Waren. Drei Fenster gab es in jedem Häuschen, bis auf den Boden gehend, und in einem jeden saß auf erhöhtem Podium, lichtübergossen vom Schein einer Glühbirne, ein Weib. Gepudert, geschminkt, künstlich frisiert, angetan mit seidenem Kostüm; ein stereotypes, gemachtes Lächeln wie angefroren auf den Lippen … Wie eine Puppe. Wie eine Wachsfigur fast. So lag Schaufenster an Schaufenster. Bald hätte man am liebsten laut hinausgelacht, denn der Gedanke dieser lebendigen Ware wirkte unsäglich grotesk; bald hätte man sich schämen müssen. Frauen aller Länder und aller Rassen hockten in der langen Schaufensterlinie; Amerikanerinnen, Französinnen, Mulattinnen. Eine winzige Chinesin dort – ein Mädel im japanischen Kimono hier. Und alle lächelten das gleiche gefrorene Lächeln und sahen starr vor sich hin auf die Straße. Darin lag Methode. Dahinter steckte ein guter Grund. Denn die guten

Polizeiräte der guten Stadt von San Franzisko duldeten zwar diese Gasse der Groteske, erließen aber fürsorglich besondere Vorschriften. Sie gaben sozusagen den lebendigen Schaufenstern das Siegel behördlicher Approbation. Aber die Glühlämpchen in den Fenstern durften nur eine gewisse Kerzenstärke haben, auf daß kein Fenster mehr leuchte als das andere, und die Ware im Schaufenster durfte sich nicht rühren, niemandem zulächeln, keinem Mann zunicken, auf daß niemand verführt wurde. So wahrte die Friscopolizei das Dekorum. Spielte gravitätisch eine steife Statistenrolle in der Tragikomödie.

Wir beide, Frank und ich, gaben im gleichen Impuls den sonderbaren Wächtern der Heilsarmee am Gasseneingang ein Silberstück, als wir die Gasse verließen. Selbst lustiger junger Leichtsinn wurde nachdenklich gestimmt in der Gasse der lebenden Schaufenster.

»Bad taste«, sagte Frank achselzuckend. »Geschmacklos!«

Und das war ein sehr vernünftiges Urteil.

*   *
*

Zusammen studierten wir den Anzeigenteil des Examiner, zwei Inserate im besonderen. Freund Frank schüttelte bedenklich sein weises Haupt. »Schlimmer als gesalzener cod kann der Bengel ja auch nicht sein?« murmelte er. »Ich probier' es. Schön ist es zwar nicht, aber der Sohn meines Vaters braucht Geld. Jawohl – ich probier' es!«

»Ich auch!« sagte ich, obwohl mir die Sache sehr verrückt vorkam.

So machten wir uns selbander auf den Weg; er zu dem Vater, der Privatstunden in Mathematik für seinen Sohn suchte, ich zu der Familie, die für »zwei Kinder im Alter von neun und elf Jahren gediegenen deutschen Sprachunterricht« ersehnte. Als wir uns eine Stunde später wieder trafen, konstatierten wir unter schallendem Gelächter, daß wir alle beide Respektspersonen geworden waren – Lehrer der Jugend!

Die Mama meiner Zöglinge – ihr Götter! – war eine elegante schlanke Amerikanerin, die das Engagieren eines deutschen Sprachlehrers als etwas furchtbar Nebensächliches behandelt hatte.

»Der Doktor wünscht es«, gähnte sie, »daß meine Kinder deutsch lernen. Er selbst hat keine Zeit, sie zu unterrichten. Ich finde nicht, daß deutscher Unterricht sehr wichtig ist, aber der Doktor –«

Der Doktor, der dann in den Salon kam, war ihr Mann, ein Arzt, als Kind deutscher Eltern in San Franzisko geboren. Er sprach mit mir in einem durch englische Brocken entsetzlich verballhornten Deutsch und schien sehr zufrieden mit meiner Gymnasialbildung. Das sei ja vortrefflich. Er wünsche schon um seiner Eltern willen, daß seine Kinder Deutsch lernten, und dann gedenke er auch, später seinen Sohn in Deutschland erziehen zu lassen.

»Sagen wir eine Stunde daily, in die Tag«, so instruierte mich Doktor Sanders, »und sagen uir eine Honorar von eine Dollar. Den Plan vom Lernen uollen Sie machen as you think best – ui Sie halten es für die Beste – nur praktisch, damit sie bald etwas spreken können.«

Die Kinder, das elfjährige Mädel und der neunjährige Bub, waren sehr altklug und sehr ungeniert.

»We don't like German!« erklärten sie mir sofort.

»Deutsch gefällt uns gar nicht!« Das wunderte mich nicht, denn ich bekam bald heraus, daß ihr deutscher Sprachunterricht bis jetzt darin bestanden hatte, Worte nachzuschreiben, die der Papa ihnen vorschrieb. Da kam mir ein glücklicher Gedanke, auf dem Umweg über ein Glas Wasser, das auf dem Tisch stand –

»Kinder, wir wollen nur Deutsch sprechen! Also: Dies ist ein Glas Wasser ...«

»Diß is' ain Glas Wass'r«, sprachen beide seelenvergnügt nach.

Damit war der Weg zu dem Interesse der Kinder gefunden. Im Englischen waren die Worte ja fast gleichlautend – this is a glass of water –, so gleichlautend, daß diesen amerikanischen Kindern auf einmal der Appetit zum Deutschsprechen kam. Es war ja so leicht! So klebte ich denn während der ganzen ersten Unterrichtsstunde verzweifelt an meinem Glas Wasser und variierte darauf los – in diesem Glas Wasser ist eine Rose – die Rose ist weiß – wir trinken Wasser – bis zu den letzten Möglichkeiten. Meine Kinder jubelten! Und da es wohl an die Tausend Worte gibt, die im Deutschen und Englischen fast gleich ausgesprochen werden, so war die »Methode« glücklich da. Eines Tages kam die Mama in die Stunde und hörte erstaunt zu, um gleich in der nächsten Unterrichtsstunde am andern Tag eine Freundin mitzubringen, die Oberlehrerin einer Mädchenschule.

»Ausgezeichnet, Professor!« sagte sie.

Ich lachte laut auf. »Aber ich bin doch kein Professor!«

»Das macht nichts, Professor. Wollen Sie uns Stunden geben?«

»Wem? Ihnen, Madame?«

»Hören Sie. Der große kalifornische Lehrerinnenverein will im Herbst eine Europareise machen und natürlich auch Deutschland besuchen. Mit Ihrer praktischen Art können wir schnell noch ein wenig Deutsch lernen. Ich arrangiere alles, Professor. Es darf aber nicht viel kosten!«

Und sie arrangierte!

Ich glaube, die Professoren des Gymnasiums von Burghausen wären in corpore aus der Haut gefahren vor entsetzt ungläubigem Staunen, hätten sie mich abends auf dem Katheder eines großen Schulzimmers der höheren Mädchenschule von San Franzisko stehen sehen können! Vor einer Hörerschar von über fünfzig reizenden jungen Lehrerinnen! Frechheit, steh' mir bei, dachte ich in verzweifeltem Galgenhumor und ließ eine pseudowissenschaftliche (ganz und gar aus den Fingern gesogene) Erklärung vom Stapel, in der ich mein Betriebskapital von gleichlautenden Worten den »gemeinsamen anglosächsischen Sprachschatz« nannte und sehr wichtig tat. Dann löste sich die Befangenheit. Aus der Unterrichtsstunde wurde ein lustiges Frage- und Antwortspiel –

»Uasser, Professor?«

»Nein, W–asser!«

Bis der Professor zu den Bänken hinabstieg und die schweren deutschen Worte seinen Schülerinnen vorsprach. Diese Schülerinnen waren ja reizend! Eine hübscher als die andere – eine lustiger als die andere. Typisch in ihrer Art als Amerikanerinnen. Freilich – der neugebackene Herr Professor sah in ihnen gar nichts Typisches, sondern nur die lustigen netten Frauen!

Aber schon in dieser Lustigkeit lag die ganze freie Art der Amerikanerin, die von Kindesbeinen an daran gewöhnt wird, mit dem andern Geschlecht in formloser Kameradschaftlichkeit zu verkehren und das Problem von den Wechselbeziehungen zwischen Mann und Frau nicht in jedes harmlose Gespräch hineinzutragen. Nicht als ob sie nicht ganz Frauen gewesen wären, diese jungen Amerikanerinnen, mit allen Größen und allen Kleinlichkeiten, allen Tugenden und Untugenden des Frauentums! Sie beherrschten das System der drahtlosen Telegraphie mit schönen Augen meisterhaft und flirteten schändlich mit dem Lausbub von Professor! Doch in dem Wesen dieser jungen Lehrerinnen, von denen die meisten keine zwanzig Jahre zählten, prägte sich etwas gewaltig Selbstbewußtes aus. Nicht das Selbstbewußtsein der selbständigen Frau, die ihr eigenes Geld verdient. Darüber lachten sie. Zuckten die Achseln und meinten, es sei grinding work – aufreibende Arbeit und sie wären viel lieber verheiratet. Nein, das Selbstbewußtsein des Weibes steckte in ihnen, das sich seiner Macht über den Mann wohl bewußt – stolz darauf ist – und die Ritterlichkeit des Mannes als einen selbstverständlichen Tribut gnädig in Empfang nimmt.

Die Frau Amerikas gibt, wenn es ihr gefällt, mit vergnügt zwinkernden Äuglein einen Zipfel von weiblicher Liebenswürdigkeit her. Sie tanzt graziös auf dem Drahtseil der Liebelei, aber sie plumpst ganz gewiß nicht hinunter in ernsthafte Beschädigungen ihres Frauentums; denn sie, die man niemals sorgfältig behütet und in ängstlichem Familienschutz eingekapselt hat wie gebrechliche Ware, kennt die Welt und die Männer recht gut und weiß Gefahren aus dem Weg zu gehen, weil sie die Gefahren eben kennt. Ihre Weltkenntnis dient der Amerikanerin als Balanzierstange auf dem gefährlichen Drahtseil des Flirts, in dessen Beschreiten sie Meisterin ist. Sie schützt sich selbst. Welch' ein Unterschied zwischen dem amerikanischen jungen Mädchen und dem der alten Welt, hinter dem glucksend wie ängstliche Hennen fürsorgliche Mamas und ängstliche Tanten dreinrennen, damit das Schaf von Tochter oder Nichte dem reißenden Wolf von Mann nicht in die scharfen Zähne gerate – während das behütete Schäflein immer neugieriger wird auf diesen sagenhaften bösen Wolf.

Das amerikanische Mädel aber guckt sich das Untier an, lacht und zähmt es zu einem treugehorsamen Hündlein, das sich nicht mucksen darf und mit der Peitsche scharfen Spotts gezüchtigt wird, sollte es ungezogen werden. Den Tragödien und Komödien der Liebe ist ja auch die Amerikanerin untertan wie alle Menschenkinder. Dann aber erlebt sie mit offenen Augen, wissend, einer starken Macht gehorchend …

So hat sich der amerikanische Frauentyp herausgebildet, der sich in starker Eigenart von den Frauen anderer Länder, den Frauen Europas vor allem, unterscheidet. Die freie Frau, die über den Wall Jahrtausende alter Überlieferung hinübergeklettert ist und tut, was ihr gefällt. Sie genießt die gleichen Rechte und die gleiche Erziehung wie der Bub. Sie nimmt sich das Recht des Vergnügens wie der junge Mann, mit dem sie Seite an Seite studiert. Sie treibt Sport wie er. Sie nimmt sich das Recht, im Vaterhaus zu kommen und zu gehen, wie es ihr beliebt, und es fällt ihr nicht im Traum ein, die Mama um Erlaubnis zu bitten, ob sie mit Herrn X oder mit Herrn Y ins Theater gehen darf. Sie geht einfach. Sie ist emanzipiert im besten Sinn – natürlich – Mensch. Als junger heranwachsender Mensch wenigstens. Das Schreckgespenst zu behütender Geschlechtlichkeit ist ihren Eltern ein lächerlicher Unsinn.

Doch sonderbar. Die gleichen Menschen, die mit so gesundem praktischem Sinn das Problem psychischer wie physischer Mädchenerziehung lösen und als wundervolles Gut ihren Töchtern ein vernünftiges Menschentum und eine prachtvolle Unbefangenheit mit ins Leben geben, sündigen wieder gegen wahre Frauenwerte durch eine groteske Frauenüberschätzung, die tief in alle gesellschaftlichen, ja in die wirtschaftlichen Verhältnisse des Landes hineinschneidet. Das gleiche Mädel, das so stolz auf ihr, man möchte fast sagen: geschlechtsloses Menschentum ist und en bon camerade mit ihren männlichen Freunden tollt, wird in unmerklichem Übergang zur anspruchsvollen Königin, zur herrschenden Macht, je mehr das Weib in ihr sich regt. Das Gleichgewicht zwischen den Geschlechtern, das Sitte und Erziehung herstellen wollen, verschiebt sich unbeschreiblich weit zugunsten des Weibes. Sie heiratet. Ein guter Kamerad ist die amerikanische Gattin, klug, erfahren, vorzüglich dazu geeignet, mit dem Mann seine Pläne, seine Arbeit zu besprechen; ihn zu beraten. Im scharfen Gegensatz zu dem Hausfrauentum, das die Frau in Küche und Haus, den Mann ins Erwerbsleben verweist. Die Amerikanerin würde entsetzt sein, wollte man ihr von Hausfrauenpflichten reden. Sie kocht miserabel und ist hilflos ohne Dienstboten. Sie treibt beispiellose Verschwendung im Haushalt. Sie fordert, daß der Mann ihr die Möglichkeiten schaffe, alle ihre Wünsche zu befriedigen – und langsam entwickelt sich das typische Verhältnis zwischen amerikanischen Ehegatten:

Der Mann arbeitet Tag und Nacht, um die Dollars herbeizuschaffen! Die Frau amüsiert sich in Luxus und Verschwendung!

Gebärt sie ihrem Mann Kinder, so erfüllt sie damit nicht natürliche Weibesbestimmung, sondern ist eine arme Märtyrerin der Ehe und des Mannes; sie gibt dem Mann mit den Kindern ein Gnadengeschenk, das ihm die Pflicht auferlegt, sich Genüsse zu versagen und rastlos Dollars zu jagen, um sie der Märtyrerin, der Königin, zu Füßen zu legen.

Weiberherrschaft. Weiberherrschaft, die einen eisernen Gürtel um das Land zieht und verantwortlich ist für lächerliche Übertreibungen im Kampf gegen Alkohol und Tabak, für die Schließung aller Vergnügungsstätten an den Sonntagen, für ein sonderbares Muckertum, das gar nicht hineinpaßt in den freien natürlichen Charakter der amerikanischen Menschen. Weithin dehnt sich der Kreis der Weiberherrschaft. Literatur und Kunst muß sich dem Weiberwillen beugen, denn die Frau ist es ja, die allein für Kunst und Schönheit Zeit übrig hat, während der Mann die Dollars jagt für seine Königin und zu nichts sonst Zeit hat. Die Frauen sind es, unter deren Reich die New Yorker Oper blüht und Tenören Märchenhonorare bezahlt wie keine andere Oper der Welt. Die Frauen waren es aber auch, die entsetzt die Absetzung der »unsittlichen« Salome vom Spielplan forderten und durchsetzten – und die Frauen sind es, die das amerikanische Schauspiel zu der jämmerlichen Groteske von sentimentalem Melodrama machen, die es ist. Weil große Kunst, die das Leben wahr schildert, nicht hineinpaßt in das kleine Sittlichkeitshirn der Durchschnittsamerikanerin. Durch die Weiberherrschaft regiert der sentimentale Roman, in denen engelhafte Frauen dulden und leiden und endlich die weißgewaschene, frischgestärkte Tugend à la Amerika unwiderruflich siegen muß – die Weiberherrschaft hat den Künstler Gibson verhunzt, seine große Kunst auf die Knie gezwungen, ihn den weltbekannten amerikanischen Frauentyp schaffen lassen: Groß, schlankgliedrig, weiche, fallende Schultern, majestätisch nicht zum sagen, Gesichtszüge wie regierende Fürstinnen während ihrer Krönung …

In die Gesetze hinein ist sie gedrungen. Eine amerikanische Frau darf einen Mann niederschießen: in neun Fällen aus zehn werden die Geschworenen sie freisprechen. Sie darf stehlen: die Geschworenen werden nur entsetzt sein, daß in ihrem glorreichen Land es möglich ist, daß eine Frau, Ihre Majestät die Frau, zum Stehlen getrieben werden kann. Sie darf Männer betrügen um noch so hohe Summen: die Geschworenen geben dem Mann die Schuld.

So ergibt sich eines der wunderlichsten Zerrbilder der modernen Welt – ein kerngesundes Menschenkindlein von Mädchen, dessen Art und Erziehung man geruhig den Ländern der alten Welt zum Vorbild hinstellen kann und das als Weib in einer nationalen Epidemie von weiblichem Größenwahn unfehlbar verdorben wird. Ein Zerrbild …

* *
*

Der Herr Professor verdiente viel Geld mit seinen lustigen Lehrerinnen und fand das Leben wunderschön, wenn er mit jener Schülerin heute in den Golden Gate Park ging und mit dieser morgen unter gefährlichem Flirten in einem französischen Restaurant dinierte. Bis einmal Frank sagte:

»Die Geschichte wird nicht lange dauern, amice!«

»Meinst du?«

»Aber das ist doch selbstverständlich. Eines schönen Tages werden sie des Spiels überdrüssig werden (ich kenne meine Leute) und dann – adieu, Professor. Armer Professor!«

Da wurde der Lausbub von Professor nachdenklich; hatte er ja selbst schon mehr als einmal empfunden, daß sein deutscher Unterricht schließlich nur eine Art lustiger Charlatanerie war und der Teufel los sein würde, wenn einmal die Grenze erreicht war, wo die Geschichte ohne grammatikalische Gründlichkeit versagen mußte!

Und eines Abends träumte ich von der Zeitung in St. Louis, und wie unbeschreibliche Sehnsucht kam es über mich; jene Sehnsucht, die den Menschen packt und schüttelt und sich hineinfrißt in sein innerstes Denken wie eine fixe Idee. Ich träumte und träumte.

Endlich kam, in dem prachtvollen Optimismus der Jugend, dem kein Ding unmöglich scheint, ein vermessener Entschluß. Der Lausbub setzte sich hin und schrieb tagelang, eilend, ändernd …

»Famos ist's, Professor. Du kannst mehr Englisch als ich!« sagte Frank.

So gingen die beiden Manuskripte, über die Fischerinsel das eine, ein Hafenbild das andere, an den San Francisko Examiner ab. Gleichzeitig ein langer Brief an den lieben alten sächsischen Doktor mit der Bitte, ob nicht er oder einer der Herren der Redaktion mich an den San Francisko Examiner empfehlen könne. Der Professor fing an, lebensklug zu werden …

Der Lausbub findet die Lebenslinie

Von neuem Stolz. – Der Lausbub will amerikanischer Journalist
werden. – Auf der Redaktion. – Jüngster Reporter. – Hallelujah!
Das erste Interview. – Die Lebenslinie.

Über Nacht fast wurde der törichte Junge zum Mann. Vor allem: Er
verdiente viel Geld! Zum erstenmal in diesen kindlich einfältigen
Wanderjahren verfügte er über mehr Geld, als der Tag erforderte. Das
gab Rückgrat und Selbstbewußtsein. Dann waren da die jungen Amerikanerinnen, in deren Gesellschaft er sich frei bewegen lernte (das
Linkischsein Frauen gegenüber verflog merkwürdig rasch!) – da war
Frank Reddington, dessen frischer froher Lebensoptimismus der Art
des deutschen Jungen so verwandt war und doch wieder auf ganz neue
Wege hinwies. Dieser amerikanische Bruder Leichtfuß ließ sich nicht
blind, gedankenlos, ohnmächtig vorwärtstreiben, sondern dachte klar
und scharf. Er hatte nicht nur eine ausgezeichnete Meinung von sich
selbst, sondern wußte auch in seiner flotten, knappen amerikanischen
Manier so aufzutreten, daß sein Selbstrespekt sichtbar war und auf
andere Menschen wirkte. Rückgrat! Männerstolz!

So lernte der Lausbub. Zog mit den eleganten amerikanischen Anzügen, die ihm ein guter Schneider nach Franks Garderobe kopierte,
auch ein wenig von Franks Wesen an. Machte nicht mehr die tiefen
Verbeugungen vor allen Menschen! Plapperte nicht mehr jungenhaft
alles heraus, was ihm gerade im Kopfe steckte …

Als die Schülerinnen nach und nach wegblieben, weil der Reiz der
Neuheit verblaßt war, da setzte ich es mir in den Kopf, um jeden Preis
Journalist zu werden. Kurz entschlossen ging ich auf die Redaktion
des San Franzisko Examiners. Melden ließ ich mich bei dem managing
editor, dem stellvertretenden Chefredakteur, der an amerikanischen
Zeitungen der eigentliche Chef des Redaktionsstabs ist. (Das wußte
ich von St. Louis her.)

»Und was kann ich für Sie tun?«

»Ich will Journalist werden.«

»Halloh! Langsam – immer langsam …«

»Ich nehme Ihre Zeit nur drei Minuten in Anspruch –«

»Go ahead!«

»Ich will Journalist werden. Vor allem will ich wissen, ob meine Kenntnisse für die Arbeit einer amerikanischen Zeitung genügen. Ich bin Deutscher. An der Westlichen Post war ich zwei Monate lang aushilfsweise angestellt –«

»Aha! An der Westlichen Post – weiß schon. Go ahead!«

»Ich bitte Sie, einen Versuch mit mir zu machen und schlage vor, zwei Monate lang umsonst für die Zeitung zu arbeiten.«

»Halloh – haben Sie denn Geld zum Leben?«

»Jawohl.«

»Woher?«

»Mit deutschem Sprachunterricht verdient.«

»So? Ich erinnere mich, einen Brief von der Redaktion der Westlichen Post erhalten zu haben, in dem Sie empfohlen wurden. Sie könnten arbeiten, sagt Doktor Pretorius. Können Sie mir etwas zeigen, das Sie geschrieben haben? In Englisch natürlich.«

Als ich von den eingesandten Manuskripten sprach, bat er telephonisch den city editor, den Stadtredakteur, sich zu ihm zu bemühen und die Manuskripte mitzubringen.

»Mr. Mc.Grady – Mr. Carlé. Mc.Grady, haben Sie die Sachen gelesen?«

»Können wir nicht gebrauchen«, brummte der Stadtredakteur.

»Lassen Sie einmal sehen, bitte.«

Der große Mann las meine Arbeiten sorgfältig durch, und ich zitterte innerlich – trotz meines nagelneuen Selbstbewußtseins.

»Nun«, sagte er endlich, »für uns ist das allerdings nichts. Zu sehr skizzenhaft. Wir knüpfen Beschreibungen nur an interessante Ereignisse an. Aber der Stil ist nicht übel, und das bißchen Fremdartige macht sich sogar ganz gut. Hier ist übrigens ein grober grammatikalischer Fehler. Mc.Grady, dieser junge Mann ist Deutscher und will amerikanischer Journalist werden. Er hat mir gesagt, er wolle wissen, ob er fürs Metier taugt und zwei Monate umsonst arbeiten. Was meinen Sie? Ist von der Westlichen Post, deutsche Zeitung in St. Louis, empfohlen.«

»Kann ich schwer etwas sagen«, meinte Mister Mc.Grady. »Die Fischerinselsache ist ganz nett. Zum Journalisten muß man geboren sein. Können's ja mal probieren. Im übrigen bin ich kurz an Reportern, seit Jameson entlassen werden mußte.«

»Allright. Mr. Carlé, ich stelle Sie beim Examiner mit einem festen Wochengehalt von fünf Dollars an. Für Ihre Arbeiten erhalten Sie Zeilengeld.«

»Gratuliere«, sagte Mc.Grady und lachte. »Ich werde Sie zwiebeln. Wir haben hier keine Zeit zum reden. Ich will Ihnen also nur kurz sagen, daß bei mir die Arbeit alles und der Mann gar nichts gilt. Arbeiten Sie.«

Der Chef des Redaktionsstabs nickte. »Bei uns gilt nur die Arbeit. Sie sind also jüngster Reporter. Mr. Mc.Grady wird Ihnen Ihre Aufgaben zuweisen. Noch einen Wink: Ich habe Sie deshalb engagiert, weil in Ihrem Zeugs da die Kleinigkeiten gut beobachtet sind. Sie haben zu beobachten. In Ausführung Ihrer jeweiligen Reporteraufgabe werden Sie alles tun, um alle nur erdenklichen Tatsachen zu erforschen und alles, Großes und Kleines, zu beobachten. Tatsachen brauche ich. Elegante Bemerkungen können wir uns selbst aus den Fingern saugen. Tatsachen! Beten Sie um Tatsachen! Wie Sie das machen, wird uns zeigen, ob es der Mühe wert ist, sich mit Ihnen zu plagen. Good morning!«

»Prompt um 5 Uhr nachmittags im Reporterzimmer!« befahl Mc.Grady. »Lassen Sie Ihren Frackanzug und Wäsche herschicken, damit Sie sich im Bedarfsfalle hier umkleiden können. Good morning! Geben Sie mir gute Arbeit, und ich bin Ihr guter Freund – good morning!«

So wurde ich jüngster Reporter der San Franziskoer Zeitung des Zeitungskönigs Hearst.

*　*
*

Wie besessen stürmte ich nach Hause und rannte – hopla, immer drei Stufen auf einmal – zu Franks Zimmer empor.

»Frank – Franky – –« schrie ich, noch halb in der Türe, »ich bin als Reporter beim Examiner angestellt! Glory hallelujah – Frank – wir müssen schnell ein Glas Bier trinken, sonst geh' ich aus dem Leim vor Vergnügen und –«

Da sah ich erst, daß auf dem einzigen wackeligen Stuhl des Zimmers ein beleibter älterer Herr saß, der mich lächelnd musterte. Frank saß auf dem Bett und grinste. Frank sah dem älteren Herrn sehr ähnlich – –

»Well, ist das noch so einer, Frank?« sagte der Herr.

»Exactly, sir. Richtige Sorte. Alter Junge, ich gratulier' dir hunderttausendmal zum Examiner. Hoh, hau' dich dran an die alte Zeitung! Vater, darf ich dir Mr. Carlé vorstellen – vom Examiner. Exbearbeiter von verdammt salzigen cods und nebenbei Professor der deutschen Sprache!«

Mr. Reddington lachte schallend auf.

»Ihr Jungens seid mir fast ein wenig zu fix. Eine unverschämte Gesellschaft! Ist das bei Ihnen in Deutschland auch Sitte, daß der Vater zum Sohn kommt und nicht der Sohn zum Vater, heh? Na, ihr habt wenigstens Schneid. Nun kommt mit ins Hotel, ihr Taugenichtse, und laßt euch abfüttern!«

In einer Viertelstunde saßen wir drei im eleganten Lunchroom des Globe Hotel. Mich packte es wie unerträgliches Heimweh, als ich sah, wie stolz trotz aller oberflächlichen Kürze und anscheinender Gleichgültigkeit der alte Herr auf seinen Strick von Sohn war, und wie seine Augen blitzartig aufleuchteten, als Frank erklärte, im Dezember werde er sich bei seinem Vater in New York für Ordres melden. Bis zur Schlußprüfung aber wolle er selbst für seine Existenz sorgen. Der alte Herr murmelte zwar, das sei verdammter Blödsinn, aber man merkte ihm die Freude an, als Frank trocken erklärte, die Arbeit an der Universität von Kalifornien sei seine Privataffäre und er gedenke das durchzuhalten, was er begonnen.

»Aber ein gutes Werk könntest du tun, Gouverneur!«

»Heh? Schulden bezahlen?«

»Ach wo. Hab' keine. Nein – sieh' mal an, Carlé hier ist allright und heute nagelneuer Reporter geworden –«

»Ja! Wird solch' ein Junge, bumps, einfach Reporter! Welche Rätsel Ihr einem alten Mann zum Lösen aufgebt!«

»– und du könntest nett sein, sir, und ihm etwas erzählen, das er für die Zeitung gebrauchen kann. Du weißt ja immer etwas.«

»Na ...«

»Bitte, pater!«

Und wieder lachte der alte Herr. Eigentlich sei es noch vierundzwanzig Stunden zu früh, die Katze aus dem Sack zu lassen, aber ausnahmsweise und weil es der Zufall so wolle – –

Er diktierte. Knapp, scharf, wie ein General, der seine Schlachtdispositionen diktiert. Selbst meine Unerfahrenheit begriff, daß es sich hier um ganz Großes handelte. Die Illinois Central Eisenbahn (deren Aktien der Vater Franks kontrollierte) hatte eine unrentable und zum Teil noch gar nicht völlig gebaute Eisenbahnlinie in Missouri und Arkansas aufgekauft. Die Verbindungslinie zwischen Chicago, dieser Bahn, und dem tiefen Süden sollte sofort in Bau genommen werden. Dann kamen finanzielle Details. Und eine meisterhafte Darstellung, kurz, aber von vollendeter Klarheit, der Städte, die die Bahn berühren sollte, der Wirtschaftsgebiete, durch die sie führte, der Erschließungsmöglichkeiten, mit denen das Konsortium rechnete.

»Als Personalnotiz können Sie bringen, Cyrus F. Reddington sei auf einige Tage in San Franzisko, um seinen Sohn zu besuchen, der auf der Universität von Kalifornien studiert!«

Und er lächelte Frank zu.

Ich aber rannte auf die Redaktion des Examiner.

»Um fünf Uhr sagte ich doch!« brummte Mc. Grady stirnrunzelnd.

»Ich habe ein Interview mit Cyrus F. Reddington aus New York.«

»Heh? Was?«

»Reddington. Präsident der Nationalbank –«

»Jedes Kind kennt ihn. Wie kommen Sie zu ihm? Wo ist er abgestiegen?«

»Im Globe. Ich bin mit seinem Sohn befreundet.«

»Kommen Sie mit.«

Er zerrte mich zum Chefredakteur, und eilte dann selbst nach dem Globe Hotel (wahrscheinlich, um meine Angaben zu verifizieren).

Mr. Lascelles aber, der Managing Editor, fuhr mit dem Rot- und Blaustift zwischen den Zeilen meines Manuskripts hin und her, unterstreichend, hervorhebend.

»Famos«, sagte er. »Ganz große Sache. Halten Sie sich diese Verbindung warm. Hat der alte Reddington die Nachricht auch anderen gegeben? Anderen Zeitungen? Der Börse?«

»Nein, nur mir.«

»Was?« schrie er. »Das ist großartig!«

Noch krassere Überschriften setzte er darüber und leitete die Sensation mit den Worten ein: »Spezialmeldung des Examiner.« Und unter die zwei Riesenspalten setzte er die Anfangsbuchstaben meines Namens: E. C.

»Sie haben sich die Sporen verdient«, lächelte er. »Wenn's auch ein Zufall war.«

Dann wurde ich auf einen Großfeueralarm geschickt. Ein großes Gebäude im Geschäftsviertel brannte nieder. Zufällig kam ich gerade dazu, als der Leiter der Feuerwehr den Heizer der Kesselanlage des Gebäudes verhörte, der umständlich schilderte, wie aus dem Keller mit einemmal Flammen geschlagen seien, und daß er schon vor einigen Tagen vor der Selbstentzündungsgefahr der neugekauften bituminösen Kohlensorte gewarnt habe. Das war wieder etwas sehr Hübsches, und wieder ein Glückszufall!

Mc.Grady aber nickte vergnügt …

»Wir werden noch einen guten Examinermann aus Ihnen machen!«

* *
*

Das war eine schlaflose Nacht. Ich starrte aus dem Fenster meines Zimmerchens hinaus auf die glitzernden Lichter in der Bai, und Traum jagte sich auf Traum. So wie man selten träumt. Nur nach großem Erleben. Wenn man dasteht und das hämmernde Blut in den Schläfen fühlt, und ein ungeheures Glücksgefühl aufsteigt über das erreichte Ziel; wenn man seinen Jubel hinausschreien möchte in die Welt … Herrgott, so war ich nun Zeitungsmann! Schreien hätte ich mögen, jubelnd schreien. Zeitungsmann an einer der großen Zeitungen der Welt! Der Stolz regte sich: allein hast du den Weg zur Zeitung gefunden! Wie lächerlich kleine Dinge lagen die Erlebnisse dieser ersten drei Jahre in Amerika weit hinter mir – weit, unbeschreiblich weit. Und mit einemmal kam es über mich wie ruhige Klarheit, wie ein Gefühl felsenfester Sicherheit, durch nichts zu erschüttern:

Mein Leben – das Leben, das ich leben wollte – lag klar vor mir. Kein Suchen mehr. Kein Tasten. Kein Umherirren von Beruf zu Beruf. Die Zeitung und ich, ich und die Zeitung: das war die Lebenslinie. Wie es auch kommen mochte, festhalten an dem Einen: Du gehörst zur Feder, weil du zu ihr gehören willst, und mit der Arbeit, die jetzt beginnt, mußt du stehen oder fallen!

Der Lausbub hatte die Lebenslinie gefunden.

Ende des ersten Teils

Zweiter Band

Vorwort

Ich bin der glückliche Besitzer eines kleinen Neffen, der sich bestimmt schon den Ehrentitel eines Lausbuben erobert hätte, verlebte er sein junges Leben in süddeutschen Landen. Da er das aber nicht tut und ein Hamburger Jung' ist, so dünkt ihm der Begriff Lausbub fremd. Bald großartig und erstrebenswert, bald verächtlich und gemein. Es ist mir passiert, daß ein Haufen von Schulkindern mich achtungsvoll anstarrte, während mein Herr Neffe ihnen erklärte, das sei ein famoser Lausbubenonkel. Ich mußte es aber auch erleben, daß dieser Neffe mir bei passendem Anlaß feindselig entgegendonnerte: »Lausbub aus Amerika!« Nicht anders ist es mir ergangen mit großen Leuten. Da meinten die einen, dieser Lausbub sei etwas gar Lustiges. Die andern aber schüttelten die Köpfe: Wie kann man so geschmacklos sein und sich selber einen Lausbuben nennen!

So sei mir gestattet, ein Wörtchen dreinzureden. Wir alle kleben an der heimatlichen Scholle, seien wir nun Weltenwanderer oder niemals hinausgekommen über den Bannkreis der Vaterstadt; an jener Scholle, auf der wir als Kinder spielten. Und mir klingt es aus meiner Münchner Jugendzeit herüber: »Du ganz verflixter Lausbub!« – »A solchener Lausbub!!« Wie lustig das tönt, weiß kein Mensch außer mir. So lustig kann es keinem sein, so viele auch gelacht haben mögen über das Wörtchen mit den verschiedenen Gesichtern. »Oh du herzig's Lausbüble.« kost die süddeutsche Mutter. »Lausbub!« sagt der Vater, und der Ton bedeutet den Stock. Entrüstung kann in dem Wort liegen oder verblüffte Anerkennung einer besonderen Leistung jungenhaften Tobens oder ein Schelten oder eine Resignation. Auf gar keinen Fall aber ist ein Lausbub ein Musterknabe. Sondern einer, der eine tiefgewurzelte Vorliebe für dumme Streiche hat und einen dicken Schädel und rührige Ellbogen.

Lausbub! klingt es herüber aus meiner Jugend.

Und weil das Wörtchen noch ein weites Stück ins Leben hinein auch den Mann kennzeichnet, so sonderbar das klingen mag – dumme

Streiche, dicken Schädel, rührige Ellbogen! – so gab es diesen Büchern ihren Titel.

* *
*

An einem sonnigen Novemberabend im Jahre 1897 saß ich auf der Terrasse des Golden Gate Parks in San Franzisko, starrte aufs Meer hinaus, träumte von meiner Arbeit, wie das junge Menschen tun, denen die Arbeit noch andere Dinge ersetzt, und war stolz wie ein König als jüngster Reporter einer großen Zeitung. So unverrückbar stand es fest, das Große, das Bleibende: die Zeitung und ich – ich und die Zeitung – das war die Lebenslinie. Sie war es und sie blieb es. Wie krumm sie sich aber gestaltete, diese Lebenslinie, wie wackelig, wie verbogen und schief, das ist eines der humorvollsten Dinge in einem Leben reich an freiwilligem und unfreiwilligem Humor. Wenige Monate darauf war ja die Lebenslinie schon vergessen, und der überstolze Reporter steckte im blauen Rock der regulären Armee Onkel Sams. Es sollte ihm öfters noch ähnlich ergehen mit dieser Lebenslinie …

Der Lausbub, Farmer, Apotheker, Arbeiter, Fischpökler, Professor, Reporter wurde also Soldat und machte den spanisch-amerikanischen Krieg auf Kuba mit. Was er dort erlebte und sah, schildert dieses Buch; so wie es damals erlebte und damals sah im Zeichen junger Männlichkeit, überschäumend in der Begeisterung, ein Mann zu sein im Krieg.

Hamburg, im Sommer 1912.

Erwin Rosen
(Erwin Carlé)

Bei der amerikanischen Zeitung

Bob bei den Münchner Neuesten Nachrichten. – Die armen Teufel
von deutschen Journalisten. – Ein Münchner Zeitungspalast. –
Im amerikanischen Reporterzimmer. – Wie das Zeitungsbaby
sein Handwerk erlernte. – Das Geheimnis der Presse. – Im
Presidio. – Ich lerne telegraphieren. – Die Sprache des
Kupferdrahts. – Telegraphisches Lachen. – Vom großen
Lebenswert

Ein Jahr mag es her sein oder zwei, als ich in meiner Vaterstadt
München einen alten amerikanischen Zeitungsfreund auf der Straße
traf. Wir gingen zunächst zum Frühschoppen ins Hofbräuhaus, und
gegen Ende der zweiten Maß weinte Bob beinahe. Zu traurig fand er
es, daß einer, dem es einmal vergönnt gewesen war, die Nase in die
Welt der amerikanischen Zeitung zu stecken, sich nun für deutsche
Zeitungen plagen und schinden mußte!

Er nahm die Münchner Neuesten Nachrichten vom Tisch und zerknüllte sie.

»*You poor devil!*« sagte er. »Du armer Teufel – du ganz armer
Teufel. Euer Bier ist ein Wunder! Eure Gemütlichkeit ist prachtvoll!
Eure Kunst ist grandios! Aber eure Zeitungen – großer Gott, Mann,
das ist doch keine Zeitung – das ist ja ein Miniaturblättchen – *damn
it*, das ganze Dings da, das sich eine Zeitung nennt, hat nicht einmal
Raum genug für einen einzigen anständigen Prozeßbericht!« Worauf
er des weiteren ausführte, daß es ihm ja an und für sich schon unverständlich sei, wie irgend jemand irgend wo anders leben könne als in
God's Country, im Lande Gottes, in den gottbegnadeten Vereinigten
Staaten, denen zur absoluten Vollkommenheit nichts, aber auch nichts
fehle, als das nicht weniger gottbegnadete Bier der Kunststadt München. Ein ewiges, mit sieben zolldicken Brettern vernageltes Geheimnis
jedoch sei und bleibe es ihm, daß einer, dem es vergönnt gewesen sei
– – usw. usw.

Ich lachte und führte ihn in das Gebäude der Münchner Neuesten
Nachrichten.

Die Männer der Münchnerin sind allezeit gastfreundlich und gar
liebenswürdig gegen ihre Mitarbeiter, wovon der, der dieses Buch

schrieb, ein dankbar Lied zu singen weiß. Bob bekam manches zu sehen und manches zu hören. Wir plauderten mit dem Feuilletonredakteur über das Wesen des künstlerischen Feuilletons (das dem amerikanischen Journalisten ein Buch mit sieben Siegeln ist) – wir unterhielten uns mit dem Mann der inneren Politik über den Leitartikel (der den Zeitungen Amerikas etwas völlig Nebensächliches bedeutet) – wir suchten die Lokalredaktion heim, und ihr Schriftleiter benutzte natürlich die gute Gelegenheit, ein nettes Interview über die Münchner Eindrücke des amerikanischen Journalisten herauszuschinden.

»Gut!« sagte Bob draußen auf dem Korridor. »Verdammt gut! Die Leute verstehen ihr Geschäft. Sie haben ihre Arbeit lieb. Schade nur, daß den armen Teufeln so lächerlich wenig Zeilenraum zur Verfügung steht.« Dann blieb er kopfschüttelnd stehen. »Da sagt man immer, in Germany seien die Leute so überaus vorsichtig mit ihren Dollars!« brummte er. »Aber ich will gehängt werden, wenn's bei uns eine einzige Zeitung gibt, die ihre Leute auch nur annähernd so luxuriös beherbergt wie das Blättchen da! It's remarkable!«

Immer erstaunter wurde sein Kopfschütteln, je mehr der Räume der Redaktion er sah. Da waren Möbel, deren jedes Stück ein großer Künstler entworfen hatte, und Wunder von künstlerischen Schreibtischen und Beleuchtungskörper aus Bronze und kostbare Klubsessel und zauberhafte Tapeten und Perserteppiche und Jugendoriginale an den Wänden, und von der Hast und der Hetze des Zeitungslebens war äußerlich aber auch gar nichts zu sehen. Leise nur wie ein Summen drang das Dröhnen und Stampfen der riesigen Rotationsmaschinen aus dem betonumpanzerten Erdgeschoß. Dann plauderten wir wieder mit anderen Männern, und Bob sah, daß der Zeitungsgeist ein Weltgeist ist und die Zeitungsarbeit überall die gleiche, gewaltige, gigantische trotz aller Unterschiede der Art und des Formats. Er gluckste vor Wonne, als wir hinübergingen in das Reich der »Jugend« und Saal auf Saal der wundervollsten Kunstdruckmaschinen durchschritten, der vielen Dutzende stählerner Bilderzauberer, die noch viel wunderbarer sind als das größte Rotationsungetüm.

»Gut – gut – verdammt gut!« sagte Bob. »Aber wenn ich mich nicht sehr irre, so habt ihr doch eins nicht: Unseren amerikanischen Reporter ...«

Da lachte ich und gab keine Antwort. Denn meine Zeiten amerikanischen Reportertums sind mir wie ein liebes Märchen erster Jugendliebe, und ein gar verknöcherter Kritikus muß der sein, der Zeiten erster Liebe kritisch urteilend betrachtet. Ich glaube nicht, daß wir in der deutschen Zeitungswelt gerade amerikanische Reporterart haben. Ich weiß nicht einmal, ob es wünschenswert wäre, hätten wir sie. Ich weiß nur, daß mein eigenes Erleben als zwanzigjähriger Lausbub im amerikanischen Zeitungsdienst mir eines der Jugendmärchen bedeutet, von denen man zehrt in den Tagen der Reife.

* *
*

Äußerlich war nichts Märchenhaftes daran.

Der Tag eines Reporters beim *San Francisco Examiner* begann mit Arbeit, war ausgefüllt mit Arbeit, endete mit Arbeit, und des Nachts träumte man von der Arbeit.

Als ich zum erstenmal meinen Platz an einem Ecktisch im Reporterzimmer einnahm, kam ich mir so unendlich hilflos, so geistesarm, so über alle Maßen unfähig vor, daß ich am liebsten wieder davongelaufen wäre. Ich starrte auf das weiße Papier, das vor mir lag, betrachtete das Tintenfaß, sah mißtrauisch auf die Schreibmaschine auf dem kleinen Tischchen neben mir und wunderte mich, was in Dreikuckucksnamen ich nun eigentlich anfangen sollte. Zwölf Männern, dem gesamten Reporterstab der Zeitung, war ich hintereinander vorgestellt worden, und ein jeder hatte gelächelt und ein jeder irgend etwas Liebenswürdiges gesagt, um sich dann in keiner Weise mehr um meine gräßlich verlegene Wenigkeit zu bekümmern. So saß ich da, mit dem krampfhaften Gefühl, daß es die Aufgabe eines Reporters war, irgend etwas zu schreiben. Aber was, zum Teufel?

Überall um mich klapperten Schreibmaschinen. Die Türe wurde fortwährend aufgerissen, und Leute kamen herein und gingen hinaus. Meine neuen Kollegen schwatzten und lachten – mitten in ihrer Arbeit. Wie es möglich sein konnte, in diesem Höllenlärm einen vernünftigen Gedanken zu Papier zu bringen, war mir vorläufig ein Rätsel.

Es roch nach frischer Druckerschwärze. Papier bedeckte knöcheltief den Boden, allerlei Papier, handbeschrieben, maschinenbeschrieben, bedruckt. Die Wände entlang standen zerschnitzelte und tintenbeschmierte Pulte und kleine Tischchen, auf denen blanke Schreibmaschinen thronten. Die eine Schmalseite des Zimmers nahm der Bücherständer ein mit seinen unzähligen Nachschlagewerken. Eine Notiz in roter Tinte besagte, daß der Sünder, der dabei ertappt würde, ein Buch nicht an seinen richtigen Platz zurückzustellen, zu Pön und Strafe jedem Anwesenden ein Glas Bier zu stiften habe. Da waren Telephone an den Wänden und der elektrische Meldeapparat der Feuerwehr und das Spezialtelephon zum Polizeihauptquartier und eine Karte von San Franzisko und ein Tisch stand in der Zimmermitte, fußhoch mit den neuesten Zeitungen bedeckt. Überall glitzerten elektrische Glühbirnen, denn der Raum war zu groß, als daß das einzige Fenster selbst am hellsten Sonnentag ihn hätte erleuchten können. Die geweißten Wände waren dicht bekritzelt. Gegenüber der Eingangstüre stand in großen Lettern:

»Fremdling, der du hier eintrittst, mach schleunigst, daß du wieder hinauskommst, denn unsere Zeit brauchen wir selber!«

Und darunter deutete eine roh hingezeichnete Hand auf den großen Schreibtisch in der Ecke beim Fenster:

»Allan McGrady, Lokalredakteur, Oberbonze, Hohepriester! Achtung, der Kerl beißt!!«

Und mit einemmal waren alle die Männer verschwunden und der Raum leer. Nur der Mann, der biß, war noch da. Er sah von seiner Arbeit auf und rief mich beim Namen.

»Mr. McGrady?«

Allan McGradys scharfe Augen blinzelten vergnügt über die Ränder der goldenen Brille hinweg. Ein Lächeln huschte über das scharfgeschnittene, glattrasierte Gesicht. »Sagen Sie lieber gleich Mac zu mir, mein Sohn«, meinte er grinsend, »denn in ein paar Tagen tun Sie es doch. Hier hat jeder seinen Spitznamen, und ich werde wohl Mac genannt werden bis zu meinem seligen Ende. Ihren Spitznamen kann ich Ihnen übrigens prophezeien: als jüngster Reporter sind Sie und bleiben Sie das *baby* bis Einer kommt, der noch jünger und noch dümmer ist wie Sie!«

Ich muß ein sehr verblüfftes Gesicht gemacht haben –

»Wenn ich sage dumm, so meine ich das natürlich nur im Reportersinn, und hoffentlich werden Sie auch in diesem Sinne in etlichen Monaten nicht mehr dumm sein. Und nun will ich Sie ein bißchen orientieren, mein Sohn. Hier gibt's keine Herren und keine Knechte. Wir sind alle zusammen Arbeiter im Dienste der Zeitung, und in unserem Leben darf und kann es nichts Wichtigeres geben als die Zeitung. Sie ist es, die uns vereint. Wir sind eine große Familie. Wir teilen

unsere Zigarren und unseren Whisky, manchmal sogar unser Geld –
nun, Sie werden das sehr bald herausbekommen. Wir sind alle Bluts-
brüder. Wenn Sie etwas nicht wissen, fragen Sie Ihren Nachbar. Wenn
Sie etwas bedrückt, kommen Sie zu mir … Halten Sie vor allem den
Kopf hoch und lassen Sie sich nicht verblüffen! Sie werden ganz von
selber sehen und hören und lernen – und weder ich noch irgend jemand kann Ihnen da viel helfen. Der Journalist muß einem im Blut
stecken, und wer's nicht in sich hat, wird's nie! Und nun –«

Er teilte mir meine erste Arbeit beim Examiner zu.

Um neun Uhr morgens versammelte sich die Reporterschar im Reporterzimmer, während Mac schon eine Viertelstunde vorher sich an
seinem Schreibtisch eingefunden hatte. Eine selbstverständliche Voraussetzung war natürlich, daß jeder der »Herren des Stabes« nicht nur
das eigene Blatt, sondern auch die anderen Morgenzeitungen San
Franziskos beim Frühstück gründlich gelesen hatte. Diese morgendliche
Konferenz hatte immer eine lustige und eine etwas weniger lustige
Seite. Man lachte und plauderte und spielte allerlei Schabernack, Mac
so gut wie wir alle, bis er auf einmal zu Mr. Allan McGrady wurde
und seine berühmte Geste der Ernsthaftigkeit annahm. Er pflegte dann
die Hände in die Hosentaschen zu stecken.

Kurz, scharf, sacksiedegrob war seine Rede –

»*Baby!*« (Das war ich!) der »*Call*« (das war eine Morgenzeitung San
Franziskos) hat Ihre Geschichte über den Mann, der total betrunken
im Citygefängnis eingeliefert wurde und in dessen Taschen man 15
000 Dollars fand, ebenfalls gebracht. Das ist traurig und von Ihnen
unrecht. Wenn Ihnen ein Polizeisergeant – welcher war es?«

»McBride.«

»Aha – McBride. Wenn Ihnen McBride guten Stoff erzählt, so sorgen
Sie gefälligst dafür, daß er von da ab seinen Mund hält und vor allem
den Call-Leuten gegenüber nichts ausplaudert. Wie Sie das machen,
ist mir egal!«

»Aber Mac, Sie haben neulich doch geschimpft wie unsinnig, als
ich dem andern Sergeanten fünf Dollars gab, damit – –«

»Ganz richtig, mein Sohn! Das macht man auch nicht mit Geld,
denn Geld ist rar, sondern mit Liebenswürdigkeit und Schlauheit.
Mann, strengen Sie ihren Witz an! Bin ich vielleicht eine Amme und
in alle Ewigkeit verdammt, Sie an dem Quell der simpelsten Weisheit
lutschen zu lassen?« Ich war tief beschämt.

»Na, die Sache ist übrigens bei uns besser als im *Call*. Johnny (das war Chefredakteur Lascelles) läßt Ihnen sagen, die Geschichte sei fidel und nicht übel ...«

Das war McGradys Art der Anerkennung.

So wurde allmorgendlich Spalte für Spalte der Arbeit des vorhergehenden Tages durchbesprochen und einem immer wieder eingehämmert, daß es für den, der im Reporterzimmer hausen wollte, nichts auf der Welt gab und geben durfte als ein einziges Interesse und eine einzige Liebe: Die Zeitung und die Interessen der Zeitung. Erstens die Zeitung und zweitens die Zeitung und drittens überhaupt nichts als die Zeitung!

Der Lausbub fühlte sich in der Luft des Reporterzimmers bald so wohl wie ein Fisch im Wasser. Weil er jung war und einen Schuß Enthusiasmus im Blut hatte, schien ihm das, was in Wirklichkeit ernstes und hartes Schaffen war, ein lustiges, kinderleichtes Spiel. Immer neu und eigenartig. Immer lockend. Immer aufregend. Holtergepolter ging's mit der Arbeit den ganzen Tag hindurch bis spät in die Nacht hinein. Das Zimmerchen in der Donnellystreet bei Madame Legrange sah mich nur zum Schlafen. Im Eifer merkte ich gar nicht, daß ich ein »hart gerittener Gaul« war und beim Examiner in einem einzigen Tag mehr lernen mußte, als das anspruchsvollste Professorenkollegium eines Gymnasiums in einem ganzen Wochenpensum verlangt hätte …

Denn der gute Wille und das bißchen Talent taten's noch lange nicht. Eine ungeheure Menge von Material mußte ich verdauen und einen Wust faktischen Wissens mir aneignen, vor dem ich entsetzt zurückgefahren wäre, hätte ich auch nur eine Ahnung gehabt, daß ich ja gar nicht spielte, sondern »büffelte«. Aber die Zeitung hatte ihre eigene Art, zu lehren und lernen zu lassen. Sie appellierte an Ehrgeiz und Ehrgefühl und Kraft, indem sie Vertrauen schenkte. McGrady ließ es mich nie fühlen, daß ich Anfänger und Lehrling war, und seine leitende Hand führte weiche Zügel. Vom ersten Tag an bekam ich wie alle anderen meine Aufgaben zugeteilt und arbeitete in allen Abteilungen des Nachrichtendienstes. Ich wurde aufs Polizeihauptquartier geschickt und zu den einzelnen Polizeisergeanten, assistierte bei der Berichterstattung in großen Kriminalfällen, wurde bei den lokalen politischen Größen eingeführt und im Hafendienst verwendet. Ein lächelnd gegebener Rat, wie von Gleichstehendem zu Gleichstehendem, als wortkarge Selbstverständlichkeit hingeworfen, eine lustige Derbheit, die niemals etwas Verletzendes hatte, ein Wort hier, ein Wink dort, die stete Fühlung vor allem mit Männern, die ihre Arbeit kannten und liebten und gute Kameraden waren, wie ich sie im Leben selten gefunden, zeigten mir bald die richtigen Wege.

Das Problem war einfach genug. Wer Nachrichten einholen wollte, durfte sich nicht auf Auge und Ohr verlassen, sondern mußte sehr genau wissen, wer die Männer waren, die Nachrichten geben konnten, und was die Nachrichten selbst bedeuteten.

»Die Hauptsache müssen wir immer schon wissen, ehe wir zu fragen beginnen«, pflegte McGrady trocken zu sagen.

Das war das Grundprinzip und leicht zu begreifen. Wenn ich zum erstenmal zu einem hohen Beamten der Stadt geschickt wurde, um eine wichtige Auskunft einzuholen, so mußte ich wissen, wer der Mann war, was er geleistet hatte, welche Tragweite die Angelegenheit in Frage hatte. Das Wissen lieferte die Zeitung selbst. Man drückte auf einen elektrischen Knopf, und einer der Pagen erschien. Der bekam einen Zettel. Auf diesen Zettel hatte man zum Beispiel geschrieben: John McAllister, Schatzmeister San Franziskos. Neubau der Wasserwerke. In wenigen Minuten kam der Page zurück, mit zwei blauen Aktenmappen, numeriert und überschrieben: Schatzmeister McAllister – Wasserwerke. Ihr Inhalt waren die Ausschnitte aus dem Examiner aus allen Nummern, in denen Artikel oder Notizen über McAllister und die Wasserwerke gebracht worden waren. Die überflog man und wußte nun über den Mann und die Sache, was zu wissen war. Ein Hilfsmittel von unschätzbarem Wert war diese ausgezeichnete Registratur, ein wahres Tischlein-deck-dich für den Zeitungsmann. Ein Redaktionssekretär hatte tagaus tagein nichts zu tun, als jede Zeitungsausgabe in ihren einzelnen Artikeln und Notizen zu klassifizieren, zu registrieren, und die Akten in musterhafter Ordnung zu halten. Nichts fehlte, von der großen Politik bis zu einer Statistik aller Großfeuer. So wurde jede einzelne Arbeitsaufgabe zu einer Quelle des Wissens. Man lernte jeden Tag, jede Stunde im Tag. Die vielen Menschen, mit denen ich zusammenkam, und die vielen Dinge, mit denen ich mich beschäftigen mußte, waren wie immer neu vorbeihuschende, farbenbunte, lebenspackende Bilder. Die Zeitung wurde zum Götzen; das Reporterzimmer zum Heim, in dem man oft aß, immer sein Glas Bier trank, wo man sich wohl fühlte wie nirgends. Ich würde jeden ausgelacht haben damals, der mir gesagt hätte, daß ich Zeitungsleben und Zeitungsarbeit auch nur auf eine kurze Spanne Zeit freiwillig aufgeben könnte. Und tat es bald darauf doch … Es gibt noch stärkere Reize. Aber sie sind selten. Wenige Arten tätigen Schaffens wohl vermögen einen Menschen so mit Leib und Seele einzufangen wie der Zeitungsdienst. Ein Wirbel tollen Lebens war es, in dem ich stand. Wenn man arbeitete, hatte man die Wirklichkeit unter den Fingern: die Menschen, wie sie lebten, und die Dinge, wie sie sich zutrugen: immer neue Menschen und immer andere Dinge. Das Schauen und Erleben, das andere Männer der Arbeit in kargen Freistunden suchen mußten, gab die Zeitung im Dienst.

Das war das Geheimnis des *San Francisco Examiners*, und es ist und bleibt das Geheimnis der Presse – aller großen Zeitungen aller Länder und Sprachen. Die Zeitung bannt die Männer, die ihr dienen, in einen Zauberkreis. Sie verlangt Unerhörtes an Arbeitskraft und Hingebung, aber Unerhörtes gibt sie auch. Sie schenkt ihren Männern brausendes Leben und gewaltige Macht. Das flüchtig hingeschriebene Wort eines Zeitungsmannes spricht zu Hunderttausenden. Es vermag hunderttausend Meinungen zu beeinflussen, vermag Großes in Gutem und Bösem. Wem ihre Spalten offenstehen, der ist Führer und Lenker und Erzieher von Tausenden, ohne daß diese Tausende auch nur seinen Namen kennen –

»Wir sind Männer ohne Namen«, sagte Allan McGrady einmal lächelnd in einer abendlichen Plauderstunde. »In jedem von uns steckt ein Stückchen romantischen Narrentums. Wer kennt uns? Einige Verleger, einige Redakteure, einige Freunde vom Bau. Die große Masse, zu der wir sprechen, kennt uns nicht. Ob ich unter einen Artikel Allan McGrady schreibe oder Hans Jakob Ypsilon, ist ganz gleichgültig – von tausend Lesern sieht kaum einer nach dem Namen. Wir könnten ebensogut Nummern tragen. Die Zeitung verschluckt uns mit Haut und Haaren und Persönlichkeit.« Er lachte. »Und das bißchen Geld? Du lieber Gott, der Mann im Wolkenkratzer da drüben, der altes Eisen billig kauft und teuer verkauft, verdient zehnmal mehr als wir alle zusammen. Und wenn wir einmal alt werden und nicht mehr können, dann wirft man uns aus dem Zeitungstempel und setzt uns auf die Straße. Deswegen sind wir im Grunde alle Narren, liebe Kinder. Ich bin ein Narr, und du bist ein Narr, Jack Ferguson, und du bist auch ein Narr, *baby*!«

»Würdest du deine Arbeit an der Zeitung aufgeben, Mac, wenn du eine Million erbtest?« fragte grinsend Jack Ferguson, der älteste Reporter.

»Nein, natürlich nicht!«

»Siehst du!« – »Well, das ist eben das Narrentum!« brummte Allan McGrady.

»Oh nein«, sagte Jack Ferguson fast feierlich. »Es ist mehr. Es ist das kuriose Etwas, das den Soldaten vorwärtstreibt. Es ist jenes sonderbare Etwas, das hoch über Geld und Geldeswert steht – – –«

»Schrumm, schrumm«, sagte Allan McGrady. »Prosit Kinder!«

Das kuriose Etwas war die Begeisterung. In ihr wurde die Arbeit zum Spiel. Zum Sport. Man tat eigentlich nichts anderes den ganzen lieben Tag, als nach Arbeit zu suchen und sich der Arbeit zu freuen. Unser Vergnügen sogar hing sicherlich irgendwie mit der Zeitung zusammen. Wenn man im Reporterzimmer plauderte, unterhielt man sich über die neueste Wendung in den politischen Verhältnissen oder über den letzten Kriminalfall oder den schwebenden, noch nicht ganz aufgedeckten Spitzbubenstreich der Stadtväter San Franziskos. Es war einem eben zur Manie geworden, sich nur für das zu interessieren, was die Zeitung interessierte.

* *
*

Zu all der Arbeit in den Babyzeiten kam noch besonderes technisches Lernen, das in sonderbarer Zufälligkeit meine nächste Zukunft stark beeinflussen sollte. Ich lernte telegraphieren. Die Examinerleute hatten damals die Marotte, die Sprache des Kupferdrahtes gründlich zu erlernen, denn das konnte für die Zeitung sehr wichtig sein. Unser Lehrmeister war ein liebenswürdiger amerikanischer Offizier, Oberleutnant Green, der Chef des militärischen Signaldienstes im Departement von Kalifornien. Drei, viermal in der Woche fuhren wir zum Presidio, dem Fort beim Goldenen Tor, und arbeiteten dort im Signalbureau, bald mit dem Leutnant selbst, bald mit Mr. Hastings, einem alten Signalkorpssergeanten.

Nach den ersten Lektionen schon fesselten mich die Geheimnisse der Teufelei elektrischen Stromes gewaltig. Der Mechanismus der Instrumente war zwar sehr einfach. Die Wechselwirkung zwischen Taster, Strom und Magnet hatte nichts besonders Wunderbares. Das mühselige Formen von Buchstaben durch Punkte und Striche schien zuerst sogar langweilig. Aber sobald ich eine gewisse Fertigkeit erreicht hatte, übte das Telegrapheninstrument eine ganz merkwürdige Lockung auf mich aus. Denn nun wurde aus den toten Punkten und Strichen lebendige Sprache.

Im Gegensatz zu der in Europa üblichen Art des Telegrammlesens vom Papierstreifen oder durch Druckmaschine liest der amerikanische Telegraphist fast nur durch Gehör. Das Klicken des Magneten spricht zu ihm. Er schreibt das Gehörte nieder wie nach Diktat. Er erreicht dabei eine Geschwindigkeit von durchschnittlich 30 Worten in der Minute, die sich bei Benutzung der Schreibmaschine auf vierzig, ja sogar fünfzig Worte steigern läßt. Mein Ohr gewöhnte sich sehr rasch an die Sprache des Telegraphen. Was zuerst ein mühsames Zählen der Punkte und Striche gewesen war, um die einzelnen Buchstaben herauszuhören, wurde bald zum Begeistertsein über eine neue, klare, deutliche Schrift. Ich hörte, wie ein Telegraphist das lernen muß, nicht mehr die einzelnen Buchstaben, sondern deutlich erklang das ganze Wort. Es war genau so wie Lesen lernen. Zuerst mußte man sich um den Buchstaben mühen, um dann später eine ganze Zeile in einem einzigen Bild in sich aufzunehmen. Ein kleines Beispiel:

Wenn ein Telegraphist mit einem andern sich über den Draht hinweg unterhält und lachen will, dann klickt er: *ha–ha–ha*. Im Morsealphabet sieht das so aus –

....–*ha* .....–*ha*.

Auf dem Papier sind die vier Punkte des *h* und der Punkt, Strich des *a* etwas Totes und Nichtssagendes. Sobald wir sie aber im Instrument erblicken, werden sie lebendig, sind charakteristisch, lösen sofort das antwortende Gelächter aus.

Das Telegraphieren war ein famoses neues Spiel. Der empfindliche Magnet reagierte so blitzschnell auf jeden Fingerdruck, daß sich die anscheinend so komplizierten Morsebuchstaben schneller formen ließen als auf dem Papier mit Tinte und Feder. Der Name Erwin in Telegraphenschrift sieht sehr verzwickt aus:

. Pause .–. Pause .– – Pause .. Pause –. Wortpause

Telegraphieren läßt er sich in drei Sekunden!!

Nach drei Wochen bereits erwies mir der alte Sergeant Hastings das Kompliment, mir lachend zu sagen, daß ich mich jetzt schon bald um eine Anstellung bei der *Western Union* (das war die große amerikanische Telegraphen-Kompagnie) bewerben könne. So vergnügt war er über seinen Lehrmeister-Erfolg, daß er mich dann in die unterirdischen Kasematten des Küstenforts führte.

»Aber 's ist strikt privatim!« mahnte er.

So sah ich den berühmten Minentisch der Küstenverteidigung San Franziskos. Es war eine *camera obscura*. Auf eine ungeheure, in winzige Quadrate eingeteilte Tischplatte in der Kasemattenkammer reflektierten die Kameraspiegel ein Stück Meer. Es sah fast unheimlich aus, wenn die Segler und die Dampfer im Spiegelbild über die schwarzen Linien der Quadrate huschten, die alle Nummern trugen. Es *war* unheimlich! Denn in Kriegszeiten bedeutete jedes Quadrat entweder eine Torpedomine oder ein Schußfeld, auf das mehrere Geschütze sorgfältig einvisiert waren. Glitt nun ein feindliches Schiff über Quadrat 39, so drückte der Minenoffizier auf den elektrischen Knopf Nummer 39, und das feindliche Schiff flog in die Luft, von einer Mine in Stücke gerissen oder von riesigen Sprenggranaten zerfetzt. Theoretisch. Es sah sehr schön aus.

Und dann gingen wir in die Kantine.

* *
*

Das Zeitungsbaby lernte die ersten Griffe seines neuen Handwerks … Aber weit wichtiger als all das Praktische war der große Lebenswert, den die Zeitung wie im Spiel schenkte: Die Begeisterung für die Arbeit!

Reporterdienst

Was der Amerikaner von seiner Zeitung verlangt. – Der scoop. –
Der verunglückte Dampfer Hongkong. – Die Männer der
schnellen Entschlüsse. – Wie ein Reporterstück inszeniert wird. –
Auf der Jagd nach der Sensation. – Im Maschinenraum. – Wie
ich die Kunst des Zuhörens ausübte. – Der Dämon im Stahl. –
Zeitungskönig Hearst. – Eine Anekdote von der gelben Gefahr
des Kaisers und der Hearstschen Gelben Presse. – Ein schwarzer
Tag

Das Leben des Amerikaners ist Hast und Hetze, nicht aus der Lebens-
notwendigkeit der Jagd nach dem Dollar nur, sondern weil Hasten
und Hetzen ihm von Kindesbeinen an gar nichts zu Beklagendes,
sondern etwas Wunderschönes bedeuten. *Hustle!* ist sein Motto – rühr'
dich, rege dich, nütze die Zeit! Und *hustling* verlangt er auch von der
Zeitung. Der Mann, dem riesige Wolkenkratzer, donnernder Straßenlärm, jagende Eile im Stadtbild eine Art Kulturbedürfnis sind, verlangt
von seiner Zeitung viel Lärm und gewaltigen Spektakel, und die grellen
Farben, die sein Auge im Tagesleben überall erblickt. Zwei Zoll hoch
müssen die Überschriften sein und gepfeffert in kräftigen Worten, so
wie seine eigene Ausdrucksweise es ist; übertrieben, wie er gern übertreibt, der Mann, der sein Land das Land Gottes nennt, anstatt beschei-
dentlich vom Vaterland zu sprechen wie andere Leute. Die Eile, den
raschen Entschluß, das schnelle Schaffen, die in seinem persönlichen
Leben rumoren, will er auch in seiner Zeitung sehen. Ihm imponiert
das Bild, die Tat, die große Schilderung, das Verblüffende; weise
Worte möchte er nur gelegentlich und dann mit Vorsicht genießen!
Rauschendes Leben muß an seinem inneren Ohr vorbeifließen, wenn
er in den weichen Polstern der Hochbahn New Yorks die Zeitung
überfliegt, auf daß seine Lektüre im Einklang mit dem Taktschlag
seines Tages klinge. So ist aus dem hastenden Amerikaner heraus und
seiner Liebe für grelle Lichter und lauten Lärm die amerikanische
Zeitung entstanden.

Ihre Dollarjagd, ihre Hetzerei, ihr Sensationsdrang.

Sieht man aber näher zu und wühlt man sich durch den markt-
schreierischen Wortkram der Überschriften und der Floskeln in den

Aufsätzen, so entdeckt man erstaunt, daß hinter der brutalen Sensation eine gründliche, ehrliche, bewunderungswürdige Arbeitsleistung von ganz gewaltigen Verhältnissen steckt und zwar häufig gerade da, wo der als so leichtsinnig verschriene Reporter gearbeitet hat. Dieser Reporter, der so gut wie die Besten die jungfrische Kraft und den Unternehmungsgeist und den Bienenfleiß des Dollarlandes repräsentiert. Er ist es, der seiner Zeitung die großen Erfolge verschaffen muß, die man in der Zeitungssprache *scoops* nennt. Sie allein machen Eindruck auf den modernen Amerikaner: sie allein sichern dem Blatt ein rasches Emporschnellen der Zirkulation, ein Wachsen im Ansehen.

Scoop heißt wörtlich eine große Schaufel. *To scoop in* bedeutet einheimsen, einschaufeln, einsacken, und im übertragenen Sinne will der spöttische Zeitungsausdruck besagen: Daß man eine hochwichtige Neuigkeit ganz für sich allein, ganz zu allererst eingeheimst, eingeschaufelt hat, während die betrübte Konkurrenz wehmütig dasteht und den kahlen Boden vierundzwanzig Stunden später nach schäbigen Resten absucht. Ich erlebte einen prachtvollen *scoop* beim Examiner. Und half mit dabei.

* *
*

Frühmorgens war es. Noch hatte die Arbeit nicht begonnen und die Reporterfamilie auf der Jagd nach den Ereignissen des Tages sich über die Stadt zerstreut, als McGradys Telephon, das von der Examinerzentrale nur dann eingeschaltet wurde, wenn es sich um eine sehr wichtige Mitteilung handelte, rasselnd erklingelte. Mac nahm den Hörer ab:

»Examiner – Nachrichtendienst.«

* *
*

»Jawohl – Leuchtturmwärter – Station Goldenes Tor – ja – *wie* heißt der Dampfer – die Hongkong? – jawohl! Anscheinend verunglückt, jawohl. Wird von einem Trampdampfer eingeschleppt?«

* *
*

Pause, lange Pause. Wir alle lauschten in atemloser Spannung. Dann fragte Mac weiter:

»Der Dampfer ist nur durch ein gutes Fernrohr sichtbar, sagen Sie?«

*　*
*

»Haben Sie die Nachricht einer anderen Zeitung gegeben? – Nein? – Schön. Erstatten Sie nur die Ihnen dienstlich vorgeschriebenen Meldungen an die Behörden und benachrichtigen Sie keine andere Zeitung. Ja? Danke. Sie erhalten von uns fünfundzwanzig Dollars. – Schluß.«

Das Telephon klingelte ab.

Allan McGrady hängte langsam und bedächtig den Hörer auf, ging zu seinem Schreibtisch, nahm sich eine Zigarette und zündete sie umständlich an, während wir schweigend dastanden. Dann wandte er sich um.

»Hayes! Telephonieren Sie doch, bitte, an die Schleppdampfergesellschaft. Wir brauchen den schnellsten Schlepper, den sie haben. Muß in einer halben Stunde unter Dampf sein. Examinerdienst, üblicher Charter für einen Tag. Nein – warten Sie. Nicht einen, sondern zwei Schlepper brauchen wir.«

»Zwei Schlepper – in einer halben Stunde!« wiederholte Hayes.

»Richtig.« Hayes ging zum Telephon und McGrady klingelte. »Ich lasse Mr. Lascelles bitten«, befahl er dem eintretenden Pagen.

Von uns sagte keiner ein Wort, denn jeder wußte, daß es sich um etwas Großes handelte; um rasches Denken, um schnelles Disponieren. Daß jede Minute und jeder gesprochene Satz kostbar waren. Der Chefredakteur kam augenblicklich. Wenn ein Redakteur den andern oder gar den Chef »bitten« ließ, anstatt sich selbst zu bemühen, so bedeutete das: Eile. Dringend, Expreß! Die beiden Herren schüttelten sich die Hände.

»Guten Morgen, Lascelles«, sagte McGrady, der nie ruhiger und kühler sprach, als wenn er sehr aufgeregt war. »Verzeihen Sie, aber wir haben hier eine Sache, die keinen Aufschub duldet.«

Lascelles nicke nur. McGrady fuhr fort:

»Der Leuchtturmwärter von der Goldenen-Tor-Station telephoniert, er habe soeben den Dampfer Hongkong der San Franzisko-China-Linie gesichtet. Der Dampfer werde von einem kleinen Honolulu-Trampdampfer eingeschleppt. Sie alle wissen, daß die Hongkong überfällig ist. Um was es sich handelt, läßt sich ja allerdings noch nicht sagen. Mr. Lascelles, ich habe zwei Schleppdampfer beordert –«

»Weshalb zwei?«

»Wir haben Eile. Ich möchte vorschlagen, daß wir die Nachmittagsausgabe zwei Stunden früher erscheinen lassen mit zwölf bis zwanzig Spalten Hongkong an erster Stelle. Ich persönlich bin dafür, alles andere Lokale hinauszuwerfen. Nur Hongkong, wichtige Politik, Börse, Vermischtes. In zwei Stunden frühestens hat der »Call« die Nachricht von den Behörden, auf jeden Fall aber nach uns. Selbst wenn es sich nur um eine Stunde oder auch eine halbe Stunde Differenz handeln sollte, so haben wir doch Vorsprung, und die Leute vom *Call* kommen sicher nicht auf den Gedanken, daß wir zwei Stunden früher erscheinen könnten!«

»Teufel – das können wir aber doch nicht, Mac!«

»Ich meine, es müßte eben gehen«, sagte Allan McGrady nachdenklich. »Wir lassen die Setzer und die Maschinenleute der Nachtschicht holen. Was Manuskript anbetrifft, so soll der zweite Schlepper die ersten Nachrichten übermitteln, sobald es nur irgendwie geht, und der Rest muß eben auch im Handumdrehen da sein – ich kann mich auf meine Leute verlassen.« (Es geschah sehr selten, daß McGrady dergleichen sagte, aber wenn es geschah, so hätten wir uns in Stücke zerreißen lassen für ihn!!)

»Die Möglichkeit des Gelingens ist da«, antwortete Lascelles rasch. »*Allright*, Mac. Disponieren Sie. Sie wissen, daß wir gute tausend Dollars Extraausgaben riskieren und der alte Mann uns die Hölle heiß machen wird, wenn die Sache schief geht. Verfrühte Ausgabe also. Wissen Sie was? Es ist neuneinhalb Uhr. Um zwölf Uhr, oder sagen wir Halbeins, lassen wir ein Extra verteilen: Die Hongkong hilflos eingeschleppt. Eines der größten Schiffe der kalifornischen Chinalinie mit knapper Not dem Untergang entgangen. Eine Tragödie der See. Siehe ersten Bericht im Nachmittags-Examiner. Oder so ähnlich ...«

»Ausgezeichnet!« sagte McGrady. »Wenn wir den Anschluß erwischen, ist es eine große Sache. Meine Herren, der gesamte Stab geht auf den Schleppdampfer mit Ausnahme von Hayes. Hayes – weinen Sie nicht, Sie haben schwierige und verantwortungsvolle Arbeit genug; Sie müssen auf die Frisco-China-Linie und zu den Versicherungsgesellschaften. Orders kann ich Ihnen kaum geben, meine Herren. Ferguson als der Älteste wird disponieren. Nur ganz allgemein: Wir wenden die natürliche Methode an. Die Ereignisse werden photographisch geschildert. Die Schilderung beginnt von dem Augenblick an, in dem Sie den Schleppdampfer betreten. Diesen ersten Teil soll Ferguson machen. Hetzfahrt und so weiter. Die Hongkong wird gesichtet – Beschreibung, bitte, wie der Kasten aussieht – man klettert an Bord« – (er lachte) »und wenn einer der Herren dabei ins Wasser fallen sollte, wär' das eine schöne Sache –«

Schallendes Gelächter.

»– und wenn einer der Herren so gütig sein würde, dabei im Dienste des Examiners zu ertrinken, so wär' das noch viel schöner vom Zeitungsstandpunkt aus!« (Das war Macs gruselige Art von Humor.) »Passagiere schildern also – sie interviewen – Kapitän, Offiziere interviewen – sehen, was los ist – sperrt sich der Kapitän, so wird ihm unter die Nase gerieben, daß der Examiner und die Öffentlichkeit sich nicht bluffen lassen – die Wahrheit kommt doch an den Tag. Los, meine Herren! Ich bitte mir aus, daß flott gearbeitet und beim Schreiben auf der Heimfahrt keine Zeit an stilistische Künsteleien verplempert wird. Das nötige Zurechtdeichseln besorgen Lascelles und ich hier auf der Redaktion. Los!«

»Einen Augenblick!« rief Lascelles. »Zeitungen mitnehmen! Ist gute Reklame. Die Passagiere werden sich freuen, nach sechzehn Tagen wieder eine Zeitung aus dem Lande Gottes zu sehen!«

Eine Minute später stürmten in Holtergepoltereile zehn Zeitungsmänner zum Hafen, und fünfundzwanzig Minuten darauf jagten in sausender Fahrt die Hochseeschlepper Furor und Golden Gate durch das Schiffahrtsgewimmel der inneren Bai dem Goldenen Tore zu. An den Flaggenstangen im Heck flatterten die Hausflaggen der Zeitung mit ihrer grellroten Inschrift auf weißem Grund: *San Francisco Examiner*. Das Fahrttempo war viel zu schnell für die innere Bai. aber der Examiner durfte bei seinen Beziehungen zur Hafenpolizei eine kleine Gesetzesübertretung schon riskieren. Die Schiffe, denen wir begegneten, wurden aufmerksam, und mehr als einmal schallten brüllende Megaphonfragen zu uns herüber, was in Dreikuckucksnamen denn eigentlich los sei. Unser Kapitän antwortete gewöhnlich: »Erkundigt euch beim nächsten Polizisten!« Oder grimmiger:

»Sind – in Eile – haben – – keine Zeit – –
euch – was vorzulügen! *Goodbye*!!«

Alcatras Island, die winzige, mit Kanonen gespickte Felseninsel im Zentrum des Hafens, huschte vorbei; die schmale Bai wurde breiter, die Wogen gingen höher. Das Häusermeer verschwand im Dunstkreis. Die Fischerflottillen in der äußeren Bai waren bald überholt. Die nackten, felsigen Ufer schoben sich näher zusammen.

Wir dampften durch das Goldene Tor. Ferguson hatte, auf einen Decksessel hingekauert, schon längst zu schreiben begonnen. Nun sah er auf und gab uns seine Instruktionen, die auf eine genaue Verteilung der Arbeit hinausliefen. Mir wurde die Beschreibung des Maschinenraums zugeteilt, während Ferguson selbst das Interview mit dem Chefingenieur der Hongkong übernahm. Aber der blinde Glückszufall hatte mir, dem Jüngsten, eine lohnendere Aufgabe gegeben als ihm, dem Unerfahrenen … In einer Viertelstunde wurden Rauchwolken sichtbar am Horizont, und bald darauf tauchte die schwarze Masse eines Riesenschiffes auf, geschleppt von einem winzigen Dampfer. Das war die fünf Tage überfällige Hongkong.

* *
*

Die elektrischen Lampen glühten im Maschinenraum, aber die gewaltigen Feuerlöcher der Kessel lagen grau und leblos da und Stille herrschte. Ich kletterte mühselig von Plattform zu Plattform auf den schmalen stählernen Leitern.

»'n Morgen«, sagte unten ein alter Mann mit weißen Haaren im blauen Maschinistenkittel. Er betrachtete mich vergnügt aus blinzelnden Augen und schob bedächtig den Pfeifenstummel aus dem linken Mundwinkel in den rechten, während er mit der einen Hand die Lagerung eines sausenden Dynamos prüfend betastete und mit der andern ein frischgewaschenes Hemd näher an die Feuerung des kleinen Hilfskessels hielt. »Guten Morgen!«

»Erzählen Sie mir alles!« sagte ich.

»Zeitung?«

»Ja – Examiner.«

»Dacht' ich mir«, grinste der Alte. »Ich bin der dritte Ingenieur dieses gesegneten Schiffes, und wie Sie sehen, beschäftige ich mich damit, ein bißchen elektrische Kraft zu fabrizieren und die Familienwäsche zu trocknen. Mann, hier ist nichts los! Der Laden ist zu. Wir haben das Geschäft aus Mangel an Betriebskapital aufgegeben.«

»Weiter!« bat ich geduldig.

»Weiter nichts.«

»Propellerbruch, wie ich höre, nicht wahr?«

»Propellerschaftbruch, junger Mann, fachmännisch ausgedrückt.« sagte der Alte und drehte seine trocknende Familienwäsche nach der anderen Seite. »Das heißt, daß ungefähr in der Mitte zwischen hier und Honolulu in zweitausend bis dreitausend Meter Tiefe auf dem Grunde des Meeres ein Propeller, ein drei Meter langes Stück Propellerschaft, ungefähr sechs Heckplatten mit Zubehör, dreiviertel eines Steuerruders und noch verschiedene andere belanglose Kleinigkeiten liegen, alles zusammen etwa achtzigtausend Pfund schwer und etliche hunderttausend Dollars wert. Das is' alles!«

* *
*

»Wie das passiert ist?« Er spuckte kräftig auf den Boden. »Junger Mann, ich bin siebenundzwanzig Jahre lang Maschinist, und trotzdem weiß ich das ebensowenig wie Sie. Sehen Sie, ein Propellerschaft ist sozusagen 'n Luder! 'n dickes, langes Stück Stahl, das vor jeder Ausreise von einem halben Dutzend Ingenieuren und mindestens drei Behörden Zoll für Zoll abgeklopft und untersucht und begutachtet wird. Das wir während der Fahrt pflegen und hätscheln, ölen und salben, als wär's 'n Baby. 'n Stück Stahl, das eine Krafteinwirkung von sechstausend Pferdekräften und Wasserwiderstände von achtzehntausend Pferdekräften auf seinem runden Buckel aushalten muß. 'n Stück Stahl, dem die Kräfte und die Widerstände hie und da – es kommt nicht häufig vor, dem lieben Gott sei Dank – zu viel werden. Dann geht's knax, und der Teufel ist los!«

»Was passiert dann?«

»Oh, nichts von Bedeutung.« Er lachte schallend auf und schlug sich aufs Knie. »Es passiert das, was uns passiert ist. Ungefähr das, was geschieht, wenn man einer kleinen Katze plötzlich den Schwanz abschneidet – der Schwanz fällt herunter, nicht wahr, und die kleine Katze gebärdet sich ungewöhnlich lebendig und aufgeregt. Na, unser Propellerschwanz mit einigem Zubehör, das er im Vorbeigehen mitnahm, liegt – *well*, zwischen hier und Honolulu. Die Katze – –«

»Die Maschinen?«

»– jawohl – die Maschinen! – die Maschinen wurden aufgeregt. Das ist ungefähr so, als wenn vier Pferde aus Leibeskräften an einem schweren Sandwagen zerrten und plötzlich rissen sämtliche Stränge. Worauf die vier Gäule übereinanderpurzeln und mit den Beinen strampeln würden … Um drei Uhr nachts ist es passiert. Ich hatte die Wache, Hand an der Drosselung. Drei Sekunden nach dem großen Krach hatte ich abgedrosselt und fünfzig Sekunden später das hintere mechanische Sicherheitsschott geschlossen. Die drei Sekunden jedoch genügten den Maschinen vollkommen, um übereinanderzupurzeln – Lagerungen verballert, Hochdruckzylinder verbogen, Kolben schief, als wären sie besoffen, alle Verbindungen gelockert, alle Schrauben heidi – ein Jammer, junger Mann, ein trauriger Jammer. Zum Weinen! Aber das verstehen Sie nicht – sind ja kein Maschinenmensch …«

»Und dann?«

»Schlossen wir den Laden. Ließen Dampf ab, dichteten das Kollisionsschott, pumpten das Stück pazifischen Ozean aus, das in den Maschinenraum gedrungen war, und stützten unsere armen Maschinen mit allerlei Gebälk. Mann, sehen Sie nur hin! Der Hochdruckzylinder sieht aus wie 'n Baugerüst – pfui Deibel! Das erledigt, warteten wir auf die göttliche Vorsehung und den dreckigen Trampdampfer, der mit seinem bißchen Schleppen ein Riesenvermögen an uns verdient.«

»Darf ich den Maschinenraum ansehen?«

»Kommen Sie! Sie werden sich wundern! Er sieht ungefähr so aus wie ein Zwischendeck mit siebenhundert seekranken Chinesen am dritten Tag der Ausreise von Hongkong. To–tal ver–saut!!«

Seufzend hing er das schon beinahe getrocknete Hemd über eine blanke Kupferröhre und führte mich in das Allerinnerste der Hongkong. Ein beschwerliches Kriechen war es, schmale Gänge entlang und unter den Leibern stählerner Ungeheuer durch. Ein Gewirr von Balken stützte die einzelnen Teile der Riesenmaschinen, die der furchtbare Stoß der im Augenblick des Bruchs entfesselten widerstandslosen Kräfte völlig unbrauchbar gemacht hatte; zerbrochene, verbogene Röhren, geknicktes Gestänge, schiefe Stahlsäulen, abgesprungene Harteisenstücke, weißgrau an den Bruchrändern, lagen umher.

»Hübsch, nicht?« sagte der alte Mann. »Nun stellen Sie sich, bitte, vor, daß ein winzig kleiner Fehler, ein völlig unsichtbarer, unentdeckbarer Riß in einem runden Stück Stahl von zwanzig Zoll Durchmesser ausreichte, um für eine halbe Million Dollars Maschinen in drei Sekunden über den Haufen zu werfen!!«

Da beschloß der Lausbub, seinem Teil des Berichts die Überschrift zu geben: Der Dämon im Stahl!

Er fand das sehr schön!!

* *
*

Während der Furor in einer Wolke von schwarzquellendem Rauch hafenwärts sauste, schrieb ich und schrieb und schrieb, denn es war ja so leicht. Hatte mir doch das Glück das Schönste und Packendste in einem großen Zeitungsereignis bescheert – den grimmigen düsteren Humor der Wirklichkeit …

Unser *scoop* gelang glänzend. Mit flammenden Überschriften und sechzehn Spalten Hongkong erschien der *Examiner* zwei Stunden vor dem *Call*. In einer Gesamtzeit von sieben Stunden vom Einlaufen der Meldung bis zur Ausgabe der fertigen Zeitung war ein für die Hafenstadt unendlich interessantes Ereignis lebendig und exakt geschildert worden, in der Ausführlichkeit einer graphischen Darstellung von über dreitausend Zeilen Länge. Nichts fehlte. Das Aussehen der Hongkong – der Bericht des Kapitäns – die Schilderung der Leute des Schleppdampfers – die Szenen des Schreckens der Unglücksnacht.

Es war einer der großen Tage der Zeitung gewesen.

* *
*

Der Hongkongbericht war in gekürzter Form nach New York und Chicago an das New York-Journal und die Chicago-Dispatch telegraphiert worden, denn wir und jene beiden Blätter arbeiteten stets Hand in Hand. Gehörten »wir« doch einem gemeinsamen Eigentümer, dem Verleger des New York-Journal, William R. Hearst. Als wir uns am nächsten Morgen im Reporterzimmer einfanden, hielt uns Mac lachend eine Depesche entgegen. Wir lasen:

»Examiner, Frisco. – Komplimente, Mac. Gute Arbeit. Erwarte ausführlichen Bericht. – Hearst.«

Das war bezeichnend für William R. Hearst, dem nichts zu klein war im Zeitungsdienst, um sich nicht persönlich darum zu bekümmern, und nichts zu groß, sich mit seinen Zeitungen nicht daran zu wagen.

Ich sah Hearst erst Jahre später. Aber im Reporterzimmer wimmelte es von Anekdoten über den »Alten«. Als Hearsts Vater, der Besitzer des New York-Journal, gestorben war und ihm die Zeitung hinterlassen hatte, wurde aus dem bedeutungslosen Jungen, der bisher nur durch modische Kleidung und grelle Krawatten aufgefallen war, mit einem Schlage ein Arbeiter. Er erklärte den redaktionellen und geschäftlichen Leitern seiner Zeitung, daß in Zukunft er der Herr sei und sonst niemand. Die wollten sich totlachen.

Dann kam das Entsetzen.

Der junge Hearst gönnte sich nicht einmal die Zeit zum Essen – und anderen Leuten erst recht nicht. Zu schlafen schien er überhaupt nicht. Er war der Schrecken der Metteure. Er nächtigte im Setzersaale und schrieb bis aufs letzte i-Pünktchen die Schriftarten vor, die die Überschriften der einzelnen Artikel anziehend machen sollten für Seine Majestät das Publikum.

Sein Leben gehörte seiner Zeitung. Das folgende wahre Geschichtchen illustriert seine Manier vortrefflich. Er gab ein Souper, das sich lange ausdehnte. Um drei Uhr morgens brachte ihm ein Bote die erste Kopie der Morgenausgabe des Journal, das soeben zur Presse gegangen war. Hearst sprang nach einem Blick auf die Zeitung wütend auf, ohne seinen verblüfften Gästen auch nur ein Wort der Erklärung zu geben, und rannte in die Nacht hinaus. Nach Luft schnappend, kam er im Journalgebäude an, ließ die Presse stoppen und telephonierte den Chefredakteur herbei.

Alles – weil die Überschrift des Leitartikels Hearst nicht zugkräftig genug war!

Er pflegte stundenlang der Länge nach ausgestreckt in seinem Privatkontor auf dem Teppich zu liegen, die Riesenseiten des Journal vor sich ausgebreitet, um die Wirkung der »Aufmachung« zu studieren. Den großen Eindruck brauchte er – für die große Masse. Die war sein Götze. Er gab Unsummen aus für Spezialdrähte, mietete einen Privatdraht zwischen New York und Washington, um die Kongreßdepeschen früher zu haben, gewann Generäle und Minister als Mitarbeiter. Er schlug die Zeitungen New Yorks wieder und wieder in der Schnelligkeit und Ausführlichkeit wichtiger Nachrichten. Der Erfolg bei der großen Masse kam fast augenblicklich. Die Auflagenziffern des New York-Journal schnellten zu verblüffender Höhe empor, und aus der einen Zeitung wurde ein Zeitungssyndikat in New York, Chicago und San

Franzisko, mit Hearst als Alleinbesitzer. Damals entstand das Wort von der Gelben Presse.

Über seine Entstehung habe ich von amerikanischen Zeitungsfreunden folgendes Geschichtchen erzählen hören:

Als der deutsche Kaiser der gelben Gefahr sein Zeichentalent widmete und die Völker Europas warnte, ihre heiligsten Güter zu wahren, kam der Karikaturist einer Washingtoner Zeitung auf die hübsche Idee, die kaiserliche Zeichnung, die in Amerika großes Aufsehen und bei der Abneigung gegen die gelbe Rasse starken Beifall erregt hatte, polemisch zu verwerten. Er zeichnete in einem Bild einen messerschwingenden Chinesen, in einem andern Bild daneben den das Journal schwingenden Hearst, umgeben von tanzenden Teufelchen, die alle schrien: Sensation! Sensation!! Sensation!!! Das eine Bild trug die Überschrift: Die Gelbe Gefahr Europas! das andere: Die Gelbe Gefahr Amerikas! Die politische Welt der Vereinigten Staaten lachte und nannte den Zeitungsmann den gelben Hearst und seine Zeitungen die gelben Zeitungen. Die Gelbe Presse!

Wie nun das bissige Wortbild auch entstanden sein mag, es kennzeichnet mit seinem Vergleich mit der krassesten aller Farben, dem schreienden Gelb, den Hunger nach Sensation vorzüglich. Tut auch Unrecht, wie alle Schlagworte. Hearst hat starken Einfluß auf die Entwicklung der amerikanischen Presse ausgeübt und dem modernen Nachrichtendienst unvergeßliche Dienste geleistet. Und lange vor Roosevelt schon kämpfte er gegen die Trusts. Seine politische Stellung als einer der Führer der demokratischen Partei wird von Jahr zu Jahr stärker.

* *
*

Nur einen einzigen Tag in jenen Monaten versäumte ich den Zeitungsdienst.

Das war an jenem Tag, als frühmorgens Madame Legrange klopfte und mir einen Brief brachte, einen Brief aus Deutschland. Ich freute mich gewaltig. Mein wortkarger Vater schrieb mir nur selten, aber zwischen den Zeilen der wenigen Briefe konnte ich lesen, daß meine jungenhafte Begeisterung im Dienste der Zeitung und mein naives Schildern des Lebens um mich ihn freuten. In knappen Worten sprach der Freund zum Freund. Nur dann und wann blitzte ein Rat, eine

Warnung auf. »Du wirst vielleicht nie nach Deutschland zurückkehren, aber vergiß dein Land nicht, denn seine Art bleibt deine Art!« schrieb er mir einmal. »Du hast es sehr schwer, denn du bist niemand Verantwortung schuldig als dir selbst ...« hieß es ein andermal. Vor allem aber verblüffte mich die genaue Kenntnis der amerikanischen Verhältnisse, die aus diesen Briefen sprach; eine weit gründlichere und tiefere Kenntnis als die meinige, der ich doch im Lande lebte und schaffte. Das flößte mir gewaltigen Respekt ein. Wenn das deutsche Heimweh über mich kam, und das tat es manchmal, nahmen die Sehnsucht und die Träume die Form an, daß ich es mir erträumte, dem Vater einst als erfolgreicher Mann wieder gegenüberzutreten. Der Erfolgreiche dem Erfolgreichen. Der Freund dem Freund. Der Gleichberechtigte dem Gleichberechtigten.

Und nun las ich und saß erstarrt auf meinem Bett. Mein Vater war tot. Gestorben an einer fürchterlichen Krankheit, nach jahrelangem Siechtum, das mir auf seinen Befehl verheimlicht worden war. Sie hatten ihn vor Wochen schon begraben.

An jenem Tag der Verzweiflung begann ich zu ahnen, was Alleinsein im fernen Lande in Wirklichkeit war und was die Bande des Bluts bedeuteten, aber Jahre sollten noch vergehen, bis ich verstand, daß in dem Grab im Münchner Nordfriedhof mein Allereigenstes lag. Daß aus meinem Vater meine Kraft und mein Leichtsinn und meine Art stammte, und daß ich dem Mann, der als kriegsinvalider Offizier nach den Feldzügen der Jahre 1866 und 1870 frisch und kraftvoll nach einem neuen Leben gegriffen und sich als nationalökonomischer und wirtschaftlicher Geistesarbeiter einen reichen Wirkungskreis geschaffen hatte, alle Zähigkeit des Wollens und Willens verdankte.

Das Kommen des Krieges

*Vorgeschichte des spanisch-amerikanischen Krieges. – Die
Guerillakämpfe zwischen Spaniern und kubanischen
Insurgenten. – Die Glückssoldaten der Virginia. – Gespannte
Beziehungen zwischen den Vereinigten Staaten und Spanien. –
Grausamkeiten. – Die kubanische Junta in New York. – Der
Untergang der Maine. – Der Racheschrei. – Kriegserklärung. –
Meine große Idee! – Die große Idee funktioniert nicht! – Aber
ich muß unbedingt nach Kuba ...*

Schweres Kriegsgewölk überschattete im Jahre 1898 die Neue Welt.
Unten im Süden auf der Insel Kuba tobte seit Jahren ein Kleinkrieg
zwischen Herren und Knechten, zwischen einer Rasse, die sich im
Niedergange befand, und bösem Mischblut; zwischen Spaniern und
Kubanern. Die reiche Insel, das Tabaksland, das Zuckerland war bitterarm geworden unter spanischer Mißwirtschaft, und unerträglicher
Steuerdruck lastete auf ihm. Die spanisch-indianischen Mischlinge,
die westindischen Neger und Halbneger, nie Freunde harter Arbeit,
wurden durch das unfähige spanische Beamtentum mit seinem die
Hände in den Schoß legenden *mañana*-Glauben noch gründlicher
verdorben, als sie von Mutter Natur aus schon waren. Korruption war
überall im Land. Hungersnot folgte auf Hungersnot. Bitteres Elend
herrschte seit vielen Jahren. Da schlugen sich die Mischlinge in die
Büsche, und langsam wuchs unter Führung von Abenteurern die national-kubanische Erhebung; ein Guerillakrieg, der von beiden Seiten
mit einer Wildheit und einer Grausamkeit geführt wurde, die dem
benachbarten Amerika den Atem stocken ließ und ihm eine altschmerzende Episode ins Gedächtnis rief, die in den Vereinigten Staaten böses
Blut gemacht hatte: Das Sterben der Männer der Virginia.

Vor einem Jahrzehnt, denn solange schon wütete der Kleinkrieg
zwischen Spaniern und Insurgenten, waren amerikanische Glückssoldaten in dem Schooner Virginia gen Kuba gesegelt und im Süden gelandet, sich in den Reihen der Revolutionäre Ruhm und Glück zu erkämpfen. Ein spanisches Kanonenboot fing den Schooner ab. Vierundzwanzig Stunden später knallten die Schüsse der spanischen Pelotons,
und die Glückssoldaten der Virginia waren tot. Amerika zitterte vor

Entrüstung, wenn auch das amtliche Washington sich wohl oder übel auf den Boden des internationalen Rechts stellen und erklären mußte, jene amerikanischen Abenteurer hätten den Schutz des Mutterlandes verwirkt, als sie sich auf ihre ungesetzliche Unternehmung einließen. Vergessen aber wurden die Männer der Virginia nie.

Schon zu Ende des Jahres 1897 waren die Beziehungen zwischen den Vereinigten Staaten und Spanien gespannt, denn Washington hatte wiederholt energisch darauf hingewiesen, daß in der Tabak- und Zuckerindustrie Kubas Millionen amerikanischen Geldes steckten und die unhaltbaren Zustände auf der Insel den wirtschaftlichen Interessen der Vereinigten Staaten schadeten. Da wurde der spanische General Weyler als Generalkapitän auf die Insel gesandt, und der Kampf gegen die Insurgenten begann im großen Stil. Der grimmige Soldat ersann das System der Blockhauslinien. In Fächerform wurden von den militärisch stark besetzten Zentren aus kleine Blockhäuser in das Innere des Landes vorgeschoben, um in stetig fortschreitender, geschützter Angriffslinie die Revolutionäre zusammenzudrängen und das Land Meile für Meile von ihnen zu säubern. Quer über die ganze Breite der Insel schob sich die *trocha*. Eine gewaltige Kriegsmaschine war es: Undurchdringbare Drahtverhaue verbanden die Blockhäuser. Vor diesem Gürtel kleiner Festungen lief eine zweite Linie von Wolfsgruben und Sprengminen, die eine bloße Annäherung an die *trocha* schon zu einem tödlichen Wagnis machten.

Ein furchtbares Gemetzel begann. Tier kämpfte gegen Tier, denn die halbverhungerten, verzweifelten, geächteten Menschen in den Wäldern waren zu Tieren geworden, die mit ihren Macheten jeden der verhaßten spanischen Soldaten, der ihnen in die Hände fiel, grausam abschlachteten, und die erbitterten Spanier zeigten sich nicht weniger grausam als jene. Sie schonten weder Weib noch Kind. So tobte der Kleinkrieg. Immer wieder wurden die *trocha* da und dort in Kämpfen bis aufs Messer von den Insurgenten durchbrochen; hatten doch diese menschlichen Gerippe, die wenig mehr besaßen als ihre Waffen, nichts zu verlieren und alles zu hoffen. Gefangene wurden von den Spaniern ohne weiteres erschossen: zu Dutzenden, zu Hunderten. In New York aber sorgte eine kubanische Junta, eine Vertretung der Insurgenten, getreulich dafür, daß die amerikanische öffentliche Meinung in Schrift und Bild jede Greueltat der spanischen Soldaten erfuhr, während über die Schandtaten der Revolutionäre klüglich geschwiegen wurde. Grelle Schilderungen von Hunger, Jammer, und brutaler Unterdrückung aber verfehlen ihre Wirkung auf den Amerikaner nie.

Alles drängte zur Einmischung der Vereinigten Staaten. Der langsam erwachende Imperialismus, der eine Ausdehnung der amerikanischen Macht forderte und Taten verlangte; das Kapital und starke wirtschaftliche Interessen, die nicht nur ihre Geldanlagen auf der Nachbarinsel retten wollten, sondern auch von einem amerikanischen Kuba sich goldene Berge versprachen; der Zug der öffentlichen Meinung endlich, die die blutigen Greuel im Nachbarhause nicht mehr mit ansehen mochte.

Die Stimmung war gespannt zum Platzen.

Da flog am 15. Februar des Jahres 1898 abends 9 Uhr im Hafen von Havana der große amerikanische Kreuzer Maine in die Luft und sank augenblicklich. Die gesamte Besatzung von über sechshundert Mann ging zugrunde.

Jetzt jagten sich die Ereignisse.

Ein Schrei der Entrüstung gellte über Amerika. Rache für die Maine! durchbrauste es die Zeitungen: *Remember the Maine!* donnerte es in den Massen *meetings*. Denn für jeden Amerikaner war es selbstverständlich, daß ein heimtückischer spanischer Torpedo die Maine und ihre 600 Amerikaner in die Luft gesprengt hatte.

Die kubanischen Insurgenten wurden von der Regierung der Vereinigten Staaten als kriegführende Partei anerkannt. Scharfer spanischer Protest in unziemlichen Ausdrücken. Kurzer Notenwechsel, der die Lage nur verschärfte. Am 25. April erklärte das amerikanische Repräsentantenhaus, der Senat und der Kongreß, den Kriegszustand mit dem Königreich Spanien.

Am selben Tage noch erhielt das amerikanische Geschwader in Ostasien unter Admiral Dewey telegraphische Instruktionen. Nach fünf Tagen war die spanische Philippinenflotte in der Seeschlacht von Manila am 1. Mai 1898 vernichtet.

* *
*

Der Lausbub wäre nicht das Menschenkind voller Unrast und tiefgewurzeltem Drängen nach grellem Erleben gewesen, hätte sich nicht inmitten des Kriegslärms sein abenteuerliches Blut geregt. Das Soldatenblut vielleicht auch vom Großvater und Vater her, den alten Offizieren.

Ich verschlang die sich jagenden Nachrichten und brüllte mit in Jubel und Freude, als Lascelles mit der Depesche vom Siege bei Manila ins Reporterzimmer stürzte. Kein Stockamerikaner hätte begeisterter sein können! Wieder jagten sich die Ereignisse. Mit immer größerer Bestimmtheit trat die Nachricht auf, daß eine amerikanische Armee von der Insel Kuba Besitz ergreifen sollte und – ich wurde sehr nachdenklich, ohne eigentlich zu Wissen warum. Ich wurde zappelig. Wie schal und gleichgültig schien auf einmal das begeisternde Reporterleben! Ich wurde unzufrieden. Was scherte mich die Zeitung, wenn es Krieg gab! Krieg!! Blutigen Krieg! Kämpfe im tropischen Land!!!

Ich sah mich zwei Nächte hintereinander im unruhigen Traum als kolossal tapferen Offizier, der seine Leute im Sturm zum Siege führte … Und am nächsten Morgen kam mir die große Idee! Man mußte die Gelegenheit beim Schopfe packen! Die Möglichkeiten des Berufs mußten ausgenutzt werden bis zum letzten! Kriegskorrespondent wollte ich sein – aber selbstverständlich – *Kriegskorrespondent!!!*

* *
*

Ich drückte mich im Reporterzimmer herum, bis die Kollegen alle fort waren. Kaum war der langbeinige Ferguson mit seinen polternden Schritten als letzter aus der Türe gestiefelt, als ich schon auf den Schreibtisch in der Ecke zuschoß –

»Mac, haben Sie einen Augenblick Zeit für mich? Ich möchte gern in einer persönlichen Angelegenheit ...«

»Natürlich, mein Sohn«, unterbrach er mich lachend. »*Allright!* Wieviel brauchen Sie denn nun eigentlich?«

»Es – es handelt sich nicht um Geld, Mac.« stotterte ich.

»Nun, und wo brennt es dann?«

»Krieg – Kuba ...«

»Kuba, eh? Was in der Hölle haben *Sie* denn mit Kuba zu tun?«

Aber ich ließ nicht locker. »Glauben Sie wirklich, Mac, daß wir in Kuba einfallen werden?«

Er nahm seine goldene Brille ab und putzte sie bedächtig.

»Nun, ich bin nicht der Kriegsminister!« meinte er. »Aber Sie können immerhin Ihren letzten Stiefel darauf verwetten, daß die Insel ein bißchen besetzt wird von uns, denn sie ist die große Wurst, um die man sich zankt. Die Geschichte wird übrigens so ziemlich in Ruhe und Frieden ablaufen, denke ich mir. Die Spanier wären Narren, wollten sie uns ernsthaften Widerstand entgegensetzen. Na, es kann auch anders kommen. Vor allem aber reden Sie jetzt ruhig heraus, lieber Junge! Was wollen Sie eigentlich, zum Teufel? Was haben Sie sich da wieder in den Kopf gesetzt??«

»Ich will nach Kuba!«

»Dachte ich mir, *sonny*!«

Ich wußte, daß ich puterrot geworden war und merkte, daß ich ungeschickt stotterte in der Aufregung, aber jetzt hieß es reden, reden, reden ... »Mac – helfen Sie mir, Mac! Sie wissen ja nicht, wieviel mir daran liegt!! Mein Vater war Offizier – und ich wollte als Junge immer schon Offizier werden und – Sie verstehen mich vielleicht ...«

Allan McGrady nickte ernsthaft vor sich hin.

»Legen Sie ein gutes Wort für mich ein beim Alten, Mr. McGrady! Ich will gewiß kein Geld verdienen dabei. Nur mitkommen –«

»Pfui, wer wird auf die Preise drücken!« – »Oh, Mac, Sie wissen doch, wie ich es meine.«

»Ich weiß, ich weiß. Und nun Vertrauen gegen Vertrauen, Sie Mann der Tollheiten. Zwanzig Jahre bin ich im Zeitungsdienst. Mein Name ist nach meiner besten Überzeugung etwas wert in der Zeitungswelt und beim Alten. Nun sehen Sie: Ich würde drei Finger meiner linken Hand hergeben, wenn ich damit erreichen könnte, von Hearst nach Kuba geschickt zu werden! Drei Finger, mein Junge! Mit Vergnügen!! Mit wonnevoller Wonne!!!«

»Aber –« stotterte ich, aus allen Wolken gefallen. »*Sie* können das doch erreichen!«

Er lachte. »Es ist nett von Ihnen, mir das Unmögliche zuzutrauen. Ich könnte mir jedoch mit der gleichen Aussicht auf Erfolg es in den Kopf setzen, heute abend um sechs Uhr Präsident der Vereinigten Staaten sein zu wollen. Mann, Sie ahnen nicht, was es bedeutet, Kriegskorrespondent zu sein. Da schickt man die Auserlesensten der Auserlesenen hin. Leute von unermüdlicher Tatkraft, glänzende Federn – Männer, die in jeder Lage einen Ausweg zu finden wissen – Männer mit militärischen Kenntnissen ersten Ranges – ach du lieber Gott. Gibt es da unten wirklich ernsthafte Kämpfe, so sind die Hälfte der Kriegskorrespondenten für den Rest ihres Lebens gemachte Männer.

Die Namen der Glücklichen – Glück gehört auch dazu! – werden beinahe so berühmt werden wie diejenigen der siegreichen Generale. Schlagen wir's uns aus dem Kopf, mein Junge! Für unsere Zeitungen gehen selbstverständlich Davis und McCullock nach Kuba, kommt es so weit; Davis, der ein großer Schriftsteller und Hearsts Freund ist, und McCullock, der beim tollen Mullah im Sudan war! Das ist gar keine Frage!«

Da trat Lascelles ein.

»*Good morning*, Mac!« rief er. »Denken Sie mal, der Teufel ist endlich los! Washington telegraphiert die Mobilmachung der *National Guard*! Bedeutet natürlich, daß Onkel Sam nach Kuba marschiert. Und ich würde drei Finger drum geben, stände ich in McCullocks Schuhen!!« Mac blinzelte mir zu.

Als wolle er sagen: »Siehst du! Da ist noch einer! Einer, der schon hoch geklettert ist auf den Sprossen der Zeitungsleiter und trotzdem das nicht erreichen kann, was du dir in den dicken Schädel gesetzt hast. Du blutiger Anfänger … du!!«

*   *
*

Ich schlich mich fort. Miserabel schlecht arbeitete ich an jenem Tag, denn in meinem Kopf rumorte und lärmte und hämmerte es: Kuba – Kuba – Krieg …

Kreuz und quer lief ich durch das flaggengeschmückte San Franzisko. Unter aufgeregten Menschen, die von nichts sprachen als vom Krieg und von Kuba. Teufel – Teufel – – Und immer lauter rumorte in mir das trotzige blinde Wollen des Augenblicks, wie es noch hundert Male rumort hat in meinem späteren Leben, zum Glück manchmal, manchmal zu meinem Unglück. Später, wenn man die wirkliche Kraft gefunden und sich rückschauenden Humor eingefangen hat, denkt man gern an solche Augenblicke der Tollheit. Hat man sie doch auf Heller und Pfennig bezahlt in der Münze des Lebens und das Recht auf fröhliche Erinnerung erworben, mag auch die Vernunft sich wehren mit ihrem: Es wäre doch besser gewesen, wenn …

So lief ich umher in den Straßen.

Einem neuen Spielzeug nach, das hüpfende Teufelchen vor mir baumeln ließen und das ich nicht erhaschen sollte und das vielleicht nur deshalb so begehrenswert schien. Die Sehnsucht gestaltete sich zur fixen Idee. Sie wurde zum harten Wollen.

Der Lausbub dachte also nach. Dachte angestrengt nach, vernünftig. Über die Vernünftigkeit dieses Nachdenkens aber würde jeder andere Mensch sich krankgelacht haben: Es bestand im Wesentlichen darin, daß ich fortwährend dasselbe dachte – »Ich will aber nach Kuba! Zum Teufel, ich will aber doch nach Kuba!!«

Die kleinen Affären des Lebens, die links und rechts neben Kuba, und die schleierhafte Zukunft, die hinter Kuba lag, kümmerten mich furchtbar wenig. Sie waren nebensächlich. Erstens wollte ich mit in diesen Feldzug, und zweitens mußte ich mit, und drittens ging ich überhaupt auf jeden Fall mit! Darüber war ich mir nun klar, und damit schien mir die Angelegenheit erledigt.

Ich – mußte – unbedingt – nach – Kuba!!

Der Lausbub wird Soldat

Die verbogene Lebenslinie. – Ein schneller Entschluß. – Beim Oberleutnant Green vom Signaldienst. – Ich werde angeworben! – Abschied von Allan McGrady. – B Company des 1. Infanterieregiments. – Korporal Jameson. – Wiggelwaggeln. – Der sprechende Sonnenspiegel. – »Ich gehe nach Kuba!«

Daß meine Verhältnisse sich völlig ändern würden, der mühsam erarbeitete erste Lebenserfolg völlig über den Haufen geworfen wurde, die Zukunft sich anders gestalten mußte – an meine ganze schöne Lebenslinie dachte ich auch nicht einen Augenblick lang. Her nur mit dem praktischen Trotz, der törichte Wünsche in Wirklichkeit umsetzt!

Ich ging zum Oberleutnant Green ins Presidio.

»Hoffentlich kommen Sie nicht in beruflicher Angelegenheit«, sagte er lächelnd, als ich in das kleine Signalbureau im Adjutanturgebäude trat, »denn nicht ein Wörtchen könnte ich Ihnen in diesen Zeiten sagen. Befehl von Washington!«

»Das wäre an und für sich schon eine Neuigkeit im Zeitungssinne!« lachte ich. »Aber ich komme mit einer persönlichen Bitte ...« Und ich erzählte ihm, was ich mit Allan McGrady gesprochen hatte und erklärte, daß ich es mir nun einmal in den Kopf gesetzt hätte, den Feldzug mitzumachen. Der Offizier hörte aufmerksam zu.

»Sie wollen also Soldat werden?«

»Ja.«

»Und Ihr Beruf?«

»Auf den pfeif' ich!«

»Hm. Haben Sie sich da in Ihrer Enttäuschung über die Kriegskorrespondentengeschichte nicht in eine Idee verrannt, deren Tragweite Sie nicht übersehen? Würden Sie sich unter allen Umständen anwerben lassen, auch wenn ich nicht helfe?«

»Ja, unter allen Umständen.«

»Schön. Wie alt sind Sie?«

»Zwanzig Jahre und drei Monate.«

»Hm. Das Gesetz schreibt zwar ein Alter von 21 Jahren vor, aber um der paar Monate willen wollen mir uns nicht streiten. Ich will Ihnen helfen. Sie scheinen ja ernstlich genug zu wollen, und des Menschen Wille ist sein Himmelreich. Unter den besonderen Umständen wird Ihnen übrigens eine kurze Dienstzeit in der blauen Jacke Onkel Sams gar nicht schaden. Nun hören Sie, bitte, genau zu. Was ich Ihnen jetzt sage, ist vertraulich: Wir könnten Sie im Korps gebrauchen, und das wäre wohl auch das Beste für Sie, schon weil die Arbeit sehr interessant ist. Telegraphieren können Sie ja schon. Der Haken ist nur der, daß ich zur Anwerbung nicht autorisiert bin. Der Signalkorpsdienst der Vereinigten Staaten besteht augenblicklich nur aus etwa dreißig Offizieren und etlichen fünfzig Sergeanten. Mannschaft haben wir vorläufig gar nicht. Ich erwarte jedoch von Stunde zu Stunde die Order, die ein Signalkorps im größeren Stil für den Krieg organisiert. Sie lassen sich also jetzt für das hiesige Regiment, das 1. Infanterieregiment, anwerben. Ich werde dafür sorgen, daß Sie sofort zum Telegraphendienst abkommandiert werden, und sobald das neue Signalkorps autorisiert ist, werde ich Sie versetzen lassen. Abgemacht?«

»Ja.«

»Schön. Sie müssen sich auf drei Jahre verpflichten, aber eine vorherige Entlassung würde keinen besonderen Schwierigkeiten begegnen, wenn Sie eine solche nach Beendigung des Feldzugs wünschen.«

Ich horchte auf, denn das war es gerade, was ich wollte!

»Abgemacht?«

»Ja.«

»*Well*, ich hoffe, daß Sie den Schritt, den Sie heute unternehmen, nicht bereuen werden. Und nun wollen wir die Sache ins Reine bringen. Warten Sie hier einen Augenblick, bitte. Ich werde den Adjutanten verständigen, der Sie formell anwerben wird.«

Nach kurzer Zeit kam er wieder. »Kommen Sie mit, bitte!«

Wir gingen über den Korridor ins Adjutanturzimmer. Dort saß an einem Schreibtisch ein junger Leutnant, und an einem großen Tisch arbeiteten zwei Sergeanten. Fast gleichzeitig mit uns trat ein Militärarzt ins Zimmer, der mich in einen Nebenraum winkte. Ich mußte mich auskleiden und wurde untersucht. Das war in wenigen Minuten geschehen. Dann ging's wieder ins andere Zimmer, und der Leutnant stellte mir die knappen geschäftsmäßigen Fragen der Anwerbung. »Sie wollen freiwillig in den Kriegsdienst der Vereinigten Staaten treten?«

»Es ist keinerlei Zwang auf Sie ausgeübt worden?«

»Sie sind nicht verheiratet?«

»Sie sind im Besitz der amerikanischen Bürgerpapiere?« (Oberleutnant Green flüsterte da dem Adjutanten etwas zu, und ich glaubte zu verstehen: Ist *allright* – ich bürge für den Mann.) Der Werbeoffizier wartete keine Antwort ab. »Natürlich. Sie stammen aber von deutschen Eltern, nicht wahr?«

So kam ich um die Notwendigkeit herum, meine Absicht, Bürger der Vereinigten Staaten werden zu wollen, feierlich beschwören zu müssen. Da ich diese Absicht durchaus nicht hatte, so erfreute mich das ungemein. Wäre es aber notwendig gewesen, so hätte ich damals sieben Bürgererklärungen abgegeben und sieben Eide geschworen, nicht nur einen. Ich wollte doch nach Kuba!

Fünf Minuten später hatte ich dem Adjutanten die kurzen Worte des Fahneneids nachgesprochen und war Soldat in *Company B, 1st Regiment, US. Infantry* – bis um acht Uhr morgens des nächsten Tages beurlaubt, um meine Angelegenheiten in Ordnung zu bringen.

* *
*

Allan McGrady fiel beinahe vom Stuhl –

»Heh? Sagen Sie das noch einmal!« schrie er.

»Ich habe mich im Presidio anwerben lassen. Ich wollte nun einmal nach Kuba ...«

»Ist also kein schlechter Witz?«

»Nein.«

»Sie Dickschädel – Sie ganz unglaublicher Dickschädel! Ich pflege mir meine Entschlüsse gerade auch nicht vier Wochen lang zu überlegen, aber das bricht doch den Rekord! Läuft das Söhnchen hin und wird Soldat! Mir nichts, dir nichts! Weshalb sind Sie denn eigentlich nicht zu mir gekommen? Hätten mir doch wenigstens sagen können, was Sie vor hatten! So viel Vertrauen zu mir hätten Sie doch wenigstens haben können!«

Ich versuchte, ihm zu erklären, daß das alles sehr plötzlich gegangen war.

»Verdammt plötzlich!« rief McGrady. »Verdammt unüberlegt. Sie haben sich in die Nesseln gesetzt! Aber ich werde dafür sorgen, daß Ihnen aus Ihrem Anstellungsvertrag mit dem Examiner keine Schwierigkeiten erwachsen. Schließlich hat jeder Dickkopf das Recht, sich den Schädel an derjenigen Mauer einzurennen, die ihm am besten gefällt!«

Er lachte und nickte vor sich hin. »Im Grunde verstehe ich Sie ja. Ich glaube überhaupt, daß in mir ein besonderes Verständnis ist für – nun, sagen wir, unschilderbare Sausewinde Ihres Schlags; die Götter mögen wissen, weshalb und woher. Also: Die Dummheit haben Sie nun einmal gemacht, denn eine Dummheit ist es vom Standpunkte der Vernunft. Eines möchte ich Ihnen aber sagen, mein Junge – sorgen Sie dafür, daß Sie so schnell als möglich wieder aus der Uniform schlüpfen, wenn die Geschichte vorbei ist! Sie sind viel zu jung, als daß man auch nur eins Ahnung haben könnte, was aus Ihnen noch werden wird, aber – *well*, das ist alles Unsinn! Lassen Sie von sich hören, *sonny*!«

»Ich bin Ihnen sehr dankbar, Mac.«

Und der gereifte Mann, der mir stets ein väterlicher Freund gewesen war, schüttelte mir die Hand. Der Amerikaner hatte Verständnis für den abenteuerlichen Drang und dessen Wert im Leben. In der alten Heimat drüben hätten sie mich einen leichtsinnigen Narren genannt: mehr noch, einen Verlorenen, der eine gesicherte soziale Stellung um einer Laune willen wegwarf. Ich wollte aber auf meine eigene Fasson selig oder unselig werden ...

»Übrigens wollte ich auch als Soldat für den Examiner schreiben über –«

Mac unterbrach mich. »Werden verdammt wenig Zeit und Gelegenheit dazu haben! Lassen Sie aber von sich hören. Kommen Sie wieder, so wartet hier ein Platz für Sie: gegen Zeilengeld im schlimmsten Fall.«

Noch ein Händedruck.

Ich habe Allan McGrady nie wieder gesehen.

*   *
*

»B« *Company* des ersten regulären Infanterieregiments war auf voller Kriegsstärke und ich der einzige Rekrut. Meine Ausbildung drängte sich in Tage zusammen, und wenn der Lausbub auch Lust und Talent gehabt hätte, zu nachdenklicher Besinnung zu kommen, so würde er doch ganz gewiß keine Zeit dazu gehabt haben.

Ein neues Spiel begann. Ein Wirrwarr neuen Lernens. Der alte Korporal meiner »*squad*« wurde dazu abkommandiert, mich in seine besondere Obhut zu nehmen. Zum Uniformdepot ging es zuerst, und in einer Stunde war ich ein bewaffneter und uniformierter blauer Junge Onkel Sams geworden. Hellblaue Hosen, knappe dunkelblaue Jacke, Mütze. Alles neu, aus ausgezeichnetem Stoff, gut sitzend. Die Sparsamkeiten der Alten Welt, deren Armeen ihre Uniformen von Soldatengeneration auf Soldatengeneration vererben, liebt der Amerikaner nicht. Dafür bezahlt er für seine kleine Armee ein Militärbudget, das fast so hoch ist wie diejenigen der europäischen Mächte … Mein Bett, die »*bunk*«, wurde mir angewiesen im Mannschaftszimmer, mit nagelneuen Wolldecken und nagelneuem Bettzeug. Dann marschierte mich der alte Korporal nach einem einsamen schattigen Fleckchen in einer Eichenallee beim großen Paradefeld des Presidio, und heiße Arbeit begann. Leibesübungen. Kommandodrill. Gewehrgriffe. Arbeit von morgens bis abends, aber Arbeit, die mir genau die gleiche Freude machte wie das Lernen auf der Texasfarm und in der Texasapotheke und bei der San Franziskozeitung, denn wie jenes weckte sie den Ehrgeiz, sich geschickt und rasch auffassend zu zeigen. Und dann war's eine kleine Episode. Das Große lag im Kommenden. Fabelhaft rasch ging's mit der Ausbildung. Korporal Jameson, der schnauzbärtige alte Kalifornier verstand sein Soldatenmetier von Grund auf und hielt sich nicht mit langweiligen Wiederholungen auf, sobald er merkte, daß der neue Kompagnierekrut begriffen hatte.

»*Your're allright*«, sagte er. »Lesen Sie das Zeug selber!« Und gab mir sein *Manual of Infantry-Drill*, das Infanteriereglement. Da suchte ich mir die einfachen Anweisungen für den Kompagniedrill heraus, während er gemütlich seine Zigarette rauchte, und dann probierten wir's praktisch.

Wenn ein einziger alter Unteroffizier sich Tag auf Tag einzig und allein nur mit der Ausbildung eines einzigen jungen Soldaten beschäftigt, der weder dumm noch faul ist, so können Wunder an Schnelligkeit erzielt werden. Zehn Stunden und mehr im Tag wurde gearbeitet. Zu dem Infanteriedrill kam während zwei Stunden des Nachmittags Unterweisung im Signaldienst durch den Signalsergeanten Hastings. In Flaggensignalen vor allem, denn so einfach auch der Code des »Wiggelwaggelns« war, so erforderte es doch viel Übung des Auges und beim Gebrauch des Feldstechers. Aber es war sehr interessant. Die großen Signalflaggen, zwei Meter beinahe im Quadrat und an einer drei Meter langen Stange befestigt, bildeten die Buchstaben durch ein Geschwungenwerden nach rechts und nach links. Die rechte Seite hieß 2, die linke 1. So bedeutete ein einmaliges Schwingen nach rechts den Buchstaben *c*. Aber in der Signalsprache sagte man nicht *c*, sondern 2. Alle Buchstaben waren Kombinationen dieser beiden Ziffern. 22, also ein zweimaliges Schwingen nach rechts, bedeutete *a*; 11, ein zweimaliges Schwingen nach links, bedeutete *n*: 212, rechts – links – rechts war *m*. Eine Pause, ein gerades Emporhalten der Flagge vor dem Leib trennte die einzelnen Buchstaben. Ein gerades Niederschwingen der Flagge auf den Boden zeigte das Ende eines Wortes an; ein zweimaliges Niederschwingen den Schluß eines Satzes; ein dreimaliges den Schluß der Depesche. Die Flaggen, die je nach der Witterung, der Sichtigkeit und dem Hintergrund aus Rot mit weißem oder Weiß mit rotem Zentrum bestanden, waren auf sehr große Entfernungen sichtbar. Wir verständigten uns mühelos vom Presidiohügel nach dem Meeresstrand hinunter, eine Entfernung von fast zwei Kilometern.

Noch viel mehr Freude machte mir der Heliographendienst, denn hier konnte eine Geschwindigkeit erzielt werden, die dem Telegraphieren wenig nachstand. Es war ein raffiniertes kleines Instrument, dieser sprechende Sonnenspiegel – zwei auf einer stählernen Querstange angebrachte Spiegel, die sich durch ein Präzisionswerk von Schrauben nach jeder Richtung hin einstellen ließen. Der eine Spiegel wurde durch Korn und Kimme wie bei einem Gewehr scharf auf den Empfänger einvisiert, der andere so, daß er die Sonnenstrahlen direkt auffing. Die beiden Spiegel ergänzten sich und warfen nach den feststehenden Regeln der Lichtspiegelung und ihrer Brechungswinkel zusammen ein glänzendes Licht in Form einer großen künstlichen Sonnenscheibe nach dem anvisierten Punkt.

Vor den Spiegeln stand eine Deckplatte, die durch leichten Fingerdruck geöffnet und geschlossen werden konnte. Mit langen und kurzen Lichtblitzen übermittelte man so die Buchstaben des Morsealphabets.

Daneben kamen Übungen im Legen und Verbinden von Telegraphen- und Telephonleitungen und das interessante Anzapfen, das »Melken« der städtischen Drähte auf offener Straße mit unseren Taschenapparaten.

Der Signalrekrut wurde auf den Krieg vorbereitet.

Holtergepolterarbeit war es, mit viel Aufregung und mit vielem Lernen. Und mir gefiel es immer besser im Soldatenrock.

Von meinen Freunden beim Examiner hörte ich nur ein einziges Mal.

Das war an einem Nachmittag, als ich auf Jamesons Kommandos voller Eifer mit Holzpatronen »schnellfeuerte«. Da tauchten am Alleerand zwei Gestalten auf, und als ich hinsah, erkannte ich Ferguson und Hayes. Gemütlich kauerten sie sich unter eine Eiche und sahen zu.

»Wohl Freunde von Ihnen?« fragte der Sergeant leise. »Ja? Dann wollen wir Schluß machen!« Wie alle Sergeanten witterte Jameson Bier! »Weggetreten!« kommandierte er.

Zwei Stunden später brachte ich meine Freunde zum Fortausgang.

»Freund. Sie sind ein großer Narr!« sagte Ferguson. »Aber wenn ich so jung wäre wie Sie, hätte ich's vielleicht auch so gemacht. Viel Glück!«

Ich aber dachte: »Der Narr bist du, guter alter Ferguson. Du mußt in San Franzisko bleiben – und ich gehe nach Kuba!«

Sternenbanner auf dem Wege nach Kuba

Der Krieg des Leichtsinns. – Aus Leutnants werden Majore. –
Eine kleine Vergeßlichkeit. – Segenswünsche und
Vorschußlorbeer. – Von lieben diebischen Mägdelein. – Die Armee
in Hemdärmeln. – Das militärische Telegraphenbureau in
Tampa. – Die spanische Gespensterflotte. – Admiral Cervera in
der Falle von Santiago de Cuba. – Die Depeschenhölle. –
Roosevelts Rauhe Reiter ohne Gäule! – Auf dem Meer. – Eine
schwäbische Überraschung. – Von redenden Tuchfetzen und
sprechenden Wolken. – Nachtalarm. – Beginn des Bombardements
von Baiquiri

Das Kriegsfieber schüttelte Amerika.

Ein guter Mann, so sagen kluge Frauen, muß wie ein Kind sein, in seinem Tiefsten, Innersten, Wahrsten. Unter der männlichen Oberfläche, die in der Welt draußen ein einheitliches Gefüge von Kraft und Arbeit scheint, versteckt sich das große Kind mit dem Lachen und Weinen des Kindes, dem aufstampfenden Trotz und der Weichheit, dem Begehren nach Spielzeug, dem begeisterten Haschen nach allem Neuen, dem Leichtsinn, den Ungezogenheiten. Dies Kindsein liegt tief in der Natur der Männer des amerikanischen Reichs; tiefer als in irgend einem anderen großen Volk. Das Draufgängertum, das Jungfrische, das Kindliche. Die Männer, die später die Kosten des Panamakanalbaus um die Kleinigkeit von 500 Millionen unterschätzten, weil sie viel zu begierig nach dem neuen Spielzeug waren, sich bei langweiligem Rechnen lange aufzuhalten, sprangen mit gleichem Unbekümmertsein in Kriegstrubel und Kriegsgefahr.

In Tagen wurde eine Armee aus dem Boden gestampft. Der Miliz mit ihrem ausgezeichneten Menschenmaterial fehlte es an Offizieren. Da beförderten die amerikanischen Kinder ganz einfach fast jeden Offizier der regulären Armee um einen, zwei, oft drei Grade, machten die Leutnants zu Majoren, die alterfahrenen Sergeanten zu Leutnants, und steckten sie in die Milizregimenter. Die Glückssoldaten holte man herbei, die in den südamerikanischen Revolutionen Truppen geführt und Pulver gerochen hatten. Ein Roosevelt pfiff auf sein Ministerportefeuille und wurde aus dem Unterstaatssekretär der Marine ein einfacher

Reiteroberst, der Rauhe Reiter warb. Zeltlager erstanden überall im Land. Millionen von Goldstücken wurden mit vollen Händen hinausgeschleudert, den Kriegsbedarf über Nacht zu schaffen. Es fehlte an Torpedojägern, an Depeschenbooten. Da kaufte man für Unsummen die schnellsten Hochseeschlepper und die flinksten Privat-Yachten der amerikanischen Häfen, armierte sie mit Geschützen – und die Flottenergänzung war fertig. Man verschwendete Millionen an die Ausrüstung der Invasionsarmee – und die großen Kinder vergaßen ganz, ihr auch nur eine einzige Feldbäckerei, eine einzige Kaffeemühle zu beschaffen. Schiffszwieback, fetten Chicagospeck, ungebrannten Kaffee gab man ihr mit als Tropenkost! Hätten die Kämpfe um Santiago nur drei Wochen länger gedauert, so wäre auch der letzte Mann von Zwanzigtausend von der Speckruhr gepackt worden. Die leichtsinnigen Kinder, die sich auf die deckende Macht an Menschen und Gold ihres Landes verließen, rechneten ja gar nicht damit, daß der Feldzug länger als einige Wochen dauern könnte. Gelandet – gesiegt – die Spanier über den Haufen geworfen! So rechnete man! Beinahe – beinahe – wäre es anders gekommen!

Ein Krieg des Leichtsinns und des Optimismus.

*　*
*

General Shafter, der kommandierende General des Departements der pazifischen Küste, war zum Höchstkommandierenden der Invasionsarmee ernannt worden. Mein Oberleutnant Green zum Oberst und Chef des Signaldienstes. Zwölf Stunden nach Eintreffen der Marschorder zogen der Stab des Kommandierenden und das erste Infanterieregiment durch das flaggenwimmelnde, jubelnde San Franzisko, und auf der *Southern Pacific* ging es gen Süden und Osten, vom Stillen Ozean zum Atlantischen Meer, nach Tampa in Florida. Dort konzentrierte sich die Invasionsarmee.

Im Schlafwagen fuhren wir! Selten wohl ist eine Armee so teuer, so bequem, so schnell befördert morden. An den Hauptstationen hatten die begeisterten Bürger riesige Tische aufgestellt und sie mit guten Sachen beladen, und wenn der Zug hielt, dann konnte man sich einfach nicht retten vor händeschüttelnden Männern, die einem Zigarren in die Taschen stopften, und alten Damen, die einen mit Delikatessen und frommen Segenswünschen überschütteten. Es war wie eine Fahrt durchs Märchenland inmitten von lauter Knusperhäuschen, die man nur anzubeißen brauchte. Von den Karten kriegerischer Zeiten hat in jenen Tagen gewiß kein einziger Mann der Zwanzigtausend, die auf Schnellzügen nach Florida eilten, auch nur das Geringste verspürt. Nichts war zu gut und zu teuer für die blauen Jungens.

Es gab Vorschußlorbeer in gehäuften Massen. Wer eine Uniform trug, wurde verhätschelt – besonders von der jungen Weiblichkeit. Onkel Sams Töchter hatten es sich in ihrer glühenden Begeisterung in die Köpfchen gesetzt, sich wenigstens kriegerische Trophäen unter die Kopfkissen zu stecken und vom Krieg zu träumen, konnten sie selbst nicht kämpfen. In Scharen überfielen sie unseren Zug an jeder Haltestelle und geizten nicht mit Küssen und Versprechungen, für uns zu beten. Das war sehr angenehm. Ich bin leider nie wieder in meinem Leben von so vielen holdseligen Mägdelein geküßt worden.

Weniger angenehm jedoch war, daß die Frauenzimmerchen dabei stahlen wie die Raben! Sie mausten die Patronen aus den Gürteln und schnitten einem beim Küssen heimtückischerweise die blanken Knöpfe von der Uniform. Am zweiten Tag hatte ich überhaupt keine Knöpfe mehr am Rock und mußte mir Sicherheitsnadeln erbetteln, meine Blöße zu decken. Die farbiggestickten Flaggen an den Ärmeln, das Abzeichen des Signalkorps, und die Messingflaggen an der Mütze gingen schon am ersten Tag heidi. Aber es war dennoch sehr schön. Knöpfe konnten ja telegraphisch nachbeordert werden.

So zogen wir gegen Tampa, den berühmten Winterbadeort der amerikanischen Millionäre, und – schnappten entsetzt nach Luft. Tampa mochte ja ein Traum von Schönheit sein im Winter – jetzt, im Sommer, konnte man es ein Vorgemach der Hölle nennen. Wir zogen uns schleunigst die Röcke aus und nahmen sie so bald nicht wieder in Gebrauch. Sobald – das heißt, vier Monate lang, denn kurz darauf in Kuba trug man erst recht keinen Rock. Man nannte uns schwitzende Gesellen die Armee in Hemdärmeln! Feuchtheiß war die Luft und heiß der gelbe Sand und lauwarm das Wasser des Meeres am Strand. Sengende Hitze lagerte über den Tausenden von Zelten, die das Städtchen umrahmten, und es mag ungemütlich genug gewesen sein in den winzigen Segeltuchhütten. Dagegen hatten wir vom Signaldienst das große Los gezogen. Wir wohnten vornehm im Tampahotel, das sonst nur Millionäre beherbergte.

Im Privatbureau des Hotelbesitzers war der militärische Telegraphendienst eingerichtet worden.

Dort hauste der Teufel der Aufregung.

Während der Tage des Wartens auf das Einschiffen lebten wir Telegraphisten in ständigem Hasten. Das Signaldetachement bestand aus
Oberst Green, dem Major Stevens, vom Artillerieleutnant drei Grade
höher befördert, dem Leutnant Burnell, vom Signalsergeanten befördert,
sieben Sergeanten und vierzig Mann. Ich gehörte zu der Stabsabteilung
von sechzehn Mann unter Major Stevens. Die übrigen, von denen wir
völlig getrennt waren, bildeten das Ballon-Detachement. Wir Signalleute
waren sehr selbständig, denn die Offiziere wurden durch den geheimen
Nachrichtendienst, die Verhandlungen mit kubanischen Insurgenten,
das Dechiffrieren ganz in Anspruch genommen. Die Verantwortung
des eigentlichen telegraphischen Dienstes war uns ganz allein aufgehalst.
Das Arbeiten mit den vorzüglichen Apparaten und der gut funktionie-
renden Linie bot freilich äußerlich keine Schwierigkeiten. Aber man
lebte in einer Luft furchtbarer Aufregung. Wir sechzehn Mann, drei
Sergeanten darunter, hatten vier Morseapparate und vier *long distance*
Telephone zu bedienen. Die Arbeit hetzte. Es schwirrte von Depeschen
aus Washington. Die Rapportmeldungen jagten sich, wurden doch alle
Telegraphenleitungen, nach dem Norden sowohl wie besonders nach
den kleinen Floridainseln, militärisch überwacht, um ein Anzapfen
des Drahtes durch Spione zu verhindern, und die Führer der Patrouillen mußten sich in bestimmten Zeitabständen melden. Ein unbeschreiblicher Wirrwarr von Ausrüstungsfragen, Personalangelegenheiten,
Chiffretelegrammen huschte über den Draht. Tag und Nacht arbeiteten
wir im Schweiße unserer Angesichter. Kaum Zeit zum Schlafen fanden
wir. Jeder Einzelne von uns war gewarnt worden, daß jede Nachlässig-
keit im Aufnehmen von Meldungen durch ein Kriegsgericht schwer
bestraft werden würde. Verrat von Telegrammen wurde mit Erschießen
bedroht. Aber mit keinem Zeitungskönig hätt' ich getauscht!

Denn keiner in der Armee außer den höchsten Offizieren konnte
dem Pulsschlag der Ereignisse so lauschen wie wir Signalleute.

Unsere gierigste Neugier galt den Telephonen. Über sie kamen die
wichtigsten Depeschen, telegraphisch abgeklopft zur Vorsicht, mit einem Bleistift am Schallbecher, im Armeecode, der sich vom üblichen
Morse etwas unterschied. Die Meldungen der Flotte.

In den Tagen des Hangens und Bangens in Tampa galten alle Hoffnungen und alle Befürchtungen den Nachrichten vom Meer. Die spanische Flotte in Westindien war verschwunden. Man wußte, daß kurz vor Ausbruch des Krieges in den kubanischen Gewässern nur einige Stationsschiffe gewesen waren, ein starkes Geschwader aber unter Admiral Cervera auf hoher See kreuzte. Nach diesem spanischen Geschwader suchten seit vielen Tagen in nimmerendender Jagd die gesamten atlantischen Seestreitkräfte der Vereinigten Staaten. Torpedoboote und Torpedojäger huschten von kubanischem Hafen zu kubanischem Hafen. Die Linienschiffe patrouillierten den Ozean weithin ab. Cervera und seine Flotte blieben verschwunden – und waren doch wieder gegenwärtig wie ein aus dem Nichts drohendes Gespenst. Die Kenntnis ihrer Stellung, ihre Vernichtung war der Angelpunkt, um den alles sich drehte. Schien doch ein Transport von zwanzigtausend Mann in ungeschützten Schiffen selbst unter stärkster Flottenbedeckung ein *va banque* Spiel, solange die Gefahr bestand, daß Cervera die in sich selbst wehrlosen Truppenschiffe angreifen würde. Bis eine Seeschlacht geschlagen war, konnten alle Transportschiffe gesunken sein!

Tag für Tag kamen und gingen die Gerüchte und die falschen Meldungen. Da telephonierte ein Torpedojäger von einer der winzigen Floridainseln, siebzig Seemeilen südlich seien starke Rauchwolken gesichtet worden: Bericht folge. Drei Stunden später kam zum Herzbrechen enttäuschend die Aufklärung: Englischer Kohlentramp! Beschlagnahmt! Oder es hieß: Gestern gemeldeter Radius abgesucht. Erfolglos …

Von Stunde zu Stunde stieg die Aufregung in Tampa. In dem kleinen Vorzimmer des Telegraphenraums warteten ständig Offiziere des Generalstabs auf die neuesten Drahtmeldungen, und selten verging ein halber Tag, in dem nicht die unsinnigsten Gerüchte umherschwirrten. Bald sollte ein spanisches Torpedoboot unweit Tampas gesichtet worden sein – bald gar eine entscheidende Seeschlacht geschlagen … Draußen aber in Port Tampa an den riesigen Kais harrten in langen Reihen die schwarzen Kolosse der Transportdampfer, ständig unter Dampf.

Bis das Gespenst beschworen wurde.

An einem heißen Sonnenmorgen kam, wieder von einer der kleinen Inseln bei Key West, eine Depeschenboot-Meldung der Flotte übers Telephon:

Gesuchtes Santiago!

In den Hafen von Santiago de Cuba hatte sich die spanische West-indienflotte geflüchtet, um zu kohlen und zu reparieren. Und saß in der Falle! Jener Hafen lag weit inland, und seine Einfahrtstraße war so schmal, daß zwei Schiffe sie nicht gleichzeitig passieren konnten – vor dem Hafen aber lag nun das starke atlantische Geschwader der Vereinigten Staaten. Die spanische Flotte konnte nicht heraus. Die amerikanische nicht hinein. Die Spanier durften den Durchbruch kaum wagen, hätten sie sich doch einzeln Schiff für Schiff angreifen lassen müssen: die amerikanische Einfahrt hinderten Seeminen und die Ka-nonen des Morrokastells am Hafeneingang.

Sergeant Souder hatte die Depesche dem Kommandierenden ge-bracht. Eine Viertelstunde später stürmte ein Generalstabsoffizier herein, schloß vorsichtig die Türe und erklärte uns halblaut, daß der-jenige um seinen Kopf rede, der auch nur den Namen Santiago de Cuba erwähnen würde. Als er gegangen war, sahen wir uns mit glän-zenden Augen an, und der alte Sergeant Hastings ließ eisige Limonade bringen mit sehr viel Sodawasser und sehr wenig Sherry, denn er und wir alle wußten, daß jetzt harte Arbeit kam. Es dauerte auch nur Mi-nuten, bis Oberst Green erschien und den telegraphischen Befehl an alle Hauptstationen gab: Draht nach Washington frei bis auf weitere Order! Damit war aller Privatverkehr und jeder amtliche Verkehr der Zwischenstationen ausgeschaltet. Eine Depesche konnte wenige Minuten nach Abgang von Tampa schon im Weißen Haus in Washington vom Präsidenten und vom Kriegsminister gelesen werden.

Während der nächsten zwanzig Stunden war das Telegraphenzimmer eine Hölle. Schweißtriefend saßen wir vor den Apparaten, uns jede halbe Stunde ablösend, und sandten und empfingen die endlosen Chiffretelegramme.

Die Würfel der Entscheidung waren im Rollen.

* *
*

Shafters Armee sollte Santiago de Cuba angreifen. Wenn diese Festung fiel, war die spanische Flotte den vereinigten amerikanischen Streitkräf-ten zu Wasser und zu Lande ausgeliefert.

Revolver umgeschnallt, den Krag-Jörgensen Karabiner zur Hand, Tornister neben uns, so arbeiteten wir bis zur letzten Minute, während die Armee sich einschiffte. Als die letzten gingen wir an Bord. Je zwei von uns waren auf ein Transportschiff zum Signaldienst während der Fahrt kommandiert worden. Den Namen meines Dampfers habe ich vergessen, das Schiff aber und seinen Kapitän nicht. Es war eines der kleinsten, vollbepackt mit Maultieren, die zum Lastentransport verwendet werden sollten; den einzigen Vierfüßlern der Invasionsarmee außer ganz wenigen Pferden für den Stab.

Die Pferde der Kavallerie mußten auf Shafters Befehl in Tampa zurückgelassen werden, weil unsere Kundschafter gemeldet hatten, daß Kavallerie in dem Kriegsgelände keine Verwendung finden könne. Teddy Roosevelt und seine Rauhen Reiter von Cowboys stellten sicherlich ein Kavallerieregiment dar, nach dem jeder Kavalleriegeneral sich die Finger geschleckt hätte, und ihren Weltruhm haben er und sein Regiment ehrlich und ernsthaft verdient. Aber komisch bleibt es doch, daß der berühmte Rauhe Reiter Name mit Gäulen so gar nichts zu tun hat. Als Infanteristen kämpften sie und fluchten sehr, weil der kurze Karabiner viel schlechter schoß als das Infanteriegewehr.

Sergeant Souder und ich kletterten über den schmalen Laufsteg an Bord unseres Dampfers und suchten, wie das selbstverständlich war, sofort den Kapitän auf. Während wir die Treppe zur Kommandobrücke hinaufstiegen, gellten die Dampfpfeifen, und die Transportflotte setzte sich in Bewegung.

»Runter mit euch!« schrie der Kapitän. »Hab keine Zeit! Auf der Kommandobrücke habt ihr überhaupt nichts zu suchen!«

»Ein nervöser Herr!« lächelte Souder, und wir stiegen wieder auf Deck.

Eine Stunde später – wir beobachteten durch unsere Feldstecher das majestätische Schauspiel der dahindampfenden Truppenschiffe und Kreuzer, über fünfzig an der Zahl – kam Mr. Kapitän auf Deck und sprach uns ungnädig an:

»Signalkorps?«

»Jawohl.«

»Auf meiner Kommandobrücke habt ihr nichts zu suchen – mein Signalisieren kann ich selber besorgen. Verstanden?«

Souder grinste.

»Ich fürchte, Sie irren sich«, sagte er gelassen. »Ich und mein Kamerad sind für den militärischen Signaldienst auf diesem Schiff verantwortlich und müssen schon bitten, auf die Kommandobrücke zugelassen zu werden. Vom Deck sind Flaggen nicht sichtbar. Sie haben doch sicherlich entsprechende Befehle erhalten, Herr Kapitän?«

»Hier kommandiere und signalisiere ich!« schrie der cholerische Herr.

In mir aber war ein großes Lachen, hatte ich doch den deutschen Akzent herausgehört und freute mich über den deutschen Dickschädel.

»Weshalb sind Sie eigentlich so wütend, Kapitän?« fragte ich ganz ernsthaft in deutscher Sprache.

»Jesses noi!« schrie er. Das kleine Männchen war wie umgewandelt. »Jetzt isch der Aff von 'm Signaliste au no deutsch – noi! Wo kommet denn Sie her?«

»Das ist eine furchtbar lange Geschichte«, sagte ich, wieder sehr ernsthaft. »Aber seien Sie doch friedlich. Wir tun hier nur unsere Pflicht. Es wäre Ihnen doch sehr unangenehm, wenn wir uns mit dem Flaggschiff in Verbindung setzen und uns beschweren müßten. Sie sind doch benachrichtigt worden, daß das Signalkorps den Signaldienst übernimmt?«

»Ha – freili! Wisset Se, i ha' ja auch nix dagege'! I bin nur aus 'm Häusle g'wese, weil die Offizier' mi chikaniert habe. Ha! Signalisiere Se, soviel Se wöllet! Ha! 's freut mi!«

Um die Geschichte kurz zu machen – Mr. Kapitän war ein Württemberger, auf allerlei Umwegen in die Dienste einer New Orleans'er Reederei und jetzt als Kapitän des gecharterten Dampfers in die Dienste Onkel Sams geraten. Fortan aber schliefen Souder und ich in der besten Kabine und wurden genährt wie zwei Herrgötter in Frankreich – einschließlich gelegentlicher Flaschen Sekt. Der Lausbub hatte wiederum Glück gehabt!

Souder entweder oder ich, alle beide meistens, waren Tag und Nacht auf der Kommandobrücke. Wären wir nicht so begeistert, so aufgeregt, so gierig nach Nachrichten gewesen, so hätten wir wahrscheinlich furchtbar geflucht über das Unwesen des Signalisierens der Marine. Nie ließen die Flaggen einem Ruhe! Ich weiß nicht, wie das bei anderen Flotten gehalten wird, aber die Amerikaner jedenfalls waren darin ekelhaft. Entweder wollte man von uns wissen, wie's um die Gesundheit der Maultiere stünde, oder man wiggwaggelte unter dem dringenden Alarmsignal, der Dampfer habe wenigstens fünf Meter zu wenig Kielabstand, oder irgend jemand sandte seine Komplimente und wünschte zu erfahren, weshalb das Antwortsignal auf die Depesche vorhin nicht prompter gegeben worden sei. Außerdem sausten beständig die flinken Torpedoboote um uns herum und trompeteten alle Augenblicke irgend etwas Überflüssiges durch ihre Megaphone, um auch ihren Senf dazu zu geben. Der cholerische Schwabe wurde beinahe verrückt vor Wut. Wir aber lernten Geduld und Humor und ärgerten gelegentlich das Flaggschiff, indem »*Souder, 1st class sergeant U.S. Signalcorps* im Auftrage des Kapitäns in Kommando des Truppenschiffs so und so« Anweisungen für die Behandlung eines fiktiven kranken Maulesels erbat, dem wir natürlich die scheußlichsten Symptome andichteten. Dann lachte die gesamte Flotte und signalisierte (durchaus unoffiziell zwar) schlechte Witze und gänzlich unausführbare Ratschläge. Die Kinder, die gute Männer doch sein sollen, wollten ihr Spielzeug haben, selbst in ernstesten Zeiten.

In hetzender Fahrt jagte die Transportflotte gen Süden.

Vier Tage lang dauerte die Meerfahrt, und jede Stunde der vier Tage war Aufregung und nichts als Aufregung. Mit jeder Minute geizten Souder und ich, die wir nicht oben auf der Brücke zubringen konnten; mit Essenszeit und Schlafensstunden. Jede Flagge, die an den Signalleinen emporstieg, war ein nervös erregendes Ereignis, das von unbeschreiblicher Wichtigkeit sein konnte, und jeder bloße Dienstrapport stellte eine bittere Enttäuschung dar, weil man ständig in atemraubender Gier auf das Große wartete.

Märchenhaft schienen mir die bunten Tuchfetzen der Signalflaggen. Sie sprachen und erzählten. Sie befahlen und lachten. Sie waren es, die den starren Schiffsmassen Leben einhauchten und der schwimmenden Stadt auf dem Meer die Gesetze diktierten. In den Nächten aber leuchtete und funkelte und glitzerte es tageshell in Fluten von Licht. Kein dunkles Fleckchen ließen die gewaltigen Scheinwerfer der Kriegsschiffe auf dem weiten Wasserkreis, in dem wir schwammen, und in unablässiger Bewegung hoben und senkten und kreuzten sich die weißen Lichtbündel, um dann auf einmal kerzengerade nach oben sich auf eine Wolke zu richten. Dann sprach die Wolke. Sie blitzte grell auf – lang – kurz – – – kurz … kurz … lang … – und aus dem Aufleuchten formten sich, so leicht lesbar wie Schrift, die Buchstaben, die Worte, die Sätze, die Depeschen. Und wir starrten in das Licht um uns und suchten angstvoll nach dem tiefroten Aufglühen an den Schiffsmasten, das nach dem Geheimcode Gefahr bedeutete. Nur einmal während der Fahrt wurde das nächtliche Alarmsignal gegeben. Souder schlief und ich hatte die Wache, als spät nach Mitternacht plötzlich fünfhundert Meter etwa vor uns die drei Gefahrlaternen wie winzige glühende Punkte aufflammten.

»Alarm!« schrie ich, und der Kapitän stürzte aus dem Steuerhaus.

Da begann der Scheinwerfer zu reden:

»Langsamste Fahrt – Indiana – Ponton verloren – Kollisionsgefahr –«

»Teufel –« schrie der Kapitän, und gellend hallten seine schrillen Kommandos in die Nacht, den Ausguck zu verdreifachen, während der erste Offizier auf der Brücke den Befehl zum Abstoppen der Maschinen hinunterklingelte.

Lange Minuten des Harrens. Wir alle wußten, um was es sich handelte. Der Kreuzer Indiana schleppte einen ungeheuren Landungsponton aus schweren Balken, der zum Ausschiffen der Geschütze benützt werden sollte. Oft genug hatten wir über das ungefüge Anhängsel des Kriegsschiffes gelacht. In dem hohen Seegang war die Schlepptrosse gerissen, und irgendwo inmitten der Flotte trieb nun die Holzmasse des Pontons, mächtig genug, im Zusammenprall ein Schiff leck zu stoßen. Die Truppenschiffe kamen zum Stillstand, und die Torpedojäger und Depeschenboote sausten im Scheinwerferlicht umher, nach dem Durchgänger zu suchen. Die Minuten vergingen. Dann auf einmal wimmelte es wieder von Signalen: Dem Befehl zur Weiterfahrt. Man gab den Ponton verloren, froh genug, daß er schon weit hinten im Kielwasser schwimmen mußte und wenigstens keine Gefahr mehr bedeutete.

* *
*

Frühmorgens kurz nach Sonnenaufgang am fünften Tag tauchte, ein gelbgrauer Streifen, die Küste Kubas auf. Wir rannten wie besessen nach unseren Kabinen, Waffen und Tornister auf die Brücke zu holen, um jeden Augenblick zur Ausschiffung bereit zu sein. Doch die Eile war sehr überflüssig. Noch achtundvierzig Stunden lang kreuzte die Flotte an der Santiagoküste, untertags so nahe, daß die hellen Sandstreifen und die dunklen Wäldermassen klar zu unterscheiden waren; n den Nächten weit draußen im Meer. Am dritten Tag aber in der Frühe dampfte die Schiffsmasse in nächste Nähe der Küste, die Kriegsschiffe weit voran. Immer näher kamen wir.

»Anker werfen! Transportschiffe in Kiellinie!« befahlen jetzt die Flaggen.

Auf den Kriegsschiffen aber wurde es lebendig. Bunte Wimpel stiegen an den Masten empor, nur der Marine verständlich. In ungeheuren Kreisen dampften die Linienschiffe und die Kreuzer; Schiff dicht hinter Schiff, die Küste entlang. Umruderten uns, um sich in Gefechtsstellung zu entwickeln, kehrten wieder zurück. In ganz langsamer Fahrt. Ich suchte mit dem Feldstecher den Strand ab. Glatt und ruhig spielte das Meer an der schmalen, gelben Sandlinie, von der Hügel mit dichtem Buschwerk aufstiegen bis an den Horizont. Im Vordergrund überspannte eine eiserne Brücke eine kleine Schlucht von grellgelbem Gestein. Ihr Gittergefüge sah sonderbar zierlich und gebrechlich aus und schien zu schwanken, zu zittern in der flimmernden Sonnenglut. Auf der Brücke stand ein Frachtwagen, hoch beladen mit Felsblöcken. Links daneben ragte aus dem Buschwerk ein winzig kleines Häuschen.

Kreis auf Kreis zogen die Kriegsschiffe.

Da – eine weiße Dampfwolke schoß aus einem großen Kreuzer, und ein furchtbares Krachen ließ mich zusammenfahren …

Auf kubanischem Boden

*Die Küste wild bombardiert. – Theodore Roosevelt und seine
Zahnbürste. – Die Landung. – Ein Tag ungeduldigen Fluchens. –
Die Arbeit beginnt. – Tropenregen. – Meine Hängematte. –
Nachtruhe à deux. – Hunger und Arbeit – aber ach, was waren
das für schöne Zeiten! – Der Major stiehlt einen Karren. –
Telegraphenbau-Arbeit. – Palmen und Kletterei. – Bei den toten
Rauhen Reitern von La Quasina. – Im Insurgentenlager. – Der
Mangobauch, – Der Jesus-Christus-General*

Dichter Rauch und greller Feuerschein quoll aus allen Kriegsschiffen. Ohrenbetäubend war das Krachen. Der Schiffsboden, auf dem ich stand, bebte und zitterte, trotzdem wir mehrere hundert Meter entfernt lagen. Schuß krachte auf Schuß. In das dumpfe Dröhnen der schweren Geschütze rasselte grell der hellere Klang der Schnellfeuerkanonen; wie grausiger Donnerschlag und hallendes Stahlklirren, als ob Riesenschmiede auf überirdischem Amboß hämmerten. Man konnte nicht denken – man mußte nur stehen und starren. Aus dem Dröhnen heraus gellte es schrill in scharfen Mißtönen; ein Surren, ein Zischen, ein Gebrause. Schuß – Schuß – Schuß – Dutzende, Hunderte von Explosionen … Schuß – Schuß – – – und die Minuten wurden zu Ewigkeiten. Heulend jagten die Stahlmassen durch die Luft und stürzten sich auf den Sand und das Buschwerk da drüben, die so still dalagen wie ein wehrloses Ding, das ein Starker zu Boden geschlagen hat und nach Gefallen zerhämmert. Nichts regte sich. Nirgends war Bewegung an Land. Nur das Buschwerk duckte und zitterte und wand sich wie ein Getreidefeld im Hagelschauer unter dem Sturm von Geschossen. In ungeheuren Rissen zerfetzten die Granaten den Buschwald, und blanke Erdstreifen tauchten auf im schwarzen Busch, wenn Dampf und Staub der Explosionen verweht waren. Äste wurden durch die Luft geschleudert. Erdmassen spritzten empor. Überall, an vielen Stellen zugleich.

Und dann wurde es mit einem Schlag still, und schwere Rauchschwaden, weiß und grau und fahlgelb, wälzten sich übers Meer, daß einem der beißende Pulvergeruch giftig und atembeklemmend in Augen und Lungen drang. An Land regte sich nichts.

Der kommandierende General signalisierte: »Befehle abwarten!«

Wir starrten und starrten, und auf einmal regte es sich auf dem Wasser. Die Dampfbarkassen der Kriegsschiffe schossen herbei, und Dutzende von Booten, in denen es von Waffen glitzerte, huschten dem Lande zu. Die landenden Truppen kamen alle von einem einzigen großen Transportschiff … Souder sprang nach seiner Kabine und holte die Liste der Schiffe und Truppen.

»Roosevelt ist's!« rief er. »Die Rauhen Reiter!«

* *
*

So landete Theodore Roosevelt mit seinem Regiment als Erster auf kubanischem Boden. Er hatte es durchgesetzt, daß ihm die Ehre der Vorhut zugeteilt wurde. Man hat Roosevelt oft genug nachgesagt, daß er auch als Reiteroberst der praktische Politiker geblieben sei, der vortreffliche Regisseur, der sich und seine Leute geschickt in Szene zu setzen wußte mit vollberechneten Effekten. Sicherlich zu unrecht. Der Mann, der in sein Leben eine so gewaltige Fülle von Sehen und Schaffen und Erfolg hineindrängte, wie wenige Männer seiner Zeit, und einer der berühmtesten Präsidenten der Vereinigten Staaten werden sollte, ahnte damals gewiß nicht, daß jeder Schritt auf kubanischem Boden ihn dem Präsidentenstuhl näher brachte. Er lebte nur. Er lebte das tätige Leben. Er war mit Leib und Seele Soldat. Der Name der Rauhen Reiter, die erst für diesen Krieg angeworben waren, hatte in der Armee bereits Märchenklang. In Tampa schon waren sie berühmt geworden. Selbst die alten Regulären aus den Indianerkriegen hatten einen Heidenrespekt vor dem Regiment, das sich aus den besten Reitern und den sichersten Schützen des ganzen Landes zusammensetzte, den Cowboys, den westlichen Grenzern und – den Söhnen der amerikanischen Millionäre. Aber auch die mußten »Qualitäten« haben. Kein Mann wurde aufgenommen, der nicht vorzüglich ritt und besser schoß. Die jungen Millionäre warfen, und das schien den alten Regulären am märchenhaftesten, links und rechts mit Gold um sich, und wer in Tampa Tabak brauchte oder Durst hatte, der ging nur geruhig ins Rauhe Reiterlager. Ein sonderbares Regiment … Um Roosevelt selbst kümmerte sich die Armee wenig. Berühmt machte ihn erst seine Zahnbürste!

Als er eingebootet wurde, schrie ihm sein Bursche nach: »Wie ist das mit Ihrem Gepäck, Herr Oberst?«

Roosevelt, der Brotsack und Offizierstornister umgeschnallt trug, wie jeder Soldat, rief zurück:

»Was zum Kuckuck soll ich mit Gepäck? Doch – eh – gib mir meine Zahnbürste!«

Diese nützliche Notwendigkeit eines reinlichen Menschen steckte Oberst Roosevelt grinsend in das Band seines Rauhen Reiterhuts und bemerkte dabei, das sei das einzig wirklich nötige persönliche Gepäck. Für alles andere müsse schon der Herr Generalquartiermeister sorgen! Und fortan trugen Kind und Kegel, Mann und Offizier der kubanischen Armee Onkel Sams als besonderes Symbol im Hutband die Zahnbürste.

Der Mann mit der Orignalzahnbürste und seine Leute aber machten nicht nur ihrem Vorschußruhm große Ehre als tolle Draufgänger und zähe Kämpfer, sondern hatten auch unverschämtes Glück, denn überall waren sie dabei, wo es wirklich der Mühe wert war. Bei La Quasina, in der ersten Schützenlinie der Schlacht vom San Juan Hügel, und im Nahkampf um das Blockhaus. In den ersten Tagen dagegen entging das Rauhe Reiter-Regiment nur mit knapper Not einer Katastrophe. Die stürmisch vordrängende Roosevelt-Vorhut fiel in einen

Hinterhalt wenige Kilometer vom Strand und hatte schwere Verluste, ehe es ihr nach kurzem Feuerkampf gelang, die Spanier zurückzuwerfen.

Den ganzen Tag über waren die Boote hin und hergefahren zwischen Schiffen und Strand, in langen Ketten, von Barkassen geschleppt. Ein Regiment nach dem andern wurde gelandet; reguläre Kavallerie, zwei Infanterieregimenter. Bunt wie eine scheckige Kuh war die »Segurança«, das Transportschiff des kommandierenden Generals, von Flaggenwimpeln und flatternd geschwungenen Signalfahnen. Doch die Befehle galten stets anderen Schiffen.

»6tes Kavallerieregiment ausbooten!«

»7te Infanterie an Land!«

Für uns aber kam kein Befehl. Mit brennenden Augen sahen Souder und ich durch die Feldstecher und fluchten so grimmige Flüche, daß der kleine Schwabenkapitän uns schmunzelnd erklärte, er könne ja auch allerhand leisten, aber das sei der Limit! Wir verwünschten den kommandierenden General zehntausend Klafter tief unter den Boden, und seinem Generalstab flehten wir Pest und Verdammnis an den Hals. Dasitzen müssen an Bord der alten Maultierfähre! Warten müssen, während lumpige Freiwilligenregimenter an Land durften! Wir kochten vor Wut. Wir zappelten in kindischer Ungeduld und tanzten Tänze des Jähzorns auf der Brücke. Endlich hielt es Souder nicht mehr aus. Gegen Abend, als auf der Segurança eine Pause in dem ewigen Signalisieren eingetreten war, rief er privatim ihren Signaldienst an:

»*Seg S O – PPP* – Segurança Signal Office – Privat, privat, privat ...« – »Sergeant Hastings hat Dienst!« sagte er zu mir. »Guter alter Junge, der Hastings. Wird uns schon sagen, was los ist –«

Seg S O antwortete prompt: »I – I – jawohl, jawohl!«

Worauf Souder flaggte:

»Privat! – Wann – geht – Signalstab – an – Land?«

Und sofort kam die bissige Antwort: »*Hell knows – we do not – you – go – to hell – no time – to anser fool's questions.* – Das weiß die Hölle: wir nicht. Fahrt zur Hölle – wir haben keine Zeit, jedes Narren Fragen zu beantworten!«

Souder sprang kerzengerade in die Luft: »Ich bring Hastings um«, schrie er, »wenn ich ihn erwische! Ich schieß ihn tot! Sieben Löcher mach ich ihm in den Bauch! Aber ich hab es immer schon gesagt, daß Hastings ein gemeiner Kerl ist!«

Zu dem Schaden aber hatten wir noch den Spott, denn jedes gesegnete Schiff im Umkreis rief uns an und signalisierte: da – da – ha! Hahaha aber bedeutet auf telegraphisch ein ganz großes Gelächter. Woraus ersichtlich ist, daß Soldaten in Kriegszeiten keine Sonntagsschüler sind und sich nicht immer einer gewählten und einwandfreien Sprache befleißigen; man spricht scharf und handelt scharf in solchen Zeiten großer Aufregung. Und dann waren ja weder Damen noch geistliche Herren anwesend.

Und wir warteten. Wir warteten scheußlich lange. Eine Nacht noch und fast einen Tag. Während der Nacht aber konnten wir uns wenigstens – auf dem Umwege über Blinklampen – mit Hastings privatim unterhalten, der besserer Laune geworden war. Teile der Blockadeflotte hatten, so erzählte er, bei Cabañas und Aguadores in Scheinangriffen die Küste ebenfalls bombardiert – bei Cabañas waren sogar Truppen gelandet worden, um die Aufmerksamkeit der Spanier von uns abzulenken – die Rauhen Reiter sollten auf spanische Schützenlinien gestoßen sein und Verluste erlitten haben – ebenso reguläre Kavallerie. Da wurden wir natürlich noch zappeliger, und von Schlaf war gar keine Rede. Gestiefelt und karabinerumhangen hocken wir auf der Brücke, wartend, wartend, und tranken aus unseren Blechbechern die Flasche Mumm extra dry, die der gute Kapitän uns zum Abschied spendierte, so gleichgültig, als sei das edle Getränk Wasser gewesen.

Der Morgen verging. Der halbe Nachmittag noch. Souder und ich wurden hysterisch. Knurrten wie bissige junge Hunde und suchten verzweifelt uns die Augen fast aus dem Kopf nach dem Signal, nach dem verdammten Signal. Da plötzlich hob sich an Bord der Segurança die rote Korpsflagge mit dem weißen Innenquadrat wieder und rief uns an:

»Signaldienstbefehl – Signalkorps an Bord Segurança!«

»I – I – jawohl, jawohl!«

Seine Abschiedsgrüße mußte uns der lachende Kapitän nachschreien, in solch lächerlicher Geschwindigkeit sausten wir auf Deck und übers Fallreep in das längst wartende Boot – – –

Auf der Segurança gab uns Oberst Green seine Anweisungen:

»Vier Kilometer östlich von hier ist«, so erklärte er ungefähr, »von der Marine das Haitikabel aufgefischt und die Verbindung mit Washington hergestellt worden. Telegraphisten der Marine sind dabei, die Linie unter Benützung der alten spanischen Leitung hierher zu verlängern. Den Kabeldienst übernehmen Kabelexperten. Unsere Aufgabe ist es, telegraphische und telephonische Verbindung mit der Vorpostenlinie herzustellen. Im Einzelnen habe ich euch nur zu sagen: Ich verlasse mich auf jeden von euch. Wir werden schwere Arbeit haben. Ihr werdet ganz selbständig arbeiten müssen. Eure Befehle erhaltet ihr über den Draht. Offizieren der Truppen werdet ihr im Notfalle sagen, daß ihr strengsten Befehl habt, Anweisungen nur von euren Signaloffizieren entgegenzunehmen. Depeschen dürfen nur angenommen werden, wenn der aufgebende Offizier, ganz gleichgültig welchen Ranges, sie schriftlich gibt und unterzeichnet. Mündliche Nachrichten werden unter keinen Umständen weder über den Telegraphen noch übers Telephon befördert. Kommandierenden Offizieren, denen ihr begegnet, werdet ihr melden, der Chef des Signaldienstes lasse sie bitten, dafür zu sorgen, daß die Truppen die Drähte nicht beschädigen. Das wäre alles. Noch eins – ich verbitte mir jede überflüssige Schießerei! Dazu seid ihr nicht da!«

Da kam sich der Lausbub kolossal wichtig vor.

*　*
*

Die See ging hoch, und längs des Strandes hatte sich eine ungemütliche Brandungslinie entwickelt. Unsere Boote wurden umhergeschleudert, als wären sie Eierschalen. Geradeaus am Strand zu landen war unmöglich. So mußten wir uns der alten Landungsbrücke bedienen, und die lag gute zwei Meter über dem Wasserspiegel. Es war jedesmal ein Kunststück, sich von dem stampfenden Boot emporzuschwingen. Stunden brauchten wir, um die Hunderte von schweren Rollen dünnen isolierten Kupferdrahtes an Land zu schaffen, die Telephone, die kombinierten Telephon- und Telegraphenapparate, die Trockenbatterien, die Flaggen. Ein unbeschreiblicher Wirrwarr herrschte am Strand. Überall waren Säcke, Kisten, Munition aufgestapelt, und zwischen diesen Bergen von Kriegsmaterial rannten aufgeregte Offiziere umher, die den Proviant für ihre Schwadronen und Kompagnien haben wollten. Wir errichteten sofort dicht am Strand die Telegraphenstation mit einer Hauptbatterie und waren kaum fertig mit Zeltbauen und Aufstellen des Apparats, als urplötzlich die Dunkelheit hereinbrach und weiteres Arbeiten unmöglich machte. Mit der Dunkelheit kam Regen. Nein, nicht Regen – der Ausdruck ist viel zu schwach – sondern ein Wolkenbruch. Nein, nicht ein Wolkenbruch. Sondern es regnete, wie es in den Tropen regnet. Das waren nicht Wassertropfen, sondern dicke Wasserschnüre, Schnur an Schnur.

Souder und ich hatten vorher schon unser winziges Soldatenzelt aufgebaut, von dem er die Hälfte trug und ich die Hälfte, und kamen uns sehr schlau vor, als wir bei den ersten Tropfen schleunigst unter Dach krochen. Aber ach – was war ein Zelt gegen diese Wassermassen! Der angeblich wasserdichte Segeltuchstoff gab nach einer Minute schon den hoffnungslosen Widerstand auf …

»Teufel – rück' ein wenig!« schrie Souder. »Mir läuft ein Bach, ein richtiger, gesegneter Bach, am Hals herunter!«

»Reg' dich nicht auf um Kleinigkeiten«, erwiderte ich erbost. »Ich – liege – in – einem – See! Rück' du!«

Doch das konnte er ebensowenig wie ich. Wir füllten das winzige Zelt ja bis zum letzten Winkel. Oben regnete es herein. Von vorne und hinten kamen, klatsch, klatsch, die Güsse. Unten rieselte ein Bach.

»*Oh hell!*« sagte der Sergeant, sprang auf und warf dabei das Zelt um, daß unsere stützenden Karabiner ins Wasser plumpsten. »Nässer können wir doch nicht werden!«

Und ich sah erstaunt, wie er sich Rock, Hose, Stiefel, Gamaschen, Hemd herunterriß und splitternackt dastand. »Ich nehme ein Bad!« grinste er. »Gratis. Passende Gelegenheit. Ein kubanisches Brausebad – *Shampooing* obendrein – kost' sonst einen Dollar fufzig … Wie nett, daß der Regen hierzulande wenigstens warm ist!«

Ich machte es ihm schleunigst nach, und als kurz darauf unser Major Stevens, im Gummimantel, eine Magnesiumfackel in der Rechten, in dem Miniatursee einhertappte, riß er die Augen gewaltig weit auf.

»Eh – wer ist das? – eh, Souder – Carlé – seid ihr verrückt geworden? – na, Jungens, das ist nicht übel!« Wir splitternackten Kubakämpfer standen ganz mechanisch stramm! »Rührt euch, rührt euch, Kinder, bei allem was lustig ist! Und nun versucht eben, zu schlafen, so gut es geht. Ich habe für uns alle Gummiponchos besorgt, und das nächstemal seid ihr besser daran. *Good night!*«

Nach wenigen Minuten hörte der Regen auf, und erst als wir in unsere triefenden Kleider krochen, fiel mir Esel ein, daß ich mir ja in Tampa eine wundervolle, sündhaft teure Hängematte gekauft hatte! Aus Seide! So dünn, daß ich sie bequem in der Tasche tragen konnte.

Sie sollte mir noch unschätzbare Dienste leisten. Später bekam ich heraus, daß in der ganzen Armee außer mir nur der kommandierende General noch so schlau gewesen war, für die so naheliegende Bequemlichkeit einer Hängematte zu sorgen. Ich band das seidige Ding an zwei Bäumchen fest und kletterte vergnügt hinein.

»Das ist Seide, nicht wahr?« fragte Souder, mich und meine Hängematte mit seiner Signallaterne bedächtig ableuchtend. »Stark? Fest?«

»Unzerreißbar!« sagte ich stolz.

»*Very Good!*«

Und im gleichen Augenblick war er zu mir hineingeklettert, so entrüstet ich auch protestierte, und seine patschnassen, schwerbestiefelten Füße suchten sich mit göttlicher Ungeniertheit ihre Ruhepunkte in der Gegend meiner Ohren. So lagen wir und rauchten noch lange nassen Tabak aus nassen Pfeifen. Ach, was waren das für schöne Zeiten! Täte ich heute dergleichen, so würde ich mir wahrscheinlich keuchenden Husten, eine schwere Bronchitis und eine tödliche Lungenentzündung holen. Ach, was waren das für schöne Zeiten!!

* * *

Die Kavallerieschwadron im Dickicht nebenan leistete auch für uns die Dienste einer Weckuhr.

> I can't get 'em up,
> I can't get 'em up,
> I can't get 'em up in the morning!

»Sie stehen nicht auf, sie stehen nicht auf, sie stehen nicht auf des Morgens ...«

»Heiliger Moses!« keuchte Souder, als er hinplumpste.

»Großer Cäsar!« schrie ich und kollerte neben ihn.

Denn steif wie ein Stock war der eine wie der andere, er und ich; kaum bewegungsfähig, wie nässeverschimmelt, wie verrostet. Die Kleider mußten getrocknet sein über Nacht, aber sie waren schon wieder feucht und klebrig geworden im Morgentau. Wir stampften umher und stellten mit inniger Genugtuung fest, daß in nächster Nachbarschaft noch vierzehn andere Gestalten täuschend ähnlich schwankten und stampften, der Major darunter so gut wie der Leutnant. Geteilte Unbequemlichkeit ist halbe Unbequemlichkeit. Wir sahen freilich nur die Oberkörper der Gestalten. Ihre Beine sahen wir nicht. Die ahnten wir nur. Sie steckten wie auch die unsern in den dickgelben Schwaden des Bodennebels, aus dem stickige Moderluft heraufdrang, übelriechend, boshaft, giftig – in Rauch aufgelöste Pestilenz. Da kroch über das struppige Buschwerk ein glühendroter Fetzen Sonne –

»Wer – hat – eine Kaffeemühle?« schrie der alte Sergeant Hastings.

»Deine Großmutter – zu Hause!« war Souders prompte Antwort.

Aber das Lachen verging ihm bald, als wir selbander unsere Brotsäcke und Tornister untersuchten und entsetzt den breiigen Inhalt beguckten. Die hochfeinen *sandwiches* des guten Schwabenkapitäns hatten sich in ihre Moleküle aufgelöst – in Brei – Brei – fleischfaserigen Brei. Doch ein hungriger Magen macht erfinderisch, und wir gingen zum Bach. Der Brei schwamm fort. Als Niederschlag blieb, was sonst noch im Brotsack geblieben war: die vier Pfund fetten Specks der eisernen Ration, ihre zwei Dutzend Schiffszwiebacke, die selbst eine Nacht im Brei nicht hatte erweichen können, und ihre grünen Kaffeebohnen, ein halbes Pfund. Salz und Zucker dagegen waren beim Teufel. Wir nahmen unsere Feldbratpfanne, rösteten vorerst den grünen Kaffee über offenem Feuer (es wurde nichts Rechtes!) und unterhielten uns dabei gegen alle Disziplin darüber, wer wohl der verantwortliche Schafskopf sein könne – verantwortlich dafür, daß einer eisernen Ration grüne, ungeröstete Kaffeebohnen beigegeben wurden! Mit dem Rösten ging es ja noch halbwegs. Aber die Kaffeemühle! Der verantwortliche Schafskopf hatte obendrein vergessen, der Armee auch nur eine einzige Kaffeemühle mitzugeben! Souder zerklopfte kurzentschlossen seine Bohnen im Blechtopf mit einem Stein, und ich mußte anerkennen, daß es einen besseren Ausweg nicht gab. So bereiteten wir vier Wochen lang das unentbehrliche Getränk eines Soldaten im Krieg – wir und die gesamte Armee! Wenn die Flüche, die damals auf den *commissary general*, den Chef des Armeeverpflegungswesens, herabgeflucht wurden, wörtlich in Erfüllung gegangen wären, so hätten zwanzigtausend separate Teufel ihn siebenmal zwanzigtausendmal separat holen müssen ... Wir brieten uns Speck. Wir zerbissen die infam harten Zwiebacke.

*　*
*

Leutnant Burnell und sechs Mann blieben bei der Station zurück, um den Kabelleuten entgegenzuarbeiten. Major Stevens und zehn Mann (dabei waren Souder und ich) bildeten den eigentlichen Telegraphenbaudienst der Armee – elf – *elf* – Mann! Ganze elf Mann!! Wir waren am Aufbrechen, als ein Meldereiter für die Segurança herbeijagte, der sich bei uns einen Augenblick verschnaufte und erzählte, daß bei La Quasina, sechs Kilometer in Front etwa, gestern das erste Gefecht stattgefunden hatte. Nach schweren Verlusten hatten die Rauhen Reiter und reguläre Kavallerie unter General Young die Spanier aus ihrer ersten Verteidigungsstellung geworfen. Die Vorposten standen jetzt eine halbe englische Meile über La Quasina hinaus.

Wir brüllten uns heiser vor Begeisterung.

Der Major aber durchstöberte mit Hastings, dem dienstältesten Sergeanten, all das aufgestapelte Material zum Linienbau; den Haufen von Drahtrollen, die Telephone, die Kombinationsapparate, die Trockenbatterien, die Eisenstangen für die Erdleitung.

»Wo sind denn die Werkzeuge?« fragte er kopfschüttelnd.

»Wir haben keine!« antwortete der alte Hastings.

»Was?« rief der Major, »keine Drahtzwicker? Keine Klemmzangen? Keinen Gummi zum Isolieren?«

»Nix, Herr Major!« sagte Hastings. »Wir konnten in Tampa nichts geliefert bekommen. Wir haben keine Werkzeuge. Ich persönlich besitze eine Beißzange, die ich auf der Segurança – hm – gefunden habe …«

»Na, hätten Sie da nicht noch mehr finden können?« brummte der Major.

Er kopfschüttelte immer mehr und betrachtete den Haufen von Drahtrollen und rechnete mit den Sergeanten, wieviel Kilometer Draht wir elf Mann außer den Instrumenten tragen konnten. Sechs bis acht Kilometer höchstens. Transportmittel gab es ja nicht in diesem Krieg von leichtsinnigen Kindern. Dann war er auf einmal verschwunden. Ebenso plötzlich aber kam er wieder, im Schweiße seines Angesichts einen großen Proviantkarren vor sich herschiebend.

»Los, Jungens!« keuchte er. »Los – ehe sie uns erwischen!«

Denn: Der Herr Major hatte unten am Strand den Karren – gestohlen!

Für die gute Sache! Von da ab hätten wir uns für diesen Mann totschlagen lassen. Das war ein Mann! Vielleicht erzähle ich später einmal, wie Major Gustave W. S. Stevens das Schatzamt des Signaldienstes bemogelte, um das Geld für die ersten Flugversuche der Armee zu schaffen, das der Kriegsminister und der Chef des Signalstabs nicht hergeben wollten. Aber das ist ja eine ganz andere Geschichte.

Der Major zog seinen Uniformrock mit den schön glänzenden Silberstreifen und den goldenen Adlern aus und arbeitete so hart wie wir daran, die Instrumente und den kostbaren Draht auf dem Karren zu verstauen. Unterdessen hatten Leutnant Burnell und seine Leute die ersten fünfzig Meter Draht gelegt und die Verbindung mit dem Stationsinstrument hergestellt.

Vorwärts ging es jetzt. Der Pfad, der den Hügel hinaufführte, war ein armseliges Weglein kaum zwei Meter breit und so tief verschlammt vom Regen der Nacht und den Fußtritten von Tausenden, daß man einsank bis zu den Knöcheln. Und vollgestopft von Truppen. Infanteristen. Batterien, deren Mannschaften langsam und mühselig Zoll für Zoll die Geschütze vorwärtsschoben, denn die Gäule konnten es nicht schaffen. Links und rechts aber vom Weg starrte der Buschurwald mit seinen verrankten, verschlungenen, verdornten Gewächsen, die so fest waren wie eine Mauer und uns keinen Schritt weit eindringen ließen.

»Platz!« schrie Major Stevens. »Spezialdienst. Signalkorps!«

Die Infanterie duckte sich an die Wegseite, und holtergepolter jagten wir vorbei mit unserem Karren. Wir hatten uns lange Stangen mit gabeligen Enden geschnitten und warfen den ausgezeichnet isolierten Leitungsdraht einfach über das Urgebüsch, nur alle hundert Meter spannend und festknüpfend. Rasch kamen wir vorwärts, rascher als die Infanterie. Die marschierte nur, während uns die Neugier vorwärtspeitschte. Dann kamen wir zu den Geschützen und wären beinahe stecken geblieben, konnten doch die schweren Stahlmassen in dem engen Pfad nicht ausweichen, wollten auch gar nicht, oder ihre Herren vielmehr wollten nicht, denn Offiziere und Kanoniere spuckten ohnehin schon Galle über den miserablen Weg und pfiffen natürlich auf Telegraphendrähte und derlei Belanglosigkeiten. Wie es uns gelang, an den Kanonen vorbeizukommen, ist mir heute noch ein halbes Rätsel. Ich weiß nur, daß der Major fluchte und puffte wie ein Hausknecht, daß wir den Draht und die Instrumente abluden und sie im Laufschritt vorwärtsschleppten, daß wir den gestohlenen Karren auseinanderlegten und ihn stückweise über die Köpfe der Artillerie hinwegtrugen. Dagegen weiß ich noch ganz genau, daß ich an einer Ecke einem unverschämten Artilleristen, der mich absichtlich behinderte, eine schwere Drahtrolle gewaltig um den Schädel schlug ... Wie roh das war! Wie leid mir das tut in der Erinnerung! Aber – ach, was waren das für schöne Zeiten!

Jetzt brannte die Sonne kerzengerade hernieder, als hätte sie sich das Weglein und nur das Weglein zum Heizen ausgesucht, und dampfende, ekelfeuchte Hitze hüllte uns ein, vermengt mit giftigen Modergerüchen aus dem tausendjährigen Dschungel zur Seite, dem Hexenkessel mit seinen häßlichen Dämpfen aus faulender Feuchtigkeit und schwärzendem Heißsein. Dicht, starr, stand der Urwald. Der Gedanke stieg in mir auf, wie es überhaupt möglich sein konnte, in dieser eingekeilten Enge einen Feind anzugreifen oder von einem Feind angegriffen zu werden: eine Schützenlinie zu entwickeln, vorwärtszustürmen. Da ich zwanzig Jahre alt und neugierig war, befragte ich den Major darüber, als er neben mir schritt. In Tampa hatten wir ihn kaum zu Gesicht bekommen. Aber die wenigen Stunden schon auf kubanischem Boden hatten zwischen ihm und uns jene eigentümliche Verbindung des Vertrauens hergestellt, die von Mann zu Mann überspringt nur in Zeiten männlicher Höchstleistung, wenn jeder, der Führer und der Geführte, hergibt, was in ihm ist. Er war unser und wir waren sein. Darüber redete man nicht. Das fühlte man. Man stand zusammen und man fiel zusammen. In unserem Schneid und unserer Arbeit lag seine Hoffnung auf Glück und Ehren – und aus seinen Händen nur konnte unser Lohn gegeben werden.

Die Disziplin litt nicht darunter, wenn auch die äußerlichen Unterschiede zwischen Mann und Offizier sich als äußerlich und belanglos verwischten.

»Well«, sagte er lächelnd, »es ist eine scheußliche Gegend, wie Sie ganz richtig bemerken. Ich bin von Hause aus Artillerist und kann mir lebhaft vorstellen, daß es höllisch unangenehm wäre, würden wir jetzt mit Schrapnell überschüttet!«

Ich wurde puterrot. »Ich hatte – aber – durchaus – nicht Angst!« stammelte ich.

»Nein, mein Sohn. Weiß ich. Nebenbei bemerkt gibt es keinen Menschen, der unter Schrapnellfeuer nicht Angst haben würde. Und weiterhin nebenbei bemerkt sind wir nach meiner Karte in einer Viertelstunde aus dem Busch heraus. Well – haben Sie eigentlich Tabak? Ich muß vorhin mein Etui verloren haben –«

In Bächlein rannte der Schweiß an uns herab, und ich war kaum weniger naß als nach dem Wolkenbruch in der Nacht vorher. Wir segneten den schlauen Major und seine Karre aus dankbaren Herzen und schmissen alles, was nicht niet- und nagelfest war, auf das Vehikel: Brotsäcke und Röcke und Tornister und Wolldecken und Telegraphenapparate. Aber es war noch immer zu heiß. Einer machte den Anfang, als wir einmal hielten und Luft schnappten, und die andern machten es ihm schleunigst nach: Ein schamhaftes Verschwinden hinter einen dicken Baum! Und – Strümpfe? Überflüssig, weg damit. Unterhemd? Lächerlich, weg damit. Unterhosen? Unglaublich bei dieser Hitze, weg damit. Jetzt war uns wohler! Instinkt hatte uns wie zwanzigtausend anderen Simplizität in der Vereinfachung der Felduniform gelehrt, die in Zukunft aus Stiefeln, Gamaschen, Reithose, blauem Flanellhemd, Schlapphut bestand, und sonst aus nichts. Das war genug und übergenug! Viele von den Offizieren ließen sich die Schulterstreifen aufs blaue Flanellhemd nähen … Nur keinen Rock in dem Backofen!

Jeder einzelne Mann tat sein Bestes. Sicherlich stellte es eine respektable Leistung dar, beim Linienbauen die marschierenden Truppen weit zu überholen.

Der Draht funktionierte ausgezeichnet. Wir setzten uns jede halbe Stunde in Verbindung mit Leutnant Burnell in Baiquiri, der uns an Neuigkeiten meldete, daß der Hauptlandungspunkt von nun an Siboney sei, wenige Kilometer westlich von Baiquiri. Er lasse zwei Mann zum Stationsdienst zurück und werde mit den übrigen von Siboney eine Drahtlinie zum Kreuzungspunkt der beiden Straßen bei La Quasina legen.

Da weitete sich das Weglein, und der Busch wurde niedriger, dürftiger, bis plötzlich der Schlick des Pfades sich in weichen Moosboden verwandelte. Rings um uns reckten sich schlanke braune Stämme mit fächerigen Wipfeln empor; ein Hain von Kokospalmen.

»Teufel!« sagte Major Stevens.

»Tausend Teufel!« – sagten wir …

Denn die luftige Schönheit machte auf uns nicht den geringsten Eindruck, sintemalen sie schwere und langwierige Arbeit bedeutete. War es doch nun vorläufig zu Ende mit dem wunderschön bequemen und schnellen Aufwerfen des Drahts auf den dichten Busch. Den Draht einfach auf den Boden zu legen, ging nicht. Die nachmarschierenden

Truppen hätten ihn zertrampelt, zerrissen. Und nicht einmal Klettereisen hatten wir!

»Nun, dann klettern wir eben so!« sagte der Major. »Souder, holen Sie mir doch aus dem Baum da ein halbes Dutzend Kokosnüsse – und Sie, Hastings, telegraphieren, bitte, dem Leutnant Burnell, daß wir frische Kokosmilch trinken und lebhaft bedauern, ihn nicht einladen zu können.« Schallendes Gelächter. Die gute Laune war wieder da.

Es läßt sich außerordentlich schwer vorstellen, was es heißt, als todmüder, abgearbeiteter, hitzeerschöpfter Mensch mit schweren Drahtrollen Kokospalmen hinaufzukrabbeln; ich wenigstens packte mit Händen und Füßen und Knien ums liebe Leben zu und war schlapp wie ein nasses Handtuch nach dem dritten Baum. So lernten wir die relative Wichtigkeit der Werte für die Bedürfnisse des Augenblicks fein unterscheiden und waren entsprechend froh, als der dreckige Schlamm und der stinkende Dschungel wieder kamen. Bedeuteten sie doch flottes Vorwärtskommen für uns. Lichter aber war es. Man konnte wenigstens sehen. Man hatte Ausblick über den niedrigen Busch und das wuchernde Gras hinweg auf üppige Baumgruppen tiefen Grüns und sanftansteigende Hügel im Vordergrund.

In dem Schlamm des schmalen Weges aber, bei einem Grasbüschel hier, in einer kleinen Bodensenkung dort, an Baumstämmen glitzerten gelbmetallisch blanke Patronenhülsen und mehrten sich zu vielen Hülsenhäuflein, als wir uns vorwärtsarbeiteten. Unser Lachen und Geschwatze war plötzlich verstummt. Ein zertrampelter grauer Schlapphut lag am Weg – dort eine Wolldecke – dort ein Tornister, von dessen Segeltuchbraun tiefdunkel und bedeutungsvoll rostfarbene große Flecke scharf abstachen. Und da leuchtete aus tiefem Gras und dornigem Gestrüpp blanke Erde, frisch aufgeworfen, und aus den lehmigen Erdschollen ragte Griff und Klinge eines Offizierssäbels. Ungeschickte Hände hatte das Soldatengrab mit Steinen und Holzstückchen umrahmt. Man sah der Arbeit die hastende Eile an. Ein zweites Hügelchen frischer Erde kam, ein drittes; Dutzende jetzt auf einmal. Ein Hut lag auf dem einen, ein Reiterhandschuh auf dem andern, ein Symbol zum Wiedererkennen auf jedem …

Feierlich und langsam erhob der Major die Rechte zum Hut und grüßte, hochaufgerichtet, kerzengerade, als sei er auf Parade, die Männer, die da unter dem Boden lagen, gestorben für ihr Land. Ein jeder von uns verstand. Alle Hände hoben sich zum Salut für die toten Rauhen Reiter.

Wir waren bei La Quasina.

Dicht bei den Gräbern kampierten wir in dieser Nacht. Im Dämmerungsgrauen, als ich die Wache beim Instrument hatte, meldete der Draht: »Der kommandierende General wird morgen sein Hauptquartier in die Vorposten verlegen. Das Signaldetachement erwartet den General auf der Straße von La Quasina – El Pozo, an einem Punkt, der telegraphisch mitgeteilt werden wird. Die Linie ist bis tausend Yards über La Quasina hinaus fertigzustellen.«

Ich weckte den Major.

»Das hätte Zeit gehabt bis zur Reveille ...« brummte er.

*　*
*

»*Señor!*«

»*Señores!*«

»Ich – Kohlenmann – Keywestdampfer ... drei Jahr, *damn* – ich fein Englisch sprechen – –«

»Ein klein Biskuit, *Señor, please!*«

»*Eviva el Cuba Libre* und gut' *Americanos* und eine Skeletthand steckte mir eine kohlschwarze Riesenzigarre in den Mund. »*Plenty* Hunger – Biskuits *buono*, aber nix gut die amerikanisch' Speck ... *damn* Speck –«

Sie zeterten und schrien und kreischten und gestikulierten. »Piff, piff!« zischte der eine, mit den Händen die Gebärde des Anlegens und Zielens machend, »hé – piff, piff, piff, piff ... o–hé. *Espagnoles* dort« (er deutete in den Busch) – *Americanos* piff, piff, 'urrah, viel 'urrah, viel laufen, *Espagnoles* weg. *Plenty bueno!*« Ein anderer brüllte: »Da – da vorne – *Señores* werden sehen – der *commandante*, – der große Garcia – *el liberator* ...«

Wir standen und starrten. Das also waren kubanische Insurgenten, und so sahen begeisterte Freiheitskämpfer aus und so schnatterten sie, die Heroen, die den Tod dem Knechttum vorzogen. Achtundvierzig Stunden später überzeugten wir uns, ein wie erbärmlich feiges und faules Gesindel diese berühmten, todesmutigen Freiheitskämpfer in Wirklichkeit waren. Aber wenn ich schaudernd an die traurigen Gestalten denke, so möchte ich die überharten Worte bedauern, mit denen wir vollsaftigen, kraftvollen Männer damals die ausgehungerten Männlein überschütteten. Sie taugten ja nicht zum Kämpfen und Arbeiten. Das waren keine Menschen mehr. Nicht einmal Tiere. Sondern wandernde Skelette. Sie hatten sich ein Lager in den Busch hineingehauen und aus Zweigen ein dürftiges Obdach zusammengeflickt. In Fetzen schlotterten ihnen die Jacken und die Hosen aus schmutziggrauem, dünnem Baumwollstoff um die abgemagerten Glieder, und viele hatten nicht einmal eine Jacke, sondern liefen mit bloßem Oberkörper umher. So winzig, so krank, so schwach sahen die kleinen Männlein aus, die viele Monate lang Tag für Tag gehungert hatten, daß ich mir dachte:

Ein einziger Faustschlag, und nicht einmal ein kräftiger, und *Señor Insurgente* ist außer Gefecht gesetzt!

Wie arme verkrüppelte Kinder sahen sie aus, die Krieg spielten – die man bemitleiden mußte ob des Gewichts des Säbels, den sie an einem Strick umgeschnallt trugen. Eine schwere und furchtbare Waffe war dieser Säbel, Machete genannt; eine Art zum Säbel verlängerten Messers, das nichts ähnlicher sah als dem biederen Küchenmesser deutscher Hausfrauen, freilich ins Riesenhafte vergrößert. Ein gerader Säbel mit plumpem Holzgriff und breiter Klinge, haarscharf geschliffen. Vorzüglich waren auch die Gewehre dieser Jammergestalten: Moderne Mauserschnellfeuerer, deutsches Modell 88, und amerikanische Winchesters mit kupferumhüllten Geschossen. Die Männer aber hinter diesen Gewehren waren sicherlich nichts wert.

Die armen, armen Teufel!

Sie bissen gierig in die steinharten Schiffszwiebacke, die wir ihnen schenkten, und schnatterten dabei über Hunger und Elend. Eine Handvoll Reis, ein Brotfladen waren Seltenheiten gewesen monatelang; von Früchten und Beeren hatten sie sich ernährt.

Ein Weib schlich herbei, mit gekrümmter Hand um einen Zwieback bettelnd. Um ihren Körper war rockartig ein Fetzen schmutzigen Baumwollstoffs geschlungen, die bloßen Brüste hingen schlaff und verdorrt weit herab, die hungrigen Augen lagen tief in den Höhlen. An den Rockfetzen aber klammerte sich ein fürchterliches menschliches Wesen.

Ein nacktes Kind, ein Mannkind, drei Jahre alt vielleicht, das – auf den dürren Zündholzbeinen des Elends einen fürchterlichen Falstaffbauch trug. Winzige Glieder, ein spitziger, magerer Kopf, und ein

Zuckerhutleib, der in seiner Aufgedunsenheit den Nabel weit vordrängte. Ein Monstrum, ekelerregend, Mitleid heischend.

»*Nix bueno* – Mangobauch!« erklärte die Mutter.

Der Major, der Spanisch verstand, schenkte dem Weib einen blanken Silberdollar und sprach mit ihr. Er erklärte uns das Monstrum. Die Fruchtnahrung, die auf Erwachsene abmagernd wirkte, führte bei Kindern zu schweren Verdauungsstörungen, weil nur ungeheure Mengen den steten Hunger sättigen konnten. Daher der Bauch, das Aufgedunsensein. Obendrein war die häufigste Frucht, der orangenartige Mango, stark terpentinhaltig und wurde von einem kindlichen Magen schwer verdaut. Daher der Name Mangobauch. Zu Hunderten sahen wir später um Santiago die mißgestalteten kleinen Geschöpfe, die so ausgehungert waren, daß sie fraßen wie Tiere und an unseren Lagerfeuern Mahlzeiten hinabschlangen, die ein ausgewachsener hungriger Mann nie hätte bewältigen können.

Noch lange kreischten sie uns nach, die kubanischen Insurgenten:

»*Eviva los Americanos* – *Cuba Libre!*« Das arme Kind aber heulte zum Steinerweichen in gellenden Mißtönen. Verschwanden doch mit uns die schönen, schönen Biskuits: infam harte, kaum genießbare Schiffszwiebacke für uns, köstliche Leckerbissen für das im Walde gezeugte Geschöpf des Jammers.

* *
*

Der Pfad war wieder das alte verschlammte, schmale Weglein, eingerahmt von undurchdringlichem Gestrüpp. Wir konnten den Draht wieder mit unseren Stangen aufwerfen und kamen rasch vorwärts. Da erschallte dumpfes Pferdegetrappel und drei Reiter trabten herbei.

»Der kommandierende General!« meldete der führende Korporal kurz, einen Augenblick seinen Gaul einzügelnd.

Bald darauf kam das Hauptquartier. General Shafter, der Höchstkommandiernde, saß in einem winzigen Wägelchen, das zwei Maultiere zogen und ein Kavallerist lenkte. Der Stab ritt hinterdrein im Gänsemarsch, denn so schmal war der Saumpfad, daß zwei Pferde, die Reiter trugen, kaum nebeneinander schreiten konnten.

Die Kolossalgestalt des Generals lehnte erschöpft im Sitz. Auf Shafters Knien lag eine Karte. Der Wagen hielt, als der Major vortrat und seine Meldung erstattete:

»Ein Offizier, drei Sergeanten, sieben Mann des Signaldetachements. Linie von Baiquiri bis hierher vollendet und in guter Ordnung.«

Der kommandierende General nickte und sagte mit einer Stimme, die so kinderartig hell und schrill war, daß sie weithin gellte:

»Sehr – gut – Major. Bei Jesus Christus – das – haben – Sie – gut – gemacht, Major. Sie folgen, Major, und bleiben – im Hauptquartier – bis – auf – weitere Orders – Jesus Christus!«

Und das Wägelchen rollte weiter. Ein halber *troop*, eine halbe Schwadron der 6ten Regulären Kavallerie bildete die Eskorte des Höchstkommandierenden.

So sah ich zum erstenmal den Jesus-Christus-General.

Beim Jesus-Christus-General

Das Hauptquartier in der Vorpostenlinie. – General Shafter, Höchsttommandierender. – Die Trumpfkarte im Spiel. – Proviant her! – Ein sogenannter Spaziergang. – Die spanische Verteidigungslinie. – Die Nacht vor der Schlacht. – Das Telegramm nach Washington. – Die Regimenter ziehen dem Feind entgegen

Auf einer Strecke von kaum einer halben englischen Meile passierte uns Unglück auf Unglück. Mit einemmal funktionierten die Apparate nicht mehr, als wir wieder Baiquiri andrahten wollten, und der Major mußte Hastings und zwei Mann zurückschicken, nach dem Schaden zu suchen. Sie fanden ihn zum Glück bald: ganz in der Nähe des Insurgentenlagers war der Draht zerrissen. Dann kamen fünfmal hintereinander lichte Waldstellen, die langwieriges Klettern und Drahtspannen erforderten. So wurde es Nachmittag, bis wir endlich das Hauptquartier inmitten der Vorposten erreichten, erschöpft, todmüde. Oberst Green mit dem ihm persönlich attachierten Signalsergeanten kam uns entgegen.

»Schlafen. Leute!« befahl er. »Myers, holen Sie Kaffee, da hinten beim Kochfeuer. Und dann wird sofort geschlafen!«

Das Signalzelt war bereits errichtet und das Instrument drinnen aufgebaut worden. Den Dienst übernahm der Sergeant Oberst Greens. Wir anderen aber tranken gierig heißen Kaffee, wickelten uns in unsere

Decken und legten uns Mann neben Mann dicht um die Außenwand des Zeltes: in unseren feuchten, durchschwitzten Kleidern, den patschnassen Stiefeln, in die der Schlamm trotz allen festen Geschnürt-seins eingedrungen war. Ich war so müde … »Stiefel ausziehen!« rief die scharfe Stimme des Majors – »runter mit den Stiefeln!« Und wi-derwillig zog ich sie aus. Ich war so – – – Die Augen konnte ich kaum offenhalten und nicht der Mühe wert war es mir, den Wirrwarr um mich zu betrachten. Da standen riesige Zelte und Pferde wieherten im Hintergrund und viele Offiziere kamen und gingen und … schlafen, nur schlafen! Ich schob mir den Tornister unter den Kopf und wickelte mich fest ein. Da begann das Instrument drinnen zu sprechen in scharfem Ticktack. Klick, klick, klick – klack, klack – kurz, kurz, kurz, – lang, lang – aber die klingenden Punkte und Striche flössen in ein nichtssagendes Geklapper zusammen für mein müdes Hirn – klick, klick, kack … da war ich eingeschlafen.

Das Hauptquartier lag dicht am Weg, an dem ewigen Schlammpfad, den keiner der Männer von Kuba je vergessen wird. Gegenüber ragte der dornige Busch. Die Zelte standen in einer Lichtung, in der einmal ein Haus gewesen sein mußte, denn verwittertes Gebälk lag umher, und gegen das Weglein zu trotzte noch ein Stück Zaun aus verfaulten Pfosten und verrostetem Stacheldraht. Das Signalzelt war dicht beim Eingang aufgebaut. In Linie, nicht weit davon, schimmerte weißgrau das Dutzend Zelte des Stabes, und hinter ihnen erhoben sich die winzigen Segeltuchhütten der *trooper* der 6ten Kavallerie. In der Mitte, fünfzig Schritte vor uns, stand das Zelt des kommandierenden Generals. Zwei Pfostenpaare waren kreuzweise in den Boden geschlagen und eine Hängematte an ihnen befestigt. In dieser lag krank und mürrisch General Shafter, der Befehlshaber der Armee, der alte Indianerkämpfer, der Mann, den der amerikanische Reguläre niemals anders nannte als den »Jesus-Christus-General«. Es sind später viel Steine geworfen worden auf diesen Mann: einen Zauderer hat man ihn genannt und Schlimmeres in seinem Land. Ein Zauderer war er. Aber die Schimpfer vergaßen, daß auf seinen Schultern und nur auf seinen Schultern die ungeheure Verantwortung für das Leben von vielen Menschen und die Ehre einer Flagge ruhten, die gar arg bedroht waren durch den Leichtsinn, der in Hast und Aufregung die Sorge für eine Armee sehr leicht genommen hatte. Doch das verstand ich erst später. Wenn ich von General Shafter in diesen Seiten erzähle, so darf der Leser nicht vergessen, daß ich versuche, ganz einfach zu schildern, was der Lausbub im Soldatenrock damals sah – das wirkliche Sehen und Hören. Der Jesus-Christus-General hatte für mich Zwanzigjährigen im Lager damals und im Feld später nicht viel von der Glorie des Leiters einer kämpfenden Armee, sondern ich sah mit meinen jungen Augen nur das Allzumenschliche des Kranken und Übererregten. Der Mann heute versteht. Daß jene Tage in Kuba dem amerikanischen Invasionsheer keine Katastrophe brachten sondern Siege, ist für den nüchternen Beurteiler ein Wunder. Und Shafter wußte das! Als einziger vielleicht. Er wußte, daß kein Proviant da war – er wußte, daß alle Vorteile des Geländes auf der Seite des auch numerisch starken Gegners lagen. Er wußte recht gut, weshalb er zauderte. Dennoch gebe ich meine Eindrücke ungeschminkt wieder, denn über das Persönliche weit hinaus zeigen sie etwas einzig Dastehendes in der modernen Kriegsgeschichte: Eine Schlacht, einen Feldzug, der nicht von Generalen gewonnen wurde, sondern von einzelnen Häufchen tapferer, zäher Männer, die in jungenhafter Begeisterung fröhlich drauf losgingen, ohne sich viel um Befehle zu scheren. Das Männliche, das Tüchtige des Einzelnen war Trumpf und gewinnende Karte in dem riskanten Spiel dieses sonderbaren Krieges.

* * *

Dutzende Male brachte ich dem General Shafter Depeschen an jenem 30. Juni des Jahres 1898, und jedesmal sagte er mit der gleichen dünnen, schrillen Falsettostimme, die einem durch Mark und Bein drang:

»Jesus Christus – was gibt's?«

Es ist kaum möglich, das Scharfe, Ungeduldige wiederzugeben, das in dem ewig wiederkehrenden Ausruf lag, der dem General seinen Beinamen eingetragen hatte. Frömmlern gab es später nach dem Kriege, als von Shafters Eigenheiten erzählt und geschrieben wurde, Veranlassung, ihn als gotteslästerlichen Frevler zu verdammen.

»Lasse Oberst Green bitten – Jesus Christus – marsch, Mann – halten Sie sich nicht mit Salutieren auf – Jesus Christus!«

Immer Jesus Christus – –

Hunderte Male gellte es so. Und jedesmal fuhr ich zusammen, wenn die schneidende Stimme erklang.

General Shafter war ein Koloß. Ächzend lag die unförmige Gestalt in der Hängematte, auf viele Kissen zurückgelehnt, fluchend wie ein Dragoner. Die Stimme gellte vor Wut und Ungeduld. Aber im nächsten Augenblick konnte sie, wenn auch schrill und nervös, liebenswürdig zu einem Adjutanten sagen: »Lassen Sie sich ablösen, lieber Jameson – Jesus Christus, Sie müssen ja todmüde sein!«

Der General war entweder schon vom Fieber gepackt oder wenigstens durch die tropische Hitze furchtbar mitgenommen. Seinen gewaltigen Schädel bedeckte ein Handtuch, auf dem Eisstücke lagen, und neben der Hängematte stand ein Kocheimer mit Eis gefüllt. Dennoch gönnte sich Shafter nicht einen Augenblick Ruhe an jenem 30. Juni. Es war ein Hetzen und Hasten, ein Kommen und Gehen. Stets umstanden Adjutanten die Hängematte, Bleistifte und Befehlsformulare in den Händen, und die hohen Offiziere des Generalstabs schienen fortwährend Vortrag zu halten. Wir hörten häufig ganze Sätze herüberhallen und verstanden, so schwer jede Kombination für einen Uneingeweihten auch war, daß es sich um Meinungsverschiedenheiten handeln mußte. Es lag wie Elektrizität in der Luft. Wie schwüle Spannung. Alle Augenblicke kamen Shafters Adjutanten gelaufen mit Telegrammen an den Generalquartiermeister in Siboney, die in schärfster Fassung Proviant und Munition verlangten. Einmal hieß es ungefähr so:

»Kommandierender General befiehlt Herbeischaffung Proviants für Front, ganz gleichgültig, ob Straße verstopft; Truppen müssen Straße freigeben – mitsendet energischen Offizier ...«

Schwer mußten Sorge und Verantwortung auf General Shafter liegen.

* *
*

Major Stevens winkte von seinem Zelt. Ich sprang hinzu.

»Treten Sie ein«, befahl er. »So! Holen Sie sich unauffällig Karabiner, Revolver und Feldstecher. Tun Sie, als ob Sie das Gewehr putzen wollten. Gehen Sie langsam den Pfad aufwärts. Sie treffen mich etwa hundert Yards weiter oben. Verstanden?«

»Yes, Sir.«

»Sie sprechen mit Niemanden über diese Sache. Verstanden?«

»Yes, Sir.«

Klopfenden Herzens wartete ich an der bezeichneten Stelle, bis der Major aus dem Gebüsch trat. »So! Es wäre mir lieb, wenn Sie mich auf einem kleinen Spaziergang begleiten würden«, sagte er, »weil ich annehme, daß Sie nach Ihrer zivilen Stellung Augen im Kopfe haben, die sehen können. Nun hören Sie: Wir wissen im Grunde gar nichts. Wir wissen den Teufel, was da vorne los ist. Ich will aber was wissen. Offiziell ist ein Vorgehen über die Vorposten hinaus strengstens verboten. Wir gehen jetzt zusammen spazieren und werden uns über die Vorposten hinaus verlaufen. Verstanden?«

»*Yes, Sir.*«

»Schön. Die Karte hier ist miserabel, aber immerhin geht daraus hervor, daß hier – sehen Sie? – bei El Pozo – das ist 'ne alte Zuckermühle –, wo unsere Spitze steht und das eigentliche Santiagotal beginnt, Plantagen sind, die ein Erklettern des Hügels da – sehen Sie? – gestatten sollten. Durch den Busch kämen wir nie hindurch!«

Da kam ich mir wieder kolossal wichtig vor …

Wir marschierten in scharfem Tempo etwa zwei Kilometer weit den Pfad entlang, kamen in einen Mangowald, kreuzten einen kleinen Bach, passierten an Infanteriepatrouillen vorbei, wurden dutzende Male angerufen. Dann bogen mir scharf links ab. Wir waren jetzt inmitten hohen wuchernden Grases und mächtiger Baumgruppen. Hinter der zweiten Baumgruppe schon trat ein Kavallerieleutnant hervor, mit dem der Major leise sprach. Ich hörte den Leutnant sagen:

»Auf Ihre Verantwortung, Major. Meine Leute kann ich instruieren. Aber wenn Sie den Rückweg verfehlen, riskieren Sie, von anderen unserer Posten über den Haufen geschossen zu werden!«

Da kam ich mir noch viel wichtiger vor!

Nun begleitete uns der Leutnant.

Der lichte Wald wurde noch dünner, die Baumgruppen spärlicher. Vor uns lag eine schmale Fläche niederen Grases. Drüben war Gestrüpp.

»Halt!« rief eine Stimme.

»Freunde …« antwortete der Leutnant. »Einer vor!« rief die Stimme wieder. Der Leutnant ging vor, um die Losung zu geben, die »Shafter und Santiago« lautete, und dann sahen wir eine Soldatengestalt aufspringen, die flach am Boden gelegen hatte. Der junge Offizier instruierte den Posten, daß der Herr Major und der Signalmann rekognoszieren würden und daß er auf unsere Rückkehr achten müsse. Wir würden am jenseitigen Gestrüpprand laut »Washington« rufen und dann aufrecht über die Grasfläche laufen.

»Los!« sagte der Major. »Ich wette meinen Kopf, daß innerhalb fünfhundert Yards überhaupt kein Spanier ist, sonst wäre die Schießerei schon längst losgegangen!«

Aber trotzdem verzichteten wir, ohne ein Wort darüber zu verlieren, auf falsches Schamgefühl und krochen sehr vorsichtig auf dem Bauch durchs Gras, uns innig und liebevoll an Mutter Erde anschmiegend.

»Sehen Sie was?«

»Nein, Major.«

Wir kamen der Gestrüpplinie näher und suchten Busch für Busch mit unseren Feldstechern ab. Vorne links, dreihundert Meter vielleicht entfernt, stieg ein Hügel empor, der erste einer sich weithin erstreckenden langen Hügelkette. Auf den steuerten wir zu, immer auf dem Bauche rutschend. Wir sahen nichts und hörten nichts. So gelangten wir bis zum unteren Hügelrand. Wohl eine Viertelstunde lang lagen wir hinter einem Baum und suchten den Weg durch die Gläser ab. Dann krochen wir wieder vorwärts, uns mit Händen und Füßen einkrallend, denn der Abhang war steil.

»Suchen Sie die Kuppe ab!« flüsterte der Major.

Ich machte einen Bogen hin, einen Bogen her. Sah nichts.

»Nichts?«

»Nein.«

»Großer Gott! Eine einzige spanische Batterie hier oben könnte uns den Teufel zu schaffen machen!«

»Es ist unglaublich!« Er lauerte hinter einen Busch und schob vorsichtig die Zweige auseinander. »So! ich kann sehen! Decken Sie mir den Rücken und achten Sie auf jedes Geräusch!« Ewigkeiten schien mir sein Schauen zu dauern. Auf dem Bauche liegend starrte ich um mich, daß mir die Augen tränten, bis endlich der Major leise pfiff und aus dem Busch zu mir kroch. »Nehmen Sie meine Stelle ein«, sagte er. »Sehen Sie sich zuerst die Karte an. Wir sind im Santiagotal … Dies hier ist das San Juan Flüßchen. Auf diesem Hügel sind wir. Nun passen Sie auf: Sie werden in viertausend Yards Entfernung etwa in ganz unbestimmten Umrissen Gebäude sehen. Das ist Santiago de Cuba. Das Glitzernde zwischen den beiden Waldlisièren ist das Flüßchen. Suchen Sie das ganze Vorgelände ab, ob Sie Truppen oder irgend etwas Bewegliches entdecken können.«

Ich kroch in den Busch, mich im Blattwerk deckend, und guckte zuerst mit bloßen Augen, dann durch das Glas. Gestrüpp – Wald –

helle Flecke – wellige kleine Hügel, die wie in Nebel eingehüllt zu sein schienen – ein grauer Streifen am Horizont, auf dem ich im Glas deutlich die Rote Kreuzflagge unterschied. Dann suchte ich, zitternd vor Aufregung, die hellen Flecke ab, und mir schien, als ob ich einmal oder zweimal auf dem Grasfleck vor einem der kleinen Hügel ein Glitzern sähe.

»Bei den Hügeln dort – dicht beim Flüßchen!« murmelte ich.

»Richtig!« sagte der Major. »Dort bewegen sich zweifellos spanische Truppen. Aber suchen Sie vor allem das nähere Vorgelände ab!«

Ich suchte und suchte, Busch bei Busch. Fleck bei Fleck. Das schmale Tal erstreckte sich, ein schwer übersehbarer Geländemischmasch von Gestrüpp und wirklichem Wald und hellen freien Grasstrecken in fast immer gleicher Breite von sechs- oder siebenhundert Metern, bis an den grauen Streifen, der Santiago bedeutete. Seine Breite trennte uns von unseren Vorposten, die drüben auf der welligen Talgrenze am Waldrand standen. Das Flimmern dort vorne konnte ich wieder deutlich wahrnehmen. Sonst sah ich nichts. Der Major war zu mir gekrochen.

»Noch etwas gesehen?«

»Nein, Major.«

»Wie weit schätzen Sie die Entfernung bis zu der Wellenlinie, wo Sie das Flimmern sehen?«

»Dreitausend Yards.«

»Hm. Zweitausendfünfhundert!« brummte er. »Ich denke, wir haben genug gesehen.«

Dann ging es zurück. Ich war jetzt gründlich nervös geworden und ich glaube, dem Major ging es ebenso, denn im gleichen Impuls verzichteten wir auf das langsame Kriechen und rannten in langen Sprüngen von Baum zu Baum und von Busch zu Busch der auffälligen Truppe von Mangobäumen zu, die wir uns wohl gemerkt hatten. Am Gestrüpprand brüllten wir laut:

»Washington!«

»Freunde ...« hallte es herüber, und wir schnellten uns vorwärts im Gras, so schnell uns nur die Beine laufen wollten, sehr froh, wieder im Schutze der Vorposten zu sein.

»Prosit!« sagte der Major und reichte mir seine Feldflasche. »Bitte, trinken Sie mit Andacht, denn das ist ewigalter Kentuckywhisky, und die Götter mögen wissen, wann uns ein solcher Trunk wieder beschert wird.«

Er lachte ein unfröhliches Lachen. »Übrigens haben wir unsere Hälse umsonst riskiert. Die San Juan Verteidigungsstellung – das ist dort, wo wir das Flimmern sahen – ist dem Hauptquartier bekannt. Halten Sie nur den Mund über unseren Spaziergang, sonst werden wir auch noch ausgelacht! Ich hatte gehofft, auf der Hügelkette da drüben Artillerie zu entdecken – na, und damit ist's Essig gewesen! Die Geschichte war also umsonst.«

Da kam ich mir gar nicht mehr wichtig vor.

* * *

Die Pechfackel auf dem alten Zaunpfosten warf feuerrotes, flackerndes Licht über die Zelte des Hauptquartiers. General Shafter saß auf einem Feldstuhl, gegen die Zeltwand gelehnt, und sah mit seinen scharfen grauen Augen von einem zum andern der Offiziere, die ihn umstanden. Auf großen Kisten links und rechts neben ihm brannten in Flaschenhälsen Kerzen. Um ein Uhr nachts übernahm ich den Hilfsdienst beim Instrument, zusammen mit Souder, und wenige Minuten später brachte ich dem General eine Depesche. Vom Generalquartiermeister in Siboney, der den Abgang eines Maultiertransports mit Infanteriemunition meldete.

»Jesus Christus, was warten Sie noch, Mensch!« herrschte Shafter mich an.

»Die Unterschrift, General.«

»Unterzeichnen Sie!« befahl er einem Adjutanten, der nun seinen Namen in mein Depeschenbuch kritzelte. »Marsch, Signalmann!«

Ein sacksiedegrober Herr, der Jesus-Christus-General!

Eine Viertelstunde verging. Da kam der Major zu uns ins Signalzelt gekrochen und sagte, gemütlich dahockend, auf den schwarzen Schnurrbart beißend, wie das seine Art war: »Hm – Souder – Carlé – nein, kann euch nicht brauchen – sollt bei mir bleiben. Sie können nachher Hastings wecken, Carlé, und ihn in mein Zelt schicken. Der rechte Flügel, Kinder, greift bei Tagesanbruch an, und General Chaffee braucht Flaggenmänner. Ich werde Hastings hinschicken und zwei Mann. Wir werden ebenfalls bei Tagesanbruch losmarschieren und die Linie im Santiagotal legen und bei Gott, ich glaube, wir haben das bessere Teil erwählt wie Martha in der Bibel. Müßte mich sehr irren, wenn sich die Hauptaffäre nicht bei unseren Hügeln« – er zwinkerte mir zu – »abspielt. Mund halten, Kinder! Ich bitte mir übrigens aus, daß morgen flott gearbeitet wird!«

»... Jesus Christus!« gellte es herüber vom Zelt des Kommandierenden.

Und dann brachte ein Adjutant eine Depesche, die merkwürdigerweise nicht chiffriert war. So ungefähr lautete sie:

»Kommandierender General der Armee, Washington. – Greife bei Tagesanbruch an. Brauche Verstärkungen, Proviant, Hospitalschiff. – Shafter.«

Da schien es uns, als wollten die Minuten so gar nicht vergehen, und wir fluchten fürchterlich über den Kleinkram von Depeschen nach Siboney, die alle mehr Proviant, mehr Munition forderten. Souder, der ein Künstler im Bearbeiten des Tasters war, telegraphierte mit fabelhafter Geschwindigkeit, wollte er doch die Arbeit loswerden und schwatzen. Zwanzig Minuten lang hielt es der Sergeant in Siboney aus, dann unterbrach er:

»*p p p* Privat. Höll' und Verdammnis, seid ihr verrückt geworden? Ich komm' nicht mehr mit – hab doch keine Schreibmaschine hier – muß bleistiftkritzeln – lang-samer!!«

»Arbeite, mein Sohn!« antwortete Souder. »Und sei nicht so verdammt vertraulich. Wir sind in den Vorposten und du bist sicher vom Schuß – also arbeite wenigstens, Freund!«

»Warte – wenn ich dich erwische ...« kam es wütig klickend zurück.

Woraus hervorgehen mag, daß wir nicht etwa letztwillige Verfügungen trafen und uns gegenseitig letzte Lebewohlbriefe an unsere Bräute anvertrauten, wie das in frommen Bilderbüchern von Soldaten vor der Schlacht berichtet wird, sondern daß wir uns einfach bodenlos freuten – wie kleine Jungens, denen die Mama gesagt hat: »In fünf Minuten dürft ihr auf die Straße und Indianer spielen!«

*   *

*

Die tief heruntergebrannte Pechfackel loderte. Auf dem schlammigen Weglein draußen zog es immerwährend, ohne Aufenthalt, vorbei von Männern, so müde, daß sie gebeugt schritten. Regiment auf Regiment passierte. Mann hinter Mann, so schmal war der Pfad. Graubärtige

Obersten – Rekruten mit Kindergesichtern. Bodenlos war das Weglein geworden, und die Füße der keuchenden Menschen machten bei jedem Schritt und Tritt ein merkwürdig plumpsendes, saugendes Geräusch, wenn sich die Stiefel aus dem zähhaltenden Schlick befreiten.

Regiment auf Regiment zog vorbei, dem Feind entgegen.

Die Schlacht vom San Juan Hügel

Der Morgen vor der Schlacht. – Ein Schattenspiel im Nebel. –
Die Schlacht beginnt. – Wir legen die Linie nach der Front. –
Meine erste Granate. – Wie ich das Gruseln lernte. – Wie andere
das Gruseln lernten. – Auf dem Weg zur Feuerlinie. – Die Furt. –
Die Panik des 71. Regiments. – In der Feuerlinie am Waldrand. –
Wir schießen mit. – Die Schützengräben im San Juan Hügel. –
Der Gnadenschuß. – Der Angriff ohne Befehl. – Der San Juan
Hügel wird im Sturm genommen. – Zusammenhänge der
Schlacht. – Bei den spanischen Gefangenen. – Rum und
Zigaretten. – Am Lagerfeuer. – Sie begraben die Toten

Die Nacht ging zu Ende. Graugelbe Bodennebel flossen über die Lichtung hin, in wellender, wogender Masse, wie Wasserfluten sich übers Land ergießen. Menschen und Zelte standen auf einem Nichts; auf dampfigem, zitterigem, schwadigem Rauch. Es war bitter kalt. In tiefer Stille lag das Hauptquartier, in dumpfes, nächtliches Grau noch gehüllt. Gleich trüben Schatten die Zelte. Totenstill war es. Nur in dem mächtigen gelben Fleck dort bei dem großen Mangobaum, dem Zelt des kommandierenden Generals, war schwaches Licht und lautloses Leben. Gespenstisch leuchtete dort Kerzenschein durch die Zeltwände, immer wieder unterbrochen von einem Schatten. Da drinnen ging ein Mann auf und ab in rastlosem Hin und Her. Das war General Shafter.

Langsam stiegen die Nebel. Schwaden auf Schwaden lösten sich, in weißgrauen Dunst verwallend. Wie Dampf umhüllte es die Zeltmassen und schwebte höher und höher. Wie dünner Regen fast fiel der Morgentau, und frostig schlichen Kälte und Feuchtigkeit in die Haut.

Da leuchtete warm und rot ein Feuer auf, draußen am Lagerrand.

»Gott sei dank!« Souder nahm unsere Blechbecher und ging.

»Kaffee!« sagte er, als er wiederkam. »Wollen zuerst die Feldflaschen füllen!«

»Gute Idee«, murmelte ich.

Ich holte noch zwei Becher. Der dampfendheiße Trank vertrieb uns rasch das nasse, klebrige Gefühl und die Übernächtigkeit. Wir aßen einen Zwieback, zündeten die Pfeifen an. Immer mehr und mehr lichtete sich das trübe Grau. Da – – was war das? – Souder und ich sprangen auf.

»Was war das?« flüsterte er.

»Still – still!«

Kaum hörbar, wie aus ewigweiter Ferne, gespenstisch leise, erklang es in dumpfem Schallen – krang – krang, krang ... tacktacktack ... leise, ganz leise, als ob Erbsen auf einen Blechteller geworfen würden. Ein wenig lauter nun, dann schwächer wieder, mit Pausen von Sekunden – jetzt in vollerem Klang, und doch schwach und ferne wie abgedämpfter Trommelwirbel. Gewehrfeuer. Deutlich erkennbares Geknatter. Nichts regte sich um uns. Jeder schien zu stehen und zu lauschen. Mäuschenstill war es. Bis die klare Stimme eines Offiziers schallend rief:

»Das ist General Chaffee!«

Und im gleichen Augenblick, als folge dem Blitz der Donnerschlag, ergellten schrill jauchzende Jubelrufe, geschrien von den Männern des Hauptquartiers ... hei – ih – hei – iiii – ih!

Aus der Stille wurde Bewegung, Wirrwarr.

Offiziere eilten hin und her, scharfe Kommandorufe befahlen das Satteln der Pferde. Unser Major kam gerannt, im Laufen eine Pappschachtel aufreißend und sich die Revolverpatronen in die Taschen stopfend.

»Signaldetachement – *attention*!« befahl er. »Myers und Bruning bleiben hier. Myers, Sie überbringen dem Stabssergeanten den Befehl, für unsere neue Linie gleichzeitig ein Telephon und einen Taschenapparat einzuschalten, die je nach Funktionieren ausgewechselt werden. Abtreten! Die übrigen – *attention*!« Er inspizierte uns rasch und lächelte, als er sah, daß wir uns alle Taschen mit Patronen für unsere Karabiner und Revolver gefüllt hatten. »Jeder Mann trägt eine Rolle Draht! Los!«

Und hinaus ging es auf den schlammigen Pfad, der jetzt öde und verlassen dalag: im Laufschritt, in langen Sprüngen, immer vorwärts mit dem Draht, den unsere Stangen hoch ins Gebüsch schleuderten. Nichts behinderte uns. Die Truppen waren schon in Front. So ging es rasch und glatt mit der Arbeit, und als wir nach den ersten tausend Yards die Linie prüften, war alles in Ordnung: das Hauptquartier meldete sich sofort. Weiter! Das dumpfe Geknatter des Feuergefechts in der Ferne hörten wir kaum noch in dem Lärm der Arbeit, als es auf einmal schrill und klar irgendwo vorne knallte – kreng, kreng … in scharfem Gerassel – kreng, kreng, krenn – bing …

»Vorwärts!« schrie der Major. »Vorwärts, Kinder – wir wollen dabei sein!«

Länger wurden die Sprünge. Keinem Menschen begegneten wir auf dem Weglein, obgleich das Feuern aus nächster Nähe zu kommen schien. Der Schlammpfad verbreitete sich zu einem breiten Morast, in tausende von Löchern und Erhöhungen zertrampelt von Tausenden von Tritten, um eine Ecke ging es, und aus dem Halbdunkel, der Stille des Waldwegs wurde flutende Helle, dröhnender Lärm.

Von der Kuppe des Hügels da drüben schossen weiße Dampfwolken, und dumpfes Gekrache erschütterte die Luft. Nun Stille. In grellem Sonnenlicht lag breit der Weg da, frei und offen auf einer Strecke von mehreren hundert Metern, dann in dunkler Waldlinie sich verlierend. Grasland säumte ihn: ein Busch, ein Mangobaum hie und da. Dicht an der Wegbiegung floß träge ein Bach von schmutziggelbem Wasser, das San Juan Flüßchen. Zwei Bretter führten über das Wässerlein zu einem engen Pfad durch niedriges Gebüsch auf den Hügel. Rechts bog der breite Weg ab, das Tal entlang: links führte der Fußpfad zum Hügel. Zwischen beiden, ganz im Vordergrund, erhob sich verwittertes altes Gemäuer mit allerlei Maschinen, die Überreste der alten Zuckermühle von El Pozo. Im nächsten Augenblick jagten Reiter an uns vorbei auf das Gemäuer zu, sprangen ab, rissen Karten aus den Taschen. Das war der Generalstab.

Bang! krachte ein Geschütz auf dem Hügel.

»Ruhig, Kinder – ruhig!« sagte der Major. »Der Draht wird von dem Mangobaum dort über den Bach gespannt – – in dem Einschnitt drüben errichten wir die Station – Carlé, bringen Sie das Telephon hinüber und stellen Sie die Verbindung her!«

Ich nahm den Apparat und ging zum Steg. Auf den Brettern zauderte ich einen Augenblick, denn ich war wie ausgetrocknet vor Durst, hatte ich doch den Kaffee in der Feldflasche schon längst ausgetrunken und brannte ja die Tonne so glühend heiß herab trotz des frühen Morgens, daß der Schweiß in Strömen an mir herunterlief. Aber das Wasser da unten, pfui Teufel, nein, das Wasser da unten sah denn doch zu schmutzig aus. Ich zauderte – zauderte – – und der Durst siegte glatt mit sieben Längen über Appetitlichkeit und Vernunft, denn der Lausbub beugte sich schleunigst nieder, Blechbecher in der Hand; tauchte ein, lüpfte den gefüllten Becher empor und sah in maßlosem Erstaunen, daß aus den beiden Seiten dünne Wasserstrahlen spritzten. Links ein Loch, rechts ein Loch; eingebeult das eine, ausgebeult und zerfetzt das andere. Da – da war ja eine Kugel durchgefahren! Ich starrte verblüfft den Becher an und blieb wie angenagelt stehen. Eine Kugel durch meinen Becher gefahren! Während er an meiner Brottasche hing! Und ich hatte nichts gemerkt! »Schmeiß 'n weg – taugt nichts mehr!« rief Souder, als ob ich das nicht selber gewußt hätte.

Nachträglichen Schrecken aber empfand ich nicht und auch dann noch nicht, als es über meinem Kopf gellend daherfuhr, doch unwillkürlich duckte ich mich. Denn was das unheimliche Sausen da oben bedeutete, verstand ich sofort, und jeder andere hätte es verstanden – s – ss – sss – surrr – ssss – – – N–nein, es läßt sich nicht wiedergeben, dieses sausende unheimliche Schwirren, dieses Surren, dieses gellende Dahergepfiffenkommen. Aber ich fürchtete mich ganz bestimmt noch nicht, sondern trug behutsam das schwere Telephon an seinen Platz, wenn ich auch gar zu gern auf irgend etwas losgeballert hätte, damit auch andere Leute es sausen und schwirren hörten. Ich nahm meinen Karabiner von der Schulter. Der Major sah mir lächelnd zu und zerkaute seinen Schnurrbart.

»Warten, warten!« sagte er leise. »Hat noch gar keinen Sinn. Wir kommen schon noch daran.«

Im gleichen Augenblick fror ihm das Lächeln fest und seine Augen wurden starr. Aber er blieb kerzengerade stehen. Ich fühlte, wie ich totenblaß wurde. Mit gellendem Geheul kam da etwas herangejagt, etwas Fürchterliches – sss – ssss – hui … iih … iiiiih … schrillend wie eine Dampfpfeife – entsetzlich – ich glaubte den Luftdruck zu verspüren – ich hatte so fürchterliche Angst, daß ich am liebsten hinausgebrüllt hätte in Furcht und Grauen wie ein wildes Tier, hätte ich nur gekonnt. Aber ich konnte nicht. Der Hals war mir wie zugeschnürt. In meiner Kehle steckte ein großes rundes Ding, das mich würgte und drosselte und ersticken wollte, während eine eiserne Faust mir auf den Schädel schlug. Ich – wollte – schreien – ich – konnte nicht!

Und es war herangeheult und schlug krachend ein. Flammen sprühten auf, und ich wurde zu Boden geschleudert …

Ich spuckte die Erde aus.

»Pfui Deibel«, sagte der Major und diesmal lachte er nicht, »das war eine Granate!«

»F–f–furchtbar!« stotterte ich.

Und schämte mich nicht zum Sagen, als die klaren harten Augen des Majors mich scharf ansahen, denn ich hatte, als echter Junge, eine bodenlose Angst, er könne mir die blasse, schlotternde Furcht angemerkt haben. Heutzutage würde ich mich schleunigst und gänzlich *sans gêne* tief in Mutter Erde einkratzen, wenn Granaten in der Nachbarschaft umherheulten – aber – aber mir scheint, Krieg läßt sich doch am besten führen mit Zwanzigjährigen und den Urimpulsen, die vom Urmenschen her in junger Männlichkeit schlummern. In den nächsten dreißig Sekunden müssen gewaltige Erregungen an meinen jungen Nerven gezerrt haben. Ich weiß noch ganz genau, daß ich an allen Gliedern zitterte und am liebsten geheult hätte. Daß ich krampfhaft nach Luft schnappte. Daß mir zum Erbrechen übel war. Daß aber die Eitelkeit in mir sich auf einmal wehrte, und daß ich mich bolzengerade aufrichtete, als es wieder heulend daherkam – und doch war es nur eine Komödie, die ich mir selber vorspielte – denn ich fürchtete mich wirklich! Ich fürchtete mich schandbar!! Die Granate schlug ein. Ziemlich weit weg von uns diesmal.

Da kam der Umschwung.

Bang – bang – krachten die Geschütze der amerikanischen Batterie auf der Hügelkuppe dicht vor uns.

Fünfzig Meter hinter den Geschützen am Kuppenrand lag ein alter Stall, oder was das Ding sein mochte, ein halbzerfallenes, niedriges Holzgebäude jedenfalls, und auf dem flachen Dach drängte sich eine Menge halbnackter Kubaner, die bei jedem Schuß der Batterie ein infernalisches Freudengebrüll ausstießen und mit Händen und Beinen zappelten in unheiligem Vergnügen. Einen greulichen Skandal machten sie. Ich sah ganz mechanisch hin (dennoch schlotterte in mir die Angst!) und empfand ebenso mechanisch die Abneigung des weißen Mannes gegen derlei südländische Hanswurstiaden. Während ich guckte, kam es wieder dahergeheult und – schlug feuerspeiend und dampfsprühend mitten in das Dach, mitten in die gestikulierenden, tanzenden, schreienden Söhne der Perle des Südens hinein ... und den Bruchteil einer Sekunde später sah das Dach genau so aus wie das gute alte Sprungbrett im Ungererbad in Schwabing, wenn an heißen Augusttagen wir Jungens uns zum Sprung drängten: Die Señores hopsten. Sie machten die erstaunlichsten Kopfsprünge. Sie schienen in geradezu wahnsinniger Eile den interessanten Ausblicksort zu verlassen. Es schlenkerte nur so in der Luft von kubanischen Freiheitskämpfern. So schnell ist nirgends in der Welt jemals eine randalierende Galerie geräumt worden!

Da lachte ich, daß mir die Tränen in die Augen kamen, und lachte und lachte, und lachen hätte ich müssen, wenn auch der heulende Dämon aus der Maschine mit seinem grimmigen Kriegshumor zwanzig zeternden Hampelmännern den Garaus gemacht hätte. Merkwürdigerweise war aber nicht ein einziger der Spektakler verletzt worden, wie uns zehn Minuten später ein Artillerieleutnant lachend erzählte. Der Major lachte auch. Das ganze Detachement lachte. Und in diesem Lachen starb meine schlotternde Furcht eines rechtzeitigen Todes; man kann nicht lachen und sich fürchten zugleich. Aber in meinem Hals brannte und würgte etwas, und die Kehle war mir wie ausgedörrt. Ich sprang die wenigen Schritte zum Bachufer hin, warf mich in den zähen gelben Lehm auf den Bauch, steckte den Kopf ins Wasser und trank gierig wie ein Tier in langen Zügen das schmutzige, lauwarme Zeug –

»Carlé!« rief der Major scharf.

Ich trank und trank.

»Carlé! Lassen Sie den Unsinn! Sie holen sich bestimmt das Fieber!«

Er schüttelte mißbilligend den Kopf, als ich ein wenig beschämt zurückkam, mir den Schmutz von Hemd und Hosen reibend, und brummte irgend etwas über die verdammte Wassersauferei. Aber in seinen Augen war ein Lächeln ...

Die Batterie droben feuerte jetzt nur selten, vereinzelte Schüsse in langen Zwischenräumen, und die spanischen Geschütze schwiegen ganz. Hie und da summte und surrte es über unseren Köpfen. Im Wald knallten vereinzelte Schüsse. Den schmalen, steilen Hügelpfad herab kamen Kanoniere, halb kletternd, halb rutschend, irgend etwas mit sich zerrend; ein graues bündeliges Etwas. Als sie die Krümmung im Gestrüpp erreicht hatten, wo der Pfad breiter und ebener wurde, hoben sie das graue Bündel auf ihre Schultern und schritten langsam näher, behutsam, als trügen sie eine schwere Last. Der eine, ein Korporal, salutierte den Major: »Kanonier von der Batterie Grimes, Sir«, meldete er. »Kanonier Johnson, Sir. Herzschuß. Ich habe Order, Sir, den Toten am Hügelrand zu begraben.« Er schlug die Zipfel des Bündels zurück, und da lag in der grauen Armeewolldecke ein toter Mann. Aus dem bläulichen, furchtbar verzerrten Gesicht starrten weitoffen tiefbraune Augen, als könnten sie noch sehen. »Herzschuß, Sir«, sagte der Korporal. »Stand neben mir. Sprang in die Luft und war tot.« Sie hatten dem Toten Jacke und Hemd aufgerissen, und der Korporal deutete feierlich auf den winzigen schwarzen Punkt unter der linken Brustwarze, der sich scharf von der weißen Haut abhob. Wir grüßten stumm, während die Kanoniere ihre Last wieder aufnahmen und im Gebüsch verschwanden.

Es war sonderbar still geworden; nur dann und wann kam das peitschenartige Schallen aus dem Wald. Ich sah mich um. Jede Farbe, jeder Gegenstand, jeder Schatten trat klar und scharf hervor im grellen Sonnenlicht; knallgelb der breite, verlassene Weg, hellgrün das üppige Gras am Wegrand, dunkler die mächtigen Wipfel der Gruppen von Mangobäumen, leuchtend dazwischen am Weg und im Gras allerlei bunte Flecke, blau und weiß und grau. Das weiße Segeltuch der Tornister und das Grau der Soldatendecken und das Blau der Uniformröcke, die überall umherlagen am Weg entlang. Die zur Front eilenden Truppen hatten alles weggeworfen, was sie irgendwie entbehren konnten, und mehr. Beim Gemäuer der alten verfallenen Zuckermühle, deren rostige Maschinenreste rot glänzten in der Sonne, standen in kleinen Gruppen die Generalstabsoffiziere, über Karten gebeugt. Ein Pferd wieherte leise. Weiter weg graste friedlich ein Maultier und wedelte krampfhaft mit dem geschorenen Schwanzstummel, sich die Fliegen zu verscheuchen. Da kam es wieder herangeheult und schlug in Dampf und Flammen ein, keine zwanzig Schritt weg von der nützlichen Mißgeburt aus Pferd und Esel, die ihre berühmte Indolenz sogar im Granatfeuer glänzend bewährte. Denn Mr. Maultier wedelte eifrig weiter mit dem Schwanz und ließ sich nicht eine Sekunde lang in der angenehmen Beschäftigung des Grasens stören.

»Bravo!« rief Souder. »Das is 'n richtiges, approbiertes, Geschützfeuer-stubenreines, verdammt famoses, altes Onkel-Sam-Maultier – hurräh – schert sich den Teufel um die alten Granaten – hurräh!!«

Schallendes Gelächter.

Oberst Green kam von der Zuckermühle herbeigeschritten, begrüßte unseren Major, flüsterte mit ihm und breitete eine Karte auf den Knien aus, hier und dorthin deutend. Ich verstand: »– spanische Batterie feuert mit rauchlosem Pulver – noch nicht entdeckt – jawohl, überhaupt nur ein einziger Weg – natürlich verstopft – nein, Major, hat vorläufig noch gar keinen Sinn – Sie kämen wahrscheinlich gar nicht durch mit Ihren Leuten – wie meinen Sie? – Hm ...« Dann sprach der Major eifrig auf ihn ein, und der Oberst nickte und ging wieder.

»Achtung!« befahl der Major laut. »Sergeant Ryan – Sie übernehmen die Station! Sie bleiben unter allen Umständen beim Apparat und sind mir für alle Meldungen verantwortlich. Den Befehl zur Verlängerung der Linie bis zum Waldrand dort erhalten Sie von Oberst Green persönlich und lassen dann den Draht von drei Mann über die Mangobäume den Weg entlang legen. Ich werde nun den geeigneten Platz zur Anlage der nächsten Station in der Feuerlinie feststellen. Mit mir kommen –« und suchend glitt sein Auge von einem zum andern.

Da sahen wir ihn hungrig an wie gierige Hunde, die lechzend darauf warten, wem wohl von ihnen der Herr den Brocken zuwirft.

»Mit mir kommen Souder und Carlé. Eine Signalflagge, Karabiner, Revolver, Feldflasche, Glas – sonst nichts!«

»Oh hell ...« murmelte einer der Enttäuschten.

* * *

In zehn Minuten hatten wir den Waldrand erreicht und marschierten nun wieder auf dem alten Dreckpfad, der uns schon so vertraut geworden war. Die starre Gebüschwand freilich war verschwunden, denn links und rechts lag zwar rankenversponnener Urwald, verwuchert von Schlinggewächsen, aber ein Stück weit wenigstens konnte man hineinsehen. Da und dort im Schlamm steckte ein Tornister, eine Wolldecke, ein Hut. Wir sprangen vorwärts, so rasch es gehen wollte in der dörrenden Hitze. Immer noch knallten nur vereinzelte Schüsse. Nach einigen hundert Metern kamen uns Verwundete entgegen mit blutigen Verbänden um Köpfe und Glieder, langsam zurückstolpernd, aber wir sahen kaum hin, denn brennende Neugierde und hetzende Ungeduld trieben uns vorwärts. Ein Toter lag am Wegrand, die Knie emporgezogen, die Arme lang ausgestreckt. Die glasigen Augen schienen starr in den Schlamm zu blicken. Der Pfad krümmte sich. An der Ecke, aus den Bäumen, flatterte die Rote Kreuzfahne, und am Boden kauerten stöhnende Gestalten, zwischen denen Ärzte hin und her eilten. Die Verbände glänzten grell weiß. Wir eilten weiter. Das Gewehrfeuer wurde heftiger und schien von überall zu kommen; von vorne und von links und von rechts; über unseren Köpfen sauste es zischend und surrend und dumpf aufklatschend in Laub und Bäumen. Ein Verwundeter blieb stehen, salutierte täppisch und riß die Kleider auf, uns in groteskem Stolz eine winzige Schußstelle im Bauch unter dem Nabel zeigend.

»Teufel«, sagte er. »Es tut gar nicht weh! Wo is – mm – das Hospital?«

Ich deutete rückwärts. Und grinsend schritt der Schwerverwundete dahin, nachdem er sich noch Feuer für seine Pfeife von Souder hatte geben lassen ... »*Good God!*« sagte der Major leise.

Ah – und nun fing der Tanz an – racktacktacktack – rack – kreng, kreng ... schweres rollendes Feuer irgendwo da vorne, klar und hell dazwischen Salven. Überall um uns schlug es ein in die Bäume. Zu sehen aber war nichts – gar nichts ... Doch! Wieder krümmte sich der Weg, und zwischen den Bäumen schimmerte es blau und stählern von Truppen und dröhnte von Lärm und Geschrei.

»Laufschritt – Laufschritt ...« rief der Major.

Ein Leutnant hinkte herbei, eine blutige Binde um den Fuß.

»Schwer verwundet?«

»Nein. Herr Major. Knöchel kaput.«

»Tut mir leid, tut mir sehr leid. Was sind das für Truppen?«

»71tes Freiwilligen-Regiment. Das New Yorker Regiment, Major.«

»Ich danke sehr.«

Und weiter ging es im Laufschritt, und nach drei Minuten waren wir mitten – in einem Tollhaus. Unter Wahnsinnigen, unter Menschen, die Waffen trugen und jung waren, und dennoch kreischten in fürchterlicher Angst wie Weiber. Sie stießen sich und drängten sich und schrien und duckten und hielten die Hände schützend vor die Köpfe, irgend eine unsichtbare Gefahr abzuwehren. Der Weg war völlig verstopft. Ein panikgeschüttelter Menschenhaufe wogte hin und her, den Offiziere vergeblich vorwärts zu treiben versuchten. Eine Kette hatten sie gebildet, die Kapitäne und Oberleutnants und Leutnants, und fluchten und schrien und hieben mit den flachen Säbeln drein. Ich starrte. Irgend etwas war da – irgend etwas ...

»Pack, Pack – verfluchtes Pack!« zischte der Major.

Da warf dicht vor uns ein Korporal mit gellem Schrei die Arme empor, stürzte schwer zu Boden, und die Soldaten um ihn wichen entsetzt zurück. »Revolver 'raus. Kinder!« schrie der Major. »Mir nach!«

»*Platz!! Platz!!! Zurück in die Bäume!!!*«

Was alle Drohungen und alles Gebrüll der eigenen Offiziere nicht vermocht hatten, erzielte das messerscharfe, schrille Kommando mit seiner klaren, bestimmten Weisung. Links und rechts von uns taumelte es in die Bäume, und langsam wurde der Weg frei.

Ich sah tiefen Schlamm – sonnenfunkelndes Wasser ... Wir drängten uns vorwärts. Der Pfad senkte sich abschüssig und verlor sich in einen breiten Bach schmutzigen Wassers. Mitten im Wasser lag ein toter Soldat, und dicht am Bachrand kauerten Leichen – drei – fünf – sieben – – – im Knäuel, hingeschleudert von den Geschossen: das Flüßchen war unter scharfem feindlichem Feuer. Die New Yorker zeterten. Hinter uns kam es herangerasselt, und in scharfem Tempo jagte die Maschinengeschütz-Abteilung herbei. Reguläre im Laufschritt, drei Gatlingkanonen vorwärtsschiebend und stoßend und zerrend. Hop – hinein ins Wasser – Hop – waren sie hinüber, ohne einen einzigen Mann verloren zu haben. Wir mit ihnen. Drüben ertönte eine laute Stimme:

»Re–gu–läre! – auf mein Kommando – zu Zweien reiht euch ein – im Laufschritt – vorwärts marsch ... marsch – eins, zwei – eins, zwei – eins, zwei ...«

Und in scharfem Takt trippelte, als sei sie auf Parade, eine halbe Kompagnie regulärer Infanterie heran, geführt von einem blutjungen Leutnant, trippelte im gleichen Takt hinein ins Wasser, trippelte heraus – Das panikbefallene New Yorker Regiment aber steckte immer noch unter den Bäumen.

Der tückische Zufall des Kriegs hatte es gefügt, daß scharfes, indirektes spanisches Feuer sich auf die von überall völlig unsichtbare San Juan Furt im Walde konzentrierte, gerade in dem Augenblick, als die New Yorker Freiwilligen ins Wasser marschierten. Die ersten waren weggefegt worden, in einem Haufen, und da und dort noch im Regiment stürzten Getroffene. Die Spitze drängte zurück und die Panik war da. Die Soldaten, die im Gedräng nichts mehr sehen, den unsichtbaren Feind nicht erblicken konnten, wurden wie toll vor Angst.

Der Major war stehengeblieben und kaute auf den Schnurrbart. »Sie erinnern sich doch«, sagte er, »an das Flüßchen, das wir gestern vom Hügel aus sahen?«

»Jawohl. Major.«

»Na, das hier ist's. Haben Sie eine Ahnung, ob wir links abgekommen sind? Ich glaube, ja. Die erste Wegkrümmung war nach links, die zweite ebenfalls, nicht wahr?«

»Jawohl. Die Hügel, die wir sahen, müssen schräg vorne rechts sein.«

»Glaub' ich auch. Hm. Sagen Sie einmal, wie ist Ihnen zumute?«

»Ich – ich möchte etwas sehen!« stotterte ich.

Er lachte. »Und Sie, Souder?«

»Wenn der Herr Major gestatten – ich finde, es ist eine verdammte Gemeinheit, da im Wald stecken zu müssen und beschossen zu werden und nicht ein einziges Mal selber schießen zu dürfen. Und ich bin froh, daß ich über dem Wasser bin!«

»Ich auch – Teufel, ich auch!« lachte der Major. »Na, Kinder, ich bin zufrieden mit euch und ich werde noch viel zufriedener sein, wenn ihr möglichst wenig plaudert. Wir hätten eigentlich schon längst zur Linie zurückkehren sollen und haben hier gar nichts zu schaffen. Ich muß mir da erst eine faustdicke Lüge ausdenken, um – na ja. Wollen uns noch ein bißchen umgucken!«

Und er lachte. Ein Spitzbubenlachen …

Verschwunden waren die harten, energischen Linien aus seinem scharfgeschnittenen Gesicht, das der dichte schwarze Schnurrbart älter erscheinen ließ, als es in Wirklichkeit war, und verschwunden die abwehrende Würde des Älteren und Befehlenden. So jung ich war, so begriff ich doch, daß in ihm das Gleiche vorging wie in mir: daß die Neugierde ihn plagte bis zum Bersten und die jungenhafte Sehnsucht, dabei zu sein. Ein Junge war er jetzt wie ich – wie Souder – – ein Junge, der es ebenfalls als eine »verdammte Gemeinheit« empfand, da im Wald zu stecken und – *nicht sehen zu dürfen.*

Fortgesetzt pfiff es über uns dahin.

Der Schlammweg war noch da, aber im Walddunkel blitzten helle Strecken auf im Sonnenlicht. Es wurde immer lichter. Die Bäume wichen auseinander und bildeten Gruppen, und scharfausgeprägte Lichtflecke im Gesichtskreis ließen freies Grasland ahnen. Da fuhr ich auf einmal zusammen, denn in das Knattern hinein dröhnte es in rasselnder Fürchterlichkeit.

»Die Gatlings!« schrie der Major. »Jungens, wir sind da!« Er riß das Glas hervor. »Rechts! Vorwärts – vorwärts!«

Wir stürmten zwischen den Bäumen dahin, stolperten über Wurzeln und Ranken, tappten im tiefen Gras und waren am Waldrand, mitten in langer Schützenlinie, umtost von einer Hölle dröhnenden Geknatters.

Mit blitzartiger Geschwindigkeit warfen wir uns zu Boden, denn jetzt pfiff es nicht mehr angenehm hoch oben in den Bäumen dahin, sondern dicht an den Ohren vorbei. Ich befühlte verstohlen meine linke Ohrmuschel – n–nein – es war nichts – aber es mußte scheußlich nahe gewesen sein! Dann räkelte ich mich und streckte mich und bohrte mit meiner Körperschwere, um mich der schützenden Erde so nahe anzuschmiegen, als es nur irgendwie möglich war.

Rechts lag der Major, links Souder. Schienen sich auch recht wohl zu fühlen am Erdenbusen, lagen wenigstens sehr flach da! Ich hob den Kopf ein wenig und sah – nichts. Dicht vor meiner Nase war eine winzige, wellenartige, grasbewachsene Bodenerhöhung, was mir sehr zweckmäßig schien, aber – zum Kuckuck, ich wollte doch etwas sehen! Langsam streckte ich die Hand vor, jeden Augenblick erwartend, daß eine Kugel hineinfuhr, und kratzte mir einen runden Ausschnitt in die schützende Deckung. Und nun vergaß ich auf einmal die wiedergeborene Angst und starrte wie gebannt in die Sonnenhelle hinaus. Zehn Schritte vor mir lag ein toter Regulärer, auf dem Rücken, zusammengekrümmt, das Gewehr noch in den Fäusten über dem Leib. Sein Schädel war eine einzige Blutmasse.

Vor mir konnte ich eine weite, freie Strecke überblicken. Gras, Gestrüpp, ein paar Bäume. Dahinter erhob sich, dreihundert Meter etwa entfernt, ein massiger Hügel, an den links und rechts sich andere Hügel anschlossen. Es war der San Juan-Hügel. Ich sah durch das Glas. Auf dem Hügel rührte sich nichts, aber ich konnte braune Linien entdecken, über denen Dunstfäden schwebten. Das waren Schützengräben. Dunst von rauchschwachem Pulver. Oben auf der Kuppe des Hügels, im Gestrüpp, stand ein Blockhaus.

Neben mir schoß etwas vorwärts; der Major war es, der in zwei Sätzen zu dem Toten sprang, sich neben ihn hinwarf – ah, jetzt griff er nach dem Gewehr in seinen Händen und hakte ihm den Patronengurtel aus, dann eilig mit seiner Beute zurückkriechend ... Da schob ich den Karabiner vor – bang – auf die braune Linie dort im Hügel – bang – bang.

Neue fünf Patronen. Auch der Major und Souder gaben Schuß auf Schuß ab. Ich feuerte und feuerte. Und unaufhörlich kam es herangesaust und schlug dumpf ein irgendwo.

Mein Karabinerlauf war heiß geworden. Ich sah um mich. Die Männer der Schützenlinie lagen im Gras nach links und nach rechts den Waldrand entlang, so weit man sehen konnte. In dichten Haufen hier, vereinzelt dort, feuernd, was die Gewehre hergaben. Links, zwanzig, dreißig Schritte vor mir, hockte hinter dem dicken Stamm eines Mangobaums ein Trompetersergeant, der mit rasender Schnelligkeit schoß. Die glänzende Signaltrompete auf seinem Rücken leuchtete wie flackerndes Licht. Und Lärm überall –

Stöhnen – Schreie – – Jetzt ein Brüllen, daß der Atem mir stockte. Ein wahnsinniges Aufheulen – und ein Mensch sprang empor wie ein Ball und wälzte sich im Gras vor der Feuerlinie, sprang wieder auf und brüllte mit einer Stimme, die nichts Menschliches mehr hatte:

»M–mein L–leib – das bre–ennt! – oah … oh …«

Das furchtbare Ding tanzte und sprang und brüllte wie ein Tier – und dann gellte es auf einmal, so überlaut, so entsetzlich, als dränge alle Höllenpein und aller Schmerzensjammer sich in einen einzigen Aufschrei:

»*K–i–ii–ll me! K–ii–ll me!* Tötet mich – Freunde, tötet mich!«

Ich war auf die Knie geschnellt und hob den Karabiner, aber der Lauf zitterte und wackelte wie ein Grashalm im Wind. Das fürchterliche Ding vor mir schoß noch einmal auf, taumelte, brach zusammen und lag still da. Viele Gnadenschüsse hatten seinen Jammer geendet.

»Ruhe!« kommandierte eine scharfe Stimme.

»Zur Hölle mit der Ruhe!« schrie es in Antwort.

Und plötzlich, als sei das ein Signal gewesen, sprach und schrie ein jeder, daß das Stimmengewirr den Feuerlärm übertönte. Die überspannten Nerven waren am Zerreißen, und die Spannung machte sich Luft.

»'ran an die Bande da drüben!« schrie einer links. »Hier ist 6te Kavallerie.«

»Hier ist 1te Infanterie –«

»Bei Gott, sollen wir Reguläre uns hier verpfeffern lassen?«

Bajonette wurden herausgerissen und schnappten klirrend in die Federn an den Gewehrläufen ein. Der Major zog seinen Revolver.

»Schnellfeuer!!« schrie irgend jemand.

Rasselnd rollte das Feuer mit furchtbarer Geschwindigkeit aus dem Waldrand. Wie von selbst eine Pause nun. Da schrie der Trompetersergeant gellend:

»Jungens – Reguläre – gebt ihnen – Hölle –«

Und er sprang zehn, zwölf Meter weit vor und warf sich hin. Andere folgten – warfen sich hin – weiter unten andere – warfen sich hin, feuerten … Auf einmal lag ich ebenfalls ein Stückchen weiter vorne und pumpte das Karabinermagazin leer. Noch weiter vorne sah ich den Major. Dann rannte es neben mir, und ich lief mit, die Augen immer auf dem Major, und holte ihn ein und warf mich hin, weil die anderen sich hinwarfen, und feuerte, weil die anderen feuerten.

»Gebt – ihnen – Hölle!« brüllte es.

Ich stolperte über Stacheldraht, fiel, sah, wie der Major und Souder wenige Schritte neben mir ebenfalls stürzten, griff in den Draht und riß mir die Hände blutig, kam frei, sprang wieder vorwärts. Neben mir Souder und der Major. Da, ganz in der Nähe, ragte es grasig steil auf, und braune und blaue Flecke krabbelten an Händen und Füßen empor: – da – brüllendes Geschrei ertönte, und vorwärts ging es mit den anderen.

In Grasbüschel kämpften wir uns ein, und das niedrige Gestrüpp packten wir und schoben und zerrten uns hoch. Plumps – fielen wir in einen Schützengraben, fluchten, kletterten wieder –

und *waren oben...*

Unten lag ein Tal voller Gestrüpp, und zwischen dem Gestrüpp sah ich zwei, drei weiße Hüte auftauchen, weit weg, und feuerte blindlings hinterdrein – – – auf die einzigen Spanier, die ich überhaupt deutlich zu Gesicht bekommen hatte!

»Lassen Sie die Schießerei!« sagte der Major. »Wir haben hier überhaupt nichts zu suchen und hätten gar nicht mitmachen dürfen. Jetzt aber ist es höchste Zeit, an unsere Pflicht und unsere Station zu denken!! Warten Sie hier auf mich!« So wurde die Schlacht vom San Juan-Hügel gewonnen. Nicht von einer Armee, nicht von Regimentern, nicht von Kompanien einmal, sondern von einem Haufen, nein, von Dutzenden von Häuflein einzelner Männer, denen das anscheinend ergebnislose Schießen aus der Schützenlinie auf die Nerven fiel. Dazu kamen die schweren Verluste, gegen die man wehrlos war. Ich bin überzeugt, daß der arme Teufel mit dem zerschossenen Unterleib, der schreiend in seiner Qual vor der Front hin und her taumelte, sein gut Teil zu dem Siege beigetragen hat, zu dem mühelosen Siege, denn jenes anscheinend so tollkühne Anstürmen gegen den Hügel kostete nur wenige Menschenleben, so aufregend es war während der kurzen zehn Minuten des Vorwärtsjagens. Von einzelnen Männern wurde der Hügel genommen. Eine Feuerleitung existierte nicht, noch irgendwelche höhere Führung, in der entscheidenden Phase. Nicht aus Mangel an Disziplin, denn bei den Regulären wenigstens war die Disziplin vorzüglich, sondern aus Mangel an Geführtwerden. Gab es doch überhaupt keine Verbindung zwischen den einzelnen Verbänden. Man hatte sorglos Regiment auf Regiment in den engen Waldweg hineingestopft ohne eigentlichen Plan, und in natürlicher Notwendigkeit lösten sich die Regimenter sofort in kleine Trupps auf, als sie in die Feuerzone des schwierigen Terrains kamen, nach langem hilflosem Beschossenwerden im Urwald. Von da aus arbeitete sich eben Trupp für Trupp und Häuflein für Häuflein vorwärts: in echt amerikanischer Neugierde und in echt amerikanisch leichtsinnigem Selbstvertrauen. Jeder Mann fühlte sich als »weißer Mann« und Amerikaner von vornherein mindestens zwei Spaniern, zwei »Dagos«, gewachsen. Ein Spanier ist ja für den echten Sohn Onkel Sams nur drei Schattierungen besser als ein Chinese. Ein verachteter *dago*. Die moralische Überlegenheit war da; leicht genug einem Feind gegenüber, der sich auf die Defensive beschränkte und seine Sache für eine verlorene zu halten schien.

Diese Überlegenheit, und nur sie, gab den Ausschlag.

Die spanische Verteidigungslinie auf den Hügeln mit ihren vorzüglich angelegten Schützengräben war ganz ausgezeichnet und uneinnehmbar, wären Männer gleichen Selbstvertrauens es gewesen, die sie besetzt hätten. Der Spanier verfügte obendrein über ein besseres und schnellerfeuerndes Gewehr als es das dänische Krag-Jörgensen auf der amerikanischen Seite war, das deutsche Mausergewehr – er kannte alle Entfernungen – alle Vorteile waren auf seiner Seite. So siegte nur selbstvertrauender Leichtsinn in diesem exotischen Krieg des Leichtsinns. Die Schlacht vom San Juan-Hügel gewannen schneidige, leichtsinnige Jungens, die, auch die Regulären nicht, keine wirklichen Soldaten im modernen Sinne darstellten trotz aller persönlichen Tüchtigkeit, denn sie wurden nicht geführt wie Soldaten. Erst lange nach der Entscheidung griffen die ordnenden Hände höherer Führer ein.

Im Hauptquartier herrschte furchtbarer Wirrwarr.

Gegen den Willen des Höchstkommandierenden eigentlich wurden die Einzelkämpfe jenes Tags gekämpft und durchgeführt, dem die Kriegsgeschichte den Namen der Schlacht vom San Juan-Hügel gegeben hat.

Der alte General Chaffee hatte in den Nachmittagsstunden des 30. Juni ganz allein, nur von einem Adjutanten begleitet, das Gelände auf dem äußersten rechten Flügel rekognosziert und das Dörfchen El Caney stark besetzt gefunden. Mit dem Morgengrauen griff seine Brigade an, unter ähnlichen Verhältnissen wie beim San Juan-Hügel später, und während das heiße und langwierige Feuergefecht um das kleine Dorf tobte, erhielt er General Shafters Befehl, den Kampf sofort abzubrechen und der Brigade Hawkins bei den San Juan-Hügeln zu Hilfe zu eilen. Man fürchtete das Schlimmste im Hauptquartier. Die starken Verluste im Fernkampf (20 Offiziere und 100 Mann tot. 70 Offiziere und 700 Mann verwundet), zusammen mit Alarmmeldungen wie dem Versagen des 71. Regiments, hatten den Stand der Dinge in sehr bösem Licht erscheinen lassen, und über die Erfolge des Tages war niemand wohl erstaunter als der Generalstab. General Chaffee zögerte. Er fürchtete den demoralisierenden Eindruck eines Zurückgehens, das als Niederlage gedeutet werden mußte. Da machte sich die Sache eigentlich von selbst. Kleine Trupps stürmten vor, und er benützte diesen günstigen Augenblick, mit zwei Regimentern zu stürmen. In wenigen Minuten war das alte Steinkastell genommen, das Dorf besetzt und der Feind in wilder Flucht.

Gleichzeitig fast oder wenig später spielte sich der Endangriff auf den San Juan-Hügeln ab, gleichfalls gegen den Befehl des Höchstkommandierenden, der das Abwarten von Verstärkungen anbefohlen hatte. In ähnlich selbständiger Weise wurde der Hügel rechts vom Blockhaus von versprengten Truppen der Division Kent, der Hügel links vom Blockhaus von den Rauhen Reitern, Regulärer Kavallerie und Teilen des 1. und 9. Regiments unter Roosevelts Führung genommen. Alle fast gleichzeitig. Um drei Uhr nachmittags war die gesamte Hügellinie, die in weitem Bogen Santiago umschloß, im Besitz der Amerikaner.

* *
*

Ich riß mein Flanellhemd herunter und wand es aus, wie eine Waschfrau ein Stück nasser Wäsche auswringt. So naß war es von

Schweiß, als ob ich es nicht vom Leib, sondern aus dem Zuber Wasser gezogen hätte. Den letzten Rest schmutzigen San Juan-Wassers trank ich aus meiner Feldflasche und war glücklich, in meiner Tasche unter den Patronen noch ein Stückchen steinharten Zwiebacks zu finden. Unterdessen feuerte hie und da jemand. Die Spanier erwiderten das Feuer nur schwach, und den Männern auf dem San Juan-Hügel wurde die Geschichte sehr bald langweilig, wenn es ihnen auch nicht an Munition fehlte, da inzwischen ein Maultiertransport mit Patronenkisten nachgekommen war. Sie waren hungrig und durstig und müde. Und trösteten sich mit allerlei Spässen.

Witze flogen hin und her. Sie verloren den Humor nicht, diese zähen Regulären, wenn sie auch völlig erschöpft waren und zur Kräftigung nichts hatten als die jämmerlichen Reste verschmutzten Wassers in den Feldflaschen, ein paar harte Zwiebacke, ein Stück Speck im Tornister. Sie halfen sich selbst, wie sie unter höllischem Feuer sich selbst geholfen hatten; kratzten sich neue Schützengräben aus gegen den Feind zu mit ihren kurzen, breiten, praktischen Haubajonetten, und ruhten die einen, während die anderen arbeiteten, im schwachen, unregelmäßigen, abflauenden Gewehrfeuer. Dann eilten Offiziere hin und her und brachten langsam Ordnung in die aus allerlei Regimentern zusammengewürfelten Soldatenhäuflein und organisierten planmäßiges Arbeiten in den Schützengräben.

Der Brigadestab hatte sich hinter dem Blockhaus auf der sanft abfallenden Hügelkuppe versammelt. Während der Major mit den Offizieren sprach, gingen Souder und ich zu den gefangenen Spaniern hinüber, die in Trupps eben herbeigeführt wurden. Dreißig, vierzig Mann mochten es sein im ganzen. Sie wurden von einem halben Dutzend Regulärer bewacht, die ihnen die Mausergewehre, die Bajonette, und die Patronengürtel abgenommen und auf einen Haufen geworfen hatten. Zuerst standen die Spanier scheu da, als ob sie Mißhandlungen befürchteten. Als aber einer ihrer Wächter betrübt seine leere Feldflasche beguckte, trat ein Spanier vor und bot ihm die seine an. Das war in dem Augenblick, als wir hinkamen. Der Mann im braunen Khaki betrachtete die Flasche vergnügt.

»Wasser?« fragte er.

»*Bueno – bueno!*« grinste der Spanier.

Der Infanterist setzte die Flasche an den Mund, tat einen tiefen Zug, wurde krebsrot im Gesicht, tanzte auf einem Bein umher und hustete gewaltig.

»Verdammt, verdammt, verdammt ...« brüllte er, »das ist ja Rum – hättest 's mir nicht sagen können, daß das klarer Rum ist?«

Da lachten die kleinen Männlein, und Leben kam in sie. Allerlei riefen sie uns zu, und wir grinsten und sagten *bueno – bueno*, wenn wir auch kein Sterbenswörtchen verstanden; tranken aber mit um so größerem Verständnis einen kräftigen Schluck des brennenden Jamaikarums und ließen uns mit Vergnügen ein bißchen in die Feldflaschen schütten. Dabei redeten die Gefangenen schnatternd auf uns ein. Sie waren alle kleiner als wir und schienen sehr jung. Zuckerhutförmige, weiße Strohhüte trugen sie und lappige Segeltuchschuhe und sonderbare Uniformen aus weißem Baumwollstoff mit feinen blauen Streifen. Einer, ein kleiner Bursche, ein Kind fast noch, stellte sich vor uns hin, die Arme ausgestreckt, und erzählte in sprudelndem Wortschwall irgend etwas. Wir begriffen sehr bald, denn der temperamentvolle Südländer wußte sich in Gesten und Mienenspiel ganz ausgezeichnet auszudrücken. Ein Ausdruck furchtbaren Entsetzens kam in sein Gesicht und seine Augen sprühten.

»Bum – bum, bum, bum –« machte er. »*Muy* bum, bum!«

Er bedeckte das Gesicht mit den Händen und tat als ob er stürze, und deutete auf den Boden, und machte eine werfende Handbewegung, einmal, zweimal, fünfmal – – *sempre* bum, bum, bum … und die Arme ahmten die mähende Bewegung einer Sense nach. In seinem Schützengraben mußte es bös zugegangen sein.

»Er meint die Gatlings«, sagte der Major, der hinzugetreten war. »Maschinengeschützfeuer hat die Kameraden neben ihm weggemäht; kein Wunder, daß ihm das auf die Nerven gefallen ist, dem armen Teufel!«

Er sagte irgend etwas zu dem Burschen, der in raschem Stimmungswechsel lachend nickte und ein Päckchen Zigaretten hervorzog … Zwei Päckchen, drei Päckchen. Zigaretten! Mir traten die Augen beinahe aus den Höhlen vor Neid. Teufel, die hatten Zigaretten, und in meiner Tasche waren nur noch ein paar Krumen nassen, schlechten Tabaks! Der Major mußte ähnliches empfinden, denn er nahm das Päckchen rasch und zündete sich sofort eine Zigarette an, gleich darauf Souder und mir eine anbietend. Ob ich zugriff! Ah – welch ein Labsal das war, so scharf die kubanische Zigarette auch schmeckte. Köstlich! Hunger und Durst und Müdigkeit waren vergessen. Da drängten sich auch schon die Gefangenen um uns und überschütteten uns mit Zigarettenpäckchen, die sie in Hülle und Fülle besaßen. Das Silberstück, das der Major dem jungen Burschen anbot, wurde zurückgewiesen. Er hielt es noch zwischen den Fingerspitzen, als ein Kubaner herbeistürzte, laut auf ihn einschreiend, und den silbernen Dollar mit der einen Hand wegriß, während er mit der anderen dem Major einen gelben Papierfetzen hinwarf. Dann rannte er Hals über Kopf davon und war verschwunden. Ein verblüffteres Gesicht, als es der Major machte, hätte kein Mensch machen können.

»D–d–damn it!« stotterte er. »Nix Papier, nix Papier, nix gut Papier – hat der Kerl gesagt. Was beim Kuckuck soll das nun heißen?«

Sein Gesicht wurde noch verblüffter, als ich den gelben Fetzen aufhob, denn das nix gut Papier war ein nagelneuer, richtiger, korrekter, amerikanischer Zwanzig Dollarschein.

»Was?« rief der Major.

»Ein Zwanzig Dollarschein!«

»Was?« Er sah die Banknote an. »Der Esel! Der unbeschreibliche Esel!!« brüllte er, lachend wie nicht gescheit. »Will kein Papier – hartes Silber ist ihm lieber! Hat das Geld natürlich für irgend einen Dienst bekommen – Herrgott, was müssen diese Leute für schlechte Erfahrungen mit spanischem Papiergeld gemacht haben … Stecken Sie 'n ein, stecken Sie ihn ein; trinken Sie Mumm extra dry dafür mit Souder, wenn wir wieder im Lande Gottes sind!«

So kostete ihm die Schlacht vom San Juan-Hügel einen Silberdollar, und uns brachte sie vier Flaschen Mumm *goût americain*, die wir im Restaurant des Kapitols in Washington drei Monate später getreulich tranken.

Da kam General Hawkins mit seinem Stab, und die spanischen Gefangenen wurden in Reih und Glied aufgestellt, um befragt zu werden. Der Major schloß sich dem Stab an.

»Wir müssen zurück«, sagte er, als er wiederkam. »Die Linie muß nach vorne!«

Der Wald und der Schlammpfad nahmen uns wieder auf. Von den Hügeln her hallte schwaches Gewehrfeuer.

Es war Nacht geworden. Das Ballon-Detachement, das in aller Morgenfrühe nicht weit von der San Juan-Furt auf einer Walddichtung einen Aufstieg versucht hatte, mit dem Resultat geringer Erkundung, einiger Leichtverwundeter und eines zerschossenen Ballons, war bald darauf zurückgekommen und hatte schon begonnen, die Linie nach der Front zu legen. Wir kampierten beim El Pozo Hügel, auf der ersten Station, und sollten mit dem Morgengrauen Drahttransport und Linienbau aufnehmen. An Schlaf dachte lange niemand. Der Diensthabende am Instrument gab und empfing fortwährend Meldungen, denn die telegraphischen Nachrichten aus der Front wurden von unserer Station aus telephonisch weitergegeben. Was die Adjutanten, die wenigen Meldereiter und die Ordonnanzen der zweiten Station, die irgendwo im Wald steckte, an Depeschen brachten und durch uns dem Hauptquartier übermitteln ließen, war fast nie etwas anderes als lautes Drängen: Proviant – Proviant – Munition! Es fehlte am Nötigsten in den Schützengräben. Aber um zehn Uhr oder elf Uhr trampelte eine Karawane schwerbeladener Maultiere auf dem La Quasina-El Pozo Weg daher, die *Mules* störrisch, die Treiber fluchend über den furchtbar schlickigen Weg. Sie erkundigten sich bei uns, ob wir denn nicht glaubten, daß auch sie Gelegenheit bekommen würden, »ein bißchen mitzumachen«. Auch sie hatte das Schießfieber angesteckt.

In dem wunderschön handlichen Loch dicht bei der Station, das die neben uns platzende Granate am Morgen gerissen hatte – diese Granate und dieses Loch werde ich nicht vergessen, wenn ich auch sehr alt werden sollte! – zündeten wir aus allerlei gesammeltem Reisig und dürrem Holz ein gewaltiges Feuer an, kochten miserablen Kaffee und brieten schlechten Speck. Viele Wolldecken hatten wir uns aufgelesen – sie lagen ja überall umher – und saßen auf weichen Sitzen, Zigaretten rauchend. In hohem Ansehen bei den Kameraden, nicht etwa, weil wir hatten mit dabei sein dürfen, denn darüber machten sie nur schlechte Witze, sondern weil wir Rum mitbrachten, der den dünnen Kaffee merkwürdig verbesserte. Und Zigaretten! Wir sprachen nur wenig. Waren viel zu müde dazu. Zwei, drei Feuer flackerten auf der Fläche zwischen Hügel und Wald. Die Batterie hatte El Pozo schon längst verlassen, um auf einem der eroberten Hügel Stellung zu nehmen.

Einer nach dem andern wickelte sich in Decken und legte sich hin. Ich hätte gern geschlafen, aber ich war so unruhig, so aufgeregt, daß ich still am Feuer sitzen blieb und grübelte. An meinen Vater dachte ich, der mit Leib und Seele Soldat gewesen war, und an die wenigen

Abende, an denen er sich herbeigelassen hatte, von Königgrätz oder von Vionville zu erzählen; kurz, knapp, unpersönlich, wie das seine herrische Art war. Wie er ganz sachlich davon gesprochen hatte, daß Artilleriefeuer stark demoralisierend wirke – *und ich dachte an meine Granate …*

* *
*

Da erklang es leise und zitterig irgendwo draußen in der stillen Nacht – tra – lalalah – tra – lalaah … tara – rarah … und die Wälder fingen den leisen Trompetenklang auf und erstickten ihn langsam, daß es noch leiser und noch wehmütiger schallte – tara – tara – ta – ra – la – ra – la – r – aaaa … dumpf austollend in wehem, weichem Moll. Und zitternd erklang es wieder und wieder, da nun, dort jetzt. War eine Trompete ausgeklungen in leisem Hallen, setzte traurig eine andere ein – tara – lala – – – Immer und immer wieder zitterte er in die stille Nacht hinaus, der Zapfenstreich, der heute traurig erzählte: Gefallen auf dem Felde der Ehre!

Sie begruben die Toten.

Der Tag nach der Schlacht

Am Lagerfeuer. – Vom Arbeiten in den Schützengräben. –
Nächtlicher Tropenregen. – Auf dem Weg zur Front. – Die
spanischen Scharfschützen. – Der stille Wald. –
Verwesungsgeruch. – Das Tal der Toten. – Der Kopf. – Bloßgelegte
Gräber. – Das Kommen des Grauens. – Das Leichenfeld. – Im
Hauptquartier des linken Flügels. – Die Schützengräben auf dem
Hügel. – Heftiges Gewehrfeuer in der Sternennacht. – Mein
Maultierritt. – Vom Feuerschein beim Feind und dem Rätsel der
Nachtattacke

Kühl und frostig kam der frühe Morgen.

Das Lagerfeuer war am Erlöschen, zusammengebrannt zu einem Haufen weißlich grauer Holzasche. Nur wenn ein Luftstoß daherstrich, leuchteten rote Glutpünktchen auf, und feine rote Feuerschlangen huschten wirr umher in dem kleinen Berge weißen Staubes. Zitternd schoß da und dort ein schwaches Flämmchen auf, flackerte ein wenig in rotgelbem Licht, löste sich los, schwebte sekundenlang über den huschenden Feuerschlangen und ward aufgesogen von der rings alles umhüllenden, schwarzen, tiefdunklen Nacht. Sekundenlang wurden die Schläfer in den Decken dicht am Feuer in gespenstisch verschwimmenden Umrissen sichtbar –

Dann und wann, wenn ein Windstoß die schweren Wolkenmassen zerriß, tauchten die Bäume und der nahe Waldrand in ungeheuren zackigen Schatten auf, scharf sich abzeichnend im matten, fahlen Licht des Morgendämmerns. Still war es überall, totenstill. Kein Laut klang in die Nacht hinein außer dem leisen, ganz leisen Klicken da drüben, zwanzig Schritte weit weg. Ein winziger Lichtstreifen, der Schein der Signallaterne bei den Instrumenten, zeigte undeutlich Gestalten am Telephon und am Telegraphenapparat, über Taster und Membranbecher gebeugt, eifrig schreibend.

Ich saß und lauschte. In dieser Nacht hatte ich kaum geschlafen. Das Klicken, das von der Front kam und zum Hauptquartier ging, erzählte in kurzen, knappen Meldungen an den kommandierenden General von Arbeit, Arbeit, Arbeit. Sie hatten arbeiten müssen wie Maulwürfe in dieser Nacht, die müden Männer auf den Hügeln. Tief in die Erde hatten sie sich eingegraben, Kilometer auf Kilometer von Schützengräben ausgehoben, Verschanzungen aufgeworfen. Hin und wider waren sie marschiert, bis die einzelnen Verbände sich nach dem Wirrwarr des Schlachttags wieder zusammengefunden hatten. Und in das Erzählen von harter Arbeit klang, in den scharfen Befehlen vom Hauptquartier, die Sorge –

Denn immer wieder befahl General Shafter neue Verschanzungen, und immer von neuem schärfte er den Kommandeuren der Front ein, um jeden Preis die Hügellinie zu halten und auf keinen Fall ohne ausdrücklichen Befehl über sie hinaus vorzugehen.

Nein, ich konnte nicht mehr schlafen.

So ging ich zu den Instrumenten hin und hockte mich neben Souder, der jetzt den Dienst am Fronttelephon hatte.

»Ist nichts Besonderes los«, brummte er. »Weshalb schläfst du denn nicht?«

»Kann nicht – –« murmelte ich.

Gedankenlos hörte ich zu, wie der Sergeant mit halblauter, monotoner Stimme eine Meldung telephonisch weitergab – dringend, dringend,

dringend. Vom Hauptquartier an die Generale Lawton, Kent, Chaffee, Bates ... Da klatschte ein Wassertropfen auf meine Hand, ein zweiter nun, ein dritter, und kaum war ich aufgesprungen, als es schon herabbrauste in schweren Wassermassen.

»Die Instrumente!« brüllte Souder.

Fluchend rumpelten überall um uns Gestalten in die Höhe. Alles rannte blindlings nach den aufgestapelten Tornistern, um tastend und tappend in der Dunkelheit die Gummidecken hervorzusuchen. Aber sie konnten nicht schützen gegen diese Fluten. Nach vieler Mühe gelang es uns, wenigstens ein Zelt für die Station zu errichten und es mit den Gummidecken halbwegs wasserdicht zu machen. Die Instrumente funktionierten. Die Männer aber, die den Dienst hatten, hockten mitten im Wasser, denn in Bächen kam es den Hügel herabgeschossen.

Es regnete und regnete. Nicht einzelne Tropfen fielen, sondern schwer und geschlossen sauste es herab, wie ein Strom fast aus geöffneter Schleuse. In die Haut drang uns das Wasser, und ins Mark hineinzuschleichen schien sich die Kälte. Frierend und zähneklappernd standen wir da und rührten uns nicht. Es wäre sinnlos gewesen, gegen diese Wassermassen Schutz suchen zu wollen. Flüssiger, breiiger Schlamm umspülte unsere Knöchel, und dampfig stieg es auf aus unseren ekelfeuchten Kleidern. Und es regnete und regnete; eine Viertelstunde lang, eine halbe Stunde.

Dann wurde es mit einem Schlage still. Über den Hügeln drüben tauchte ein Lichtstreifen auf, wurde breiter, leuchtete heller, und froh und warm ergoß sich der Sonnenschein übers Tal. Bald loderten die Kaffeefeuer auf, und nasse Menschen umstanden sie in dichten Knäueln. Der Dunst trocknender Kleider stieg muffig empor und mischte sich mit den Bodengerüchen des tropischen Fieberlandes.

Major Stevens trat zu uns und verteilte aus einem Glasröhrchen Chininpillen.

Es war um Mittag, und die Sonne brannte glühendheiß aus wolkenlosem Himmel auf den Weg zum Wald hernieder, auf dem Souder und ich dahinschritten, schwer bepackt ein jeder mit Taschenapparat, Flaggen, Waffen, Tornister und Decke. Die südliche Station bei der Brigade Bates auf dem linken Flügel – das Ballondetachement legte die neue Linie – war uns beiden zugeteilt worden.

Still lag der breite Lehmweg zum Wald da. Zu beiden Seiten, im Gras und im lehmigen Schlamm, auf dem die Gluthitze schon harte

Krusten gebildet hatte, lagen noch in Haufen die Decken, die Tornister, die Mäntel, verregnet und verschmutzt. Nicht weit vom Weg unter einem Baum streckte ein totes Maultier in grotesker Starrheit die vier Beine in die Höhe. Der furchtbar aufgedunsene Bauch des Tieres sah aus wie eine große braune Kugel. Schwacher Verwesungsgeruch drang herüber: kaum bemerkbar, wäre der Kadaver nicht zu sehen gewesen, aber doch schon unerträglich in der eklen, heißen, überfeuchten Hitze.

Von den Hügeln her hallte unregelmäßiges Gewehrfeuer.

Es hatte mit Tagesanbruch begonnen und ununterbrochen den ganzen Vormittag gedauert. Nur vereinzelte Schüsse waren es, mit langen Pausen oft und seltenem lebhafterem Geknatter. Aus den Meldungen des Vormittags wußten wir, daß es nur Feuer aus den Schützengräben war und wahrscheinlich hüben wie drüben wenig Schaden anrichtete.

»Sagen sich gegenseitig Guten Tag!« brummte Souder. »Machen ein bißchen Spektakel! U–iih – wie ist das heiß! An mir ist kein trockener Faden mehr –«

Im gleichen Augenblick duckte er sich, denn eine Kugel zischte in unangenehmer Nähe über unseren Köpfen dahin. Wir rissen beide die Karabiner von den Schultern und spähten links und rechts in den Wald hinein, Baum für Baum mit den Gläsern absuchend.

»Ich sehe nichts!« sagte der Sergeant leise. »Wo der Kerl nur stecken mag?«

»Dort – in dem Baum dort!« flüsterte ich.

»Unsinn, Mann! Was du siehst, ist nur ein heller Lichtfleck ...«

Wir waren gründlich angesteckt von der Scharfschützennervosität auf der amerikanischen Seite, die in jedem Sonnenfleck in einer Baumkrone einen spanischen Schützen sah. Nicht nur jeder Soldat, mit dem wir gesprochen hatten, wußte von Hunderten unheimlicher Scharfschützen zu erzählen, die sich hinter unserer Angriffslinie umhertrieben, sondern eine besondere Depesche vom Hauptquartier hatte sogar befohlen, die Wälder sorgfältig abzusuchen und die auf den Bäumen versteckten Spanier zu finden und unschädlich zu machen. Die Armeefama übertrieb. Aber doch war an den Gerüchten viel Wahres. So manchen Spanier hatten die amerikanischen Regulären nach langem Suchen in den Bäumen entdeckt und erbarmungslos herabgeschossen: denn die Truppen empfanden das heimliche Feuern aus Verstecken innerhalb der amerikanischen Linien als etwas Heimtückisches, Unerlaubtes. In Wirklichkeit befanden sich diese spanischen Scharfschützen sehr gegen ihren Willen auf verlorenen Posten. Sie hatten sich in dem Gelände vor der spanischen Verteidigungslinie in Baumkronen eingenistet, als Späher und Vorposten, ehe der amerikanische Marsch auf die Hügel begann. Dann waren sie durch das rasche Vordringen der amerikanischen Regimenter abgeschnitten worden.

Da blieben sie in ihren Verstecken. Höllenqualen der Angst müssen sie ausgestanden haben. Blieben, wo sie waren, in Todesangst – feuerten wohl auch auf vereinzelte amerikanische Soldaten in halbem Irrsinn – statt herabzuklettern und sich gefangen zu geben. Sie fürchteten sich zu sehr. Man hatte ihnen zu viel erzählt von den amerikanischen Barbaren, die gekommen seien, die Insel zu stehlen, und Gnade und Barmherzigkeit nicht kennten. Sie mochten bei der Madonna und allen Heiligen fest daran glauben, daß der Yankee seinen Gefangenen den Bauch aufschlitze, wie das die lieben kubanischen Insurgenten zu tun pflegten. So warteten sie zitternd und feuerten blindlings auf amerikanische Patrouillen und starben.

Trotz allen Spähens entdeckten wir aber nichts und stampften endlich weiter.

Der Pfad war heute noch schlammiger und noch tiefer eingelöchert von Tausenden von Menschentritten und Maultierhufen. Als wir um die Wegkrümmung bogen, sahen wir unter den Bäumen, ein gut Stück im Wald, ein großes weißes Hospitalzelt mit der Roten Kreuz-Flagge. Weiter vorne am Pfad hockten überall Verwundete, die zum Erbarmen elend aussahen mit ihren schlammbeschmutzten, blutbefleckten Verbänden und den über und über schmutzigen Kleidern und den blassen Gesichtern. Sie mußten warten, bis die Ärzte Zeit für sie fanden. An einem Busch war ein Packmaultier angebunden, und sein Führer verteilte aus einer großen Kiste Kautabak und Rauchtabak an die Soldaten.

»Mann, der Tabak ist gut!« hörten wir einen Verwundeten sagen. »Wenn du jetzt noch ein bißchen Whisky hättest, würd' ich mir gern noch ein Loch in den Arm schießen lassen!«

Totenstille herrschte im Wald. Wo gestern die Kompagnien, die Regimenter, die Menschenmassen in der rasenden Eile und dem schreienden Drängen der Schlacht dahingestürmt waren auf dem schlammigen Pfad und den grasverwucherten Lichtungen, wo Granaten geheult und Kugeln gepfiffen hatten, da war es jetzt still und ruhig und friedlich wie auf einsamem Buschweg. Hinter uns lag der Verbandplatz: vor uns in der Ferne die Hügel. Auf dem Weg selbst begegneten wir keinem Menschen. Dann und wann nur tauchten abseits in den Lichtungen Soldatengestalten auf, die tiefgebückt mit Hacke und Spaten hantierten, und hie und da ertönte leise abgedämpfter Trompetenklang, als letzte Ehrung über einem Grab geblasen. Die verstreuten Toten, die ihr Schicksal auf versteckter Stelle im Dschungel ereilt hatte, wurden aufgesucht und begraben. Langsam tappten wir vorwärts. Der graugelbe Schlamm war oben schon verkrustet und verstaubt in der Gluthitze, aber unter der dünnen Schicht verbarg sich zähflüssiger Morast, in den man tief einsank bei jedem Schritt. Durch das Baumlaub drangen heiß und stechend die Sonnenstrahlen. Wie erstarrt schienen Bäume und Büsche. Kein Blatt raschelte, kein Grashalm regte sich –

Ich blieb stehen und trocknete mir den Schweiß von der Stirne. »So heiß haben wir's noch nicht gehabt!« murrte ich. »Herrgott, die Hitze ist kaum zum Aushalten! Und wie dumpfig und sonderbar das riecht!«

Souder wechselte das schwere Telephon von der einen Schulter auf die andere und sah sich bedächtig um. »Weißt du was?« sagte er. – »Machen wir, daß wir aus dem alten Wald hinaus und zu unserer Station kommen!«

Aber schon nach wenigen hundert Schritten blieben wir wieder stehen und sahen uns an. Einer den andern. Keiner wollte mit der Sprache heraus.

In der Luft lag fade, faulend, süßlich, leiser Verwesungsgeruch.

»Irgendwo im Gestrüpp müssen noch Tote unbeerdigt liegen«, sagte der Sergeant endlich. »Was es mit der Luft hier für eine Bewandtnis hat, ist klar genug.«

»Aber ein Mensch kann doch nicht von gestern auf heute in Verwesung übergehen«, wandte ich erstaunt ein.

»Warum denn nicht?« meinte der Sergeant achselzuckend. »Bei dieser Gluthitze! Denk' doch an das Maultier, an dem wir vorbeigekommen sind, dicht bei der Station vorhin! Das war gestern auch noch lebendig! Wollen einmal nachsehen, wo der arme Teufel liegt –«

Der Weg war hier viel breiter und zerteilte sich in den lichten Waldstellen in winzige, in das Gras hineingetrampelte Pfade, voneinander getrennt durch niedriges Gestrüpp und kleine hügelige Graswellen. Dazwischen ragten breite Mangos und schlanke Kokospalmen mit ihren massigen Blättern, die wie große Fächer den Weg überschatteten und nur da und dort einen gelbglänzenden, sengenden Sonnenstrahl durchdringen ließen. Die Luft war heiß und dumpf und dampfig, und in die Schwüle hinein drängte sich der Aasgeruch und schien alles zu umschweben und an allem festzuhaften.

»Dort drüben muß es sein!« rief Souder.

Wir stapften durch den Schlamm, bogen seitwärts ab, kamen in hohes Gras, und auf einmal trat ich auf etwas Weiches, Klebriges. Ich glitschte aus, rutschte und schlug der Länge nach schwer hin, mitsamt der Drahtrolle und dem Telephon, dessen Glocke leise klingend ertönte.

»Verdammt!« schrie ich wütend.

»Was gibt's denn?« rief Souder, der einige Schritte voraus war, und kam zurück.

Er lachte laut auf, als ich mich brummend zwischen Draht und Instrument und Tornister emporarbeitete, aber das Lachen verging ihm bald – – »Mann – du bist dem – dem Ding da – auf den Kopf getreten!« stotterte er.

Aus der grasigen, welligen Erhöhung mit den verstreuten Lehmschollen, da, wo ich gestolpert war, ragte ein menschlicher Kopf aus dem Boden. Ein schwarzbehaarter Hinterkopf. Und mitten auf den armen Schädel mußte ich getreten sein. Mein schwerer Stiefel hatte die halbverweste Kopfhaut auseinandergerissen. Zwischen den schwarzen Haaren schimmerte es blutigbraun von ekelerregender Flüssigkeit.

Ich sprang entsetzt zurück und tanzte wie besessen zwischen den Grasbüscheln umher, mir krampfhaft die Stiefel abwischend. »Pfui Teufel!« brüllte ich in maßlosem Ekel. »Pfui Teufel!«

»Der arme Kerl spürt nichts mehr«, sagte der Sergeant. Aber er machte einen weiten Bogen um den Kopf, während er sprach, und kam zu mir herüber. Ich fuhr immer noch mit den Stiefeln im Gras hin und her –

»Kann die verfluchte Bande denn die Toten nicht tief genug hineinbegraben!« schrie ich außer mir.

Souder zuckte die Achseln. »Machen wir, daß wir weiterkommen!« sagte er gelassen. »Schön ist's nicht, aber man muß sich nicht viel Gedanken darum machen. Tot ist tot – und lebendig ist lebendig. Zwischen einer toten Katze und einem toten Mann ist nicht viel Unterschied. Beide – – – aber machen wir, daß wir weiterkommen! Übrigens kann kein Mensch was dafür. Wenn du gestern abend dazu kommandiert worden wärest, die Gefallenen zu beerdigen, so hättest du auch keine sechs Fuß tiefen Löcher gegraben in deiner Müdigkeit!

Der Regen hat's getan! Der hat die lose Erde weggewaschen – man sieht's ja – guck' nur hin!«

»Ich danke! Fällt mir gar nicht ein!!«

»Hab' dich nicht so!« brummte der Sergeant. »Weiter – weiter!«

Und ich schämte mich über mein Getue, denn es schien mir unmännlich und unsoldatenhaft – jawohl, ich schämte mich! Aber ich ging mit sehr vorsichtigen Schritten und machte einen großen Bogen um jede Erhöhung, die ein Grab vermuten ließ.

Der Verwesungsgeruch war und blieb in der Luft.

Einmal sah ich einen Arm aus dem Boden ragen dicht am Weg, ein anderes Mal einen bestiefelten Fuß, der in grotesker Steifheit aus der Erde emporzuwachsen schien. Und der Aasdunst umfing uns fortwährend.

»Jetzt wird's mir aber bald auch zu viel – – –« sagte Souder, sich sein schmutziges Taschentuch vors Gesicht haltend.

Kurz vor der ersten San Juan-Furt begegneten wir einem Korporal vom 5. Infanterieregiment mit sechs Mann, die Hacken und Schaufeln trugen. Der Korporal war ein graubärtiger alter Regulärer.

»Verdammt, Sergeant«, sagte er knurrig, »Ihr Signalmenschen habt's besser als wir!«

»Das verstehst du nicht, mein Sohn!«

»So! Eh? *Damn the whole damned* – – Sieh mal her!« Er zog eine Handvoll Blechmarken aus seiner Tasche, wie jeder Soldat sie zur Identifizierung um den Hals trug. »Da! Siebenundzwanzig Mann haben wir begraben! Und sie waren nicht schön, die siebenundzwanzig Leichen! Da im Wald, dort im Wald, haben wir Löcher gegraben und die *stiffs* unter die Erde geschaufelt. Waren wir an einer Stelle fertig, so erwischte uns sicher hundert Schritt weiter ein Offizier, der uns an eine andere Stelle schickte. Sie liegen überall – und, Sergeant – es waren welche dabei – die wir nicht anfassen konnten – mit den Schaufeln haben wir sie in die Löcher gestoßen ...«

»Wir haben auch welche gesehen!« erklärte Souder trocken, und wir gingen weiter. Wir durchwateten die Furt, da, wo gestern die 71ger gefallen waren, und sahen eine Leiche im Wasser liegen.

»Teufel – Teufel!« rief Souder und sprang in mächtigen Sätzen das Ufer hinan. Und ich wußte, daß er das fühlte, was ich fühlte. Was zuerst nur Ekel gewesen war, der Abscheu des lebendigen Menschen vor dem fürchterlichen Geruch des toten Menschen, wurde jetzt zu einem Grauen, zu entsetztem Grauen, was wohl die nächste Wegbiegung bringen konnte – zu einer Angst, zu atembeklemmender Angst. Ich sprach kein Wort und er sprach kein Wort. Aber ich sah, daß er scheu zur Seite blickte Schritt auf Schritt, und er merkte es, daß ich wieder in Furcht und Grauen mir jeden Fußbreit Weg, jedes Gestrüpp am Wegrand betrachtete. Der Pfad war eng. Undurchdringlicher Busch begrenzte ihn auf der linken Seite, während rechts niedriges Gestrüpp den Ausblick auf Baumgruppen und Grasland erlaubte.

Und jetzt wurde der Verwesungsgeruch stärker und immer stärker. Wir gingen ihm nach – instinktiv – ohne ein Wort zu sagen – – –

Dicht hinter dem Gestrüpp lag ein Stück nackten, lehmigen Erdlandes, auf dem kaum einige Grasbüschel wuchsen. Die kahle Fläche senkte sich in sanfter Neigung zu einem Bächlein voll trüben, schmutziggelben Wassergerinsels, das irgendwo in den San Juan fließen mochte. Über dem Bach stieg wellig eine üppige Grasfläche an mit vielen Mangobäumen, die scharfe Schlagschatten warfen im grellen Sonnenlicht. Das kleine Stück weichen Landes, das einst ein Feld, ein Acker gewesen sein mochte, war wie zerfetzt von Furchen und Rinnen und ausgetrockneten Tümpeln, gegraben von dem Regenstrom der Nacht im Suchen eines Weges zum Bach hinab. Auf diesem Stück Land waren gestern tote Männer beerdigt worden. Der Regensturm hatte das weiche, gelockerte Erdreich weggewaschen –

Aus der Furche dort, keine fünf Schritte weit weg, ragten Finger empor. Eine rostbraune, verwesende Hand mit einem Stück Ärmel, an dem gelbe Metallknöpfe schimmelten. Starr und steif reckten sich die nassen verwesenden Finger gen Himmel, weit auseinandergespreizt, wie anklagend, und an dem einen Finger schimmerte golden ein Ring. Der Fuß mit dem Stiefel stak festgeklebt zwischen zwei Erdschollen. Den Körper selbst bedeckte noch Erdreich. Wir waren entsetzt stehengeblieben, starrend, sprachlos. Dutzende von Gefallenen mußten in dem schrecklichen Leichenfeld da liegen. Eiförmig wuchsen die halb bloßgelegten Leiber zwischen den Furchen, aus den Erdschollen empor. Und der Geruch, der Pesthauch … Finger sah man; man sah Hände, Arme, Füße. Körper. Ein Ellbogen hier, sonderbar gekrümmt, verrenkt, unnatürlich. Ein Hinterkopf dort. Der Hals über dem aufgerissenen Hemd glänzte bläulich und man sah – Herrgott, man glaubte wirklich, es zu sehen und es mitzuerleben – wie die Gluthitze ihre Verwesungsarbeit verrichtete. Wie es faulte. Wie Haut und Muskeln und Sehnen dahinschwanden. Eine braune Lache hatte sich gebildet, auf der es ölig glitzerte, und der Hals war nur noch eine blaubraune, verfallende Masse –

Drüben über dem Bach im Gras tauchte der Korporal mit seinen Leuten auf.

»Hierher!« brüllte Souder. »*For Gods sake* – kommt hierher!!«

Der Korporal sprang herbei und prallte zurück, als die Verwesungsluft ihm ins Gesicht schlug.

»Wo – wo?« stotterte er.

Wir deuteten, und er sah die Greuel in der Erde.

»Schnell!« schrie er seinen Leuten zu. »Mein Gott – schnell, Jungens! Erde drauf!«

Und die Schaufeln der schweißbedeckten Soldaten fuhren in die Erde. Dicht neben Leibern und Gliedern. Sie arbeiteten wie Wahnsinnige. Sie arbeiteten für sich selber. Sie wollten befreit sein von dem Anblick, von der Unerträglichkeit. Ein großer Lehmklumpen fiel hart geworfen, schwer, klatschend auf den verwesenden Kopf nieder –

Da rannten wir zurück auf den Weg, der Sergeant und ich, und rannten weiter und liefen noch ein gutes Stück weit – bis uns der Atem ausging.

»Das – das waren gestern noch lebendige Menschen!« keuchte Souder, als wir einen Augenblick stehenblieben und rasten mußten. »Junge – lebendige – Menschen – *my God, my God*, so könnten wir jetzt auch daliegen, du und ich! Und du müßtest dich vor mir ekeln, wenn ich es wäre, und ich mich vor dir, wenn es dich getroffen hätte – *my God!*«

Auf dem kurzen Weg zu unserer neuen Linie sahen wir noch vier halb bloßgelegte Leichen. Alle dicht am Weg. Unter den Bäumen und im Gestrüpp mußten noch Dutzende und Aberdutzende liegen; Hunderte vielleicht, denn der Verwesungsgeruch lag schwer überall in der Luft.

So sah es aus auf dem Feld der Ehre – am andern Tag …

* *
*

Dicht am Fuß des San Juan-Hügels trafen wir auf die Linie. Die Ballonmannschaften waren bereits fertig mit ihrer Arbeit. Dem Draht folgend, der straff von Baum zu Baum gespannt war, hatten wir bald das Hauptquartier des linken Flügels erreicht und sahen zwischen den Zelten das Ende des Isolierdrahts von einem dicken Busch baumeln. Wir schalteten ein, meldeten uns und erfuhren, daß unsere Station dienstlich Nummer 4 heiße – S O 4 Die neue Blockhausstation war S O 3 El Pozo S O 2 das Hauptquartier, das nicht vorgeschoben wurde, sondern auf dem alten Platz verblieb, S O 1 Wir machten aus unseren Zeltwänden und den Gummidecken ein geräumiges Zelt zurecht. Umherliegende leere Munitionskisten gaben einen Tisch und Stühle.

Das Hauptquartier der Brigade lag auf einem schmalen Streifen Grasland mit vielen Bäumen, dicht an die steil aufragende Hügelwand gedrängt und binnen fünfzig Schritt vom San Juan-Flüßchen begrenzt, das in weiter Krümmung hinter dem Hügel dahinfloß. Unser Zelt stand auf einer schrägen Stelle dicht im Wasser, nicht weit von den beiden großen Zelten des Generals und seiner Adjutanten. Dann und wann krachte oben auf dem Hügel ein Schuß.

In die steile Hügelwand waren Stufen geschaufelt worden. Wir kletterten hinauf, um den General zu suchen, der irgendwo oben in den Schützengräben war, und uns bei ihm zu melden. Die rohe Treppe verlief in einen breiten Gang, so tief ausgegraben, daß die hohen Wände völligen Schutz vor feindlichem Feuer boten, wenn man sich ein wenig duckte. Andere Gänge mündeten rechts und links ab. Die Kuppe des Hügels war zerwühlt wie ein Ameisenhaufen. Der breite Hauptgang, in dem wir standen, verlief schnurgerade zum Kuppenrand und mündete dort in den eigentlichen Schützengraben, der sich weithin dehnte, dicht besetzt mit hingekauerten Soldatengestalten. Gut zwei Meter breit war der fast mannshoch ausgehöhlte Schützengraben. Eine breite Erdstufe an der Vorderseite erlaubte den Schützen, bequem im Liegen zu feuern. Sandsäcke in langen Reihen, markiert durch ausgestochene Rasenstücke und Gezweig, verdeckten und sicherten die Schützenstellung. Als wir den Kuppenrand erreicht hatten, kauerten wir uns vor eine der schießschartenartig ausgehöhlten Öffnungen in der Grabenwand – sehr vorsichtig, denn alle Augenblicke zischte es surrend über unseren Köpfen dahin – und spähten durch die Gläser auf das sonnenbestrahlte Gelände.

Dort, halbrechts vor uns, in verblüffender Nähe anscheinend, lag Santiago de Cuba. Klar, scharf, grell traten einzelne Gebäude hervor; ein riesiges, langgestrecktes, schneeweiß glitzerndes Haus vor allem, über dem die Rote Kreuz-Flagge wehte. Andere Gebäude sahen selbst in meinem guten Glas undeutlich und nebelhaft aus. Ich schätzte die Entfernung auf vielleicht anderthalb Kilometer. Eher weniger. Zwischen Hügeln und Stadt erstreckte sich buschiges Gelände mit vereinzelten Grasflecken und Baumgruppen. Die Hügelwand senkte sich vom Kuppenrand dem Feind zu ziemlich steil in eine Niederung mit vielem Gestrüpp. In einer Entfernung von zweihundert Metern waren im Gras und zwischen den Büschen da und dort verdächtige Flecke zu sehen, bald gelblich hell, bald dunkel und schwarz. Das mußte Erde von Schützengräben sein, und dort mußte der Feind liegen.

General Bates, der Befehlshaber des linken Flügel, war im Schützengraben weiter rechts, wie uns ein Korporal sagte, den wir befragten. Wir liefen hinter den Schützenreihen entlang und meldeten uns bei dem General. Der alte Herr, der mit einigen Offizieren im Graben kauerte, grüßte dankend und sagte zu einem Adjutanten:

»Mr. Jameson, weisen Sie dem Signalsergeanten eine Ordonnanz zum Überbringen von Meldungen zu. *Allright*, Sergeant, Sie können zur Station zurückkehren. Senden Sie mir, bitte, sofort Nachricht, sobald Sie Privattelegramme nach den Vereinigten Staaten annehmen dürfen.«

Kaum waren wir wieder beim Instrument, so lief die erste Depesche ein:

»General Shafter wird um fünf Uhr die Stellung besichtigen und ersucht General Bates, einen Offizier zur Führung nach dem Blockhaushügel zu senden.«

*   *
*

Es war nach acht Uhr abends und still überall. Souder und ich saßen rauchend vor unserem Zelt, dicht am niederen Eingang; schweigend, damit wir das leise Anrufen des Taschenapparats sofort hören konnten. Über uns glitzerte und strahlte in unsäglicher Pracht der Sternenhimmel; milchig, sprühend in weißer Glut in Milliarden von zitternden, bebenden Lichtpunkten.

Da fiel ein Schuß. Ein zweiter, ein dritter … In rascher Folge knallte es scharf dröhnend in der stillen Nacht. Und mit einemmal peitschte der Schall förmlich daher in donnerndem Klang, in Tausenden von Schüssen, in schweren Salven, in rasselndem Schnellfeuer.

Der General stürzte aus dem einen Zelt, die Adjutanten aus dem anderen, und Hals über Kopf rannten sie zur Hügelwand, zur Erdtreppe, laufend wie Jungens. Ich sah mit offenem Munde da, so überraschend plötzlich war der Höllenlärm gekommen. Hoch über meinem Kopf zischte es dröhnend, surrend, brausend daher.

Zwei Armeen schossen aufeinander in tiefer Nacht. Die Spanier griffen an. Ein schweres Nachtgefecht hatte begonnen.

Wir krochen ins Zelt und warteten in atemloser Spannung auf Nachrichten. Das Gewehrfeuer dauerte in ununterbrochener Heftigkeit fort. Souder griff wohl zehnmal nach dem Taster, zog aber immer wieder die Hand zurück, denn er wagte es nicht, in so ernster Zeit der Blockhausstation mit einer privaten Anfrage zu kommen. Endlich klickte es nach einigen Minuten, und eine Depesche vom Höchstkommandierenden an General Bates lief ein, mit dem Befehl, telegraphische Meldung über den Stand des feindlichen Nachtangriffs zu erstatten. Fast gleichzeitig kam ein Adjutant und brachte ein lakonisches Telegramm zur Weitergabe an General Kent, an die Blockhausstation:

»Was – bedeuten – die – Feuer?«

Als jedoch der Sergeant den Schlüssel öffnete und den Taster ergriff, klickten die metallenen Stäbchen nur matt, tonlos beinahe – *die Verbindung war unterbrochen!* Mit einem grimmigen Fluch schob er den Schlüssel wieder zu.

»*Break in the line!*« sagte er kurz. »Sind abgeschnitten! Bring' dem General das Telegramm, melde ihm, daß die Linie nicht funktioniert, und bitte um Orders!«

In langen Sätzen sprang ich die Erdstufen hinan, eilte durch den tiefen Hauptgang und war in den Schützengräben. Dicht an die Wände gekauert lagen die regulären Infanteristen in langen Reihen da, und in endlosem Geknatter hallten ihre Schüsse in die Nacht hinaus. Offiziere rannten ab und zu und befahlen immer wieder gellend:

»Niedrig halten – niedrig halten, Leute! Zweihundert Yards – auf die schwarze Gestrüpplinie – dort, wo es am dunkelsten ist – niedrig halten!«

Und über die Wälle der Gräben kam es in schweren Lagen vom Feind dahergepfiffen, bald hoch in der Luft, wie es schien, bald verzweifelt nahe. Feuerschein rötete den Sternenhimmel. Weit rechts von der belagerten Stadt flammten am Himmelsrand wie glühende Sonnen gewaltige Feuer an drei Stellen, höher das eine als die beiden anderen.

Unten im Tal leuchtete es dann und wann winzig auf wie Glühwürm-chenschein … »*Fix bajonets!*« brüllte irgend jemand irgendwo, und klirrend fuhren die Eisen auf die Gewehrläufe.

Am Ende des Hauptgangs fand ich den General. Er sah mich sofort und fragte kurz:

»Nachrichten? Was gibt's, Mann?«

Ich überreichte die Depesche vom Hauptquartier und meldete die Unterbrechung der Linie.

»Was? Der Draht funktioniert nicht?« rief der alte Herr scharf. »Sie müssen sofort los und unter allen Umständen den Fehler finden. Die Verbindung muß schleunigst wiederhergestellt werden. Können Sie das?«

»Ich glaube ja, General. Die Linie bis zur Blockhausstation ist nur kurz und unschwer abzusuchen.«

»Im Dunkeln?«

»Wir haben Magnesiumfackeln.«

»Gut. Machen Sie sich unverzüglich an die Arbeit. Haben Sie An-schluß, so senden Sie General Shafter diese Depesche.« Die Meldung an das Hauptquartier, die mir der General nun diktierte, hatte ungefähr folgenden Inhalt: Nordwestlich von Santiago brennen drei große Feuer auf den Hügeln. Was diese Signale bedeuten, ist nicht bekannt. Das feindliche Gewehrfeuer scheint von den spanischen Schützengräben zu kommen. Wahrscheinlich steht ein Angriff bevor.

Ich kugelte beinahe die Erdstufen hinab, in solcher Eile war ich, denn die allgemeine nervöse Erregung da oben auf den Hügeln über das unheimliche nächtliche Gewehrfeuer hatte mich gründlich ange-steckt. Souder hatte das Tascheninstrument und Ersatzdraht bereits hergerichtet. Dicht beim Adjutantenzelt stand, an einen Busch ange-bunden, ein Maultier.

»Nimm das Maultier!« sagte der Sergeant. »Du kommst schneller vorwärts dann!«

Und ich kletterte in den infam unbequemen hölzernen Packsattel, schlug dem Tier die Hacken in die Seite, und los ging es. Es war ein abscheulicher Ritt, wenn er auch nur eine knappe Viertelstunde dau-erte. Wir hatten nur noch eine einzige Magnesiumfackel in unseren Tornistern gefunden, und die mußte aufbewahrt werden zur Arbeit an der Bruchstelle. So ließ ich alle paar Schritte ein Zündholz aufflam-men und starrte in dem schwachen Lichtschein zur Linie hinauf, ob sie noch straff gespannt war. Dabei bockte das Biest von einem Maultier fortwährend. Obendrein war der eckige Holzsattel das reine Folterinstrument. Auf einmal –

»Halt! Ha–aalt!«

»*Friend!*« schrie ich.

»Losung!«

»Zum Teufel – ich hatte die Losung nicht! In meiner Verwirrung dachte ich darüber nach, was ich antworten sollte … da knallte es, und eine Kugel pfiff dicht an meinem Kopf vorbei.

»Du verdammter Lümmel!« brüllte ich in unbeschreiblicher Wut. »Wenn du noch einmal schießt, hau' ich dir alle Knochen kaput, *you son – of – a – gun* – du ballernder Sohn einer alten Kanone! Hier – ist – Signalkorps! Bei der Arbeit! Hörst du, du Narr!«

Und auf dem ganzen Ritt hörte ich Kugeln pfeifen. Auf den Hügeln wurde geschossen, vom Feind her kam es, und hinter den Hügeln schoß man erst recht. Das nächtliche Feuern hatte die Menschen verrückt gemacht. Sie verloren den Sinn für Richtung. Sie witterten einen Feind in jedem Geräusch, ob das nun vor ihnen war oder hinter ihnen, und blafften schleunigst darauf los. Mindestens sechs, sieben Mal ist auf mich und das alte Maultier geschossen worden in jener Nacht.

Ziemlich in der Nähe der Blockhausstation erst fand ich den Bruch an einer niedrigen Stelle, zwischen zwei Büschen. In drei Minuten war der Schaden ausgebessert, und ich gab meine Meldungen auf. Klickend kam es:

»Von General Kent. – Feind greift nicht an. Nichts Neues.«

»Von General Lawton. – Nichts Neues. Falscher Vorpostenalarm.«

»Vom Hauptquartier. – Was – bedeuten – Feuer? Sofort Bericht!«

Langsam begann das Gewehrfeuer abzuflauen. In gestrecktem Galopp jagte ich zur Station zurück – – –

* *
*

Was die flammenden Holzstöße auf den Bergen bei Santiago bedeutet hatten, erfuhren wir erst viele Wochen später. Es waren verabredete Signale, die die Ankunft von 3000 Mann Verstärkungen für die Spanier unter General Escario bedeuteten. Die Frage, ob es sich bei dem heftigen Feuer in der Nacht zum 3. Juli nur um nervöses Geschieße oder um den wirklichen Versuch einer Nachtattacke der spanischen Truppen handelte, ist nie gelöst worden.

Der Untergang der spanischen Flotte

Jubel in den Schützengräben. – Der Hafen von Santiago de Cuba. – Das Felsentor. – Castillo del Morro. – Das Warten, das Lauern! – Die Heldentat des Leutnants Hobson. – Durchbruch des spanischen Geschwaders. – Die Seeschlacht. – Die Hölle der fünfunddreißig Minuten. – Eine kleine Yacht schießt zwei Zerstörer in den Grund. – Eine Merkwürdigkeit in der Geschichte des Seekriegs. – Der Mann im Kommandoturm und der Mann hinter der Kanone. – Was von der Gespensterflotte übrig blieb

Um elf Uhr nachts wurde es still oben in den Schützengräben und drüben beim Feind. Das Instrument klickte leise und perlte in eiligen Punkten und Strichen Wort auf Wort und Satz auf Satz hervor – Anfragen vom Hauptquartier, ob über die Bedeutung des Feuerscheins etwas bekanntgeworden sei: Befehle, die Vorposten zu verstärken und in keinem Fall die Schützengräben zu verlassen.

»Leg dich hin! In drei Stunden wecke ich dich!« brummte Souder.

In wenigen Minuten war ich eingeschlafen – und dann weckte mich der Sergeant – und dann träumte ich vor mich hin und die Stunden vergingen, ohne daß wir angerufen wurden – und dann weckte ich wieder ihn – und so trieben wir es bis in den hellen Morgen hinein, glückselig, endlich einmal gründlich schlafen zu können. Die Ordonnanz hatte uns Kaffee und gebratenen Speck und Zwiebäcke vom Kochfeuer des Stabs geholt. Die unteren Wände unseres kleinen Zelts schlugen wir hoch, Luft und Sonne hereinzulassen, denn prachtvolles Tropenwetter hatte dieser Sonntag Morgen gebracht, hell und sonnenfroh mit kräftigem Wind, der das Feuchte und Dumpfige der Hitze wie zaubernd hinwegfegte.

»*Hr hr hr!*«

Wir beugten uns beide über den Apparat und lasen staunend die Depesche vom Hauptquartier, die kurz befahl, die Feindseligkeiten einzustellen, da der Höchstkommandierende Santiago zur Kapitulation

aufgefordert und das Bombardement der Stadt angedroht habe! –
Souder rannte nach dem Zelt des Generals.

Nun verging Stunde auf Stunde in gespanntem Warten. Da, Mittag
mochte es sein, klickte es scharf und eilig – *S O 4 – S O 4* – –

»*hr – hr – rrrrrssssss – – hr!*«

Und die Augen traten uns fast aus dem Kopf, denn das surrende
Sausen im Magneten bedeutete, daß der Geber drüben auf *S O 3* in
fieberhafter Ungeduld den Taster tanzen ließ, und es sagte so deutlich,
als hätte er es uns in die Ohren geschrien: Wichtig – aufpassen, aufpassen – wichtig über alle Maßen!

»Sie haben kapituliert!« flüsterte Souder.

Ganz langsam und klar kam es:

»General Bates. – Flottenmeldung. Das spanische Geschwader ist
vernichtet. Cervera gefangen. Sämtliche feindlichen Schiffe sind zerstört.
Die amerikanischen Geschwader haben weder Schiff noch Mann verloren. – Shafter.«

Wir starrten uns an und waren sekundenlang wie gelähmt von dem
gewaltigen Eindruck der wenigen gewaltigen Worte. Dann riß der
Sergeant das Telegrammformular an sich und sprang in mächtigen
Sätzen zum Hügel, zum General, der kurz zuvor das Quartier verlassen
und sich in die Schützengräben begeben hatte. Ich blieb im Zelt und
wartete krampfhaft auf den nächsten Anruf. Aber der Klopfer rührte
und regte sich nicht. Da erklang es leise wie fernes Brausen in dumpfem, undeutlichem Klang und doch machtvoll und stark, daß es einen
im Innersten packte und klopfenden Herzens lauschen ließ. Lauter
wurde der Schall und immer näher kam er. Und mit einem Male ergellte es droben auf unserem Hügel in furchtbar schrillendem Stim-
menklang aus Tausenden von Männerkehlen in hellem Jubel – das
wilde amerikanische Hurra, den Indianern abgelauscht in seinem
schrillen Klang:

Ji – iii – iih …

Urgewaltig. Furchtbar. Minutenlang dauerte das Gellen und das
Gebrause. Der Siegesjubel der Männer in den Schützengräben. Ich
stand vor dem Zelt und brüllte mit, wie betrunken, was Brust und
Kehle nur hergeben wollten. Die Einfahrt zum Hafen von Santiago de
Cuba ist einer der schönsten Flecke der Welt. Ungeheure Felsenmassen
ragen aus tiefblauem Meer in tiefblauen Himmel empor, steil abfallend,
und spalten sich in winziger Enge, einem Meeresarm Durchlaß zu

gewähren, so schmal, daß zwei große Seeschiffe nicht nebeneinander die Einfahrt wagen können. Es sieht aus, als hätte das Meer einst in Arbeit von Jahrhunderten seinen Weg hineinfressen müssen in die Felsen und sich die lange schmale Wasserstraße bahnen, die erst nach vier Seemeilen sich zu der gewaltigen Bucht weitet, an deren Ostrand Santiago de Cuba liegt. Droben auf den Felsen bei der Einfahrt klebt in schwindelnder Höhe ein uraltes, spanisches Festungswerk, das Castillo del Morro, mit altertümlichen Bastionen und Felsentreppen und verwitterten Mauern.

Jetzt dröhnten um Felsennest und alte Burg und blaues Meeresgestade seit Wochen schwere Schiffsgeschütze.

In der Bucht von Santiago hatte das spanische Geschwader des Admirals Cervera Anker geworfen und ergänzte krampfhaft seine Kohlenvorräte aus den kümmerlichen Hilfsmitteln der verlotterten spanischen Hafenverwaltung, während in den Maschinenräumen die Ingenieure fieberhaft klopften, hämmerten, reparierten. Draußen aber vor der Felsenenge lagen Tag und Nacht die Panzer des amerikanischen Geschwaders – wartend, lauernd – lauernd, wartend … Denn jeden Augenblick konnte die spanische Flotte zwischen den Felsenwänden hervorbrechen. Noch war die Gespensterflotte eine ständige Drohung und eine stete Gefahr.

Die Hafeneinfahrt zu erzwingen schien unmöglich. Wenn auch die altmodischen Geschütze des alten Kastells nicht viel taugten, so schützten die Einfahrt doch zwei moderne Batterien auf den Felsen und zahllose Seeminen. Die Amerikaner begnügten sich damit, die dicken Mauern des alten Forts und die Batterien immer wieder zu bombardieren, aber ohne viel Schaden anzurichten. Freilich machten sie schon in den ersten Tagen der Blockade einen tollkühnen Versuch, die schmale Hafeneinfahrt so zu versperren, daß dem spanischen Geschwader ein Passieren unmöglich würde.

Der Plan wurde von dem Marineleutnant Hobson erdacht und durchgeführt. Ein großer Kohlendampfer, der »Merrimac«, ein hundertundzwanzig Meter langes Schiff, sollte der Türriegel des Felsentors werden. Seine Unterwasserventile und besonders gebohrte Löcher unter der Wasserlinie wurden nur leicht geschlossen und durch hölzernes Hebelwerk so schwach gestützt, daß die Erschütterung einer schweren Explosion die Verschlüsse wegfegen und das Schiff sofort zum Sinken bringen mußte. Im Schiffsraum am Bug wurden Sprengladungen angebracht, die von der Brücke aus elektrisch entzündet werden konnten. Hobson wollte den »Merrimac« mitten in die Felseneinfahrt steuern, wenden, und das Schiff in der nur hundert Meter breiten und wenig tiefen Einfahrt sinken lassen. So daß es wie ein Querdamm die schmale Wasserstraße sperrte. Das Unternehmen mußte aller Voraussicht nach das Leben der Männer kosten, die diesen schwimmenden Türriegel lenkten.

Am 3. Juni kam der waghalsige Plan zur Ausführung. Der »Merrimac« mit Leutnant Hobson und sieben Freiwilligen bemannt, fuhr in voller Fahrt der Felsenenge zu und erhielt furchtbares Feuer von Morro, den Batterien auf den Felsen und dann, als er die Einfahrt erreichte, auch von zwei spanischen Kreuzern, die in einer Krümmung der Wasserstraße verborgen waren. Nur ein einziger Schuß traf. Aber dieser eine Schuß zerschmetterte das Steuerruder des »Merrimac« in dem Augenblick, als Hobson die Mine springen ließ. Die Wendung, die das sinkende Schiff ausführen sollte, wurde dadurch unmöglich, der »Merrimac« trieb noch ein Stück weit dem Felsenufer zu und sank dicht am Strand, die Fahrtrinne freilassend. Der Plan war mißglückt. Leutnant Hobson und die Mannschaft waren wie durch ein Wunder unverletzt geblieben und konnten in das Boot springen, das der »Merrimac« mit sich schleppte. Aber ein Entkommen war unmöglich, und sie mußten sich der Pinasse eines spanischen Kriegsschiffs gefangen geben.

Wieder begann das Warten und das Lauern – das Lauern und das Warten …

Nach der Schlacht vom San Juan-Hügel wurde die Lage des spanischen Admirals unerträglich. Siegten die amerikanischen Truppen zu Lande, so mußte die Kapitulation von Santiago de Cuba die unrühmliche Übergabe seines starken Geschwaders nach sich ziehen, ohne daß es sich ernstlich mit dem Gegner gemessen hatte. Admiral Cervera beschloß den Durchbruch.

Als im Morgengrauen des 3. Juli das Morrokastell meldete, daß das amerikanische Schlachtschiff »Massachusetts« verschwunden sei und der Panzer »New York«, das Flaggschiff des amerikanischen Admirals Sampson, nach Osten dampfe, hielt er die Gelegenheit für günstig.

Das spanische Geschwader bestand aus den vier großen Schlachtschiffen »Infanta Maria Teresa«, »Almirante Oquendo«, »Biscaya« und »Cristobal Colon«, sowie den beiden schnellen Torpedobootzerstörern

»Pluton« und »Furor«. Die beiden amerikanischen Geschwader der Admirale Sampson und Schley aus den großen Schlachtschiffen »Massachusetts«, »New York«, »Iowa«, »Indiana«, »Oregon«, »Texas«, »Brooklyn« und einer Reihe von Hilfsschiffen. Die »Massachusetts«, die nach Guantanamo gedampft war, um ihre Kohlenvorräte zu ergänzen, und die »New York«, die Admiral Sampson zu einer Besprechung mit General Shafter in Siboney landen sollte, kamen für den Kampf vorläufig nicht in Betracht.

Vor der Felseneinfahrt lagen, zwei Seemeilen entfernt, in ungeheurem Bogen die amerikanischen Schlachtschiffe. Um halb zehn Uhr morgens erschien die »Maria Teresa«, das Flaggschiff des spanischen Admirals, in der Felseneinfahrt. In Abständen von 800 Metern folgten die übrigen spanischen Schlachtschiffe und viel später erst, aus irgend einem unerklärlichen Grunde, die beiden Torpedobootzerstörer. Sie brachen in rasender Fahrt hervor. Der Kesseldruck war vor dem Auslaufen durch künstliche Mittel aufs äußerste gesteigert worden, während die amerikanischen Schiffe unter kleinen Feuern dalagen, wie sie gelegen hatten seit vielen Wochen. In langer Linie wandte sich die spanische Flotte nach Westen und eröffnete sofort das Feuer. Der Kampf, der sich nun abspielte, liest sich in unseren Zeiten der Dreadnoughts und des sorgfältigen Abwägens von Schiff gegen Schiff, Geschütz gegen Geschütz, Gefechtswert gegen Gefechtswert wie ein schwer zu glaubendes Märchen. Mag der Kriegswissenschaftler auch einwenden, daß die spanischen Schlachtschiffe vom Maschinenraum bis zu den Geschützen sich in einem Zustand schlimmer Vernachlässigung befanden, das Märchen bleibt. In seiner Gesamtheit war das Ende des Kampfes vielleicht vorherzusehen – in seinen erstaunlichen Einzelheiten niemals.

Die spanische Flotte ließ das amerikanische Geschwader bald weit hinter sich zurück, und nur ein einziges amerikanisches Schiff, die »Brooklyn«, hatte Dampf genug, zu folgen. Eine Viertelstunde lang schien es, als sei der waghalsige Durchbruch geglückt. Die »Brooklyn« ertrug das gesamte Feuer der vierfachen Übermacht allein, und die Schüsse der anderen amerikanischen Schiffe mußten auf so große Entfernungen abgegeben werden, daß sie sehr wenig wirksam waren. Aber der künstlich gesteigerte Dampfdruck der Spanier ließ bald nach, während in den amerikanischen Maschinenräumen fieberhaft gearbeitet wurde. Langsam verringerten sich die Entfernungen, und die Schlacht begann. Die »Oregon« kam an die feindliche Linie heran, dann die

»Texas«, und ein furchtbarer Granatensturm fegte über die spanischen Schiffe. »Maria Teresa« und »Almirante Oquendo«, die von ihren Genossen, der »Biscaya« und dem »Colon«, überholt worden waren und nun als letzte in der Linie dampften, standen in zwanzig Minuten lichterloh in Flammen, schwer getroffen, kampfunfähig. Treffer in den Geschütztürmen hatten ein entsetzliches Blutbad unter ihren Mannschaften angerichtet. Die beiden Schiffe waren verloren.

Langsam wandten sie sich der Küste zu und liefen auf den Strand, zerfetzt, zerschossen, brennend.

Das war fünfzehn Minuten nach zehn Uhr. Fünfunddreißig Minuten hatten den gewaltigen Kriegsmaschinen den Garaus gemacht. Fünfunddreißig Minuten in einer Hölle von Flammen und Verderben. Viele der spanischen Matrosen sprangen in ihrer Todesangst über Bord und versuchten, an Land zu schwimmen. Doch kubanische Insurgenten, die in der Nähe des Strandes kampierten, waren herbeigelaufen und feuerten erbarmungslos auf die Unglücklichen im Wasser, bis ein amerikanisches Schiff Mannschaften landete und die Bestien mit dem Bajonett vertrieben wurden.

Zwanzig Minuten nach den vier spanischen Schlachtschiffen waren die beiden schnellen Torpedobootzerstörer »Pluton« und »Furor« zwischen den Felsenwänden erschienen und von den amerikanischen Schlachtschiffen »Iowa« und »Indiana« beschossen worden, die aber ihr Hauptaugenmerk auf die großen spanischen Panzer richten mußten. Die Zerstörer wurden schwer beschädigt, waren aber nicht kampfunfähig. Vernichtet wurden sie durch – ein winziges, ungepanzertes, amerikanisches Schifflein, eine kleine Yacht, die eine einzige Granate zerfetzt hätte.

Admiral Plüddemann schreibt in seinem Werk »*Der Krieg um Kuba*«:
»Immerhin lag die Gefahr vor, daß sich die Zerstörer vermöge ihrer großen Schnelligkeit dem Feuerbereich der Schiffe bald entziehen würden. Da trat die »Gloucester« in Aktion. Dieses Fahrzeug war vor dem Kriege eine Privatyacht mit Namen »Corsair« gewesen, es hatte eine hohe Geschwindigkeit und war durch Armierung mit Schnell-Lade-Kanonen in einen, sozusagen, Hilfstorpedobootzerstörer verwandelt worden.

Als die ersten Schiffe in der Hafeneinfahrt erschienen, dampfte »Gloucester« mit mächtiger Fahrt darauf zu und ließ den Dampfdruck hoch gehen, da das Erscheinen auch der Zerstörer mit Sicherheit zu erwarten war. Als diese etwa zwanzig Minuten später herauskamen, dampfte sie mit 17 Knoten Fahrt darauf zu, engagierte die schon durch die Panzerschiffe schwer Beschädigten dann auf nahe Entfernung und zerschoß sie, ohne selber getroffen zu werden, dermaßen, daß der »Furor« 15 Minuten nach dem Auslaufen bei einem letzten Versuch, die Hafeneinfahrt wieder zu gewinnen, in sinkendem Zustande auf den Strand gesetzt wurde, während der »Pluton« wenige Minuten später in tiefem Wasser sank. »Gloucester« rettete, was noch an Menschenleben zu retten war und mit den Wellen kämpfte, und folgte dann den Panzerschiffen.«

Das Wunder war geschehen. Eine kleine ungeschützte Jacht, die trotz ihrer Schnellfeuerkanonen den Namen eines Kriegsschiffs nicht verdiente, und von der niemals mehr erwartet worden war, als das Aufbringen von Handelsschiffen mit Kontrebande, hatte zwei spanische Zerstörer in den Grund geschossen, die ihr einzeln schon in jeder Beziehung weit überlegen waren.

So hatte eine kleine halbe Stunde zwei Schlachtschiffe des spanischen Geschwaders und zwei schnelle Zerstörer von hohem Gefechtswert vernichtet. Übrig blieben die Schlachtschiffe »Viscaya« und »Cristobal Colon«.

Der »Cristobal Colon« schien als einziges spanisches Schiff dem Verderben zu entrinnen, denn seine Geschwindigkeit wurde immer größer, und bald war er außer Gefechtsweite weit draußen auf dem Meer. Auf die unglückliche »Viscaya« aber konzentrierte sich nun das Feuer von drei amerikanischen Panzern: »Brooklyn«, »Oregon« und »Texas«.

Binnen wenigen Minuten kam das Ende, wie es kommen mußte. Das schwer verwundete Schiff schleppte sich brennend dem Strande zu und lief auf. In diesem Augenblick erfolgte eine furchtbare Explosion, die das vordere Drittel der »Viscaya« in Fetzen zerriß. Ein Torpedo entweder, der schußbereit im Lancierrohr lag, oder eine Munitionskammer war von einer amerikanischen Granate getroffen worden. Die gräßlichen Szenen beim Stranden der »Infanta Maria Teresa« und des »Almirante Oquendo« wiederholten sich. Halbverbrühte, schwerverwundete Männer, die beinahe wahnsinnig geworden waren in der Todesangst dieser Minuten in der Hölle, kämpften zu Hunderten in den Fluten – und aus den amerikanischen Feinden wurden warmherzige Lebensretter, die Hals über Kopf die Boote bemannten. Nicht nur fischten sie die Unglücklichen in den Wellen auf, sondern sie holten unter schwerster Lebensgefahr die armen Verwundeten aus den brennenden spanischen Schiffsräumen, deren Munitionskammern jeden Augenblick in die Luft fliegen konnten. Admiral Cervera, schwer verwundet, wurde unter feierlicher Stille an Bord eines amerikanischen Panzers geleitet und mit militärischen Ehren empfangen. Mannschaften und Offiziere salutierten stumm, als er seinen Degen dem Sieger hinreichte. Sämtliche Kommandeure der spanischen Schlachtschiffe waren verwundet worden: zwei, der Kommandant der »Maria Teresa« und der Chef der Zerstörerflottille, hatten den Tod gefunden.

Unterdessen war in jagender Fahrt die »New York« mit Admiral Sampson auf dem Kampfplatz erschienen. Sie folgte der »Brooklyn«, der »Oregon«, und der »Texas«, die Öl feuerten und in immer größerer Geschwindigkeit dem »Cristobal Colon« nachjagten. Über zwei Stunden dauerte die Verfolgung. Um 12 Uhr 50 Minuten waren die »Brooklyn« und die »Oregon« so nahe an den Feind herangekommen, daß das Feuer eröffnet werden konnte. Der Kapitän des »Colon« sah, daß das Schicksal seines Schiffes besiegelt war. Um den »Colon« dem Feind zu entziehen, ihn zu vernichten und doch die Mannschaft zu retten, wandte auch er und lief in sausender Fahrt auf den Strand. Der »Cristobal Colon« sank in sieben Meter tiefem Wasser.

So war die Seeschlacht von Santiago de Cuba geschlagen und das spanische Geschwader bis auf das letzte Schiff zerstört.

Hunderte von Menschenleben und Millionen und Abermillionen an schwimmendem Kriegsmaterial hatten die wenigen Minuten dem spanischen Königreiche gekostet. Die Tabellen der Verluste der beiden Flotten lesen sich wie eine Fabel. Vier gewaltige Panzer und zwei Zerstörer hatte der Tag Spanien geraubt – von den amerikanischen Schlachtschiffen war kein einziges schwer beschädigt oder auch nur so verletzt worden, daß es seine Gefechtsfähigkeit beeinträchtigt hätte! Sechshundert spanische Matrosen waren im Kampf getötet worden oder in den Fluten ertrunken, hundertfünfzig Schwerverwundete und vierzehnhundert Gefangene, von denen viele verwundet waren, nahmen die amerikanischen Schiffe auf.

Die Amerikaner aber hatten nur einen einzigen Toten und einen einzigen Verwundeten, beide auf der »Brooklyn«! Ein Märchen. Ein Wunder. Eine kaum glaubliche Merkwürdigkeit in der Geschichte des Seekriegs, die gar nachdenklich stimmen mag. Nicht Panzerwerte und

Geschützzahl allein sind es, die eine Seeschlacht entscheiden, sondern der Mann im Kommandoturm und der Mann hinter der Kanone.

Zwei Monate später, als ich an Bord eines der letzten Truppendampfer, die Santiago de Cuba verließen, staunend die Schönheit von Felsennest und alter Burg und blauem Meeresgestade bewunderte, sah ich am Strand des Felsentors den »Furor«. Wenige Minuten später kamen die Wracks der »Biscaya« und des »Almirante Oquendo« in Sicht. Der »Cristobal Colon« war einige Tage nach der Schlacht völlig gekentert. Die »Infanta Maria Teresa« hatten die Amerikaner zwar gehoben und notdürftig ausgeflickt, aber während des Transportes nach den Vereinigten Staaten war sie bei den Bahamas gestrandet und gesunken.

Tropenfeuchtigkeit und Tropensonne hatten die armen Reste von zerschossenem Stahl und zerfetztem Eisen, die nur wenige Meter über das Wasser hervorragten, mit einem leuchtendroten Kleid von Rost überzogen. Spitzige, zackige Stahlfetzen und Eisentrümmer überall. Unförmliche verbeulte Stümpfe, die einst Schornsteine gewesen waren.

Schlechtes altes Eisen. Das war übrig geblieben von der Gespensterflotte.

In den Schützengräben

Von Siegesberichten und Sorgen. – Ein Murren geht durch die
Schützengräben. – Die Meinung des alten Sergeanten. –
Ungeduld! – Der Humor der Front. – Krankheit und Schwäche. –
Die berühmten kubanischen Leibschmerzen. – Fieber und Ruhr. –
Stimmungen und Verstimmungen. – Ein Freudentag. – Freund
Billy aus Wanderzeit und Eisenbahnfahrt. – Zwei Gefechtstage. –
Wie ich ein Held sein wollte. – Der Friedensbaum. – Die
Kapitulation von Santiago de Cuba

Die Armee auf den Hügeln jubelte.

Erst viele Wochen später, als Dampfer auf Dampfer Regiment auf Regiment nach der amerikanischen Heimat zurückbrachte und die Männer der Schützengräben sich gierig auf die alten Zeitungen stürzten, von ihren eigenen Taten zu lesen, erfuhren sie zu ihrem großen Erstaunen, daß die Ereignisse in den ersten Julitagen im Tal von Santiago de Cuba den Leuten zuhause im Lande Gottes nicht nur glorreiche und höchst übertriebene Siegesberichte gebracht hatten, sondern auch schwere Sorgen.

Sie lasen verblüfft, daß General Shafter nach der Schlacht am San Juan-Hügel am Abend des 2. Juli nach Washington gekabelt hatte, die Stellung des Feindes auf seiner zweiten Verteidigungslinie sei fast unangreifbar und die Lage außerordentlich ernst, denn ein Vorgehen müsse schwerste Verluste bringen – – –

Sie lasen schmunzelnd, daß der General, der die amerikanische Gesamtarmee kommandierte, General Miles, dem kranken und überpessimistischen Shafter noch in der gleichen Nacht lakonisch geantwortet hatte, er möge vor allem – den spanischen Befehlshaber zur bedingungslosen Kapitulation auffordern! Das Bombardement der Stadt androhen, wenn General Toral sich weigere! Sie lasen lachend, wie glänzend dieser echt amerikanische Bluff gelungen war: Zwar hatten die Spanier die Übergabe abgelehnt, aber Waffenstillstand trat ein am 3. Juli und es begannen Verhandlungen, die den Anfang vom Ende bedeuteten. Sie lasen noch manches mehr. Oft vielleicht mit einem recht unbehaglichen Gefühl. Wie der Hunger ihnen in der Schlacht geholfen hatte, ohne daß sie es wußten, denn die armen Teufel von Spaniern waren schon Ende Juni auf halbe Rationen gesetzt worden, weil das verrottete spanische Regierungssystem auf der Insel sich um die Kleinigkeit der Verproviantierung einer Armee zufällig nicht gekümmert hatte. Wie gewaltig stark die Drahtverhaue der zweiten spanischen Stellung waren. Wie furchtbar hoch die Krankenzahl in der amerikanischen Armee.

Und sie fingen zu Hause an, viele Dinge zu begreifen, die sie nicht begriffen hatten im Tal von Santiago de Cuba. Ein Murren ging durch die Schützengräben.

Hundertmal, wenn wir Depeschen auf den Hügel brachten, wurden Souder und ich von den schmutzstarrenden, verwahrlosten Gestalten im Graben angehalten und mit Fragen bestürmt, ob denn nichts sich rege im Hauptquartier und wie die Dinge stünden und wann endlich der Waffenstillstand zu Ende sein werde. Der verdammte Waffenstillstand!

Da drüben war der Feind! Dort lag die Stadt, dort waren Häuser, in die der Schandregen nicht eindringen konnte; dort gab es Betten, in denen man schlafen, und Herde, auf denen man kochen konnte!

Warum, weshalb im Namen aller Vernunft verpfefferte man nicht drei Stunden lang das Gras und das Gestrüpp da drüben mit allem, was Gewehre und Patronengürtel nur hergeben wollten, und stürzte sich dann bergabwärts Hals über Kopf auf die kleinen Männlein, die schon davonlaufen würden wie sie davongelaufen waren von den Hügeln!

Ein alter Sergeant der 5. Regulären, der oft zu unserem Zelt kam, zu schwatzen, verkörperte die Stimmung in den Schützengräben ausgezeichnet:

»Höll' und Teufel!« sagte er. »Ich werde nicht dafür bezahlt, mich mit höherer Strategie zu befassen. Das überlass' ich dem jesuschristlichen Dicken! Wenn mir befohlen wird, im Dreck herumzusitzen und mir alle halbe Stunde die Jacke vollregnen zu lassen und so viel schlechten Speck zu fressen, daß ich zeitlebens keinem anständigen Schwein mehr ins Gesicht sehen kann, – dann halt ich's Maul und gehorche. Aber verdammt will ich sein, wenn ich's verstehe! Magazinfeuer, würd' ich sagen – Bajonett auf das alte Schießeisen – und in fünfundzwanzig Minuten wäre die alte Geschichte erledigt. Aber der Dicke muß es ja wissen! Mir kann's recht sein. Bye, bye, Jungens! Laßt euch euren Speck recht gut schmecken! Achtet auf eure Gesundheit!«

Worauf wir ihm ergrimmt Lehmklumpen nachwarfen. Wer in diesen Tagen von Speck und werter Gesundheit sprach, der war ein Raufbold, der boshaft an die wundeste aller wunden Stellen rührte, und forderte tätlichen Angriff heraus.

So murrten die Männer in den Schützengräben.

Ungeduldig waren sie wie Kinder und frech wie Spatzen. Aber das Schimpfen klang immer noch lustig, und niemals lag in ihm der Ton der Auflehnung. Man lachte mitten im Gezeter und nahm die harten Entbehrungen nicht ernst, wenn sie es auch im Grunde waren, die die Ungeduld gebaren. Man mußte warten – man begriff nicht, weshalb in Kuckuksnamen man solange warten mußte – aber es würde schon kommen, oh, es würde schon kommen … Rührend war es in Wirklichkeit, mit welch prachtvollem, trockenem Humor diese Männer ein Leben ertrugen, das in seiner Härte so gar nichts humoristisches hatte, und wie sie aus Jammer und Elend immer und immer wieder die lustige Seite herauszufinden wußten. Droben in dem breiten Hauptgang hatten sie einen Wegweiser aufgestellt, auf dem in derben Lettern stand:

»Revolver müssen beim Portier abgegeben werden (links – Dreck-straße Nr. 3), denn auf Befehl des kommandierenden Generals ist Schießen in diesem Vergnügungslokal nicht gestattet! Nur Herren mit garantiert anständigem und friedfertigem Benehmen haben Zutritt!« – in blutigem Hohn auf den Waffenstillstand.

Ein anderes Schild beim Eingang eines besonders sumpfigen Schützengrabens besagte grimmig: »Warnung! Angeln ist hier verbo-ten!!« Im Hauptschützengraben hatten sie auf Brettchen von Munit-ionskisten mit irgend einer schwarzen Farbe, die sie gottweißwo aufge-trieben haben mochten, allerlei Sprüche gemalt und die Brettchen in die Lehmwand hineingesteckt wie Gedenktafeln:

»Erzähle mir nicht, o Freund, daß du Bauchweh hast! Deine Symptome interessieren mich nicht. Ich hab sie nämlich selber!« lachte ein Spruch.

»Und der Herr schuf Regen und Sonnenschein … Für Kuba hat er seine Schaffensfreudigkeit verdammt übertrieben!« hieß es auf einer anderen Tafel. Ihre Nachbarin sagte:

»Bist du schlechter Laune, so haue einen Insurgenten. Das ist gesun-de Bewegung für dich und macht aus dem Cubano vielleicht einen Menschen: der Stecken lehnt hinten in der Ecke.« Das gab die Einschät-zung, in der Señor Insurgente bei der Armee stand, famos wieder!

So sah der Humor der Schützengräben aus. Grimmiger, harter, verkrustet trockener Humor war es, der ahnen ließ, wie zäh und kraftvoll die Männer sein mußten, die in Krankheit und Schwäche la-chen und sich über ihren eigenen Jammer lustig machen konnten. Denn krank waren sie alle, zum mindesten nicht gesund.

Die Regenzeit Kubas hatte nun im Ernst begonnen. Tag für Tag, dutzende Male oft in einem Tag, regnete es in tropischer Gewalt in ungeheuerlichen Wassergüssen – und der Viertelstunde klatschenden Regens folgte ebenso ungeheuerliche Sonnenhitze, die mit der verdamp-fenden Feuchtigkeit alle Miasmen aus dem Boden zog und Menschen und Dinge in übelriechenden Dampf hüllte. Morgens und abends lagen stundenlang dick und gelb zähe Nebelschwaden über dem Boden, kalt, feucht und dumpfig. Selten verging eine Nacht ohne Regen, und dann schliefen die Männer in den Schützengräben auf nassem Boden in nassen Decken. Jetzt, in den Tagen der Waffenruhe, durfte zwar immer ein Teil der Regimenter auf dem Gelände hinter den Hügeln Zelte aufschlagen, aber die winzigen Soldatenzelte schützten nur wenig gegen diesen Regen und gar nicht gegen Bodenfeuchtigkeit und Nebel. Die Kleider faulten einem fast am Leib. Souder und ich schleppten zweimal im Tag Wasser herbei aus dem San Juan und wuschen unsere Körper und irgend ein Kleidungsstück, doch es nützte nichts. Seife hatten wir längst keine mehr. Was das Ausrinsen im Wasser gut machte, verdarben wieder in ein paar Stunden Regen und Schweiß. Starrer Schmutz war es, in dem man lebte. Widerlicher Schmutz. Die Männer in den Schützengräben, die nicht so viel Zeit und Gelegenheit zur Reinigung hatten wie wir, waren noch schlimmer daran. Schmutz, Schmutz, überall Schmutz ... Die Nässe verdarb rasch das Schuhzeug, so fest und derbe es war, und oft wurden Patrouillen nach rückwärts zu den Hospitälern geschickt, um die Stiefel der Schwerkranken und Gestorbenen zu holen.

Immer gleich blieb die Nahrung. Speck, Hartbrot, Speck. Man weichte die harten Zwiebäcke auf, tat Zucker hinzu und Speckstückchen und briet sich den breiigen Mischmasch. Trank höllenstarken Kaffee dazu. Einmal kam eine Sendung Büchsenfleisch, aber es war verdorben. Derartig schlechte Behandlung läßt sich auf die Dauer kein Magen gefallen.

So rebellierten zuerst die Mägen. Langsam schlich sich Krankheit in die Schützengräben. Kaum einen Mann gab es in der Front, der nicht wenigstens an einer leichteren Form von Ruhr litt. Auch da noch half der Humor, das Abschüttelnwollen körperlicher Schwäche, wie es in junger Mannesart liegt. Die verschmutzten Männer lachten über die recht unangenehmen und schmerzhaften Äußerungen ihrer gestörten Verdauung und machten lustige Witze, höchst unanständige Witze zumeist, über das viele Aufgesuchtwerden der primitiven Stellen, die man in der Zivilisation verengländert mit W. C. zu bezeichnen pflegt. Aber nach und nach verspürte ein jeder immer kräftiger die üblen Folgen der ewigen Magenbeschwerden und der Fieberanfälle, denen keiner entging. Die schlechten Witze fingen an, gequält zu klingen. Das lustige Lachen von gestern über das berühmte kubanische Bauchweh zog heute nicht mehr. Die Gesichter wurden blaß, und der energische, springige Gang der Regulären träge. Auf das Fieber hätte man schließlich gepfiffen – aber der Magen, der Magen! Bitter und gallig schmeckte der schlechtgeröstete Kaffee, weil die halbzerstampften Bohnen ewig lange sieden mußten. Der Speck schimmerte ölig und durchsichtig, denn die Sonnenhitze hielt ihn ständig in schöner brühwarmer Temperatur. Man konnte ihn bald nicht mehr sehen und nicht mehr riechen. Die Schiffszwiebacke waren trocken kaum zu essen, und der fade Brei, der sich höchstens aus ihnen bereiten ließ, wurde einem zum Ekel. Der Magen, der Magen! Er war es, aus dem die üble Laune kam.

Und die Stimmungen!

Wenn ich in den Schützengraben nach dem General oder irgend einem höheren Offizier suchte, schien es mir beinahe komisch, wie die sonst so unverwüstlich derben und unverwüstlich lustigen Regulären nun auf einmal Stimmungen unterworfen waren. Manchmal lagen sie faul und apathisch da und ließen einen ruhig über ihre Leiber hinwegsteigen, viel zu träge, sich zu rühren oder gar zu reden. Manchmal wieder konnte das leiseste Gerücht, das Hoffnung auf Soldatenarbeit gab, oder der unsinnigste Scherz sie blitzschnell aufrütteln. Als mich einmal ein Korporal fragte, was denn los sei (ich trug ein Telegramm in der Hand), antwortete ich ärgerlich:

»Es ist Dienstgeheimnis und du darfst es nicht weiter sagen: Washington telegraphiert, daß ein Dampfer mit einer neuen Speckladung abgegangen ist!«

»Pfui Deibel!« sagte der Korporal.

Die Männer links und rechts von ihm lachten wie toll und erzählten den mageren Witz weiter, der nun richtig die ganze Linie entlang schallende Heiterkeit auslöste.

Doch das Lachen war selten geworden. Ein jeder wußte, daß die Zeiten bitterernst waren und ein grimmiger Feind die Hügel bedrohte, em schlimmerer Feind als die verachteten kleinen Männlein da drüben: Krankheit, Fieber, Ruhr, Malaria. Und ein jeder gab sich Mühe, auf das dumpfe Brausen in seinem Schädel frühmorgens im Nebel nicht zu achten und auf die Schmerzen in Magen und Darm nach den Mahlzeiten. Weil keiner krank werden wollte.

Souder und ich waren brummig oft, und übellaunig, und nicht weniger ungeduldig als alle anderen. Weder ihm noch mir blieben die grimmigen Leibschmerzen erspart, und er und ich wußten ganz genau, wie es war, wenn einem nach übelriechender Nebelnacht die Fieberfliegen im Kopf summten und man sich fluchend vom Sanitätssergeanten des Brigadequartiers gewaltige Dosen Chinin geben ließ, die einem die Ohren klingen machten. Aber die Linie, der Draht, das klappernde kleine Instrument versorgten uns stets mit so viel Arbeit und so starkem Interesse an Spannung und Erwartung, daß wir Kopfschmerzen und Leibgrimmen prompt zu vergessen pflegten. Waren die Depeschen in diesen Tagen auch selten wichtig, so wartete man doch wenigstens immer auf eine, die wichtig sein würde.

Da kam der 7. Juli. Der vierte Tag des Waffenstillstandes. Die Linie zu *S O 3* war wieder einmal schadhaft geworden und die Reihe diesmal an uns, den Fehler zu suchen. Mißvergnügt machte ich mich mit Ersatzdraht und Zwickzange auf den Weg und fand den Schaden bald. Irgend ein Spitzbube in Uniform mochte zu irgend etwas ein Stückchen Draht gebraucht haben und hatte einfach einen halben Meter der Linie mit seinem Taschenmesser herausgesägt. Ich schimpfte, wie ein regulärer Signalmann über so lästerlich infame Schändung schimpfen mußte, und reparierte. Weil ich nicht weit von *S O 3* war, beschloß ich, bei der Blockhausstation vorzugucken. Ich schlenderte den breitausgetretenen Pfad hinter den Hügeln entlang, auf dem es von Soldaten wimmelte, denn Zelt an Zelt reihte sich auf der Hügelseite. Hier kampierten die Rauhen Reiter. Plötzlich blieb ich stehen, und heiß und kalt überlief es mich.

War – das – ein Traum – ein Fiebergaukelspiel?

Eine klingende, metallische Stimme, eine liebe alte Stimme hatte mich gerufen bei meinem Namen aus alten Zeiten. Klar und hell –

»Ed! Ha – a – lloch – Ed!!«

Ich stand und starrte und wollte meinen Ohren nicht glauben.

»Halloh – Ed!«

Von einem Zelt nicht weit vom Weg kam ein Rauher Reiter-Offizier gelaufen, ein Leutnant. Unter dem graubraunen Feldhut mit dem glitzernden Regimentsemblem von gekreuzten Reitersäbeln leuchteten groß und lachend graublaue Augen – die alten Augen …

»Billy!« schrie ich. »Halloh Billy – Bi – i–illy!«

Und er sprang herbei, und wir schüttelten uns die Hände, denn sprechen mochte keiner ein Wort, und dann lachten wir wie unsinnig und dann schüttelten wir uns wieder die Hände und dann lachten wir wieder.

Billy war es. der alte Billy, der Billy aus Wanderzeit und Eisenbahnfahrt.

Billy in der Uniform eines First Lieutenant eines Oberleutnants des Rauhen Reiter-Regiments. Gar kein Staunen verspürte ich über die silbernen Streifen auf seiner Schulter. Dieser Mann war einer der wenigen Menschen, die dazu geboren sind, zu führen und zu leiten unter allen Umständen. Seien sie arm oder reich. Die vornehm sein müssen und Herren über andere, mögen sie auch einen einzigen Rock nur ihr eigen nennen. In der alten Welt hätte man freilich aus Billy keinen Offizier gemacht. Sein Lebensgang wäre denn doch nicht einwandfrei genug gewesen – um die schöne Phrase zu gebrauchen. In Amerika sah man sich den Mann an und – griff zu. Billys Familie hatte ihm eigentlich gegen seinen Willen das Leutnantspatent bei den Rauhen Reitern erwirkt. In der entscheidenden Unterredung jedoch mit Theodore Roosevelt hatte Billy klipp und klar erklärt, daß er erwähnen müsse, er sei vor noch nicht langer Zeit als Tramp, oder als eine Art von Tramp zum mindesten, auf den Eisenbahnen herumvagabundiert. »*You are allright!*« war Roosevelts knappe Antwort gewesen.

Komm' in mein Zelt!« sagte Billy.

Wir hockten uns auf die Wolldecke hin am Boden, und Billy holte feierlich eine kleine Feldflasche aus einem Winkel hervor, erklärend, daß es unter den Rauhen Reitern komische Käuze von Millionären gebe, die sich durch ihre Privatyachten Zigarren und Whisky bringen ließen. Wir tranken in Andacht den goldigbraunen Bourbon. Rauchten eine Zigarette.

»Du bist also beim Signalkorps, eh?« begann Billy. »Haben sie nicht genug Verstand gehabt dort, dich wenigstens zum Sergeanten zu machen?«

»Anscheinend nicht!« lachte ich. »Übrigens habe noch nicht einmal vorschriftsmäßig gegrüßt, Herr Leutnant!«

»Das ist allerdings schrecklich«, meinte Billy. »Kraft dieser schönen silbernen Schulterstreifen also befehle ich dir nun, sofort zu erzählen. In Colorado war's irgendwo, als du verschwandest – und das hat mich damals mehr Kopfschmerzen gekostet als du ahnst, mein Junge. Drei Monate suchten wir nach dir, Joe und ich, bis wir es endlich aufgeben mußten. Erzählen, erzählen!«

Da berichtete ich von der Fahrt nach St. Louis und dem Erleben dort und von der Kupferhölle und vom Zeitungsdienst und von San Franzisko. Von Frank und von Allan McGrady. Lachende Linien kamen in das scharfgeschnittene, hagere, rassige Gesicht. »Und bei dieser Geschichte hier in Kuba mußtest du natürlich auch dabei sein!« rief er endlich und füllte lustig augenzwinkernd das winzige Feldflaschenglas fingerhoch … »Aber natürlich! Ich brauche dir wohl nicht zu sagen, mein Junge, daß du ein Narr wärest, würdest du die blaue Jacke nicht recht bald wegwerfen. Bleib du bei der Zeitung! Ich wünschte, ich wüßte so gut wie du es von dir wissen solltest, was ich zu tun hätte. Unter uns gesagt waren diese Schulterstreifen billig wie Brombeeren. Es gehörte nicht viel mehr dazu, aus dem alten Billy einen Leutnant zu machen, als sieben Wörtchen des alten Onkels van Straaten, der im Kongreß sitzt. Wenn diese nachgerade langweilige Affäre hier jedoch beendet ist – dann adieu, Leutnant Billy!«

»Weshalb machten sie dich gleich zum Oberleutnant?« lachte ich.

»Bin ich vorgestern erst geworden!« berichtete er vergnügt. »Telegraphisch. Von wegen der Schlacht. Teddy sorgt für seine Leute. Weiß der Kuckuck, wo Jack (das ist mein Putzer) den Oberleutnantsstern aufgegabelt hat. Aufgenäht hat er ihn mir jedenfalls auf die Jacke – und meine Würde erdrückt mich beinahe!«

Erzählen – erzählen … Wir rechneten uns aus, daß wir beim Sturm auf den San Juan-Hügel keine hundert Meter voneinander entfernt gewesen sein konnten, und im Planters-Hotel in Tampa im gleichen Saal gegessen haben mußten, ohne es zu ahnen. Wie groß die Welt war und doch wie klein! Stunde auf Stunde verschwatzten wir, bis ihn und mich der Dienst rief.

Wochen später, als ich auf der Insel des gelben Fiebers aus dem Delirium erwachte und denken und verstehen konnte, gab mir der Arzt einen Briefumschlag. Fünf gelbe Banknoten steckten darin, zu zwanzig Dollars eine jede. Und ein Zettel:

»Lieber Ed. Unser Schiff dampft heute, den 30. Juli, nach dem alten Land. Der Doktor schreibt mir, du würdest durchkommen. Wußte, sie würden dich nicht unterkriegen, alter Junge. Das Geld kannst du vielleicht gebrauchen. Gib es mir zurück, wenn es dir paßt. Hörte von Major Stevens, du seiest zum Sergeanten ernannt worden. Auf Wiedersehen – Billy.«

Ich sollte ihn erst in einem Jahr wiedersehen, unter Verhältnissen, die noch viel merkwürdiger waren als das Begegnen im Tal von Santiago

* *
*

Die Krankheitsziffern in den Schützengräben stiegen zu erschreckender Höhe, und immer blasser und gelber wurden die Gesichter der Männer auf den Hügeln. Unerträglicher schien die Sonnenglut von Stunde zu Stunde fast und fürchterlicher die endlosen Regengüsse. Noch war die Zahl der schweren Erkrankungen an wirklicher Ruhr und Malaria verhältnismäßig gering, die Zahl der Leichtkranken jedoch ungeheuer groß. Den ganzen Tag über umringten sie das Doktorzelt, und der Sanitätssergeant verteilte im Schweiße seines Angesichts unablässig Chininpillen und Opiumpräparate. Die Befehle und Meldungen, die über unseren Draht gingen, zeigten zwar nur einen winzig kleinen Ausschnitt der allgemeinen Situation, aber sie ließen unschwer erkennen, daß die Führer der Truppen voll Besorgnis waren und daß alles nach einer Entscheidung drängte. Am 8. und 9. Juli gab es viel zu tun. Die Depeschen, die genaue Berichte über die Krankenzahl einforderten, jagten sich. In den Antworten der einzelnen Regimenter hieß es immer wieder: Allgemeiner Gesundheitszustand höchst unbefriedigend. Chefärzte kamen vom Hauptquartier und untersuchten die Truppen; lange Konferenzen fanden statt im Zelt des Generals.

Da telegraphierte am Abend des 9. Juli das Hauptquartier, daß mit Mitternacht der Waffenstillstand ablaufe. Die Wirkung auf die Truppen, die nun sofort in den Schützengräben konzentriert wurden, war verblüffend. Die gedrückte Stimmung schien wie weggeblasen. Die Aussicht auf Arbeit machte die Männer in den Schützengräben wieder frisch und kräftig. Überall von den Hügeln erklang an jenem Abend der Tingeltangelschlager, den die Soldaten im Übermut des Sieges in der Kampfnacht gesungen hatten. Er war zum Schlachtlied der kubanischen Armee geworden –

> When the bells go tinge-linge-ling
> We'll join hands and sweetly we shall sing –
> There'll be a hot time
> In the old town
> Tonight, my Darling!

»Heut abend ist der Teufel los im Städtchen ...«

Mit dem Morgengrauen begann das Kleingewehrfeuer auf der ganzen Linie. Vom San Juan-Hügel her dröhnten Geschütze. Die Spanier erwiderten das Feuer nur schwach. Ein unbedeutendes Ferngefecht war es – wie auch am nächsten Tag.

Mir ist dieser 10. Juli eine lustige Erinnerung. Im Laufe des Nachmittags lief eine Depesche ein, in der Präsident McKinley unserem General Bates seine Ernennung zum *Major General* anzeigte, der höchsten militärischen Würde in den Vereinigten Staaten. Das war natürlich ein großes Ereignis. Ich machte mich sofort auf den Weg nach den Schützengräben, um dem General das Telegramm zu bringen. Überall knatterte es vorne auf dem Hügel, und dann und wann pfiff eine feindliche Kugel durch die Luft. Ich eilte durch den Hauptgang und erfuhr von der Stabsordonnanz, daß der General im Schützengraben rechts sei. Nach wenigen Schritten sah ich auch schon die Gruppe der Stabsoffiziere. Und – da packte mich eine ganz verrückte Idee …
Ein Held wollte ich sein! Auszeichnen wollte ich mich – auffällig auszeichnen – wunderbar tapfer sein … Gedacht, getan. Mit einem Ruck richtete ich mich auf und stand kerzengerade da, daß Kopf und Schultern über die Brüstung des Schützengrabens hinausragten. Zischend surrte eine Kugel an meinem Ohr vorbei. Eine zweite. A–aah! So–ooh! So–oo – benahm sich ein Ritter ohne Furcht und Tadel im Kugelregen – so–olche Leute machte man zu Offizieren – in meinem Kopf wirbelte es von Tapferkeit und Todes-Verachtung – *sans peur et sans reproche* – a–aah – *fais ce que dois, adviegne que pourra – c'est commandé au chevalier...* und ganz langsam und bolzengerade stelzte ich über die Beine der feuernden Infanteristen hinweg auf den General zu. Begeistert war ich – von mir selber. Ich kam mir wirklich wahrhaft heldenhaft vor. S – sss – fsss – – zischte es.
Und ich reckte mich noch höher auf und stellte mich stramm hin und meldete eiskalt:
»Depesche für *Major General* Bates!«
Der alte Herr, der im Graben kauerte, streckte die Hand nach der Depesche aus und sah mich scharf an.
Mich aber überlief ein leichtes Zittern. Jetzt – jetzt – jetzt mußte es kommen –
Der General sah mich noch immer scharf an und um seine Mundwinkel zuckte es. Dann sagte er leise, aber sehr deutlich:
»*Get down, you fool!*«
»Duck dich – du Narr!«
Da klappte ich zusammen wie ein Taschenmesser. Aus war's mit dem Heldentum. Und zu meiner Ehre sei es gesagt, daß der Bruchteil

einer Sekunde mir genügte, um zu erkennen, welch furchtbar lächerlicher Hanswurst ich soeben gewesen war.

Die kriegerischen Ereignisse im Tal von Santiago de Cuba nahten rasch ihrem Ende. Am 12. Juli begannen wieder die Verhandlungen. Am gleichen Tag traf der Höchstkommandierende der amerikanischen Armee, General Miles, in Siboney ein. Am 13. Juli hatten er und General Shafter eine Besprechung mit General Toxal, dem spanischen Kommandierenden. Am 14. Juli kapitulierte Santiago de Cuba, und die spanische Armee gab sich kriegsgefangen.

* * *

Es war um Mittag des 14. Juli. Zwischen den amerikanischen und spanischen Linien, dreihundert Meter etwa rechts seitlich von unserem Hügel, hundertundfünfzig Meter in Front, stand inmitten einer weiten grasigen Fläche ein ungeheurer Mangobaum. Ein Riese. Der mächtige Stamm zeichnete sich im grellen Sonnenlicht scharf gegen das Grün und Gelb des Bodens ab. Die breitwipflige Krone ragte massig empor, wuchtig in ihrem Dunkel wie ein Gebäude. Da erzitterten Trompetentöne. Der Paraderuf, jedem Regulären wohlbekannt. Feierlich, gedehnt. Und die Männer in den Schützengräben sprangen auf die Brüstungen, kauerten sich hin und sahen schweigend zu, wie aus dem Bodeneinschnitt beim San Juan-Hügel Reiter in langsamem Schritt hügelabwärts ritten dem Baumriesen zu. Ich konnte durch mein Glas die Gestalten deutlich erkennen. General Miles war es, General Shafter, einige Offiziere, zwei Trompeter. Gleichzeitig glitzerte es drüben in den spanischen Linien von Epauletten und goldenen Borten und Pferden und Reitern in dunklen Umrissen.

Die beiden Reitertrupps kamen sich näher, hielten einen Augenblick. Dann sprangen die Offiziere von ihren Pferden, und Ordonnanzen brachten Feldstühle und stellten sie auf im Schatten des Mangoriesen. In den amerikanischen Schützengräben war es mäuschenstill. Fünfzehntausend Männer, sechzehntausend, siebzehntausend, warteten in tiefem Schweigen. Drüben beim Feind tauchten aus Gestrüpp und Dschungelgras in langer Linie weiße Strohhüte auf und Gestalten in hellen Uniformen. Still war es. Ganz still. Zwanzig Minuten lang, eine halbe Stunde vielleicht. Dann kam Bewegung in die Gruppe beim Mangobaum. Pferde wurden herbeigeführt, Reiter stiegen in die Sättel, und langsam ritten die beiden Trupps zu ihren Linien zurück. Die Männer in den Schützengräben schauten noch immer. Niemand sprach. Nichts rührte und regte sich.

Da blitzte ein Farbenfleck auf in dem tiefen Dunkel der Mangobaumkrone.

Rot – blau … Er wurde deutlicher. Breitete sich aus. Und ich starrte und starrte, einer von Tausenden, und sah den Farbenfleck sich entfalten in grelle Streifen und winzige Punkte.

Über dem Friedensbaum flatterte das Sternenbanner.

Eine Sekunde lang noch war alles still. Dann ergellte wie aus einer einzigen Kehle brausend und donnernd ein furchtbarer Jubelschrei.

Santiago de Cuba war gefallen.

Nach Santiago de Cuba!

Das Hauptquartier wird energisch. – Die Enttäuschung der Männer in den Schützengräben. – Die verbotene Stadt. – Wir werden nach Santiago beordert. – Das Legen der Linie. – In den spanischen Schützengräben. – Ein Tauschgeschäft mit den hungrigen Spaniern. – In der Stadt. – Die toten Gäßchen. – Von Licht und Schatten. – Das Hauptquartier des Siegers

Der Klopfer des Instruments überschüttete uns mit Punkten und Strichen.

»Noch mehr?« fragte Souder zwischen zwei Telegrammen bei *S O 3* an.

»Massenhaft mehr!« kam die Antwort.

Sergeant Hastings saß am Schlüssel drüben auf der Blockhausstation, der beste Sender des Korps, und unter seinen geschickten Fingern wurde das mechanische Klicken des Messingstängchens zum lebendigen Sprechen: so mühelos verständlich, daß der Sergeant und ich uns zwischen Schreiben und Lauschen fortwährend unterhalten konnten, wenn auch in abgerissenen Sätzen – – und jeder Satz ungefähr würde uns ein Kriegsgericht eingetragen haben, hätte der Generalstabsoberst, der »auf Befehl des kommandierenden Generals« die Depeschen zeichnete, all die Unverschämtheiten mit anhören können.

»Jawohl! Jaw-oohll! Reiß' das Maul nur recht weit auf, mein Sohn!
Schrei' Befehle, daß dir die Hosenträger platzen! Denn du weißt es ja,
daß jetzo tiefer Friede herrscht in dieser schönen Gegend – und du
verstehst dein Metier und du weißt es ja, daß alle Kriegskunst im
Frieden darauf hinausläuft, recht laut und recht viel zu kommandieren!
Auf daß jedermann möglichst chikaniert werde! Hol' dich der Teufel!
– Was sagt er?«

»Es ist mit Strenge darauf zu achten, daß alles Trinkzwecken dienen-
de Wasser gehörig abgekocht wird –« klickte der Klopfer.

»Gehörig abgekocht wird!« höhnte Souder. »Du bist ja von vorgestern. Oberstchen. Wer jetzt nicht schon die Cholera im Bauch hat,
kriegt sie nimmer. Kable lieber nach Washington und sorge dafür,
daß sie uns endlich gar nichts schicken als immer nur Speck und
Speck und Speck! – Was ist das?«

»Offizieren darf ohne Erlaubnis des kommandierenden Generals,
der diese Erlaubnis nur in besonderen Fällen erteilen wird, Urlaub
nach Santiago de Cuba nicht gewährt werden.«

»Aha! Die Schulterstreifen dürfen auch nicht hinein! Was dem Regulären recht ist, muß dem Leutnant billig sein. Der Reguläre könnte
sich besaufen, und der Leutnant vielleicht auch, aber sicherlich der
Herr Oberst. Also geht nur der Herr Oberst ins Städtchen, damit er
mehr unter sich ist! Oh – hol dich der Teufel!«

Dabei lag natürlich in den telegraphischen Befehlen zielbewußte
Vernunft, während die Kritik des Mannes hinter dem Gewehr purste
Unvernunft darstellte. Begreifliche Unvernunft jedoch. Dem begeisterten
Jubelgeschrei des Sieges war in einer kurzen Stunde ganz gewöhnliches
Geschimpfe gefolgt in den Schützengräben. Die derben alten Regulären
da droben auf dem Hügel drückten sich noch viel saftiger aus als der
lustige Signalsergeant. Als sie die Fahne flattern sahen über dem Friedensbaum, hatten sie sich eingebildet, daß es ein paar Stündchen
höchstens dauern könne, bis der Befehl gegeben würde, männiglich
solle seine Siebensachen zusammenpacken zum Einzug in die Stadt.
Hei – oh – zum Marsch in die Stadt! So mancher mochte zungenschnal-
zend kalkuliert haben, was für schöne Dinge die silbernen Dollars in
der Tasche alle kaufen konnten – diese silbernen Dollars, die so völlig
wertlos und vergnügungsbar gewesen waren seit Wochen im Drecklager.

Ausgerutscht!

Die Träume von netten Mahlzeiten, reinen Betten und dankbaren, vom spanischen Joch befreiten Mägdelein zerrannen in völliges Nichts. Es fiel dem Jesus-Christus-General gar nicht ein, seinen braven Truppen im Namen des dankbaren Vaterlandes begeistertes Lob und dergleichen zu spenden und sie einzuladen, sich doch Santiago gütigst anzusehen. Sondern er telegraphierte kurz und grob, jeder Mann, der ohne Paß in der Stadt angetroffen werde, würde vor ein Kriegsgericht gestellt und schwer bestraft werden! Das Hauptquartier telegraphierte des Ferneren, sämtliche Regimenter sollten sofort Zeltquartiere beziehen. Rund um jedes Zelt seien Abzugsgräben für das Regenwasser zu graben. Die Zeltgassen gehörig zu drainieren. Die Verpflegung der Truppen habe von nun an wieder durch die Kompanieküchen zu geschehen. Die kommandierenden Offiziere wurden ersucht, für Reinigung der Wäsche und Uniformen ihrer Mannschaften zu sorgen. Und so weiter und überhaupt!

Die braven Regulären aber, die so gern in der Stadt des Feindes spazieren gegangen wären, fluchten abscheulich. Was wußten sie davon, daß Santiago de Cuba ein Fiebernest war mit primitivsten sanitären Verhältnissen und unmöglich als Quartier für tropenungewohnte Truppen, ehe Ströme von Karbol den Unrat weggefegt hatten! Was wußten sie davon, daß ein kommandierender General die Zügel der Disziplin fester in die Hand nimmt, ehe er eine siegesübermütige Armee in eine eroberte Stadt führt! Sie wußten nur, daß weiterkampiert wurde in Regengüssen und Sonnenbrand – – – Sie sollten nicht in wirklichen Betten schlafen können – nicht auf wirklichen gepflasterten Straßen wandeln – nicht wieder Menschen sehen, die keine Uniform trugen – nicht wirkliches Brot sich kaufen können – –

Hei – oh, wie wurde da geschimpft auf den Hügeln!

Wir schimpften mit.

Am nächsten Tag aber wandelte sich unser Schimpfen in freudige Überraschung. Ein Diensttelegramm befahl dem Sergeanten Souder und dem Signalisten Carlé kurz und bündig, sich sofort bei der Blockhausstation zu melden. Zum Linienlegen nach Santiago de Cuba. Zwischen drei und vier Uhr nachmittags brachen wir von der Blockhausstation auf, der Major Stevens, ein Kabeltelegraphist von Siboney, drei Sergeanten und zwei Signalisten. In fünfzehn Minuten hatten wir den Draht vom Hügelgipfel zum Friedensbaum gespannt. An diesem Tag kümmerte sich keiner von uns darum, daß die Sonne einem glühendheiß auf den Schädel brannte und das schweißige Hemd patschnaß am Leibe klebte und der Atem in kurzen Stößen kam und ging. Vorwärts, nur vorwärts! Nach Santiago de Cuba! Wir liefen nicht mehr mit den schweren Drahtrollen, sondern wir rannten. Mir war nicht wohl zumute dabei. Aber ich pfiff auf das sonderbare Flimmern vor den Augen und die eigentümliche Schwere und Benommenheit im Kopf. Mochten sie doch rumoren, die Magenkobolde und die Fieberteufel! Ich hatte an andere Dinge zu denken. Ich hatte Eile. Wir rannten. Durch das Gestrüpp der Hügelniederung, der gelben Linie zu, die die Straße nach Santiago de Cuba bedeutete.

»Links – links!« keuchte der alte Sergeant Hastings, der neben mir lief. »Nach dem Baum dort. Und ein bißchen langsamer. Ich bin mir in meinem Leben noch nicht so ausgepumpt vorgekommen. Sie sehen übrigens extra miserabel aus!«

»Mir fehlt nichts.« sagte ich.

»Na, mir auch nicht«, brummte er, »aber ich könnte gerade nicht behaupten, daß ich jünger und gesünder geworden bin!«

Weiter – weiter. Wir arbeiteten in kleinen Gruppen von je zwei und zwei Mann. In dem offenen Gelände mußte der Draht sorgfältig von Baum zu Baum gespannt werden. Ich erkletterte zwei Bäume, und sauer genug wurde mir das Steigen, so bequemen Halt auch die vielen Äste der Mangos boten. Ein halbes dutzendmal fehlte nicht viel und ich wäre gefallen. Nein, gesünder war ich nicht geworden!

Da tauchten bei einer Baumgruppe Gestalten in amerikanischen Uniformen auf und eine laute Stimme befahl uns, zu halten. Der Leutnant, der den Posten von fünf Mann kommandierte, kam herbei, und wir mußten einige Minuten warten, bis der Major, der weiter hinten die Linie prüfte, erschien und dem Offizier unsere Pässe vorwies.

»Die spanischen Regimenter haben die Schützengräben verlassen«, meldete der Offizier, »und kampieren auf der Straße nach Santiago entlang, links und rechts vom Weg. Sie werden binnen wenigen hundert Schritten auf das erste spanische Lager stoßen, Herr Major. Ich habe Befehl, passierenden Offizieren und Mannschaften eine Anordnung des kommandierenden Generals zu übermitteln –«

»Weiß schon, weiß schon«, nickte der Major. »Signaldetachement – *attention!*«

Wir stellten uns erwartungsvoll in Reih und Glied. Der Leutnant las:

»Der kommandierende General befiehlt, daß jede herausfordernde Haltung den Spaniern gegenüber vermieden wird. Die Entwaffnung der spanischen Armee und die Besetzung von Santiago findet erst in einigen Tagen statt. Spanische Offiziere sind zu grüßen wie die eigenen Vorgesetzten. Besuch von Restaurants oder Wirtschaften in der Stadt ist verboten. Sie sind übrigens geschlossen.«

Der Major betrachtete uns vom Kopf bis zu den Füßen und sagte dann schmunzelnd: »Sergeanten und Signalisten! Ich habe in meiner militärischen Laufbahn noch niemals eine so verwahrloste und klapprige Gesellschaft gesehen wie euch. Sergeant Hastings – aus Ihrem rechten Stiefel guckt Ihr Zeh! Im übrigen weiß ich nicht, wer am schmutzigsten und abgerissensten ist. Ich bitte mir aus, Hastings, daß Sie als ältester Sergeant das in Ordnung bringen. Sie werden in der Stadt irgend einen englischsprechenden Kubaner auftreiben, es gibt deren genug, und ihn auf meine Kosten als Putzer für das Detachement anstellen. Die nötigen Einkäufe an Wäsche und so weiter besorgen Sie ebenfalls auf meine Kosten, Sergeant. Jeder Mann nimmt zweimal täglich ein Glas Whisky mit einem Chininpulver – für den Whisky und das Chinin werde ich sorgen. Achtet auf eure Gesundheit, Leute! Ich bin sehr zufrieden mit euch.«

Weiter ging's. Mit verdoppelter Schnelligkeit. Wie mir ging es wohl jedem andern: Das Wasser lief einem einfach zusammen im Munde, wenn man an dieses Dorado von frischer Wäsche und kubanischem Putzer und Reinlichkeit dachte!

Wenige hundert Schritte nur hatten wir die Linie weitergelegt, als uns eine angenehme Überraschung wurde. Da, wo die eigentliche Straße begann, die in scharfem Bogen von Osten herkam, lagen im Gras eine umgestürzte Telegraphenstange und verwickelter Kupferdraht. Einige Meter weiter begann die Stangenreihe. Soweit wir es durch die Gläser erkennen konnten, war die Leitung dort intakt.

»Anschließen!« befahl der Major vergnügt. »Das Ding scheint zwar aus uralten Zeiten zu stammen, wird aber wohl funktionieren. Die Linie wird bei jedem zehnten Pfosten geprüft.«

So ging es sehr rasch vorwärts. Dicht hinter dem Gestrüpprand zweigten rechts und links von der Straße die spanischen Schützengräben ab. Sie waren viel flacher gegraben als die unsrigen auf den Hügeln und boten wirksamen Schutz eigentlich nur liegenden Truppen. Das Wunderbare aber war, wie die Spanier jede Baumgruppe, jede winzige hügelige Welle zu einer kleinen Festung gestaltet hatten. Wo Bäume standen, war inmitten der Baumgruppen der Boden tief ausgehöhlt worden, so, daß ein halbes Dutzend Schützen in der Höhlung lauern konnten. Viele Reihen stacheligen Drahts verbanden Baum mit Baum. Stacheldraht war überall. Scharfschützen in diesen Löchern mußten fast unerreichbar gewesen sein für Infanteriefeuer und hatten Dutzende von Angreifern, die der Stacheldraht behinderte, wegschießen können. Der Major schüttelte fortwährend den Kopf, und einmal platzte er heraus:

»Das wäre eine nette Bescherung gewesen – –«

Die Straße wurde breiter, der Boden ebener, wie festgestampft. Wir hörten Stimmen aus dem dünnen Gebüsch, das den Weg einsäumte, und ein spanischer Offizier trat auf die Straße: eine schlanke Gestalt in schneeweißer Uniform mit Goldlitzen an den Ärmeln und am Kragen. Er blieb überrascht stehen, salutierte den Major in straffer Haltung, wandte sich rasch und verschwand wieder im Gebüsch. Einen Augenblick nur hatte ich in das tiefernste junge Gesicht gesehen, aber der Schmerz, der Haß in diesen Augen machten gewaltigen Eindruck auf mich. Der Gedanke schoß mir durch den Kopf, was ich wohl empfinden würde, wären wir besiegt worden. Was war mir Amerika! Mir, dem Fremden, der sein Leben zu Markte getragen hatte im Spiel! Und ich wußte, daß ich bitterunglücklich gewesen wäre, läge das Sternenbanner im Staub. In fröhlichem Übermut und tollem Abenteuerdrang nur war das Spiel gespielt worden, aber es hatte Stärkeres ausgelöst, wie gutes Spiel es muß. Zusammengehörigkeit. Seit den Tagen im Tal von Santiago ist mir die Flagge der Vereinigten Staaten viel mehr gewesen als ein gleichgültiger Fetzen in Rot und Blau wie all die vielen anderen, die mich als Deutschen nicht kümmern. Es gibt Spiele, die man nicht vergißt.

In einem sonderbaren Gefühl von Mitleid beinahe und doch brennender Neugierde sah ich mich um. Das Gebüsch an den Wegseiten wurde lichter nach wenigen Schritten. Gestalten tauchten auf im Gezweig und tiefen Gras: helle Uniformen, Zelte. Mitten zwischen spanischen Truppen marschierten wir nun, und wenn wir hielten, um die Linie zu prüfen, umdrängten die Soldaten uns in Haufen.

Sie sahen alle bleich und abgemagert aus. Die dünnen Uniformen waren schrecklich abgerissen. Die meisten hatten keine Stiefel an den Füßen, sondern Segeltuchschuhe mit Sohlen aus Stricken. Sie trugen keine Waffen. Ihre Gewehre waren nicht ordentlich in Kompagniereihen zusammengestellt, sondern in großen Pyramiden aufgestapelt mit Haufen von Bajonetten daneben. Die Zelte waren erbärmlich: Stücke Segeltuch, an einen Baum oder einen Busch gebunden und dachartig schräg gegen den Boden gespannt. Viele Spanier lagen gleichgültig da, Zigaretten paffend. Andere schnatterten aufeinander ein mit vielem Gestikulieren. Manchmal sah uns einer finster an, aber die meisten schienen lustig genug und winkten uns zu. Wieder prüften wir die Linie. Ein spanischer Unteroffizier, an seinem Ärmel wenigstens war eine schmale goldene Tresse, trat an mich heran und zog mir eine Patrone aus dem Gürtel. Dafür gab er mir einen Rahmen mit fünf Mauserpatronen.

»*Pour souvenir!*« sagte er in gebrochenem Französisch.

Im Augenblick folgten andere seinem Beispiel, und ein Handelsgeschäft mit Patronen entwickelte sich. Die Leute hatten alle Hunger! Das wußten wir und hatten uns auf der Blockhausstation Tornister und Taschen mit Speckstücken und Zwiebäcken vollgestopft, die es im Überfluß gab. Die stets hungrigen armen Teufel von *Cubanos* waren ja wie besessen hinter einem Stück Hartbrot her. Als Trinkgelder und Dolmetscher hatten uns die Rationen Onkel Sams in Santiago dienen sollen. Nun wanderten sie in die Mägen der spanischen Soldaten am Weg. Die Spanier rissen uns die Speckstücke und die Zwiebäcke aus den Händen, so schnell wir sie nur aus den Feldtaschen hervorholen konnten, drängten uns Zigaretten und kleine Flaschen mit Rum auf dafür und bissen verhungert in das Hartbrot hinein, als sei es ein köstlicher Leckerbissen.

An Regiment auf Regiment kamen wir vorbei. Pfade zweigten ab links und rechts, und zwischen den Bäumen leuchteten grelle Farben im Sonnenschein, weihe und gelbe und blaue, die ersten Häuser Santiago de Cubas. Dann verschwanden die Bäume, und aus dem Weg wurde eine breite Straße, die zwischen hölzernen Hütten hinführte, in denen die Ärmsten von Santiago wohnten. Da und dort an einer Ecke lungerten Männer und Weiber in zerfetzten Kleidern, aber sie schlichen scheu davon, als wir näher kamen. Splitternackte Kinder mit schrecklich aufgedunsenen Bäuchen rannten schreiend in die Hütten.

Die alte Drahtlinie führte schnurgerade den Weg entlang in eine schmale Gasse von Steinhäusern. Dröhnend hallten unsere schweren Schritte auf dem holperigen Pflaster. Flache Dächer hatten die Häuser und klein und niedrig waren sie und grell und bunt angestrichen. Aber sie sahen uralt aus trotz der leuchtenden Farben. Die Steinstufen an den Toren waren tief ausgetreten.

Totenstill und verlassen lag das Gäßchen da. Was es an Leben barg, versteckte sich hinter massigen Türen mit bronzenen, kastilischen Löwen als Klopfern und vergitterten Fenstern. Auf die grellen Häuserwände warfen die Sonnenstrahlen blendendes Licht, und schwer und schwarz lag der Häuserschatten auf dem Pflaster. Aus den alten Mauern schien dumpfe Moderluft zu quellen. Still war es, so still, daß man leiser auftrat. Die Gäßchen und die Häuser schienen zu schlafen. Dunkel war es fast. Was die glühende Sonne an Lichtfreudigkeit auf die gelben und weißen Wände zauberte, löschten die vielen dunklen Schatten wieder aus, die lang und spitz und breit und stumpf in totem Schwarzviolett sich über die Gasse hinzogen und über Türen und Fenster krochen. Zwischen den spitzen Pflastersteinen wucherte Gras, und auf dem Fußsteig trat man in tiefe Löcher. Nirgends war ein Mensch zu sehen. Kein Gesicht zeigte sich hinter all den Gitterfenstern.

Mehr schmale Gäßchen. Mehr gelbe, blaue, weiße Häuserchen, alle alt und alle verwittert. Über einem flachen Dach ragte in der Ferne fein und zierlich der Kathedralenturm in das tiefe Blau.

An der Ecke, bei einem Brunnen, in dessen Steinwände viele Jahre und viele Wassertropfen große Löcher gefressen hatten, stand ein amerikanischer Kavallerist, Karabiner im Arm, und deutete nach vorwärts, wo das Gäßchen sich verbreiterte. Und bald wurde aus der Stille Lärm. Zwar sahen die kleinen Häuser noch immer über alle Maßen alt und verträumt aus, und vor Fenstern und Türen lagen hölzerne Läden, mit schweren Eisenstangen fest verschlossen. Aber Inschriften in gelben und goldenen Lettern über Türen und Schaufenstern zeigten, daß hier doch noch lebendige Menschen wohnen mußten, die arbeiteten und kauften und verkauften. Weiter oben standen sie, die lebendigen Menschen, in dichten Gruppen; einem knallgelben Haus gegenüber. Sie trugen spitze Strohhüte und dünne Hosen und Jacken, bald braun, bald weiß, bald farbig, aber immer zerfetzt. Weiber waren dazwischen mit wirrem Haar und kurzen Röcken, unter denen die braunen Beine hervorguckten, und neben ihnen kauerten nackte Kinder. Alle schrien und zeterten. Sie schrien nach Brot, denn unter der armen Bevölkerung von Santiago herrschte arge Hungersnot. Spanische Gendarmen drängten sie zurück. Vor dem knallgelben Haus scharrten und wieherten viele Pferde, von amerikanischen Regulären gehalten. Offiziere kamen und gingen. Es war das Hauptquartier des Siegers.

Im Kabelbureau

Der spanische Telegraphendirektor. – Unter Dach und Fach. – Wir requirieren Wäsche. – Der wundersame Patio. – Das große Baden. – Der brauchbare Antonio. – Wir rüsten ein Mahl. – »Caballeros telegraphistas!« – »Oh, der verdammte Speck!« – »Man muß ein Loch in die Uhr schießen!« – Das Feuerrad. – Im Dunkel

Der Lehrer der französischen Sprache an dem bayrischen Gymnasium von Burghausen an der Salzach, in dem dickschädelige bayrische Bauersöhne in glänzenden schwarzen Hosen sich die erste wissenschaftliche Reife ersitzen und leichtsinnige Münchner Früchtchen gezwiebelt werden – Monsieur würde sich gewundert haben, hätte er gewußt, daß in diesem Augenblick der hinausgeschmissene Lausbub ihn im Kabelbureau von Santiago dankbar segnete. Mein Burghausener Französisch war zwar ein grammatikalisches Gerippe nur, aber es genügte. Bei Gott, es genügte!

Wir waren im Kabelbureau von Santiago de Cuba. Der Major stand breitspurig da, biß sich auf den Schnurrbart und bemühte sich offenbar, höflicher zu sein, als ihm der Sinn stand. Ihm gegenüber tänzelte ein kleines Männchen von einem lackbestiefelten Bein aufs andere. Sie waren das Schönste an ihm, diese prächtigen Lackstiefel, wenn auch der schneeweiße Leinenanzug ihnen einige Konkurrenz machte. Das Männchen war der spanische Telegraphendirektor. Der zappelige Spanier fuhr mit wohlgepflegten, ringgeschmückten Händen beschwörend auf den Major zu.

»Ich weiche der Gewalt!« sagte er. (Auf Französisch – daher mein Segnen!)

»Es handelt sich hier nicht um Gewalt, mein Herr«, antwortete der Major in einem sehr verständlichen aber entschieden gräßlichen Französisch, »sondern um eine ausdrückliche Abmachung der Kapitulation, wonach die Telegraphenlinien vorläufig zu militärischen

Zwecken von uns übernommen werden. Wo sind Ihre Beamten, mein Herr?«

Die schönen Hände beschrieben wilde Kreise:

»Sie wichen der Gewalt.«

»Dann werden Sie selbst so freundlich sein müssen, mein Herr, mir die verschiedenen Verbindungen zu bezeichnen!«

»Ich – ich – habe schriftlich ...« stotterte das Männchen und deutete auf die Tische mit den Telegraphentastern. An jeden war ein Zettel gehängt, auf dem die Verbindungen und die Anrufszeichen angegeben waren.

»Sehr schön!« knurrte der Major mit einer ironischen Verbeugung. »Oh – hier haben wir ja die Santiagotal-Linie. Hastings, rufen Sie doch S O 3 an!«

Der Sergeant beguckte brummig den schweren, altmodischen Taster, der unseren modernen leichten Morseinstrumenten gegenüber so verächtlich war, wie es ein Mistwagen für ein Automobil sein würde, und begann zu klopfen. Die Blockhausstation meldete sich sofort.

»Es ist gut.« sagte der Major. »Ich mache Sie dafür verantwortlich, mein Herr, daß alle Apparate sich in Ordnung befinden. Die Instrumente des Kabels nach Jamaica werden gegenwärtig von meinem Kabelexperten geprüft ...«

»Ich lehne alle Verantwortung ab!« schrie der nervöse Telegraphendirektor.

»Aber durchaus nicht.« meinte der Major freundlich. »Sie werden im Gegenteil so liebenswürdig sein, sich heute abend um neun Uhr im Hauptquartier einzufinden. Dann werden wir festsetzen, unter welchen Bedingungen die Beförderung von Telegrammen und Kabelgrammen in spanischer Sprache übernommen wird. Ich mache Sie jetzt schon darauf aufmerksam, mein Herr, daß wir Ihrer und Ihrer Beamten für den Dienst bedürfen werden.«

»Ich gehorche der Gewalt«, zeterte das Männchen.

»*Très bien*«, sagte der Major. »Auf Wiedersehen also heute abend um neun Uhr im Hauptquartier!« Und der Herr Telegraphendirektor trippelte mit wutgerötetem Gesicht der Türe zu.

»Der verdammte Narr!« platzte der Major heraus. »So, Jungens. Ich muß ins Hauptquartier. Die Apparate im Kabelzimmer gehen euch vorläufig nichts an. Befördert werden von euch heute abend nur die Telegramme an S O 3 die ich durch Ordonnanzen sende. Richtet euch so gut ein als möglich, damit ihr mir morgen frisch seid, denn wir werden Arbeit in Hülle und Fülle haben. Stadturlaub gibt es heute noch nicht. Ihr habt hübsch hier zu bleiben. Das Nötige schicke ich euch.«

Dann ging er.

Wir aber waren schon außer Rand und Band, kaum daß der Major die Türe hinter sich geschlossen hatte. Karabiner, Revolver, Tornister, Feldtaschen schmissen mir in eine Ecke, daß es krachte, und lachten und schrien und spektakelten. Weil wir ein richtiges Dach über uns hatten und in einem wirklichen Zimmer waren; wieder einen Tisch sahen und Stühle zum Draufsitzen.

»Meinetwegen kann's jetzt Niagarafälle vom Himmel herunterregnen!« schrie Sergeant Souder und ließ sich mit voller Wucht in einen Stuhl fallen. »Höh! Das also ist ein Stuhl! So sieht ein Stuhl aus? So sitzt es sich in einem wirklichen ehrlichen Stuhl – oah ...« Und er räkelte sich und reckte sich und streckte die Beine gewaltig lang aus, der Sergeant Souder.

Schreiend phantasierten wir einander vor, was wir in den nächsten vierundzwanzig Stunden alles essen wollten. Ungeheuerliche Genüsse dachten wir uns aus. Aber bald wurden wir des Spetakelns müde und gingen als gute Soldaten daran, die Örtlichkeit zu rekognoszieren. Den langen Telegraphentischen und den klobigen Instrumenten schenkten wir kaum einen Blick – die würden wir schon noch kennen lernen. Den Kabeltelegraphisten, der jetzt aus dem Nebenzimmer kam und uns erzählen wollte, daß die spanischen Kabeleinrichtungen durchaus nicht seinen Beifall fänden, schrien wir einfach nieder. »Morgen! Morgen, mein Sohn, wollen wir dein gesegnetes Kabel beschnüffeln – heute nicht!« knurrte der alte Hastings. »Heute müssen wir herausbekommen, wo man sich waschen kann und wie man etwas zu essen auftreibt und – o Lord, so viele schöne Dinge, wie ich sie alle notwendig brauche, gibt es überhaupt gar nicht! Jungens, dies Ding hier sieht aus wie eine Kirche!«

Kein übler Vergleich. In mattem Halbdunkel nur ließen die hohen, schwer vergitterten, buntbeglasten Fenster gedämpfte Lichtstrahlen in den riesigen Raum einströmen. Aus steinernen Fliesen war der Boden, und sonderbar hoch wölbte sich in vielen spitzen Bogen die weiße Decke. Alt und verträumt wie die Gäßchen draußen, war auch das Haus hier. Uralt schien alles. Die kunstvollen, eisengeschmiedeten

Gitter, die uns von dem schmalen Schalterraum abschlossen, das buntbemalte Kruzifix in der Ecke, die sonderbaren eisernen Tintenfässer auf den Tischen, das Kupferschmiedewerk der Lampen, die aussahen wie Ampeln. Sogar die vielen an den Wänden angenagelten Verordnungen schienen aus einer anderen Zeit zu stammen mit ihrer schnörkeligen, verzierten, pretiösen Schrift.

An der einen Seitenwand des Raums waren vier Türen. Souder riß die erste auf und schrie: »Hierher, Jungens! Da steht ein Waschstand und da ist Seife, bei meiner armen Seele, und hier hängen Handtücher. *Glory be to God.* Könnt ihr euch überhaupt noch vorstellen, wie Handtücher aussehen?«

Wir stürzten herbei und jubelten.

Dann ging's zur nächsten Türe. Hinter ihr war eine Art Wandschrank, in dessen Fächern drei große Pakete lagen. Ritsche – ratsche – riß Hastings das dünne Papier von dem einen ... und seine Augen wurden groß und größer.

»Und führe uns nicht in Versuchung!« sagte er. »Kinder, es ist traurig, doch ich muß euch daran erinnern, daß das Zeug auf keinen Fall uns gehört, gehöre es, wem es mag. Finger weg!«

Aber wir hatten ihm die Stücke schon aus den Händen gerissen und tanzten begeisterte Kriegstänze. Es war ja nicht zu glauben – es war zu schön, um Wirklichkeit zu sein. Wäsche hielten wir in den Händen. Reine Wäsche – frisch von der Waschfrau! Seidene Wäsche darunter gar!! Hemden und Hosen und Kragen und Strümpfe und feine Leinenanzüge ... Irgend ein spanischer Telegraphenbeamter, der ein höchst verwöhntes und sehr feines Herrchen sein mußte, hatte sich aus irgend welchem Grunde seine Wäsche ins Bureau schicken lassen. Nein, nicht einer nur. Mehrere. Die Wäschestücke waren verschieden groß.

»Sie passen mir tadellos«, grinste Souder, der ein Paar Hosen prüfend vor sich hinhielt.

»Zum Teufel – laß das Zeug liegen«, rief Hastings. »Es ist Privateigentum.«

»Schrei nicht so«, antwortete Souder gemütlich. »Ich weiß schon, daß du hier Rangältester bist. Aber sag einmal, Freund, soll ich in diesem blutigen Krieg nicht einmal ein reines Hemd und eine saubere Unterhose erbeuten dürfen?«

»Wir können uns doch Wäsche kaufen!« knurrte Hastings.

»Ganz richtig – vorläufig kaufe ich mir diese hier –«

»Und wenn der Major – – –«

»Laß mich zufrieden!« schrie Souder. »Wenn der Major so dreckig wäre wie ich, so würde er sich die feine Wäsche hier mit der gleichen Gemütsruhe stehlen, wie ich das zu tun gedenke. Pardon – requirieren würde sie der Major. Zum Kuckuck, wir sind doch keine Sonntagsschüler!«

Sergeant Hastings hielt ein Hemd in der Hand und sah es lange und liebevoll an.

»Ich habe eine Idee!« sagte er endlich. Er ging zum Tisch, nahm ein Telegrammformular und schrieb: »Die hier fehlenden Wäschestücke habe ich mir aus Gesundheitsrücksichten für mich und meine Kameraden angeeignet. Der Eigentümer erhält Bezahlung von mir. Hastings, Signalsergeant.«

Dieses merkwürdige Schriftstück legte er in den Schrank an Stelle der fehlenden Pakete und schloß ihn sorgfältig wieder zu, nachdem wir uns ein jeder ausgesucht hatten, was wir brauchten.

»Die Sache ist *allright!*« meinte der alte Sergeant schmunzelnd. »Ohne den Fetzen Papier wär's Plünderung – mit dem Fetzen Papier ist's dienstliche Requisition.«

»Vielleicht gibt's noch mehr zum Requirieren!« lachte ich.

Die dritte Türe barg einen Aktenschrank mit allerlei Formularen. Die vierte ging in einen großen Raum, der nur durch das Türoberlicht vom Bureau her erleuchtet wurde. Er war gänzlich kahl und leer. Nur an den Wänden standen Ballen mit zusammengeschnürten Papieren. Eine offene Tür gegenüber zeigte ein kleines Gemach mit allerlei Gerümpel und einem Herd in der Ecke. Helles Licht strömte aus einer hohen und breiten Öffnung in der Mauer. Ausgetretene steinerne Stufen führten zu einem kleinen Hof hinab, versteckt und still und wundersam. Von maurischen Hufeisenbögen getragen, gestützt von schlanken weißen Säulen neigte sich ringsum weit in den Patio hinein der dachartige Vorsprung. Verträumtes Plätschern klang rieselnd in die Stille. Rankenversponnen waren die Wände, und da und dort leuchteten blaue und rote Blüten aus dem tiefen Grün. In der Mitte stand der Springbrunnen mit einem gewaltigen Löwen von sonderbar eckigen Formen, aus dessen Maul ein dünner Strahl in das marmorne Bassin fiel. Übergroß, schwarzdunkel sah das Brunnenbild aus im kühlen, gedämpften Licht der untergehenden Sonne. Aus roten Ziegelsteinen war der Boden. Rechts und links guckten flache Dächerreihen über die Mauern herein, und gegenüber ragte eine graue Häuserwand mit kreuzweis vergitterten Fenstern empor.

»Es geht nicht.« brummte Souder kopfschüttelnd und sah zu den Fenstern hinauf. »Nee – es geht nicht!«

»Was geht nicht?« fragte ich.

»In den Springbrunnen da hineinzusteigen, wie ich es gern möchte. Die Kleider herunter und hinein in den Brunnen! Aber die *ladies* lönnten's übelnehmen ...«

Da guckte ich mir den Brunnen an, und in meiner Seele stieg ein großes Wünschen auf nach einem großen Bad. Aber während ich noch guckte, wurde drüben in der grauen Häuserwand ein Fensterladen ein wenig geöffnet, und ein Frauengesicht sah neugierig auf uns herab, sofort wieder verschwindend, als ich lustig hinaufwinkte. Nein, es ging wirklich nicht! Aber es fiel mir ein, daß ich in der Küche in einem Winkel eine Art Zuber gesehen hatte. Den holte ich und warf ihn in den Brunnen, und Souder und ich holten ihn zusammen heraus, wassergefüllt.

»Halleluja!« rief der alte Hastings. »Ihr müßt aber ja nicht glauben, daß die alte Badeanstalt euch beiden allein gehört. Vorwärts, marsch, hinein mit der Badewanne ins Zimmer ...«

Und ein großes Baden hub an in dem leeren Gemach neben dem Bureau. Einen fürchterlichen Spektakel machten mir dabei. Im Nu hatten wir uns ausgezogen und kugelten übereinander: fünf Männer, die sich pufften und stießen, um in einem mittelgroßen Zuber und einer ziemlich kleinen Waschschüssel möglichst schnell, möglichst gründlich und möglichst gleichzeitig zu – baden ... Der Kabeltelegraphist, der ein langsamer Geselle war und sich beim Auskleiden nicht gesputet hatte, mußte auf allgemeine Einschreierei seine Hosen wieder anziehen und in der Waschschüssel ohn' Unterlaß frisches Wasser herbeischleppen. Den Zuber zerrten wir ein halbes dutzendmal zur Küchentüre und stürzten ihn einfach um. Das Wasser würde ja schon irgendwohin ablaufen. In fünf Minuten waren die Küche und das Nebengemach ein kleiner See. Wir aber badeten. Wir spritzten wie nicht gescheit. Wir zankten uns um das einzige Stückchen Seife – und tanzten umher unter allerlei Kapriolen und pfiffen und schrien und schwelgten in Wasser und Seifenschaum. Ein Zuhörer würde uns reif fürs Tollhaus gehalten haben.

Da öffnete sich knarrend eine Türe und eine krähende Stimme rief: »*Caballeros!*«

»Still!« sagte Hastings. »Da ist jemand!«

»*Señores!!*«

»Oh, es ist nur ein *Cubano*«, lachte Souder und schrie laut: »Fahr' zur Hölle – dies Bureau ist geschlossen!«

»Nix Hölle!« meckerte die Stimme in gebrochenem Englisch. »Mich geschickt von *Señor Capitano* mit einem Brief, Señores!«

Gleichzeitig schob sich eine Gestalt in die Türe, und ein kleiner Kubaner stand da, uns listig anfunkelnd aus den Fuchsaugen in dem mageren braunen Gesicht. »Ich Antonio!« erklärte der Magere. »Mich Generalagent sein für die *caballeros telegraphistas!*«

»Was?« schrie Hastings.

Der Kubaner grinste und gab ihm einen Brief.

Brummend wischte sich der splitternackte Sergeant den Schaum aus den Augen und las laut:

»Sergeant Hastings!« begann der Brief. »Der Überbringer heißt Antonio und ist ein Spitzbube. Aber er kann ein bißchen Englisch und wird Ihnen alles besorgen, was Sie brauchen. Inliegend zwanzig Dollars. Sehen Sie Antonio auf die Finger! – Stevens.«

Antonio mochte ein Spitzbube sein, aber für uns war er ein Juwel. Er hatte einen Sack mitgebracht, den er nun in die Küche schleppte und ausleerte. Ich guckte, faselnackt noch immer, neugierig zu, wie aus dem Sack allerlei Bratpfannen und Töpfe rollten und allerlei Proviant in Armeeverpackung: Zucker, Salz, Mehl.

»Mich sein kochen!« erklärte Antonio stolz. »Mich überhaupt alles!!«

»*Bueno!*« nickte ich – kletterte in eine seidene Unterhose und schlüpfte, o Wonne über Wonne, in ein batistenes Hemd. Die ganze Welt hätte ich umarmen können, so glücklich kam ich mir vor, wenn ich auch merkwürdig müde war und alle Glieder mich schmerzten. Zunächst äußerte sich meine Glücksstimmung darin, daß ich Antonio einen Silberdollar schenkte, den er mit einer tiefen Verbeugung und einem »*gracias, Señor*« grinsend einsteckte. Wahrscheinlich hielt er mich für verrückt. Aber Antonio war diesen Silberdollar unter Brüdern wert und ganz gewiß auch die fünfzig Prozent Spitzbubentaxe, die er ohne Zweifel auf jeden Einkauf draufschlug.

Ein Juwel war er, ein Wunder, ein Genie, das im Augenblick die Situation erkannt und es instinktmäßig begriffen hatte, daß den *tele-*

graphistas die Silberstücke locker saßen, so man sich ihnen nur nützlich zu machen wußte. Und Antonio setzte in ganz unspanischer und unkubanischer Weise seinen Intellekt und seine Beine in rapide Bewegung. Er zog ein Rasiermesser und einen Streichriemen aus der Tasche, erklärte, daß er in friedlichen Zeiten Barbier sei, wenn es auch jetzt mit dem Geschäft sehr faul stehe, und hatte im Handumdrehen uns alle ausgezeichnet rasiert. Er kam und ging, verschwand und war wieder da. Er schleppte bauchige Flaschen herbei voll schweren Rotweins und viele Zigaretten und viele Zigarren – und wir priesen dankbar die Güte der Götter, die uns in ein Land geführt hatten, in dem man für wenige Dollars so viele schöne Dinge bekommen konnte. Er brachte uns Arme voll *alpergatos* zum Aussuchen, und wir steckten unsere Füße in die wonnige, weiche Tuchbekleidung, auf deren Stricksohlen es sich so leicht ging, und wunderten uns, daß die Dinger kaum einen halben Dollar kosteten. Er brachte Holz und brachte Kohlen und machte Feuer an im Küchenherd und zauberte Eier herbei und rupfte Hühner, die er gottweißwo aufgetrieben hatte – und wenn's dem Herrgott in Frankreich gut gegangen ist, so ging es uns armen Signalisten besser noch im kubanischen Land.

Antonio war überall. Er hatte auch seine Frau herbeigezaubert, die fünfmal so dick war wie ihr Gatte. Sie briet jetzt Hühner und rührte Omelettes, während er, allgegenwärtig, Uniformen mit Benzin putzte und unsere Flanellhemden wusch und doch sofort mit einem Zündholz da war, wenn man sich eine frische Zigarette nahm.

Oh, es ging uns ausgezeichnet: wir hatten es über alle Maßen gut! Lümmelig saßen wir da auf den bequemen Stühlen, streckten unsere Beine lang aus auf die Telegraphentische und waren sehr zufrieden.

»Antonio, eine Zigarre!«

Antonio flog.

»Antonio – ein Zündholz!«

»*Si, si, Señor.*«

»Antonio! Mach' die Tür zu ...«

Wie Granden von Spanien kamen sie sich vor, die *caballeros telegraphistas* – – –

* *
*

Als das Essen auf den Tisch kam, geschah etwas Sonderbares – wir aßen fast nichts. Ausgehungert hätten wir uns auf die allererste anständige Mahlzeit seit langen Wochen stürzen müssen, aber einsilbig saßen wir da und stocherten mißgestimmt auf den Tellern herum. Und der Kubaner hatte sich so große Mühe gegeben! Ein Tischtuch hatte er herbeigezaubert und wirkliche Teller und wirkliche Bestecke. Auf großen Platten prangten die Hühner und die Omeletten. Purpurrot schimmerte der schwere Wein in den Gläsern.

»Ihr eßt ja nichts!« brummte Hastings.

»Du ja auch nicht.« knurrten wir.

»Weiß der Teufel, was das ist«, sagte Souder.

Der Kabeltelegraphist legte Messer und Gabel vor sich hin. »Ich glaube, ich weiß, was es ist«, sagte er. »Als ich noch bei der Western-Union-Telegraphen-Company war, schickten sie mich einmal in ein verdammtes Nest in Arizona, wo es nur halbvergiftetes Wasser zu trinken gab, Wasser, das mehr Alkalisalze enthielt, als für einen Christenmenschen gut war. Vier Monate später wurde ich in St. Louis sehr krank – weil mir das Alkaligift fehlte, an das mein Magen sich gewöhnt hatte. Der Doktor hat mir das gesagt. So geht's uns auch jetzt. Unsere Magen sind auf den verdammten Speck eingefuchst und können anständiges Essen noch nicht vertragen!«

»Der verdammte Speck!« brummte Souder.

Mißmutig sahen wir da, verdrossen und übler Laune. Da stand nun auf Platten und Tellern, wonach man sich wochenlang gesehnt – – – ja, der verdammte Speck!!

Um wenigstens etwas Leben und Freude in die gräßliche Mahlzeit zu bringen, brachten wir ein Hoch auf den Major aus und zerschmetterten unsere Gläser an der Wand, wie amerikanische Offiziere es tun in ihren Messen bei großen Toasten. Aber es war auch da kein rechter Zug in der Sache.

Antonio räumte kopfschüttelnd die Herrlichkeiten wieder ab.

* * *

Die anderen spielten Poker an dem runden Tisch in der Ecke. Ich war zu müde. Allein saß ich in der anderen Ecke, den Spielern gegenüber, auf einem Stuhl, den ich schräg gegen die Wand gelehnt hatte, um recht bequem zu sitzen. Es schien mir, als sei mir der schwere Wein in den Kopf gestiegen, so wenig ich auch getrunken hatte. Ein Glas nur oder zwei.

Furchtbar müde war ich, aber gar nicht schlafensmüde, eher überwach. Gliedermüde nur. Die Glieder schmerzten mich so. Die Arme und die Beine schmerzten mich, als ob irgend etwas in ihnen zerre und reiße. Dann wieder wurden sie mir bleiern schwer, und es kostete mich Mühe, die Zigarette zum Munde zu führen. Wie sonderbar sie schmeckte, diese Zigarette! Nach gar nichts, rein nach gar nichts. Weg damit!

»Antonio!«

»*Si, Señor.*«

»Eine Zigarre, bitte ...«

Er schnitt die Spitze ab und gab mir Feuer, geräuschlos verschwindend. Ich rauchte und schüttelte den Kopf, denn auch die Zigarre schmeckte nach gar nichts ...

Wie die Uhr an der Wand gegenüber glitzerte und funkelte! Sie hatte ein gelbmetallenes Zifferblatt, und die glänzende Scheibe schien alles Licht im Zimmer an sich zu saugen und wiederzustrahlen. Sie blendete mich. Aber es war doch nicht der Mühe wert, aufzustehen. Und der Pendel der Uhr schwang immerwährend hin und her und der bestand auch aus einer glänzenden kleinen Scheibe und der leuchtete auch. Ich mußte immer wieder hinsehen.

Tik – tak – tik – tak ...

Laut wie Gehämmer war der Pendelschlag.

Dazwischen hörte ich deutlich meinen eigenen Pulsschlag in der Schläfe und der großen Halsader: eins, zwei, drei, vier – eins, zwei, drei vier – vier Pulsschläge immer auf einen Pendelschlag ... Ach was. dummes Zeug. Wenn ich nur nicht so bleiern müde wäre ...

»Ich habe vier Könige, meine Herren! Das Geld ist mein!« sagte eine Stimme ganz weit weg.

»Vier Könige sind viel!« dachte es in mir.

Tik, eins, zwei, drei, vier – tak, eins, zwei, drei vier ... Wie doch die infame Scheibe da drüben glitzerte und blendete! Ich machte die Augen zu, aber selbst mit geschlossenen Lidern sah ich Fluten von Licht.

Man mußte ein Loch in diese Uhrscheibe schießen – mitten hinein – und das gab dann einen dunklen Punkt – und dann konnte sie nicht mehr so leuchten ...

Tik – tak – –

Mitten hinein mußte man schießen!

Da begann die Scheibe sich langsam zu drehen, und dann bewegte sie sich immer schneller in funkelndem Kreis und wurde zum flammensprühenden Feuerrad, das mit fürchterlicher Geschwindigkeit sich sausend schwang.

Und immer noch schneller …

Da barst es funkensprühend mit dumpfem Krachen und es wurde ganz dunkel …

Auf der Insel des Gelben Fiebers

»Ich bin gar nicht tot!« – Im Hafenhospital von Santiago. – Die gelbe Flagge im Boot. – Die Schmerzen im Leib. – Der sterbende Trompeter. – Warum ich den Neger erschießen wollte. – Schlafen, nur schlafen! – Das Dunkel zwischen Tod und Leben. – Dr. Gonzales. – Ich bin Sergeant geworden. – Das Haus des Elends. – Krankenpfleger und Totengräber, – Wie der Rauhe Reiter Himmelsblumen pflückte. – Eine nächtliche Schreckensszene. – Der Insel der Verdammten wird Hilfe. – Die Krankenschwestern

Viele Wochen später. Der Krieg war zu Ende.

Der Transportdampfer hatte mich auf amerikanischem Boden gelandet, in Montauk Point, dem Lager der aus Kuba zurückgekehrten Truppen. Lange mußte ich suchen, bis ich in den Zeltreihen das Signalkorps fand.

»Guten Tag, Kinder!« sagte ich, ins Sergeantenzelt eintretend, in dem Hastings, Souder und Ryan beisammensahen. Die drei Männer fuhren empor wie aus der Pistole geschossen.

»Verdammt – er ist's!« brüllte Souder.

»Teufel! Willkommen, Sergeant!« schrie Ryan.

»Du bist also nicht tot?« fragte der alte Hastings und riß den Mund weit auf vor Staunen.

»Ich bin gar nicht tot!« lachte ich seelenvergnügt. »Ich glaube es wenigstens nicht. Guten Tag. Kinder!« Dann ging's an ein Beglückwünschen, und ein großes Erzählen hub an. Auf Soldatenart. »Ich war wütend auf dich!« grinste Souder. »Machen sie den Menschen zum

Sergeanten«, sagte ich mir, »und der Esel geht hin und stirbt! Läßt Wochen und Wochen üppiger Kriegslöhnung im Stich. So 'was Dummes!«

»Wußtet Ihr denn nicht – – – –?«

»Nichts wußten mir. An dem Abend im Kabelbureau – du erinnerst dich?«

»Und ob!«

»Erinnerst du dich auch an Antonio?«

»Natürlich.«

»Den haben wir mitgenommen – na, du wirst ja sehen. An jenem Abend also bist du mit dem Stuhl zusammengeknaxt und hast mir damit eine wunderschöne Pokerhand verhunzt, die ich eben bekommen hatte. Das vergess' ich dir sobald nicht … Einen Augenblick!«

Er ging und kam wieder, einen Arm voll Bierflaschen herbeischleppend –

»Bums – lagst du am Boden. Wir waren so erschrocken, daß wir die Karten hinwarfen – Teufel, wenn ich an meine schönen drei Asse denke! – und dich schleunigst aufhoben, wobei du mir übrigens einen niederträchtigen Fußtritt gegeben hast, mein Junge. Du schriest wie besessen und erzähltest allerlei Blödsinn von einer Uhr. Zuerst dachten wir, es sei der Wein. Aber wir hatten doch gar nichts getrunken. Dann schickten wir den Antonio ins Hauptquartier zum Major, und ein Stabsarzt kam, der sagte, du seiest sehr krank, und am frühen Morgen brachten wir dich ins Hafenhospital. Als ich tags darauf dort wieder vorfragte, hieß es, du seist auf die Gelbfieber-Insel geschafft worden und wahrscheinlich schon tot. Du hättest Gelbes Fieber. Dann hieß es, du lägest im Sterben. Adieu, dachten wir uns. Der arme Teufel ist schon längst begraben!«

* *
*

So also war es zugegangen an dem Abend im Kabelbureau. Ich wußte nichts davon. Die langen Stunden jener ersten Gelbfiebertage sind mir wie trübes undurchsichtiges Grau, aus dem nur da und dort grell und schrecklich das Erinnern leuchtet. Ich weiß, daß ich, erwachend, um mich sah und mich auf einer Matratze liegend fand, in einem großen hellen Raum, mit vielen anderen Soldaten, die auch am Boden lagen, auch auf Matratzen – und daß mir dies und alles andere unendlich gleichgültig war. Daß ich mich auch nicht mit einem einzigen Gedanken darum kümmerte, was eigentlich geschehen war mit mir, ob ich krank sei oder nicht, und wo ich mich befand. Weder etwas sehen wollte ich, noch etwas hören, noch etwas wissen. Nur schlafen, schlafen. Meinetwegen konnte geschehen, was da wollte, wenn man mich bloß schlafen ließ und meine Ruhe nicht störte. Schlafen, nur schlafen! Dem Zwang der bleiernen Müdigkeit gehorchend, die über mir lag wie schwerer Alp.

Eine Hand erfaßte meinen Arm, fühlte nach dem Puls, schob meinen Ärmel zurück, griff mit harten Fingern in die Haut am Oberarm, zog sie empor, ließ sie zurückschnellen. Da und dort betastete mich die Hand. Sie riß meine Kleider auf und legte sich mir auf den Leib. Ich spürte das alles und wurde ärgerlich. Zu dumm, daß die – die Hand da einen nicht in Ruhe lassen konnte! Eigentlich hätte ich mir die dumme Hand ja ganz gern angeguckt, aber es war doch nicht ganz so einfach, die Augen zu öffnen. Es machte wirklich zu viel Mühe! Nein, lieber nicht.

»Wie fühlen Sie sich?« fragte eine Stimme.

»Du meinst wohl, ich werde dir antworten?« dachte ich. »Du bist ein großer Esel, wer du auch sein magst. Siehst du denn nicht, daß ich schlafen will?«

»Wie geht es Ihnen?«

»Zu dumm – die Fragerei«, dachte ich bloß.

Da betastete mich wieder die Hand. Ein Finger legte sich auf mein Augenlid, und eine Stimme, die laut zu dröhnen schien, schrie dicht an meinem Ohr:

»Tut das weh?«

»Geh weg!« brummte ich.

Und es wurde wieder hübsch still und dunkel. Nach langer Zeit dann schien es mir, als ob meine Matratze sich bewege und aufgehoben würde und fortgetragen. Ich hörte Stimmen und fühlte helles Sonnenlicht mehr als ich es sah. Da machte ich endlich auf und öffnete wirklich die Augen. Ich war mitten auf dem Wasser, in einem großen Boot. Deutlich sah ich den breiten Rücken des Ruderers vor mir. sah wogendes Wasser, Häusermassen, grüne Hügel in der Ferne: sah eine große gelbe Flagge über mir flattern. Diese gelbe Flagge kam mir bekannt vor. Sie war es, die das erste halbwegs klare Denken in mir auslöste.

Hm – ich wußte doch – natürlich! Gelbe Flaggen waren Krankheits-
flaggen. Pest bedeuteten sie, Cholera, Gefahr der Ansteckung. Hm ja.
Zu dumm. Halbbegriffen huschte mir der Gedanke durch den Kopf,
daß ich also doch wahrscheinlich recht krank sein mußte. Aber –
wenn man krank war, dann war man eben krank – andererseits – wie
konnte man denn krank sein, wenn einem gar nichts fehlte als Schlaf?
Zu dumm! Zu dumm, daß sie einen nicht schlafen ließen.

Und ich machte die Augen wieder zu.

Um nichts in der Welt hätte ich sie geöffnet, denn nun war es
wunderschön still und ruhig. Leise nur und wie aus weiter Ferne
hörte ich gedämpfte Geräusche, und undeutlich war das traumhafte
Empfinden, daß irgend etwas mit mir geschah. Daß man mich trug
– daß sie mich irgendwo hinlegten …

Plötzlich fuhr ich empor.

Luft – Luft! Oh – der fürchterliche Schmerz im Leib! Das Brennen!
Luft, zum Teufel!

Es war dunkel. Ich sah nichts. Wo war ich? Was war geschehen?
Souder, der Tölpel, mußte gestolpert sein, als er ins Zelt kam in der
Dunkelheit – auf den Bauch hatte er mich getreten mit den schweren
Stiefeln – ah, wie das brannte. Ich preßte die Fäuste gegen den Leib.
So, jetzt war's besser. Wo bin ich? Was – ist – das?

Und wie mit einem Schlage kam durch den aufrüttelnden Schmerz
die Kraft des Sehens in mein Auge, und in mein Hirn die Fähigkeit
des Denkens. Ich sah die Männer auf dem Boden liegen, sah den Neger
in der Uniform eines Sanitätssoldaten, begriff, daß es Schwerkranke
waren, unter denen ich mich befand, und daß ich selbst sehr krank
sein mußte. Mühsam richtete ich mich auf, die Fäuste immer noch
gegen den Bauch gepreßt, denn das half.

»Heh. du!«

Der Neger kam einen Schritt näher.

»Was fehlt mir? Was ist das hier?«

»Inselhospital, Herr. Für Gelbes Fieber und Typhus. Bin selber erst
heute früh mit den ersten Kranken hergeschickt worden. Morgen
kommen die Betten –«

»Was – fehlt – mir?«

»Weiß ich nicht«, antwortete der Neger mürrisch. »Bißchen Typhus,
denk ich mir, oder 'n bißchen Fieber. Is nich schlimm, Herr. Furchtbar
viel Arbeit hier für mich. Ich bin ganz allein – –«

Angst packte mich, furchtbare Angst. Gel–bes Fieber – die Schmerzen im Leib – das schreckliche Müdesein – – – Regungslos hockte ich da und starrte um mich. Unter mir lag ein Strohsack. Ich war in einem kleinen Raum, der arg verwahrlost aussah vom roten Ziegelsteinboden bis zu den beschmierten Kalkwänden. Die schmutzigen Fenster ließen nur trübes Licht herein. Nackt und kahl war alles. An der einen Wand stand ein kleiner Tisch mit Gläsern und Flaschen und einem Stuhl davor. Links und rechts von mir und gegenüber lagen der Wand entlang auf Strohsäcken die Kranken. Wenige nur. Ich begann zu zählen – eins, zwei, zehn … Wieder packte mich die Angst. Gelbes Fieber – die Schmerzen im Leib – die, die – – verdammt, es war ja gar nicht so schlimm mit den Schmerzen, wenn man nur die Fäuste ordentlich gegen den Bauch preßte –

Mein Auge hatte sich jetzt an das Halbdunkel gewöhnt. In der Ecke schräg gegenüber kauerte auf einem Strohsack, an die Mauer gelehnt, ein riesiger Trompetersergeant, die glitzernde Trompete noch umgeschlungen. Sein weißes Gesicht war nach vorne gebeugt, und ein gefrorenes Grinsen klebte auf seinen Zügen. Der Oberkörper bewegte sich ruckweise, in immer gleichem Takt, immer ein wenig vorwärts, immer ein wenig zurück. Mit jeder Bewegung kam und ging ein röchelndes Rülpsen aus seinem Hals, regelmäßig wie das Ticken einer Uhr. Über das Hellbraun seines Rocks und das Metallgelb der Trompete tropfte trickelnd ein schwarzrotes Blutbächlein. Immer gleich blieben sich das Grinsen und das Rülpsen. Bei jedem Ruck nach vorwärts floß ein wenig schwarzes, dickes Blut aus dem Mund.

Da verschwand auf einmal das Grinsen von dem Gesicht.

Die Augen öffneten sich weit, der Mund sperrte sich auf, daß er aussah wie ein schwarzes Loch, und etwas Rotschwärzliches schoß strömend hervor aus ihm, sich über Mann und Strohsack ausbreitend in dunkler Lache. Der Körper aber schnellte vorwärts in gewaltigem Ruck und sank dann langsam zur Seite. Auf dem Strohsack daneben hatte der schlafende Mann den Arm weit von sich gestreckt, und seine gelbe Hand lag flach mit gespreizten Fingern auf dem Ziegelsteinboden. Um diese Finger und diese Hand ging langsam der Blutstrom. Er kroch hinein zwischen die Finger. Wie ein gezackter, weißer Fleck ragte die Hand aus der Lache.

Es würgte mich.

Der Neger kam langsam und faul herbei, nahm gleichgültig eine Decke und warf sie über den toten Trompeter. Sonst rührte und regte sich niemand. Die Männer auf den Strohsäcken lagen still da, schweratmend die einen, wie tot die anderen. Der Neger ging wieder an den Tisch, setzte sich auf den Stuhl und blickte stumpf vor sich hin. Über mich kam wieder die alte Müdigkeit, großes Gleichgültigem, willenlose Erschlaffung. Ich fiel zurück auf den Strohsack. Und es wurde Nacht um mich.

Müde, müde erwachten meine Sinne wieder. Ich schlug die Augen auf und sah, da links, im trüben Licht der Laterne in der Ecke, etwas glitzern. Neben mir. Die silbernen Schulterstreifen eines Offiziers waren es, eines Leutnants. Ich sah schärfer hin. Der Offizier lag ruhig da, lang ausgestreckt, und sein Leib hob und senkte sich im Auf und Nieder ganz langsamer, sehr tiefer Atemzüge. Aber –

Nein, es war nicht möglich! Ich sah Gespenster im Fieber. Herrgott, das gab es doch nicht!! Ich versuchte nachzudenken, aber es wollte nicht gehen. Herrgott, das konnte doch nicht sein! War ich schon wahnsinnig? Mit einem Ruck richtete ich mich auf – beugte mich hinüber – streckte tastend die Hand danach aus – mit schwachen, zitternden, täppischen Fingern – –

Denn etwas Furchtbares war da.

Mit leisem Gesurre umschwebten mich Hunderte und Aberhunderte von winzigen, schwarzen Pünktchen, wogten unruhig auf und ab, schwebten, sanken tiefer und ließen sich wieder dort nieder, von wo sie gekommen waren – in den starren, weit geöffneten Augen des Leutnants …

Der Offizier lag im Sterben. Noch ging und kam sein Atem in langen Zügen, doch die Kraft, die Augen zu schließen, hatte er nicht mehr. Aber er lebte noch – er lebte noch! Und die Augen des Lebenden sahen schwarz aus wie Kohlensäckchen. Viele, viele kleine Fliegen wimmelten in entsetzlichem Gekribbel in den Höhlen des menschlichen Lichts. Auf den armen, wehrlosen Augen! Auf den Augen!!

Ich wollte aufschreien, aber aus dem Schrei wurde nur ein Stöhnen.

»Was gibt's?« fragte brummig der Neger vom Tisch.

»Komm her, du schwarzer Hund!«

»Wa–as?«

»Komm her, du – schwarzer – Hund!!«

Ich hatte suchend herabgetastet an mir selber und wirklich im Gürtel den Revolver gefunden. Sie hatten ihn mir noch nicht abgenommen. Ich riß ihn aus dem Holster und nahm die Waffe in beide Hände und richtete sie auf den Neger –

»Komm her, du – –!« Seine Augen wurden groß und erschrocken, daß ihr Weiß sonderbar abstach gegen die schwarze Haut. Langsam schlich er herbei, die Augen starr auf den Revolver.

»Da! Die Augen!!« keuchte ich.

»Nicht schießen, Herr – Jesus Christus, nur nicht schießen!« stotterte der Schwarze.

»Die Fliegen!!«

»Er – spürt nichts mehr – ganz gewiß nicht ...«

»Du verfluchte Bestie! Nimm ein Tuch! Deck es über ihn!«

»Ich – ich hab aber kein Tuch, Herr –«

Da hob ich den Revolver. Der Neger riß sich mit furchtbarer Kraft ein Stück Hemd von der Brust, verscheuchte die Fliegen mit heftigen Schlägen und warf den Fetzen dem Sterbenden übers Gesicht ... Surre – surre – umschwirrte es mich. Langsam hob und senkte sich der Leib des Leutnants.

»Ruhe da drüben!« murmelte von einem Strohsack gegenüber eine Stimme. »Laßt einen doch schlafen ...«

Schlafen, nur schlafen.

Nichts mehr sehen wollen, nichts mehr denken müssen. Der Neger schlich zum Tisch zurück, plumpste auf den Stuhl, griff nach einer Flasche, aus der er etwas in ein Arzneiglas schüttete, und leerte es auf einen Zug. Ah! Das – Herrgott, das war Whisky – oder Rum – oder ... irgend etwas, das betäubte, Ruhe schenkte! In der Flasche dort steckte das Vergessen! Ich wollte aufspringen, aber ein furchtbarer Schmerz schoß mir durch den Leib. Schwer fiel ich zurück. Da drückte ich die eine Hand in den Bauch und wälzte mich vom Strohsack. Ich schob den Revolver vor mir her und kroch über den Boden hin. Der Neger flüchtete sich in eine Ecke. Endlich, endlich, war ich am Tisch. Packte ein Tischbein. Zog mich langsam, ganz langsam empor. Griff nach der Flasche –

»Nicht trinken, Herr!« schrie der Neger.

Gegen das Tischbein gelehnt, hob ich die Flasche mit beiden Händen, denn sie dünkte mich schwer, und trank: trank etwas, das im kranken Magen wie Höllenfeuer brannte. Der Revolver war klirrend zur Erde gefallen. Und ich trank und trank und ließ betäubt die Flasche aus den Händen gleiten und mußte gewaltig husten und war inmitten sprühender Lichtfluten und sah weißglühende Sterne tanzen. Dann wurde es wieder dunkel.

＊　＊
＊

Stechender Schmerz über dem Herzen erweckte mich. Ich schlug die Augen auf und machte sie schleunigst wieder zu, denn das Licht blendete mich, schlug sie wieder auf und blinzelte verwundert auf die Gestalt, die sich über mich beugte. Hm ... verwirrter, verwilderter Haarschopf – braunes Gesicht mit warmen gütigen Augen hinter der goldberänderten Brille – hohe Stirn mit schwerer Hiebnarbe – massige Schultern in weißer Jacke – eine lange, schmale Hand, die etwas Glitzerndes hielt ... Die Hand senkte sich, und wieder verspürte ich den leise stechenden Schmerz in der Brust –

»Lassen Sie die Dummheiten!« murmelte ich ärgerlich und wunderte mich im gleichen Augenblick, wie sonderbar dünn und fade meine Stimme klang.

»Das sind keine Dummheiten!« sagte ein lachender Mund dicht über meinen Augen.

»Zu – dumm!«

»Pst – psst!« Die schmale Hand legte sich auf meine Stirn. »Sch ...! Wer wird so unhöflich sein! Wenn Sie es aber durchaus wissen wollen – die Dummheit war eine kleine Strychnineinspritzung, die Ihr Herz notwendig braucht. So! Nun wollen wir wieder schlafen!«

»Aber ...«

»Pscht! Sie haben auf der ganzen weiten Welt nichts zu tun jetzt als zu schlafen!«

Und ich machte gehorsam die Augen zu.

Am gleichen Tag noch folgte dem ersten Erwachen das zweite, und wieder kam die glitzernde Spritze, und abermals fühlte ich den stechenden Schmerz auf der Brust. Ein Löffel voll kondensierter Milch wurde mir eingeflößt.

»Pfui Deibel!« knurrte ich.

»Sagen Sie das lieber nicht!« meinte der Mann in der weißen Jacke lächelnd. »Denn diese nahrhafte Milch wird, ein Löffel jede Stunde, noch lange Ihr einziges Nahrungsmittel bilden.«

»Wieso denn? Ich – ich habe Hunger!«

»Aha! Hunger haben wir? Wir sind schon wieder ganz intelligent? Können reden und denken, nicht wahr? Schön. Wollen Sie mir versprechen, sofort wieder einzuschlafen, wenn ich Ihnen alles sage?«

»J-ja.«

Die sonderbar großen, warmen Augen sahen mich unverwandt an und die ruhige Stimme erzählte kurz, ich sei recht krank gewesen an gelbem Fieber. Jetzt aber könne ich mich wieder so gut wie gesund nennen, immer vorausgesetzt, daß ich recht viel schlafen würde in den nächsten Tagen. Überhaupt nur schlafen! Und recht geduldig sein und nicht murren. »Denn sehen Sie, wenn man vier Tage lang getobt und geschrien hat, dann ist der Körper arg mitgenommen und muß ausruhen. Schlafen Sie! Freuen Sie sich, daß Sie eine Krankheit, wie gelbes Fieber es ist, überstehen konnten!«

»Da hab ich wieder einmal Glück gehabt!« murmelte ich.

»Ganz gewiß!« sagte der Mann in der weißen Jacke. »Aber nun wollen wir wirklich schlafen!!«

Ich nickte nur.

Viele Stunden gingen noch hin in diesem Halbbewußtsein des arbeitsunfähigen Hirns, das mit dem geschwächten Körper litt und schwach war. Ich sah alles nur wie durch Schleier. Die Menschen, die Dinge um mich schienen Schatten zu sein. Dann aber regte sich gewaltig der ursprünglichste Lebensdrang: Hunger hatte ich! Fürchterlicher Hunger quälte mich. Im Wachen und Schlafen hatte ich keinen anderen Gedanken als den einzigen: Essen! Gebt mir doch zu essen! Wollt Ihr mich denn verhungern lassen? Wenn der Mann in der weißen Jacke sich blicken ließ, bat und bettelte ich um ein Stück Brot wie ein Kind, und meinen bittersten Feind sah ich in ihm, wenn er mit unerschütterlicher Ruhe mir immer erklärte, das gelbe Fieber habe meine Magenwände und meine Därme so beschädigt, daß jede andere Nahrung als flüssige mein Tod sein würde. Ich glaubte es ihm nicht. Denn ich hatte ja solchen Hunger!

Ich hörte nichts und sah nichts, sondern träumte nur vor mich hin und stellte mir vor, wie köstlich ein Butterbrot schmecken müßte – ein kleines Butterbrot. Ich träumte nicht etwa von üppigen Mahlzeiten mit vielen Gängen, sondern von Brot nur, einfachem Brot. Die Herrlichkeiten des Paradieses hätte ich dahingegeben für ein kleines Stück Brot. Ich hörte Menschen schreien in bitterer Leidensnot und wandte nicht einmal den Kopf. Die hatten ja nur Schmerzen. Ich aber hatte Hunger. Und dann kam der Tag, an dem ich vier oder fünf Löffel Suppe bekam, schlechte Tomatensuppe, aus einer Konservenbüchse zusammengepantscht, mit einem Stückchen oder zwei aufgeweichten Brots. Da dünkte ich mich glücklich und reich.

Mehr Suppe am nächsten Tag. Mehr aufgeweichtes Brot. Milch dann im Glas, nicht mehr im Löffel, dünnen Reisbrei – Suppe endlich mit viel Brot. Der Tag kam, an dem ich die zitternden Füße aus dem Bett streckte und hinauskroch und verlegen dastand, mich krampfhaft an den Eisenstangen des Betts festhaltend. Langsam fing ich an, die Dinge um mich wirklich zu sehen und wirklich zu begreifen. Mit tastenden Schritten ging es zurück ins Land der Gesundheit.

Eines Tages schlich ich hinter Doktor Gonzales her (das war der Mann in der weißen Jacke) und erwischte ihn gerade noch bei der Türe.

»Ich möchte entlassen werden«, bat ich.

Er lächelte, faßte mich am Arm und zog mich zur Türe hinaus in den grellen Sonnenschein. Kaum war ich im Freien, da merkte ich, wie schwach ich in Wirklichkeit war, denn sauer genug wurden mir die wenigen Schritte zu dem Zelt des Doktors, das auf dem Rasen vor dem gelben Gebäude aufgeschlagen war. Doktor Gonzales schüttete ein paar Tropfen Whisky in ein Glas, goß Sodawasser darauf und gab mir das Getränk. Hei, wie stark und hellhörig das machte –

»Von einem Zurückkehren zur Truppe kann keine Rede sein, Sergeant«, erklärte er. »In vier Wochen vielleicht!«

»Bin ich denn Sergeant?« fragte ich.

Da bekam ich Billys Brief und vom Doktor eine gedruckte Liste der Beförderungen im Signalkorps – ich war Sergeant … Und ich las Billys Brief und mußte mich schleunigst hinsetzen, denn es wurde mir schwarz vor den Augen. Der Arzt lächelte.

»Sie sind noch lange nicht dienstfähig, Sergeant«, sagte er. »Zum mindesten nicht unter den Verhältnissen in Santiago. Dagegen glaube ich, daß Beschäftigung Ihnen gut sein wird. Sie können mir nützlich sein. Sie haben in Ihren Fieberzeiten Ihr ganzes Leben hinausgeschrien und – ich kann Sie brauchen.« Er wurde sehr ernst. »Die Zustände hier sind entsetzlich. Wir haben nur gelbes Fieber und Typhus in schwerster Form. Meine Hilfsmittel sind lächerlich gering. Es fehlt am Nötigsten. Ich kann weder Hilfskräfte noch Arzneimittel bekommen.

Meine beiden Krankenwärter sind willig genug, aber ich müßte sechs haben nicht zwei. Ich werde Ihnen Arbeit geben, die Ihren Kräften entspricht. Sie sind also für die nächsten Wochen«, er lächelte ein wenig, »nicht mehr Sergeant erster Klasse des Signalkorps, sondern mein Assistent!«

*   *
*

Das kleine Inselchen mitten in der Santiagobai, die Gelbfieberinsel, war eigentlich die Quarantänestation des Hafens. Ein morscher Landungssteg führte vom Wasser auf ein Stück Rasen. Dann kam das Haus, eine echt spanisch verwahrloste Krankenbaracke. In den Mauern des niederen, langgestreckten Gebäudes klafften Risse. Es enthielt nur einen einzigen Raum und einen noch älteren Anbau, in dem die Wände von Wasser trieften und die Fußbodenbretter verfault waren. Hinter dem Haus lagen Bretterhütten: eine Kochhütte die eine, Kloaken die anderen, mit tiefen Löchern im Boden und Schwärmen von Fliegen. Dahinter erstreckte sich gelber Sand. Im Hause reihte sich Bett an Bett. Schwerkranke waren es alle, Sterbende viele. Hier kämpfte Tag und Nacht, in einem Alleinsein, das schrecklich gewesen sein muß, ein einziger Arzt für das Leben vieler Menschen. Als Hilfe hatte Doktor Gonzales nur zwei Krankensoldaten und mich und einen alten Kubaner, der kochen mußte und Eimer hinein und hinausschleppen und Gräber graben. Nicht einmal die nötigsten Kräftigungsmittel hatte der Arzt für die Kranken – nicht einmal reine Wäsche für sie – nicht einmal Arzneien in genügender Menge und Auswahl – nicht die Möglichkeit einmal halbwegs sorgfältiger Pflege … Es war ein fürchterliches Krankenhaus.

»Wenn ich nicht wüßte, daß sich das hier bald ändern muß«, sagte Doktor Gonzales zu mir am ersten Tag der Arbeit, als wir einen Toten hinaustrugen, »so würde ich – ja. ich weiß nicht, was ich tun würde … Aber das Hospitalschiff ist abgegangen von New York, und bei seiner Ankunft bekommen wir alles, was wir brauchen, im Überfluß.«

»Man könnte doch wenigstens Soldaten zur Arbeit herkommandieren!« wagte ich zu sagen.

»Damit sie sterben?« antwortete der Arzt scharf. »Sehen Sie sich doch die Kloaken an! Die Fliegenschwärme überall! Den Schmutz! Hier wimmelt es von Krankheitserregern in jedem Sonnenstäubchen.

Sehen Sie sich die verfluchte gelbe Baracke nur an! Die Gelbfieber- und Typhuskeime, die in ihr stecken, könnten eine Armee auffressen. Nein, hierher kommt mir kein Gesunder! Deswegen lasse ich Sie arbeiten. Wer Gelbes Fieber gehabt hat, ist immun. Er ist gesalzen gegen Fieberkrankheiten. wie man zu sagen pflegt. Und in fünf, sechs Tagen, *please God*, ist das Hospitalschiff da, und dann wollen wir diesen Höllenfleck mit Karbol überschwemmen und – ja, dann wird's anders werden!«

Wir begruben den Toten.

Der Kubaner hatte ein Loch in den Sand gegraben, hundert Schritte vom Haus, auf einem winzigen Hügel, von dem die gelbe Fläche sich in sanfter Neigung zum Meer senkte. Auf dem eisernen Feldbett trugen mir den toten Mann zu seinem Grab, der Arzt und ich und der Kubaner und der Neger. Wir stellten das Bett neben das Grab, packten die Zipfel der Wolldecke, auf der der Tote lag, und hoben die Last vorsichtig über die Graböffnung. So standen wir, an einer Ecke des Grabes ein jeder, und bückten uns und knieten dann und legten uns flach hin und ließen die Leiche hinabgleiten. Aber unsere Arme reichten nicht weit genug. Das Bündel in der Decke schwebte einen halben Meter hoch über dem Boden des Grabes.

»Loslassen!« befahl Doktor Gonzales.

Ich sah, daß es nicht anders ging, daß wir uns nicht anders helfen konnten – aber doch schüttelte mich ein unbezwingbares Grauen, als die Leiche plumpsend unten aufschlug und die Wolldecke sich verschob, das geistergelbe Gesicht bloßlegend, das nun aus der Tiefe gen Himmel zu starren schien. Der Arzt nahm rasch die Schaufel vom Sandhaufen, bückte sich und schob mit dem Stiel die Decke wieder über das tote Gesicht.

»Ruhe in Ehren!« sagte er leise. »Du bist für dein Land gestorben.«

Wir nahmen die Hüte ab, und der Kubaner schickte sich an, das Grab zuzuwerfen.

Das war das Begräbnis.

Ein toter Mann wurde in der verschmutzten Wäsche, in der er gestorben war, in ein Loch geworfen – ein mürrischer Kubaner schaufelte Sand hinein – ein schwitzender Neger stand daneben und half, leise fluchend über die schwere Arbeit in der heißen Sonne. Roh war's, fürchterlich roh, nicht zum Beschreiben brutal. Und doch hätte jeder Narr sehen müssen, daß es eben nicht anders ging in der Not der

Verhältnisse. Weil ich so schwach war vielleicht, erschien mir alles noch roher und furchtbarer – der trostlos öde Sand – die niederen Grabhügel links und rechts mit ihren Holzstückchen, auf denen große Nummern standen – der schmutzige, gefühllose Totengräber …

Der Arzt sah gedankenvoll auf die Grabhügel. »Fünfundzwanzig tödlich verlaufene Fälle bis jetzt!« sagte er zu mir. »Ein verhältnismäßig günstiges Resultat!!«

Wir gingen ins Haus, während Neger und Kubaner das Grab zuschaufelten. Von Bett zu Bett führte mich Doktor Gonzales. Er zeigte mir, wie man die Schnelligkeit der Atmung maß, und wie man ungebärdige Fieberkranke durch kräftigen Druck auf das Rückenmark beruhigte, während das Fieberthermometer eingeführt wurde. Das Überwachen der Temperaturen sollte meine Arbeit sein. Darauf kam es, so erklärte mir der Arzt, vor allem an, denn von seinem rechtzeitigen Eingreifen beim Steigen und Fallen der Fieberkurve hing Leben und Tod ab. Auf den Neger und den anderen Krankensoldaten konnte er sich nicht verlassen. Die Leute waren nicht nur beinahe zu Tode gearbeitet mit hunderterlei Pflichten, sondern es war auch ganz unmöglich, den einfachen Menschen beizubringen, daß ein Unterschied von wenigen Graden auf dem Thermometer der Unterschied zwischen Leben und Sterben war.

»Und ich kann ja nicht überall zugleich sein!« murmelte der Arzt, und etwas Trauriges kam in sein ruhiges, kraftvolles Gesicht.

Ich schrieb mir die Namen auf von Bett zu Bett und begann meine Arbeit, während er mir zusah und bald ein Fiebermittel gab, bald eine Strychnineinspritzung machte. Dabei erklärte er mir leise, daß er sich hier so starker Mittel bediene, wie sie so leicht kein Arzt anwenden würde.

»Wir wissen so wenig von den Erscheinungen dieser Krankheit. Ihre Bekämpfung ist sogar in geregelten Verhältnissen ein Problem. Hier aber muß ich mit Keulenschlägen auf das Fieber losschlagen. Es muß herunter um jeden Preis, steigt es auf vierzig Grad: und das Herz muß gezwungen werden zur Arbeit, koste es was es wolle an Kraft, fällt es bis zu fünfunddreißig Grad.«

So ging ich von Mann zu Mann und legte die Hand auf feuchte Leiber und lernte, mit unendlicher Geduld und vielen kleinen Kniffen, Fiebermessungen zu machen bei Menschen, die sich fortwährend hin und her wälzten und keinen Augenblick still hielten. Heiße, dumpfe, schweißgeschwängerte Luft erfüllte den Raum. Vierzig Menschen lagen in eisernen Feldbetten die Wände entlang. Einige wenige, die Glücklichen, hatten Nachthemden und weiße Jacken; die meisten aber lagen in den schmutzigen blauen Flanellhemden da, in denen sie gekommen waren. Die einen waren still und schienen ruhig zu schlafen. Die anderen lallten und schrien und tobten wie lärmende Kinder. Hier schrie einer nach seiner Mutter, dort johlte ein anderer ein Negerlied, dort gab einer mit dünner zitternder Stimme kreischende militärische Befehle: »Feuer aus dem Magazin – auf dreihundert Meter – Schne–eell–feuer!!« Der Neger und der Krankensoldat liefen fortwährend auf und ab. Bald halfen sie einem ins Bett, der im Fieberwüten herausgefallen war; bald unterstützten sie sich gegenseitig, einem sich verzweifelt Wehrenden ein wenig Milch im Löffel einzuflößen; bald liefen sie zur Türe und holten die Eimer, denn schon wieder hatte ein Kranker sein Bett beschmutzt.

Da rief mich der Arzt. Auf dem Bett, an dessen Fußende er stand, lag ein junger Mensch, der kaum achtzehn Jahre zählen mochte. »*Corporal Clancey, F troop, Rough Riders*« hieß es auf dem Zettel an der Wand über dem Bett. Das Gesicht, das in der Krankheit eine sonderbare, fast olivengelbe Farbe angenommen hatte, war von mädchenhafter Schönheit und Weiche. Die wunderbar großen, braunen Augen glänzten irre in feuchtem Fieberglanz. Der Arzt sah bald den Mann an, bald das Thermometer, das er in der Hand hielt, und schüttelte den Kopf.

»Helfen Sie mir, ihm den Mund öffnen«, sagte er.

Ich tat es mit einem Löffel, und der Arzt schüttete dem Kranken ein Pulver in den Rachen und träufelte ein wenig Wasser tropfenweise in den regungslosen Mund. Die Wirkung war eine fast augenblickliche. Der bebende, zitternde Körper streckte sich. Die Augen schlossen sich fast ganz, und die unruhig fuchtelnden Hände sanken kraftlos auf die wollene Decke.

»Der Mann hatte über vierzig Grad.« erklärte Doktor Gonzales. »Ich fürchte, er ist nicht mehr zu retten. Bleiben Sie bei ihm, messen Sie ihn alle zehn Minuten und rufen Sie mich sofort bei Untertemperatur.«

Ich holte mir eine Kiste aus der Mitte des Zimmers – amerikanische Munitionskisten waren die einzigen Stühle in diesem Krankenhaus – und setzte mich ans Bett. Nach zehn Minuten maß ich: Sechsunddreißig.

Der Kranke lag still da. Sein Mund war halbgeöffnet. Die glänzenden Augen schienen zwischen halbgeöffneten Lidern hervorzublinzeln. Da huschte plötzlich ein Lächeln über das weiche, schöne Gesicht, als träume der Knabe einen wunderschönen Traum. Die schlaffen Hände auf der Bettdecke begannen sich zu regen und leise auf und nieder zu bewegen in langsamem Tasten. Die Hände öffneten und schlossen sich und griffen wunderbar weich zu, als suchten sie etwas. Lächelnd betrachtete ich diese Hände. Wie schlank sie waren, wie kindlich fein, wie sie erzählten von guter Rasse und sorgsam gelernter Pflege! Und wie zierlich sie tasteten – husche, husche – zugreifend – fein, ganz fein – behutsam – wie die Fingerspitzen über die rauhen Deckenhaare glitten – als suchten sie etwas – als wollten sie greifen – pflücken – – –

Da sprang ich entsetzt auf. Was war das? Dieses Tasten, dieses Suchen! Hatte mir nicht einst die alte Kinderfrau in ihren gruseligen Dämmerstundengeschichten erzählt, daß Sterbende Himmelsblumen pflückten –

»Doktor Gonzales!« schrie ich.

Er kam mit raschen, geräuschlosen Schritten von gegenüber, beugte sich über das Bett, sah scharf auf die rastlos gleitenden Hände, zog die Spritze aus dem Ledertäschchen, füllte sie und stach ein über dem Herzen. Die Hände wurden sofort still. Ich starrte wie gebannt in das Gesicht auf dem Kissen und sah in fast unmerklichem Übergang das Gelb sich langsam röten. Dann schoß plötzlich gesunde Blutfarbe in die Wangen. Das aufgepeitschte Herz tat seine Schuldigkeit. Eine winzige Gabe eines furchtbaren Gifts hatte einen Sterbenden von den Pforten des Todes zurückgerissen.

Da schnellte in jähem Wechsel der Körper mit gewaltigem Ruck empor. Die großen Augen starrten, der Mund wollte sich öffnen, wollte schreien – aber die Kehle brachte nur lallende Töne hervor. Die Hände wurden in die Höhe gerissen und schlugen wild nach links und nach rechts, und die Füße zuckten und stießen, daß die Eisenstäbe unten am Bett dumpf klirrten. In gewaltigen Stößen schnellte der Leib auf und nieder. Der Mann wäre aus dem Bett gefallen, hätten wir ihn nicht krampfhaft gehalten. Und während ich noch verspürte, wie unter meinen Händen die zuckenden Muskeln sich wehrten, sank der Rauhe Reiter steif zurück und lag still da. Sein Mund schien zu lächeln.

»Lassen Sie ihn hinaustragen!« sagte der Arzt ganz langsam und ganz leise.

Ich legte meine Hand auf seinen Arm. »Hat er schlimme Schmerzen leiden müssen?« fragte ich entsetzt.

»Nein!« antwortete Doktor Gonzales. »Nein – aber wir wissen diese Dinge ja nicht. Er mag in Himmelsseligkeiten geschwelgt haben oder Höllenqualen erlitten in seinen letzten Sekunden im lebendigen Leib – wir wissen es nicht. Unter anderen Verhältnissen hätte ich ihn vielleicht retten können. Durch sorgfältige, ständige Überwachung, durch mildere Mittel zur rechten Zeit. Nach meiner besten Überzeugung jedoch hat der Junge nicht gelitten. Das ist ja der einzige freundliche Fleck in diesem Höllenbild: Sie wissen es nicht, unsere Kranken, wie elend es ihnen geht! Sie wissen nicht einmal, wie krank sie sind!!«

* *
*

Nein, sie wußten es nicht.

Ein Mitleid, wie ich es nie in meinem Leben gekannt hatte, packte mich, wenn ich von Bett zu Bett, von Mann zu Mann schritt: ein Mitleid, das mich stark machte, denn es ließ vergessen, wie schwach ich selbst noch war. Die Männer des Krieges waren zu Kindern geworden. Das unbegreifliche, geheimnisvolle Walten der Fiebermächte hatte den rauhen Soldaten alles genommen, was stark und männlich und roh und brutal an ihnen war. Nicht äußerlich hilflos nur waren sie geworden wie Kinder, sondern kindlich im Geist in allen ihren Lebensäußerungen. Weich und anschmiegend, dankbar über alle Maßen für ein gutes Wort, für ein Streicheln, das sie im Fiebertraum zu empfinden schienen und mit einem Lächeln beantworteten. Die wenigen, die auf dem Wege der Besserung waren, hatten alle Hunger. Aber sie fluchten nicht und zeterten nicht nach Soldatenart, sondern sie bettelten alle um Milch, sie baten um Brot – wie ein Kind seine Mutter bittet. Sie lachten lustig im Fieberlallen und sangen Lieder, die sie ganz gewiß nicht gesungen hätten bei gesunden Sinnen. Das nur und das nur allein machte die Hölle erträglich. Man sah selbst all das Furchtbare mit kindlichen Augen, ohne viel nachzudenken darüber … Es mußte so sein – das mit den übelriechenden Eimern – das mit den schmutzigen Blechlöffeln, mit denen man von Mann zu Mann ging. Milch fütternd, ohne sie abzuwischen oder gar zu waschen – das mit den

Kloaken draußen, die fürchterliche Pestluft in den Raum strömen ließen, wenn man im Ein- und Ausgehen die Türen öffnete. Es mußte so sein, denn es war nun einmal nicht anders.

Und ich maß und maß und fütterte hilflose Menschen mit Milch und wusch beschmutzte Menschen aus einem schmutzigen Eimer mit einem schmutzigen Fetzen eines alten Hemdes. Ruhe gab es keinen Augenblick. Bald schritt der Arzt meine Bettseite ab, bald ich die seine. Dutzende Male mußte ich ihn rufen, weil die Fieberbilder sich fortwährend veränderten.

Am Spätnachmittag war der Neger verschwunden. Doktor Gonzales und ich suchten endlich nach ihm und fanden den armen Kerl in einer Ecke bei einer Kloake, dumpf vor sich hinstarrend. Der Sandboden zeigte, daß er sich erbrochen haben mußte. Jetzt sah ich den Arzt zum ersten Male erregt.

»Herrgott, nimmt es denn kein Ende?« schrie er. »Neger sind doch sonst immun! Muß denn das verfluchte Fieber gerade den schwarzen Krankensoldaten packen, den ich brauche!«

Mit vieler Mühe trugen wir ihn hinein und legten ihn auf das Bett, auf dem vor kurzem der Rauhe Reiter gestorben war. Die Leiche hatten wir draußen in einer schattigen Ecke auf dem Boden liegen lassen müssen, um das Bett frei zu bekommen. Und wieder ging es an die Arbeit, mit einem Mann weniger. Gegen Abend wurden die Kranken ruhiger und die Fiebertemperaturen gleichmäßiger.

»Wir wollen schnell etwas essen«, sagte Doktor Gonzales, »– dann den Toten beerdigen – und dann müssen Sie Ruhe haben. Sie können in meinem Zelt schlafen, damit Sie wenigstens in frischer Luft sind.«

Wir aßen ein Gemengsel von Reissuppe und Brot und tranken dünnen Tee, und ich durfte eine halbe Zigarette rauchen, die mir wie ein Göttergeschenk erschien.

»Und jetzt müssen wir wieder Totengräber spielen!« sagte Doktor Gonzales, halb lächelnd, halb traurig.

Das Grab war gegraben. Er rief den Kubaner und den Krankensoldaten, und zusammen trugen wir den Knaben, der sich die Himmelsblumen erpflückt hatte, zu seiner Ruhestätte im heißen Kubasand. Tiefe Finsternis umhüllte die Insel des Gelben Fiebers, denn Nacht folgt auf Tag im kubanischen Land ohne Übergang. Der Arzt, der neben mir schritt, trug eine Laterne, die trübe brannte und das Dunkel nur in winzigem Umkreis erhellte. Stolpernd, suchend, tappten wir vorwärts mit unserer Last, fanden den Sandhügel, fanden das Grab. Wir schlugen die Decke auseinander, faßten die Zipfel an, hoben den Körper über die schwarze Öffnung im Sand, bückten uns –

Da fühlte ich, wie der Sand unter meinen Füßen nachgab, und griff mit der freien linken Hand in den aufgeworfenen Sandhaufen, mich zu stützen. Aber ich rutschte. Ich rutschte langsam. Ich rutschte immer mehr. Da packte mich jähes Entsetzen, und ich ließ den Zipfel der Decke los, mochte auch die Leiche hinabstürzen. Aber im gleichen Augenblick bröckelte der Boden unter meinen Füßen weg. Ich schrie gellend auf. Wie ein Tier brüllte ich. Ich hörte jemand fallen mit mir – hörte die Laterne klirren.

Und stand in furchtbarer Finsternis in einem tiefen Loch und schrie wie ein Verrückter und trampelte auf etwas entsetzlich Weichem herum und wußte, daß die Masse unter meinen Füßen der Rauhe Reiter war. Ich brüllte – ich brüllte in einem hysterischen Grauen ohne Grenzen. So schwach und elend war ich noch nach dem langen Kranksein. Mit den Nägeln krallte ich mich in die Sandwand ein und versuchte mich emporzuziehen, und sprang. Aber der lose Sand gab unter meinen Fingern nach, und ich prallte in hartem Stoß auf das nachgebende weiche Fleisch, das sich zu rühren und lebendig zu werden schien. Als ob der tote Mann nach mir greifen wollte – mich festhalten – – – »Hilfe!« brüllte ich.

Da flammte ein Zündholz auf, eine eiserne Faust packte mich, zog, half mir. Und ich sank erschöpft auf den Sand. Ich hörte, halb bewußtlos, wie das Grab zugeschaufelt wurde und spürte, wie der Arzt mich unter dem Arm faßte und mir aufhalf. Der Kubaner schritt mit der wieder angezündeten Laterne voran. Als wir in seinem Zelt waren, sprach Doktor Gonzales kein Wort, sondern goß nur mit zitternder Hand ein wenig Whisky in ein Glas und gab es mir zu trinken. Auch er trank. Dann setzte er eine kleine silberne Spritze an meinen Arm …

* *
*

Mit dem Morgen begann wieder das Tagewerk. Es setzte sich fort durch zehn Tage hindurch, im gleichen Raum, unter den gleichen Verhältnissen, im gleichen schrecklichen Einerlei der Hilflosigkeit, und viele Menschen sah ich sterben in diesen Tagen. Die einen schliefen ermattet ein, die andern starben in kämpfendem Sichaufbäumen. Aber sie kämpften im Fieber nur und wußten es nicht und erlitten keine Todesangst, denn der Fiebertod ist ein gütiger Tod. Und ich half die Lebenden füttern und in ihren Körpern nach dem geheimnisvollen, unberechenbaren Auf und Nieder der Fieberkobolde spüren, und oft dünkte es mich, als sei das kleine Quecksilberwerkzeug eines der großen Wunder der Welt. Gar schnell hatte ich mich an den Jammer und das Elend gewöhnt und sah stumpfe, alltägliche Notwendigkeit im alltäglichen Erleben von Grauen und Sterben. Heute, im rückschauenden Betrachten, weiß ich, daß es eine Hölle war, in der ich lebte damals. Eine Hölle –

Am zehnten Tag jedoch ward der Insel der Verdammten Hilfe. Boote landeten. Junge Frauen in schneeweißen Kleidern schritten über den Rasen vor dem gelben Haus. Sie sprachen nicht viel, sie fragten nichts, sondern packten Wäsche aus und bekleideten die Kranken und wuschen sie. Sie putzten und säuberten und pflegten.

Man stand da, wollte seinen Augen nicht trauen, glaubte, ein Wunder zu erleben. Kiste auf Kiste, Korb auf Korb, Sack auf Sack wurde aus den Booten an Land geschafft. Es war, als wollte das reiche Volk eines reichen Landes in verschwenderischem Geben gut machen, was die Not des Krieges an den armen Männern auf der Insel des Gelben Fiebers gesündigt hatte. Da waren schwere Weine in ungezählten Flaschen und teurer Schaumwein in ganzen Körben und feine Hemden und große Schinken und Fleisch und Eßwaren in sorgsam geschlossenen Blechbüchsen und weißes Brot. Zelte erstanden auf dem Rasen und auf dem Sand. Das gelbe Haus wurde mit Karbol überschwemmt und verlassen, denn die Kranken sollten nun in luftigen Zelten liegen. Wie ein Märchen war es.

Am Spätnachmittag führte mich der Arzt in sein Zelt. Er füllte zwei Gläser mit Schaumwein, trank mir zu und sagte mit lachenden Augen:
»Hier endet Ihre Arbeit, Sergeant!«

Zwei Wochen aber blieb ich noch im Ärztezelt, denn Doktor Gonzales verweigerte mir immer wieder lachend den Gesundheitsschein.

* * *

Die Wandlung war groß.

Nicht nur äußerlich veränderten sich die Dinge auf der Gelbfieber-insel: das Elend in Überfluß, der Schmutz in Sauberkeit, das ohnmäch-tige Zusehenmüssen in kraftvolles Eingreifen mit reichen Mitteln – sondern auch im Tiefsten. Die kleine Welt um uns schien anders. Es war, als liege ein gar fremdartiges, sonderbares Klingen in der Luft. Wie wiegender schmeichelnder Walzerklang.

In harter Männerwelt hatte man gelebt viele Wochen lang. Sich gebalgt mit dem Feind. Nicht viel Federlesens gemacht um Hunger und Strapazen und Wunden. Das ging einmal nicht anders. Man war marschiert und hatte gefochten – im Dreck kampiert, gefiebert auf den Hügeln – – – Der Tag brachte es mit sich. Was war weiter dabei!

Da tönte der neue Klang.

Was uns Selbstverständliches, Alltägliches gewesen war, schien den jungen Frauen, die uns pflegten, eine Wunderwelt. Sie waren freiwillige Krankenschwestern, aus guten amerikanischen Familien. Ideale Begei-sterung hatte sie nach Kuba geführt, ihr Scherflein beizutragen im Krieg. Sie sahen keine Selbstverständlichkeiten: sie sahen die Dinge mit ganz anderen Augen an. Für sie waren die blassen genesenden Männer in den Zelten alle mitsammen Helden, die heldenhaft mit Tod und Teufel gekämpft hatten.

Sie setzten sich auf die Betten zu den Kranken, auf die Feldstühle vor die Zelte zu den Genesenden, und baten und bettelten so lange, bis ihnen die Geschichten von der Schlacht vom San Juan-Hügel und vom Lagerleben und vom Krankheitselend immer und immer wieder erzählt wurden. Dann glänzten ihre Augen, und sie wurden weich und wußten gar nicht, was sie einem alles Gutes antun sollten. Ich hab's hundertmal selber erlebt und hundertmal mit angehört –

»Was mußt du gelitten haben, du armer Junge!«

»Hm – eh – 's ist nicht so schlimm gewesen«, war gewöhnlich die verlegene Antwort.

»Oh, du armer Junge! Soll ich dir ein Schlückchen Wein bringen?«

»*Oh yes, please. Thank you, miss!*«

»Du mußt nicht Fräulein zu mir sagen. Ich bin Schwester Irene. Du – bist du denn nicht fast gestorben vor Angst, du armer Junge, als du den fürchterlichen Hügel hinaufstürmen mußtest?«

»Nee!«

»Aber es muß doch entsetzlich gewesen sein!«

»Ja. Da kletterte einer vor mir« (der Erzähler war ein junger Sergeant der 5. Regulären), »der zappelte immer mit den Beinen und ich mußte höll – hm – sehr aufpassen, daß mir der verfl … hem – der Kerl nicht ins Gesicht trat. Es *war* scheußlich!«

»Und die Todeskugeln!«

»Oh, an die Schießerei hatte man sich gewöhnt!«

Und keinen einzigen Mann gab es auf der Insel des gelben Fiebers, der nicht seinen wohlgefüllten Sack voller Heldenruhm eingeheimst hätte. Zuerst war das etwas Unbehagliches. So prahlhänsig kam man sich vor. Man horchte immer scheu zum Nachbar hinüber, ob der nicht lachte, wenn Schwester Irene oder Schwester Edith oder Schwester Lizzie einem dickgestrichene Heldenkomplimente machte. Aber gar bald wirkte die Bewunderung merkwürdig wohltuend. Es war doch sehr nett, in schönen Augen immer wieder lesen zu dürfen: du bist ja ein famoser Junge! Sie fanden sich prachtvolle Menschen gegenseitig, die bewundernden Frauen und die bewunderten Männer. Sie gingen miteinander spazieren im Inselland halbe Nächte lang. Genesende und ihre Pflegerinnen. Sie saßen immer zusammen und tuschelten und hatten sich schrecklich viel zu sagen. Man wurde arg verwöhnt auf der Gelbfieberinsel in jenen Tagen.

In der Zeltstadt von Montauk Point

Die Friedensbotschaft. – Ein brutaler Krieg. – Die böse Lage der amerikanischen Invasionsarmee. – Auf den General folgt der kaufmännische Organisator. – Wie die Zeltstadt von Montauk Point erstand. – Mein letzter Tag in Santiago de Cuba. – Im Gesundheitslager. – Die Komplimente der Trusts. – Wie mir ein Vermögen entging. – Die New Yorker Invasion. – Von begeisterten ladies. – Das Sicherheitsventil. – Wie Leutnant Hobson in der Welle der Hysterie ertrank

In einer Augustnacht war es.

Wir saßen vor dem Ärztezelt, der Doktor und ich, rauchten eine beschauliche Zigarette und schauten auf die Bai hinaus. Wundersam funkelten und glitzerten im Wasser die Sternenbilder. Da erklang ein dumpfes Brausen, wurde mächtiger, schwoll an zu Getöse. Eine Rakete zischte empor über der Stadt, eine zweite, eine dritte. Drüben über dem Wasser jubelten und schrien viele Menschen.

»Eine Schlacht in Portorico!« rief der Doktor aufspringend.

Ich widersprach ihm. Die letzten Nachrichten von der benachbarten spanischen Insel hatten besagt, daß die Besetzung Portoricos durch eine amerikanische Armee unter General Miles nach unblutigen Kämpfen nun vollendete Tatsache sei. Während wir noch hin und her sprachen, kam das Boot vom Hafenhospital. Der Kubaner, der es ruderte, sprang auf uns zu, aufgeregt mit den Armen in der Luft fuchtelnd.

»*Cuba libre!*« brüllte er. »*Cuba libre, Señores!!*«

Und er übergab dem Doktor einen Zettel. Das hektogiaphierte Stück Papier enthielt die kurze Mitteilung des amerikanischen Gouverneurs von Santiago an die einzelnen kommandierenden Offiziere, daß heute, am 12. August, in Washington das vorläufige Friedensprotokoll zwischen den Vereinigten Staaten und Spanien unterzeichnet worden sei. Spanien gab der Insel Kuba ihre Unabhängigkeit, trat Portorico an die Vereinigten Staaten ab und erklärte sich bereit, über einen Ankauf der Philippinen durch die Vereinigten Staaten zu unterhandeln. Die kriegsgefangenen Spanier wurden auf Kosten der Amerikaner nach ihrer Heimat zurückgesandt. Kriegsentschädigung verlangten die Vereinigten Staaten nicht.

»*Cuba libre!*« brüllte der Kubaner wieder und tanzte schreiend und jubelnd umher.

Doktor Gonzales aber streckte herrisch die Rechte aus, sagte irgend etwas auf Spanisch in scharfem Ton, und der überfreudige Patriot schlich brummend zu seinem Boot zurück.

»Was sagten Sie eben?« fragte ich neugierig.

»Oh nichts!« antwortete Doktor Gonzales und zündete sich eine frische Zigarette an. »Ich sagte ihm nur, er solle sich zum Teufel scheren … *Cuba libre!* Kuba Blödsinn! Ein freies Kuba, regiert von freien Strolchen, die eigentlich in ein Zuchthaus gehörten! Es tröstet mich nur, daß unser guter alter Onkel Sam der Gesellschaft früher oder später einen gewaltigen Tritt vor den Hintern geben und einen amerikanischen Staat aus Kuba machen wird. Daß er es nicht gleich jetzt tut, ist Schwäche, Verschwendung, Hinauswerfen an Zeit und Geld!«

Da lachte ich leise vor mich hin, denn der Doktor war zwar amerikanischer Bürger und amerikanischer Offizier, stammte aber selber von kubanischen Eltern und mußte es ja wissen! Und dann gingen wir in die Zelte der Damen und in die Krankenzelte und lösten Hurrageschrei aus mit der großen Neuigkeit. Doch der Jubel über den Frieden bei uns in den Zelten hatte nicht die geringste Ähnlichkeit mit dem urgewaltigen, donnernden, brausenden Siegesschrei, der von den Hügeln des Santiagotals gellte, als das Sternenbanner damals an dem Mangobaum emporstieg. Da hatte Mann über Mann triumphiert – jeder einzelne Mann im Santiagotal in die eigenen Hände das Göttergeschenk des schwer errungenen Erfolgs empfangen. Die große politische Friedensaktion aber am grünen Tisch interessierte die Armee sehr wenig.

»Recht nett!« sagte ein typhuskranker Infanterieleutnant der Regulären, als wir ihm die Friedensbotschaft vorlasen. »Nun wollen wir gemütlich sein und nach Hause gehen!«

»*Goodbye Cuba! To hell with Cuba!!*« riefen die Rekonvaleszenten in den Zelten.

Das war das Leitmotiv des Wiederhalls, den die Friedensklänge in den Männern der Armee von Kuba ertönen ließen:

»Adieu Kuba! Hol dich der Teufel! Wir gehen nach Hause!«

* *
*

So war denn der Krieg beendet.

Dieser wunderschön brutale Krieg mit seinen wunderschön klaren und einfachen Ursachen. Ein Krieg der Macht. Ein brutaler Faustkampf. Unmoralisch über alle Maßen. Der Große fraß den Kleinen – denn ich bin groß und du bist klein. Und doch wieder moralisch im höchsten Sinne. Unter dem starken neuen Herrn wurden in wenigen Jahren auf den Philippinen, auf Kuba, das immer eine Art amerikanischen Protektorats sein und nie ganz selbständig werden sollte, auf Portorico, überall in Westindien, ungeheure Werte geprägt, die in alle Ewigkeit brach gelegen hätten unter der spanischen Mißwirtschaft. Spanien aber, das gedemütigte, zu Boden geschlagene Spanien, das beraubte Spanien, das die Neue Welt entdeckt hatte und zum Dank bis in den Staub gedemütigt wurde von der Neuen Welt, erstarkte nur unter den Schlägen des Krieges. Es lernte. Seine kraftvolle Arbeit in Marokko während der nächsten zehn Jahre erstaunte jeden, der früher spanische Beamte und Gouverneure in spanischen Kolonien bei der Arbeit gesehen und sie höchstens für eine Operette tauglich befunden hatte. So wurde im letzten Ende Unmoral zu Moral.

Der unersättliche Große aber atmete erleichtert auf, als der kleine Gegner davonschlich. Teufel – es war doch gar nicht so einfach gewesen, und recht viel Glück hatte man nötig gehabt! Zwar ließ es sich leicht berechnen von Anfang an, daß man am Ende erfolgreich sein mußte. Die Siege der amerikanischen Flotte im pazifischen Ozean wie im westindischen konnten auf dem Papier auskalkuliert werden. Kein Sieg jedoch, kein Gebietszuwachs, keine neue imperialistische Weltmachtstellung hätten es in der öffentlichen Meinung des eigenen Landes gutmachen können, wenn amerikanische Männer zu Tausenden im Tal von Santiago zugrunde gegangen wären, weil der leichtsinnige Krieg sie in leichtsinniger Ausrüstung ins Fieberland geschickt hatte. Die Invasionsarmee war dezimiert von Fieberkrankheiten. In den ersten Tagen des August schon hatten, ein unerhörtes Geschehnis vom militärischen Standpunkt aus, ihre Generale in einem scharfen Schreiben an den Obergeneral Shafter die sofortige Zurückbeförderung der Armee nach den Vereinigten Staaten verlangt. Der Krankheitsstand lasse das Schlimmste befürchten. Das merkwürdige Vorgehen der hohen Offiziere, das wahrscheinlich mit General Shafter verabredet worden war, sollte starken Eindruck auf die obersten militärischen Behörden in Washington sowohl wie auf die öffentliche Meinung in den Vereinigten Staaten ausüben. Daß ein solcher Schritt überhaupt notwendig wurde, beweist die Unsicherheit und Gefährlichkeit der Lage für die Truppen vor Santiago beim Ende des Krieges. Zwar war die spanische Flotte vernichtet, Portorico besetzt, die Provinz Santiago de Cuba erobert, eine spanische Armee von 23 000 Mann kriegsgefangen. Damit hatte man gewaltige Erfolge errungen, war aber auch auf dem toten Punkt angelangt. Eine spanische Armee von über 80 000 Mann, auf die verschiedenen Provinzen verteilt, hielt Kuba noch besetzt. Ein Vordringen der amerikanischen Invasionsarmee auf dem Landwege schien unmöglich – das Angreifen Havannas, des Herzens der Insel, durch die Flotte ein zum mindesten gewagtes Unternehmen.

So ergab sich eine beinahe lächerliche Lage: der tote Punkt. Die amerikanische Armee kampierte noch immer im Santiagotal und litt entsetzlich unter Klima und Fieber. Niemand wußte, was anfangen mit ihr. Der Leichtsinn, die Überhastung des ganzen Krieges rächte sich. In den Vereinigten Staaten regte sich scharfe Kritik. Schon zu Beginn des Krieges, als im Süden Amerikas die in rasender Eile zusammengetrommelten Freiwilligenregimenter in Feldlagern untergebracht wurden, in die bei dem völligen Mangel an allem Nötigen rasch der Typhus einzog, war die Regierung scharf angegriffen worden. Und jetzt das Fiebertal von Santiago! Noch sickerte die Wahrheit nicht ganz durch: noch wußte man im Heimatland nicht, daß seit dem Tag der Übergabe der spanischen Armee mehr amerikanische Soldaten an Krankheiten gestorben waren, als die Gefechte an Menschenleben gekostet hatten. Die militärische Führung war ratlos.

Da kam der Friede.

Und es war, als ziehe der amerikanische Dollarmann jubelnd den Soldatenrock aus, der überall ein wenig drückte und nirgends so recht passen wollte, weil er in solcher Eile hatte zurechtgeschnitten werden müssen. Die Nation des Organisierens entsann sich ihres Berufs. Der Leichtsinn, die Überstürzung, das Überhasten verschwand im zauberischen Wechsel. Kühle Überlegung trat an ihre Stelle. Dem General folgte der kaufmännische Organisator – der echte Amerikaner, der mit Geld nicht knausert, wenn das Ziel der Mühe wert ist, und sich bei Kleinigkeiten nicht lange aufhält.

Das Klima des Santiagotals war unerträglich in dieser Jahreszeit? Dann weg mit der Armee! Sie ersetzt durch Regimenter von Negern und Weißen der Südstaaten, die gegen Fieberkrankheiten immun waren! Die Armee war krank? Dann in ein ungeheures Krankenhaus mit ihr, auf daß sie gesund werde! Ansteckungsstoffe waren zu befürchten in jedem Uniformrock, in jedem Hemd? Weg dann mit der gesamten Ausrüstung der Armee! »*Regardless of cost!*« hatte Präsident McKinley kurz gesagt. »Der Kostenpunkt ist Nebensache!«

Die Amerikaner waren's zufrieden. Sie die keine direkten Steuern bezahlten und ihre Kriegskosten einfach durch eine Biersteuer und eine Schecksteuer aufbringen konnten, wußten recht gut, daß die über Nacht errungene Weltmachtstellung, die neue Ausdehnung des amerikanischen Reichs, Milliarden an kaufmännischen Dollars wert war. Niemand murrte, als die leitenden Hände in den reichen Yankeesäckel griffen. Ströme von Gold flossen dahin.

Eine ungeheure, kahle, sandige Flache auf der Insel Long Island wurde zum Gesundheitslager der Armee erwählt. Dort war es kühl, jetzt im August schon. In allen Richtungen fegte Tag und Nacht vom Meer her der frische Wind. Der sollte sie wegblasen, die Fieberschlaffheit und das Tropenmüdesein. Die Zeltstadt von Montauk Point entstand. Gassen und Straßen schneeweißer Zelte. Die Gewerbe des Landes arbeiteten wie im Fieber, die Stadt zu erbauen. Jedes Zelt wurde aus neuem Segeltuchstoff neu zurechtgeschneidert, denn kein altes Schmutzstäubchen sollte Raum haben im Gesundheitslager. Jedes Zelt erhielt einen Fußboden aus sorgsam zusammengefügten und geglätteten Brettern, ein jedes einen kleinen eisernen Ofen, ein jedes neue schneeweiße Betten und Stühle und Regale. Die Straßen wurden sorgfältig ausgebaut und ein System von Abgußkanälen angelegt. Ärzte und Krankenpflegerinnen versammelten sich. Die Eisenbahnen schleppten gewaltige Mengen von Uniformen und Wäsche herbei. Um das Lager wurde ein Postenkreis von besonders ausgesuchten Regimentern gezogen, die keinen Menschen hinauslassen durften und keinen hinein, jede neue Ansteckung zu verhüten. Dampfertransporte mit den neuen fiebersicheren Truppen gingen nach dem Santiagotal: Frachtdampfer mit großen Mengen von Lebensmitteln, die sehr sorgfältig ausgesucht wurden; Hospitalschiffe, deren Aufgabe es war, das Schmutznest Santiago nach allen Regeln moderner Desinfektionskunst sauber zu machen. Dann dampften die Schiffe mit den kranken Regimentern heimwärts zum Gesundheitslager.

Und ein so großzügiges, ein so bewunderungswürdig zielbewußtes Arbeiten setzte ein auf der windumbrausten Sandfläche beim atlantischen Ozean, daß es alles wieder gut machte, was der Leichtsinn gesündigt hatte in Kuba. Mann für Mann der kranken Armee wurde betreut, gepflegt, gewaschen, gesäubert, neubekleidet wie ein Kindlein. Man stellte die Kompagnien in langen Linien auf, wenn sie vom Schiff kamen, und ließ sie sich splitternackt ausziehen und verbrannte auf großen Scheiterhaufen jeden Fetzen, den sie am Leibe getragen hatten: man badete sie, gab ihnen reine Wäsche, neue Uniformen, nagelneue Ausrüstung bis zum Tornister, erklärte ihnen, sie möchten sich um Gottes willen nur pflegen. Nichts auf der Welt hätten sie zu tun als ihre Waffen zu reinigen und instandzusetzen. Nicht einmal zu kochen brauchten sie. Dafür sorgten große Feldküchen, und Sachverständige wachten darüber, daß das Soldatenessen ja recht schmackhaft und wohlbekömmlich war. Im Land stritt man sich um die Ehre, Liebesgaben für das Gesundheitslager schenken zu dürfen. Damen der Gesellschaft zankten sich um den Vorzug, die Kranken zu pflegen.

* *
*

Als das Ruderboot an einem der letzten Tage des August den Signalkorpssergeanten von der Gelbfieberinsel nach Santiago brachte, war dieser Sergeant kerngesund und wunderte sich sehr, wie ihm nach diesen Schlemmertagen das Soldatenleben wohl behagen würde. Sie hatten ihn schrecklich verwöhnt auf der Insel, der Doktor und die Frauen in Weiß, die so heroisch ihre Pflicht taten und doch immer Zeit und Lust übrig hatten für manches Gekicher und vielen Übermut. Sie hatten dem Sergeanten gar noch einen großen Korb zurechtgepackt, in dem Schaumweinflaschen einträchtiglich neben altem Burgunder und allerlei guten Sächelchen in Blechbüchsen lagen, auf daß es Mr. Sergeant wohl ergehe auf dem Heimatsdampfer. Und ich beguckte mir gesättigt und gesund das tiefblaue Wasser und die grünen Berge über der Bai und das Städtchen mit seinen grellen Farbenflecken in rot und blau und gelb und meldete mich beim Gouverneur und empfing den Befehl, mit der »City of Galveston« noch am gleichen Nachmittag die Heimreise anzutreten – als einer der letzten der alten Armee vom Santiagotal.

Es war gerade noch Zeit zu einem kurzen Spaziergang die Piazza entlang und zu kleinen Einkäufen. Und in großer Wut schied ich von Santiago de Cuba!

Die grünen und gelben Scheine, die Billy mir geschickt hatte, knisterten so wunderschön in den Taschen, und eine Stunde nur wurde einem da gegeben, sich die Stadt zu begucken, die Stadt des Feindes, die so viele Wochen lang eine märchenhafte Vorstellung nur gewesen war! Hätte man sich da nicht einen Gaul mieten müssen und den Schlammpfad noch einmal abreiten! Die San Juan-Hügel erklettern! Sich bei der alten Zuckermühle das alte Loch betrachten, das jene Granate gerissen! Oh, zum Teufel mit dieser unanständigen Eile … Höchst ärgerlich ging ich an Bord.

Der Laderaum des kleinen Dampfers war von oben bis unten vollgepfropft mit Waffen und Munition. Die Mausergewehre, die Bajonette, die Patronenvorräte der kriegsgefangenen spanischen Armee wurden in das Arsenal von New York geschafft. Ein kranker Offizier, den eine

Pflegerin begleitete, und ich waren die einzigen Passagiere. Als wir Long Island sichteten, fiel mir ein, daß ein Mausergewehr und ein Bajonett oder zwei recht nette Andenken sein würden.

»Sind die Dinger eigentlich abgezählt?« fragte ich den Kapitän beim letzten Mittagessen. »Ich meine, nimmt man es genau oder nicht so genau? Ich möchte gern ein paar von den spanischen Schießprügeln haben!«

»Ih wo!« antwortete der lachend. »Sie sind ja in meinen Laderaum nur so hineingeschaufelt worden.«

»Dann werde ich ein bißchen stehlen!« erklärte ich vergnügt.

»Meinetwegen«, grinste der Kapitän, »wenn Sie sich durchaus abschleppen wollen mit den alten Dingern. Nehmen Sie sich, so viele Sie wollen. Im übrigen ist's gar kein Stehlen. Das verrostete Zeug ist wenig genug wert. Greifen Sie zu! Auf ein paar hundert Stück mehr oder weniger kommt's nicht an.«

So ging ich an Land mit zwei Mausergewehren und zwei Bajonetten unterm Arm und warf sie irgendwohin im Sergeantenzelt des Signalkorps und verlebte einen langen Abend voller Erzählens mit meinen Kameraden. Die hatten mich ja für tot gehalten.

Ich konnte mich gar nicht fassen vor Erstaunen über die wundersame Zeltstadt –

»Der Soldat ist Trumpf heutzutage!« erklärte Souder lachend. »In der Armee von Kuba gewesen zu sein ist jetzt wertvoller als vier Asse beim Pokern. Menschenkind, 's ist einfach ein Wunder, daß sie uns nicht auch noch in Watte packen!«

Mr. Soldat aus Kuba war tatsächlich Trumpf. Nicht nur die amtlichen Stellen hatten beschlossen, daß er eine Zeitlang leben sollte wie der Herrgott in Frankreich, sondern alle Welt wetteiferte obendrein, ihm gute Sachen zuzustecken. Die bösen Trusts sogar.

Überall in der weißen Stadt hatte die Amerikanische Tabakgesellschaft kleine Zelte errichtet, die große Plakate trugen: »Tabak für die Männer von Santiago! Kommt, Jungens, und greift zu!!« Trat man an das kleine Zeltfensterchen, so erkundigte sich ein liebenswürdiger Verkäufer so beflissen danach, was man zu haben wünsche, als sei man ein wertvoller alter Kunde. Zigaretten? Welche Sorte? Kautabak? Die neue Marke mit dem Champagnergeschmack sei besonders zu empfehlen! Pfeifentabak? Und alles war hübsch eingewickelt und auf jedem Päckchen stand: »Mit den Komplimenten der Amerikanischen

Tabakgesellschaft.« Große Brauereien hatten Bierzelte eingerichtet und verschenkten ein besonders leicht eingebrautes »Krankenbier« in reizenden kleinen Flaschen – mit den Komplimenten der oder jener Brauereigesellschaft. Teufel, Teufel! Zwar taten sie's nicht aus Liebe und Begeisterung allein, sondern es mochte auch ein bißchen Sinn für die famose Reklame dabei sein! Es gab Zelte mit Sodawasser; es gab Bonbons und Schleckereien; es gab Streichhölzer, Taschentücher, Bleistifte. Briefpapier, Briefmarken sogar – immer mit den verschiedensten Komplimenten. Auf den Briefmarken hatte der Spender seine Firma eingeloht – mit seinen Komplimenten. Mr. Soldat lebte vom Fetten des Landes.

Doch es sollte noch besser kommen, viel besser.

Am Tag meiner Ankunft war das Lager für seuchenfrei erklärt und die Sperre aufgehoben worden. Eine Stunde später verkündeten große Plakate in New York Vergnügungszüge der Long Island-Eisenbahngesellschaft zur Armee von Santiago. Um elf Uhr morgens am nächsten Tag kam die erste Invasion. Zwischen den Zelten der weißen Stadt flutete es schwarz von Menschen, dollarjagenden New Yorkern, die aber augenblicklich an gar nichts zu denken schienen, als einen Soldaten der Armee von Santiago zu erwischen und ihm die Hände aus den Gelenken zu schütteln. Fünf Minuten nach Ankunft des Zuges konnte man sich in unserem Sergeantenzelt überhaupt nicht mehr rühren, ohne einem eleganten New Yorker auf die Fünf-Dollar-Stiefel zu treten. Es regnete Zigarren, und aus den Fläschchen in den New Yorker Hüftentaschen ergossen sich schnäpsige Getränke.

»*Good morning, good morning! fine morning!!*« redete ein New Yorker auf mich ein und packte meine Hand. Teufel, wie der Mensch drückte! Während ich mir noch überlegte, ob ich liebenswürdig lächeln oder ihm einen Stoß vor den Magen geben sollte, fiel sein Blick auf meine beiden Mausergewehre in der Zeltecke.

»Oh! *Spanish guns!*« rief er entzückt.

»Jawohl: *Mausers!*« antwortete ich.

Ich sah ihn verblüfft an, aber da hatte der Mann aus New York das Gewehr schon gepackt und mir einen Zwanzigdollarschein in die Hand gedrückt, und während ich noch nach Worten suchte, war das andere Gewehr auch schon weg und ein zweiter Zwanzigdollarschein da.

Teufel! Ich drängte mich durch die händeschüttelnde Gesellschaft und warf mich auf mein Bett und schalt mich siebenundzwanzigmal hintereinander den fürchterlichsten Esel seit Erschaffung der Welt. Eselhaft, begriffstützig, blödsinnig über alles erlaubte Maß hinaus. Niemals würde ich ein Amerikaner werden! Niemals würde ich Hornochse den Wert der Dinge und den Wert des Geldes wahrhaft begreifen lernen!

Welch ein Geschäft ging hier zum Teufel! Hundert Mausergewehre hätte ich an Land schleppen können, umsonst, zollfrei, geschenkt! – Hundert Stück zu zwanzig Dollars macht zweitausend Dollars – hundert Bajonette obendrein zum allermindesten – hundert Stück zu fünf Dollars macht fünfhundert Dollars, macht zusammen zweitausendfünfhundert Dollars.

Verdammt, verdammt, verdammt nochmal!

Über zehntausend Mark – heiliges Donnerwetter!

Durch die Hände schlüpfen lassen hatte ich mir mein erstes wirkliches »Geschäft« auf amerikanischem Boden. Den idealen amerikanischen *business-job* – den Humbugschlager – mit Intelligenz – ohne Kapital – – – Ich Esel – ich Hornochse!

Doch nicht einmal ein junger Teufel frisch aus der Hölle hätte es übers Herz bringen können, inmitten dieser überliebenswürdigen, überfrohen, übergütigen Menschen auf längere Dauer zu fluchen. Sie, die harten New Yorker mit dem harten Dollarsinn, waren in der Laune, das Hemd vom Leibe wegzuschenken. Der sentimentale Romantiker kam zum Durchbruch, der in jedem richtigen Amerikaner steckt in merkwürdigem Gegensatz zu dem rohen Kampf ums Dasein in der Neuen Welt. Kein Südfranzose, kein italienischer Heißsporn, kein spanischer Leidenschaftsmensch hätte naiver und kindlicher begeistert sein können als diese gewitzten Männer aus der *matter of fact* Dollarwelt. Man sah es ja förmlich, wie diese Leute ihr Hirn anstrengten, einem etwas Gutes zu tun. Wie jungenhaft einfach und natürlich sie sich gaben – wie der warmblütige Mensch hervorguckte unter der abgeworfenen kühlen Geschäftsmaske – und wie doch wieder die Gewohnheit so stark war, daß sie nur in klingender Münze begeistert sein konnten, diese Männer New Yorks. Der leiseste Vorwand genügte ihnen, mit Geld um sich zu werfen. Sie ersannen sich ständig neue Vorwände, den Wohltäter zu spielen. Und im Grunde war das heilsam für die New Yorker Dollarmenschen, denn sie begriffen nun, daß man mit dreizehn Dollars Einkommen im Monat ein ganzer Mann sein konnte! – Sie wurden daran erinnert, daß es noch andere Werte auf der Welt gab als *business*!!

Auf einmal aber traten die Männer in dem dunkeln Grau oder Braun oder Blau der Herrenkleidung völlig und gründlich in den Hintergrund. Die wandelnden Träume im duftigen Weiß und den leuchtenden Farben in den Zeltstraßen nahmen die Zügel in die Hand. Das duftige Weiß regierte. Die Männer waren weg. Schlanke Frauengestalten erschienen.

»*Goodbye, Johnny!*« hauchte ein blauer Märchenhut. »Geh und amüsiere dich, Männchen! Um vier Uhr (das war geschlagene drei Stunden vordatiert) treffen wir uns bei der Station. Weißt du, ich muß mir von den Jungens alles, alles erzählen lassen und da kann ich dich doch nicht brauchen dabei. *Goodbye, Johnny*!!«

Und die zweite Invasion begann.

Die zweite Form von amerikanischer Begeisterung. Diese Mädchen und Frauen empfanden erstens das Bedürfnis, diesen unglaublichen und ihnen ganz ungewohnten Helden vom Santiagotal, an deren Ohren wirkliche, echte Todeskugeln vorbeigepfiffen waren, ihre dankbare Reverenz zu erweisen. Zweitens wollten sie sich aber amüsieren. Sie saßen auf unseren Betten, wippten mit allerliebsten Füßchen.

Rische-Rasche machten die seidenen Unterröckchen.

»Hast du dich gar sehr gefürchtet in der Schlacht vom San Juan-Hügel?« fragte mich ein Dinglein in roter Seidenbluse.

»Ach nein«, antwortete ich verlogen.

»Das Schwarz und Weiß deiner Sergeantenstreifen steht dir ausgezeichnet!« meinte das Dinglein in sonderbarem Gedankensprung – sonderbar für mich – damals …

Ich war paff.

»Was bedeuten denn die komischen Flaggen auf deinen Ärmeln?«

»Weißt du«, sagte der Lausbub (das war auch ein Gedankensprung) »– – – wenn hier nicht so viele Leute wären, so möchte ich dir einen Kuß stehlen!«

»Oh pfui!!« hauchte sie. Aber ihre Augen sagten gar nicht pfui.

Es war ein Idyll. Es war eine Orgie in Begeisterung. Es war praktischer Humor ersten Ranges, wie die gutgezogenen New Yorker Männer ihre Dollarfrauen dem Flirt überließen – und ich wunderte mich mehr als einmal, ob nicht mancher gute Ehemann das verfluchte Heldentum verdammt ungemütlich empfand. Sie sahen auf unseren Betten, die

Mädelchen und die Frauen, und sie naschten mit großen verwunderten Augen Soldatenessen von unseren blechernen Soldatentellern. Sie waren sehr nett. Sie küßten wohl auch einmal – in dem erhebend moralischen Bewußtsein, daß sie durchaus unpersönlich küßten. Sie küßten Helden fürs Vaterland. Die Männer wollten ihre Dollars los werden. Die Frauen ihre Liebenswürdigkeit.

Ich plauderte lange mit dem Dinglein in der roten Bluse. Das war ein kluges Mädchen. Auch sie wollte Andenken haben, aber es fiel ihr nicht im Traum ein, mit teuren Dollars zu operieren wie die Männer. Sie machte süße Augen – und drehte mir einen vergoldeten Sergeantenknopf ab. Sie machte noch süßere Augen – und holte ein Scherchen aus der Handtasche hervor, um mir kaltblütig die kostbaren seidenen Sergeantenabzeichen von den Ärmeln zu trennen. Sie schenkte einen Kuß – und stopfte sich alle Taschen voller Patronen und Messingflaggen, wie wir sie an den Mützen trugen, und den verschiedenen Dingen im allgemeinen, wie sie überall umherlagen.

»Hast du denn auch ein liebes kleines Mädel?« fragte die rote Bluse.

»N – nein!« flüsterte ich, mit tiefem und ehrlichem Bedauern, denn rote Blusen und die lieben kleinen Mädchen darin schienen mir gerade jetzt etwas besonders Reizendes.

»Ach du armer Junge!!« (bums dich – war wieder ein vergoldeter Knopf weg!) »Weißt du – ich möchte sehr gut zu dir sein!«

Und da führte ich sie durch unsere weiße Stadt und zeigte ihr all die Zelte und sah sie erschauern vor der Bedeutung des riesigen seidenen Sternenbanners, das vor dem Zelt des kommandierenden Generals im Windgebrause flatterte. Erschrecklich viel Limonade trank sie. Erschrecklich viele kleine Paketchen von Tabak und winzigen Bierfläschchen und Soldatenbonbons nahm sie mit als Andenken und versprach hoch und heilig, sie in Ehren zu halten für alle Ewigkeit. Ich aber wunderte mich, wie das kleine Persönchen es fertig brachte, all die gemopsten und geschenkten Sächelchen zu verstauen. Des Rätsels Lösung fand ich nicht. Und wir verzehrten noch mehr Süßigkeiten und tranken noch mehr Limonade und gingen eine lange Nachmittagsstunde am sandigen Strand spazieren, weit von der Zeltstadt, aber keineswegs in Einsamkeit, denn wo man auch hingeriet irgendwo um Montauk Point herum, ergingen sich reizende Frauen mit den Männern der Armee vom Santiagotal. Sie mußten sich Helden nennen lassen, die armen Männer, bis sie erröteten wie Backfische.

Es war eine Orgie.

»Adieu, lieber Junge!« sagte das Dinglein bei der Station, und ich hätte darauf geschworen, daß der feine vielsagende Händedruck sieben verschiedene Wahlverwandtschaften zum mindesten bedeutete. Doch im gleichen Augenblick schoß das gleiche Dinglein in der gleichen roten Bluse auf einen mageren Jüngling in korrektem Schwarz und allerneuestem korrekten New Yorker Hut zu und warf sich, jawohl, warf sich, an seinen Hals!

»Freddy«, jubelte sie – »ach, du lieber guter Freddy, es war ja so süß!«

Da begriff ich, daß ich im Erleben der roten Bluse eine ganz gewöhnliche Episode war. Ein Röhrchen war ich, ein lächerliches Sicherheitsventil, eine mechanische Vorrichtung, dem Hochdruck der Begeisterung der amerikanischen Frau Luft zu verschaffen. Er wäre sonst gefährlich geworden.

»Du verflixter kleiner Fratz!« murmelte ich.

Es dauerte aber gar nicht lange, so erreichte der Hochdruck der Begeisterung in Amerika das überspannte Stadium. Es wurde allerorten und in allem gewaltig übertrieben im Siegesjubel. Man war wie ein glücklicher Spieler, der im ersten Taumel des Gewinnens nicht weiß was tun vor Freude und links und rechts mit vollen Händen die Goldstücke hinausschleudert. Ein solches Schleudern war es im Dollarland damals!

Und bald wurde das echte, starke, wahre Gefühl der Begeisterung zum sentimentalen Gefühlskitsch.

Die Frauen vor allem machten lächerliche Dummheiten.

Eine Flutwelle der Hysterie ergoß sich über das Yankeeland. Zuerst natürlich erreichte die Welle das nahe New York. Die Zeitungen berichteten, lächelnd anfänglich, dann entrüstet, daß mit den Jungens in Blau eine Abgötterei getrieben werde, die in ihren Formen schon ein Unfug genannt werden müsse!

»Mann! Bringe mir heute abend zehn Helden zum *supper!*« befahl die New Yorker Ehefrau. Und Mr. Ehemann, wohldressiert von Kindesbeinen an, ging los, ob's ihm nun besonders gefiel oder nicht, und gabelte gehorsam zehn Helden auf. Frisch von der Straße weg.

Heidi, es war lustig!

Mrs. Ix, die New Yorkerin und Milliardärin, gab schleunigst einen Soldatenball. Mrs. Ypsilon, gleichfalls Milliardärin, trumpfte über und erließ *prestissimo* die Einladungen zu einem Sergeantenball, bei dem es märchenhaft wohlhabend herging. Mrs. Zett, auch sie natürlich Milliardärin, fuhr von morgens früh bis abends spät mühsam überredete Helden in ihrem vornehmen Landauer in den Straßen New Yorks spazieren. Die großen Blumengeschäfte erhielten Anweisungen von Damen der Gesellschaft, jedem Soldaten Blumen zum Begeisterungsgeschenk zu machen – was reizend gewesen wäre, wenn die gütigen Spenderinnen nicht gar so deutlich dafür gesorgt hätten, daß ihre Namen in allen Zeitungen und an allen Blumenladenfenstern recht laut und kräftig in Erscheinung traten.

Die nervöse Welle lief weiter – wuchs an. In Washington wurde sie zur Sturmflut.

Eines Tages meldete sich in der Stadt des Kapitols ein junger Leutnant beim Marineminister. Er hieß Hobson und war ein Held. Hatte mannhaft Leib und Leben darangesetzt mit offenen Augen und war nur wie ein Wunder dem Tode entgangen, als er in der Santiago-Felsenenge den Merrimac in die Luft sprengte. Nun war der junge Leutnant der Held des Tages in Washington. Seine Kommandeure, der Marineminister, der Präsident der Vereinigten Staaten überschütteten ihn mit Glückwünschen und Danksagungen. Man gab einen Ball zu seinen Ehren.

Und damit fing das Unglück an.

Als Hobson den Ballsaal betrat, schritt eine junge Dame der Washingtoner Gesellschaft auf ihn zu, überreichte ihm einen großen Blumenstrauß und bestätigte ihm in wohlgesetzten Worten, daß er ein Held sei und sein Name unvergänglich auf den Tafeln des Vaterlandes leuchten werde. Dann kam ihr besonderer Dank. Im Namen der amerikanischen Frau; im Namen der fraulichen Gesamtheit; im Namen der Weiblichkeit: Schlanke, weiße Arme legten sich um des Leutnants goldbestickten Uniformkragen und ein amerikanischer Frauenmund küßte ihn lang und innig.

Vor versammeltem Mannsvolk und bewundernder Frauenschar.

Am nächsten Tag wurde das weihevolle Ereignis in vielen Zeitungsspalten geschildert. Die Gesellschaftsreporter fanden mühelos die richtigen Töne. Sie lachten sich zwar wahrscheinlich halbtot dabei im Redaktionssanktum bei Bier und Zigarette – aber die Töne fanden sie!

Sie sprachen ernsthaft und gediegen von allerhöchster Ehre. Sie flöteten zart vom symbolischen Weihekuß. Sie nahmen gedankenvoll das Konversationslexikon zur Hand und fanden auch glücklich klassische Vorbilder, die sich prachtvoll zu Vergleichen eigneten und die ganze sentimentale Geschichte auf ein anständiges Niveau hoben. Am nächsten Tag durcheilte die wichtige Nachricht Amerika.

Über das weibliche Amerika brauste ein Sturm der Begeisterung.

Das war groß. Edel. Ungeheuer. Das war Heldenlohn. Schöner und reicher als alle Schätze an Gold und Ehren.

Man gab einen zweiten Ball in Washington, wiederum zu Ehren des Leutnants, und wiederum begann er mit einem Weihekuß. Diesmal jedoch schlossen sich die anwesenden Damen der ersten Weiheküsserin ziemlich vollzählig an. Es schien ihnen wohl Anstandsgebot, einem wirklichen Helden wahrhafte Ehren auch reichlich genug zu erweisen. Es hagelte Küsse auf Hobson herab – und der arme Leutnant wurde verrückt! Der mannhafte Mann, der Held, der Todeskämpfer wurde zum Schwächling und eitlen Toren. Er wurde hysterisch, genau so hysterisch wie die »Küsserinnen«. Er ließ sich überallhin einladen, zu Dutzenden von Bällen in Washington allein, in Boston, in Baltimore, und wurde überall geküßt.

Es war tragikomisch. Nein, tragisch mehr als komisch. Der Amerikaner verträgt und ermutigt sogar sentimentale Dinge, wenn sie mit Frauen zusammenhängen, namentlich bis zu einem gewissen Punkt. Dann aber schnappt irgend etwas bei ihm.

Bei der Hobson Küsserei schnappte es! Noch einige Male berichtete die amerikanische Presse in nicht ganz echt klingender Begeisterung über die Hobsonbälle und die Weiheküsse. Dann war es aus. Eine New Yorker Zeitung machte den Anfang:

»Mr. Hobson läßt sich schon wieder küssen! Die Sache wird zur üblen Gewohnheit!!« überschrieb sie einen lustigen Bericht.

Und nun donnerte ein nimmer endenwollendes Gelächter herab auf den armen Hobson. Man nannte ihn den geküßten Hobson – den küssenden Hobson. Man erwog ernsthaft, ob eine Veränderung seiner Mundlinien zu befürchten sei durch die starke Inanspruchnahme der Lippen – man hieß ihn den bestgeküßten Mann der Welt – man zeichnete ihn in bissigen Karikaturen umdrängt von kußlechzenden Frauenantlitzen – man riet ihm ernsthaft, auch den Westen Amerikas abzugrasen. Ein besonders niederträchtiger Schreibersmann empfahl ihm das Erheben von Eintrittskußgeld. Ganz Amerika lachte drei Wochen lang.

Das Unglaubliche, das Brutale, das Tragische war geschehen. Ein braver Mann, der sich den Dank seines Vaterlandes ehrlich verdient hatte, war für alle Zeiten zu einer lächerlichen Hanswurstenfigur geworden. Heute noch löst der Name Hobson in Amerika ein vergnügtes Schmunzeln aus. Der Held der Santiagofelsenenge ist vergessen – der Vielgeküßte unsterblich geworden.

So ertrank Leutnant Hobson von der amerikanischen Marine in der Welle der Hysterie.

Im Sergeantenzelt türmten sich die Zeitungen. Sie lagen in Haufen in allen Ecken: sie stapelten sich in Ballen auf gegen die Zeltwand, da, wo mein Bett stand; sie bedeckten oft genug sogar den Fußboden, daß man so recht im knisterigen, raschelnden, dünnen Zeitungspapier watete. Die Kameraden schimpften.

»Du bist verrückt!« erklärte Souder.

»Werft ihn doch hinaus mitsamt seinen alten Zeitungen!« schlug Hastings gemütlich vor.

»Geht weg – geht doch weg – schert euch nur ja zum Kuckuck!« war gewöhnlich meine Antwort, brummend in knurrigem Ton gegeben, aber lachend gemeint.

Und doch wieder sehr ernsthaft. Die Mitbewohner des Zeltes wußten recht genau, daß es nicht erlaubt war, den Sergeanten Carlé beim Zeitungslesen zu stören (man mochte reden soviel man wollte, aber nicht mit ihm), oder gar auch nur eine einzige seiner kostbaren Zeitungen aus dem Zelt fortzunehmen, sofern man sich nicht Ungemütlichkeiten aussehen wollte. So ließ man ihn gewähren. Wenn die New Yorker Invasion einen einmal nicht plagte, wurde Poker gespielt im Zelt, unglaublich viel und unglaublich hoch, denn männiglich hatte Geld in Menge und kein Mensch etwas zu tun, oder viel Bier getrunken, viel geplaudert, viel gelacht. Der Zeitungssergeant aber – so nannten sie mich – lag auf seinem Bett und las und las. Er war eben ein bißchen verrückt.

Das Zeitungsfieber hatte mich wieder gepackt.

Ich las und las. Spalte auf Spalte verschlang ich, und Stunde auf Stunde verrann. Für nichts hatte ich Sinn und alle Dinge waren mir gleichgültig seit dem Morgen, an dem die Post die bestellten Zeitungen gebracht hatte. Zwei gewaltige Pakete waren es gewesen. Alle Nummern des New York Journal und des New York Herald vom allerersten Beginn des Krieges bis zum heutigen Tag. Die Zeitungen des Krieges.

Lückenlos. Und ich lag langgestreckt auf meinem Bett und kicherte selig, wenn in den Zeitungsspalten lustige Teufelchen der Übertreibung tanzten, und atmete keuchend in heller Begeisterung, wenn ich die glänzenden Kriegsbilder las, die große Zeitungsmänner gemalt hatten. Murmelte in Gedanken wohl auch einmal irgend etwas vor mich hin.

»Er ist ohne Zweifel blödsinnig geworden!« behaupteten dann lachend die Sergeanten. Dabei stibitzten sie aber eifrig die Nummern, die ich gelesen hatte.

Begeistert war ich, gebannt. Gefangen im Zauberkreis der Zeitung. Ich suchte nach Namen, die ich kannte, nach Federn, die Meister waren in jener Zeit. Wie ein Kolossalgemälde entstand vor den lesenden Augen aus den Zeitungsspalten die Geschichte des Kriegs. In leuchtenden Farben. In kleinsten Einzelheiten gemalt. Und doch wieder in wunderbar großem Zug. Ein Irrtum war zwar da und dort einmal unterlaufen, ein gar zu greller Farbenfleck einmal hingekleckst. Im ganzen aber – welch ein Bild! Mit wenigem Ändern, mit Streichen, mit Ausscheiden und Zusammenziehen, bedeuteten die vielen Aufsätze mit den schreienden Überschriften in den Papierstapeln da neben meinem Bett die Geschichte eines Krieges, wie sie glänzender, lebendiger, wahrhafter nicht geschrieben werden konnte. Sie waren überall dabei gewesen, die Männer der Feder mit ihren sehenden Augen, die das Große stets vom Kleinen zu unterscheiden wußten. Lückenlos war der Krieg beschrieben von der fieberigen Aufregung in Tampa bis zum Flaggenhissen am Friedensbaum; vom Treiben in der Santiagostadt bis zum Elend in den Hospitälern. Kriegskorrespondenten waren auf Dampfyachten ständig hin und her geeilt zwischen Siboney und der nächsten Kabelstation auf Jamaica – McCulloch war mit unter den ersten gewesen beim Sturm auf den San Juan-Hügel – Richard Harding Davis hatte sich einen unsterblichen Namen errungen in der amerikanischen Zeitungswelt durch seine Schilderungen des Santiagotals. Ich sah die Einzelleistungen in diesen wunderbaren Schwarzdruckspalten und in ihnen die ungeheure Arbeit, die Begeisterung, die Energie, die vor nichts zurückgeschreckt war. Sah aber auch, als wäre ich dabei gewesen, die Arbeit der Zeitung selbst: das Sammeln der wichtigen Nachrichten aus vielen Quellen, das Ausscheiden, das Sichten, das Zusammenstellen – das Malen des Bildes von der reichen Farbenpalette.

Und oft lag ich stundenlang da in diesen Tagen und starrte träumend zur Zeltdecke empor.

Ich sah wieder die alten zerschnitzelten Tische im Reporterzimmer und die Männer an ihnen, zum Greifen deutlich, und roch frische Druckerschwärze und hörte dumpf und dröhnend gewaltige Rotationsmaschinen stampfen. Ich erlebte wieder im Traum die Hast und die Hetze, das berauschende Arbeitsstürmen und den stillen schweigenden Erfolgsjubel, die des Zeitungsmannes Teil sind. Große Sehnsucht kam über mich. Davonlaufen hätte ich mögen. Lächerlich schien mir die Uniform jetzt in den Zeiten des Friedens. Sie drückte mich. Sie wollte so gar nicht passen. Firlefanz waren die breiten Sergeantenstreifen in Schwarz und Silber nun; Tand die grellbunten Flaggen in weiß und roter Seide auf den Ärmeln. Ein erledigtes Stück Leben schienen mir diese fünf Monate im Soldatenrock. Sie waren reich gewesen an farbigem Schauen und köstlich würden sie einst sein in der Erinnerung, aber sie durften beileibe nicht verlängert werden zu den langen drei Jahren, die der Pakt eigentlich vorschrieb. Eines Morgens ging ich zu Major Stevens ins Offizierszelt. Der Major war nur wenige Tage früher als ich im Gesundheitslager eingetroffen, nachdem er im Santiagoer Hospital eine bösartige Malariaerkrankung überstanden hatte.

»Was gibt's, Sergeant?« fragte er knapp, gemessen, dienstlich, ganz Offizier. Mit der Gemütlichkeit war es jetzt vorbei.

»Ein persönliches Anliegen, Herr Major!«

»Oh!« Sein Ton veränderte sich. »Nehmen Sie Platz, Sergeant, was kann ich für Sie tun?«

»Ich möchte Sie bitten, Herr Major, meine Entlassung aus der Armee zu befürworten.«

Er kaute auf seinem Schnurrbart. Dann schüttelte er energisch den Kopf. »Geht jetzt nicht, Sergeant!« sagte er.

Die Worte trafen mich schwer.

Der Major lachte ein wenig. »Sie haben doch nicht etwa Grund zur Unzufriedenheit?«

»Nein. Aber –«

»Ich weiß, ich weiß. Sergeantenstreifen locken Sie wohl nicht besonders! Es war ein sehr gefährliches Experiment, Mr. Carlé, den Kopf in die reguläre Armee zu stecken, denn unter drei Jahren wird so leicht keiner losgelassen. Es wird aber gehen. Einige Monate jedoch müssen Sie warten. Ich würde mich lächerlich machen, wenn ich gerade jetzt ein derartiges Gesuch befürwortete. Außerdem würde es ohne Zweifel abschlägig beschieden werden. Also in Ihrem eigenen Interesse –« Und er erklärte mir, daß der Krieg die Notwendigkeit gezeigt habe, ein Signalkorps in größerem Stil zu organisieren. Wir würden in wenigen Tagen nach Fort Myer bei Washington kommandiert werden, um dort als Stammtruppe Hunderte von neuen Signalisten heranzubilden. Da nur gelernte Telegraphisten angeworben werden sollten, so würde diese Ausbildung sehr schnell gehen und die Leute bald nach den Philippinen und Kuba gesandt werden können, wo man sie brauchte.

»Unter diesen Umständen wird es dem Chef nicht einfallen, einem Sergeanten die freiwillige Entlassung zu gewähren. Wird Ihr Gesuch aber abschlägig beschieden, so können Sie es sobald nicht wieder einreichen. Sie müssen warten. In drei, vier Monaten, dann wird's gehen. Solange werden Sie es recht gut aushalten können. Wir bauen eine Ballonhalle – wir beschäftigen uns mit dem Problem der Lenkbarkeit eines Luftschiffs – wir experimentieren mit der neuen Marconi-Telegraphie ohne Draht – wir bekommen elektrische Automobile – interessant genug wird's werden. Ich bin übrigens zum Kommandeur des neuen Signalforts ernannt worden. Sie werden vorläufig mein Sekretär sein. *Good morning, sergeant!*«

Da ging ich zum Strand hinunter und lief lange auf und ab. Nicht zu ertragen schien mir mein Unglück …

Ein lustiges Lächeln stiehlt sich über mich im Erinnern an jenen Abschnitt in den jagenden Lausbubenzeiten. Ich war in Wirklichkeit über alle Maßen unglücklich damals, daß ich den Sergeantenrock nicht abschütteln konnte – mit einem Halloh und einem Heidi, wie ich alles Unbequeme abgeschüttelt hatte in der Vergangenheit und abschütteln sollte in der Zukunft. Kreuzunglücklich bin ich gewesen. Und das Lächeln wird zu einem großen Lachen, wenn ich mich daran erinnere, wie prachtvoll die vier Monate meines Sergeantentums in Fort Myer bei Washington werden sollten. Und wie alles ineinandergriff. Wie ich durch das Signalkorps wieder zur lieben alten Zeitungsarbeit kam und wie es wieder dahinging in Hast und Hetze über den amerikanischen Erdteil, ein neues Wanderleben …

Zeiten kamen und Verhältnisse, in denen kein Mensch geahnt haben würde, daß der Mann der Feder je ein simpler Sergeant der Regulären gewesen sein konnte – und Zeiten kamen wieder, da der Sergeant von dereinst sich auf das Soldatenblut besann und in einer der Venezuela-Revolutiönchen Glückssoldaten kommandierte. Wie sich das alles zutrug – ja, das ist eine andere Geschichte und so umständlich, daß sie leider noch in einem dritten Band geschrieben werden muß.

Ende des zweiten Teils.

Dritter Band

Vorwort

Ein Wörtchen der Entschuldigung:

Es tut mir leid, daß ich die absonderlich wahre Geschichte von dem, was in sechs amerikanischen Lausbubenjahren erlebt, gesehen und gearbeitet wurde, betrüblicherweise durchaus nicht in harmonischer Abrundung beschließen kann. Wie erfreulich wäre es zum Beispiel gewesen, wenn sich der Lausbub zu gigantischem Milliardärtum emporgeschwungen hätte; wie nett, würde er einen Goldklumpen gefunden haben und stolz nach Hause zurückgekehrt sein wie die glücklichen Menschen im Märchen; wie gut und schön, hätte er nach diesen gärenden Zeiten der Lebensjagd sich zu klugem, weisem Tun gefunden!

Doch nichts von alledem war zu berichten.

Nur ein drittes Stück wirklichen Lebens konnte ich geben – nur ganz einfach erzählen, wie es mir im amerikanischen Sergeantenrock ergangen ist, was ich als Reporter im Dollarland getan und gesehen habe, in welchen Formen Menschen und Dinge sich in meinem Sinn einst spiegelten. Wer aus dem Erleben des kleinen Reporters das Wesen der amerikanischen Zeitung herausklügeln wollte, der wäre gar närrisch …

Wer ein unerhörtes Abenteuer mitzuerleben vermeint, wenn er von der Venezuelafahrt liest, die mich zum guten Schluß in die Eigentümlichkeiten exotischer Zustände auf gar närrische Weise ein wenig hineingucken ließ und beinahe ein unfröhliches Ende genommen hätte – der sieht sehr gegen meinen Willen diese Dinge in einem falschen Licht! Denn so fremdartig die Abenteuerlein in diesen Büchern manchmal erscheinen mögen, so winzig und unbedeutend sind sie, gemessen am Maßstab der großen Wirklichkeiten, die in Hunderten und Aberhunderten von Erdenwinkeln und in den Schicksalen von Tausenden und Abertausenden von Menschen die Romantik unserer Zeit verkörpern und aus jedem Zeitungsblatt herauszuahnen sind. Nein; die äußeren Ereignisse in meinem amerikanischen Leben sind unwichtig. Wer aber aus all dem Auf und Nieder, aus all der Tollheit, aus all dem Arbeiten die frohe Lebensbejahung, das Unbekümmertsein,

das lustige Sichherumschlagen mit den Nöten der Wirklichkeit heraus-
zulesen und sich zu freuen vermag über die kraftvolle Sorglosigkeit
der Jugend – der mag mir Freund und Bruder sein!

Denn er ist ein Mensch nach meinem Herzen.

Hamburg im Sommer 1913

Erwin Rosen
(Erwin Carlé)

Von der Zeltstadt zum Signalfort

Im Gesundheitslager. – Was Sergeant Souder als Engelein tun würde. – Die auf-neu lackierten Fahrräder. – Reiseorder! – Ahnungen von harter Arbeit. – Wie wir mit dem 21. Infanterieregiment pokerten. – Nachwirkungen des Kubakrieges. – Vom geruhigen Leben des amerikanischen Regulären. – Der bestbezahlte und am wenigsten arbeitende Soldat der Welt. – Vom verschwenderischen Onkel Sam. – Wie der Reguläre auf Staatskosten marschiert. – Vorzügliche Soldaten, aber keine Armee. – Major Stevens übernimmt das Signalfort

»Ich möchte doch wieder einmal schlechten Kubaspeck aus dem Feldgeschirr futtern!« meinte Sergeant Souder nachdenklich, mit gelangweilter Miene das delikate Roastbeef auf der Porzellanplatte betrachtend. »Es ist ja sehr nett, dieses Montauk Point, außerordentlich nett, aber – hm – alles Schöne auf dieser Welt – na, wie soll ich sagen – alles Schöne darf nicht endlos schön sein! Es muß etwas anderes, weniger Schönes, dazwischen kommen. Dja. Wenn ich heute ein Engelein wäre, immer Harfe spielen, immer fromme Loblieder singen müßte, so würde zweifellos sehr bald das heiße Verlangen über mich kommen, dem alten Petrus zur Abwechslung 'mal die Zunge 'rauszustrecken! Ich finde Montauk Point sehr langweilig, *gentlemen*!«

»Mir hängt's zum Hals 'raus«, grinste ein neugebackener Korporal. »Wenn man wenigstens hier und da einen *Cubano* hauen könnte ...«

So gärt in Menschenkindern stets die Unzufriedenheit. Da fütterte der gute dankbare Onkel Sam seine Signalkorpssergeanten mit Delikatessen, erkundigte sich durch seine Oberstabsärzte zweimal täglich nach ihrer werten Gesundheit, spendete ungezählte Bierflaschen als leichte gesundheitliche Anregung – und wir Signalsergeanten schimpften zum Dank. Wir wollten sehen, erleben, uns rühren. Wir pfiffen auf die Oberstabsärzte. Wir waren schon so gesund, daß wir ganz gern auch wieder einmal krank gewesen wären. Wir langweilten uns schrecklich. Die Neuyorkerinnen kamen leider seit Wochen auch nicht mehr. Auch sie waren offenbar des Schönen überdrüssig geworden! Es war trübselig.

Da kam endlich eine kleine Abwechslung.

Ein gerissener Neuyorker Geschäftsmann hatte sich zwei und zwei zusammengerechnet und sehr richtig auskalkuliert, daß die Jungen in Blau im Gesundheitslager von Montauk Point mit all ihrer angesammelten Kriegslöhnung eine gewisse Kaufkraft besitzen mußten. Solch' eine wundervolle Gelegenheit, sein Lager von alten, rumpeligen, wertlosen, aber fein lackierten Fahrrädern loszuwerden, bot sich sicher niemals wieder! Der Geschäftsmann aus Neuyork setzte sich also mitsamt seinen Fahrrädern auf die Eisenbahn und dampfte gen Montauk Point. Der Zufall und unser Pech – oder vielmehr das Pech der 21. Infanterie, man wird später sehen! – wollte es, daß er auf seinem Raubgang zuerst in das Signalkorpslager kam, und kaum eine Stunde später waren sämtliche Signalkorpssergeanten glückliche Besitzer von angeblich nagelneuen Fahrrädern: Hastings, Souder, Ryan, Baldwin, ich – alle, einfach alle.

Worauf der Mann aus Neuyork verschwand und wir uns anschickten, radfahren zu lernen.

Leutnant Burnell, in Abwesenheit des beurlaubten Majors unser Kommandeur, lachte uns aus und gab uns den niederträchtigen Rat, man lerne radfahren am schnellsten und bequemsten, wenn man von einem steilen Hügel herabfahre. Es ginge dann ganz von selber. Man könne – könne! sagte er – natürlich fallen, aber das gehöre nun einmal dazu. Der Rat leuchtete uns auch ein. Wir waren gerade in der Laune zu Tollheiten. Am Lagerrand suchten wir uns einen passenden, hübsch steilen, sandigen Hügel aus, über den die Jerseystraße führte. Sie war nicht sehr breit, höchst krumm, und hatte eine Einfassung von großen Steinen. Oben angelangt, setzten wir uns auf unsere Räder, packten die Lenkstangen und –

Sieben Sekunden später wünschte ein etwas wirrer Knäuel von neun Signalkorpssergeanten einem kommandierenden Leutnant Gesundheit und langes Leben!

Einige Räder waren ein wenig verbogen, sonst aber noch ganz gut; einige Köpfe verbeult, einige Arme und Beine abgeschürft. Am schlimmsten derangiert waren die Steine am Wegrand. Wir überlegten uns nun die Sache, hielten ein vergnügtes Palaver, und kamen überein, daß nie mehr als einer zur gleichen Zeit fahren sollte, damit die anderen zusehen konnten und so wenigstens ein bißchen Lustigkeit bei der Geschichte war. Als Jüngster kam ich zuerst daran und – ein brüllendes Jubelgeschrei, ein Höllengelächter belehrten mich, daß das Zuschauen amüsant sein mußte.

Mir persönlich jedoch war zumute, als hätte mich der Teufel geholt und führe mit mir davon …

Während ich den Sand ausspuckte und mein linkes Schienbein rieb, stand plötzlich ein Herr in Seidenhut, Gehrock, hellen Beinkleidern da – Major Stevens, vom Urlaub zurückgekehrt. Hastings wollte mechanisch melden: »Fünf Sergeanten erster Klasse und vier Sergeanten …« als ihn der Major unterbrach:

»Weiß ich, lieber Hastings. Sehe ich! Sagen Sie 'mal – sollte das Detachement plötzlich verrückt geworden sein? Wo haben Sie denn die Fahrräder her? Weshalb fahren Sie denn gerade die niederträchtig schlechte Straße da herunter?«

»Gekauft. Major, und –«

»Gekauft? Das ist ja Unsinn, Hastings. In Fort Myer bekommt das ganze Detachement sowieso Fahrräder geliefert. Ich bitte mir aus, daß die alten Dinger da weggeschafft werden. Sie werden schon Mittel und Wege finden. Es freut mich übrigens, daß Sie alle so ausnehmend lebendig zu sein scheinen, denn es wird Ihnen demnächst an ausgiebiger Gelegenheit zur Betätigung nicht fehlen. Wir haben Reiseorder! Morgen früh sieben Uhr, Sergeant!«

* *
*

Schleunigst sammelten wir die Fahrräder auf und eilten nach den Zelten, während der Major nachdenklich die Düne entlangschritt, das Spazierstöckchen schwingend. Uns alle plagte die Neugierde. Zwar wußten wir längst, daß in Fort Myer bei Washington das Hauptquartier des Signalkorps errichtet werden sollte und keiner von uns Aussicht hatte, in nächster Zeit wieder nach Kuba oder gar nach den Philippinen kommandiert zu werden: eine richtige Vorstellung aber, wie es in dem neuen Signalfort aussehen würde, konnte sich keiner von uns machen. Unsere Lage war bezeichnend für die Zustände nach dem Krieg. Verschiedene Sergeanten und alle Signalleute waren nach und nach von Montauk Point zum Stab der Philippinenarmee, die sich in San Franzisko bildete, beordert worden, bis schließlich nur wir übrig blieben: Ein Major, ein Leutnant, fünf Sergeanten erster Klasse und vier Sergeanten stellten den Mannschaftsbestand dar, aus dem sich das neue

Signalfort zusammensetzen sollte! In Wirklichkeit freuten wir uns alle auf den Wechsel und das Neue, aber gebrummt mußte werden nach Soldatenart.

Der erfahrene Hastings schüttelte den Kopf. »Der Alte« – das war der Major – »macht mir ein viel zu energisches Gesicht«, sagte er. »Weiß der Teufel, was der während seines Urlaubs in Washington alles ausgeknobelt hat! Kann mir lebhaft vorstellen, wie er im Kriegsministerium herumgesaust ist! Ich habe so eine Ahnung, Jungens, als ob uns heidenmäßige Arbeit bevorstünde!« – »Das können wir uns selber denken«, lachte Ryan. »Wenn neun Sergeanten ein ganzes Signalfort gründen sollen, so ist's mit dem Nachmittagsschlafen vorbei.«

»Donnerwetter, wer soll denn kochen?« rief Souder. »Ein Sergeant etwa?«

»Das ist mir egal«, erklärte Hastings. »Ich jedenfalls nicht.«

»Du tust dich leicht, als Rangältester«, knurrte Souder. »Du wirst natürlich erster Sergeant« – *first seargant*, so wird in der amerikanischen Armee der Wachtmeister genannt – »und drückst dich gemütlich im Büro herum. Dito Carlé. Es gibt doch immer Leute, die sich das richtige Plätzchen zum Hinlümmeln auszusuchen verstehen. Im übrigen wird es ganz nett werden, glaube ich. Was mich ärgert, ist nur, daß ich auf meine alten Tage« – Souder war kaum einundzwanzig – »noch den Rekrutenkorporal spielen soll! Von links und von rechts, von oben und von unten werden sie daherkommen, die Rekruten, und wenn es auch wahrscheinlich Berufstelegraphisten sein werden, so müssen wir ihnen doch erst die militärischen Töne beibringen. Was kein Vergnügen ist, *gentlemen*!«

Wir ließen jedoch bald von Erwägungen ab, die nur rein spekulativer Natur sein konnten, und beschäftigten uns praktischer damit, die kaum gekauften Fahrräder wieder zu verschachern. Die kurze Bemerkung des Majors, daß uns in Fort Myer Räder geliefert werden würden, hatte uns die Freude an dem neuen Spielzeug gründlich versalzen; wer wird sich auch ein Fahrrad kaufen, wenn er eins gratis bekommen kann! Wir wollten unser Geld wieder haben!

Zu diesem Zwecke begaben wir uns in die nächsten Zelte, in denen das 21. Infanterieregiment hauste, und erklärten den Unteroffizieren ausführlichst, daß wir Reiseorder hätten und die Fahrräder nicht mitnehmen dürften. Aus besonderer Liebe und Freundschaft würden wir sie ihnen furchtbar billig verkaufen. Sie wollten aber gar nicht anbeißen.

»Kinder, so billige Fahrräder kriegt ihr im Leben nicht wieder!«
sagte Hastings bekümmert.

»Direkt geschenkt!« sekundierte ich.

Doch die 21. Infanterie machte gesucht gleichgültige Gesichter, und
wir verfluchten innerlich unsere antiquarischen Fahrräder. Doppelt
verfluchten wir den geschäftsklugen Mann aus Neuyork, der sie und
uns lackiert hatte.

Da hatte Souder einen genialen Gedanken.

»Wißt ihr was?« sagte er. »Ihr seid nette Jungens, und wir wollen
euch Gelegenheit geben, diese neuen, seinen, wertvollen Fahrräder
umsonst zu bekommen. Wir spielen einfach ein bißchen Poker, und
ein Fahrrad gilt immer zehn Dollars. Einverstanden?«

Natürlich waren sie einverstanden, wie Souder als feiner Psychologe
vorausgesehen hatte; daß ein amerikanischer Regulärer der Verlockung
eines Spielchens Poker widerstanden hätte, war seit Menschengedenken
nicht dagewesen! Und als wir spät abends zu unseren eigenen Zelten
zurückkehrten, waren wir unsere Fahrräder los, hatten den Infanteristen
ein unmenschliches Geld abgenommen, und ihnen ihr sämtliches Bier
ausgetrunken.

»Das wäre erledigt.« sagte Sergeant Souder.

Als wir am Offizierszelt vorbeikamen, rief uns der Major an.
»Wollen Sie mir freundlichst auseinandersetzen, Sergeant Hastings«,
sagte er, »weshalb ich seit drei Stunden keine Menschenseele im Lager
auftreiben kann? Natürlich ist beim Einundzwanzigsten drüben wieder
gepokert worden, ganz gegen Orders, nicht wahr?«

»*Yes, sir,*« antwortete der alte Sergeant mit einem seraphischen Lächeln. Er hatte sehr viel Bier getrunken. »*Yes, sir.* Die vom Einundzwanzigsten haben jetzt unsere Fahrräder und wir haben ihr Geld!«

»Bande!« knurrte der Major und drehte sich scharf um. Wir hörten
ihn und Leutnant Burnell im Zelt laut lachen.

* *
*

Die Order des Kriegsministers, die wir beim Appell am nächsten
Morgen in den üblichen gedruckten Formularen erhielten, drückte
sich sehr allgemein aus. Sie lautete ungefähr so: »Major G. W. S. Stevens, *U. S.* Volunteer Signalkorps, Leutnant John W. Burnell, die Sergeanten erster Klasse Soundso und die Sergeanten Soundso des *U. S.*

Signalkorps haben sich sofort nach Eintreffen dieser Order nach Washington, Distrikt von Columbien, zu begeben, und von dort aus nach Fort Myer in Virginien. Major Stevens wird, den Anweisungen des Chief Signal Officer unterworfen, den Signalkorpsposten Fort Myer organisieren und zweihundertundfünfzig neu zu rekrutierende Signalmänner ausbilden. Die Sergeanten sind bis auf weiteres als auf detachiertem Dienst zu betrachten.«

»Hallelujah!« flüsterte Souder, der neben mir in Reih und Glied stand.

Denn detachierter Dienst bedeutete eine Löhnungszulage von über hundert Dollars im Monat, die Onkel Sam sonst nur denjenigen Sergeanten gewährte, die zu den Rekrutierungsstellen in den großen Städten abkommandiert waren.

* *
*

Durch die Unabhängigkeitserklärung Kubas im Friedensschluß war die Lage auf der Insel keineswegs geklärt. Parteien und Parteichen, alte und neue Insurgentenführer, voran der alte Rebell Gomez, zankten sich um den Raub, und dem durch viele Jahre der Mißwirtschaft, der Revolution und des wirtschaftlichen Niedergangs ausgepreßten Land schien wiederum ein Bürgerkrieg bevorzustehen, als die Vereinigten Staaten abermals eingriffen und die Insel unter militärische Verwaltung nahmen. Das Programm der Washingtoner Regierung, stark beeinflußt zweifellos durch das amerikanische Kapital, war, Ruhe und Frieden auf der Insel herzustellen und die militärische Diktatur so lange auszuüben, bis die politischen Zustände das Bilden einer Regierung erlaubten, der Vertrauen entgegengebracht werden konnte. Dieser Beschluß der Vereinigten Staaten verursachte ihnen nicht geringe Schwierigkeiten, denn die Okkupation Kubas wurde allgemein nur als Vorläufer der Annexion betrachtet. Es ist auch sehr fraglich, ob Washington sein Programm damals wirklich in gutem Glauben aufstellte und sich nicht in naher Zukunft eine Lage auf der Insel erhoffte, die Anlaß zu endgültigem Besitzergreifen geben würde, tatsächlich aber spielten sich die Ereignisse programmgemäß ab: die Insel Kuba wurde, wenn auch nach Ablauf geraumer Zeit, der Selbstverwaltung einer republikanischen Regierung übergeben und ist frei und autonom geblieben bis auf den heutigen Tag. Sie wird es nicht bleiben. Sie ist eine reifende Frucht, die früher oder später von den Männern des Sternenbanners gepflückt werden wird. Das schöne Wort vom *Cuba libre*, vom freien Kuba, ist wie die Überschrift eines Märchens, das nur sehr kleine und sehr brave Kinder glauben. Denn über *Cuba libre* schwebt die harte Faust Onkel Sams. Die Inselrepublik wird in Wirklichkeit vom Standpunkt amerikanischer Interessen aus verwaltet. Es wird nicht lange dauern, und der Freiheitstraum der Kubaner ist ausgeträumt. Es bedarf dazu nur eines Schwankens der Weltlage, das der Monroedoktrin mehr Ellbogenraum gibt.

Die nächstliegende Aufgabe der amerikanischen Regierung inmitten dieser Schwierigkeiten war die Verstärkung der Armee.

Die Besetzung Kubas erforderte Truppen.

Portorico brauchte auch Truppen. Nach den Philippinen mußten ebenfalls Truppen geschickt werden.

Dort sahen sich die Amerikaner einer Bevölkerung von kriegerischen Eingeborenen unter ehrgeizigen Führern gegenüber, die jeden Fußbreit des Landes zäh verteidigten und dem Eroberer einen unendlich langwierigen Kleinkrieg in sumpfiger Wildnis aufnötigten.

Aus dem plötzlichen Mehrbedarf an Truppen ergaben sich neue und dauernde Ansprüche an die Leistungsfähigkeit und die Organisation der amerikanischen Armee, deren Verhältnisse sich nun fast über Nacht von Grund auf veränderten und verändern mußten. Wie mit einem Schlag.

Die schrecklichen Zeiten des Bürgerkrieges, die auf beiden Seiten brutalste militärische Diktatur brachten, hatten eine starke Reaktion gegen den Soldatenrock ausgelöst, trotz aller Begeisterung für die Kämpfer und die Kämpfe des Kriegs. Nach kurzer Übergangsperiode sank die Effektivstärke der regulären Armee gewaltig und betrug viele Jahre hindurch kaum 25 000 Mann. Die freilich zahlreiche Miliz war völlig bedeutungslos. Die Freiwilligenregimenter der einzelnen Staaten hatten kaum militärische Ausbildung genug, halbwegs in Formation zu marschieren, und die in einzelnen Städten und Städtchen verstreuten Kompagnien waren wenig mehr als Vereine, Klubs, Gesellschaften, in denen man Milizbälle organisierte. Praktisch kam die Miliz nur bei den seltenen Streiks großen Umfangs und lokalen Unruhen zur Geltung. Der wirkliche Soldat aber, der Reguläre, war zum Polizisten der Zentralmacht in Washington geworden. Er übte im mittleren Westen und im Nordosten die Indianerpolizei aus. Es kam außerordentlich selten vor, daß die reguläre Armee sich zu größeren Verbänden zusammenfand, denn die Indianerkriege waren fast immer Polizeikämpfe mit einzelnen Banden. In Kompagnien, Schwadronen, Batterien, und häufig in Halbkompagnien sogar waren die 25 000 Mann über das Land verteilt, zur großen Mehrzahl in einsamen Forts im Westen, zur Minderzahl in Rekrutierungsforts in der Nähe von großen Städten. Der Brigadegeneral bekam seine Brigade niemals beisammen zu sehen. Militärische Ausbildung im europäischen Sinne wurde so zur Unmöglichkeit, und die Gesamtorganisation stand nur auf dem Papier. Die Armee löste sich in Polizeiwachen auf … Eigentümliche militärische Zustände und ein eigenartiger Soldatentyp entstanden. Der amerikanische Soldat war – und er ist es noch – der am besten bezahlte, der am besten ernährte, der am besten gekleidete und am wenigsten arbeitende Soldat der Welt. Als Begriff geschätzt, wurde er von seinen Mitbürgern als Einzelperson wenig hochgeachtet. Goldbeknöpfter Sohn eines Tagediebs – faulenzender Dreizehndollarmann – Schießprügelspaziergänger – das waren so die Beinamen, wie sie die liebe Öffentlichkeit ihm gab, und sie wurden immer zahlreicher und bissiger, als die Indianerunruhen völlig aufhörten, und die reguläre Armee nach dem Ermessen des amerikanischen Bürgers gar keine Existenzberechtigung mehr hatte. Der Reguläre scherte sich den Kuckuck darum.

Er lebte ein geruhiges Leben, voll der schönsten Gemütlichkeit und führte ein ungemein beschauliches Dasein in den kleinen Forts, fast immer in wundervoller landschaftlicher Lage. Am Rande einer wohlgepflegten Wiese, dem Paradegrund, standen hübsche Holzhäuschen mit breiten Veranden und Gärten. Dort hauste der Reguläre in blitzblanken Stuben. Auf der anderen Seite des Paradegrunds waren die schmucken Offiziershäuschen, denn in diesem Sybaritenland des Soldaten war jedem einzelnen Offizier, sei er nun Unterleutnant nur oder Oberst und Kommandeur des Forts, ein eigenes Häuschen samt Einrichtung auf Staatskosten zur Verfügung gestellt. Des Morgens früh rief ein Signal den Regulären zu gymnastischen Übungen, damit er gesund und im Training bleibe, nachdem das Tagewerk mit einem ausgiebigen Frühstück von Kaffee, gebratenem Speck, Eiern und Hafergrütze begonnen hatte. Vielleicht schoß er dann ein bißchen oder die halbe Kompagnie führte gar eine Gefechtsübung in Feuerlinie aus, aber um 1 Uhr nachmittags war nach unverbrüchlicher Gepflogenheit die saure Arbeit beendet. Das *dinner* um 1 Uhr ungefähr, die nach amerikanischer Sitte sehr reichliche Hauptmahlzeit des Tages, bedeutete praktisch Abschluß des Dienstes. Nur ein winziger Teil der Mannschaften hatte allnachmittäglich die Routinearbeit des Forts zu leisten und dabei überanstrengte man sich so wenig, daß zehn Mann einen ganzen Nachmittag angenehm damit verbrachten, dreißig Papierschnitzel von der Paradewiese aufzulesen. Hier strichen drei oder vier Mann eines der Holzhäuschen neu an, denn blitzblanke Sauberkeit war das Alfa und das Omega des Lebens in den Forts; dort geleiteten zwei Mann im Schneckentempo ein Mauleselgefährt, das Proviant nach dem Büro des Quartiermeisters brachte. Solch schwere Arbeit wurde dem amerikanischen Soldaten höchstens zweimal in der Woche zugemutet und einmal oder zweimal nur zog er auf Wache. An den übrigen Nachmittagen war er ein freier Mann, der sich nach eigenem Ermessen vergnügte. Auf weiten Wiesen hinter den Linien – der Paradegrund war geheiligt und durfte außerdienstlich nur von dem Fuß eines Offiziers betreten werden – wurde Ball geschlagen und Fußball gespielt. Die Kompagniekammer lieferte jederzeit Jagdgewehre und Munition zu Jagden in der Umgebung, und Jagdurlaub auf längere Dauer wurde mit Vergnügen gewährt und sogar durch kleine Geldhilfen unterstützt. Nur um 7 Uhr abends unterbrach noch einmal eine militärische Zeremonie das Leben der Beschaulichkeit. Dann wurde unter den Klängen des *star spangled banner*, von der Kapelle gespielt, feierlich die Flagge vor dem Hause des Kommandeurs niedergeholt, während die Mannschaften auf dem Paradegrund angetreten waren und weißbehandschuht die amerikanischen Farben salutierten. Des Abends dann standen dem müden Mann zwei Kantinen zur Verfügung, allwo er sich von den Strapazen des Tages erholen konnte; eine offizielle Fortkantine in den Linien und eine höchst unoffizielle Kantinenkneipe außerhalb der Linien, die im Verborgenen blühte. In der Fortkantine gab es leichtes Bier, unschuldige Brettspiele, allerlei Wochenschriften und sogar gelegentlich fromme Traktätchen, die aber sehr bald zu verschwinden pflegten: die heimliche Kantine wartete mit stärkeren Genüssen auf. Denn Mr. Regulärer hatte auch seine kleinen Laster, deren vornehmlichstes es war, daß er sich mit Haut und Haaren dem Spielteufel verschrieben hatte. So fein, so ausdauernd, und so bodenlos leichtsinnig wie er spielte niemand Poker, und wenn der Zahlmeister gekommen war mit den 13 Dollars, so ließ es ihm sicher keine Ruhe, bis sie sich entweder sehr vermehrt hatten oder gänzlich heidi waren. So fanden sich die Regulären und die Spielratten der Umgebung in trautem Verein in der heimlichen Kantine zusammen, um sich bei schlechtem Whisky gegenseitig die Hälse abzuspielen. Die Umgebung kam übrigens gewöhnlich sehr schlecht dabei weg.

Ein militärisches Idyll.

Mehr Sport und Training, als militärische Ausbildung. Ein oberflächlicher Beobachter konnte den Eindruck gewinnen, daß Onkel Sam nutzlos Unsummen von Geld für dieses Spielzeug einer Armee ausgab. Denn der Mann, der so beschaulich dahinlebte, bezog eine monatliche Löhnung von dreizehn Dollars, die obendrein von Jahr zu Jahr stieg: er erhielt ein so reichliches Kleidergeld, daß er sich noch manchen Dollar ersparen konnte im Jahr: er wurde beherbergt und beköstigt wie kein anderer Soldat der Welt. Onkel Sam sorgte für ihn in jeder Weise. Nach Ablauf einer gewissen Dienstzeit durfte er sich verheiraten und hatte Anspruch auf ein Häuschen hinter den Linien und auf doppelte Rationen – er war pensionsberechtigt – er bekam sogar ein hübsches Sümmchen in bar, wenn seine jeweilige Dienstzeit von drei Jahren abgelaufen war. Freilich mußte er dabei Glück haben. Eine eigentümliche Gepflogenheit der Armee nämlich schrieb vor, daß der Soldat nach Ablauf seiner Dienstzeit auf Staatskosten nach dem Orte zurückbefördert werden mußte, wo er sich hatte anwerben lassen, und zwar durfte er sich die Art dieser Beförderung selber aussuchen. Er durfte Eisenbahn fahren – konnte aber auch marschieren. Zog er den Weg zu Fuß vor, so verlangte der gute Onkel Sam nur einen Marsch von 15 englischen Meilen an jedem Tag von ihm und zahlte ihm für jeden Tag Löhnung, Menagegeld, Kleidergeld und so weiter. War nun ein Soldat so glücklich gewesen, sich in Neuyork anwerben zu lassen und in das Presidio von San Franzisko versetzt zu werden, so hatte er für den Rückmarsch die Kleinigkeit von 4500 englischen Meilen zurückzulegen, wozu ihm nach der militärischen Berechnungsformel 300 Tage gewährt werden mußten – was auf eine Geldentschädigung von ungefähr 450 Dollars in bar hinauslief. Das Unikum aber war, daß natürlich kein entlassener Soldat jemals marschierte! Die ganze Sache war eine Fiktion. Wenn der Zahlmeister einem Mann nach Ablauf seiner drei Jahre die restliche Löhnung und das aufgesammelte Kleidergeld ausbezahlte, so machte er ihn pflichtgemäß darauf aufmerksam, daß ihm freie Rückbeförderung zustehe:

»Wünschen Sie zu marschieren?«

»Jawohl. Herr Zahlmeister!«

Worauf eine amtliche Karte hervorgeholt, umständlich ausgerechnet, wie lange der Weg sei, und das entsprechende Geld in bar ausbezahlt wurde.

Der entlassene Mann aber salutierte, grinste, und ging sofort ins Nebenzimmer zum Adjutanten, um sich auf der Stelle neu anwerben zu lassen und in fünf Minuten von neuem wieder Soldat zu sein!

War der Entlassene nun gar Unteroffizier mit höherer Löhnung, so konnte diese niedliche Wegzehrung für einen Weg, der niemals marschiert wurde, weit über tausend Dollars betragen! Und in jeder Beziehung hatte Onkel Sam einen offenen Geldbeutel für seine Berufssoldaten. Es klingt humoristisch, ist aber absolute Tatsache, daß vom Korporal aufwärts sämtliche Chargen bei Dienstreisen nicht nur Anspruch auf Beförderung erster Klasse, sondern auch auf einen Platz im *Pullman-Car*, im Schlafwagen haben!

Doch der gute, reiche, verschwenderische Onkel Sam wußte sehr wohl, was er tat.

Für ihn bedeuteten die Männer des geruhigen Lebens in den kleinen Forts eine stets schlagbereite Polizeitruppe von alten Soldaten, die ihre besonderen Aufgaben bis ins kleinste hinein kannte. Die Vereinigten Staaten brauchten gar keine Armee im europäischen Sinn. Was sie brauchten, waren Männer, die in ganz kleinen Verbänden unter der Führung eines Sergeanten oder gar eines Korporals vollkommen selbständig handeln konnten – die beschwerliche Märsche von Hunderten von Meilen hinter Indianern her ohne lange Vorbereitung wagten – die Waldbrände eindämmten – die, in einem Wort, in den ungeheuren einsamen Gebieten des Westens die Ordnung und die Macht des Staates verkörperten. Dazu und zu nichts anderem war der Reguläre da, und er mochte immerhin faulenzen in den Zeiten des Friedens, wenn er nur sein Handwerk verstand und stets bereit war, in fünf Minuten auszurücken. Daraus erklärte sich der Mangel an intensiver militärischer Arbeit. War der *rooky*, der Rekrut, einmal ausgebildet, ein Schütze, trainiert, praktisch, so verlangte man nichts mehr von ihm. Obendrein bestand die reguläre Armee zu sieben Zehnteln aus alten Soldaten mit mehr als sechs Dienstjahren, die ihren Beruf genau so kannten und liebten wie der Offizier.

Die Vereinigten Staaten hatten also vorzügliche Soldaten, aber eigentlich keine Armee, so sonderbar das klingen mag.

Allgemeine militärische Dinge wurden gänzlich vernachlässigt auf Kosten der Einzelausbildung. Die Kavallerie betrieb Reiten als Sport und erzielte Höchstleistungen besonders im Voltigieren und in Dressur. Die Infanterie arbeitete auf Schießleistungen und Training hin und pflegte nebenbei Marotten, wie das Polieren der Gewehrschäfte und eine peinliche persönliche Sauberkeit, wenn man das eine Marotte nennen kann. Andere Waffen spezialisierten sich weit über die militärischen Grenzen hinaus. Das Signalkorps zerstreute seine fünfzig Sergeanten über das ganze Land und verwendete sie zum Telegraphendienst und Wetterdienst in unzugänglichen Gegenden. Die Pioniere waren kaum mehr Soldaten, sondern Angestellte des Staates, für öffentliche Arbeiten wie Flußregulierungen des Mississippi, Hafenbauten, Entwässern von Sümpfen; eine Doppelstellung, die beibehalten worden ist bis auf den heutigen Tag: Pionieroffiziere der regulären amerikanischen Armee sind die leitenden Ingenieure des Panamakanalbaues.

* * *

Unter derartigen Verhältnissen hatten schon die Organisierung, der Transport, die Verpflegung, und die Führung der kleinen kubanischen Armee von 20 000 Mann ungeheure Schwierigkeiten gemacht: Schwierigkeiten, die nur durch einen Aufwand von Millionen und Abermillionen an Geld und eine gewisse Dezentralisation zu überwinden gewesen waren. Das Kriegsministerium hatte auf eine einheitliche Leitung der militärischen Affären verzichten und einzelne befähigte Männer mit großer Machtvollkommenheit ausstatten müssen. Die jungen Offiziere der regulären Armee, um viele Grade befördert, organisierten die von ihnen kommandierten Truppenabteilungen völlig selbständig.

Ähnlich war die Lage nach dem Kriege. Das Freiwilligensystem hatte trotz der Erfolge im Santiagotal doch im großen und ganzen auf längere Dauer versagt und mußte für die Besetzung der Inseln und die Kämpfe in den Philippinen völlig umgewandelt werden. Man entschloß sich in Washington wiederum zur Dezentralisation und vertraute die Neuorganisierung einzelnen der befähigsten Köpfe unter den höheren Offizieren selbständig an.

Die ungeheure Arbeit, die nun folgte, erlebte ich unter Major Stevens in engem Rahmen bei der Neubildung des Signalkorps mit.

Signalfort bei Washington

Orville Wright in Fort Myer. – Eine Erinnerung. – Der amerikanische Nationalfriedhof. – Unser Einzug ins Fort. – Hastings und der Kavalleriewachtmeister. – Major Stevens und sein Oho! – Die erste Paroleausgabe. – Im Materialdepot zu Washington. Amerikanische Wirtschaft aus dem Vollen. – Wie der Major zauberte. – Hastings will verdammt sein ...

Nie wieder im späteren Leben standen die Wiesen, die Wälder, die kleinen Holzhäuser, der sonnige Hügel mit dem weiten Blick auf Washington, die den Militärposten von Fort Myer in Virginien bilden, so deutlich vor meinem geistigen Auge als an jenem Abend vor einigen Jahren, da ich in meinem Hamburger Heim die Zeitungsmeldung las, die damals ein Weltereignis bedeutete: Orville Wright, der eine der beiden geheimnisvollen Brüder Wright, von denen immer wieder behauptet wurde, sie seien auf dem unzugänglichen Gebiet ihrer einsamen Farm zum erstenmal in der Geschichte der Menschheit wirklich geflogen, hatte sein Wunder von einer Maschine, das erste Flugzeug der Welt, in Fort Myer einer Kommission von Signaloffizieren der amerikanischen Armee vorgeführt und war geflogen! Die Luft war erobert. Aber das wahrgewordene Traumbild von fliegenden Menschen machte kaum stärkeren Eindruck auf mich als die Beschreibungen meines alten Signalforts, die nun die großen Blätter brachten, denn auf den Namen Fort Myer horchte damals die Welt. Die drei Ballonhallen wurden geschildert, die unten am Wiesengrund erbaut worden waren, – die Einrichtungen für drahtlose Telegraphie, die einen gewaltigen Komplex umfaßte; die Laboratorien, in denen technische Offiziere Tag und Nacht daran arbeiteten, die neuen Entdeckungen auf dem Gebiete des Verkehrswesen für das amerikanische Signalkorps nutzbar zu machen.

Und es mutete mich sonderbar und unheimlich fast an, daß mir der liebe alte Ort da drüben, seine Menschen, seine Dinge, seine Art nun so fremd waren, als hätte ich nie die schwarzsilbernen Streifen und die bunten Flaggen auf den Ärmeln getragen – niemals im Funkendonnern des drahtlosen Sendeapparats gesessen – nie mitgearbeitet am Taster, bei den Flaggen, in den photographischen Dunkelkammern, in den Ballonwerkstätten ...

So verschwommen, so weit entfernt war all das, als sei es ein unwirkliches Märchen. Ich stellte mir vor, ich trüge noch Sergeantenuniform, und lachte, und widmete eine lange Nacht alten Erinnerungen. Jetzt wurden dort Flugzeugschuppen gebaut, – Wissenschaftler arbeiteten in Laboratorien – – – Den Grund aber zu diesem Bau hatten ein simpler Major, ein simpler Leutnant, und noch simplere neun Sergeanten gelegt, und wir hatten gearbeitet wie Verrückte, und der Major wäre beinahe vor ein Kriegsgericht gekommen, weil ihm jeder Weg gerecht gewesen war, dem Widerspenstigen Kriegsministerium das nötige Geld abzulocken ...

Die alten Bilder schwebten mir vor in jener Nacht. Wie köstlich war die Arbeitswut gewesen, die uns alle damals gepackt hatte – wie hatten sie geklappert und spektakelt überall, die Instrumente! Wie pilzartig schnell war die Ballonhülle unten im Wiesental in die Höhe geschossen; wie rasend eilig hatten wir sie zurechtgeknetet, die Signalrekruten; wie wundersam verändert waren wir neun Sergeanten über Nacht fast aus einem untätigen Häuflein von geruhsamen Zeltbewohnern zu machtbesitzenden Führern des neuen Signalnachwuchses geworden, zu Organisatoren, zu fieberhetzenden Arbeitern voller Verantwortlichkeit!

Dort am Waldrand hatten einst die drahtlosen Funken gesprüht, über jenen Hügel hatte ich den Draht nach Washington legen lassen, in diesem Bürozimmer die geldheischenden Berichte an das Kriegsministerium verfaßt ... Ach, was waren das für schöne Zeiten gewesen! Ein deutscher Hauptmann und Kompagniechef besitzt nicht die Machtvollkommenheit, die damals in unseren Händen war! Und ich dachte an die Aberhunderte von Befehlen, die ich signiert hatte: »*Ca Sgt*« Carlé – Sergeant. Sergeant Carlé! Wie sonderbar das heute klingt ...

Im Erinnern ist es wirklich ein Märchen!

* *
*

An einem Spätherbstnachmittag des Jahres 1898 marschierten wir durch die stille Ringstraße der Bundesstadt Washington; still im Vergleich zu dem lärmenden Hasten und Dröhnen des Arbeitstages in anderen amerikanischen Großstädten. Dort im Hintergrunde wölbte sich die gewaltige Kuppel des Repräsentantenhauses; hier, hervorleuchtend zwischen herbstfarbenem Gebüsch stand in einer weiten Rasenfläche das Weiße Haus. Durch kleinere Straßen ging es dann, alle still und friedlich, in eine Vorstadt und dem Potomac zu, dessen schlammige gelbe Fluten träge dahinflossen. Drüben über der Brücke begann schon das Gebiet des Staates Virginien. Denn der Distrikt von Columbien umfaßt nur die Stadt Washington selbst, wurde er doch einst herausgeschnitten aus zwei Staaten, Virginia und Maryland, als die begeisterten Freiheitsmänner der jungen amerikanischen Republik beschlossen, daß die Bundeshauptstadt allen gehören müsse und keinem, auf daß kein einzelner Staat sich des Vorzugs rühmen könne, der Sitz der Regierung zu sein.

Vor uns lag buschiges Hügelland, und bald besagte eine Tafel in der einfachen amerikanischen Art *U. S. military territory* – Militärland der Vereinigten Staaten. Es mußten Männer weiser Voraussicht gewesen sein, die einst diesen wundervollen Flecken Landes, stundenbreit und stundenlang, für die Regierung angekauft hatten. In bunter Reihenfolge wechselten weite Wiesenflächen, tiefe Wälder, und hügeliger Busch. Die Straße selbst stieg in leichter Krümmung stetig aufwärts, dem Fort entgegen. Als wir an einem Wiesengrund vorbeikamen, blieb Major Stevens plötzlich stehen und rief, wie im Impuls des Augenblicks:

»Dorthin bauen wir die Ballonhalle!«

Und nach vier Monaten stand auch die Halle genau auf dem bezeichneten Fleck.

Häuschen in langer Reihe tauchten auf, die Offizierslinien, und im Rechteck schloß sich ein langer niedriger Holzbau mit breiten Veranden an, das Mannschaftsquartier. Dann kamen auf der anderen Seite des Paradegrunds die Adjutantur und Quartiermeistergebäude und weit drüben über einer großen Wiese Backsteinbauten; kleine Häuser und Ställe. Die Gebäude, die wir zuerst gesehen hatten, waren das alte Fort Myer, das nun vorläufiges Hauptquartier des Signalkorps werden sollte, bis die neuen Quartiere unten im Wald gebaut waren. Die 6. Kavallerie, die hier mit drei Schwadronen garnisonierte, hatte die alten Holzbauten schon vor Jahren verlassen und war in das neue Fort beim Arlington-Friedhof hinübergezogen. »Forts« im üblichen Sinne des Worts waren freilich weder das alte Fort Myer noch das neue. Denn heutzutage und damals schon besaß Onkel Sam wirkliche Befestigungen nur an wenigen Küstenorten, und den Namen Fort für einen militärischen Garnisonsort hatte nur alte Tradition aus den Zeiten gerettet, wo die militärischen Punkte im Indianergebiet tatsächlich kleine wohlgeschützte Festungen waren und sein mußten.

Die drei Kavallerieschwadronen waren die ständige Ehrenwache von Arlington Höhe, dem großartigen Nationalfriedhof der Vereinigten Staaten. Drüben zwischen den beiden Forts schlummerten in langen Reihen unter Zypressen, Trauerweiden, Rosengesträuch die amerikanischen Präsidenten, die großen Generale des Bürgerkriegs, und Tausende und Abertausende von Soldaten, gefallen auf dem Felde der Ehre. Wenige Wochen später reihte sich an die Toten aus dem Bürgerkrieg und den Indianerscharmützeln ein neues weites Totenfeld, denn die in Kuba gefallenen und begrabenen Offiziere und Soldaten wurden in Zinksärgen nach der Heimat gebracht und feierlich im Nationalfriedhof von Arlington bestattet.

»Halt! Wer da?« rief schallend die Kavalleriewache an.

»Bewaffnetes Militär der Vereinigten Staaten«, antwortete der Major zurück.

Nach den ein wenig altmodischen und ganz unamerikanisch steifen Vorschriften mußte nun die Wache den Korporal herbeirufen, der wiederum den Offizier *du jour* herbeiholte, und endlich wurde uns nach dem üblichen feierlichen Säbelpräsentieren vor der Flagge der Zutritt gestattet und die Quartiere uns übergeben.

»Signalkorps – abtreten!«

Kavallerieoffiziere legten Beschlag auf Major Stevens und Leutnant Burnell, während die Wachtmeister, Sergeanten und Korporale uns umringten. Der alte schnauzbärtige *first sergeant* von *F*-Schwadron stellte sich breitspurig vor uns hin, stemmte die Fäuste in die Hüften und sah uns von oben bis unten an.

»Reizende Gesellschaft!« rief er.

»Imponierend, nich'?« erwiderte Hastings trocken und todernst.

»Famose Kerle seid ihr ja!«

»Daran hat noch nie jemand gezweifelt.« knurrte Sergeant Hastings. »Mir scheint, Mc. Gafferty, daß du bescheidener gewesen bist, als du noch in Fort Lexington als kleiner Lancekorporal bei den Dreiern standest. Vergiß nicht, mein Sohn, daß mein Rang höher ist als der deine und ich dich in vorläufigen Stubenarrest schicken kann.« Schallendes Gelächter bei den Kavalleristen. »Was, zum Teufel, willst du denn eigentlich?«

»Ich will nur wissen, was dabei herausspringt!«

»Wobei?«

»Dabei, daß die ganze gesegnete *F*-Schwadron geschlagene acht Tage für euch Flaggenwedelgesellschaft sauer gearbeitet hat. Könnt ihr eure verdammte Arbeit nicht selber besorgen?«

»Nich', wenn wir Kavalleristen kriegen können!« grinste Hastings.

»Fünfzigmal zum Quartiermeister gerannt und fünfzigmal zurück – die alte Bude gefegt, geputzt, gespült, gestrichen – die Betten geholt, aufgeschlagen, bezogen – Küche eingerichtet – weiß der Teufel, was sonst alles noch – alles für die Herren Signalisten, die uns den Kuckuck 'was angehen – nette Arbeit für 'n alten Kavalleristen; niedliche Arbeit; muß ich sagen. Lieber will ich noch einmal zwei Zentner Kubaspeck futtern un' mein altes Fell von kleinen Espagnoles noch mehr vollschießen lassen. Hast du was abgekriegt da drunten im Santiagotal, *old boy*?«

»*No – nix,*« brummte Hastings.

»Kann ich mir denken! Habt euch in' Boden eingekratzt, ihr alten Signalmaulwürfe, eh? Ich hab' 'n Schuh in den rechten Arm und 'ne Kugel in den Bauch gehabt. Klettern wir da den Hügel 'rauf – ich vorne – ein Spanier legt links auf mich an, einer rechts, ein langer Kerl sticht mit dem Bajonett auf mich los – un' ...«

»Das genügt. Mc. Gafferty!« sagte der alte Signalsergeant entsetzt. »Ich geb's auf. Ich bin derjenige, welcher! Bier sollst du trinken, bis die alte Kantine leergepumpt ist, und wenn's mich zehn Dollars kostet, aber deine verdammten Geschichten erzähl' deiner verstorbenen Großmutter! 's ist doch gut, daß anständige Leute nach Fort Myer kommen, die euch Lügenpack von Kavalleristen – – –«

Mc. Gafferty hielt seine gewaltige braune Tatze wie einen Schallbecher vors Ohr und tat mächtig erstaunt.

»Anständige Leute?« wiederholte er grinsend. »Wer könnte das sein?«

Und diesmal hatte der alte Kavallerist die Lacher auf seiner Seite. Wir begannen schon enorme Wetten abzuschließen – Signalkorps gegen Kavallerie, in Flaschenbier und Zigarren – welcher der beiden zungenfertigen alten Kampfhähne Sieger bleiben würde in diesem Wortgeplänkel echter, zeitgeheiligter, regulärer Bosheit, als Major Stevens auf uns zukam und so dem edlen Wettstreit ein plötzliches Ende bereitet wurde. Es stand in den Sternen geschrieben, daß der gute alte Mc. Gafferty an diesem Abend kein Signalkorpsbier trinken sollte!

Die Kavalleristen trollten sich. Der Major betrachtete uns lange und nachdenklich, als erwäge er, was mit jedem einzelnen von uns im besonderen anzufangen sei, kaute nervös auf seinem Schnurrbart wie immer, und erklärte dann schlicht und gemütlich:

»*I am going to work you like the devil!*«

»Arbeiten sollt ihr mir, daß ihr glaubt, der Teufel sei hinter euch!«

Und dabei schmunzelte er vergnügt und selbstgefällig vor sich hin, als sei es etwas Wunderschönes, uns teufelsmäßig arbeiten zu lassen! Aus dem Schmunzeln wurde ein Lachen.

»Dja ...« fuhr er fort, immer noch lachend; »wir befinden uns alle miteinander in der traurigen Lage, arbeiten zu müssen! Mir fällt da ein kleiner Irländer ein, der auf Governor's Island in meiner Batterie diente. Giftiges kleines Kerlchen. Prügelte sich fortwährend. Sah ihn einer nur schief an, so krempelte er sich die Ärmel auf und sagte: »Willst du was? Meinst wohl, ich sei nur 'n Kleiner, heh? Komm her, du! Ich bin zwar klein, aber oho!« Na, nehmen Sie sich 'n Beispiel an Mr. Klein-Aber-Oho! Sagen Sie sich: Wir sind zwar neun, aber – oho! Meinetwegen dürfen Sie auch ruhig sagen: Der Major ist verrückt, aber wir wollen's ihm schon zeigen – oho! Es kommt mir nur auf das Oho an – ich bitte mir massenhaftes Oho aus!«

Der Witz schien uns gut, und wir grinsten.

»*Well* – was ich sagen wollte: Morgen treffen achtzig Mann Signalkorpsrekruten hier ein, die im Staat Neuyork angeworben worden sind.«

»Jetzt – will – ich aber – verdammt sein!« fuhr es dem alten Hastings überlaut heraus. Gleich darauf stellte er sich, wie entschuldigend, stramm in Positur.

»*Allright – allright, – Sergeant Hastings!* Ich kann mir lebhaft vorstellen, daß Sie überrascht sind. Hilft aber nichts. Ist eiskalte Tatsache, daß wir morgen achtzig Mann Rekruten haben. Müssen 'n bißchen Oho spielen!« Und als wollte er gleich einen guten Anfang machen, war es auf einmal mit Lachen und Gemütlichkeit vorbei. Kurz, klar, und scharf kamen die Befehle:

»Hastings ist *first sergeant*.

Souder – Telegraphen-Instrukteur und Quartiermeister-Sergeant.

Ogilvy – Flaggenarbeit und optischen Dienst. Baldwin und Ryan – Ballonabteilung.

Carlé – Büro.

Smithers – Magazin und Reparaturwerkstatt.

Mears und Ellis – Linienbau und Konstruktion.

Sämtliche Sergeanten reichen mir bis morgen früh ihre Vorschläge für den Arbeitsplan der ersten Woche schriftlich ein. Der Instruktionsdienst beginnt übermorgen: die Einrichtung muß daher bis dahin erledigt sein. Das Quartieramt der 6. Kavallerie hat Uniformen und militärische Ausrüstung für uns auf Lager: technische Ausrüstungsgegenstände liegen im Hauptdepot des Korps bereit. Die müssen wir sofort haben. Gehen Sie zum Adjutanten der Kavallerie hinüber, Souder. Meine Komplimente, und ich ließe ihn ersuchen, mir drei bespannte Leiterwagen zur Verfügung zu stellen. Für mich ein Offizierspferd. In einer halben Stunde. Das wäre alles.«

Wir hatten gerade noch Zeit, unser neues Quartier zu beschauen, in dem es nichts zu beschauen gab als lange Reihen von Feldbetten mit neuen Bezügen und grauen Armeewolldecken, Tische, Stühle – und eine hastige Mahlzeit von Brot und gebratenem Speck und Kaffee hinunterzuschlingen. Es war jämmerlich kahl in den frisch geweißten Räumen. Sergeant Hastings sah sich kopfschüttelnd um.

»Fragt mich nur nicht, was wir alles brauchen!« sagte er.

»Fragt dich ja auch niemand«, grinste Souder.

»Wird schon noch kommen. Mann, wir haben nichts, gar nichts, überhaupt nichts, als die Uniform, die wir auf dem Leibe tragen und 'n Hemd oder zwei, und wie da die Einrichtung binnen vierundzwanzig Stunden erledigt sein soll, weiß ich nicht. Verdammt will ich sein, wenn ich's weiß. Achtzig Rekruten einkleiden – Telegraphensaal herrichten – Kompagnie formieren – Büro in Gang setzen – mit Rekruten arbeiten, die von nichts 'ne Ahnung haben … well, well! Ich hätte gesagt, wir brauchten einen ganzen Tag allein dazu, die Bedarfslisten aufzustellen. Ich weiß überhaupt nicht, was wir alles brauchen. Lieber Gott, lass' uns wenigstens drunten im Depot 'was Anständiges kriegen!«

»Amen!« sagte Souder. »Im übrigen mach' ich's einfach wie der Major: Meine Rekruten sollen arbeiten, daß sie glauben, der Teufel sei hinter ihnen!«

Da fuhren auch schon die Leiterwagen vor.

In flottem Trab ging es hinunter nach Washington und in einer Viertelstunde hielten die Wagen in einem muffigen Seitengäßchen beim Kriegsministerium vor einem alten dunklen Lagerhaus mit vergitterten Fenstern und breiten Rolltüren. Arbeiter schoben die Türen auf, und ein hagerer, bebrillter Herr, der Materialverwalter, begrüßte den Major mit knappen Worten, um sich dann mit Bleistift und Notizblock kontrollbereit hinzustellen. Das aufflammende elektrische Licht zeigte einen riesigen Raum, mit gitterigen Holzfächern vom Boden bis zur Decke an den Wänden entlang. In der Mitte standen Wagen, elektrische Automobile, schwere Drahtrollenkarren, Fahrräder, Telegraphenlanzen aus leichten dünnen Stahlrohren, Schreibtische, in wirrem Durcheinander. Aus den Holzfächern glitzerten gelbmetallisch neue Telegrapheninstrumente, leuchteten seidenumsponnener Draht, rote und weiße Flaggen, funkelnde Werkzeuge, Signallaternen, Akkumulatorengläser. Wir standen täppisch da und gafften und trauten uns nicht recht, uns zu rühren, und warteten fast atemlos auf Befehle. Ich dachte an das armselige Häuflein verrosteter Telegrapheninstrumente und beschmutzter Flaggen, die wir in Montauk Point aus Kuba eingeliefert hatten …

Major Stevens winkte den Materialverwalter herbei.

»Notieren Sie, bitte. Vier Rollschreibtische –«

»Jawohl.«

»Zwei Schreibmaschinen fürs Büro; eine für Sie. Hastings, und eine für Carlé; das genügt doch vorläufig? Dann: Sechs Übungsmaschinen!«

»*Y–es, Sir*«, stotterte Hastings.

Dem alten Sergeanten traten die Augen beinahe aus dem Kopf. Er kniff mich in den Arm, daß ich zusammenfuhr. »Hol' mich der Teufel«, flüsterte er, »der – der Major hat Blankovollmacht! Er nimmt, was ihm paßt! Sch–schreibmaschinen! Vier – verdammt noch mal, vier Rollschreibtische – *well, I'll be damned!* So 'was ist mir noch nicht vorgekommen! 's ist auch gar nicht wahr!« Er war an ein Regime gewöhnt, bei dem für jedes neue Flaggentuch besondere Anträge durch alle möglichen Instanzen hindurch gestellt werden mußten, und dann bekam man es gewöhnlich erst recht nicht und dann falsch.

»Das Lastautomobil und das Sechssitzige!«

»Beide Wagen lassen Sie noch heute durch einen Mechaniker der Firma ins Fort fahren. –«

»Jawohl!«

Hastings trat mir den linken Fuß fast weg.

»Automobile!« zischte er.

»Die Sergeanten können sich übrigens umsehen«, fuhr Major Stevens fort, »und mir ihre Wünsche mitteilen. Wir nehmen alles, was wir gebrauchen können.«

»So 'was gibt's nicht«, stöhnte Hastings und blieb wie angenagelt stehen. »Ich will dir 'mal 'was sagen: Er hat den Kriegsminister besoffen gemacht und den General Greeley hat er hypnotisiert. Nee – er hat die Vollmacht direkt gefälscht. Nee – er hat 'n bißchen zu viel Whisky erwischt und tut nur so. Pass' mal auf – gleich kommt jemand und schmeißt uns alle 'raus – – –«

»9 Fahrräder!«

»12 Telephone, die neue Konstruktion.«

»50 Telegrapheninstrumente, komplett.«

»15 Feldstecher mit Entfernungssuchern.«

»100 Flaggen, halb rot, halb weiß.«

»10 photographische Apparate.«

»Dunkelkammereinrichtung, komplett –«

Hastings packte mich und deutete auf die Gitterfächer an der Wand. »Ich – ich weiß nicht, wie er's gemacht hat.« sagte er. »Ich weiß nur, daß der Kerl zaubern kann – richtig, reelle Wunder zaubern – un' meine Frau soll mich mit 'm Besen totschlagen, wenn ich die Fächer da nich' krank aussehen mache vor lauter Leerigkeit! Alles nehm' ich!«

Und wir stürzten uns auf die Reichtümer. Der alte Sergeant erschnüffelte vor allem die Ecke, in der Bürobedarf, Papier und Formulare aufbewahrt waren, denn ein gut Teil vom Bürokraten steckte in ihm, und sein Büro lag ihm arg am Herzen. Er suchte und wählte.

»1000 Briefbogen?« fragte er endlich den Major fast zaghaft. »Und da sind famose Befehlsformulare und –«

»Nehmen Sie alles!« war die gleichgültige Antwort. »Alles, was wir nur irgendwie brauchen können!«

Da begriffen wir endlich. Der Himmel mochte wissen, wie der Major es angestellt hatte, den bürokratischen Herren im Kriegsministerium diese unerhörten Vollmachten abzuringen – aber uns ging das jedenfalls nichts an. Es war jetzt an der Zeit, nicht nachzudenken, sondern zuzupacken, und wir packten zu! Hastings und ich räuberten eine Büroeinrichtung zusammen, wie sie ganz gewiß in keinem einzigen Fort der regulären Armee zu finden war: Schreibtische und Schreibmaschinen, Regale, Schränke, ledergebundene Befehlsbücher, elegantes Schreibzeug, das für das Ministerium bestimmt gewesen sein mochte, Briefkörbchen,

Bleistiftpakete, Großes und Kleines – alles, was uns nur in die Hände kam. Es war beinahe ein Leiterwagen voll. Dann, als wir unser spezielles Schäflein im Trockenen hatten, wandten wir uns helfend den anderen zu, die in Telegrapheninstrumenten wühlten und über kostbaren neumodischen Trockenbatterien wie Kinder krähten vor Vergnügen. Der Materialverwalter machte große Augen, sagte aber nichts. Lange Nachmittagsstunden krochen wir zwischen den Regalen umher und ließen uns Extrakammern aufsperren und prüften und betasteten – und nahmen!

Werte von Hunderttausenden waren hier aufgespeichert. Man sah, wie guter Wille und reichgefüllter Beutel verschwenderisch und fast planlos gewirtschaftet hatten, um neues Handwerkszeug für neue Arbeit zu schaffen, und so bunt der Wirrwarr schien, so ließ er doch ahnen, wie mannigfaltig und wie interessant die Arbeit der Männer vom neuen Signalfort sein sollte. Hier war alles Signalhandwerkszeug. Vom riesigen elektrischen Automobil, das damals eine vielbestaunte Neuigkeit war und den Unternehmungsgeist des Signalkorps bewies, bis zum winzigen Taschentelephon stellte alles in diesen Räumen modernstes Handwerkszeug zur raschen Übermittlung von Nachrichten dar. Der Telegraph, die Flagge, die Laterne genügten nicht mehr; man hatte gelernt in den Tagen des Santiagotals. Jetzt sollten unten in Kuba oder drüben auf den Philippinen nicht mehr einzelne Männer mühselig schwere Drahtrollen schleppen, sondern rasche Automobile mußten das Material zur Feuerlinie befördern; die langsam schreibende Hand erhielt ein schnelles Hilfsmittel in Gestalt der Schreibmaschine; tragbare elektrische Akkumulatoren und Azetylenapparate verdrängten die simple Signallaterne. So deutlich, als sprächen sie lebendige Sprache, erzählten die Dinge aus Eisen und Stahl und Messing, daß das Elend in Kuba ein neues Signalkorps gezeitigt hatte. Das verschwenderische Material hier bedeutete den ersten Anfang; das Fort droben auf dem Arlington-Hügel sollte die Kinderstube werden. Noch tappte man freilich unsicher und suchend in der modernen Technik.

Es war, als seien Hals über Kopf die Preislisten der großen technischen Firmen bestellt worden und als habe man blindlings gewählt und gekauft, nur um zu haben. In Hetze und Eile. Oft paßten die Teile der Telegrapheninstrummte nicht zusammen, weil verschiedene Firmen sie geliefert hatten, und der kostbare Kupferdraht war nicht von einheitlichem Durchmesser, und bei den Automobilen sollte es sich herausstellen, daß die Akkumulatoren explodierten, wenn man über holperigen Boden fuhr. Doch das waren Kleinigkeiten. Dem Signalkorps, das in Kuba zusammen nur eine einzige, rechtswidrig angeeignete Zange besaß und sich eine Transportkarre von seinem Major hatte stehlen lassen müssen, schien das Washingtoner Depot eine unerschöpfliche Wunderhöhle Aladdins.

Den Männern, die im philantropischen Gesundheitslager von Montauk Point viele Wochen lang nach allen Regeln der Kunst gefaulenzt hatten, kam auf einmal wieder der Appetit zur Arbeit. Noch begriffen sie es zwar nicht ganz, daß sie auf einmal Elektriker, Photographen, Techniker, Chauffeure, Installateure sein sollten, aber schon gleißten und lockten all die neuen Dinge. Der Geist der Arbeit steckte in ihnen.

Wir verbrannten uns die Hände im Säurengemisch von Akkumulatoren und zankten uns über die Einrichtung des Azetylengenerators und ellbogten ungeniert und unmilitärisch den Major, der genau so herumkroch und genau so aufgeregt und genau so neugierig war wie wir, und zählten und notierten und verpackten und hetzten die Zivilarbeiter vom einen Ende des Depots zum anderen. Gegen Abend waren nicht nur unsere drei Leiterwagen vollbepackt, sondern das Depot mußte uns auch noch einen riesigen Blockwagen leihen.

»Na, was sagen Sie, Hastings?« meinte der Major vergnügt, während er sich die Hände wusch.

»M–m–mm«, murmelte der alte Sergeant.

»'raus damit!«

»Wenn der Herr Major gestatten – aber ich gäb' einen Monat Löhnung darum, wenn ich müßte –«

»Na?«

»– wie der Herr Major das gemacht haben!«

Der Offizier brach in ein schallendes Gelächter aus: »Frag' mich nichts, und ich lüg' dir auch nichts vor!« zitierte er. »Sie verstehen doch, Sergeant Hastings?«

»*Yes, Sir*. Aber 's ist wunderbar, 's fehlt nur noch eine Dampfmaschine und ein Piano!«

»Die kriegen wir das nächstemal!« lachte der Major. »Na, Hastings, nun schaffen Sie die Sachen ins Fort. Sie sind verantwortlich. Ich muß zu Mrs. Stevens. Sollte heute abend noch etwas vorliegen, so können Sie mich im Kongreßhotel telephonisch erreichen.«

Hastings sah dem Major mit verdutztem Gesicht nach. »Mrs. Stevens?« brummte er höchlichst erstaunt. »Hol' mich der Teufel, wann hat sich der Major eigentlich verheiratet? Sollte die Frau ebenfalls neu sein?«

Wir bestiegen die Leiterwagen, unseren Raub nach Hause zu fahren. Der Materialverwalter sah betrübt zu. Die Pferde zogen an. Der Major ging mit raschen Schritten citywärts. Hastings umfaßte die Wagen und die aufgestapelten Schätze mit einem langen, liebevollen Blick. Und sagte:

»'s ist nur ein kleiner Major, – aber oho! Er – kann – wirklich – zaubern! Jetzt will ich aber verdammt sein!«

Arbeit und Allotria

Die gemütlichen Plakatrekruten. – Wie wir sie müde machten. – Ein verrückter Tag. – Hastings sammelt den Honig des Fleißes. – Wie uns der Major müde machte. – Die neue Arbeit. – Automobilversuche. – Immer noch ein verrückter Tag. – Die Majorin mit der Silberstimme. – Das geheime Liebestelephon. – Sonstige Allotria. – Die ersten amerikanischen Versuche mit drahtloser Telegraphie. – Die Wunderröhre des Kohärers. – Das Wunder spricht

Im Depot hatten mir zum ersten Male die neuen Werbeplakate des Signalkorps gesehen, die an die Rekrutierungsstellen der großen Städte versandt wurden, und Berufstelegraphisten und Elektriker verlocken sollten, Onkel Sam als Signalisten zu dienen. Sie waren sehr schön. Bunter Farbendruck zeigte einen Adonis in eleganter Uniform an einem pompösen Instrumententisch. Die rechte Hand des Jünglings ruhte lässig auf einem zierlichen Taster und sein Arm war so abkonterfeit, daß die bunten Seidenflaggen am Ärmel ja recht farbig und schön zur Geltung kamen. Auf einem Nebentischchen glitzerte stählern eine Schreibmaschine. Der Text des Plakates besagte, daß im amerikanischen Signalkorps Berufstelegraphisten eine vorzügliche Gelegenheit zu rascher Beförderung geboten sei. Das war unter den Umständen ganz richtig. Auch die kurzen Angaben über Löhnung und Verpflegung stimmten vollkommen. Aber das Bild! Die elegante Uniform, die lackigen Stiefel, die lässig telegraphierenden Hände, die ganze geruhsame Behäbigkeit, das Mollige, das Zeithaben, das in allem lag – dieses Bild sah wahrlich aus, als gebe es kein schöneres und fetteres Ämtchen, als Signalmann zu sein …

Herrgott, unsere Rekruten müssen sich niederträchtig beschwindelt vorgekommen sein!

Sie sollten vorderhand aber auch keine Spur von wohliger Gemütlichkeit zu verspüren bekommen!

Frühmorgens schon kamen die achtzig Mann unter Führung eines Infanteriesergeanten von Neuyork auf dem Washingtoner Bahnhof an, wurden von Souder empfangen, und in beschleunigtem Tempo nach Fort Myer geführt. Gerade eine Viertelstunde ließen wir ihnen Zeit zum Frühstücken. Dann waren sie uns verfallen! Den Kuckuck kümmerten wir uns darum, wie sie hießen, und eine Kompagnieliste aufzustellen, fiel uns schon nicht im Traum ein. Die Vorschrift besagte, daß einem Rekruten sofort nach Eintreffen bei der Truppe die Kriegsartikel vorgelesen werden mußten – wir pfiffen darauf.

Jeder von uns packte sieben, acht, zehn Mann, wies ihnen eilig sieben, acht, zehn Bettplätze an, ermahnte sie, sie möchten lieber die Röcke ausziehen, und schleppte sie von dannen. Ins Quartieramt, ins Büro, in die Schuppen, in die einzelnen Zimmer, in die Keller. Kisten und Kasten wurden umhergeschleppt, Möbel transportiert, Uniformen und Waffen herbeigetragen, mit dem Legen der Telegraphenlinien im Fort begonnen. Es ist verwunderlich, welche Arbeitskraft in achtzig Mann steckt, wenn neun Mann hinter ihnen her sind, die der Ehrgeiz reitet!

Als gegen fünf Uhr nachmittags der Major erschien – er hatte sich klugerweise den ganzen Tag über nicht blicken lassen, denn er wäre ja doch nur im Wege gewesen – saßen unsere Rekruten halbtot und sehr übellaunig bei einem höchst verspäteten Mittagessen und erhoben sich recht unmilitärisch langsam, als Hastings scharf kommandierte: »Achtung! Der kommandierende Offizier!«

Wir aber strahlten. Das Amtszimmer des Kommandeurs war eingerichtet, das Büro fertig, die Quartiere in Ordnung, die Schuppen eingeräumt, die Rekruten eingekleidet, die telegraphische Verbindung mit Washington hergestellt, die Innenlinien begonnen. Wir hatten geschafft wie die Wilden.

»Gut!« sagte der Major.

Er ging rasch durch die Quartiere, sah sich flüchtig um, nahm die schriftlichen Vorschläge der Sergeanten entgegen, betrachtete sich die Schuppen, und winkte dann Hastings und mir, ihm ins Büro zu folgen. Auf dem Wege begegneten wir Mc. Gafferty. Der Kavallerist salutierte stramm den voranschreitenden Major. Uns aber flüsterte er im Vorbeigehen heiser zu:

»Verdammt – wie steht's mit dem Bier?«

»Nix!« antwortete Hastings ebenso leise mit einem freundlichen Lächeln. »Wir arbeiten, Mac. Wir sind fleißige kleine Bienchen. Wir sammeln den Honig des Fleißes und nicht das Bier des Müßiggangs. Nimm dir 'n Beispiel!«

Sergeant Mc. Gafferty schnitt eine Fratze. »Geht zum Teufel!« flüsterte er innig.

Im Kommandeurzimmer wartete Leutnant Burnell.

»Setzen – setzen!« befahl Major Stevens. »Nun wollen wir energisch arbeiten!«

E–energisch arbeiten!! Nach diesem Tag!

Ich wünschte ihn ins Pfefferland. Es ist eine schöne Sache um die Arbeit, aber heute hatte ich genug von ihr! Doch der Major verstand es gründlich, einem die Müdigkeit auszutreiben. Scharf beleuchtet von dem grellen Licht der ungeschützten elektrischen Hängelampe saß er weit zurückgelehnt da, hastig an seiner Zigarre paffend, und seine harten grauen Augen schienen einen packen zu wollen. Bald wandte er sich an den Leutnant, bald an Hastings, bald an mich, in abgerissenen Sätzen. Aber die Gedanken, die die kurzen Worte verkörperten, waren so klar, so zierlich geordnet, so einfach und übersichtlich, daß man mitgerissen wurde und mitarbeiten mußte. Wie ein Gemälde wuchs aus den kurzen Fragen, den knappen Befehlen, den diktierten Anordnungen im Telegrammstil die Organisation, die Arbeit, der Zweck des Signalforts empor. Man sah es, wie hier ein einziger Mann die Fäden spannte, die ein kompliziertes Getriebe lenken sollten. Abteilung für Abteilung wurde rasch durchbesprochen und für jeden Sergeanten eine kurze Dienstanweisung diktiert, die ihm nur sagte, was er zu erzielen habe. Wie er das machte, darüber mochte er sich selber den Kopf zerbrechen. Jeder Einzelne sollte auf eigene Art die Fäden weiterspinnen, sich Hilfskräfte heranziehen, notwendige Neuanschaffungen fordern, über Erfolge oder Nichterfolge täglich berichten.

Um elf Uhr abends endlich gingen wir mit Stößen von Notizen, Befehlen, Diktaten in unser eigenes Büro hinüber und erwischten glücklich auf dem Gang den japanischen Diener des Majors, der uns Butterbrote und Flaschenbier aus der Kantine holen mußte. Hastings sah den Haufen von Papierblättchen fast hilflos an. Die kurzen Befehle mußten nicht nur ausgestaltet werden, sondern zu einem Wochenplan vereint, in dem es keine Kollisionen und keine Widersprüche geben durfte. Das war unsere Arbeit. Eine bösartige Aufgabe.

»Jetzt will ich aber – – –« begann Hastings ...

»Sei still!« sagte ich. »Hast ja selbst gesagt, du seist 'n fleißiges kleines Bienchen!«

* *
*

Es war sechs Uhr morgens, als vom Kavalleriefort herüber der langgezogene Trompetensingsang der Reveille schrillend ertönte, und gleich darauf donnerte über den Paradegrund hin der Kanonenschuß, der das morgendliche Hissen des Sternenbanners salutierte. Leise klirrten die Fensterscheiben. Die Wände schienen zu zittern und zu beben. Ich sprang entsetzt aus dem Bett, schimpfend, denn Kanonenschießerei um sechs Uhr morgens war ein gräßliches Weckmittel, wenn man bis in den jungen Morgen hinein an der Schreibmaschine gesessen war. Ta-ra-tara! Zweites Reveillesignal. Hol' dich der Teufel! War aber nichts zu wollen. – »Als Zeichen zum Wecken hat bis auf weiteres der im Kavalleriefort abgefeuerte Kanonenschuß zu gelten. Eine halbe Stunde später versammeln sich die Mannschaften zur Befehlsausgabe vor dem Quartier!«

Und den Befehl hatte ich auch noch selber ausgeschrieben! Wenn nur ein brühsiediges, klotzklobiges Sternhageldonnerwetter – – – schrumm! ...

Eine Viertelstunde später verlas Hastings die über Nacht fertiggestellte Kompagnieliste und die Tagesbefehle.

Das neue Signalkorps war im Betrieb.

Hastend, hetzend und doch planmäßig begann die Arbeit. Stammannschaften wurden gebildet, für die Ressorts, und die toten Schätze in den Schuppen erwuchsen zu lärmendem Leben. Von Zimmer zu Zimmer, von Quartier zu Quartier, von Haus zu Haus begannen die Drähte sich zu spannen. Auf dem schmalen Kiesweg zwischen

Baracke und Paradegrund übten kleine Gruppen Marschtritte und Wendungen und erste Karabinergriffe; am Waldrand drüben leuchteten rote und weiße Signalflaggen; vom Arlingtonhügel blitzte ein Heliographenspiegel … Im Büro diktierte mir der Kommandeur einen langen Bericht an den kommandierenden General in die Schreibmaschine, während der Leutnant mit einem der neuen Photographenapparate die arbeitenden Gruppen aufnahm. Die Photographien sollten dem Bericht beigefügt werden.

»Sonst vergessen sie uns!« meinte der Major lächelnd; er war ein sehr kluger Mann und wußte wohl, daß das junge Signalkorps Reklame brauchte! Nicht nur gearbeitet mußte werden, sondern auch dafür gesorgt, daß die Leute, auf die es ankam, recht viel hörten von dieser Arbeit!

Während er diktierte, wurden Drähte gelegt an den Wänden, die telephonische Verbindung mit Washington hergestellt, Telegrapheninstrumente auf jedem Schreibtisch aufgestellt, und je größer der Lärm und Wirrwarr wurden, desto vergnügter wurde der Kommandeur. Er steckte einen förmlich an mit seiner quecksilbrigen Art, seinem Schaffensdrang. –

»Müssen arbeiten!«

Das sagte er nun zum elftenmal, und dabei war es erst zehn Uhr morgens.

Es war ein verrückter Tag und noch viele sollten folgen, die ihm glichen wie ein Ei dem anderen. Der Bericht an den Kommandierenden war fertig, als ein Mechaniker der Firma sich meldete, die die elektrischen Automobile geliefert hatte. Er sollte die technische Einrichtung erklären und einen Chauffeur ausbilden.

»Machen wir selber!« sagte der Major trocken.

Und schickte den Mann fort, schickte ihn eiskalt und seelenruhig wieder weg, obgleich weder er noch der Leutnant, noch irgend einer von uns auch nur die geringste Ahnung von Automobilen hatte! Hastings und mir nahm es beinahe den Atem weg! Der Major aber grinste, ging mit uns in den Schuppen, zog sich den Uniformrock aus, und erklärte den verblüfften Werkstattsergeanten, jetzt würde Auto gefahren. Mit dem Personenautomobil. Zuerst krochen wir alle miteinander unten drunter und dann oben drauf und dann in den Akkumulatorenkasten hinein, wobei meine Uniform zum Teufel ging, weil ich einen Säurebehälter umwarf. Dann schraubten wir die interessanten

Teile los, um herauszubekommen, wie alles eigentlich zusammenhing. Kraftübersetzung, Steuerung, Stromleitung, alles. Daß wir die Bescherung wieder zusammen und in Ordnung brachten, war wohl einer jener Glückszufälle, die Major Stevens vom Signallorps zu seinem persönlichen Bedarf gepachtet zu haben schien. Dann wurden die Akkumulatoren an der elektrischen Leitung geladen.

»Einsteigen!« befahl der Major.

Und vier Sergeanten kletterten eilig und vergnügt in die Polstersitze, während er die Lenkstange packte, den Stromauslöser auf volle Kraft schob und vorwärtssauste. Haarscharf ging es um die Ecke beim Kommandeurhaus, am Kavallerieposten vorbei, der Mund und Augen aufsperrte, die Straße entlang.

»Das Ding steuert sich leichter wie 'n Fahrrad!« sagte der Major, vergnügt lächelnd. Aber auf einmal verschwand das Lachen von seinem Gesicht. »– – – eh! – – – Teufel!! – – Hopla!!! – –«

Er hatte beim Sprechen nicht auf den Steuerhebel geachtet und das Auto sauste auf die Bäume beim Wegrand zu. Im letzten Augenblick riß er es seitwärts.

»So! Na, probieren Sie es einmal, Ellis!«

Sergeant Ellis probierte und warf uns auch wirklich nicht um, was meiner Ansicht nach hauptsächlich daran lag, daß die Arlingtoner Straße sehr wohlgepflegt, sehr eben, und außerordentlich breit war. Da mußte das Steuern ja kinderleicht sein! Es verwunderte mich daher sehr, daß Ellis krebsrot im Gesicht war, krampfhaft auf den zwanzig Meter breiten Weg stierte, als sei er gräßlich schwer zu sehen, und dabei die Zähne fletschte wie eine bösartige Bulldogge. Was hatte er nur?

Ich begriff jedoch sofort, als nach wenigen Minuten die Reihe an mir war!

Als ich den Steuerhebel in die Hand bekam und die Höchstgeschwindigkeit einstellte, war mein erster Gedanke der heiße Wunsch, die Straße möchte doch ungefähr fünfmal so breit sein als sie es war, und mein zweiter ein bitterer Vorwurf an den Schöpfer des Alls, dem Menschen nicht gleich einige Augen und einige Arme mehr in dieses irdische Jammertal mitgegeben zu haben, wenn er schon einmal dabei war und die Verwendung des neuen Geschöpfs auch für Automobilzwecke in Aussicht nahm. Vier Augen und etwa sechzehn Arme waren augenblicklich für mich das Minimum der Erfordernisse. Der – der

Hebel da – Himmel, mußte der nun links oder rechts gerückt werden, wenn man stoppen wollte? Und – die Haare stiegen mir zu Berge – da – da vorne bog sich die Straße in scharfer Krümmung! Nicht ums liebe Leben wäre es mir möglich gewesen, auf irgend etwas anderes zu achten als den Steuerhebel. Denn ich hatte herausbekommen, daß dieses elektrische Automobil lebendig war und ein Gehirn besitzen mußte! Das boshafteste Trollgehirn, das je einem armen Menschenkind tückische Qualen ersann! Wie war es möglich sonst, daß dieser Satan augenblicklich nach rechts oder nach links hüpfte, den Bäumen zu, wenn ich an etwas anderes als den Steuerhebel auch nur dachte? Vorwärts? – Rückwärts? – Stopp? – – keine Ahnung hatte ich mehr! Da kam die Kurve – ich drehte krampfhaft – kam glücklich herum – und im nächsten Augenblick stöhnte, knarrte, ächzte irgend etwas und ich wurde nach vorwärts geschleudert. – –

In der Aufregung war ich auf die starke Fußbremse getreten, die das Automobil binnen wenigen Metern auch in schärfster Fahrt zum Stehen brachte!

Und auf einmal war ich ruhig und kalt, erkannte plötzlich, wie einfach der Regulierungsapparat war, stoppte ab, schob den Hebel wieder vor und fuhr darauf los. Ich hatte meinen Anfall von Automobilfieber glücklich überstanden, aber die etlichen siebzig oder achtzig Sekunden, die er gedauert hatte, waren ungewöhnlich reich an Empfindungen gewesen, ganz besonders lebhaft!

»Es handelt sich da nur um das Überwinden einer gewissen Nervosität«, meinte der Major. »Im Grunde ist es einfacher, ein Automobil zu lenken, als einen mit zwei Pferden bespannten Wagen!«

»Na, na!« dachte ich mir.

Jedenfalls aber schlug sich das Signalkorps wacker herum mit dem Automobilfieber und ließ sich nicht verblüffen, denn am gleichen Abend noch fuhr Sergeant Ellis den Major nach Washington ins Kriegsministerium. Freilich erzählte er uns nachher Geschichten von elektrischen Straßenbahnen, Menschenansammlungen an Straßenecken, und dem Wagenwirrwarr vor dem Kriegsministerium, die darauf schließen ließen, daß der Major seinen Hals außerordentlich riskiert hatte bei jener Fahrt.

Es war ein verrückter Tag!

Nach den Automobilversuchen hatte der Major in seinem hackigen Telegrammstil noch das Geripppe einer Dienstanweisung für die Behandlung der elektrischen Automobile diktiert, denn die Vorliebe für Geschriebenes war groß in ihm, und darauf die Abteilungen der Sergeanten bei der Arbeit inspiziert, und den inneren Telegraphendienst geordnet.

Er sah Souder verwundert an, als er im Telegraphensaal nur zwei oder drei Tische mit wenigen Instrumenten vorfand.

»Aber das genügt doch nicht!« sagte er.

»Es sind nur die Prüfungsinstrumente«, erklärte der Sergeant.

»Aber wo wird denn gearbeitet?«

»Unten im Quartier, *sir*! Ich dachte mir, es würde am besten sein, den Leuten recht günstige Gelegenheit zum freiwilligen Telegraphieren zu geben, damit wir die Übungsstunden möglichst sparen.«

»Oho!« sagte der Major. »Großartig!«

Eigentlich war es niederträchtig. Decken und Wände unten in den Mannschaftsquartieren waren übersät von Leitungsdrähten, und an der Wand bei jedem Bett standen kleine Tische oder waren Brettchen angeschraubt. Die Berufstelegraphisten unter den Rekruten waren dabei, für jeden Bettinhaber ein Privat-Telegraphen-Instrument zu installieren, und schienen ordentlich zu wetteifern in geschickter Leitungsführung, raffinierten Umschaltungen, und elegantem Wickeln des seidenumsponnenen Drahtes. Da und dort aber klapperten schon die Klopfer, und darin lag der Witz der Idee, denn es war eigentlich – Freizeit! Die Leute merkten den Trick Souders gar nicht, sondern waren ihm augenscheinlich auch noch sehr dankbar für das wunderschöne Telegraphenspiel. Unsere Rekruten hatten keine Ahnung, daß ihnen ihre Freizeit gestohlen wurde.

»Sie merken's gar nicht!« grinste Souder.

Er hatte außerordentlich schnell begriffen, wie man es machen mußte, um aus Männern Arbeit herauszuholen!

»Glänzend!« sagte der Major und – bürdete ihm schleunigst noch einen Teil der Arbeit in der photographischen Dunkelkammer auf!

Ein verrückter Tag. – –

Es war in den frühen Nachmittagsstunden, als fast gleichzeitig zwei Wagen angefahren kamen, in deren einem Mrs. Stevens saß, in deren anderem Sergeant Hastings Frau.

»Donnerwetter!« sagte der Major. »Da kommt ja meine Frau; das hätte ich beinahe vergessen. Und das ist Mrs. Hastings? Ich bitte mir aus, Hastings, daß von den anderen Sergeanten keiner heiratet, denn erstens wäre das an und für sich schon eine Dummheit und zweitens haben wir keinen Platz mehr, wenn die *ladies* auf dem Paradegrund kampieren wollen.« Er fuhr sich mit den Händen durch die Haare. – »Donnerwetter!«

Ein verrückter Tag! Nun hatten wir auch noch Frauen auf dem Halse!

Der Telegraph klickte, und in verblüffend kurzer Zeit kamen nicht etwa die Mannschaften, um die telegraphiert worden war, sondern sämtliche Sergeanten, um den Majors beim Umzug zu helfen. Das taten sie nicht etwa aus besonderer Liebenswürdigkeit, sondern sie platzten einfach beinahe vor Neugierde, die Frau des Majors zu sehen, und der Major wußte das recht gut. Lächelnd stand er da. –

»Die Sergeanten, Mary!«

»Ja, ich weiß. Dies ist Sergeant Souder, nicht wahr, und dies Mr. Ryan, und dies – –«

Die Stimme klang silbern hell und sie kam aus einem süßen schmalen Gesichtchen, und Seide rischeraschelte.

»Ich habe viel von Ihnen gehört!« sagte die silberne Stimme. »Ich bin so froh, daß Sie meinem Mann so viel geholfen haben. Sagen Sie doch, bitte, den Arbeitern dort beim Möbelwagen –«

Da sausten wir auch schon hinaus, daß wir beinahe die Treppenstufen hinuntergepurzelt wären, und stürzten auf den Möbelwagen los, der knarrend die Straße heraufgekarrt kam, und schrien die Arbeiter an, und packten Möbelstücke. Es ist ganz merkwürdig, was ein halbes Dutzend Worte einer silbern klingenden Stimme alles auszurichten vermögen. Wir schleppten Kisten und Kasten und Möbel in die Zimmer und halfen stellen und setzten den irischen Arbeitern leise aber nachdrücklich auseinander, was ihnen alles passieren würde, wenn sie ihre verehrlichen Beine nicht in rapideste Bewegung versetzten.

»So liebenswürdig ...« lächelte das Stimmchen.

Nun waren wir schon gar nicht mehr zu halten und rannten Hals über Kopf nach dem Materialschuppen, um Draht und Klingeln und Telephone herbeizuholen. Noch nie ist eine Wohnung so glänzend elektrisch ausgestattet worden, wie diejenige unserer jungen Majorin. Wir genierten uns zwar gegenseitig ein wenig über unseren Eifer, aber wir arbeiteten wie Besessene. Unten im Keller stellten wir die Batterien auf. In alle Zimmer wurden Klingeln gelegt, ein Telephon nach dem Kommandeursbüro eingerichtet, ein Nebentelephon vom Wohnzimmer nach der Küche, ein Klingelschaltapparat vom Schlafzimmer nach der Küche, so daß das silberne Stimmchen durch einen leisen Druck heißes Wasser bestellen konnte und Frühstück und was sonst ihm noch belieben mochte. Zehn Schaltklingeln richteten wir ein. Das Stimmchen durfte nur auf die Elfenbeintäfelchen in Schlafzimmer und Küche schreiben, was die Klingelzeichen bedeuten sollten.

»So liebenswürdig! Darf ich Ihnen eine Zigarette anbieten?«

Da hätten wir uns für das Stimmchen totschlagen lassen.

»Ich möchte gern telegraphieren lernen! Sie müssen mir später einen Übungstelegraphen in mein Zimmer legen!«

Selbstverständlich errichteten wir das Instrument sofort und selbstverständlich hätte der Majorin nichts Gescheiteres einfallen können, um sich die unbegrenzte Verehrung ihrer Sergeanten zu sichern. Wir hätten uns nun zerreißen, rädern, vierteilen lassen für sie ...

Und das Stimmchen ließ sich von Kuba erzählen und lud uns zu einer Tasse Tee ein und wir standen uns sehr gut mit ihr. Sie half später so manchem von uns aus der Klemme, als die Arbeit geregelter wurde und wir wieder Zeit zu Dummheiten fanden. Es war alles höchst irregulär damals!

Ein verrückter Tag!

Natürlich halfen wir nachher auch Mrs. Hastings beim Einzug, weil wir in guter Laune waren und die Frau des Kameraden ehren wollten, und wir mußten richtig noch einmal Tee trinken und legten noch einmal elektrische Leitungen und erzählten wiederum. Ich denke heute noch in dankbarer Erinnerung an die junge Sergeantenfrau, denn sie bewahrte mich später durch ein paar gescheite Worte davor, die kleine Irländerin zu heiraten, die drüben auf der elektrischen Bahnstation beim Arlingtonfriedhof Billette verkaufte – ich war ein kolossaler Esel damals ... die Irländerin war übrigens reizend – Und dann ging's hinüber zu den Quartieren und die Rekruten wurden vorgestellt und wiederum kam das abgehackte Diktieren von kurzen Stichworten von Befehlen. Es war spät abends, als Sergeant Hastings und ich endlich zum erstenmal die Kantine von Fort Myer kennen lernten. Der alte Mc. Gafferty wartete schon.

*   *
*

Aber die nette kleine Kantine sollte die Leute mit den schwarzsilbernen Streifen und den bunten Flaggen am Ärmel sehr selten sehen, denn der Himmel, der Major, die Verhältnisse, und unser eigenes Wollen sorgten alle zusammen dafür, daß die Zeit der neun Sergeanten gründlichst in Anspruch genommen war. Freilich sorgten wir unsererseits doch für ein gemütliches Glas Bier. Durch die Bierleitung. Wir hatten einfach im Telegraphenzimmer, in einem verschlossenen Schränkchen verborgen, ein geheimes Telephon aufgestellt, dessen Drähte nach der Kantine führten. Der Major wußte nichts davon. Er brauchte nicht alles zu wissen.

Wir kamen uns sehr schlau vor.

Der Herr Sergeant Souder aber schlug uns mit sechs Längen. Er war noch viel, viel schlauer als wir – – –

Eines Tages ging der Major durch das Quartier, von mir begleitet, und trat einen Augenblick in Souders Zimmer, um sich die Zeichnung eines neuen Umschalters anzusehen, den der Sergeant in Arbeit hatte. Er setzte sich an den Tisch, als plötzlich ein sonderbares, klopfendes, hölzern raschelndes Geräusch ertönte.

»R-r-sch ...« Der Major sah unwillig auf.

»R-rr–sch!« Lauter. Rasselnder. Ungeduldiger.

»Was haben Sie denn da?« fragte der Major, und Souder stotterte irgend etwas von Telegraphengeräuschen und Leitungabstellen. Dabei machte er aber ein so verlegenes Gesicht, daß ich neugierig nach der Ecke schielte, aus der das Geräusch zu kommen schien. Es kam mir auch so bekannt vor: es erinnerte mich lebhaft an das Klopfen des hölzernen Vibrators, den wir statt der lärmenden Klingel für unser Biertelephon ausgeklügelt hatten. Irgendwo mußte da ein Telephon stecken. In der Ecke dort stand ein Bücherbrett, ein einfaches Regal aus Leisten, auf einer hölzernen Kiste als Unterlage. Die Kiste hatte eine Türe und ein Schloß. Aha!

»R–rrtsch! R–rrrtsch!! R–rr–rrrrtsch!!!« Es war das reine Trommeln und es kam ganz entschieden aus der Kiste!

Major Stevens sprang auf.

»Was zum Teufel haben Sie denn da?« schrie er – der Major war ein sehr cholerischer Herr. Mit einem Satz war er bei der Kiste, riß die Türe auf, und hielt eines unserer schönsten neuen Tischtelephone in den Händen. Ein prachtvolles Instrument. Schallverstärkung. Platin-Resonanz. Verwundert – verdammt verwundert! – sah er Souder an, als plötzlich eine Stimme zu sprechen begann. Eine hellklingende, schrille, lachende Frauenstimme, die drei Meter weit weg vom Schallbecher zu verstehen war.

»Bist – du – da – mein – süßer – Frosch?« Frosch!

Frosch!! Ich hätte fromm die Hände falten mögen, den guten Göttern zu danken, die mich das miterleben ließen. Ich verspürte keine Spur von Mitleid mit Souder – keine Spur! Der Major kniff die Augen zusammen und mußte grinsen. Neben dem Grinsen aber stand in mindestens gleichem Maße heilloses Erstaunen auf seinem Gesicht geschrieben. Es war höchst interessant, ihn zu beobachten. Ich biß krampfhaft die Zähne zusammen, um nicht herauszuplatzen. Souder aber stand erstarrt da. Steif wie eine Telegraphenlanze.

»So antworte doch, Mäuschen! Wieder 'mal übler Laune? Wieder 'mal zu arbeiten? Packt euch der Major so viel auf?« Mäuschen!

Dieser Souder!

Wo zum Teufel war das andere Ende? Wer war das Mädelchen?

Der Major ließ sich in einen Stuhl fallen und krümmte sich vor Lachen. »S – Souder – ich – will nicht indiskret sein«, stöhnte er, »s – sagen Sie – der Dame – Sie hätten – Sie hätten Besuch oder – na. irgend was ...«

Und der arme Souder mußte (er schwitzte vor Entsetzen) in den Schallbecher sprechen, er würde später anrufen, und ließ dann das Instrument fallen, als sei es glühendheiß.

Major Stevens aber lachte wie toll.

»Menschenskind – 'n Privattelephon – Mädel am anderen Ende – verdammt schlau das mit dem Klopfer – Klingel macht zu viel Lärm, was?« – Teufel, da erntete Souder Lorbeeren, die ihm nicht gebührten! Der hölzerne Klopfer war unser Biertelephonpatent! – »Mann, seit wann sind in unserem Betrieb Telephonistinnen angestellt? – Sie – Sie – Sie süßer Frosch, Sie!«

Und wir lachten alle drei geschlagene fünf Minuten lang.

»Also, dieses Telephon mag ja riesig bequem sein, aber Sie müssen es abschaffen. Nun sagen Sie 'mal im Vertrauen, Carlé hier hält den Mund, wo geht denn das Dings hin? Ich möchte wirklich auch gern wissen, wo hier die netten Mädels sind!«

»In – ins Kavalleriefort«, stotterte Sergeant Souder.

»Was?«

»Ins Hospital!«

»A–ha–aa!« meinte der Major verständnisinnig. »Das haben Sie sich aber höllisch fein eingerichtet!«

In dem großen Kavalleriehospital drüben waren als Überbleibsel des Krieges noch viele Leichtkranke und ein Stab von Pflegerinnen. Wir kannten die lustigen Mädels alle. Hatten sie einmal getroffen auf dem Weg nach Washington, und es war ein fideles Diner in einem kleinen französischen Restaurant daraus geworden. Freilich, so schlau, wie dieser Souder – – hatte der in dunkler Nacht einen isolierten Leitungsdraht zum Hospital hinüber gelegt – geschlagene siebenhundert Meter – es mußte eine gräßliche Arbeit gewesen sein – in den Rasen hineingestochert, natürlich, mit dem Messer – na, Souder und ich waren beinahe Blutsfreunde, aber fast schien es mir ein zu großes Opfer der Freundschaft, diesmal den Mund halten zu müssen …

»Unverständlich ist mir nur«, sagte der Major, »wie Sie bei all Ihrer Arbeit noch Zeit für dieses famose Privattelephon und so weiter übrig hatten!«

So spielten sich sogar unsere Allotria in der Welt der Signaltechnik ab, in der wir lebten … Sie waren nicht gerade häufig, diese Allotria, aber dann und wann gab es doch etwas Lustiges bei all der Hetzarbeit.

An einem Winterabend saß ich im Büro des Signalforts. Ich hatte prachtvolle Photographien der neuen Ballonhülle aufgenommen heute, acht Stunden sauer im Büro gearbeitet, den Azetylenapparat ausprobiert, mit einem neuernannten Sergeanten Säbel gefochten, zum Nachteil des Kopfes dieses Sergeanten, und noch allerlei mehr. Doch mißvergnügt guckte ich in die glutlodernden Buchenscheite im Kamin und verfluchte den Major, der bis nach neun Uhr abends irgend einen Bericht diktiert hatte. Und um neun Uhr ging doch die letzte elektrische Bahn von der Arlington Höhe nach Washington! Dann ergriff ich den Taster, schaltete das Quartier ein, rief *S. U. 2* an, den Sergeanten Souder, und telegraphierte:

»*S. U. 2 – S. U. 2?*«

»Jawohl!«

»Wollen wir uns das Auto nehmen, Souder, und ein bißchen nach Washington fahren?«

»Nein!« kam sachlich und klug die Antwort. »Der Hügel unten ist schneeverweht. Wir würden stecken bleiben und erwischt werden. Man muß eine gute Sache nicht übertreiben!«

»Richtig!«

Und mir ist, als hörte ich mein Spitzbubenlachen von damals, und als säße ich wieder in dem komischen Schreibmaschinensessel, mit dem schmalen Lehnenpolster, das einem wie eine Faust in den Rücken drückt – die Hand am Telegraphentaster – vergnügt vor mich hinkichernd über mein Schlausein ... Denn ich war es doch gewesen, der den glänzenden Gedanken ausgeheckt hatte, die Automobile des Signalkorps den höchst privaten Zwecken der neun Sergeanten dienstbar zu machen. Wenn nächtlicherweile Offiziere und Mannschaften den Schlaf der Müdigkeit schliefen, huschten wir leise zum Schuppen und sausten wenige Minuten darauf im höchsten Tempo, das die Akkumulatoren nur hergeben wollten, gen Washington. Manchmal spielten wir die großen Herren in den kleinen Restaurants und öfter jagten wir nur planlos übers Land in schierer Freude an jenem Dahinhasten, für das eine spätere Zeit das Wort vom Kilometerfressen geprägt hat, und nie vergesse ich die Nacht auf einer Landstraße irgendwo tief in Virginien, als wir vier Stunden lang totunglücklich über einer Panne arbeiteten, um endlich zu entdecken, daß der Maschine gar nichts weiter fehlte als die Kraft! Wir hatten die Akkumulatoren völlig ausgepumpt. Und in mir ist ein großes Lachen, wenn ich daran denke, wie wir verzweifelt im Laufschritt den schweren Karren vorwärtsschoben, um ein Städtchen zu erreichen, und wie wir endlich dem virginischen Spitzbuben von Nachtaufseher des Elektrizitätswerks seinen Strom mit Gold aufwiegen mußten und wie wir gerade Sekunden noch vor der Reveille heimkehrten. Ach, was waren das doch für schöne Zeiten, in denen man noch hart arbeiten konnte zwölf Stunden lang, und darauf frisch und lustig genug war, die anderen zwölf Stunden in Dummheiten totzuschlagen, um dann seelenvergnügt das Tagewerk von neuem zu beginnen ...

Auch jene Nacht, die mit dem Wunsch nach einer Automobilfahrt begann, sollte kein Ende finden. Ich sehe Souder vor mir, wie er vergnügt herangeschlichen kam, Bierflaschen fürsorglich unterm Arm, Karten in der Tasche, und weiß noch, wie wir behutsam pfiffen auf der Treppe, um den alten Hastings aus seinem ehelichen Schlafzimmer zu locken. Er kam. Auf leisen Sohlen. Im Nachthemd. Da lachten wir leise aber innig, und ein großes Pokern hub an. Die ganze Nacht hindurch. Es dauerte genau bis zur Reveille. Eine halbe Stunde später aber saß ich an der Schreibmaschine, frisch, hellhörig, spitzbübisch vergnügt, und nur meine Augen zwinkerten dann und wann ein bißchen, weil das grelle Licht des jungen Morgens ihnen nicht recht behagen wollte. Ich lächelte gerade im Erinnern an den wundervollen Bluff gegen drei Damen, der mir so um Mitternacht herum gelungen war – da schlug auf einmal die Laune um …

Wie erbärmlich waren diese Vergnügungen! Wie klein und winzig das alles. Der verdammte Sergeantenrock! Er drückte – er tat weh – er schnürte ein. Da saß man nun an der Schreibmaschine und arbeitete die Befehle anderer Leute aus und war giftgrün neidisch im Grunde auf die Offiziersschulterstreifen dieser anderen Leute, wenn man sich's nur ehrlich eingestehen wollte. Unerhört – dieses Leben mit seinen Rekrutendummheiten, dem Pokern, dem einsamen Fort, dem Untergeordnetsein! Und zum zwanzigsten Male so ungefähr in zehn Wochen faßte ich den unabänderlichen Entschluß, eine Eingabe an den Signalchef der Armee zu richten, um meine Entlassung zu bitten, und sie durchzusetzen, und wenn ich bis zum Präsidenten gehen mußte. Diese wiederholten Entschlüsse waren immer ein prachtvolles Barometerzeichen dafür, ob es im Signalfort interessant herging oder nicht. Solange die Automobile neu waren und der Wirrwarr der Organisation groß – da war ich Signalsergeant mit Leib und Seele – als die Arbeitsleistung hübsch eingeteilt wurde und weniger anstrengend – da pfiff ich aufs Soldatenleben – dann kam wieder etwas Neues, und ich war abermals begeistert – –

Draußen fuhr das Automobil vor, das den Leutnant Burnell von Washington geholt hatte. (Der Hügel war also doch nicht schneeverweht!). Das war mir sehr gleichgültig – der Leutnant rutschte immer in Washington herum, zu irgendwelchen Versuchen zum Signalchef abkommandiert – aber ich fuhr entsetzt auf, als er ins Büro trat, anstatt in sein eigenes Quartier nebenan.

»Ach du lieber Gott …«

Denn den Leutnant konnte ich wirklich nicht ausstehen, trotzdem er eigentlich viel liebenswürdiger war als der Major und nie grob hätte werden können wie dieser. Aber er schien mir solch ein langweiliger Geselle. Brutal, wie sehr junge Menschen in der Beurteilung der Menschen neben ihnen nun einmal sind, hielt ich seine Bedächtigkeit für Mangel an Geist, sein Schüchternsein für Trottelei. Er hatte Sommersprossen, die mir mißfielen, und eine Art, sein blondes Schnurrbärtchen zu streicheln, die ich nicht mochte. Dabei aber hatte er trotz aller Schüchternheit etwas Dozierendes, Professorales, und das konnte ich nun schon erst recht nicht leiden.

»Haben Sie viel zu tun, Sergeant?« fragte Leutnant Burnell liebenswürdig.

»No, Sir.«

»Wollen Sie dann so freundlich sein, mir beim Auspacken der Instrumente zu helfen, die ich im Wagen habe? Sie müssen sehr vorsichtig behandelt werden und ich möchte sie deshalb nicht Mannschaften anvertrauen. Es sind drahtlose Telegrapheninstrumente, die ich mit Souder und Ihnen ausprobieren möchte. Bitte, rufen Sie Sergeant Souder herbei.« Und der Leutnant lächelte ein wenig in seiner hilflosen Art. Ich aber war auf einmal wieder mit Wonne Sergeant des amerikanischen Signalkorps!

Draht–lose – Telegraphie!!

»Sofort beim Hauptquartier melden zu Experimenten mit drahtloser Telegraphie!« klickte das Instrument auf meinem Schreibtisch protzig zu Souder hinüber.

Der Sergeant kam gerannt wie aus der Pistole geschossen. Behutsam trugen wir die beiden Tische mit den messingglitzernden Instrumenten auf die weite Schneefläche des Paradegrunds hinaus, und einen anderen Tisch dann, auf dem die Akkumulatoren in langen Reihen aufgestellt wurden. Das Laden der Batterien war uns längst vertraut. Der Leutnant saß steif, bolzengerade, verlegen auf dem Schreibmaschinenstuhl, den ich ihm hinausgetragen hatte.

»Es handelt sich hier um Versuchsinstrumente.« dozierte er, »die mit einigen Abänderungen dem Marconi-Apparat nachgebaut sind. Das Prinzip der Übertragung telegraphischen Stroms basiert, wie Sie aus meinem neulichen Vortrag wissen, auf dem Aussenden sehr starker elektrischer Entladungen, die in wissenschaftlich noch nicht ganz aufgeklärten Vorgängen sich blitzartig oder vielmehr schallwellenartig durch die Luft fortpflanzen und von nackten Bronzedrähten zum Teil aufgefangen werden können. Das eigentliche Registrieren des Stromes jedoch geschieht durch den Kohärer, ein mit Metallstaub gefülltes luftleeres Glasröhrchen, das sehr fein auch auf schwächste elektrische Einwirkungen reagiert. Unsere Aufgabe nun ist –«

»Oh du langweiliger Geselle! Du – du Professor, du!« dachte ich.

Ich hörte schon gar nicht mehr zu.

Aha – Taster wie bei einem gewöhnlichen Telegraphenapparat. Der Draht dort war die Erdleitung. Hm, die riesigen Messingkugeln sind Induktoren natürlich, und jene Drähte führen ihnen negative und positive Elektrizität von den Drähten dort zu. Dja, das müssen wir uns doch 'mal ganz genau ansehen. Dieser Draht also – aha! A–ha! Kindereinfach! Wenn ich auf den Telegraphentaster hier drücke und damit die Verbindung zwischen den beiden Drähten herstelle, so verbinde ich eigentlich die beiden großen Messingkugeln, aus denen nun ein ungeheurer Funke überspringt. Dieser Funke klettert am Draht empor und – na ja, geht in die Luft spazieren. Wie er das macht, mag der Teufel wissen! Die gescheitesten Leute haben es noch nicht herausgekriegt. Dann stößt er sich den Kopf an den Draht, der da drüben an der Empfangsstation in die Luft hinausragt, klettert daran hinunter und – – und somit – – gräßlich einfache Sache …

Herrgott, wie wunderbar frech war ich damals!

»Vorsichtig!« befahl der Leutnant. »Das Senden ist bei diesem Versuchsapparat gefährlich. Sehen Sie mir genau zu. So setzen Sie sich hin! So wird die Hand an den Taster gelegt! Sie sehen, daß die Gummiplatte Hand und Arm von allen Metallteilchen isoliert. So! Vollkommen ruhig sitzen! Der Kopf darf nicht nach vorwärts gebeugt werden. Nun drücke ich auf den Taster und –«

Unwillkürlich prallten Souder und ich zurück.

Von Messingkugel zu Messingkugel schoß über eine Strecke von einem halben Meter wohl unter furchtbarem Dröhnen, Knattern, Sausen ein Blitz. Er war armsdick. Das jähe Weiß, Gelb, Rot seiner glühenden Farben schien einem ins Gehirn zu dringen. Glutrot war der sausende Funkenstrom dort, wo er den glitzernden Kugelmassen entsprang, wurde grellgelb dann, und zu leuchtendem Weiß in der Mitte. Um seine Ränder schienen Funkenstäubchen zu zittern. Und in dieser glutströmenden Masse von fürchterlicher Kraft war donnerndes Sausen, als folge Explosion auf Explosion, so rasch, daß das Ohr nur ein einziges, stetes, dröhnendes Schwingen unterschied. Meine Augen starrten wie gebannt auf den Blitzstrahl, und ich wurde ganz still. Wie feierliche Märchenstimmung kam es über mich, daß ich das Wunder miterleben durfte.

Der Leutnant ließ den Taster los und der Blitz verschwand. An den leuchtenden Messingkugeln waren zwei talergroße Stücke leicht gebräunt, wie verbrannt.

»Das ist die Kraft!« sagte er. »Haben Sie meine Manipulationen genau beobachtet, Souder?«

»Jawohl.«

»Sie begreifen, daß der Induktionsstrom gefährlich ist und jede Berührung von Metallteilen unbedingt vermieden werden muß?«

»Jawohl.« – »Dann setzen Sie sich an den Apparat.«

* *
*

»So, das ist richtig. Souder. Rühren Sie sich ja nicht. Ich werde nun den Empfangsapparat fünfzig Schritte entfernt aufstellen. Wenn Carlé Ihnen ein Flaggenzeichen gibt, dann telegraphieren Sie das Wort *wonder*!«

Das hieß – Wunder.

»Dann eine Minute Pause – dann wieder das Wort – und so weiter bis zum Flaggenzeichen! Die Instrumente sollten eigentlich in der Fünfzig-Schritt-Grenze betriebsfähig sein, aber es wird viel adjustiert werden müssen. Unsere Arbeit wird sich darauf beschränken, die Wiedergabe der Zeichen im Empfangsapparat genau aufzuzeichnen – wie sie auch sein mag. Also: Flaggenzeichen – Wunder – Pause – Wunder – Pause – nicht wahr? Kommen Sie, Sergeant!«

Wir trugen den Empfangstisch fünfzig Schritte weit weg.

Der blanke Antennendraht wurde einfach an einer in den Boden gestoßenen hölzernen Lanze befestigt, denn es war bei dieser kurzen Entfernung ganz gleichgültig, wie hoch er in die Luft ragte, wenn er sich nur über die Apparate selbst erhob. Von der Lanze führte der Draht auf den Tisch und wurde vom Kohärer unterbrochen. Dieser Zusammenhänger, Zusammenbringer, Verbinder war ein simples luftleeres Glasröhrchen, zu einem Viertel seines Inhalts mit winzigen Metallteilchen gefüllt, die ein Schlosser Feilspäne genannt hätte. In den winzigen Endöffnungen des Röhrchens war rechts der Luftdraht eingelötet, links der Instrumentendraht, der dann weiterführte zu dem verstärkenden Relais und dem Magneten des Morseklopfers, dem eigentlichen Empfänger. Der wieder war mit Ergänzungsbatterie, Erdleitung und selbsttätig aufzeichnendem Rollenapparat verbunden. Der Leutnant zeigte auf die verschiedenen Verbindungen, deutete die Drähte entlang und fragte:

»Verstehen Sie die Zusammenhänge?«

»Jawohl.«

»Dieses Röhrchen hier ist ein Wunderding«, sagte er langsam. Er schien mir mit einemmal gar nicht mehr langweilig ... »Man könnte es den elektrischen Sinn nennen. Oder das elektrische Auge. Oder das elektrische Gehirn. Sehen Sie, die Stromwelle, die der Luftdraht dort auffängt, hat in ihrem Wandern so viel Energie verloren, daß sie im Draht überhaupt kaum wahrgenommen werden kann durch den Strommesser, jedenfalls aber einen Morsemagneten nie in Bewegung setzen würde. Wir führen daher den Strom durch dieses Röhrchen mit Feilspänen. So schwach er auch sein mag, so spürt ihn das erste Metallteilchen am Röhrenende. Es erzittert, verspürt die Schwingungen, wird elektrisch. Es saugt den Strom in sich auf, bis es geladen ist in unerträglicher Spannung und wird ebenfalls elektrisch und auch überladen und lastet einem Nachbarstäubchen einen Teil der Bürde auf. Das wiederholt sich von Stäubchen zu Stäubchen, millionenmal in einem winzigen Bruchteil einer Sekunde, bis das letzte Stäubchen am anderen Ende seine Bürde aufgenommen und sie weitergegeben hat. Die Metallteilchen sind durch den Strom zu einer elektrisch leitenden Masse verbunden worden – bis das letzte Stäubchen seine Last abschüttelt an den Instrumentendraht und das Relais, das den schwachen Strom auffängt und ihn aus eigener Kraft verstärkt. Das war der erste Vorgang. In dem zweiten nun, der folgt, liegt das Wesen der drahtlosen Telegraphie: sobald die Schwingungen aufhören, muß es über die Metallstäubchen kommen wie Müdigkeit. Sie wollen nichts mehr wissen von einander, zerfallen – und unterbrechen damit die Leitung! Sie fügen sich zusammen, wenn sie Strom verspüren, zerfallen, wenn sie ihn nicht mehr verspüren. Aus diesem Zusammenfügen und Zerfallen werden die Punkte und Striche des elektrischen Alphabets ...«

Ich starrte auf das Wunderding mit den Stäubchen.

»Sie verstehen? Es ist ganz einfach, wenn man auch ja nicht viel darüber nachdenken darf, denn dann wird's unbegreiflich. Sehen Sie her: der Morsemagnet und das Relais haben ihre eigene Kraft aus unserer zweiten Batterie dort, nicht wahr? Sie sind aber eingeschaltet in den Luftdraht. Solange die Stäubchen nun zusammenhängen – *cohaerere* – Kohärer! – arbeitet unsere Kraft. Wenn sie zerfallen, ist unsere Kraft abgedreht. Strich – Punkt – Strich – Punkt ... Sie sind wie ein Zapfhahn: Hahn auf! Hahn zu! Die Wellen in der Luft sind nur stark genug, auf das bißchen Metallstaub einzuwirken – das übrige besorgt unser Empfangsinstrument selber. Aber der elektrische Strom in dem Röhrchen ist sehr eigensinnig. Manchmal will er, manchmal will er nicht. Es ist uns noch nie gelungen, ein ganzes Wort aufzufangen. Ja – – geben Sie das Zeichen!«

Grell und blendend zischte drüben der sausende Lichtbogen auf und deutlich unterschied ich es: Kurz, lang, lang … kurz, kurz – lang, kurz … W–u–n–der.

»Es ist nichts«, sagte der Leutnant leise. Er tippte mit einem Bleistift an das Röhrchen.

Pause.

Wieder dröhnte es: Kurz, lang, lang –

Und da rasselte der Klopfer eine Sekunde lang und auf dem Papierstreifen erschienen wirre Punkte, acht oder neun, in unregelmäßigen Abständen. Sie bedeuteten nichts.

»Laufen Sie zu Souder hinüber und sagen Sie ihm, er solle fortwährend langen Strich – Pause – langen Strich senden«, befahl der Leutnant.

Drüben knatterte es. Lang – Pause – lang. Und mit einem Male, als wir den Heimatstrom verstärkt und den Magneten auf größte Empfindlichkeit gestellt hatten, begann der Klopfer zu reden. Klick – Pause – Klick. Auf dem sich drehenden Papierstreifen erschienen in absoluter Regelmäßigkeit Striche. Fast gleich lange.

»Wir haben es!« flüsterte der Leutnant fast keuchend. »Carlé! Flagge hoch! – – Souder!!« brüllte er. »Telegraphieren Sie *wonder*!«

Atemlos beugte ich mich über das geheimnisvolle Glasröhrchen und – sah es wie ein Erzittern durch die Metallstäubchen gehen. Die gleichmäßige Lage von Metallteilchen schien an einer Stelle dünner zu werden, an einer anderen sich an der Glaswand zu erhöhen. Leise klickte der Klopfer:

»Kurz, lang, lang – kurz, kurz … deutlich hörbar trotz des sausenden Gedröhnes im Gebeapparat drüben.

»Flagge hoch!«

Der Leutnant stand da und starrte auf den Papierstreifen. So klar und deutlich wie Schrift stand da in den Punkten und Strichen der telegraphischen Zeichen das Wort –

w–o–n–d–e–r.

»Meines Wissens ist das zum erstenmal, daß in Amerika die praktische Übertragung eines Worts auf drahtlosem Wege gelungen ist«, sagte er.

Und dann streikte das Glasröhrchenwunder. Die Experimente dauerten fast ohne Unterbrechung zwei Tage lang, aber es gelang nicht ein einzigesmal, die Wiederholung auch nur eines einzigen Buchstabens zu erzielen. Irgend etwas arbeitete nicht im elektrischen Gehirn ...

So plötzlich wie er gekommen war, verschwand der Leutnant wieder in das Laboratorium in Washington, und ich habe nie wieder einen drahtlosen Apparat gesehen seitdem.

Ich nehme meinen Abschied

Acht Wochen der Macht. – Veränderungen im Korps. – Ich werde ins Kriegsministerium kommandiert. – General Adolphus W. Greely. – Mein Entlassungsgesuch. – Die weggeworfenen 1200 Dollars. – Von Beamtinnen Onkel Sams und Dampfaustern. – Ich bin entlassen. – Sergeant Souder wird Offizier. – Abschied von Major Stevens. – Nun fängt ein neues Leben an

Prachtvolle Wochen heißer Arbeit waren es gewesen. Der bunte Wirrwarr, den jeder Tag brachte, die immer neuen Pflichten, die alle Kraft aufs äußerste anspannten, die Versuchsarbeit im Telegraphie-, Ballonwesen, Kriegsphotographie, die große Selbständigkeit, die jedem von uns ein freies Arbeitsfeld gab – all das viele Neue wirkt berauschend, begeisternd. Jeder von uns empfand es als hohe Ehre, sich halbtot schinden zu dürfen, und wachte von Anfang an eifersüchtig darüber, daß er auch ja Arbeit über Arbeit bekam ... Je mehr Arbeit, je mehr Ehre! Man verspürt die Wonnen des Schaffens und der Macht.

Aber sehr bald sollte sich Vieles verändern.

Leutnant Burnell war zum Kapitän ernannt worden, zwei neue Leutnants waren hinzugekommen in rascher Folge und über vierzig neue Sergeanten, die aus den besten Berufstelegraphisten und den Elektrikern ausgewählt wurden. Der Mannschaftsbestand stieg oft über zweihundert Mann. Die Organisation des Signalkorpsforts während kaum mehr als einem Vierteljahr war eine bewunderungswürdige Arbeitsleistung gewesen und ein großer Erfolg. Vom engen persönlichen

Standpunkt aus aber schwand meine Freude am Signalkorps rasch. Ich war jetzt einer von vielen nur; die schöne Machtperiode der neun Sergeanten hatte kaum acht Wochen gedauert. Im Büro häufte sich die tägliche Routinearbeit so, daß ich schließlich nicht mehr war als ein Maschinenschreiber, der nur aus den Befehlen noch wußte, was draußen vorging. Das enge Verhältnis zum Kommandeur, das der Krieg geschaffen hatte, war langsam geschwunden, wie das sein mußte. In den Werkstätten drüben und in den Abteilungen arbeiteten fremde Menschen, mit den einen nichts verband als die gemeinsame Uniform. Soviel wußte ich: die allernächste Gelegenheit, die sich mir bot, das Entlassungsgesuch zu erneuern, wollte ich beim Schopfe nehmen!

In diesen ersten Zeiten der Arbeit hatte ich ja ganz vergessen, daß schon im Zeltlager von Montauk Point, sofort nach Beendigung des Krieges, das Ziel der nächsten Zukunft klar vor meinen Augen gestanden war:

Den Soldatenrock auszuziehen! Zurück zur Zeitung!

Nur um den Krieg mitzumachen, war ich Soldat geworden. Nur darum. Und von Tag zu Tag wurde nun der Wunsch heißer in mir, ein Ende zu machen.

* *
*

Im Anfang des Jahres 1899 wurde ich in das Büro des Signalchefs ins Kriegsministerium nach Washington kommandiert, als Sekretär des Majors. Es war eine ganz unwichtige Angelegenheit, um die es sich handelte – die Aufstellung der neuen Bedarfslisten, bei der ich mit unserem Büromaterial zur Hand sein mußte – und sie interessierte mich nur, weil sie einen Wechsel bedeutete. Sie sollte aber den Abschluß meines Militärdienstes bei Onkel Sam herbeiführen.

Der Major war in Zivil, als das Automobil uns frühmorgens nach Washington zum Kriegsministerium brachte, denn amerikanische Offiziere tragen außerhalb der Forts ungern Uniform, und auch ich hatte die Erlaubnis erhalten, Zivil anzulegen. Höchst erfreut war ich darüber; gab mir das doch Gelegenheit, in den Arbeitspausen ein Stück Washington anzusehen, ohne mich lange umziehen zu müssen. In Sergeantenuniform ein gutes Restaurant aufzusuchen, wäre mir nicht eingefallen, denn amerikanische Freiheit hat ihre Grenzen.

Durch die breiten Gänge des Kriegsministeriums, in denen es von Menschen wimmelte, ging es zum Lift, vier Treppen empor, und wenige Minuten darauf standen der Major und ich in dem kleinen Arbeitszimmer des Signalchefs der Armee. Ich hatte den General noch nie gesehen und etwas wie scheue Bewunderung war in mir. Der alte Herr am Schreibtisch dort im schlichten Gehrock mit dem wallenden weißen Patriarchenbart und den ein wenig unmilitärischen silbernen Hauptlocken, war einer der kühnen Männer, die mit Leib und Leben um den alten Menschheitstraum gekämpft hatten, den Nordpol zu erreichen. Vor siebzehn Jahren ungefähr hatte Adolphus Washington Greely die internationale Expedition nach der Franklinbai geleitet und war drei Jahre lang in Schnee und Eis eingeschlossen gewesen. Seine Forschungen hatten ein neues Kapitel in der Geschichte der Arktik eingeleitet. Später war der berühmte Mann General und Leiter des Signalkorps geworden.

»Guten Morgen, Major.« sagte der alte Herr, über seine Brille hinwegblinzelnd. »Welcher Sergeant ist das?«

»Sergeant Carlé«, antwortete der Major.

»So?« Die hellen Augen funkelten mich an. »Einer von den Kubanern, hm. Sie sind sehr rasch Sergeant geworden!«

»Jawohl, General.«

»Km, ja. Haben Sie einen Wunsch, Sergeant?«

Ob – ich – einen – Wunsch – hätte? In militärischer Haltung stand ich da, unbeweglich wie eine Mauer, aber durch meinen Kopf rasten die Gedanken. Das war die Gelegenheit, die beim Schopfe gepackt werden mußte –

»Ich bitte, aus dem Militärdienst entlassen zu werden!«

»Weshalb, Sergeant? – –«. höchst erstaunt.

»Ich ließ mich eigentlich nur anwerben, um den Krieg mitzumachen, und möchte meine Zeitungsarbeit wieder aufnehmen.« – »Eigentlich – eigentlich –« brummte der alte Herr unwillig. »Die Werbung erstreckt sich immer über eine Periode von drei Jahren. Das wußten Sie doch. Wo wurden Sie angeworben?«

»In San Franzisko, General.«

Der Major stand da, halb zur Seite gewandt, und biß sich lächelnd auf den Schnurrbart. Dann sagte er kurz:

»Ich befürworte das Ansuchen.«

»Nun«, sagte General Greely, »der Sergeant wird auf dem Dienstwege Bescheid erhalten. Vorher aber muß ich ihn darauf aufmerksam machen, daß auf Order des Kriegsministeriums neuerdings den Mannschaften, die vor der Zeit entlassen werden, die Reiseentschädigung nicht gewährt wird. Halten Sie Ihr Gesuch unter diesen Umständen aufrecht, Sergeant?«

»Jawohl, General!«

Da hatte ich mit einem Wörtchen so ungefähr eintausendzweihundert Dollars auf die Straße geworfen ...

»*Well*«, sagte der Major, als wir nach einer Stunde Arbeit aus dem Zimmer des Generals auf den Korridor traten, »welche Entscheidung der Chef treffen wird, weiß ich nicht. Sie scheinen ja plötzlich eine verdammte Eile zu haben, sich von uns loszueisen –«

Und weg war er.

Ich mußte meine Akten in Ordnung bringen und ging ins Nebenzimmer, die Schreibstube des Hauptquartiers. Das war ein großer Raum mit gewaltigen Aktenschränken an den Wänden. An sechs Schreibmaschinen saßen sechs junge Damen, eifrig tippend, und einige junge Herren kletterten die Leitern zu den Aktenschränken hinauf und hinab. In der Ecke stand ein Tischchen für mich. Nach einigen kurzen Worten mit dem Bürovorsteher setzte ich mich und tat so, als ob ich arbeitete. Mir wirbelte der Kopf. Würde mein Gesuch genehmigt werden? Fing nun ein neues Leben an? Ich wollte nachdenken, versuchen mir vorzustellen, was ich anfangen würde, wenn ich frei war, aber in meinem Schädel jagte es wirr durcheinander vor lauter Aufregung. Sollte ich zurück nach San Franzisko fahren? Sollte ich – – sollte ich – – –

Ich dachte an alles. Und doch wieder an nichts Greifbares. Schließlich folgte ich wieder meinem schönen alten Instinkt, die Dinge der Zukunft dahin zu verweisen, wohin sie gehörten: in die Zukunft. Zum Teufel, noch war ich nicht entlassen. Es nützte gar nichts, sich den Kopf darüber zu zerbrechen. Das hatte Zeit. Und ich schob die Gedanken, die mich plagten, einfach weg.

Um ein Uhr ertönte ein schrilles Glockenzeichen, das die Lunchpause bedeutete, und ein guter Gedanke kam mir. Nur nicht allein sein müssen jetzt und sich mit Grübeln quälen!

»Ich bin Sergeant Carlé«, sagte ich zu Miß Tipp-Tipp, die mir am nächsten gesessen hatte, beim Hinausgehen.

»Das wissen wir! Lieber Mann, wir Mädels im Büro wissen alles!«

»So? Dann wissen Sie vielleicht auch, daß ich es abscheulich finde, allein zu lunchen. Wollen die Damen mir die Ehre erweisen, beim Lunch meine Gäste zu sein?«

»Was, wir alle?«

»Natürlich!«

»So 'was Nobles gibt's nicht wieder!« kicherten die Tipp-Tipp-Misses und erklärten einstimmig, man müßte Dampfaustern essen und es sei gar nicht weit. In dem weltberühmten kleinen Dampfaustern-Restaurant in der Nähe des Kapitols setzte der weißbefrackte Negerkellner sieben große Suppenteller vor uns hin, tat ein Stück Butter, Salz, Pfeffer, Paprika in jeden, und füllte sieben Drahtkörbchen mit Austern in den Schalen. Dann öffnete er sieben Türchen in den breiten schornsteinartigen Eisenröhren, die hinter der Bar die Wände entlangliefen, hängte die Drahtkörbe hinein, und drehte an einem Ventil. Die Eisenröhren waren Dampfleitungen. Heißer Dampf kochte die Austern in ihrer eigenen Schale. Nach einer halben Minute stellte er den Dampf ab, nahm die Körbe heraus, und öffnete Auster auf Auster über den Tellern, daß ja kein Tropfen des Safts verloren ging. Es entstand eine Art Suppe, so delikat, so kräftig, daß sie einen Toten hätte erwecken können. Über ihr und dem Geplauder meiner sechs Gäste vergaß ich völlig, daß in diesen Stunden ein Stück meines Geschicks sich entschied …

Die Mädels schnabulierten tüchtig und schwatzten wie die Spatzen.

Sie waren allesamt festangestellte Beamtinnen, pensionsberechtigt und auf Lebenszeit versorgt. In früheren Zeiten kam Jammer und Elend über die Tausende von niederen Angestellten in den Büros der Washingtoner Ministerien, wenn nach neuer Wahl ein Präsident dem andern folgte. Das Heer von Wählern des neuen Mannes drängte nach Stellen. Der Erwählte mußte wohl oder übel die Mitarbeiter seines Vorgängers auf die Straße werfen, um seinen beutegierigen Anhängern Raum zu schaffen, und so bedeutete jeder Wechsel in der Präsidentschaft wie unter den einzelnen Ministern ein Brotloswerden von vielen Menschen in der Bundeshauptstadt bis hinunter zu den Portiers und Fensterputzern. Alle flogen sie! Wehe den Besiegten! hieß es auch im unblutigen Wahlkampf viele Jahrzehnte hindurch, bis sich endlich den gesetzgebenden Körperschaften die Erkenntnis aufdrängte, daß die Geschichte höchst unmoralisch war und vor allem, was ihnen vielleicht wichtiger schien, höchst unzweckmäßig. Denn an Stelle der eingearbeiteten Beamten trat so immer wieder ein Heer von ahnungslosen Neulingen, die mühsam angelernt werden mußten. Es wurde daher eine Art unabhängiger Beamtenschaft geschaffen, der *Civil Service*, der Zivildienst. Die kleinen und mittleren Staatsbeamten wurden nunmehr der Reihe nach aus einer Schar von Bewerbern ausgewählt, die schwierige Prüfungen bestanden haben mußten. Es gab eine Stenotypistenprüfung, eine Buchhalterprüfung, eine Sprachenprüfung, eine Postprüfung, wissenschaftliche Spezialprüfungen und so weiter. Männliche wie weibliche Beamte des Zivildienstes konnten nunmehr nur wegen Verfehlungen nach einem Gerichtsverfahren entlassen werden. Die hohen Beamten freilich »flogen« nach wie vor bei einem Wechsel der Regierung.

»Wieviel Gehalt bekommt ihr denn?« fragte ich vergnügt.

»Hundertundzwanzig Dollars im Monat.« lachten die Mädels.

Onkel Sam war doch immer nobel! Und sie erzählten, diese jungen Dinger, von ihren Klubs, von ihren Privathotels, in denen sie beisammen wohnten, von ihren Sparkassen, von ihrer Bank. Denn sogar eine Beamtinnen-Bank hatten sie sich gegründet. Ein Mädel aber mit Stumpfnäschen sagte:

»Noch lieber möchte ich verheiratet sein ...«

*   *
*

Die zwei Stunden waren wie im Fluge vergangen. Die Beamtinnen Onkel Sams setzten sich wieder an ihre Maschinen und ich wollte mir vom Bürovorsteher meine Akten zurückerbitten, als er schon auf mich zukam:

»Major Stevens erwartet Sie im Offizierszimmer«, sagte er. »Hat soeben nach Ihnen gefragt. Gegenüber – gleicher Korridor – vierte Türe links!«

Ich ging hinüber, klopfte an.

»Herein!« Das war des Majors Stimme.

Und ich trat ein – und muß im nächsten Augenblick ein so erstauntes, ein so dummes, ein so hilflos perplexes Gesicht gemacht haben, daß das unbändige Lachen der beiden Offiziere, die rauchend an dem runden Tischchen saßen, zweifellos gerechtfertigt war. Schallend lachten sie auf. Der Major war der eine, und der andere – Sergeant

Souder! In Leutnantsuniform. Freiwilligen-Infanterie. In *Leutnantsuniform*!! Sekundenlang war ich sprachlos vor Erstaunen, dann aber mißfiel mir das Lachen.

»Sergeant Carlé«, meldete ich kurz.

Der Major winkte krampfhaft ab.

»Sie haben aber auch ein Gesicht gemacht«, lachte er, »als sähen Sie Ihre eigene Großmutter in indezenten kurzen Röckchen einen Cancan tanzen! Bitte, nehmen Sie Platz, Mr. Carlé – Zigarre, bitte, Mr. Carlé –

Und es überrieselte mich wie eine heiße Welle. Ein *Offizier sagte nicht* »Mister« *zu einem Sergeanten* in der amerikanischen Armee! Das bedeutete –

»– General Greely hat Ihr Gesuch genehmigt. Ich werde Ihnen nachher die nötigen Dokumente aushändigen und wünsche Ihnen jetzt Glück und Erfolg auf Ihrem Lebensweg. Souder – in dem Schränkchen dort muß eine Whiskykaraffe und ein Syphon sein. Danke. Meine Herren, wir trinken auf das Wohl des Sergeanten Souder und des Sergeanten Carlé. Mögen Sie ein tüchtiger Offizier werden, Souder, und Sie ein berühmter Zeitungsmann, Carlé. Vergeßt euren alten Kommandeur nicht, Kinder!«

Und wir tranken, und er zerschellte seinen Kelch an der Wand.

»Unser Major!« rief Souder mit leuchtenden Augen. Wieder klirrte zerbrochenes Glas. Es war nur eine Viertelstunde, die ich in dem winzigen Privatzimmerchen der Signaloffiziere im Washingtoner Kriegsministerium verlebte, doch die kurze Spanne Zeit war ein Männerzusammensein, voll tiefen Fühlens. Das Geplauder schien oberflächlich und klang lustig, aber in das Lachen hinein woben sich für jeden Bilder aus der kaum vergangenen Zeit, da wir Kameraden gewesen waren im Krieg, wir drei. Das kittet. Der Major meinte, es sei ja nett, daß er uns glücklich los sei, und schalt Souder einen Duckmäuser, und Souder berichtete von dem reichen Schmied in dem Indianiastädtchen, das seine Heimat war. Der war Mitglied des Kongresses und ein alter Freund Souders. Der Sergeant hatte ihn in Washington getroffen vor einigen Tagen, und der parlamentarische Schmied war eiligst zum Kriegsminister gelaufen, ein Leutnantspatent in der Freiwilligenarmee herauszuschinden für seinen Protegé – Der neuernannte Leutnant mußte heute noch nach San Franzisko abreisen, um sich zur Philippinenarmee einzuschiffen.

Und wir lachten und tranken.

»Kuba und das Signalkorps!« toastete Major Stevens. »Adieu Jungens!« Und er schüttelte Souder und mir die Hände, gab mir einen Briefumschlag, und dann gingen wir, ein jeder seinen Weg. Der Major zum General, Souder zum Infanteriestab unten, sich zu melden, ich nach dem Fort. Ich habe keinen einzigen von den Männern aus dem kubanischen Kriege jemals wiedergesehen. Mit einer Ausnahme – Billy! Den alten Billy vom Schienenstrang, den ein sonderbarer Zufall mir auf den letzten der Leichtsinnspfade stellen sollte.

* *
*

Es gehörte zum guten Ton der Armee, daß einer, der ihr den Rücken kehrte, das rasch und unauffällig machte. Von der Sekunde an, in der man seine Entlassung in der Tasche hatte, paßte man nicht mehr in den militärischen Rahmen. So fuhr ich rasch nach Fort Myer, nachdem der Gang zum Zahlmeisteramt mit dem Entlassungsdokument in wenigen Minuten erledigt war. Sergeant Hastings war telegraphisch benachrichtigt worden und sagte wenig: der alte Reguläre begriff es nicht, daß man den Rock mit den wertvollen Sergeantenstreifen freiwillig ausziehen konnte. Er nickte, als ich ihn bat, meine militärischen Habseligkeiten, die Uniformen, die Mäntel, die Mützen für mich zu verkaufen, und war verwundert, weil ich wünschte, er möge meine Entlassung erst beim Abendappell den anderen Sergeanten mitteilen. Ich mochte das Gerede jetzt nicht. Keiner der anderen stand mir nahe. Und als ich die paar Sachen für mein Köfferchen zurechtgelegt hatte, zog ich noch einmal Sergeantenuniform an, um nicht aufzufallen, und ging durch die Quartiere und die Werkstätten. Ich sah den Leuten einige Augenblicke lang zu, betrachtete mir eine signalisierende Flaggenabteilung, sah ein Automobil davonsausen –

»Heidi, Kinder! Es ist wirklich etwas sehr Gleichgültiges, ob es unter euch einen Sergeanten gibt, der Carlé heißt, oder nicht. Lebt wohl. lieben Kinder ...«

Mechanisch griff ich noch einmal nach einem Taster.

Hei – oh!

Nun fing ein neues Leben an!

Nun fängt ein neues Leben an

Nur weg mit alten Dingen. – Das neue Ich im neuen Anzug. –
Im Virginiahotel zu Washington. – Mumm extra dry. – Das
Filmbild der Erinnerung. – Was Rockefeller mit 600 Dollars
anfinge. – Was ich damit unternahm! – Empfang beim
Präsidenten McKinley, – Die idiotische Zeremonie. – Ein schneller
Entschluß. – Ich fahre nach New York. – Das neue Leben hat
begonnen ...

Mit gewaltigen Sätzen sprang ich die steile Treppe zum Sergeantenzim-
merchen empor und riß mir hastend die Uniform vom Leibe.

Rasch, eilig, nur fort!

Fast schien es mir Zeitverschwendung, mich noch einmal im Zimmerchen umzusehen. An der Wand hing der schmutzige Kubahut,
mit Mühe und Not aus dem bakterienverzehrenden Feuer Montauk
Points gerettet: in der blauen Soldatenkiste lagen unter den Uniform-
stücken spanische Patronen, Kopien von Kriegstelegrammen, alte
Sergeantenstreifen, Briefe, Pfeifen, Tabak, ein Telegrapheninstrument,
das mir gehörte, der schwere Armeerevolver eines spanischen Offiziers,
ein Beutestück und eine Erinnerung; Kleinigkeiten über Kleinigkeiten,
die ich vor vierundzwanzig Stunden noch hoch geschätzt hatte. Nun
aber warf ich das Zeug achtlos auf den Boden, verbrannte die Papiere.
Nicht einmal den lieben alten Hut nahm ich mit, nicht einmal eine
Silbertresse zum Andenken – weg – fort mit den Dingen, die an das
Soldatensein erinnerten. Die hatten ihren Dienst getan. Ihre Zeiten
waren vorbei.

Weg damit!

Und der Kubahut flog in eine Ecke, mitsamt dem, was er bedeutete.
Weg! Nur nicht sich beschweren mit Ballast. Schon allzulange hatte
das Sergeantensein gedauert; viel zu lange. Nur keine Zeit jetzt verlieren. Denn ein neues Leben fing nun an.

Heimlich schlich ich mich an Baracken und Schuppen vorbei auf
dem Weg zur Arlingtonstation und ärgerte mich, daß ich immerzu
an Telegraphengeklapper und Flaggenschwingen denken mußte,
sehnsüchtig fast. Wer würde wohl an meinem Platz sitzen am

Schreibtisch im Büro da drüben ... Ryan wahrscheinlich. Ich hatte ihn dazu erzogen.

Aber – was – ging – das – mich – an!

Waren Sergeantenlitzen vielleicht etwas so Wichtiges, daß man sie nicht vergessen konnte? Und auf einmal hatte ich sie vergessen! Während die Straßenbahn hügelabwärts gen Washington rasselte auf ihrer langen Fahrt, dachte ich nur an das eine: Hatte ich auch noch Zeit heute, mir einen eleganten Abendanzug einzukaufen? Über alle Maßen wichtig schien mir das. Ich erwischte einen Wagen am Endpunkt der Linie in der Washingtoner Vorstadt, fuhr von Geschäft zu Geschäft, kaufte einen Koffer zuerst, schwarze Abendeleganz dann, Wäsche nun, Toilettesachen (über die der Sergeant von dereinst in den morastigen Schützengräben des Santiagotals sich totgelacht hätte) allerlei höchst überflüssige Kleinigkeiten, und endlich endete die Fahrt vor dem Virginia, einem der teuersten Hotels Washingtons.

Dreißig Minuten später lehnte ich lässig mit übergeschlagenen Beinen in einem weichen Klubsessel des Hotelvestibüls und betrachtete wohlgefällig die straffen Bügelfalten meiner neuen Smokingbeinkleider, wie sie in scharfer Kante über den schwarzglänzenden Lack der *patent leathers* fielen. Schielte wohl auch über die weiße Fülle der Hemdbrust nach den seidenen Aufschlägen und freute mich sehr, daß da in nächster Nähe an der Wand ein großer Spiegel mir mein Ebenbild unablässig vorkonterfeite – und siehe da, es war sehr gut, dieses Ebenbild, wie ich in wohliger Gedankenleere immer wieder vergnügt feststellte. Um nichts hätte ich in jenen Viertelstunden die bedeutungslosen schwarzen Fetzen am Leib, die dummen Lackstiefel, all die lächerliche Äußerlichkeit hergegeben! Denn sie waren mir wohl, ohne daß ich mir auch nur die geringsten Gedanken darüber machte, einfach ein Symbol:

Ein äußeres Zeichen der neuen Zeiten!

Exit der Sergeant ...

Später einmal hat mir ein gescheiter Tierarzt bei einer Konsultation über meinen jungen Boxer gesagt:

»Sie ärgern sich, daß das Fräulein (mein Boxer Liundla ist eine Dame) sich mit jedem Vorübergehenden anfreundet, jeden Hausierer schweifwedelnd begrüßt, jeden gewöhnlichen gelben Köter demutsvoll umschwänzelt? Das ist nur die Unselbständigkeit der Jugend und wird sich gewaltig ändern, wenn das Vieh 'mal feststehende Lebensanschauungen hat. Es wird sich ändern. So in einem halben Jahr etwa.«

Ein ähnlich wichtiger Lebensumschwung, wie er im Erdenwallen meines Sundes auch wirklich nach einigen Monaten eintrat, muß mir der Abend im Virginiahotel gewesen sein. Aus dem subalternen Stand hatte ich mich aus höchsteigener Machtvollkommenheit in die höhere Kaste zurückversetzt – und der Smoking war einfach das Kastenabzeichen. So ungefähr müssen die geheimen Triebfedern der Eitelkeitsgelüste ausgesehen haben, die mich immer wieder in den Spiegel gaffen ließen.

Der Gong erklang zum Souper.

Ein diskreter Kellner servierte mir Austern auf Eis an einem Tischchen, über das eine elektrische Stehlampe rosenrotes Licht goß, und rosenroter Schein leuchtete von anderen Tischen, und da war eine wohlige Atmosphäre von gedämpftem Geplauder und leisem Lachen, und schöne Frauenköpfe neigten sich zu scharfgeschnittenen Herrengesichtern, und Gläser klirrten glockenhell. Und ich schlürfte Austern, wählte außerordentlich sorgfältig meinen Wein, und widmete ernsthaftes Nachdenken der wichtigen Frage, ob ich als Zwischengericht gefüllten Puter oder junge Hähnchen bevorzugen sollte. Ich saß in einer Ecke. Der Speisesaal lag vor mir wie ein Bild, und bald beobachtete ich mit einer fast brutalen Neugier die Männer und die Frauen an den kleinen Tischchen; wie sie sprachen, wie sie sich bewegten, wie sie sich gaben, und es schien mir, als sei in jedem dieser harten und doch so frischen Männergesichter ein unbeschreiblicher herrischer Zug; ganz genau das, was ich mir selber wünschte. Ich ertappte mich darauf, wie ich zu den Wandspiegeln hinüberschielte, um Spuren von Herrentum im eigenen Konterfei zu entdecken –

»Chartreuse!« befahl ich.

Und freute mich über den wundervoll geschliffenen Kelch, dessen Wände glitzernd und gleißend den goldengelben Trank widerspiegelten, um dann zu entdecken, daß die wenigen schimmernden Tropfen eine wohlige Gleichgültigkeit bescherten. Was zum Teufel kümmerte es mich, wie die Männer da aussahen, was in ihren Gesichtern geschrieben stand, wie diese Frauen lachten und plauderten, auf welche Weise diese Leutchen sich durchs Leben schlugen! Sie trugen elegante Kleider am Leib? Ich auch! Sie hatten Geld? Ich auch! Lachend stand ich auf.

»Eine Flasche Sekt ins Rauchzimmer!«

»Yes, sir.«

»Mumm extra dry..«

»Very well, sir.«

Bequem in den weichen Sessel gekuschelt betrachtete ich vergnügt die sprühenden Schaumbläschen und sah den zarten blauen Rauchgebilden der Zigarette nach. In den immer wieder sich webenden und immer wieder vergehenden Dunstschleiern tauchten körperhafte Dinge auf, undeutlich wie in ewig weiter Ferne und doch bildhaft. Ein lümmeliger Gymnasiast, eine ganze Serie von deutschen Schulmeistern – Sprung – ein Professor des Griechischen in Burghausen, ein strenger Vater, ein lustiges Mädel – Sprung, Sprung – ein trüber Abend im Bremer Ratskeller …

Ah, wie lebendig machte der perlende Wein alles Vergangene!

– Großer Sprung – eine Baumwollfarm in Texas, dahinrasende Eisenbahnzüge, sonnige San Franziskostraßen – Sprung – ein schmaler Schlammpfad nun im kubanischen Urwald, geisterhaftes Gewehrgeknatter – Sprung – ein sausendes Feuerrad im Kabelbüro – und wie beklemmenden Alpdruck die Gesichter von sterbenden Männern auf der Insel des gelben Fiebers …

So jagten sich die Bilder.

Ich starrte in gebanntem Schauen und sah mich immer wieder selber in den Traumgebilden, in denen mein Leben vorbeihuschte. Und nun sollte das Leben ja wiederum neu beginnen. Da lachte ich vor mich hin, fand die Welt und die Dinge und die Menschen wunderschön, und zauberte flugs neue Bilder in die Nebel. Von tanzenden Traumgestalten – sie tanzten um meine Wenigkeit – und Strömen von Gold – sie gehörten mir – um dann mit scharfem Ruck zusammenzufahren und den Champagnerkelch zu packen.

Ruhig da! Eiskalt sein, mein Junge. In diesem Lande rechnete man mit Wirklichkeiten. Mit jenen Wirklichkeiten, wie sie da in der bedeutsamen Rolle in meiner Westentasche sich meinem Körper anschmiegten; mit Dollarscheinen. Sechshundert Dollars besaß ich, von denen einige hundert die letzte Zahlung Onkel Sams darstellten, einige hundert aus der üppigen Löhnung erspart waren. Es hätte mehr sein können, sagte ich mir grinsend, aber immerhin …

Was machte man nun mit sechshundert Dollars, wenn man ein neues Leben anfangen wollte?

Das wohlige Gefühl des Geldhabens verdichtete sich zum Problem.

Behauptete nicht dieser salbungsvolle Spitzbube von Rockefeller, daß jeder tüchtige Mann, dem es einmal gelungen war, sich so etwa tausend Dollars zu erwerben, für alle Zukunft unbedingt geborgen sein müsse? Nur arbeiten mußte der tüchtige Mann und beten und weiterhin wahnwitzig sparen, Pfennig für Pfennig, und lauern wie eine Schlange, um mit seinem Geld zuzubeißen im richtigen Augenblick. Oh, sechshundert Dollars waren viel Geld. Sie konnten eine nette kleine Farm in Texas bedeuten, oder eine gutgehende Bierwirtschaft, oder einen Gemüseladen, oder – viele Hunderte von nahrhaften und beständigen Dingen im Sinne Rockefellers. Dja. Für mich aber waren die Dollarscheine dazu da – jawohl, selbstverständlich dazu da, den Weg zur Zeitung wiederzufinden.

Punkt eins erledigt.

Damit trank ich vergnügt meinen Sekt aus und ging fröhlich zu Bette. Mich mit unwichtigen Nebensächlichkeiten zu beschäftigen, hatte ich nicht die geringste Lust – damit zum Beispiel, wie das neue Zeitungsleben nun eigentlich beginnen sollte.

Ich wollte wieder zur Zeitung und damit holla!

Am nächsten Morgen wachte ich mit wohlverdienten Kopfschmerzen auf und schlenderte bald die breite Avenue hinab. Kopfschüttelnd betrachtete ich die Menschen, die hier weniger Eile hatten als anderswo, die vielen eleganten Wagen, die daran erinnerten, daß Washington eine Stadt der Politik, der Repräsentation, des gesellschaftlichen Lebens war und nicht eine Stadt der Arbeit. Nach wenigen Minuten war ich beim Weißen Haus angelangt, der bescheidenen Villa der amerikanischen Präsidenten. Zwischen Bäumen und Buschwerk hervor leuchteten durch den Park die schneeweiß getünchten Wände. Vor dem eisernen Gitter standen viele Menschen, die langsam einer nach dem andern zwischen zwei hünenhaften Polizisten hindurch den Kiesweg zum Weißen Haus hinaufschritten.

Es war einer der öffentlichen Empfangstage heute, an denen jeder anständig gekleidete Mensch ohne vorherige Anmeldung sich im Weißen Haus einfinden und dem Repräsentanten des amerikanischen Volks die Hand schütteln durfte.

Neugierig schloß ich mich der Reihe an. Langsam ging es durch den Park hindurch, breite Stufen empor, durch ein Portal, ein einfaches Vorzimmer – immer im Gänsemarsch – und in einen Saal dann, der gedrängt voll Menschen war. An den Seiten war eine schmale Gasse für die wandelnden Reihen freigelassen. Ich bemerkte einige Offiziere, einen bekannten Minister, und viele Kongreßmitglieder. Während des langsamen Vorwärtsschreitens wurde man gründlich gemustert von scharfblickenden Herren, die offenbar Detektive des amerikanischen Geheimdienstes waren. So wandelte man und kam endlich zu einem Herrn im einfachen Gehrock, der mit lächelnder Miene bei einem Stuhl stand. Das war William McKinley, Präsident der Vereinigten Staaten. Mir schien, als sei auf dem bartlosen, außerordentlich scharfgeschnittenen Gesicht das Lächeln festgefroren. Man lächelte auch, denn die stereotype Liebenswürdigkeit wirkte ansteckend, streckte die Hand aus, das Beispiel des Vormannes nachahmend, und plötzlich schoß die Präsidentenhand hervor, gewaltig zupackend, eine Sekunde lang ... Mir taten die Finger weh. In einer Sekunde war alles vorbei, der Händedruck, das Lächeln, die leichte Verbeugung. Im Weitergehen wandte ich den Kopf und sah drei- oder viermal die völlig gleiche Bewegung – die Präsidentenhand schoß immer im völlig gleichen Winkel hervor, packte, ließ los ...

»Weshalb drückt er so fest?« fragte der Mann vor mir den riesigen Polizisten am Ausgang.

»Weil er sich seine Fingerchen nicht etwa von dir zerdrücken lassen will, mein Sohn.« grinste der Polizist, »sondern lieber selber zugreift!«

Da begriff ich, daß Holzhacken eine leichte Erholung war, verglichen mit der grauenhaften Arbeit, einigen Tausenden von Menschen die Hand drücken zu müssen, und stellte mir vor, daß neugewählte Präsidenten der Vereinigten Staaten wohl viel Kummer und Elend an ihrer rechten Hand erleben, bis sie den richtigen Trick des Händeschüttelns heraus haben. Die Veranstaltung selbst aber, die den Amerikanern ein großartiges Sinnbild amerikanischer Freiheit erscheint, kam mir außergewöhnlich idiotisch vor. Langsam ging ich die Avenue zurück.

Und im Dahinschlenkern nahmen die Zukunftsgedanken Form und Gestalt an. Zurück zur Zeitung also. Für jede Arbeit jedoch brauchte man einen günstigen Boden, und das war Washington keinesfalls. In Washington wurde politisch geschachert, gesellschaftelt, politisiert, bürokratisiert; alle Fäden seiner Bedeutung liefen zusammen im Weißen Haus, in den Ministerien, in den Repräsentantenhäusern des Senats und des Kongresses. Die Washingtoner Zeitungen beschäftigten sich übermäßig mit politischem Klatsch und ihr lokaler Teil war fast ausschließlich gesellschaftlichen Dingen gewidmet. Guter Boden für einen Politiker. Für mich nicht. Fort aus Washington.

Punkt zwei erledigt.

Augenblicklich rannte ich zu dem Hotel zurück, als sei es schade um jede Minute, die ich hier noch verbrachte. In den fünf Minuten, die ich zu dem kurzen Weg brauchte, war mein Entschluß gefaßt. So übermächtig das alte verräucherte Reporterzimmer in San Franzisko und seine lieben Menschen, seine frohe Hetzarbeit auch winkten und lockten, so sehr wehrte sich irgend etwas in mir gegen eine Rückkehr nach dort. Man soll nicht da Geselle sein wollen, wo man Lehrling war, weil die anderen den Lehrling von dereinst nur schwer vergessen. Und daß ich keiner mehr war als Zeitungsmann und mit dem Handwerkszeug so gut umgehen konnte wie einer, davon war ich höchlichst überzeugt. Was ich brauchte, war also eine große Stadt mit sehr großen Zeitungen – Neuyork!

Selbstverständlich Neuyork! Wie hatte ich mich auch nur einen Augenblick lang besinnen können!

Da waren die »World«, das »New York Journal« (das Hearst, dem Eigentümer des »San Francisko Examiner« gehörte), die »Times«, die »Sun«, der »American«, Gordon Bennetts »New York Herald« vor allem, die größten Zeitungen der Welt. Ein Arbeitsfeld, wie man es sich nicht besser wünschen konnte. Daß dieses Arbeitsfeld völlig überlaufen war mit Kräften allerersten Ranges – daß die Aussicht für mich, im Neuyorker Zeitungsgewühl mir Ellbogenraum zu schaffen, noch etwas schlechter war als etwa diejenige, auf ein mexikanisches Lotterielos auch wirklich Geld zu gewinnen – daran dachte ich in schönem Selbstvertrauen auch nicht einen Augenblick lang.

Aus meinem Laufen wurde fast Trab.

In zwei Minuten hatte ich mich aus dem Kursbuch des Hotelvestibüls vergewissert, daß der nächste Zug nach Neuyork um 12.39 ging (es war jetzt 12.10). In weiteren fünf Minuten hatte ich die Koffer gepackt, die bösartig gesalzene Hotelrechnung bezahlt und mir einen Wagen herbeipfeifen lassen. Um 12.39 schrieen die *conductors* ihr *all aboard*. Um 12.40 lehnte ich mich weit zurück in den weichen Polstersitz des dahinsausenden Zugs, lauschte sekundenlang, angenehm angeregt, dem Rädergetöse, entfaltete dann das auf dem Bahnhof gekaufte *New York Journal*, unsäglich zufrieden mit mir, Gott, und der Welt.

Das neue Leben hatte begonnen!

Wie mich Neuyork empfing

Ankunft in Neuyork. – Der Lichterwahnsinn in der Luft. – Der
Wirrwarr der Riesenstadt. – Die elegante Pension. – Mrs.
Bailey. – Ricky und Flossy. – Die eingeschneite Riesenstadt. –
Der Humor auf der Straße. – Fünf Minuten in der Redaktion
des New York Journal. – »Sie haben gar keine Aussichten!« –
»Herrgott, war das ein süßer Anfang.«

Als der Zug in den Neuyorker Pennsylvania Bahnhof einbrauste, war
ich einer der ersten, der auf den Bahnsteig sprang. Rücksichtslos
drängte ich mich durch das Menschengewühl. Ich hatte es noch um
eine Nuance eiliger als diese anderen eiligen Menschen. Mir war zumute, als käme ich nach Hause. Dorthin, wohin ich gehörte. Als wartete hier irgend etwas Schönes auf mich.

»Telephon?« fragte ich einen Gepäckträger im Vorbeigehen.

»Links!« antwortete der.

So war's recht. Brauchbare Leute, diese Neuyorker. Nur keine Zeit
und keine Worte verschwenden! Mein Nickel glitt in den Schlot des
öffentlichen Telephons –

»L 11327.« – »The Montgomery Private Hotel – helloh,« meldete sich
eine Stimme.

»Zimmer frei?« fragte ich kurz und präzise.

»Schlafzimmer und Wohnzimmer, volle Pension, mit Ausnahme
von Lunch.«

»Auf wie lange?«

»Einen Monat fest.«

»Very well«, antwortete die Stimme. »Abgemacht. Name, bitte?«

»Carlé – C gleich *candy*, a gleich *America*, r gleich *rich*, l gleich *lo-
ving*, e gleich *election* – *got it*? Haben Sie 's?«

»Yes, sir«

»Ich sende mein Gepäck und komme später.«

»Very well.«

»Um welche Zeit ist *diner*?«

»Punkt acht!«

»Allright – thank you.«

Vergnügt hing ich das Hörrohr an den Haken, eilte mit langen Schritten, Neuyorker Schritten, zur Expreßoffice, und gab Auftrag, daß mein Gepäck sofort nach dem *Montgomery* geschickt werden sollte. Hexerei war keine dabei. Ich hatte einfach während der Fahrt im Anzeigenteil des *New York Herald* die *boardinghouse* Inserate durchgesehen. So ließ sich die Behausungsfrage in aller Geschwindigkeit durch ein kurzes Telephongespräch erledigen. Zeit hatte ich nämlich keine übrig, absolut keine. Brannte ich doch in fieberiger Ungeduld darauf, wieder einmal Menschenmassen zu sehen und Häusergewirr und tätiges Leben. Rasch in den Baderaum des Bahnhofs – gewaschen – gebürstet ...

* *
*

Und ein sonderbares Gefühl kam über mich, als ich still und steif, der bitterlichen Kälte nicht achtend, an der Ecke des *flatiron* stand, des ungeheuren Wolkenkratzers, der ob seiner sonderbaren Form den Namen Bügeleisen trägt. Hier, wo Wolkenkratzer neben Wolkenkratzer in ihrer unsäglich brutalen Wucht gen Himmel ragten, war das Herz Neuyorks. Hier war ich einst gestanden vor fünf Jahren und dort in jenem Friseurladen war ich gewesen. Täppisch hatte ich mich zurecht-gefragt und unbeholfen mich gewundert über die neue Welt und kindlich gelacht über die dahinrasenden Menschen und das laute grelle Schreien der Dinge. Und jetzt? Hatte nicht auch ich mitrasen müssen seitdem, mitschreien, brutal zupacken ums liebe Leben? Als Farmer, Apotheker, – ach, was! Nein, ein fröhliches Spiel war es gewe-sen, wenn auch der Einsatz ums Verhungern und Verkommen ging, und ein frohes Spiel sollte es bleiben.

Voll neuer Farben und neuem Schauen. Nur nicht verblüffen lassen!

Denn wie gebannt war ich gewesen in den ersten Minuten von der Gigantik der furchtbaren Stadt. Eingeschüchtert, verzagt. Schwer hingen winterliche Nebel und Rauch von hunderttausend Schornsteinen über den Häuserriesen. Wirkliches Dunkel jedoch, trübes dumpfes Grau und hartes Schwarz, zeigte die Dunstschicht nur an ihren seinen Rändern. Hier, über dem Herzen Neuyorks, war sie eine einzige Masse von rötlicher Glut und schmutzigweißen Lichtstreifen, dem Widerschein des Flammenmeers unter ihr. Denn die Häuser, die Straßen, die Dächer spien Fluten von Licht aus. Kaltes, blendendweißes

Licht in weiten Bündeln, wärmere rötliche Strahlen, glitzernde Lichtpünktchen. Dort links zog bis in unübersehbare Ferne die Flammen-
straße des Broadway hin, ein Glutmeer von Milliarden Lichtern zuerst,
eine grellweiße schnurgerade Linie dann. Licht überall und blitzschnell
aufhuschend auf Pflaster und Fahrweg tiefviolette Schlagschatten.
Schneeflocken begannen zu fallen. Von drüben her leuchteten hoch
aus den Himmeln lange schnurgerade Lichtstreifen, so hoch und fern,
daß sie aus dem Nichts zu kommen schienen, und nur da und dort
deutete ein dumpfer Schatten die Umrisse und die Fensterreihen der
Wolkenkratzer an. Höher noch, dort, wo ein schwarzer Rand auf die
obersten Lichtstreifen folgte, leuchteten in grellem Glühen gewaltige
Flammenbuchstaben auf das Lichtmeer herab, von allen Himmelsrich-
tungen her. Von den Zeitungspalästen glühten – war's eine gute Vor-
bedeutung? – die Namen der *World*, des *New York Journal*, der *Times*,
und ihre lodernden Buchstaben schienen das lichtspeiende Neuyork
zu überschreien, zu beherrschen, zu regieren. Aber noch lauter, noch
schreiender, noch wuchtiger war jenes sausende Feuerrad dort zwischen
ihnen und es kündete doch nur von irgend einer jämmerlichen Zigarette. Und was hier auf und ab huschte in jähem blendendem Glühen
an einer riesigen Häuserwand, verlöschend und wieder aufflammend,
war gar nur ein Mundwasser.

Da oben in der Luft grassierte der Lichterwahnsinn.

Grüne Sterne, blaue Steine – Zacken – Figuren aus Licht – und sofort hinterdrein die lichtbrüllende Erklärung: Raucht nur Tabak der
American Tobacco Company – *Carters Liver Pills* – *Pear's Soap* –
Quaker Oats – sie sind alle da. Eine feuerspeiende Hölle ist es, in der
es von sinnverwirrendem Lärm dröhnt und von gräßlichem Hasten
geistert. Das einzelne Geräusch verliert sich. Da ist nur *ein* stetes
Dröhnen, Schwingen, Brausen von Menschentritten und Menschen-
stimmen ohne Zahl und das Rollen von vielen Tausenden von Rädern.
Jene schwarzen Massen aber, die da auf- und abfluten, ohne scheinbar
je mehr zu werden oder weniger, sind die Herren dieser Hölle und
ihre Knechte zugleich.

Dichter fiel der Schnee und kälter wurde es. Da fror ich vom langen
Stehen, und fuhr zusammen, und der Zauberbann des Ungetüms war
gelöst. Das blendendweiße Lichtergleißen ward zu vielen großen und
kleinen Strahlen und Pünktchen und aus der schweren schwarzen

Masse wurden ganz gewöhnliche hastende Menschen, höchst lebendig offenbar und gewaltig lebensfreudig. Und verflixt eilig hatten sie's.

Trippe – trappe – rannte es an mir vorbei.

Vergnügt rannte ich mit. angesteckt von der Eile und dem Drängen um mich, und aus alter Gewohnheit auch schon, denn wer in Neuyork langsam geht, hat entweder Rheumatismus in den Beinen oder ist ein Bummler niedrigster Sorte. Dem Broadway ging es zu. Plötzlich blieb ich stehen. *Confound it*, eigentlich hätte ich doch heute abend schon das *New York Journal* aufsuchen können! Hm, es war gegen sechs Uhr. Dumme Zeit; da waren die richtigen Leute entweder nicht da oder sie hatten Hals über Kopf zu arbeiten. Nein; machen wir morgen. Ich ging in einen Buchladen und kaufte einen Stadtplan. Ecke der Sechsten Avenue und der Vierzigsten Straße lag das Montgomery. Aha, drei Häusergevierte geradeaus, zwei rechts, eine geradeaus …

Ein Dienstmädchen in Schwarz mit weißem Mützchen öffnete.

»Mein Gepäck da?«

»*Yes, sir.* Herr Carlé, nicht wahr? Hier ist das Büro, bitte!«

Sie öffnete eine Glastüre, und eine alte Dame mit silberweißem Haar und frischem jugendlichem Gesicht trat mir lächelnd entgegen.

»Mr. Carlé? Seien Sie willkommen! Ich bin Mrs. Bailey, die Eigentümerin dieses Hauses – Mr. Bailey ist augenblicklich nicht hier. Kommen Sie! Sie möchten doch Ihre Zimmer sehen, nicht wahr? Wir können ja oben plaudern!«

Und während die alte Dame (sie trug schwere violette Seide) vor mir her über die wohlig weichen Teppiche des Korridors schritt, schoß mir verstimmend der Eindruck durch den Kopf, daß die Dame des Hauses und die Teppiche des Korridors und das Dienstmädchen unten entschieden zu elegant waren für meine Verhältnisse. Das konnte ja nett werden. Bänglich folgte ich und bänglich stieg ich ins Lift. Blitzschnell schoß die Maschine vier Stockwerke empor.

Ein Türöffnen, ein Knipsen, ein Aufflammen elektrischen Lichts.

Die Bescherung war fertig.

»S – sehr hübsch!« stotterte ich in Heidenangst.

Da war ein kleines Schlafzimmer und in der Ecke stand eine Badewanne und in der anderen Ecke prangte ein weißglänzender Waschtisch, Marmor oder so was – ihr guten Götter – und von glitzernden Metall-Hähnen glänzte die Aufschrift: *Hot, cold.* Heißes und kaltes Wasser.

»S – sehr hübsch«, lobte ich betrübt.

Ein Wohnzimmer schloß sich an und da stand ein riesiger Klubsessel und in den Teppich sank man tief ein und da waren – so etwas Reizendes hatte ich noch nicht gesehen in meinen amerikanischen Zeiten … Und die alte Dame war ja entzückend! Sie pries nicht laut an, sondern ihre lächelnden Augen führten die meinen von Gegenstand zu Gegenstand, zu dem Rauchtischchen, zu dem Klubsessel, zu dem Telephon neben der Tür, zu dem automatischen Telegraphenapparat, dessen Kurbel mit einer Umdrehung einen Messengerboy herbeirief, mit zwei Umdrehungen einen Wagen – zu der elektrischen Leselampe auf dem Schreibtisch, zur fellbedeckten Chaiselongue. Ich schaute und bewunderte, und mit einemmal war die Bänglichkeit verschwunden. Lächerlich, diese Anwandlung von Sparsamkeit! Hier war ich und hier blieb ich und was die ganze Geschichte kostete, konnte mir furchtbar gleichgültig sein. Knisterten doch noch viele Banknoten in meiner Tasche! Um so besser, wenn das neue Leben in wohliger Umgebung begann …

Und außerdem fing ja morgen schon die Zeitungsarbeit an! Heidi! So wie mir das vorschwebte – ganz klar, simpel, und greifbar nahe, begannen jetzt Zeiten gewaltigen Geldverdienens. Einige Dollars mehr oder weniger spielten da keine Rolle! Ich war sehr zufrieden mit mir und der neuen Pension.

»Sie dürfen rauchen.« lächelte Mrs. Bailey.

Ich verbeugte mich dankbar.

»Wir geben und verlangen Empfehlungen.« fuhr sie fort.

»Ich bin fremd in Neuyork«, sagte ich da schroff. »Wenn Sie so freundlich sein wollen, mich über Ihre Bedingungen zu informieren, so bin ich bereit, ein Depot in Höhe der Kosten meines Aufenthalts in Ihrem Hause für den Zeitraum eines Monats zu hinterlegen.«

»*Very well*«, meinte die alte Dame. »Wir berechnen mit Frühstück vierzig Dollars den Monat und nehmen vierzig Cents für Diner.« (Ich machte ein verblüfftes Gesicht. Mir, der ich an San Franziskoer Preise gewöhnt war, schien das spottbillig.)

Ich zählte rasch sechzig Dollars ab. »Darf ich bitten?«

»Danke schön. Mr. – Mr. – –. Und nun sagen Sie doch, bitte, einer alten Frau, die Ihre Großmutter sein könnte, wer Sie sind und was Sie sind. Vor allem aber: Heißt es »Kaohrl« oder »Dscharle«? Sehen Sie, Sie sind noch sehr jung, und ich mag gern Leute, die frische Gesichter haben, und vielleicht kann ich Ihnen nützlich sein. Frauen sind doch neugierig ...«

Prachtvoll! Selbstverständlich wurde ich weich wie Butter und erzählte eine halbe Stunde mit vollkommener Ehrlichkeit über mich selbst, in sehr schroffem Gegensatz zu der Verschlossenheit, die ich mir aus praktischen Gründen angelobt hatte. Von San Franzisko und von Kuba und vom Signalkorps und von Zeitungsträumen. Und die alte Dame lächelte und nickte.

»Wir werden gute Freunde sein!« sagte sie endlich.

Sie hielt, das sei gleich gesagt, ihr Wort. Mrs. Bailey ist mir eine meiner liebsten amerikanischen Erinnerungen. Der Lausbub hatte wiederum Glück gehabt! Bob Masters, der *stockbroker*, mit dem ich später befreundet wurde und der seit Jahren im Montgomery wohnte, behauptete zwar, Mrs. Bailey sei eine gerissene Menschenkennerin und könne höchst unliebenswürdig sein. Aber Bob war ein häßlicher Zyniker. Und die alte Dame plauderte und gab mir in stricheligem Schildern ein Bild von den Leuten, die im Montgomery wohnten. »Lauter junge Leute!« sagte sie stolz. »Sie sind alle meine Kinder und dumme Kinderstreiche machen sie wahrlich genug.« Da waren junge Anwälte und Kaufleute und viele Damen, die im Neuyorker Erwerbsleben ihre »Frau« standen. »Ich setze Sie vorläufig zwischen Miß O'Bryan und Miß Rafferty«, meinte sie vergnügt. »Miß O'Bryan ist Weißwarenchef bei Cummings & Co., Miß Rafferty leitet ein stenographisches Büro *downtown* – liebe Menschen und bösartige Flirts alle beide. Da können Sie gleich die Feuerprobe bestehen. Ja. Meine Herren dürfen sehr wohl flirten mit meinen Damen, denn Jugend bleibt Jugend, und sie dürfen sie auch mal mitnehmen ins Theater, aber wenn ich von dummen teuren Soupers bei Delmonico höre und so was, dann werde ich furchtbar energisch. Ja. Mr. Carlé – mögen Sie glücklich sein in meinem Haus!«

Ich verbeugte mich ehrfürchtig.

»So! Ich schicke Ihnen Lizzie, die Ihnen beim Auspacken behilflich sein wird.«

Und ein flinkes kleines Dienstmädchen legte geschickt Wäsche in Kommoden und hing Beinkleider auf Bügel und sortierte Krawatten. Wie Hans im Glück kam ich mir vor. Langsam begann ich die alte Wahrheit zu begreifen, daß ein Junggeselle nicht teuer genug wohnen kann, um – viel Geld zu sparen. Und ich badete und fand draußen im Wohnzimmer Beinkleider, die fix gebügelt worden waren von der kleinen Lizzie, und ich pries die guten Götter, die zum erstenmal in all den Jahren mir das Gefühl beschert hatten, ein Heim zu haben.

Hier war ich zu Hause!

Da klopfte es. Lizzie brachte Visitenkarten und Briefbogen – mit meinem Namen und der Adresse des Montgomery. Samt Telephonnummer und Telegrammadresse! Ich muß ein sehr dummes Gesicht gemacht haben. Langsam endlich begriff ich, daß dieses Neuyork eine eigentümliche Stadt war und der Montgomery etwas Besonderes. Entzückende alte Damen – Briefbogen binnen einer Stunde –

Mir wirbelte es im Kopf.

Kling-klang.

In sonorem Klingen ertönte der Gong.

Ein wenig befangen, eilte ich die Treppen hinunter, auf das Lift verzichtend, sah eine lächelnde alte Dame, ward am Arm gefaßt, und in Holtergepoltereile zwischen vielen Menschen hindurch an einen langen Tisch bugsiert.

»*Dears* – Mr. Carlé. Ich sagte euch ja schon. Miß Rafferty – Miß O'Bryan!«

Ich setzte mich dämlich hin und hielt den Mund.

Mädchen in Schwarz mit weißen Mützchen servierten mit amerikanischer Fixigkeit. Austern auf Eis, eine Muschelsuppe, Riesensteaks, von ganzen Lenden, handgerecht tranchiert. Ich verbeugte mich links und rechts, murmelte Höflichkeitsfloskeln, und hätte um alles in der Welt nichts Gescheites reden können. Wo war nur meine gute Kinderstube geblieben, auf die ich so stolz war? …

»Weshalb zum Kuckuck«, (ich versuche, den Neuyorker *slang* getreu wiederzugeben) – »weshalb zum Kuckuck reden Sie nicht?« sagte Miß Rafferty entrüstet.

»Wir beißen nicht.« erklärte Miß O'Bryan.

»Wirklich nicht?«, meinte ich zweifelnd. »Nehmen Sie noch mehr *french potatoes*?«

»*Yes, thanks*«, sagte Miß Rafferty. »Wie finden Sie meine neue Bluse?« – »Ein Wunder – einen Märchentraum – ein – mir fehlen die Worte!«

»Das genügt für den Anfang!« erklärte Miß O'Bryan. »Nun passen Sie 'mal auf. Die da heißt Flossy und mich nennt man Nicky. Sie dürfen Miß Flossy und Miß Nicky sagen. Meinetwegen können Sie das Miß auch weglassen. Aber seien Sie ein guter Junge und erzählen sie uns was. Wir müssen den ganzen Tag arbeiten und möchten uns jetzt amüsieren!«

Ich nahm ein zweites Stück Steak und tappte behutsam unter dem Tisch nach jener Gegend, wo ich Nickys Füßchen vermutete …

»Nein!« erklärte Nicky. »Das ist zu leicht! Reden sollen Sie!«

»Was ist zu leicht?« fragte Flossy.

»Er ist mir auf den Fuß getreten«, erläuterte Nicky seelenruhig – und mir traten die Augen beinahe aus dem Kopf. Diese Nicky fing an, mir zu imponieren –

»Nicky! Flossy!« erklärte ich weinerlich. »Ich bin ein Fremdling in dieser großen und schönen Stadt und unwert des Glücks, zwischen den beiden schönsten Frauen des größeren Neuyork meinen bescheidenen Imbiß einzunehmen. Sie sehen mich einfach sprachlos. Berückt! Zerschmolzen! Weg!«

»Sehr gut! Trinken Sie um Gotteswillen 'nen Cocktail, auf meine Kosten!« rief Flossy.

»*One cocktail – Manhattan – on Miss Rafferty!*« befahl ich laut und hörte drüben, einige Sitze weit weg, Mrs. Bailey lachen. –

»Sie sind 'n guter Junge.« erklärte Nicky. »Es muß ekelhaft sein, da hereingeschneit zu kommen wie 'n armer Waisenknabe und ausgerechnet zwischen zwei frechen Dingern, wie Flossy und Nicky es nun einmal sind, sitzen zu müssen – –«

»*Yes, too bad.* Einfach scheußlich für Sie, nicht wahr?«

»*Hold up!*« rief ich. »Einen Augenblick, bitte. Erstens möchte ich Sie bitten, Opernkarten von mir annehmen zu wollen für morgen abend –«

»Für uns alle beide?« fragte Nicky.

»Natürlich! Ich muß aber mitgenommen werden!!«

»*Nix!*« erklärte Nicky. »Nein. Geht nicht. Erst erzählen!«

Und da wurde ich richtig zum zweitenmal butterweich und jungenhaft an diesem verrückten Abend und erzählte und erzählte in einer Wahrhaftigkeit, die alles war, nur nicht klug. Eine halbe Stunde lang; über das Dessert hinaus und über den Kaffee.

»*You're allright,*« sagte Nicky endlich vergnügt. »Ich hätte Sie gern sehen mögen in Burghausen – und wie Sie dann mit ihrem letzten Dollar in Galveston saßen …«

»Wir sitzen alle auf den Knien der Götter«, meinte Flossy. »Man darf nur nicht 'runterrutschen. Viel Glück, *old man*!«

Und es begab sich an jenem dreifach verrückten Abend, daß ein Mann und zwei Frauen (das war im Rauchzimmer bei Zigaretten) nach deutscher Art Arm über Arm ein Glas Bier tranken und lustig gelobten, gute Freunde zu sein. Und gute Freunde sind mir Nicky und Flossy gewesen, die bösartigen Flirts. Die Welt ist sonderbar und die verschrieenen Amerikanerinnen haben ihre Qualitäten.

Seelenvergnügt ging ich ins Bett. Mein letzter Gedanke vor dem Einschlafen war, daß meine fünfhundertundfünfzig Dollars zum mindesten drei Monate Montgomery bedeuteten und daß es schon mit dem Teufel zugehen mußte, wenn – Ach was, Unsinn! Hier in diesem Neuyork lag das Geld für mich auf der Straße. Morgen wollen wir damit beginnen, mein Junge, es aufzuheben …

* *
*

Ich war spät aufgestanden, und fast allein im Frühstückszimmer.

»*We are snowbound*«, sagte das Mädchen, das den Kaffee brachte.

»Was?«

»*Snowbound* – eingeschneit! Die Hochbahn verkehrt nicht, Herr – die Straßenbahnen fahren nicht – ist alles abgestoppt – müssen zu Fuß in die City gehen!« (*Daß* ich in die City ging, betrachtete sie als selbstverständlich! Ein männliches Wesen in Neuyork *hatte* eben Geschäfte zu haben und *mußte* in die City, und wenn es Kanonenkugeln schneite!)

Rasch sprang ich zum Fenster, schob die Vorhänge beiseite, und starrte verblüfft auf die Straße hinaus. Alles ringsum war in Schnee gehüllt. Schwer rieselten die Flocken herab. Am Haus hob sich eine Schneewand fast bis zur halben Höhe des Fensters, an dem ich stand, und noch höher türmten sich die weißen Hügel an den Straßenseiten. Nur auf dem Fußgängerweg war eine schmale Rinne freigeschaufelt worden. Die Riesenstadt war schneeverweht. Mir fiel ein, daß man ihr nachsagte, sie sei heiß wie die Hölle im Sommer und kalt wie der Nordpol im Winter … Eilig verzehrte ich meine Hammelkotelettes, trank meinen Kaffee, und eilte hinaus auf die Straße, um sofort die untersten Stufen der eingeschneiten Treppe vor der Haustüre zu verfehlen und bis über die Knie in Schnee einzusinken.

Vorsichtig tappste ich zu der ausgeschaufelten Rinne.

So hoch waren die Schneehügel auf beiden Seiten, daß sie mir immer bis an die Schultern reichten und oft weit über Gesichtshöhe; so schmal der Weg, daß man beim Gehen mit den Armen an Schneewände anstreifte. In der Mitte der Straße hatte der nächtliche Schneesturm kleine Hügel und Täler von glattem Weiß gebildet.

Immer noch rieselte es herab. Die Nebenstraße, in der das Montgomery lag, war fast menschenleer, aber an der Ecke dort, wo die Sechste Avenue begann, bewegte sich inmitten der Schneemassen eine lange schwarze ununterbrochene Linie eilfertig citywärts. Das waren Hüte. Die Hüte von Menschen, deren Körper der Schneewall an der Ecke verdeckte. In der Sechsten Avenue wurde die Rinne im Schnee breiter, so, daß zwei Menschen zur Not nebeneinander gehen konnten. An der Ecke mußte ich minutenlang warten, bis es mir gelang, mich in die vorwärtshastende Menschenmenge einzudrängen. Dann wurde ich mitgeschoben.

Ein Spaßvogel warf einen Schneeball im Dahinhasten. Sein Beispiel steckte an. die weißen Bälle flogen, es wurde gelacht und geschimpft.

»Heut' gibt's keinen Strafnickel für Verspätung!« schrie ein Mädel vergnügt.

Zwei Herren, die vor mir gingen, unterhielten sich laut über die ungeheure Verkehrsstörung, die der Schneesturm bedeutete. »Mindestens drei Stunden Arbeitszeit verloren«, hörte ich – »Züge stecken geblieben – keine Frühpost – die Leute draußen in den *suburbs* kommen überhaupt nicht durch – Ladengeschäfte schwer geschädigt – gut aber für die Arbeitslosen – erinnern Sie sich an den Schnee vor drei Jahren, als ...«

»*Mo–oorning papers* – Morgenzeitungen!« schrie es jetzt gellend, und alles lachte. Ein findiger Zeitungsjunge hatte sich aus Brettchen eine feste Unterlage auf dem Schneewall geschaffen und thronte hoch über den Köpfen der Passanten. Seine Zeitungen gingen reißend ab. »*Morning papers – World – Wo–oo–rld* großer Craven-Prozeß ...« Ein wenig weiter hockte ein anderer Gamin oben im Schnee. Er deutete auf seine kleine Kiste mit Wichszeug und schrie grinsend: »*Bootblack!* Schuhputzer! Lassen Sie sich die Stiefel putzen, *gents*!« Man lachte wiederum und schenkte dem Jungen gern einen Nicke! für seinen Witz. Dies war nicht die richtige Zeit zum Stiefelputzen!

Weiter, immer weiter. An allen Ecken gab es Drängen, Aufenthalt, Stockungen. Die wenigen Straßengevierte zum Broadway hin brauchte ich fast eine Stunde.

Da sah ich Stufen, die zu einem Zigarrenladen führten, sprang hinauf und faßte oben Posto. Unübersehbar dehnte sich links und rechts die ungeheure Verkehrsader Neuyorks, der Broadway. Doch wo gestern abend Tausende und Abertausende von Wagen und Gefährten unter ohrenbetäubendem Lärm in ununterbrochener Reihe den weiten Platz zwischen den Fußgängerwegen überflutet hatten, war es jetzt still und weiß. Wo sinnverwirrend Farbe über Farbe sprühte und blitzschnelle Bewegung sich jagte, breiteten sich starr gerade Linien – das Weiß der Straße, das dumpfe Graubraun der Häusermassen, die Schneelinie der Dächer. Nur Beiwerk waren heute die Menschen, die sonst in ihrer ungeheuren Masse das Bild beherrschten; die schwarze Linie da auf beiden Seiten sah sonderbar dünn und unbedeutend aus. Alles hatten sie erdrückt, die zarten Schneeflocken; die Menschen, den Wirrwarr des Riesenverkehrs, die grelleuchtenden Farben.

Aber schon gingen Tausende von Feinden dem sieghaften Weiß zu Leibe. Die langausgedehnten Arbeiterkolonnen sahen ärmlich und winzig aus auf der ungeheuren Strecke, doch unter ihren Schaufeln flog der Schnee aufspritzend zur Seite in großen Fetzen, und hier und dort fraß schon scharfes Laugensalz schwarze Flecke in die Straße. In wenigen Minuten änderte sich das Bild. Lebendiges Leben riß die stille Schneedecke fort. Wagen tauchten auf dort unten, Schneepflüge wühlten, dichter wurden die schwarzen Flecke, Arbeiterkolonnen ballten sich zusammen, stemmten sich an, schaufelten, schleuderten. Aus den Seitenstraßen arbeitete es ihnen entgegen. –

Und mit triumphierendem Gongklingeln kam über die befreiten Schienen der erste Straßenbahnwagen.

»'*morning!*« sagte eine Stimme hinter mir. Sie gehörte dem Mann vom Zigarrenladen.

»'*morning,*« antwortete ich.

»Viel Schnee!«

»Ziemlich.«

»Schlecht fürs Geschäft!«

»Ziemlich.«

»Gut für *business* in Gummiüberschuhen, nich'?«

»*Yes, no doubt.*«

»Mein' ich auch. Wünschte, daß ich heute in Gummischuhen machen könnte. *Well,* macht nichts aus. Uns Neuyorker kann das bißchen Schnee nicht bluffen. In zwei Stunden haben sie's weggeschuftet, die Leute vom *Street Cleaning Department.* Sin' wir nich' groß in solchen Sachen, wir Neuyorker, eh?«

»Sehr groß!« sagte ich und flüchtete.

Dieser eiskalte Neuyorker hatte mich richtig angesteckt! Jetzt interessierte auch mich die weiße Schönheit da auf der Straße nicht mehr, noch das grandiose Bild des durch grandiose Naturgewalt gehemmten Riesenmechanismus. Sondern es fiel mir auf einmal ein, daß ich doch sehr große Eile hatte, zu den Leuten vom *New York Journal* zu kommen. Mühsam krabbelte ich im Gewimmel vorwärts zum Wolkenkratzer-Square, ins *New York Journal* Gebäude, und sauste im schnellsten Expreßlift, das mir bis jetzt vorgekommen war, zum Redaktionsstockwerk empor. Als das Ding aufwärts schoß, war mir, als versinke mein Magen irgendwohin in die Gegend der Stiefelsohlen, und als es hielt – ruck – war der Magen urplötzlich wieder da. Aber in der Kopfgegend, dicht unter den Haaren.

Plakate, die nicht gut übersehen werden konnten, so laut brüllten sie, wiesen alle Besucher nach Zimmer 733, einem kahlen Raum, in dem viele Leute schon warteten. Die Wände waren mit anzüglichen Sprüchlein in fetter schwarzer Blockschrift förmlich austapeziert:

»Wir haben keine Zeit zur Unterhaltung!«

»Sagen Sie uns schnell, was Sie wollen, und Sie erhalten Bescheid, ob uns das interessiert.«

»Reden Sie nicht über Politik!«

»Niemand wird vorgelassen ohne schriftliche Anmeldung.«

Diese Neuyorker haben doch den Teufel im Leib, dachte ich mir, drückte mich aus dem Zimmer und erwischte auf dem Gang einen greisenhaft gerissen aussehenden Jüngling von etwa vierzehn Jahren, dem ich meine Karte, die nagelneue Karte mit der Adresse des Montgomery, in die Hand drückte.

»Bring' das dem *managing editor*!« sagte ich.

»Nix!« erklärte das Kind. »Zimmer 733!« – »Lieber Sohn!« sagte ich. »Beeile dich. Hier ist ein halber Dollar!« Auf die Karte schrieb ich: »Früher beim San Franzisko Examiner!«

»*Yes, sir*«, sagte das Kind, verschwand und meldete in einigen Minuten:

»Mr. Holloway läßt bitten!«

Der Mann, der im Zimmer 849 an einem riesigen Rollschreibtisch saß, umgeben von pneumatischen Tuben, Telephonen, Papierstößen, wandte sich mir mit einem scharfen Ruck zu.

»Mr. Carlé? Vom San Franzisko Examiner?«

»Früher vom San Franzisko Examiner.«

»*Yes, yes.* Froh, Sie kennen zu lernen.« Er betrachtete meine Karte in offenbarem Mißtrauen, aber auf einmal hellte sich sein Gesicht auf. »Sind Sie etwa der Deutsche, der zu den Soldaten gelaufen ist?«

»Jawohl«, grinste ich.

»Gut. Mc. Grady erzählte davon. Er war neulich in Neuyork. Gelegentlich müssen Sie mir erzählen, wie es Ihnen gegangen ist; augenblicklich aber habe ich gerade fünf Minuten für Sie. Natürlich wollen Sie bei uns ankommen! Zwei Dutzend *first class* Leute vom Bau möchten das auch. Sie haben nicht die geringste Aussicht. Folgendes kann ich für Sie tun –« (Er kritzelte etwas auf eine Karte). »Suchen Sie den Journalisten-Klub auf, geben Sie diese Karte dem Sekretär, und Sie werden, als unser Gast vorläufig, uns alle kennen lernen. Lassen Sie sich von den Jungens berichten, wie die Verhältnisse hier liegen. Sollten Sie uns Manuskripte einsenden, so werde ich mich Ihres Namens erinnern. Auf Wiedersehen bei einem »Stein« voll guten deutschen Biers! So froh. Sie kennen gelernt zu haben!«

Händeschütteln – Türe – bums!

Korridor – Lift – menschenwimmelnde Riesenhalle – Straße – Dahinstolpern ...

Zum richtigen Bewußtsein kam ich eigentlich erst dann wieder, als ich drüben an der Ecke ein deutsches Restaurant entdeckte und bei einem Glas Bier in einem stillen Winkel saß. »Was hast du eigentlich erwartet?« fragte ich mich wütend. »Glaubst du vielleicht, der Mann würde dir unter Freudentränen um den Hals fallen und dich flehentlich bitten, doch um Gotteswillen nur ja nicht für ein anderes Blatt als das *Journal* zu arbeiten? Dir herzlich danken, daß du nur gleich gekommen bist? Dir ein fürstliches Gehalt anbieten? Dir drei Stunden lang haarklein erzählen, wie es beim *Journal* und in der Neuyorker Zeitungswelt zugeht?

»Hattest du das wirklich im Ernst erwartet?«

Aber trotz aller nachträglichen Vernunft war mir zumute, als sei ich heimtückisch von hinten mit einem Guß eisigen Wassers überschüt-

tet worden – Guten Tag – freut mich – Sie wollen bei uns ankommen?
– Sie haben nicht die geringste Aussicht – adieu – empfehl' mich!

Herrgott, das war ja ein süßer Anfang!!

Im Zeitungsgetriebe

*Ich diktiere den ersten Artikel. – Bei Flossy. – Das
Gummimädel. – Das erste Honorar. – Im Zeitungsklub. – Die
Tamaniten. – Wie man von Ideen lebt. – Zeitungsatmosphäre. –
Die Tat der Miß Flynn. – Eine große Sensation und ihre Folgen. –
Landsknechte der Feder. – Der Marschallsstab im
Füllfederhalter. – Das kleine Herrgöttlein!*

Auf der Visitenkarte, die der *managing editor* mir gegeben hatte, stand:
»Lieber Jack! Ich führe hiermit Mr. Carlé ein« – hm, wenigstens
etwas. Es war doch ein Haufen Zufallsglück dabei, daß Mc. Grady in
Neuyork gewesen war. Aber man hat eben Glück. Das war einfach
selbstverständlich. Ja, da würde ich hingehen, morgen, oder übermorgen, oder irgendwann – ja, und die *boys* kennen lernen und das würde
sehr nett sein – – nun, und vielleicht auch nützlich …

Jetzt aber hieß es arbeiten!

Jetzt gerade erst recht.

Jetzt sofort!

Und liebevoll betastete ich die Westentasche, in der die grünen
Dollarscheine steckten, denn die waren besser als alle Empfehlungen
und konnten mehr helfen als Glück und Menschen. Wir wollen sie
doch schleunig auf Nummer sicher bringen, mein Sohn! So wanderten
fünf Minuten darauf vierhundertundfünfzig Dollars über den Einzah-
lungsschalter der *First National Bank of New York*, und ich war zum
erstenmal im Leben Besitzer eines Scheckbuchs. Das kam mir noch
viel imposanter vor als das bare Geld, und ich wurde sehr vergnügt.

* *
*

Eine halbe Stunde später.

»Guten Tag«, sagte kurz angebunden und befremdet Flossy. »Was
kann ich für Sie tun?«

Das war nämlich nicht die übermütige lustige Flossy, wie ich sie gestern abend kennen gelernt hatte, sondern Miß Florence Rafferty, Inhaberin der *Hurry-Up*-Schreibstube im *Sun Building* (die Adresse hatte ich mir telephonisch vom Montgomery erfragt), Herrin einer Anzahl von Angestellten, *businesswoman*.

»Ich möchte diktieren. Was kostet das?«

»In die Maschine oder Stenogramm?«

»In die Maschine.«

»Das berechnen wir nach Zeit. Einen Dollar die Stunde.«

»Schön. Ich pflege jedoch beim Diktieren zu rauchen.«

»Das sind wir gewöhnt. Miß Whitmann – Diktat!«

Das schlanke kleine Ding ging mit straffen energischen Schritten voran und führte mich in eine winzige Schachtel von kleinem Zimmerchen mit schallsicheren, dickgepolsterten Türen und Wänden, und setzte sich wortlos an die Maschine. Ich stürmte auf und ab in dem kleinen Raum, meine Gedanken ordnend. Es gab nur ein Thema, über das ich im Augenblick schreiben konnte: Fort Myer und das Signalkorps. Langsam begann ich zu diktieren. Mit unglaublicher Geschwindigkeit flogen Miß Whitmanns Finger über die Tasten. Sie arbeitete glänzend –

Aber was hatte das Mädel nur?

Ich betrachtete das schmale Gesicht, die fidelen Augen, das kleine Stumpfnäschen verstohlen von der Seite. Da – jetzt wieder!

Schnitt mir das Balg etwa gar Grimassen? Sie verzerrte das Gesicht, sie schien zu lachen nun, zu schmunzeln dann, zu feixen jetzt, und ich wartete entsetzt darauf, daß sie mir auch noch die Zunge herausstrecken sollte … Sie machte die komischsten Gesichter – sie grinste – sie verdrehte die Augen – sie arbeitete auf ihren Kiefermuskeln herum, daß dicke Muskelstränge an den Mundwinkeln sich zeigten! Donnerwetter! Hatte ich etwas Lächerliches an mir?

Da kam mir plötzlich die Erleuchtung.

Selbstverständlich: Das Mädel kaute einfach Gummi. Kaugummi! Zähes Zeug, das nach Schokolade oder Pfefferminz schmeckte und durch seine Zähigkeit Unterkiefer gegen Oberkiefer wie ein schnellendes Gummiband in steter Bewegung hielt. Das Mädel war eben ein nervöses Produkt einer hetzarbeitenden Zeit und mußte etwas Zappeliges zu tun haben. Sie kaute Gummi, wie alle Neuyorkerinnen kauen und alle Neuyorker ständig rauchen!

Nun störte mich das Grinsen nicht mehr …

Mit der Arbeit ging es sehr rasch. Ich fühlte instinktiv, daß sie ein Erfolg sein würde. Der Stoff erfüllte alle Bedingungen der amerikanischen Zeitung. Er brachte durchaus Neues, mit genauer Sachkenntnis gesehen, war bildhaft, hatte Raum für Schilderung, und konnte obendrein auf besondere Daseinsberechtigung im Zeitungssinne Anspruch machen, weil er Gelegenheit gab, eine Forderung zu stellen: Mehr Mittel für das Signalkorps – noch rascheren Ausbau des technischen Zentrums Fort Myer! So konnte man sich mit ein bißchen patriotischem Glorienschein umgeben. Jawohl, es war eine gute Sache. Ich erzählte vom Linienlegen in Kuba. Kurz, drastisch; von der Arbeit weniger Hände mit primitivsten Werkzeugen; dem Anschwellen des Korps und der Hetzarbeit in Fort Myer. Ich fabrizierte gerissene Überschriften, machte Unterabteilungen, korrigierte, ergänzte. Und sandte die »copy«, die ungefähr eine Seite des *Journal* umfassen mußte, mit kurzem geschäftsmäßigem Begleitschreiben an Holloway. Mir war ein wenig bänglich zumute, als ich das doppelte des ungefähr wahrscheinlichen Honorars forderte. Aber nur die Lumpe sind bescheiden …

Abends ging ich seelenvergnügt mit Flossy und Nicky ins Theater.

Am nächsten Morgen erhielt ich ein kurzes formelles Annahmeschreiben vom Journal mit einem Scheck über die geforderte Summe, hundert Dollars; und da war ich wieder auf der Lebenslinie angelangt und schwelgte in tausend Träumen und sah alle Himmel voller Geigen.

* * *

Dick Burton, Lokalredakteur der »*World*«, kam von seiner Arbeit in den Klub wie allnächtlich, warf die Zeitungen auf dem Stuhl neben mir auf den Boden, und setzte sich zu mir hin. Tiefe Schatten lagen unter seinen Augen und dort, wo der buschige Schnurrbart aufhörte, zuckte es nervös um seine Mundwinkel. Es war gegen zwei Uhr morgens.

»Pass' auf – das sind meine Zeitungen«, knurrte ich.

»In die Verdammnis mit den Zeitungen!« sagte er. »Wollen lieber 'n Glas Bier trinken. Ich muß noch mit jemand reden, sonst kann ich nicht schlafen, und die anderen spielen alle Poker da drin, also *hands up*, mein Junge! Idiotisch übrigens, die Spielerei. Es ist mir unbegreiflich, daß jemand mir mein bißchen Geld nehmen dürfen soll, ohne daß ich ihm wenigstens eine 'runterhauen kann! Übrigens, deine Heilsarmeegeschichte hab' ich genommen, muß aber dreihundert Zeilen streichen. Viel taugt sie nicht.«

»Danke.«

»Bitte. Prosit! Ja – Tammany hat's also wieder!« Er sah starr vor sich hin.

»Eine interessante Neuigkeit!« sagte ich bissig (seit zehn Uhr abends war im Klub von nichts anderem gesprochen worden)!

Burton lachte kurz auf.

»Jawohl, eine interessante Neuigkeit. Sämtliche Kandidaten der Tammanypartei sind wiedergewählt worden: der Bürgermeister, der Schatzmeister, die Stadträte, alle miteinander, die saubere Gesellschaft. »Uir sitze' so frohlik beisamme'.« heißt's nicht so? Es ist zum Totschie-ßen. Durch die freie Wahl des souveränen Volks dieser verrückten Stadt, haben mir den ganzen Schwindel amtlicher Gaunerei glücklich wieder auf dem Hals. Diebstahl, Erpressung, verpestete Polizei, und so weiter! Das ist doch interessant! Nachdem fast alle Neuyorker Zei-tungen, ein halbes Jahr lang dem Schafskopf, der sich Neuyorker Bürger nennt, haarklein vorerzählt haben, daß die politische Stadtpartei, die den schönen Namen Tammany führt, aus Spitzbuben reinsten Wassers besteht – nachdem wir absolute Beweise geliefert haben – nachdem die Spatzen auf der Straße es schon pfeifen, wie es aussieht in der Verwaltung Neuyorks! Einstimmig beinahe wird die Bande wiedergewählt! Erdrückende Majorität! Weshalb bin ich wütend? Weil das beweist, daß wir, wir Zeitungsmenschen, keinerlei Einfluß, auch nicht eine Spur von Einwirkung, auf die Millionen von Menschen in Neuyork haben, die täglich lesen, was wir schreiben. Dreck sind wir, mein Sohn. Gar nichts sind wir! Machen uns täglich kaput im kleinen Tagewerk, und wenn wir wirklich einmal Großes und Wertvolles zu schaffen glauben, dann ist's umsonst geschrieben, wie dieses schöne Tammanybeispiel beweist. Hoh, wer möchte nicht amerikanischer Journalist sein! Geh' und verkaufe Hosenträger, mein Junge, solange es noch Zeit ist. Ich bin schon zu alt dazu. Brr – wollen von was an-derem reden. Fritz, noch zwei Bier. Also deine Salvation-Army-Idee ist *allright*. Wie bist du daraufgekommen?«

»Durch die Zeitung, wie immer. Eigentlich durch dich, nebenbei bemerkt.«

»Wieso?«

»So auf Umwegen. Du erwähntest neulich in einem bissigen Ausfall gegen die Polizei die Heilsarmee. Sagtest, sie leistete mehr im Kampf gegen Verbrechen und Elend als sämtliche Schutzleute Neuyorks zusammen genommen. Ich ging also ins Hauptquartier der Hallelujaleute. interviewte den General, und bekam viel Großzügiges und Gescheites zu hören. Aber es taugte gar nichts für mich, weil das alles schon dutzende Male gesagt und geschrieben worden war.«

»Hätt' ich dir vorher sagen können.«

»Weiß ich. Als ich wieder auf die Straße kam und mich wunderte, ob aus dem mageren Interview etwas zu machen wäre, war es Abend. Vor dem Hauptquartier ordneten grobe Polizisten Hunderte von armen Teufeln in die berühmte *bread line* ein, die Brotlinie, den Gänsemarsch der Armut. Stundenlang mußten die Reihen stehen und warten und langsam vorrücken, bis jeder ein Stück Brot und seine Schlafkarte an der Türe der Heilsarmee bekam. Da dachte ich mir, es müßte interessant sein und höchst wichtig obendrein, herauszubekommen, wie diese Leute zur Brotlinie gesunken waren. Wie es ihnen in Neuyork erging und was sie über Neuyork dachten! Ich nahm mir die letzten zwanzig Mann der Linie beiseite, führte sie ins nächste *Quick Lunch* Restaurant, fütterte sie und ließ sie erzählen. Resultat: »Zwanzig Schicksale«!«

»Gut!« sagte Dick Burton. »Wie jung man sein muß, um so einfach zu arbeiten!«

»Das kostet dich noch ein Bier –«

»*Done*. War aber nicht bissig gemeint – im Gegenteil. Bin heute nur Zyniker. Trinken wir Höll' und Verdammnis den Tammaniten! So. Dies ist ein höchst wunderbares Land. Ich, der ich kaum einen Steinwurf weit weg von diesem Hause geboren bin, in dem wir hier sitzen, kenne es nicht, noch kenne ich die Stadt, in der ich mein Leben lang gearbeitet habe. Du auch nicht. Wir alle nicht. Später einmal, mein Sohn, wirst du daheim im Vaterland über uns Amerikaner erzählen und schreiben, denn du bist allzusehr Teutone, um nicht früher oder später heimwärts zu gravitieren. Und es wird großer Mist sein, lieber Freund! Wie alles, was über Amerika und die Amerikaner geschrieben wird. Man sagt uns Männern von der Zeitung nach, daß wir den Finger am Pulsschlag des öffentlichen Lebens haben –«

Er hob andächtig den Krug.

»– und das ist wieder eine von unseren verdammten verlogenen Phrasen. Nirgends haben wir einen Finger! Nichts wissen wir! Dreck sind wir! Hallo – Holloway!« – »Hallo, Kinder. Was treibt ihr?«

»Ich versuche«, lachte Dick Burton, »diesen jungen Dachs Demut zu lehren.«

»Das ist entschieden eine nette Ausrüstung für einen Zeitungsmenschen!« grinste Holloway.

»Sei bescheiden, Franky! Hast nicht auch du täglich fünfmalhunderttausend Menschen – das ist doch so ungefähr eure Auflage – gepredigt und bewiesen, daß Tammany der Schandfleck Neuyorks ist, daß diese Politiker, die das Schicksal einer Millionenstadt in ihren Händen halten, verrottet sind bis ins Innerste? Daß sie stehlen und betrügen und die anständigen Menschen an der Nase herumführen? Nun, was hast du ausgerichtet, du einflußreicher Zeitungsmann?«

Frank Holloway lehnte sich weit in den Sessel zurück und sah ernst vor sich hin.

»Ich glaube an dieses Land und seine Kräfte!« sagte er endlich. »Was wir hier in Neuyork erleben, ist nur ein Abklatsch, ein Ausschnitt im Kleinen, verrotteter politischer Zustände, die aber immer nur Ausnahmen sind und bleiben müssen. Der und jener unserer politischen Führer ist verderbt. Eine Zeitlang vermag er sich durch Tricks und Mätzchen und Bestechung armen Stimmviehs zu halten. Dann aber wird er hinweggefegt, wie sie alle hinweggefegt worden sind von Zeit zu Zeit. Denn dieses Land ist im tiefsten Grunde knochenehrlich. Es begeht Fehler, aber es wird die Fehler automatisch in seiner Entwicklung gutmachen. Wenn ich im Geiste die ungezählten Heerscharen sehe, die aus allen Ländern in unsere neue Welt geströmt sind, so will es mir scheinen, als sei von ihnen nur übrig geblieben, was tüchtig, wertvoll, lebenskräftig war. Die anderen sind zermalmt worden in unserem brutalen Daseinskampf. Noch kämpfen ihre Kinder und ihre Kindeskinder. Sind wir doch die jüngste aller Nationen. Aber der Grund ist gelegt. Es ist nichts als ein Wachsen und Werden, wenn wir, das einzige freie und völlig selbstbestimmende Volk der Welt, uns mit vom Daseinskampf getrübten Sinnen von einigen Milliardären knechten lassen, weil wir in diesem harten Leben das Geld nun einmal anbeten müssen wie es scheint; wenn wir Schurken dulden, weil die Besten unter uns keine Zeit haben, für Ehrlichkeit zu kämpfen, wenn wir, die vielen Freien, uns von einigen ausbeuten lassen. Und einst wird die Zeit kommen, wo dieses ungeheure Land sich an seine Freiheit gewöhnt haben und alles abschütteln wird, was alt und verfault ist: Die irischen Politiker, die englische Pfafferei, die puritanische Lüge, den schlauen Geschäftsschurken der alten Oststaaten ...«

»Gut!« sagte Dick Burton. »Ich achte persönlichen Enthusiasmus. Ich persönlich jedoch glaube, daß mit zunehmendem Reichtum die Sache immer fauler werden wird bei uns. Die Zukunft gehört dem smarten begabten Juden. Schon jetzt leitet er unsere Banken, schreibt unsere Bücher, dichtet unsere nationalen Lieder – –«

»Ich hab' eine Idee!« unterbrach ich ihn. (Wenn Dicky auf den amerikanischen Juden und auf den Neuyorker Juden im besonderen zu sprechen kam, wurde er langatmig und langweilig. Außerdem ungerecht!)

»Hoih! Er hat eine Idee!« schrie Holloway, sah mich jedoch dankbar an.

»Aber nicht für dich! Dir gegenüber ist sie vertraulich, denn die kann nur Dick machen, weil er eine Dame im Stab hat.«

»*Alright.*«

»Dick, wenn du meine Idee akzeptierst, muß sie honoriert werden.«

»Selbstverständlich. Wie gerissen dieser Jüngling schon ist!«

»Entschuldige, ich muß von dem bißchen Ideenhaben leben. Es ist nämlich in diesem Falle sehr fraglich, ob ich überhaupt mitarbeiten könnte. Also, es ist mir heute und gestern aufgefallen, daß nach verschiedenen kurzen Berichten über an und für sich unbedeutende Gerichtsverhandlungen die verhafteten Mädchen zu geringeren Strafen verurteilt wurden, als das üblich ist. In den Berichten hieß es ferner, daß die Mädchen sich über die ihnen gewordene Behandlung beschweren wollten, aber nicht zu Wort kamen. Ich habe nun das Gefühl, als ob da etwas nicht in Ordnung sei. Ob ich recht habe oder nicht, ist aber für meine Idee ziemlich gleichgültig. Was ich dir vorschlage, Dick, ist, daß die Flynn, eure Reporterin, sich auf der Straße als »unordentliche Person« verhaften läßt –«

»Oho!« rief Dick.

»– alles mitmacht, sich auf die Wache bringen läßt, in die *tombs*« (das Neuyorker Zentralgefängnis), »vor den Richter. Sobald sie verurteilt ist, greifen wir ein. Wir werden dann von der Flynn erfahren, wie die Verhältnisse in der Weiberabteilung sind und haben unter Umständen – wenn nämlich die Dinge so liegen, wie ich das vermute – einen authentischen Fall, gegen den alles Ableugnen nichts ausrichten kann. Selbstverständlich ist das nicht eine gewöhnliche Sensation sondern ernste Arbeit, die von großer Tragweite sein kann.«

»Gut!« sagte Dick Burton.

Holloway nickte und pfiff leise vor sich hin.

»Dick«, sagte er plötzlich, »wir wollen die Sache miteinander machen. Gleichzeitige Veröffentlichung, gleichzeitige Polemik, gemeinsames Vorgehen. Das scheint mir in diesem Falle notwendig, wenn es auch von unseren Gepflogenheiten abweicht, damit die Herren von der Tammanypolizei nicht sagen können, das sei wieder einmal nur ein boshafter Angriff einer einzelnen gelben Zeitung.«

»Abgemacht«, sagte Dick Burton. »Nun lass' den Jungen da reden. Die Flynn wird die Aufgabe übernehmen, glaube ich.«

»Es kommt vor allem darauf an«, meinte ich, »daß sie sich nicht das geringste zuschulden kommen läßt und völlig unschuldig verhaftet wird. Bei den Verhältnissen im Tenderloindistrikt, die wir alle kennen und die doch nie so recht bewiesen werden konnten, wird das sehr leicht möglich sein. Die Flynn muß sich ganz einfach und unauffällig anziehen und abends in den Nebenstraßen bei der Bowery spazieren gehen. Weder zu schnell noch zu langsam. Sie darf nicht auf- und abgehen und nie dieselbe Straße zweimal passieren. Selbstverständlich wird sie sehr bald dem einen oder dem anderen der Detektivsergeanten des Tenderloin auffallen. Selbstverständlich wird er sich die übliche Bestechung von ihr holen wollen. Natürlich ist er auch zu dumm, um etwas zu merken, und wird die Flynn prompt verhaften, sobald sie nicht zahlt.«

»Sehr gut!« sagte Dick Burton. »Mann, wo hast du nur deine großartigen Ideen her! Natürlich sind wir drei stets in der Nähe, um beschwören zu können, daß die Flynn sich einwandfrei verhalten hat. Kommt sie dann vor den Richter, so sind wir mit unseren eidesstattlichen Versicherungen da. Ja. Also abgemacht, Holloway?«

»Ja. Unter der Bedingung, daß Miß Flynn auf das genaueste über alle Fährlichkeiten informiert wird, denen sie unter Umständen entgegengeht. Es gibt da brutale Leibesuntersuchungen und derartiges.«

»Das ist selbstverständlich. Miß Flynn gehört übrigens einer sehr guten Neuyorker Familie an. Es wird ihrem Ruf nichts schaden, wenn sie im Interesse der Ärmsten der Armen eine tapfere Tat wagt. Ich denke, wir gehen jetzt schlafen. Wo treffen wir uns morgen?«

»Hier. Um zwei Uhr«, sagte Holloway.

*   *
*

Wenn ich mir jenen Abend, von dem mich fünfzehn Jahre nun trennen, eine sehr lange Zeit in einem Leben der Unrast, aus der Erinnerung wieder erträume, so ist mir, als wären die Menschen von damals
wieder lebendig geworden, als sei ich mitten im Wirrwarr der Dinge.
Ich höre die Männer reden, ich sehe ihre Gesichtszüge, ich verspüre
wieder die prickelnde Aufregung der »Großen Sache«. Ich sehe die
kleine Miß Flynn im einfachen Kleidchen und rundem Schleierhut
mit grellroten Flecken der Aufregung im merkwürdig energischen
Gesicht – die lärmende grellerleuchtete Straße, – den vierschrötigen
Polizeimenschen, der brutal auf sie einspricht – den heransausenden
Gefängniswagen, den Menschenauflauf, das Drängen und Schieben
von blauröckigen Polizisten. Die durchwachte Nacht steht mir vor
Augen, der Polizeigerichtshof in früher Morgenstunde, das scharfe,
kurze Verhör, die entrüstete Beschwerde der in ihrer ganzen Weiblichkeit aufs tiefste verletzten Reporterin, das ungläubige Kopfschütteln
des Tammanyrichters. Ich höre das harte geschäftsmäßige Urteil wegen
gewerbsmäßiger Unzucht. Und ich sehe die aschenfahlen Gesichter
der beiden Polizeibeamten, als Holloway plötzlich aufsprang und in
öffentlicher Gerichtssitzung die Polizeibehörden der erpresserischen
Freiheitsberaubung beschuldigte. Die Arbeit dann, das Hetzen, das
Höllenbild, das Zeile um Zeile in einem stillen Zimmer des Worldge-
bäudes entstand, die zornbebende Frau, die uns erzählen mußte, weil
sie unfähig zum Niederschreiben war …

Es galt, auf das Vorsichtigste zu mildern, weil die Urenkel der Puritaner kräftige Worte nicht vertragen können, aber was geschrieben
wurde, war immer noch deutlich und wahr genug. Im Lande der
Frauenverehrung war ein Mädchen auf den fadenscheinigsten Verdacht
hin als Dirne verhaftet und im Weiberzimmer des Gefängnisses
schlimmer behandelt worden als Tiere behandelt werden.

Der Bericht entsetzte ganz Neuyork. Die *grand jury*, die eigentümliche amerikanische Einrichtung eines Geschworenengerichtshofes in
staatsanwaltschaftlicher Funktion, der Mißstände zu prüfen und An-
klagen zu erheben hat, nahm sich der Angelegenheit an, und später
wurden einige Polizeibeamte zu empfindlichen Strafen verurteilt. Die

öffentliche Meinung aber setzte wenigstens einige wichtige Veränderungen im Neuyorker Polizeiwesen durch.

Im Zeitungsklub beglückwünschte man mich, den jungen Anfänger, von links und von rechts, denn diese Männer, die kalt und zynisch im Sensationsgeschäft schachern konnten, sahen doch den Höhepunkt und das Große ihres Berufes in sozialer Hilfeleistung.

*　*
*

Und wieder sehe ich die Menschen, und höre den Zeitungslärm, in dem ich arbeitete. Gräßlicher Lärm war es; Hasten, Überstürzen, Holtergepolter tagaus tagein. Aber diese Arbeit hat Freuden beschert, wie sie der Erfolgreichste und Tüchtigste nicht größer und schöner erleben kann. So stolz kam man sich vor jeden Tag, weil an jedem Tag von neuem gerungen und gekämpft werden mußte! Denn der Landsknecht der Feder hatte es wahrlich nicht leicht!

Free lances, Freilanzen, Landsknechte, Glückssoldaten der Zeitung werden im Zeitungsland des Dollars die merkwürdigen Männer genannt, von denen ich damals einer von den ganz kleinen war. Ihre Zahl ist eine sehr große. Die Tüchtigen behaupten sich in ihrer unabhängigen Stellung, die anderen wenden sich, wenn sie lange genug gehungert und Träume geträumt haben, irgendeinem Dollarberuf zu, der etwas weniger aufreibend und etwas mehr nahrhaft ist. Einige wenige finden Unterschlupf als festangestellte Journalisten. Die ganz wenigen endlich, die übrig bleiben, werden große Männer und schaffen die moderne Romantik der amerikanischen Literatur.

Es ist ein ganz verrückter Beruf, das Schaffen dieser Landsknechte, und beileibe nicht zu vergleichen mit dem deutschen freien Schriftsteller etwa, der seine Feuilletons, seine Essays, sein »Aktuelles« auf dem freien Zeitungsmarkt verkauft. Das gibt es nicht bei der amerikanischen Zeitung. Sie kauft wohl Romane von ersten Autoren und bringt gelegentlich auch eine gute Novelle, aber sie hat kein literarisches Feuilleton im europäischen Sinne und will keines haben. Sie pfeift auf den Geist. Den europäischen Literaten kann sie absolut nicht gebrauchen. Zwar liebt sie Humoristen, aber Humoristen sind in Amerika wie anderwärts so selten wie die Uneigennützigkeit. Vor allem will die amerikanische Zeitung:

Erstens Tatsachen!
Zweitens interessante Tatsachen!
Drittens famos geschilderte Tatsachen!

Wer ihr diese bringt, sei er nun Fachmann oder in seinem Urberuf Präsident der Vereinigten Staaten oder professioneller Lumpensammler, ist ihr herzlich willkommen und wird glänzend bezahlt – vorausgesetzt, daß er den Wert seiner Ware zu würdigen weiß und ohne falsche Scham zu fordern versteht. Denn *business is business*. Mehr als sie muß, zahlt auch die amerikanische Zeitung bestimmt nicht.

Nach der Lehre der Anpassung ist also der freie amerikanische Schriftsteller, wenn er nicht gerade Romancier ist, zu allererst und überhaupt Neuigkeitsjäger im Lande der Wirklichkeit. Landsknecht im Zeitungsdienst. Großer Landsknecht, kleiner Landsknecht, mittlerer Landsknecht, oder minderwertiger Landsknecht, je nach Können, und Laune Dame Fortunas. Es gibt *free lances*, die tagaus, nachtein, in schäbigen Bars herumvegetieren, um einen kleinen politischen *boss* zu erwischen und ihn zu interviewen – es gibt solche, die auf eigene Kosten und auf eigenes Risiko Flibustierexpeditionen ausrüsten, Südseeinseln erforschen, in nördlichste Eisregionen wandern – es gibt *free lances*, die mühselig aus mühselig ergattertem Kleinen einige Zeilen »*copy*« fabrizieren – und es gibt geniale Künstler, die aus ihrer Zeitungsarbeit Kunstwerke flammender Schilderung schaffen.

Einer von ihnen war zum Beispiel Stanley. Ein anderer Richard Harding Davis. Ein dritter der weltberühmte Ambrose Bierce, der Kriegsschilderer, der Wereschtschagin der Feder ... Woraus ersichtlich sein mag. daß das Landsknechttum der amerikanischen Zeitung keinen Anfang hat, kein Ende, keine Grenzen. Es gibt gute *free lances* und schlechte *free lances*, so wie es Sonntagsjäger gibt und Waidmänner ...

Der amerikanische Neuigkeitsjäger trägt eben in seinem Füllfederhalter verborgen den Marschallsstab der schildernden Kunst. Ob er ihn jemals schwingt, hängt von seinem Hirn ab, von seinen Augen, vom Glück, von Nerven, Zähigkeit, Genius, von den Männern und den Frauen vor allem um ihn – wie alle großen Dinge in dieser Welt.

Selbstverständlich jedoch hatte von dem wirklichen und den endlichen Zielen dieses Landsknechttums, in dem er arbeitete, der Lausbub von damals auch nicht die Spur einer Ahnung!

Ich fraß halt auch in Neuyork das tägliche Leben und die tägliche Arbeit seelenvergnügt genießend, aber höchst gedankenlos in mich hinein. So, wie ich alles in mich hineingefressen hatte in den fünf amerikanischen Wanderjahren. Mit gefräßigem Appetit. In vollkommener Wurstigkeit, was Bekömmlichsein und Verdauung anbetraf. Die Welt war wunderwunderschön. Die Zeitung ein arkadisches Traumland; die Zeitungsmänner allmächtige Götter, so schien es mir. Ich selber ein kleiner Herrgott zum mindesten.

Landsknecht der Feder

Meine allerersten Nerven! – Die Morgenarbeit. – Wie Jagd nach der Anregung. – Wo sie zu finden ist! – »Nur nichts Naheliegendes!« – Die Schwitzmädel-Idee. – Wie sie im Zeitungshirn arbeitet. – Wer Sensationsprozeß. – Mittagessen á la New York. – Der Mann, mit dem ich einst Codfische pökelte – Vom Stockfischarbeiter zum Hochfinanzier. – In der Bank. – Das Warenhaus. – Die Amazonenschlacht um den Frühlingshut. – der Oster-Hut-Trust! – Bei Delmonico. – Träume. – »Einmal ein Zeitungsgaul, immer ein Zeitungsgaul«, – Der Zeitung verfallen mit Haut und Haaren. –

Ich glaube, ich habe mir in jenen Neuyorker Zeiten meine allerersten Nerven geholt!

Was war das nur für ein Leben!

Da klingelte man des Morgens, knipste das elektrische Licht an und stürzte sich noch im Bett auf die Zeitungen, die Morgenausgaben des *Journal*, der *World*, der *Sun*, des *Herald*, des *American*, der *Times*. Gierig. Fieberhaft. Was war los? Was gab es? Wo konnte man den Hebel ansetzen? Man nahm die Zeitungen mit in die Badewanne und man schleppte sie hinunter zum Frühstück: amerikanerhaft futternd, ohne rechten Sinn für das, was man aß, wie eine Maschine, in die zu bestimmter Zeit Brennstoff hineingeschaufelt wird. Um 9.30 Uhr morgens war man glücklich im nötigen Stadium der Arbeitserregung, verschiedene Grade über normal. Wer in Neuyork lebt, muß mit den Neuyorkern heulen, und ein Neuyorker kann nun einmal nur unter anormalem Hochdruck arbeiten, sei er nun Käsehändler oder Trust-milliardär oder Zeitungsmensch.

Lesen, lesen, lesen!

Ach, schon wieder zehn Minuten vergangen! Kusche, husche, die Riesenspalten hinab – ruck, auf die andere Seite hinüber. Alles in Sekunden. Man hat es ja längst gelernt, so zu lesen, wie der Zeitungsmensch lesen muß: In photographischem Erfassen eines Zeilenbildes von zehn, zwanzig Zeilen auf einmal mit Hirn und Auge.

Rasch, nur rasch.

Wie macht sich die Arbeit von gestern? Wie ist sie plaziert? Welche Buchstabengröße hat der *editor* ihrer Überschrift gegeben? Ah, man atmet auf. Korpus 3: die Überschriftgröße, die Sachen von Bedeutung gegeben wird.

Weiter geht die Jagd. Denn irgendwo in diesen vielen Zeitungsspalten sind neue Arbeitsaufgaben zu finden, wenn man nur zu suchen weiß. Der Landsknecht lebt meist von dem, was von den regulären Soldaten der Zeitung unbeachtet gelassen worden ist. Krampfhaft sucht man nach einer Anregung. Der große Sensationsprozeß da – eine Dame der Neuyorker Gesellschaft ist durch Seltzerpulver, die ihr anonym zugesandt worden waren, vergiftet worden, und ein Herr der Gesellschaft steht nun auf Indizienbeweise hin als wahrscheinlicher Täter vor den Geschworenen – der interessiert uns nicht. Was da zu tun ist, ist getan. Jede Neuyorker Zeitung hat ihre besten Schilderer im Gerichtssaal, ihre Detektive an der Arbeit. Über die politischen Ereignisse des Tages muß man sich zwar informieren: aus ihnen Arbeit zu schöpfen jedoch ist Sache der Spezialisten –

»*Working*? An der Arbeit?« fragt eine helle Stimme.

»Guten Morgen, guten Morgen«, antwortete ich hastig. »Geh weg, Flossy. *Awfull busy.* Bin fürchterlich beschäftigt!«

»*Well – t – ta – ta, my boy...*«

Weiter, weiter, im Hasten. Man wird nervös und ärgerlich. Ist denn gar nichts los heute? Steht wirklich nichts geschrieben zwischen den Zeilen? Nun gilt es, sorgsam zu lesen. Was man da überflogen hat, die Kunde von den bedeutenden Ereignissen des Tages, das ist vom Zeitungsstandpunkt schon ausgeschöpft bis ins Tiefste. Was offenbar wichtig ist und in die Augen fällt, haben die Männer der Redaktionen ohne Zweifel schon in Arbeit.

Für uns ist das Naheliegende nichts.

Man hat sich schon zu oft die Finger verbrannt und ist klug geworden. Man hat umsonst gearbeitet, und ist ausgelacht worden obendrein damals, als die Bohrungen für die Untergrundbahn begannen und man in den kaum errichteten Caisson stieg und ein höchst interessantes Arbeitsbild schrieb. –

»Haben wir längst!« hatte Holloway gegrinst; »glaubst du vielleicht, daß wir schlafen?« Oder damals, als man die Felsensprengungen für das Fundament des neuen Wolkenkratzers schilderte – und die Szenen beim Ausstand der Tramwayangestellten – und – ach, wie war man da ausgelacht worden! Nein, nur nichts Naheliegendes! Unsereiner verdiente viel mehr Geld als der reguläre Zeitungsmann, der allwöchentlich oder allmonatlich seine festen Dollars einheimste, aber dafür mußte man auch sein bißchen Phantasie haben und verdammt scharfe Augen. Neues brauchte die Zeitung. Neues! Oder zum mindesten neu, eigenartig Gesehenes.

Weiterlesen! Wir müssen aus irgend einem winzigen Ereignis, das da in fünf Zeilen erwähnt wird, etwas Typisches, Allgemeines, Wichtiges machen; wir müssen in einem gleichgültigen kleinen Bildchen die Möglichkeit einer großen Schilderung sehen; wir müssen das ergänzen, was die Flüchtigkeit des überhasteten Zeitungsmannes vernachlässigte. Wir müssen im ganz Kleinen den großen Zug entdecken. Dafür werden wir glänzend bezahlt …

Man sucht und sucht. Man liest aufmerksam die Gerichtsverhandlungen durch, ob sie allgemein nicht bekannte soziale Zustände berühren, man prüft die Unglücksfälle, die Brandnachrichten, die Gesellschaftsnotizen, das Winzigste. Alles.

Holla – hier ist etwas –

Schnell wie ein Blitz kommt über einen die Erleuchtung. Unter den politischen Neuyorker Angelegenheiten steht da eine winzige Notiz, daß die Frage der *sweat shops* durch einen Ausschuß des Stadtrats geprüft werden soll. Wahrscheinlich ist sie mit einem zynischen Grinsen in den Satz gegeben worden. Die Zeitungsleute kennen diese Untersuchungskommissionen Neuyorks. Sie sind hauptsächlich dazu da, damit die Mitglieder der Kommission Diäten verrechnen können, amtliche Ausgaben, Taggelder. *sweat shops* auch noch! Wenn schon – man kennt das. Man kennt das Elend der »Schwitzläden«, in denen arme Arbeiterinnen in fürchterlich überfüllten Räumen für Hungerstücklohn zwölf Stunden lang im Tag Weißzeug nähen, und Arbeiter sich beim Fabrizieren der billigen Konfektion die üblichen Berufskrankheiten holen, die Schwindsucht vor allem. In Neuyork ist gar nichts Lustiges mehr am kleinen Schneiderlein. Man kennt das längst. Ganz Neuyork kennt diese Dinge. Der Arbeitsmarkt ist unerbittlich und richtet sich nach Nachfrage und Angebot. Da ist nichts zu wollen. Aber ein Bild steigt da auf, in phantastischem Ahnen geschaut. Man sieht sich im Geist in einer niedrigen Arbeitshölle, in der viele Menschen hocken, tiefgebeugt über ihre Arbeit, nadelziehend ohne Unterlaß, nähmaschinentretend. Giftiger Brodem ihrer Ausdünstung hüllt sie ein. Sie fädeln und treten, und die Ereignisse ihres Lebens sind die Glockenzeichen, die Arbeitsanfang und Arbeitsende bedeuten. Man sieht sich Seite an Seite mit einem dieser Mädchengeschöpfe gehen und verspürt, daß neben einem das nackte Elend schreitet. Ob es wohl lächelt, dieses Elend, und ganz zufrieden ist in seiner fürchterlichen Hoffnungslosigkeit? Ob es schreit in bitterer Anklage? Oder gar stolz ist und befriedigt, weil es dreißig Hemden nähte im Tag und der andere Sklave an der Nähmaschine daneben nur neunundzwanzig? Wie lebt dieses arme Geschöpf? Was ißt es, was trinkt es, wie wohnt es, wie kleidet es sich, wie sehen seine Freuden aus, welche Leiden muß es erdulden, von welchen Hoffnungen ist es beseelt?

Und man atmet tief auf und weiß, daß man im Schauenstraum ein Stück Leben gepackt hat, und man verspürt wie rieselnden Glücksschauer die Freude, die die Zeitung ihren Landsknechten dann und wann beschert, wenn sie jung und begeisterungsfähig und durch den Zynismus allzugroßer Erfahrung noch nicht verdorben sind. Nicht nur für Geld und Ehrgeiz arbeitest du, so jubelt es in diesen Sekunden des Glücks, sondern du sprichst zu vielen Menschen, und vielleicht vermagst du es, Hirne nachdenklich zu stimmen und Herzen zu erschüttern, auf daß es diesen Armen, die da hoffnungslos fädeln und treten, ein ganz klein wenig besser ergehe. Vielleicht verschaffst du ihnen den Dollar mehr in der Woche, diesen lächerlichen Dollar dieses reichen Landes, der den Unterschied bedeutet zwischen Leben und Vegetieren …

Doch man wandelt nicht ungestraft im gewitzten Zeitungslande und atmet nicht unverseucht die dollarschwüle Luft des brutalen Geschäftsgiganten Neuyork. Sofort meldet sich der Praktikus:

Gute Sache!

Famose Idee. Richtig erfaßt! Die Zeitung würde verärgert lachen, brächte man ihr eine volkswirtschaftliche Abhandlung über diese Schwitzläden, denn längst schon ist dieses Problem von allen Seiten beleuchtet worden. Sie wird sich freuen dagegen über das lebendige Schildern eines Schwitzladenmädels und ihres Arbeitstags. Man muß das nur richtig sehen. Auf die Augen kommt es an. Und man überlegt sich in raschem, geordneten, zierlichen Nachdenken, wie das gemacht werden muß. Unter welchem Vorwand man den Schwitzladen aufsucht. Wie man mit dem Mädel spricht. Wie man sie behandelt. Scharf umrissen wie ein Programm liegt die Arbeitsaufgabe da. Da ist auch schon der Titel: »Ein Tag im Leben eines Schwitzladenmädels.« Und aus dem nervösen Suchen und Tasten wird helle Arbeitsfreude. So, nun rasch in den Klub. Hören und sehen, was vorgeht. Das Schwitzladenmädel hat keine Eile.

In wenigen Minuten ist man im Klubrauchzimmer, in dem man sich noch etwas mehr zu Hause fühlt, als selbst in der gemütlichen kleinen Wohnung im Montgomery. Der riesige Tisch in der Mitte des Zimmers, hoch bepackt mit den neuesten Zeitungsausgaben, mit Zeitschriften und *Reviews*, ist wie ein lieber alter Freund. Die weiten Korbsessel, schwellend mit vielen Kissen ein jeder, laden zur Beschaulichkeit. Der weißbejackte Diener macht eine knappe Verbeugung, die mehr ein halb vertrauliches und halb ehrfürchtiges Kopfnicken ist, und bringt ohne besondere Order den winterlichen Morgentrunk. Die Whiskykaraffe, ein Kännchen mit heißem Wasser, ein Tellerchen mit einigen Zitronenscheiben. Man schlürft schwachen *toddy*, raucht die erste Zigarre – Es ist ein stetes Kommen und Gehen in dem Raum von hastenden Menschen mit nervösen Gesichtern, die sich im jagenden Tagewerk fünf Minuten der Gemütlichkeit im weichen Sessel erhaschen wollen. Langweilige steife Formen gibt es hier nicht. Man nickt sich zu, spricht in kurzen knappen Worten, redet nur vom *shop*, von der Arbeit. Holloway kommt und setzt sich einen Augenblick zu mir.

»'was Neues?«

»Nein. Bei euch?«

»Wie üblich. Hast du Burtons Prozeßbericht gelesen? Glänzend! Gut für Dick!«

Und er beschäftigte sich angelegentlich mit seinem heißen Whisky. Ich greife nach der *World*, um Dicks Arbeit, die ich vorhin nur überflogen hatte, genau zu lesen. Sie ist ein Meisterwerk schildernder Kunst, von Leben sprühend. Man hört die Menschen sprechen, sieht sie sich bewegen, atmet die Atmosphäre der Tragik. Und man weiß, daß Dick Burton spät heute nacht, wenn die Zeitungen zur Presse gegangen sind und ihre Männer sich noch auf ein Stündchen im Klub versammeln, umjubelt werden wird wie ein Sieger. Amerikanische Journalisten kämpfen zwar heiß und bitter um den Tageserfolg, aber sie beneiden sich nicht gegenseitig in Scheelsucht. Sondern sie geben dem Mann der großen Leistung ein Bankett ...

»Das *Journal* muß sich heute 'ranhalten!« grinst Holloway. Sein Lächeln ist ein wenig bittersüß. »Wir kommen sonst ins Hintertreffen. Hm, die Verhandlung beginnt um Elf. Da hab' ich gerade noch vierzig Minuten.«

»Machst du die Sache heute selber?«

»Ja. Jefferson und ich.«

»Kannst du mir eine Einlaßkarte für den Zuschauerraum geben oder verschaffen?«

»Für den Pressetisch, meinst du doch? Nein. Du brauchst aber nur den Gerichtsvorsitzenden um sein Visum auf deiner Visitenkarte zu ersuchen, das er dir gern geben wird. Wäre ja noch schöner! Gehst du aus Neugierde hin? Für dich ist dort nichts zu holen, *old man*.«

»Nicht am Pressetisch! Daß jede Zeitung dort doppelt und dreifach vertreten ist, weiß ich selber. Aber vielleicht im Zuschauerraum. Es ist mir beim Lesen von Dicks Arbeit und den anderen Stimmungsbildern aufgefallen, daß alles beschrieben worden ist, der Angeklagte, die Geschworenen, die Richter, die Menschenmenge im Zuschauerraum, nur nicht, was die Leute im Zuschauerraum sagen, was sie sich zuflüstern, welche Gesichter sie machen, was sie reden nachher draußen auf den Korridoren, wie sie sich gleichgültig gebärden, vielleicht oder tief erschüttert sind. Bei dieser Geschichte interessiert doch einfach alles, und wenn man schon –«

»*Allright*«, sagte Holloway kurz. »Können wir gebrauchen. Du machst das für uns. Hier, gib dem Gerichtsbeamten meine Karte und einen Fünfdollarschein. Deine *copy* muß spätestens um zwei Uhr fertig sein. Addio. Höchste Zeit!«

Und man stürmt hastend zum Gerichtsgebäude, denn in wenigen Minuten beginnen die Verhandlungen des dritten Tages dieses sensationellen Mordprozesses, der ganz Neuyork in Atem hält. Der Zuschauerraum ist schon vor einer Viertelstunde geöffnet worden und bis auf das letzte Plätzchen besetzt. Doch der türhütende Gerichtsbeamte hat großen Respekt vor der Visitenkarte des leitenden Redakteurs des *Journal* und inniges Verständnis für den grünen Fünfdollarschein. Die Türe öffnet sich ein wenig und man drängt sich, gepufft, geflohen, verwünscht, durch die eng aneinandergepreßten Menschen, bis ein Plätzchen in einer Ecke erobert ist. So – oh! Nun heißt es, ganz Auge sein und ganz Ohr. Sich schärfstens auf Beobachtung konzentrieren. Es ist elegantestes Neuyork, das sich da drängt, denn die Einlaßkarten sind schwer erhältlich. Auf einen Mann kommen mindestens fünf Frauen. Auf den Stühlen da sitzen Damen, die offenbar der guten Gesellschaft angehören, Damen in kostbaren Pelzen, wertvollen Straßenkleidern. Nur hören jetzt und schauen. Ein scharfes Glockenzeichen. Der Angeklagte wird hereingeführt, die Richter erscheinen, die Verhandlung beginnt. Sie ist im Grunde langweilig. Es handelt sich um Beweisaufnahme darüber, ob die vergifteten Seltzerpulver von dem Angeklagten gekauft worden sind, ob einer der vorgeladenen Apotheker den Angeklagten wiedererkennt, ob das Papier und der Bindfaden, in denen das Giftpaketchen eingehüllt war, über alle Zweifel identisch sind mit dem gleichen Papier und demselben Bindfaden, die im Hause des Angeklagten gefunden wurden. Doch von dem Ergebnis dieser Beweisaufnahme hängt Leben und Tod ab. Dem Mann dort im eleganten Prinz-Albert-Rock mit dem energischen, sehr sympathischen Gesicht droht der elektrische Stuhl. Es ist totenstill geworden im Zuschauerraum. Diese verwöhnten Frauen haben nichts Weiches, nichts Weibliches mehr. Ihre Gesichtszüge sind straff angespannt. In ihren Augen ist die Gier nach der Sensation und irgend etwas, das fast an ein wildes Tier erinnert. Wie ein Keuchen geht es durch die stillen Reihen, wenn eine Aussage, das Wort eines Zeugen, die Frage eines Richters wichtig erscheint. Alle diese Menschen im Zuschauerraum spannen ihre Nerven an zum Zerreißen … Und man schaut und schaut und prägt sich Gesichtszüge ein, und Äußerlichkeiten von Toiletten, und versucht zu erraten, was in diesen Gehirnen vorgeht. Da – der Drogist Soundso beschwört, dem Angeklagten häufig Seltzerpulver verkauft zu haben! Und seine Seltzerpulver nur sind in rosa Umschläge gehüllt!! Es sieht bös aus für den Angeklagten! Die Gesichter werden noch härter, die Augen noch gieriger, Frauenkörper beugen sich noch weiter vor, die Dünste der Parfüms vermischen sich mit scharfem

Schweißgeruch, das Keuchen wird zu leisem aber messerscharfem Flüstern ... Plötzlich erhebt sich der Vorsitzende. Die Verhandlung wird aus irgend einem Grunde für ewige Stunden unterbrochen. Sekundenlang noch ist es still, denn die Hälse recken sich nach dem Angeklagten, der abgeführt wird, und starre Augen folgen ihm. Dann aber bricht ein Babel von Getöse los. Rücksichtslos drängen, schieben, stoßen die Damen zur Ausgangstüre, schwatzend, redend, zeternd. Die Gesichter sind knallrot vor Aufregung –

»Er hat's getan!«

»Ob heute noch das Todesurteil ausgesprochen wird?«

»Großer Gott – nie wieder nehme ich ein Seltzerpulver ...«

»Darf man dem armen Mann Blumen in die Zelle schicken?«

»Er hat's doch nicht getan! Man braucht ihm ja nur ins Gesicht zu sehen, um das zu wissen. Maud!«

So schwirrt und flüstert und schreit es in grellen Stimmen und man läßt sich schieben und stoßen und strengt nocheinmal Auge und Hirn zum völligen Erfassen an. Jawohl, der Eindruck ist gepackt. Die Idee war der Mühe wert ...

Rasch ins Zeitungsgebäude, eine kurze Meldung bei Holloway, dann schreiben. Die Arbeit ist kinderleicht unter dem frischen Eindruck des Gehörten und Gesehenen, und kurz vor drei Uhr, gerade noch zur richtigen Zeit saust die fertige »*copy*« durch die pneumatische Tube von Holloways Schreibtisch hinauf in die Setzerei –

»*Bye - bye*, Holloway! Sei gut zu dir selber! Überarbeite dich ja nicht!«

»*get out*« ist die Antwort, »'raus mit dir!«

Und man besteigt die schwindelerregende Bestie von Expresslift in dem angenehmen Bewußtsein, einen interessanten Arbeitstag hinter sich zu haben. Worin man sich gründlich irrt. Zwar weiß man das noch nicht, aber schon vermischt sich im Unterbewußtsein mit dem frohen Gefühl getaner Arbeit das rastlose Weiterhetzen, die Sorge um neues Schaffen. Während das Lift abwärts stürzt, denkt man an das einem vorläufig unbekannte Mädel in dem vorläufig unbekannten Schwitzladen. Wie mag es aussehen, dieses arme Mädel? Wo ist der Laden, dessen geringste Kleinigkeit mit den Augen des Verstehens erfaßt werden soll?

Ruck, hält das Lift. Hm. Ja. Zweifellos würde der oder jener im Klub auch über diese Seite Neuyorker Lebens Bescheid wissen, aber man wird darauf verzichten, sich aus Kollegenkreisen Informationen zu holen. Das wäre nicht sportsmäßig. Bleibt das Adreßbuch, persönliches Suchen – hm, es ist im Grunde sehr einfach. War doch eine famose Idee! Große Sache, dieses Schwitzladenmädel …

* *
*

Der innere Mensch meldet sich verstimmt und hungrig, denn es ist drei Uhr nachmittags, und reichlich spät zum Lunchen. Rasch erst zum Barbier dort an der Ecke. Seine dampfend heißen Tücher, die er auf die empfindliche rasierte Haut auflegt, sein kribbelndes Shampoonieren mit behenden Fingerspitzen machen frisch und lebendig. Dann in die nahe Wallstreet, die Straße der Großbanken, der Börse, des Geldes, die jetzt schon tot, einsam, verlassen daliegt, während sich vor einer halben Stunde noch auf ihren Randsteinen spekulationswahnsinnige Menschen stießen und drängten, um von der flutenden Dollarluft ein Atemschnappen zu erhaschen. Dort in der Nebenstraße liegen enggedrängt die teuren kleinen Lunchrestaurants, in denen ich häufig speise, weil ich noch lange nicht genügend Amerikaner bin, um zur Mittagszeit meinen Magen mit eiskalter Milch und schwerverdaulichem Kuchen zu malträtieren, wie das der richtige Dollarmann tut. Freilich ist mein Essen amerikanerhaft genug. Es ist den aufgepeitschten Nerven ganz unmöglich, in Stille und beschaulicher Ruhe sich mit den Aufgaben des Augenblicks zu beschäftigen, dem Genießen von Speisen. Sondern ich stürze hastig den appetitanregenden *Manhattan Cocktail* hinunter, schon vertieft in die Seiten eines neuen Magazins – und ich kann auch nicht etwa geruhsam lesen! Weil der Zeitungsteufel einen nie verläßt und sogar beim Essen rumort. Ist der Artikel da gut gemacht? Ist er wirkungsvoll? Wie hättest du das geschrieben? Ich löffle die Suppe, ohne auf den Suppenteller zu gucken, eilig, denn es wird rasch serviert, greife nach den neuen Zeitungen, überfliege die Spalten, empfinde das Gebrachtwerden des Koteletts als Störung, lasse den Inhalt der winzigen Gemüseschälchen gedankenlos kalt werden, vermenge mechanisch das Glas Claret mit sprudelndem Sauerbrunnen.

Aus der Zeitung guckt ein eingebildetes Gesicht hervor, das blasse Gesicht des Schwitzladenmädels. Und da ist der eingebildete Laden. Mit dem Mann dort werde ich kurz, scharf, energisch sein, mich als

Polizeimenschen ausgeben nötigenfalls; dem Mädel werde ich wunderschöne Blumen schenken und …

Mein Auge gleitet mechanisch über den Finanzteil der Zeitung, für den mir das Verständnis mangelt und der mich eigentlich kaum interessiert. Es bleibt haften an einer krassen Überschrift in fetten Blockbuchstaben, und die paar Worte treffen mich wie ein Schlag:

»Cyrus F. Reddington verschluckt wiederum eine Eisenbahn!«

Es ist mir zwar unendlich gleichgültig, daß der Finanzmagnat eine Eisenbahn gekauft, ihre Aktien an sich gebracht, sie »verschluckt« hat, wie die Zeitung sich echt amerikanisch ausdrückt, aber ich bin entsetzt darüber, daß ich monatelang in Neuyork leben konnte, ohne auch nur ein einzigesmal an Frank Reddington zu denken und ärgerlich obendrein (der neuigkeitjagende Zeitungsteufel ist immer gegenwärtig!), daß ich eine so wertvolle Verbindung so völlig vergessen konnte. Das Schwitzladenmädel ist jetzt wie weggeblasen! Lustige Bilder steigen vor mir auf aus den lustigen Zeiten in San Franzisko, als Frank Reddington, der Milliardärssohn, und ich mit blutigen Händen verdammt salzige *cods* in das wertvollere Dasein eines Stockfisches hinüberhäuteten und schnitten. Und wie wir uns vorgekommen waren wie Fürsten damals, als wir die hart verdienten Dollars einstrichen, der Milliardärssohn und ich. Ob Franky wohl in Neuyork war? Heidi, was würde der für Augen machen! Zur Feier rasch ein Glas Sekt aus einer der winzigen Viertelflaschen, die für den amerikanischen Gebrauch besonders hergestellt werden in Frankreich, und dann zur *First National Bank* –

Der Gang zu den Privatkontoren ist nicht etwa von einem einzigen Cerberus bewacht, sondern von dreien, die ich nacheinander zu passieren habe. Der erste versucht natürlich, mich zu bestimmen, mich mit meinen »Geschäften« an den »*manager*« zu wenden, und ist höflich und milde ungläubig, als ich erkläre, daß ich Mr. Reddington persönlich zu sprechen wünsche und ihm persönlich bekannt sei; der zweite macht ein bedenkliches Gesicht, nimmt mir aber wenigstens Hut und Überzieher ab; der dritte, offenbar ein Sekretär, haust in einem Vorzimmer und unterwirft mich der peinlichen Frage.

»Sie wünschen also Mr. Reddington persönlich zu sprechen?« sagte er.

»Jawohl.«

»Darf ich um Ihre Karte bitten?«

Er studiert die Karte, aber sie sagt ihm offenbar nichts Wissenswertes. Es ist ihm augenscheinlich unangenehm, aber er wird deutlich:

»Eh – es tut mir sehr leid, – aber Mr. Reddington senior ist verreist und Mr. Reddington junior nur in ganz dringenden Fällen zu sprechen. Ich muß Sie also schon bitten –«

»Mein Fall ist außerordentlich dringend!« sage ich. Und möchte am liebsten bis an die Decke springen vor Vergnügen. Kaum kann ich mir das Lachen verbeißen. Franky ist also wirklich in Neuyork, halleluja! Franky ist Bankmensch geworden! Franky ist in leitender Stellung und eine verfluchte Respektsperson!! – es ist einfach zum Schießen! Aber ich nehme gravitätisch meine Karte und schreibe darauf:

»*On important business regarding the salted codfish trust of San Francisco* – in wichtigen Geschäften betreffend den Stockfisch-Trust von San Franzisko!«

»Hm«, murmelt der Sekretär.

»Aber bitte!« sage ich pikiert.

Endlich verschwindet er mit der Karte, wahrscheinlich, um der Respektsperson zu berichten, da draußen stehe ein gemeingefährlicher Verrückter und Mr. Reddington solle doch lieber beim Fortgehen die Hintertüre benützen. Im nächsten Augenblick wird die Türe aufgerissen –

Und da steht Franky, der leibhaftige Franky, nicht um eine Spur verändert, packt mich am Ärmel mit dem alten harten eisernen Griff, sieht mich einen Augenblick an aus den alten lustigen Augen, und sagt ernst zu dem Sekretär:

»Mr. Higgins, ich habe wichtige Dinge mit diesem Herrn zu besprechen und darf unter keinen Umständen gestört werden!«

Und da sitzen wir schon in dem vornehmen Privatkontor der Großbank hinter dick gepolsterten Türen und sprechen, wie hier wohl selten gesprochen wird –

»Jetzt will ich aber verdammt sein!« schreit Franky. »Bist du's wirklich, du verrückter alter Narr? Ist es auch wahr? Weshalb hast du nie etwas von dir hören lassen? Mann, wie geht's, wie geht's?«

»Einen Augenblick!« sage ich. »Ich muß erst nach Luft schnappen. Schämst du dich eigentlich nicht, so zu tun, als hättest du furchtbar viel Arbeit? Was treibst du? Bist du glücklich auch Milliardär? Solltest du auch einer von den Schurken geworden sein, die der armen Witwe ihren sauren Dollar vom Munde wegschnappen? Ich verkörpere die

Macht der Presse, Franky *dear*, und ich rate dir, mir gegenüber recht vorsichtig zu sein. Alles, was du sagst, wird gegen dich verwendet!«

Frank grinste. Das alte lustige Grinsen.

»Was ich tue? Ich tue das, was der Alte mir sagt, und zwar möglichst plötzlich. Jawohl, das wäre so ungefähr meine Stellung in der alten Bank! So! Erst erzähle du! Ogottogott – wenn ich an die alten Stockfische in Frisco denke ...«

Und er hält mir lachend zwei weiße, wohlgepflegte, schlanke Hände entgegen, und ich lache auch und strecke zwei weiße, wohlgepflegte Hände aus. Und dann tanzen wir im Zimmer herum, gebärden uns wie Verrückte, und versichern uns gegenseitig, ein über das andere Mal, daß die Stockfischzeiten in San Franzisko doch etwas Schönes waren und etwas Unvergeßliches sind. Franky, ist – ihr Götter! – Schatzmeister der Bank und bezieht einen Gehalt, über den ein europäischer Minister vor Neid erblassen würde und über den ich die Augen weit aufreiße. Dagegen ist der kleine Reporter freilich noch der reine Stockfischarbeiter! Eine geschlagene Stunde lang reden wir und schreien und lachen, bis schließlich keiner von beiden mehr weiß, wo ihm der Kopf steht. Franky beneidet mich, weil ich den Krieg mitgemacht habe, ist baff über den Signalkorpssergeanten, ist begeistert über das freie Zeitungsleben – ich beneide ihn um die Macht seiner Stellung und seines Geldes, bin baff über das Vermögen, das er sich durch eigene Operationen (bei Gott, Operationen sagte er!) schon verdient hat, bin begeistert über das Arbeiten in der Hochfinanz, von dem er erzählt – und offenbar findet der eine immer gerade das schöner, was der andere erlebt hat! Sintemalen der Zeitungsteufel immer gegenwärtig ist, vergesse ich nicht, mit Franky zu verabreden, daß ich die unterirdischen Stahlkammern der Bank besichtigen darf. Denn so 'was lesen die Dollarneuyorker furchtbar gern. Und dann kommt ein vornehmer alter Herr, sehr gemessen, sehr würdevoll, und bringt in einer roten Maroquinmappe Briefe zur Unterschrift. Der Respektsperson! Dem Stockfischarbeiter von ehemals! Rasch verabreden wir uns noch, heute abend zusammen bei Delmonico zu dinieren –

Eine verrückte Welt!

Ich freue mich auf den Abend wie ein Kind und schlendere seelenvergnügt den Broadway hinunter. Das Schwitzladenproblem ist vergessen für den Augenblick. Ich lache nur immer vor mich hin und habe gar keine Lust, an ernsthafte Dinge zu denken.

Aber das Tagewerk ist doch noch nicht vollbracht, so will es der Zufall. Eine Krawatte in einem der Schaufenster des großen Warenhauses da lockt mich, und ich gehe gedankenlos mit den anderen Menschen hinein, die sich um den Eingang drängen, um sie mir zu kaufen. Fast gewohnheitsmäßig bleibe ich unten in der Halle einen Augenblick lang stehen, mir das Gewühl zu betrachten, denn ich habe immer etwas übrig gehabt für diese Riesenwarenhäuser. Das ist fast vollendete Organisation. Es klingt und schwirrt und saust über die Drähte, die wie ein Telephonnetz die Räume überspannen. Körbchen fliegen fortwährend an ihnen hin und her. Jedes Körbchen enthält das Geld eines Kunden, die Ware, die er gekauft hat, und seine Rechnung. Es saust in den Kassenraum da oben im ersten Stock und kommt in einer Minute wieder zurück über den Draht, mit eingewickeltem Paket, quittierter Rechnung, und herausgegebenem Kleingeld. Sie haben mir immer imponiert, die Warenhäuser und ihre Art. Da sehe ich oben bei der Galerie des zweiten Stockwerks eine dichtgedrängte Menschenmasse und höre, daß es da oben sehr laut und lärmend zugeht. Sofort wird der neugierige Zeitungsmensch lebendig. Was ist da los?

Ich springe die Treppe hinauf – es ist nicht der Mühe wert, das Lift zu benutzen – und sehe von der Decke herab Riesenplakate in grellen blauen Buchstaben hängen:

»*Easter hats!*«

Osterhüte!

Unter diesen Plakaten stehen Tische neben Tischen, bergehoch mit Damenhüten bedeckt, Osterhüte genannt, weil auch die ärmste Amerikanerin zum österlichen Frühlingsfest einen neuen Hut haben muß – und zwischen diesen Tischen spielt sich eine Schlacht ab! Eine Amazonenschlacht!

Sie sind aneinandergedrängt wie Sardinen in einer Büchse, diese bunten Flecke, die Mäntel, Blusen, Kostüme, Winterhüte bedeuten, und hinter denen vermutlich Frauengesichter und Frauengestalten stecken. Aber das wogt und wirrt so hin und her, daß man wirklich nichts sehen kann als bunte Flecke, rasch sich bewegende Farbenkleckse. Einen Augenblick lang kämpfe ich mit aufsteigender Feigheit, dann aber stürze auch ich mich in das Gewühl.

Teufel, die bunten Flecke sind lebendig. Mehr als lebendig!

Bums – habe ich einen Rippenstoß weg, der mich rachsüchtig auffahren läßt. Ihm folgt, wie der Donnerschlag dem Blitz, ein zweiter, ein dritter, ein vierter – ich werde gepufft, gestoßen, geknufft, wie mir das schon lange nicht mehr passiert ist. O – ho! Ich bin gar nicht mehr rachsüchtig. Aus Verstandesgründen. Dieser elementaren Gewalt gegenüber scheinen mir meine schwachen Männermittel untauglich – ich ziehe nur meine Ellbogen krampfhaft in die Höhe und an mich, um die empfindlichen Weichteile zu schützen. Ich bin sogar sehr vergnügt – au, das war wieder ein niederträchtiger Puff – denn das gibt doch eine wirklich ulkige Geschichte für die lustige Sonntagsbeilage ... au, Donnerwetter! Absichtlich lasse ich mich ohne eigenen Willen weiterpuffen, um meine Gefühle ganz echt zu genießen und später ja nicht zu übertreiben. Man tut das so leicht als Zeitungsmensch! Gottseidank, die Echtheit läßt nichts zu wünschen übrig! Ich verspüre die spitzen Ellbogen mit vollendeter Deutlichkeit.

Weshalb, warum jedoch werde ich so gepufft und so gestoßen?

Nur langsam begreift mein männlicher Intellekt den Witz der Sache. Hm. Hüte zu betrachten und Hüte auszuwählen, mag zwar ein Gedränge verursachen, aber keine Schlacht. Hm. Doch, jetzt hab' ich's.

»Dies ist mein Hut!« schreit ein Krimmermantel.

»Sie haben ihn mir ja aus der Hand gerissen!« erwidert entrüstet die Astrachanjacke.

Sie funkeln sich giftig aus schillernden Katzenaugen an – und ich habe endlich verstanden! Unter diesen Hüten sind manche außerordentlich preiswert, lockspeisenhaft billig, halb geschenkt und – gerade diese Hüte herauszufischen, ist offenbar der Zweck der Übung! Da stolziert eine schlanke Brünette einher. In der linken Hand hält sie ein blumenbesätes Ungetüm hoch über ihren Kopf und mit der rechten pufft sie sich freie Bahn, um in der neutralen Zone da drüben eine Verkäuferin zu finden, die das Geschäft perfekt macht. Ich bekomme einen Nasenstüber von ihr und sie tritt mich kräftig auf den Fuß ...

Es ist einfach unbeschreiblich.

Man drängt sich, pufft sich, balgt sich um die Hüte, aber – und das ist für mich gewöhnlichen Mann das völlig Unbegreifliche – in dieser bissigen, echten, richtigen Balgerei werden die Hüte selber behandelt wie Zucker! Wie rohe Eier. Wie Wertpapiere. Sie reißen sich die *bargains*, die billigen Lockhüte, zwar gegenseitig aus den Händen, diese Hyänen des Warenhauses, aber mit spitzen Fingern und verflucht vorsichtig. Hm, ich habe wohl alles gesehen. Jetzt will ich auch einmal ein bißchen drängeln, weil sonst mein Ehrgefühl leidet. Doch auf dem Weg zur Freiheit sehe ich erst das Allerschönste.

An dem hochbeladenen Ecktisch dort werde ich auf einmal links zur Seite gedrängt von einem süßen kleinen Geschöpfchen, und als ich mich verblüfft umwende, hilft ein zweites Geschöpfchen energisch nach, während ein drittes mich endgültig noch weiter wegbefördert. Ich recke den Hals. Was ich da sehe, ist doch der Gipfel!

Das – ist – der Oster-hut-trust!

Die Mädels da um den Ecktisch sind offensichtlich Freundinnen und operieren auf gemeinsame Rechnung und mit gemeinsamen Kräften zum Schaden der *Outsider*. Wie eine Kette umringen sie den Tisch, und keiner kommt 'ran, bis sie sich nicht in aller Gemütlichkeit alles beschaut und den richtigsten, den passendsten, den süßesten Osterhut ausgewählt haben …

Alle Hochachtung!

Ich bin wieder in der Freiheit. Grinsend betrachte ich das wimmelnde Gewühl, die gierig zugreifenden Hände, die tanzenden bunten Flecke. Und ich überlege mir, daß ein schöner Titel wäre:

»Die wilden Weiber des Warenhauses«

– stelle aber errötend fest, daß man auf gar keinen Fall eine Amerikanerin ein wildes Weib nennen darf, selbst wenn das süße Geschöpf auch einmal ein bißchen spektakelt. Der Titel heißt:

»Der Kampf um den Osterhut!«

»Nein, das ist nicht schön genug. Der Titel muß heißen:

»Wie ich meiner Frau einen Osterhut kaufen wollte!«

Da kann man so schön dazulügen.

Im Montgomery erzählte ich die Geschichte Flossy, nicht ohne schön dick und farbig aufzutragen, wie das mein Beruf ist.

»Das ist nichts für Männer«, sagt Flossy trocken. Sie hat keine Spur von Verständnis und keine Ahnung von Humor. »Bei einem so billigen Verkauf muß man doch eben rasch zugreifen. Eigentlich hättest du mir einen Hut mitbringen können. Diese Männer sind zu ungeschickt!«

»Ich hab' einen wunderschönen für zwei Dollars dreiundneunzig gesehen«, sage ich boshaft.

»Warum hast du ihn dann nicht mitgebracht?«

»Eine von den *girls* hat ihn mir aus der Hand gerissen.«

»Zu dumm!«

Und ich lache vor mich hin, stürze mich in den Smoking, der im Lande der angeblichen Freiheit eine Unerläßlichkeit ist, wenn man Restaurants wie Delmonicos besuchen will, und sitze eine halbe Stunde später Franky gegenüber an einem der winzigen Tischchen des berühmten Neuyorker Schlaraffenheims. Es war ein toller Abend, der mit Cocktails begann, mit furchtbar viel Mumm endete, und mit schrecklichem Gerede erfüllt war. Aber er war wunderschön. Beim Nachhausegehen sahen die Wolkenkratzer beängstigend wackelig aus und der schnurgerade Broadway merkwürdig schief. Aber an das Schwitzladenmädel dachte ich doch noch. Nur nicht so recht praktisch, sondern ich sah mich als großen sozialen Reformator, umjubelt von Abertausenden dankbarer Menschen. Sie arbeiteten jetzt in großen luftigen Sälen und nur sechs Stunden im Tag. Sie hatten ihren Lohn verdoppelt bekommen. Alles durch mich!

Es ist etwas Merkwürdiges um die Träume von Weingeistern und Zeitungsmenschen ...

* *
*

So sah einer von den fröhlichen Tagen im Leben des Zeitungslandsknechts aus. Es gab aber auch unfröhliche Tage, in denen die nervöse Hast keinen Erfolg brachte, keine Arbeit, keinen Eindruck.

In ihrer Gesamtheit waren diese Tage, diese Wochen, diese Monate ein Stück Leben, wie ich es niemals schöner erlebt habe. Ein Geldverdienen zum erstenmal, das über kleine Tagesnöte weit hinausragte; Selbständigkeit, immer wieder neue Begeisterung. Ich fühlte mich ganz als Amerikaner, ganz als amerikanischer Zeitungsmann, und war glücklich!

Aber ich glaube, Dick Burton hat den Nagel auf den Kopf getroffen, als er einmal sagte:

»Deine Sachen haben etwas merkwürdig Fremdes. Unamerikanisches! Und gerade deshalb sind sie interessant!«

* *
*

Fremd oder nicht fremd – amerikanisch oder unamerikanisch – wie das nun sein mag – aber gerade diese Neuyorker Landsknechtszeiten haben mir den ruhenden Pol in der Erscheinungen Flucht gegeben, das Bleibende, das Mittelpunktige in einem bunten Leben:

Den Zeitungsinstinkt!

Wenn heute üble Laune mich plagt, der schwarze Mann hinter mir auf dem Lebenspferde sitzt, die Dinge des Tages mich schinden, dann gehe ich zu ihr – zur Zeitung …

Dort nehmen sie mich auf als Freund und Bruder. Und ich werde jung, jung wie ich als Zwanzigjähriger war, wenn unter mir der Boden von Rotationspressen erzittert, und meine Nase die frische Druckerschwärze einatmet, und die Redaktionsteufelchen hin und her laufen mit den schmalen Streifen nassen Papiers, und Dutzende von Leuten einen in jedem gesprochenen Satz zweimal unterbrechen. Die Götter sind immer gütig, wenn's einem so recht erbärmlich zumute ist, und schenken ganz gewiß dem Zeitungsmenschenhirn die Fähigkeit, eine Arbeit für die Zeitung zu ersinnen. Einen Überlandflug im Zeitungsdienste, oder eine Zeppelinfahrt, oder ein Hafenabenteuer. Und dann kommt, belebend und erfrischend wie verjüngender Jungbrunnen, das alte Hasten, das liebe Hetzen. Die Arbeit, das Erfassen des Bildes, das begeisternde Sichhineinfügen, das Geizen mit den Minuten, die rasende Fahrt im Automobil zur Redaktion, die lange Nacht im fröstelnd kalten Redaktionszimmer des nächtlich stillen Gebäudes, das Ankämpfen gegen eilende Zeit in jagendem Schreiben Zeile um Zeile. Das unsinnige Rauchen – das Herbeischleppen von Krügen Pilsener Biers durch den schmunzelnden Nachtportier.

Und dann fährt man im Morgengrauen nach Hause mit zerrauchter Kehle und zerrütteten Nerven, aber überselig, wieder einmal im alten Geschirr gearbeitet zu haben. Man ist doch wie jener alte Droschkengaul, der die Nüstern bläht und galoppierend durchgeht, wenn auf dem Manöverfeld bei der Straße die lustigen Trompeten zur Attacke schrillen. Einmal ein Zeitungsgaul, immer ein Zeitungsgaul …

Ja, es ist eine schöne Sache um die Einbildung!

Mindestens zehnmal in diesem Jahre habe ich – beinahe schon scheint's eine alte gemütliche Gewohnheit – mir vorgenommen, ein für allemal und endgültig zur Zeitung zurückzukehren, um ebensooft den Kuckuck dergleichen zu tun. Ich lachte dann jedesmal, und ein lustiges Grauen packt mich und ich denke an das Landsknechtjahr in Neuyork. Nein: solch ein Jahr konnte nur die Jugend erleben. Es ist aus damit. Bleibt noch das Saugen an den Hidigeigeipfoten der Erinnerung, und das Lachen.

Wie schön sie doch waren, diese Zeiten, und wie sonderbar! Es war für absolut nichts Platz in dem Gehirn von damals als für Dinge der Zeitung: es gab einfach nichts anderes im Leben. Ich habe im Laufe eines ganzen Jahres ganz gewiß nicht mehr als zehn Bücher gelesen, denn das war doch offenbare Zeitverschwendung, und von den vielen Menschen, die ich kennen lernte, interessierte mich kaum ein einziger um seiner selbst willen. Was konnte der? Was wußte jener? Was hatte dieser zu erzählen? War da etwas daraus zu machen? Die Politik war wunderschön – wenn sich aus ihren Tagesereignissen ein Anhaltspunkt für Zeitungsarbeit ergab; schaffende Männer begeisternd interessant – wenn sie einem etwas zu erzählen wußten, das für die Zeitung zu gebrauchen war; das ganze polternde Neuyorker Leben nur dazu da – damit man darüber schreiben konnte! Verrückte Zeiten waren es von einer so völligen Abgeschlossenheit in ihrer Arbeitsart, daß es einen seltsam anmutet im Erinnern. Im tiefsten Grunde war man nicht viel besser daran als der Arbeiter, der tagaus, tagein, und Jahr für Jahr immer das gleiche Stahlteilchen poliert. Die Zeitung fraß einen auf mit Leib und Seele. Sie nahm hin, was man selbst hätte erleben sollen; sie machte einen zu einer Art unpersönlichen Zwischenträgers. Sie ließ Raum für nichts.

Man war der Zeitung verfallen mit Haut und Haaren!

Neuyork und die Neuyorker

Im Zeppelin über Hamburg. – Die deutsche Hansestadt und das geheimnisvolle Neuyork. – Der Guldensinn der Mynheers, die Neuyork gründeten. – Her mit dem Dollar! – Das Wunderkind mit dem Wasserkopf. – Sein Wachstum. – Der Geist des Wolkenkratzers. – Die Ungereimtheit der Gegensätze. – Neuyorks fremdes Menschenfutter. – Der Zweckmäßigkeitsmensch. – Der arme Milliardär und seine Rätsel. – Die Ehre der Arbeit. – Geldverdienen als Sport. – Die Seele Neuyorks: Tätigstes Leben

Im August des Jahres 1912 war es, in einer Mondscheinnacht. Ich stand still im Gondelfenster des Zeppelinkreuzers Hansa und starrte bedrückt auf die unbeschreibliche Schönheit unter mir. Wir jagten in weiten Kreisen über Hamburg. Ein sonderbares Gefühl war in mir, als läge die Hansastadt da wie ein offenes Buch. Da lagen in scharfen, eckigen, geometrischen Figuren die Silberbänder und die dunklen Umrisse des Riesenhafens, der ein unbegreifliches Wirrsal ist für den Beschauer auf dem Dampfer oder im Motorboot. Von hier oben aus waren die verzwicktesten Zugänge, die verstecktesten Winkel, die entferntesten Wasserstraßen, in ihrer Bedeutung und in ihren Zusammenhängen so sonnenklar zu erkennen, daß es einem wie Schuppen von den Augen fiel. Aus winzigen Einzelheiten, die unten im Erdgetöse betäuben würden, wuchs das große Bild. Sie waren nur kleine schwarze Pünktchen, die Tausende von Dampfern auf den Silberbändern da unten, und sie waren stumm, denn nur wie leises Summen tönte in den Lüften die nächtliche Arbeit der deutschen Stadt, die auch nicht eine Sekunde in den vierundzwanzig Stunden des Tages rastet und ruht ... Man schwebte hoch über erdenschweren Dingen. Man war befreit von der verwirrenden Tyrannei der Einzelheit. Man sah so deutlich, wie die schwarzen Pünktchen deutschen Ehrgeiz und deutschen Reichtum in die Welt trugen und vermehrtes Streben, vermehrten Reichtum zurückbrachten. Man sah die Milliardenwerte aufgespeichert in jenen langen dunklen Streifen am Wasserrand da unten und sah sie wandern binnenwärts auf den Schienensträngen, die wie seine Fäden eines Netzes nach allen Seiten ausstrahlen. Man sah den großen Zug. Die Wechselwirkung von Geld, Arbeit, völkischem Ehrgeiz. Und dann kam die lichtflutende innere Stadt. Die war eigentlich gar nicht wichtig, sondern verkaufte nur den Menschen, die dem großen Hafenbegriff dienen, was sie zu des Lebens Notdurft und Freude gebrauchen. In den langen eckigen Straßen dort mit den unfreundlichen massigen Häusern werden die Pläne ersonnen, die aus Waren Gold schaffen. Und in den dunkleren Streifen an den Rändern wohnen sie, die Diener der Hansestadt ...

So löste sich, aus der Luft gesehen, das verworrene Getriebe der Reichtumspforte Deutschlands in ungeheuerste Einfachheit auf.

Und wie heißes Sehnen kommt es über mich: So möchte ich einmal über der geheimnisvollsten, der unbegreiflichsten, der am stärksten wirkenden Stadt der anderen Welt über dem Ozean schweben. Über meinem alten lieben Neuyork. Und ein Wundern kommt über mich, ob die Dollarstadt des Atlantischen Ozeans dem Horcher in den Lüften wohl auch so sonnenklar von ihrem Sein und Wesen erzählen würde wie die Markstadt der Nordsee.

Geheimnisvolles Neuyork – – –

Wilder Wirrwarr jagt vorbei in wachen Träumen. Ich sehe wimmelnde schwarze Menschenmassen, höre donnerndes Getöse, schaue auf häßliche Berge von Stein, die einen erschauern lassen ob der Schönheit ihrer Wucht. Über wogendes Hafenmeer huschen Schiffsriesen ohne Zahl und an den Wasserrändern strecken sich weithin ins Land wie Bienekorbzellen die Behausungen von Millionen von Menschen. Wo ist das Herz Neuyorks? Welche Kraft pumpt den belebenden Arbeitsstrom durch seinen Riesenleib? Wo muß man Neuyork packen, um es zu verstehen? Es wird die Eingangspforte zur neuen Welt genannt, und wahrlich, Millionen von Menschen sind durch sein Tor geschritten. Ist das sein Wesen? Ist es eine Pforte nur?

Die Traumbilder huschen vorbei.

Vor einigen Monaten stand ich wieder einmal auf der *Great Oxford Street* in London und sah die Menschenmassen und die endlosen Wagenreihen sich vorbeiwälzen. Da war der Eindruck so leicht zu erfassen. Denn ein Kind hätte verstehen können, daß in diesem Häuserwirrwarr und Menschengedränge das Herz Großbritanniens pulsierte, das Hirn Englands schuf und dachte, der Mittelpunkt des Weltreichs sich befand. Auch da ließ sich das beängstigende Einzelgetöse gar leicht zu großem Zug zusammenfassen.

Neuyork aber ist geheimnisvoll.

Ein gescheiter Mann nannte es einmal das Wunderkind mit dem Wasserkopf unter den Städten der Welt. Der anscheinend so unförmige und häßliche Kopf aber sehe nur aus wie ein Wasserkopf und enthalte in Wirklichkeit ein ganz ausgezeichnet entwickeltes Gehirn. Dieser Wunderkinder-Vergleich ist sehr gut. Neuyork ist kindlich jung. Noch nicht einmal dreihundert Jahre alt. Denn im Jahre 1626 war es, als die Niederländer, gescheite Leute und tüchtige Seefahrer, die feine Nasen für einen ideal guten Hafen hatten, auf der Insel Manhattan landeten und das niederländische Dörfchen Neuamsterdam gründeten. Ganz genau auf dem Fleck, wo jetzt die Wolkenkratzer gen Himmel ragen. Der Witz der Weltgeschichte wollte es, daß dieses kleine Häuflein von holländischen Männern den Menschen des Erdenflecks, auf dem sie hausten, in die Jahrhunderte hinein Geist von ihrem Geist und Denken von ihrem Denken vererben sollte – Millionen von

Menschen, die auch kein Tröpflein des alten Holländerbluts in ihren Adern haben sollten. Und trotzdem – – Die Neuamsterdamer waren, in scharfem Gegensatz zu ihren Nachbarn, den neuenglischen Puritanern, weder Idealisten, noch Fanatiker, noch instinktive Republikaner. Sondern die Mynheers hatten gutes, dickes, solides Kaufmannsblut und wollten Geschäfte machen in ihrem Neuamsterdam. Nur Geschäfte. Recht gute Geschäfte. Sie sind auch sehr reich geworden.

Und sie sind es, die dem Neuyork der Zukunft seinen Stempel aufgedrückt haben!

Wenn man der Stadt der Geheimnisse überhaupt einen ganz großen allgemeinen Zug nachweisen kann, so ist es der Charakterzug ihrer holländischen Gründer:

Den Gulden mehren! Geschäfte machen um jeden Preis! Ob anständig oder unanständig, aber auf jeden Fall! Her mit dem Dollar!!

Die schwerfälligen Neuamsterdamer mit den tuchenen Kniehosen, den plumpen Schnallenschuhen, und dem Geldsinn sind längst vermodert und leben nur noch in wenigen Hunderten Familien der Neuyorker Aristokratie, ihren direkten Nachkommen, die sich *knickerbockers* nennen nach der Beinbekleidung ihrer Vorfahren – Kurzhosige. Das sind die Roosevelts, die Kan Straatens, die Vanderveldes, die Junkers. Diese alle sehr reichen und zum Teil sehr bedeutenden Leute sind zwar ahnenstolz in ihrer Art, legen aber auf das holländische Blut in ihnen recht wenig Gewicht. Nein, der Dollar ist es, in dem die vermoderten alten Holländer fortleben; in der brausenden Dollarluft, die über Neuyork dahinpfeift, tummeln sich ihre Seelen. Nirgends in der Welt hat je das liebe Geld so hart geherrscht als in der Meerstadt, über die des Nachts die Strahlenbündel vom Haupte der Freiheitsstatue leuchten. Sie sind immer harte Leute gewesen, diese Neuyorker, und Gold war stets ihre Losung.

Aus Neuamsterdam wurde Neuyork. Keiner der geldgierigen Holländer dürfte es erleben und keiner hat es nur geahnt, daß Schiffe über Schiffe den Atlantischen Ozean durchqueren sollten nach der kleinen Felseninsel am Hudson, und Millionen über Millionen von Menschen sich durch die amerikanische Eingangspforte in das neue Land drängen. Daß das meiste von dem Geld und ein weniges von dem Menschenmaterial dieser Millionen an der Türschwelle der neuen Welt hängen bleiben sollte. An Neuyork. Das Wunderkind wuchs erschreckend. Dock wurde an Dock geklebt, ohne Überlegung, ohne Plan: dicht am

Straßenrand wurden die Anlegepfosten ins Meer gerammt und die Anlegestege gebaut. Haus wurde Haus auf den Leib gepackt auf Manhattan. Immer mehr wurden die Menschen. Der Wasserkopf war da. Das ungesunde, anormale Wachstum: das hastige Gestalten nach den Forderungen des Augenblicks, das der sonderbarsten Stadt der Welt ihren Stempel aufgedrückt hat.

Das Gepräge des Chaotischen.

Als ob die treibenden Gewalten sich rauften und um Licht und Luft und Dasein hätten ringen müssen: die Schiffahrt, der Binnenhandel, der Außenhandel, der Ortshandel, die Finanzen. Nichts griff klar ineinander, sondern alles war Wirrwarr. Neuyork ist niemals nur der große Welthafen gewesen, nach dem von allen Erdenteilen Schiffe steuern; oder nur die große Kaufmannsstadt, in der die von anderen geschaffenen Werte zur Münze umgeprägt werden; oder nur die große Finanzstadt, in der die Milliardenkämpfe zwischen den Großen des Landes ausgefochten werden müssen – sondern stets eine wirre Verbindung von allen diesen Dingen: eine Hölle von gegensätzlichem Streben. Den inneren Zwiespalt zeigt scharf das Äußere der Stadt. Mir ist die grandiose Freiheitsstatue auf der winzigen Felseninsel *Liberty Island* mitten im Neuyorker Meer niemals als tiefbrünstiges Symbol der Volksseele der neuen Welt erschienen, sondern ich habe mich stets nur lachend gewundert, woher nur in aller Welt diese Holtergepolter-Neuyorker sich jemals die Zeit nahmen, an so abstrakte Dinge wie Freiheit und Symbolik auch nur zu denken. Sonst sind sie doch praktisch nur: erstens praktisch, zweitens praktisch, drittens praktisch, und viertens sonst überhaupt gar nichts. Sie schmissen Dampferpier neben Dampferpier hin, wo er gerade nötig war: sie bevölkerten Hoboken mit ekelhaften kleinen grauen und schwarzen Dreckhäusern, weil das für die Notwendigkeiten der Schifffahrtsleute gerade praktisch war; sie türmten dort, wo um die Milliarden gefochten wird, im Herzen der Insel Manhattan, die Häuser himmelragend in die Lüfte empor, daß die staunende Welt schaudernd die Augen aufriß und lange Zeit das moderne Märchen vom Wolkenkratzer nicht recht glauben wollte – weil jeder Zoll Boden auf Manhattan ein Vermögen kostete und die Luft darüber auch nicht einen Pfennig. Die Einfachheit dieser Kalkulation wirkte gigantisch. Doch man jagt mit Sturmschritten in Neuyork, und auch für den Wolkenkratzer hatte selbstverständlich nur der Mann Zeit übrig, der ihn zwecks Dollarverdienens erbaute. Die anderen grinsten beifällig, dachten aber gar nicht daran, die Konsequenzen des Wolkenkratzersystems zu ziehen und so etwas wie ein einheitliches Stadtbild zu schaffen.

So, wie der primitive Amerikaner sich ein praktisches rundes Loch in seinen teuren Lackstiefel schneidet, wenn ein Hühnerauge ihn drückt, so erbaute der Neuyorker seine Stadt. Neben dem Wolkenkratzer blieb die Hütte stehen, dicht daneben. Auf die Hütte folgt womöglich eine winzige Kirche, auf die Kirche wieder ein Wolkenkratzer, dann ein Häuschen, dann ein Haus, dann wieder ein Wolkenkratzer. Und in diesen Tagen noch muß der nur einigermaßen nachdenkliche Beschauer des Broadway und der Manhattan-Gegend sich verzweifelt an den armen gequälten Schädel fassen und ausrufen:

Wehe mir! Wie soll ich es begreifen, daß neben dem Riesen der Zwerg wohnt! Daß Dieses so gigantisch ist und Jenes so erbärmlich klein!

Und im allgemeinen wird er, trotz aller Ehrfurcht für das Riesenhafte, den Eindruck einer kolossalen Verrücktheit haben. Denn überall ist das gleiche Chaos, die gleiche Ungereimtheit. Dicht an die groteske Wolkenkratzergegend schließen sich die Avenuestraßen im Wolkenkratzersquare, die wie eine völlig andere Welt anmuten. In ihrer palastartigen Vornehmheit sehen sie aus, als sei in ihnen ein Stück des aristokratischen Londoner Westendes mit Haut und Haaren und Haus und Grund ausgegraben und nach Dollarika verpflanzt worden. Die Bowery dort mit ihrem Tingeltangelgedröhne und widerlichem Spektakel von Schwindelgeschäften könnte sehr wohl ein Fetzen des niedersten Paris sein – und die fürchterlichen grauen Häuser in den luftverpesteten schmalen Straßen im Ostende, wo die Ärmsten zu Dutzenden in einem Zimmer wohnen, sind wie ein Abbild der *slums* in Whitechapel. Doch dazwischen dehnen sich Parks, weiten sich Spielplätze, die den Städtebauern der alten Welt eine so ungeheure Anregung gegeben haben, daß sie noch jahrelang nachwirken wird; strecken sich ins Land hinein entzückende Villenstraßen, die ein Vorbild sind und ein Muster des billigen eigenen Keims an den Rändern der großen Stadt.

So jagen sich Schritt für Schritt fast die verwirrend grotesken Gegensätze im Städtebild Neuyorks. Und doch löst sich immer wieder als einzig bezeichnend und allein wichtig der Häuserriese im Herzen Manhattans von allen anderen Bildern los:

Der Wolkenkratzer.

Der fünfundzwanzigstöckige, der fünfzigstöckige, der fünfundsiebzigstöckige Wasserkopfriese ist das Wahrzeichen Neuyorks und sein Symbol, sein Stolz und seine Schande zugleich. Ist er doch der Bienenkorb, in dem man die sonderbaren Menschenbienen am besten schwirren sehen kann. Dort wohnt die Seele Neuyorks.

Jene anderen Viertel, die man so typisch nennt, sind nicht neuyorkhaft. Es ist nichts Wunderbares, daß an der großen Türschwelle aller Nationen so viele Fremde haften geblieben sind, mag es auch verblüffen, wenn man feststellt, daß in Neuyork mehr Italiener wohnen als in Rom, mehr Deutsche als in Breslau, mehr Franzosen als in der durchschnittlichen Provinzstadt Frankreichs, mehr Juden endlich als an irgend einem Orte der Welt zusammenhausen. Es scheint einem etwas ganz Natürliches, durch winkelige Trödelstraßen zu schreiten, in denen fast nur »jiddisch« gesprochen wird, und durch Viertel, wo man sich nur verständigen kann, wenn man der italienischen Sprache mächtig ist. Und doch hat es wieder etwas Erschütterndes, daß diese Leute ihr Völkischsein so völlig mitgenommen haben in die neue Welt. Sie leben und lieben, sprechen und denken, wie sie es in Italien taten; sie essen die Makkaronis und trinken den Chianti ihrer Heimat, und träumen von dem glücklichen Tag, an dem einst die italienische Sonne wieder auf sie scheinen wird. Sie werden dann mit den paar hundert amerikanischen Dollars kleine Landeigentümer geworden sein. Von dem aber, was Neuyork ist, trennt diese Leute eine Unendlichkeit, auch wenn sie zehnmal ein Bürgerpapier unterschrieben und zwanzigmal einen Amerikaner in den Stadtrat oder in den Kongreß gewählt haben. Die gleiche Unendlichkeit scheidet die große Masse der armen Juden von dem Wesen Neuyorks. Darin sind sich die Fremden im großen Sinne alle gleich; Juden oder Deutsche oder Italiener oder Slaven. In ihrer Gesamtheit bedeuten sie für Neuyork nichts weiter als ungewöhnlich billiges und ungewöhnlich leicht traktables Menschenfutter für die große Tätigkeitsmaschine; Menschenfutter, das von einigen wenigen Leuten, die nationale Eigenart wohl kennen und sie schlau auszunutzen verstehen, ausgepreßt wird wie eine Zitrone. Von Tausenden dieser Fremdlinge lächelt einem, der sehr stark oder sehr zähe oder sehr gescheit ist, der große Erfolg. Und dieser Eine nur immer ist für Neuyork wichtig und Neuyork für ihn. Die Anderen sind Schatten, die da kommen und gehen, die einige Männer reich und einige Industrien lebensfähig machen.

Einst haben die Fremdlinge Neuyork geschaffen. Heute sind sie nur eines seiner Anhängsel in dem Chaos, dessen einziger fester Punkt der Begriff des Wolkenkratzers ist, ins Unendliche ausgedehnt, ins Symbolische übertragen. –

Und der Guldensinn der Neuamsterdamer ...

Wie der Wolkenkratzer einem bis ins Fabelhafte gesteigerten Nützlichkeitssinn sein Dasein verdankt – die Steinriesen Manhattans wirken wie fanatische Prediger der Zweckmäßigkeit und der Arbeit – so ist der Neuyorker schlechtweg ein Zweckmäßigkeitsmensch. Er verkörpert amerikanischen Kaufmannsgeist auf das intensivste und sein leiser Stich ins Übertreibende charakterisiert das Wesen dieses Geistes erst recht. Auf die einfachste Formel gebracht: Der Dollar regiert über das Land und regiert noch härter im intensiven Neuyork. Doch was bei dem Neuamsterdamer etwas unendlich Grobes, simpel Geldgieriges, abstoßend Häßliches war, hat sich bei seinem Nachkommen von heutzutage zu einem großartigen Glaubensbekenntnis an Arbeit, Leistung, Tätigkeit verfeinert, vergrößert, veredelt. Das bloße Geldverdienen ist zu einem Hohelied der Arbeit geworden. Der Neuyorker kämpft beileibe nicht nur um den Dollar, um reich zu werden, sondern der Kampf an und für sich ist ihm Notwendigkeit, Pflicht, Stolz, Liebe. Derjenige, der nicht mehr in der Arbeit steht, ist ihm ein Nichts, eine Null. Der hat sein Bestes weggegeben und ist eine Drohne, die essen mag und schweigen. Der hat nicht mehr mitzureden und wenn er Millionen besäße. Es gibt in dieser Stadt der reicheren Leute fast gar keinen oder gar keinen Reichen, der sich aufs Altenteil setzte, um sich seines Goldes in Ruhe zu erfreuen. Die weltbekannten Milliardäre, die sich mit größerem Recht vielleicht als mancher Fürst, Herrscher nennen könnten, arbeiten in ihren Büros in der Finanzstraße Wallstreet gerade so viel und angestrengter vielleicht als der arme Arbeiter irgendwo in einem Weltwinkel. der mit großaufgerissenen Augen von diesen Milliarden liest und sich unter ihren Besitzern glücksfreudige Genießer vorstellt, erstaunliche Geldprotzen, die im Golde wühlen und vom Golde schlemmen.

In Wirklichkeit arbeiten diese Leute schwer und überlassen in geduldiger Amerikanerart das Genießen und Verschwenden ihren Frauen und Töchtern. Die mögen sich mit Brillanten behängen und englische Herzöge heiraten und in ihrem Kreise der oberen Vierhundert Tollheiten von wahnsinnigen Gastmählern und unerhörten Verschwendungsorgien ersinnen. Er, der Herr des Geldes, bleibt aus freiem Willen sein Knecht. Ihm ist am wohlsten, wenn er von seinem Schreibtisch aus in einem menschenabgeschlossenen Privatkontor die Telegramme in die Welt hinausjagt, die Entscheidungen trifft, die Pläne ersinnt, die die ungeheure Macht des Geldes in arbeitende Bewegung treiben. Sie sind oft genug und am meisten in ihrem eigenen Lande die Geißeln der Menschheit genannt worden, diese überreichen amerikanischen Milliardäre, die in ihrer gigantischen Brutalität, ihrer übermenschlichen Goldeinsamkeit, ihrem Druck auf die große Masse der Menschen eine der eigentümlichsten Erscheinungen amerikanischer Art bilden. Sie gehören zu den Unbegreiflichkeiten der Welt. Der eiserne Wille, die enorme Intelligenz, der unheimliche Wagemut, der Hunderte, Tausende von Millionen zusammenrafft, ganz gleichgültig, ob auf ehrlichem oder unehrlichem Wege, und die Zustände vor allem, in denen diese Napoleoniden des Goldes überhaupt möglich sind, erscheinen als etwas nahezu Unfaßbares. Die Widersprüche in ihrem Leben und Wirken sind unlöslich. Ein Rockefeller – ein armer, schwer magenkranker Mann, der sich von Milch ernähren muß – verfolgt mit eiskalter Grausamkeit jeden Petroleumproduzenten, der sich seinem Willen nicht fügt und macht mit voller Überlegung Tausende von Menschen, die ihm im Wege stehen, zu Bettlern. Des Sonntags aber leitet der gleiche Mann eine Sonntagsschulklasse und predigt jungen Männern Frömmigkeit und christliche Liebe. Ein Rätsel. Es wäre lächerlich, da an Heuchelei zu denken, denn Heuchler haben ihre Zwecke und der Petroleumkönig ist schon in den allererersten Jahren seines kaufmännischen Lebens so reich geworden, daß er wahrlich Heuchelei nicht nötig hatte. Ein Carnegie schenkt den Armen der Welt etwas ganz Großes. Gute Bücher. Die Bibliotheken, die seinen Millionen ihre Existenz verdanken, schießen wie Pilze empor in den großen Städten. Wo in der Welt auch nur ein tapferer Mann einem Menschen das Leben rettet und dabei selbst zugrunde geht oder an seiner Gesundheit schwer geschädigt wird, da ist helfend und tröstend der Carnegieschatz für Lebensretter da: viele Millionen von dem einstigen Stahlkönig der selbstlosen Tapferkeit gewidmet. Der arme Arbeiter, der dem ertrinkenden Mädchen nachspringt und seine Selbstlosigkeit mit dem Leben bezahlen muß, hinterläßt Frau und Kinder. Hier springt Carnegie ein, ob die Tat nun in Amerika geschehen ist oder in Europa, in England, Frankreich, Deutschland, in Japan oder Australien. Und diese Carnegiegesellschaft hat sich nicht etwa auf ein kleinliches Schema festgelegt und verteilt Pfennige, sondern sie gibt Kapital, auf daß die Witwe sich selbst helfen kann. Die durchschnittliche Spende beträgt dreitausend Mark, kann jedoch, je nach den Verhältnissen, eine Höhe von fünfzigtausend Mark erreichen. Der gleiche Mann jedoch, der in warmem Mitfühlen für wertvolle Menschen sorgen will, hat als amerikanischer Stahlkönig ein verruchtes System der Arbeiterausbeutung geschaffen, das jeden sozial denkenden Menschen auf das tiefste empören muß. Er ließ nicht nur auf Akkordlohn arbeiten – das »Du erhältst bezahlt, was du dir verdienst!« ist ein gesundes Prinzip – sondern er erfand eine sehr seine neue Nuance. Er verlangte von den vielen Tausenden von Arbeitern der vielen Stahlwerke eine Mindestleistung im Akkord und zwar eine so hoch bemessene Mindestleistung, daß der Arbeiter eine versäumte Minute gar nicht nachholen konnte. Und über den Arbeiter stellte er den Aufseher. Nicht etwa den altmodischen Aufseher, der halb technisch leitet und halb polizeilich in Ordnung hält, sondern den modernen amerikanischen Carnegieaufseher: den »Hetzpeitschenmann«! Den Treiber, den Ketzer, der die Mindestleistung herauspressen mußte und – zusammen mit dem Arbeiter »flog«, wurde sie nicht erreicht. Diese eiskalte kaufmännische Berechnung ergab ein vorzügliches Resultat. Die Stahlarbeiter schwitzten sich die Seele aus dem Leib und gaben jeden geschlagenen Tag von den dreihundert Arbeitstagen des Jahres alles her, was an Kraft in ihnen war. Natürlich bezogen sie hohe Löhne auf diese Weise und waren sehr zufrieden. Daß aber ein solcher Arbeiter im Alter von fünfundvierzig Jahren ein völlig zerrüttetes menschliches Wrack war und überhaupt nicht mehr arbeiten konnte – das wußte der Arbeiter vorläufig noch nicht, und Herrn Carnegie war es sehr gleichgültig.

Die Beispiele ließen sich in die Dutzende hinein wiederholen. Der Milliardär stellt fast immer eine Reihe der sonderbarsten Widersprüche dar. Es ist grobes Denken und dummes Denken, wenn man von diesen Leuten sagt und schreibt, daß die Millionen, die sie mit vollen Händen der Menschheit schenken, nur lächerliche Goldtropfen seien, gespendet, um arge Gewissensbisse zu betäuben und sich in der Gunst der gefährlichen Massen zu halten. Nein, man braucht auch dem Milliardär die Schenkensfreude nicht wegzudisputieren. Der Einzelmensch und der Geldriese scheinen eben zwei verschiedene Individuen zu sein ... Denn die Tatsache bleibt bestehen, daß keines der amerikanischen Riesenvermögen erworben worden ist und erworben werden konnte ohne gewissenloseste Ausbeutung der großen Massen. Ob die Carnegies ihr Geld durch Arbeiterausbeutung machten oder die Vanderbilts und Astors durch ungeheure Verwässerung von Eisenbahnaktien dem Publikum die Dollars zu Milliarden aus den Taschen lockten – es kommt immer auf das gleiche heraus. Die Vielen mußten leiden, um dem Einen die Milliarde zu geben. Der Milliardär ist eine Abnormität, und das Land, in dem ein einzelner Mann in einem kurzen Menschenleben Hunderte von Millionen ansammeln kann, etwas fast Unbegreifliches. Nur eines gibt wenigstens die Anfangsmöglichkeit eines Verstehens.

Das eine, das für Amerika und die Amerikaner charakteristisch, im Neuyorker potenziert, im Milliardär verungeheuerlicht ist: Die heillose Freude an der Arbeit!

Nichts anderes kann diesen armen reichen Milliardär erklären, der im Golde fast erstickt und sich doch abrackert bis zu seinem Todestag; nichts anderes diesen Neuyorker, der arbeiten muß, ständig arbeiten, im Laufschrittempo arbeiten, weil er sonst krank werden würde. Es ist, als habe sich raffinierte Schöpferkraft einen Spezialwitz für Amerika und die Amerikaner ausgedacht: Sie hat ins amerikanische Gehirn einen für ihre Evolutionszwecke sehr praktischen neuen männlichen Ehrbegriff gelegt!

Die Ehre des Mannes liegt in seiner Arbeit.

Hörst du zu arbeiten auf, so wirst du ehrlos!

So arbeitet der Neuyorker Tag und Nacht. Ein Stück von seiner Art habe ich am eigenen Leibe verspürt und ich weiß heute noch nicht, da ich schon längst wieder Europäer geworden bin, ob diese Art etwas wundervoll Triebkräftiges und Lebenförderndes ist oder ob ihr doch nur die jämmerliche Angst vor Not und Mangel zugrunde liegt. Ich habe beide Arten kennen gelernt. Ich habe genau so gelebt wie jene Leute, die der witzige Henry F. Urban ebenso witzig wie ungerecht Neuyorker Dollarmaschinen getauft hat. Auch ich verlernte es, bedächtig zu essen wie ein gesitteter Mensch, weil die knappe Zeit zu Besserem da zu sein schien; auch ich wachte morgens in unbeschreiblich nervöser Arbeitsungeduld auf und ging in Arbeitserregung zu Bett; auch mir war neben der Arbeit alles andere im Tagesleben klein und unwichtig. Ich war auch einer von denen, die in jener besonderen Art von Lebenskampf standen, der alle Seiten dieser Arbeitshast gezeitigt hat. Man ist auf seinen Schädel oder auf seine Hände angewiesen in

Neuyork. Man hat für sich selbst zu sorgen. Man weiß als durchschnittlicher Neuyorker außerordentlich wenig von seinem Großvater, und einen Urgroßvater hat man im allgemeinen überhaupt nicht – und damit keine Tradition, keinen Familienzusammenhang im großen, und ganz gewiß nicht jene Kultur, die immer erst der zweiten oder dritten Generation erfolgreicher Menschen beschert wird. So wandelt sich in Neuyork, in dem diese Dinge schärfer zutage treten als anderwärts in Amerika, die Not zur Tugend.

Die Arbeit wird zur Freude. Niedriges Geldhasten zu hohem Ehrbegriff und großem Lebensideal. Und man sollte diese fürchterlich zusammengewürfelte Stadt des Geldes und ihre dahinhastenden Menschen nicht kulturlos schelten. Mir ist mein Arbeitshasten in Neuyork eine unbeschreiblich freudige Erinnerung und es will mir scheinen, als hätte dieses Vorwärtszappeln von Tag zu Tag große Ähnlichkeit mit etwas Schönem gehabt, Begeisterung! Und wenn ich von dem unglücklichen Dollarneuyorker lese, den das furchtbare Arbeitsrad seiner freudlosen harten Stadt unerbittlich vorwärts und immer vorwärts treiben soll, dann denke ich lachend an die frischen Gesichter und das frohe Wesen dieser angeblich so bedauernswerten Leute. Ich habe nirgends so viel Frohsinn im täglichen Arbeitsleben angetroffen, so viel Freude an der Arbeit, so viel Güte im überbürdeten Menschen ... Wenn ein armer Teufel in einem der Riesenrestaurants Neuyorks um Arbeit vorfragt, so wird ihm einer der geplagten Leiter ganz gewiß drei Minuten schenken und als einfache Selbstverständlichkeit ihn anhören – in den entsprechenden Riesenrestaurants von Berlin oder Paris würde man den Kuckuck dergleichen tun!! Das ist nicht etwa ein ganz vereinzeltes, sondern nur ein besonders merkwürdiges Beispiel! Dieser hastende, eilende, schreckliche, rasende Arbeitsroland von Neuyorker, hat immer ein wenig Zeit und immer ein wenig Güte für das übrig, was man den »lieben« Nebenmenschen zu nennen pflegt. Man merkt das auf Schritt und Tritt. Der berüchtigte *policeman* gibt einem in liebenswürdigster Weise über alle möglichen und unmöglichen Dinge Auskunft; der reiche Kaufmann empfängt ohne weiteres einen gänzlich Unbekannten, wenn dieser nur einen halbwegs vernünftigen Zweck seines Besuches anzugeben weiß; der Nachbar in der Bar oder im Restaurant hat immer Zeit übrig für eine Liebenswürdigkeit, einen praktischen Hinweis, eine Verbindlichkeit einem ihm völlig Fremden gegenüber. Und das ist wieder einer jener Widersprüche, aus denen der moderne Neuyorker zusammengesetzt zu sein scheint.

* *
*

So löst es sich aus dem unentwirrbaren Rätselnetz der geheimnisvollen Stadt heraus wie ein Leitfaden. Die dumpfe, graue, häßliche Luft, die Wolkenkratzerriesen umhüllt und erbärmliche Hütten, märchenhaften Reichtum und hündisches Elend, wahnsinnigstes Spekulationshasten und großartiges schöpferisches Arbeiten, alle hohen und niederen Kräfte des Weltgetriebes, – hat eine Seele. Denn man kann wahrlich sagen, daß es über diesem Ungetüm von Stadt wie eine letzte Essenz in der Luft liegt, aus Großem und Kleinem, aus Schönem und Häßlichem zusammendestilliert:

Arbeit! Schaffen! Tätigkeit! Und deshalb ist dieses Neuyork, das holländische Kaufleute gründeten und Fremdlinge aller Nationen ausbauten, zu einem typischen Wahrzeichen des Reiches Amerika geworden. Denn nur einen einzigen eigenen Charakterzug hat dieses amerikanische Reich von Fremdlingen aller Nationen Gnaden:

Tätigstes Leben!

Die sogenannte Amerikanerin

Der Lausbub und die Frauen. – Die dumpfe Sehnsucht. – Der Mädelknopf. – Der langweilige Zeitungsgeselle. – Nicky's und Flossy's Privatansichten. – Die Frauen meiner Freunde. – Mrs. Burton und ihre Ehe. – Gibt es eine amerikanische Frau? – Die Becken-Theorie. – Die verdienende Amerikanerin. – Die Tragödie der Arbeit. – Frauentypen. – Die tolle Abstinenzlerin. – Frauenverehrung? – Der grobzotige Amerikaner. – Das Gibsongirl. – Tausend Wahrheiten und tausend Widersprüche. – Es gibt doch keine »Amerikanerin«!

Mein eigenes Leben in der Stadt der hetzenden Eile und des Dollarinstinkts als Ehrbegriff war tätig und nur tätig. Die komische und doch auch wieder stark eigenartige Idiosynkrasie des Zeitungsmannes verbot Beschäftigung mit allem, das nicht »*copy*«, Arbeit. Zeitungsresultat produzierte. Was die Rotationspresse nicht brauchen konnte, war an und für sich eine Nebensächlichkeit – als Axiom! Alles, was nicht Zeitungsstoff ergab, war verwerfliches, persönliches Vergnügen, zulässig in bescheidenem Maße, aber doch verlorene Zeit – entgangenes Gut!

So fraß man, ohne auch nur eine Ahnung davon zu haben, den merkwürdigen Neuyorker Ehrbegriff vom nur tätigen Leben in sich hinein, und lebte höchst kulturlos wie die Neuyorker leben.

Kein besseres Beispiel dafür gibt es als die völlig untergeordnete Rolle, die der weltenversetzende Begriff Frau in meinem Neuyorker Zeitungsleben spielte.

Es hatte einfach keinen Platz übrig für Frauen!

Praktisch. Theoretisch stand es im Zeichen einer dumpfen Sehnsucht. Es war dazumal Sitte in Neuyork, daß junge Männer, die gern witzig sein wollten, in jenem verrückten Knopfloch des Männerrocks, für das kein korrespondierender Knopf da ist, statt der Veilchen oder Chrysanthemen ein weißes Emailschildchen trugen. Auf dem stand in roten Buchstaben:

Girl wanted!

Mädchen gesucht!

Es war das eine getreue Nachahmung der Überschrift in den Annoncenspalten der Zeitungen, in denen Hausfrauen Dienstmädchen suchten: *Girl wanted!* Nur meinten die jungen Männer etwas ganz anderes. Natürlich fielen die Mädchen immer wieder auf den Witz herein und lachten, und die angenehme Atmosphäre ausgiebigen Flirts war ohne weitere zeitraubende Vorbereitungen gegeben. Ich trug zwar keinen solchen Knopf. Aber in meiner Seele war er stets angeknöpft: *Girls wanted!* Nur wollte es der Teufel des tätigen Lebens, daß jedesmal, wenn der seelische Knopf wirklich einmal zum Vorschein kommen wollte, schleunigst irgend ein praktischer (höchst interessanter!) Männergedanke aus irgend einer Hirnecke hervorschoß und den schönen Augenblick zerstörte. Nicky sagte einmal:

»Ein Mann wie du ist mir noch nicht vorgekommen! Ich möchte nur einmal erleben, daß du es fertig bringst, länger als fünf Minuten liebenswürdig zu sein! Bin ich nett zu diesem Mann – und er erzählt mir eine alte Mordgeschichte!«

»Verrückt ...« brummte ich.

Und schüttelte verständnislos und arg geniert den Kopf.

Und ich lache und lache, daß mir die Feder wackelt in der Hand. Die guten Götter bescheren mir in diesem Augenblick die Gunst, geisterige Stimmen aus der Vergangenheit hören zu dürfen, für die ich völlig taub war, als sie lebendig klangen. Sie schütteln die Köpfchen, die Neuyorkerinnen von Anno dazumal, und ihre Stimmchen flüstern und lachen. In grobmännliche Töne übersetzt, würden die Stimmen sagen:

Der Esel!

Der Idiot!

Der langweilige Zeitungsgeselle!

Welch grobgehobelter, seelenloser, verständnisbarer Idiot der Sausewind von damals doch Frauen gegenüber gewesen sein muß! Sagte einmal Flossy:

»Deine Frau möchte ich nicht sein! Nicht für drei Millionen!«

»Erstens möchte ich nicht dein Mann sein«, antwortete ich, »und zweitens weshalb nicht?«

»Soso und überhaupt«, meinte Flossy, und in ihre Augen kam der stark wasserhaltige Seelenblick, den ich kannte und stets instinktiv als höchst langweilig empfunden hatte.

»Überhaupt!« fuhr sie entrüstet fort. »Du würdest lieber in irgend einer dummen Redaktion vier Stunden verquatschen als bei deiner Frau zu sitzen und nett zu sein!«

»*Flossy, dear* –«

»Geh weg!«

»Weißt du was – heute abend wollen wir ins Dachgartenrestaurant gehen. Den Zigeunerprimas, der dort fiedelt und der so komische Verbeugungen macht, findest du doch wundervoll!«

»– und dann erzählst du mir wieder den ganzen Abend von deinen langweiligen Reportergeschichten und –«

Aber sie ging doch mit.

Eines Abends saßen wir im Klub und stellten lachend einen Anfall von allgemeiner Trägheit fest. Holloway hatte seine Pflichten auf einen *assistant* abgewimmelt, Burton sich vorzeitig aus der Redaktion gedrückt, und Norris meinte gähnend, heute sollten einmal die anderen arbeiten an seiner Stelle. Nach Hause gehen aber wollte keiner so recht. Der eine stimmte für Poker, der andere für ein Varieté, der dritte für einen Bowerybummel. Bis endlich Dick Burton entschied:

»Gaiety-Theater! Die Tänze sollen sehr hübsch sein. Und wir wollen die *ladies* mitnehmen!«

»Gut!« nickte Holloway.

Und es entstand ein allgemeiner Exodus nach den Telephonzellen, um die Frauen herbeizurufen. Dicky hatte die Polstertüre offen gelassen und ich hörte deutlich sein –

»Jawohl, ins Gaiety-Theater – die Kinder sind doch schon im Bett – bißchen fix, Lizzie, – jawohl, ich bin hier im Klub – wir gehen alle miteinander – du fährst natürlich mit der *elevated* – in dreißig Minuten kannst du hier sein – *au revoir, sweetheart* ...«

Da riß ich die Augen weit auf und starrte den zurückkehrenden Dicky an, als sei er auf einmal ein ganz anderer Mensch geworden. Nicht um alle Welt hätte ich den Mund halten können –

»Bist – du – denn – verheiratet, Dicky?«

»*Very much so*«, antwortete Dick erstaunt. »Aber sehr! Ganz außergewöhnlich so!«

»Und du hast Kinder?«

»Einen ganzen Hut voll«, grinste Dick. »Vier Stück. Weshalb in aller Welt denn nicht?«

»Buben oder Mädels?«

»Drei Buben und ein Fräulein«, antwortete Burton und sah mich verblüfft an. »Weshalb fragst du eigentlich? Bist du nebenbei Agent für eine Lebensversicherung geworden und soll ich vielleicht dein erstes Opfer sein?«

Ich aber schnappte nach Luft und sah mich hilflos um. Waren die anderen vielleicht auch verheiratet? Da lebte und arbeitete ich seit Monaten mit diesen Männern in engster Gemeinschaft, kannte bis ins Kleinste ihre Arbeit, ihre Leistungen, ihre Geldverhältnisse, ihre Eigenheiten; sie waren mir Freunde und Brüder. Aber wo sie eigentlich wohnten – wie sie lebten – und ob sie Frauen und Kinder hatten – das wußte ich nicht! Darüber hatten sie nie geredet!

»Ist Holloway auch verheiratet?« fragte ich leise.

»Gewiß. Was hast du denn heute?«

»M–m–mm–« brummte ich.

So verwundert war ich und so bodenlos neugierig, daß ich die Minuten zählte bis zum Eintreffen der geheimnisvollen Frauen. Es dauerte auch nicht lange, bis der Diener kam und dann immer wieder kam und immer meldete, eine Dame warte im Empfangszimmer. Zu den geheiligten Klubräumen selbst hatten Frauen natürlich keinen Zutritt. Der betreffende Herr verschwand dann mit einer geradezu unheimlichen Promptheit. Man läßt Frauen nicht warten in Amerika. Zufällig war Mrs. Burton die letzte der eintreffenden Damen, und ich ging mit Dick hinüber.

»*Halloh, Dick*«, sagte händeschüttelnd eine schlanke Dame, so jung, schlank, zierlich und kleinmädchenhaft, daß der Verdacht in mir aufstieg, Dicky müsse die Anzahl seiner Kinder renommistisch übertrieben haben. Drei Buben und ein Mädel und – Gott verdamm' mich, das kleine Dings da …

»Mr. Carlé, Lizzie – Mrs. Burton.«

»So erfreut, Sie kennen zu lernen!« sagte eine Kinderstimme. »Gehört habe ich von Ihnen längst, und Ihre Arbeit kenne ich natürlich auch!«

Ich schnappte nach Luft.

Was? Nicht nur Kinder hatte das Kind, sondern sogar von unserer Arbeit wollte es etwas wissen oder gar verstehen? Ich sah die anderen Frauen, sie schienen alle jung und alle schlank zu sein, kaum an und machte nur mechanisch meine Verbeugungen, weil ich meine Augen nicht von dem merkwürdigen Kind lassen konnte. Im Varieté, es war eine *leg show*, wie der Amerikaner diese noch klaftertief unter der europäischen Operette stehenden Tanz- und Singgeschichten nennt, ein »Wadentheater«, kümmerte ich mich wenig um die Bühne und die Beine, sondern hauptsächlich um das Kind mit dem blonden Haar und dem Riesenhut, das vor mir sah. Ich gedachte sie nachher gründlich zu interviewen, diese Mrs. Burton.

Das war einmal eine neue Sorte! Leise lachend überlegte ich mir, daß ich in meinen sechs Jahren amerikanischen Lebens doch recht wenig von Frauen und Frauentum kennengelernt hatte, was bei der Art dieses Lebens ja durchaus nicht zum Verwundern war. Aber komisch kam ich mir doch vor mit meinem tölpelhaften Nichtwissen. War man da hurradix viele Tausende von Meilen umhergekugelt – wußte ganz genau, weshalb die Neuyorker Frau notwendigerweise ein anderes Menschenkind sein mußte als die San Franziskoer Frau – vermaß sich kühnlich, ganz bestimmte Ansichten über den verrohenden

Einfluß großen Reichtums auf weibliche Reichtumsträger zu haben – lachte grimmig und wissend, wenn die amerikanische Frauenmanie wieder einmal besonders groteske Verehrungsformen annahm – und – stand nun da wie vor einem unfaßbaren Rätsel, als einem die doch nicht gerade gänzlich unfaßbare Tatsache gegenübertrat, daß Männer, die man kannte, Frauen hatten … Heute, da sich mit scharfem Erinnern besseres Verstehen paart, ist eine Lizzie Burton, das Kind, eine Verkörperung des besten amerikanischen Frauentyps. Vielleicht mehr.

Bescheiden im Fragen bin ich nie gewesen. »Erzählen Sie mir alles über sich selber!« bat ich das Kind schon bei den Austern im Restaurant.

»Wie unamerikanisch!« lachte Mrs. Burton. »Was ist das Problem? Wenn Sie einen vernünftigen Grund anzugeben wissen, so würde ich vielleicht – –«

»Das Problem ist folgendes: Wie ist es möglich, daß ein Mann wie Dick Burton, den ein lebenausfüllender Beruf so ziemlich die ganzen 24 Stunden des Tages in Anspruch nimmt, noch Zeit für Frau und Kinder übrig hat? Ich meine, wie macht er es?«

Das Kind machte ein nachdenkliches Gesicht. »Sitzt mein Hut gerade?« fragte es. »Ja? Sie sollten sich wirklich eine Frau nehmen ...«

Und dann erzählte mir diese gute und gescheite Frau in sonderbar großmütterlicher Art – ein kleiner Junge schien ich mir ihr gegenüber – wie zwei Kameraden sich ihr Leben teilten. Es waren nur Andeutungen, kurze Strichelchen. Ich hörte mit grenzenlosem Erstaunen, daß diese Frau die Arbeit ihres Mannes Gedanken um Gedanken, Zeile um Zeile fast, mitlebte, die Persönlichkeiten und die Leistungen der Neuyorker Zeitungswelt weit besser kannte als ich, der ich mitten in diesem Leben stand, und Kinder erzog dabei, und genug eigenen Ehrgeiz übrig behielt, sich an Frauennovellen zu versuchen. Fast sonderbarer noch wirkte es auf mich, daß dieser Dick Burton, der rasende Arbeiter, der »gemütliche Junge«, der anscheinend immer im Zeitungsgebäude oder im Klub war, es doch fertig brachte, viele Stunden im Tag mit seiner Frau zu verleben und seine Zeit auf das Raffinierteste einteilte, um ebenso raffiniert darüber zu schweigen. Wie gut der Amerikaner den Mund halten kann, wußte ich längst; wie gründlich er diese Tugend übt, wenn es sich um sein Eigenstes handelt, lernte ich jetzt. Und nahm eine Lehre mit, die merkwürdigerweise dem Lausbuben später eine Art Ideal werden sollte. Sagte das »Kind«:

»Ihr Männer – und mit euch die meisten Frauen – glaubt immer, die Ehe sei eine ganz sonderbare Sache, so eine Art Dauerkonzert von Engelmusik mit gelegentlichen Teufelsmißtönen zur Abwechslung, auf jeden Fall aber ein grandioses Ereignis, dem (das sagt ihr, wenn ihr klug seid) das langweilige Ebenmaß folgen muß, das alle großen Ereignisse beschattet. In Wirklichkeit aber ist die Ehe, mein lieber Junge, etwas ungeheuer Einfaches. Zwei gute Freunde hausen eben zusammen und sind bald ernst, bald traurig, bald toll ausgelassen, bald selig begeistert, wie der Tag und die Stunde es bringen mag. *That's all.* Das ist alles. Kameraden. Dabei ist es weder dem Mann verboten, zu verehren, noch der Frau, zu bewundern, aber der Witz ist das Gutfreundsein. Kapiert?« Was damals nebensächliches Schauen, naives Zugucken, ziemliches Nichtverstehen war, verdichtet sich heute in der Reife des Urteils aus tausend kleinen Erinnerungen an Hunderte von weiblichen Menschen zu einem Bild der amerikanischen Frau.

* *
*

Doch erfasse ich es wirklich recht?

Gibt es denn eine amerikanische Frau?

Kann man aus dem Zettelkasten der Erinnerung tatsächlich ein Schublädchen hervorziehen, das die Aufschrift trägt: Die Amerikanerin??? Sind wir nicht *Menschen* allzumal auf dieser runden Erdkugel? Männer oder Frauen erst in zweiter Linie? Einander gleich und ebenbürtig, lächerlich wenig im Grunde doch nur beeinflußt von der abweichenden Kompaßnadel nationaler, klimatischer, gesellschaftlicher Spezialeigenarten?

Es scheint mir ein sonderbares Beginnen, die Frauen des nordamerikanischm Erdteils unter den Hut einer Gesamtklassifizierung bringen zu wollen. Das wäre fast so komisch als das Streben jenes englischen Gelehrten, der einst die lapidare Theorie aufstellte: Amerikanerinnen bringen ihre Kinder schwer zur Welt. Sie leiden außerordentlich unter der Geburt und sind feststehend unfähig, über drei Kinder zu produzieren. Ich, der englische Gelehrte Soundso habe die Lösung gefunden – –

Meine Untersuchungen gingen von den Indianerstämmen aus, zu neu eingewanderten Frauen über, zur zweiten Generation dann, und zur dritten, der typisch amerikanischen, endlich. Diese dritte Generation von Frauen, die wirklichen Amerikanerinnen, leiden an einer eigentümlichen Verhärtung der Knochensubstanz, die gleichzeitig eine Verengerung der ausschlaggebenden Beckenknochen oder vielmehr deren völlige Unbeweglichkeit herbeiführt!

Über die Gründe war sich der gelehrte Herr nicht recht klar, glaubte jedoch an besondere atmosphärische Einflüsse und erwog sogar höchst ernsthaft, ob nicht die ungeheuerlichen Ausdünstungen des Großen Salzsees das böse Karnickel sein könnten ...

Oh ja, man glaubt das in Amerika!

Man ventilierte bänglich die Beckenfrage – eine Zeitlang zum wenigsten.

Genau so glaubt man in Europa, daß es eine merkwürdige typische Amerikanerin gebe, die ganz bestimmte Eigenschaften haben müsse. Das gibt es nicht! Und so möchte ich mich dagegen verwahren, eine Schubladenetikette prägen zu wollen. Sondern, was ich von der Amerikanerin gesehen habe, von ihr weiß, über sie las, sei gegeben als ein Bildchen – Menschen daran zu erinnern, daß wir überall in erster Linie Menschen sind und bleiben.

* *
*

Die amerikanische Frau ...

Wieder ist der alte Trick wirksam, über die feinen Dunstgebilde einer Zigarette hinweg in die dunkle Ecke zu starren, bis es sich im Schatten regt und rasch huschend Bilder sich bilden und im Gedankenreich Gestalten kommen und verschwinden.

Da ist eine Neuyorker Straße, wimmelnd von Neuyorkerinnen, die zu ihrer fleißigen, tüchtigen Tagesarbeit eilen, groß behütet, elegant beschuht, sündhaft teuer oft umhüllt. Sie arbeiten wie der Teufel, acht Stunden lang im Tag, reden eine Jargonsprache, die hart ist und grausam nüchtern wie der amerikanische Dollar, sind gerissener, schlauer, berechnender als die Männer neben ihnen, wenn sie auch verhältnismäßig selten die absolute Freude an der Arbeit, die fast ideale Schaffensbegeisterung des amerikanischen Mannes erreichen. Mir schwebt unbestimmt ein Zitat vor, das wahrscheinlich falsch ist, aber auch dann gescheit: Ein Pfaffe ist entweder eine wandelnde Tragödie oder eine unanständige Posse ... So das durchschnittliche Neuyorker Mädel.

Eine Tragödie entweder von Arbeit, so hart, daß es einem das Herz beklemmen könnte, wenn man daran denkt, und einem jämmerlichen Mietzimmerchen, und einem todmüden Mädel, das spät abends heimlich ihre Taschentücher im Waschbassin wäscht, und Garderobe flickt, und über dem Spiritusapparat das kleine Bügeleisen erhitzt, die Bluse zu plätten, die nun einmal tadellos sein muß. Und dann halb im Schlaf, auf dem Bett sitzend, jenes Haarbürsten, fünfzig Bürstenstriche links, fünfzig Bürstenstriche rechts, das dem müden Mädel allabendlich wie eine Höllenplage vorkommt und doch getan werden muß, weil ein gepflegtes Äußere zum Fortkommen im Leben genau so gehört wie die Arbeit selbst. Gebürstet muß werden, mag der Rücken auch noch so schmerzen und die Augen sich auch noch so sehr gegen das Offenhalten sträuben, und beileibe darf es das arme Ding nicht versäumen, die Nagelhäutchen mit dem Beinstäbchen zurückzuschieben und die Nagelflächen zu glätten, mag es sich auch halbtot gähnen dabei. Denn das Geschäft verlangt gepflegte Hände. Man kann diesen Tageslauf von schwerer Arbeit und jämmerlichem Sichabplagen um die unbedingte Notwendigkeit einer gefälligen äußeren Erscheinung die Tragödie der mittleren amerikanischen Frauenarbeit in Warenhaus und Geschäftskontor nennen. Die Kehrseite der Tragödie, die vom zierlichen Lustspiel bis zur, wie gesagt, unanständigen Posse reicht, ist dann natürlich das Ausnützen der geschäftlich nötigen, gefälligen äußeren Erscheinung zu Theaterbilletts, nicht anscheinend sondern wirklich eleganter Garderobe, netten kleinen Abenddiners, wunderschönen Blumen, die schließlich die Essenz jener lustigen und im Grunde harmlosen Liebesverhältnisse sind, von denen es nur so wimmelt im Lande der anscheinend grenzenlosen Frauenverehrung. Und die unanständige Posse tritt dann in Erscheinung, wenn an Stelle der gelegentlichen, netten Diners gewohnheitsmäßiger Sekt tritt und die elegante, kleine Wohnung. Es gibt eben kein Klischee. Im Prinzip soll und muß von Rechts und Moral wegen das amerikanische Weib eine Göttin sein – in der Praxis wird ihr häufig genug die weniger anspruchsvolle Rolle einer Amorette zugewiesen …

Die Bilder in der Schattenecke huschen.

Und die Gestalten sind sich merkwürdig unähnlich. Da ist das süße, verlogene, amerikanische Geschöpfchen, das Billy mit Teddy betrügt und Teddy mit Joe. und Joe mit Nr. 4 und so weiter durchs große Einmaleins, und mit sechzehn Jahren schon lügen und schwindeln kann, daß sich die stählernen Balken eines Wolkenkratzers vor Entsetzen biegen könnten; extra dazu geschaffen scheinend, den gräßlichsten Unfug in Herzen und Taschen anzurichten. Da ist in grellem Gegensatz das frische, gesunde, selbstbewußte Mädchen, das sein junges Leben nach dem gesunden Grundsatz lebt, ein »anständiger Kerl« zu sein. Da sind amerikanische Frauen, die träge in den Tag hineinleben, sich von ihren dummen Männern verehren lassen, und jeden hart verdienten Dollar zum Fenster hinauswerfen, ohne einen anderen Besitztitel auf Verehrung zu haben, als den einen, daß ein gütiges Geschick sie mit dem weiblichen Geschlecht bedacht hat – da sind aber auch, und zwar so zahlreich wie die Göttinnen, nämlich zu Hunderttausenden, die tüchtigen weiblichen Menschen, die verheiratet, oder unverheiratet, ihre Pflicht tun und vor sich selber und den anderen den Kopf hochhalten, weil sie Respekt vor sich haben.

Da ist die Leichtsinnige, die Prüde, die küchenfuchsige Frau, deren Lebensstolz und Lebenszweck ihre Kuchen sind und sonst nichts; da ist die Affenmutter, die ihren kleinen Bengel mit heißer Mutterliebe zu einem Scheusal von Menschen verzieht; da ist die giftmischende Klatschbase, da ist die Gesellschaftsgans – sie alle sind im lieben Dollarland so häufig und so selten wie anderwärts auch.

Wie darf man eigentlich von »der amerikanischen Frau« reden, wenn die einen Betschwestern sind, die sich mit Abscheu von jedem männlichen Wesen wenden würden, das nur ein einzigesmal bei dem sündhaften Genuß eines Glases Bier ertappt worden ist, und die anderen tolle Bacchantinnen, bei deren Wackeltänzen einem guten alten griechischen Satyr ob dieser grotesken Verzerrung des Geschlechterspiels die Haare auf dem Bockskopf zu Berge stehen würden?

Wie kann man sich klar sein über das Wesentliche in der Stellung der amerikanischen Frau, wenn im gleichen Erinnern sich so verschiedene Vorstellungen begegnen wie die folgenden:

Gab's da zu meiner Zeit eine Mrs. Wieheißtsiegleichnoch – ich habe den Namen vergessen, aber die Persönlichkeit ist kulturgeschichtlich – aus Kansas City im Staate Kansas. In die war der Wassergeist der Abstinenzler gefahren. Schön und gut. Ansichtssache. Weniger schön und gut aber war es, daß sie sich eine innere Stimme fabrizierte, die ihr allsogleich befehlen mußte, die Trinkstätten des Teufels zu vernichten. Das unangenehme alte Weib – zum Verständnis der Situation muß betont werden, daß die Dame weder jung noch schön war –

nahm also ihr Küchenbeil, begab sich in die nächste Bierkneipe und schlug sämtliche Gläser und vor allem die teuren Spiegel kurz und klein. Das war in Kansas City, wo in einigen Tagen in allen Wirtschaften die Gläser rar wurden. Sie dehnte dann, weil's so schön war und die Wasserapostel lauten Beifall heulten, ihren Siegeszug über ganz Amerika aus. Ohne in ein Irrenhaus eingesperrt zu werden, ohne Folgen als gelegentliche kleine Geldstrafen, ohne daß sich auch nur einer der brutalisierten Wirtschaftsbesitzer gewehrt, die Megäre gepackt und aus seiner Wirtschaft hinausgeworfen hätte!

Denn so tief ist, so sagte man damals halb kopfschüttelnd, halb entzückt, in der amerikanischen Öffentlichkeit die Verehrung des Amerikaners für den Begriff Frau, daß er selbst in solchen Fällen das Geschlecht respektiert. Sehr schön!

Der gleiche Amerikaner aber, das muß einmal konstatiert werden, behandelt in getreuer Nachahmung seines englischen Vetters die Ärmsten der Armen unter den Frauen mit einer so gemeinen Brutalität, wie sie anderswo in Ländern weißer Männer kaum zu finden sein dürfte. Im Bordell betragen sich die amerikanischen Muster eingefleischter, mit Muttermilch eingesogener Ritterlichkeit wie Bestien – als müßten sie sich von der aufgezwungenen Anbetung von Göttinnen einmal gründlich erholen. Die Dame eines Hauses im elegantesten Teil des Neuyorker Tenderloin – die Gäste der Maison hatten den Abend vorher für Tausende von Dollars Möbel demoliert, und ich besah mir den Schaden – erzählte mir einmal in der unbefangenen Geschäftsmanier ihrer Klasse, sie gedenke ihr Etablissement in das billige und anspruchslose Ostende der Stadt zu verlegen, denn die »gute« Gesellschaft ruiniere sie! *Why, they are, always jumping the bill!* jammerte sie. Sie zahlen nicht! Sie danke verbindlichst für die üblichen Gesellschaften von sechs oder sieben Herren in Lack und Frack, die eben von irgend einem vornehmen Ball kämen, »Krach« schlügen bei ihr, Sekt tränken, und dann Arm in Arm johlend davonzögen, ohne einen »roten Cent« zu bezahlen. *Policeman*?

»Ach, einen Polizisten fressen diese jungen Teufel einfach auf! ...« erklärte Madame. Das mag nur eine kleine Äußerlichkeit scheinen – randalierende, bezechte, »feine« Herren gibt es auch anderwärts. Wer sich aber einmal von dem Glauben an die immer unbedingte Herrschaft des Weibes in Amerika heilen will, der gehe in ein amerikanisches Bordell! Er wird dort von Männern der guten Klasse einen Unterhaltungston, Ausdrücke, eine tierische Behandlung der Mädchen, Dinge überhaupt, sehen und hören, die einen halbwegs anständigen Menschen anwidern müssen. Typisch ist auch in Amerika, daß der scharf zugespitzte Scherz mit zotigem Einschlag, der anderswo zwar ungezogen, aber graziös ist, stets in platte Gemeinheit, in brutale Wortdeutlichkeit ausartet. Sie läßt einem die Haare zu Berge stehen, die amerikanische Zote der guten Gesellschaft!

Wo bleibt da die Frauenverehrung?

In das gleiche Gebiet gehört das systematische Ausbeuten der Frauenarbeit, das in Amerika mindestens ebenso schamlos betrieben wird wie irgendwo in der Welt: in der Textilindustrie vor allem und in der Konfektion. Die Zustände in der Neuyorker Konfektion, den Schwitzläden, spotteten zu meiner Zeit jeder Beschreibung und sind heute noch unverändert. Was bleibt nun übrig vom Typ der Amerikanerin, der sogenannten Amerikanerin?

In der Erscheinungen Flucht haftet das Auge auf dem Auffallenden, dem Außergewöhnlichen.

Wenn wir uns den Begriff Amerikanerin vorstellen, so tritt wohl uns allen, mögen wir Amerika kennen oder nicht, ein ganz ausgeprägtes, rassiges »amerikanisch-nationales« Bild von einer Frau vor die Augen, die mit mädchenhafter Schlankheit die stolze Haltung des Selbstbewußtseins vereint. Wir sehen eine besonders schön geschwungene Linie des Halsansatzes, sehr stark abfallende Schultern, einen Mangel an allem, was man Üppigkeit nennen könnte, kräftig blondes Haar, und ein Gesicht, das regelmäßig und schön ist, aber eigentümlich kalt-süß anmutet. Amerikanerinnen, die so aussehen, gibt es namentlich in der besten Gesellschaft, gibt es zu Tausenden, vielleicht zu Zehntausenden. Aber der Typ ist dieses Bild durchaus nicht, sondern wir bilden ihn uns nur ein, weil – Mr. Gibson von des amerikanischen Gottes Gnaden, der berühmte Yankeefederzeichner, sich gerade auf diese Amerikanerin verbiß, sie tausendmal zeichnete, millionenmal über alle Welt hin reproduzieren ließ, und sämtlichen Künstlerkollegen von Stift und Pinsel das gleiche amerikanische Frauenbild in den Schädel hypnotisierte. Wir alle aber glauben getreulich:

So sieht die Amerikanerin nun eben einmal aus!

Ein ähnlicher Vorgang, das Haftenbleiben am Auffallenden, Außergewöhnlichen, wiederholt sich in dem allgemeinen Begriff der sogenannten Amerikanerin. Im gebildeten Durchschnittsgehirn wird der bloße Artname Amerikanerin augenblicklich und mechanisch eine ganze Reihe von Vorstellungen auslösen:

Amerikanerin, Lady, Rührmichnichtan, märchenhafter Reichtum, Tochter wunderschön, Mutter gräßlicher Parvenü, hehre Göttin, vor der alles Staubmännliche in die Knie sinkt, Dollarprinzessin, prachtvolles Menschenkind, denn lügenfrei und knochenehrlich, und so weiter. Nach Reflexion ergänzt sich die Reihe der Vorstellungen: Vernünftigere Erziehung, bessere Stellung der Frau, aber verzerrt zur Weiberherrschaft; bekannte Sache, sehr erklärlich aus den Zeiten, da in dem neuen Land die Frauen rar waren ...

Das alles ist ebenso gescheit wie dumm, ebenso richtig wie unrichtig. Man darf nie vergessen, daß in einem Land, das stetig, und zwar immer von heut auf morgen, stärkster Entwicklung unterworfen ist, sich gar nichts, aber auch gar nichts klischieren läßt. Ich könnte zum Beispiel die absolut richtige Behauptung aufstellen:

Amerika ist ein Land, in dem die Männer die Kriminalromane erleben und fast nur Frauen die Kriminalromane schreiben!

Sämtliche aber an diese Tatsache etwa geknüpfte Folgerungen wären grundfalsch ... Es wird auch in Amerika mit Wasser gekocht und auch die Amerikanerinnen sind Menschen, wandelnd in der Prozession der Menschlichkeiten. Sind dumm oder gescheit, fleißig oder träge, anständig oder unanständig. Weibchen oder Menschen. Aber man kann nicht sagen, daß eine Amerikanerin bestimmte nationale Eigenschaften haben muß, so etwa wie sich aus dem amerikanischen Mann als nationaler Begriff die intensive Arbeit herausdestillieren läßt. Es ist wahr, daß die amerikanische Frau eine schlechte und verschwenderische Hausfrau ist, aber es ist ebenso wahr, daß sie sparen kann bis aufs Letzte, wenn die Not ins Haus kommt. Es ist wahr, daß sie bodenlose Ansprüche an den Mann stellt, aber es ist auch wahr, daß sie für ihn arbeitet und für ihn sorgt, wenn es sein muß. Es ist wahr, daß ihr die Pfafferei und die Prüderie der Engländer noch in den Knochen stecken, und es ist ebensowahr, daß sie frei und groß und menschlich denken kann.

Wo ist da das Letzte, das Ausschlaggebende, *das* Amerikanische?

Wo ist die sogenannte Amerikanerin?

Vielleicht hat mir einst die Persönlichkeit Lizzie Burtons diese Frage beantwortet. Noch ist die Eigenart der Amerikanerin nicht greifbar deutlich zu erkennen im großen Zug, denn ein Wust von Überliefertem umgibt sie und streitet mit Neuem. Ist doch die anscheinend so echte

Dollarprinzessin nichts weiter als uralter englischer Reichtumsdünkel, ein wenig freiheitlicher auflackiert: die Prüde, im Grunde ein Produkt ebenfalls englischen Puritanertums und durch das amerikanische Sektenwesen noch ein wenig mehr belastet; die Anspruchsvolle, eine naive Nachahmerin ihrer nationalen Urgroßmütter, die in Schiffsladungen nach dem neuen Männerland gebracht wurden und begehrter waren denn Edelgestein. Mit all diesen Dummheiten kämpft jedoch sicherlich, und zwar ohne daß die männlichen und weiblichen Leutchen es wissen, in selbstverständlicher Entwicklung die kerngesunde, praktische, vernünftige Eigenart des amerikanischen Landes. Und schließlich wird vielleicht einmal aus der jetzigen sogenannten Amerikanerin, die recht unamerikanisch sein kann, ein nationaler Typ entstehen. Die praktische, kluge, stolze Frau, die ihr Geschlecht weder unterschätzt noch überschätzt, und die Erde der Arbeit mit dem Himmel des Gefühls in Einklang zu bringen weiß, ohne ein Närrchen zu sein, oder ein poesieloses Mannweib. Vorläufig aber darf man weder in der Dollarprinzessin noch in der anspruchsvollen Göttin noch im armen Arbeitstier die wirkliche Amerikanerin zu erblicken glauben – denn eine wirkliche Amerikanerin gibt es noch nicht …

Wie das Wandern wieder begann

Meine periodische Frühlingsdummheit. – Das große Neuyork ist zu klein für mich. – Die Sehnsucht nach dem großen Ereignis. – Hinaus! Erleben! – Die neue Wanderschaft beginnt. – Journalist im Herumziehen. – Der pennsylvanische Bergarbeiterstreik. – Der Sergeant wird ausgepumpt. – Ich schlage der Miliz ein Schnippchen. – Die Bergleute schlagen mir ein Schnippchen. – Das Ende des Streiks. – Seine Ursachen. – Ein raffiniertes Ausbeutesystem. – Die Blechmarkenwirtschaft. – Journalistenfahrten kreuz und quer. – Das Ereignis fehlt immer noch …

Die ganz großen Dummheiten im Leben habe ich immer in den Zeiten des Jahres gemacht, da der Frühling nahte. Wenn andere Menschen zu sanfter Lyrik sich neigten und in beifälligen Sehnsüchten des Bibelworts gedachten, das Alleinsein des Menschen sei nicht gut, dann wurde irgend etwas in mir gewaltig rebellisch, und die Gehirnkämmerchen, in denen die Tollheit, der Wandertrieb, die Veränderungssucht eine Zeitlang wenigstens wohl verwahrt gewesen waren, müssen dann plötzlich ihre Türchen geöffnet und meinen Schädel mit ihrem gefährlichen Inhalt überschwemmt haben.

Und so ist es auch an einem Vorfrühlingstag gewesen, an einem jener wundervollen Tage, deren herbe Luft und junger Sonnenschein wie eine Verkündung neuer Kraft und neuen Werdens den Menschen packen, als ich im tollen Verkehrsgebrause den Broadway hinunterschritt und im Gehen wirre Träume träumte um mein liebes Ich herum.

Ich bin im Luftschlösserbauen nie sparsam mit Material und Größenverhältnissen gewesen und verzichtete auch diesmal auf alle Kleinlichkeit. Ich sehe die Luftschlösser noch ganz genau vor mir. Es ist mir erinnerlich, daß ich in dem rasenden Tempo, das solchen Träumen eigen ist, einen neuen kubanischen Feldzug erlebte, nur mit dem kleinen Unterschied, daß ich nicht Signalmann war, sondern kommandierender General der amerikanischen Armee, um dann mit einem in Träumen furchtbar leichten Übergang Zeitungsmilliardär zu werden und als Besitzer von einigen Dutzend Riesenzeitungen die Geschicke eines Erdteils zu beeinflussen, und nun, *presto*, neues Zauberbild, das Knirschen und Rauschen von Eisenbahnbremsen zu hören und den sausenden Luftzug jagender Fahrt auf der Lokomotive zu verspüren. Ich weiß noch so gut, als stünde ich wiederum an der Ecke von Broadway und 58. Straße, wie das Gedränge mich aus den Träumen scheuchte, und ich sehe noch das entrüstete Gesicht der jungen Dame, der ich in den Arm gelaufen war, und höre noch das scharfe »sir!« ihres Begleiters. Und ich entsinne mich sehr wohl, wie nun auf einmal meine goldene Frühlingslaune tollfröhlichen Träumens in bittere Unzufriedenheit umschlug.

Langsam schlich ich mich in mein Zimmer im Montgomery und setzte mich ans offene Fenster. Wie das nach Rauch und Schmutz roch trotz aller Frühlingsluft! Wie grau und düster die Häuser aussahen trotz allen Sonnenscheins und wie langweilig das lärmende Getriebe da unten doch war, wenn man wußte, daß es aus gleichgültiger Tagesarbeit strömte und zu gleichgültiger Tagesarbeit ging. Die Wolkenkratzer, wie waren sie altbekannt und fade: die riesigen Häusermassen, wie ausdruckslos geworden!

War man denn allezeit verdammt, immer die gleichen Dinge zu
sehen und immer die gleichen Menschen zu beschreiben und immer
täglich sich den Kopf zerbrechen zu müssen darüber, welche Kleinlichkeit morgen wieder die dollarbringenden Zeilen füllen sollte!

Ich kam mir bemitleidenswert vor.

Ich hatte Sehnsucht.

Die Rebellion in mir war im schönsten Zug.

Ich dachte an die Männer um mich. Dick Burton war vor kurzer
Zeit als Korrespondent nach London geschickt worden; Frank Holloway
erst vor einigen Tagen nach den Philippinen abgegangen, um eine
glänzende Stellung im Stab des amerikanischen Gouverneurs einzunehmen. Unter den anderen summte und surrte es ständig von Riesenpro-
jekten.

In der knappen bestimmten amerikanischen Art wurde da bespro-
chen, wie dem Kupfertrust der Garaus gemacht werden sollte, oder
die republikanische Partei gestürzt, oder der Balkankrieg »gemacht«,
wenn es im nächsten Herbst da unten endlich losgehe. »Im Herbst
brennt es auf dem Balkan«, war überhaupt eine stehende Phrase. Der
eine sprach mit Vorliebe davon, einen Schoner auszurüsten und die
Südseeinseln zu befahren: der andere wollte demnächst nach Alaska,
um einmal etwas Gescheites zu schreiben und nebenbei schnell einige
Millionen Gold zu ergraben. Dieser sehnte sich nach dem Wirrwarr
südamerikanischer Republiken, jener wollte die Wracker und Küsten-
piraten der kleinen Floridainseln in ihren Schlupfwinkeln belauschen,
ein dritter ein Reklamebüro gründen, das Amerika mit seinen nagelneuen glänzenden Ideen faszinieren und natürlich ein Märchenvermö-
gen einbringen sollte. Wo bei diesen endlosen Projekten der Scherz
aufhörte und der Ernst begann, hätten auch viel ernstere und erfahre-
nere Leute nicht beurteilen können, denn Leistungen hatten sie alle
schon zu verzeichnen, waren alle Sausewinde, und gehörten alle einem
Lande an, in dem Journalisten häufig Minister werden, noch häufiger
erfolgreiche Politiker, und am allerhäufigsten Leiter großer kaufmän-
nischer Unternehmungen.

Sollte ich da verwundert und gierig immerdar nur zuhören!

Und ich starrte zum Fenster hinaus und schalt mich einen Narren,
der bienenemsig kleine Dinge zusammenarbeitete und philisterhaft
zufrieden war damit, sich satt zu essen und ein unbekannter kleiner
Reporter zu bleiben. Hinaus mußte man aus diesem Neuyork, wo die

großen Namen und die großen Könner einen bedrängten! Wagen mußte man! Sich rühren und regen! Erleben, um schildern zu können! Wer rastet, rostet!

Ich holte mir die Argumente nur so aus dem blauen Frühlingshimmel herunter, zu Dutzenden, zu Hunderten, und kam mir mit jeder Minute ernster, strebender, bedeutender vor. So etwa, als überschritte ich voll Wagemut einen Rubikon. Es kam mir gar nicht in den Sinn, als sei ich vielleicht im Begriff, eine große Dummheit zu machen, sondern es schien mir, als wäre ich auf einmal sehr gescheit geworden.

Man merke, wie sonderbar Frühlingslüfte manchmal mit Menschen spielen.

Hinaus! Erleben – die Sehnsucht!

Es war doch einfach nicht zum Ertragen, hier in Neuyork zu sitzen, sein glänzendes Auskommen zu haben, nicht von Sorgen belastet zu sein, in bravem Einerlei zu arbeiten – und zu wissen dabei, daß es irgendwo draußen noch eine Welt gab, in der etwas los war. Mit Macht trieb es mich hinaus. So! Nun stand mein Entschluß fest. Fort! Als aber die Unvernunft glücklich gesiegt hatte, erwog ich ganz vernünftig Mittel und Wege zur Ausführung. Fünf Minuten lang etwa. Hatte nicht Frank Holloway beim Abschied gesagt:

»Stick to the human interest side of it, kid!«

»Halt dich ans Menschliche, Kleiner!« Das war nun Zeitungsslang gewesen, aber für den Eingeweihten klar wie Quellwasser. Die amerikanische Zeitung verlangt nackte Tatsachen und genaue Einzelheiten, wünscht aber als Garnierung das »menschliche Interesse», das auf Herzen und Vorstellungskraft wirkt. Das ist eine Art Allgemeinrezepts und als solches ein miserabler Mischmasch: wird aber ehrfürchtig befolgt. Weil ich nun – so sagte mir Holloway – in rein naivem Auffassen nur Menschliches, mir ganz Persönliches schilderte, was der routinierte Zeitungsmann überhaupt gar nicht mehr fertig brachte, so wurden meine Sachen eigenartig befunden und genommen.

Denn Zeitungsmann blieb ich natürlich. Nichts anderes war möglich – Selbstverständlichkeit!

»Kalten wir uns also ans Menschliche!« murmelte ich vergnügt vor mich hin. Und kam mir so begeistert vor, und so tatkräftig, und so willensstark, und nicht einmal als Ahnung dämmerte es in mir auf, daß wieder einmal Wandertrieb und Veränderungssucht mich gepackt hatten. Der Zufall wollte es, daß schon der erste Blick in die Zeitungen mir eine Aufgabe zeigte, die mir gefiel. In einem Teil der pennsylvanischen Kohlenregion in der Nähe Pittsburgs war ein Streik ausgebrochen, der zu schweren Ausschreitungen geführt hatte. Eine Kompagnie der pennsylvanischen Staatsmiliz war mobilisiert worden. Die Neuyorker Blätter brachten lange Berichte über die Ursachen des Streiks, die Aussichten auf Beilegung, die beiderseitigen Interessen, aber Schilderndes war nicht so recht da.

Hier wollte ich den menschlichen Hebel ansetzen! Ich!

Es war eine gigantische Unverschämtheit!

Kofferpacken – kurzes Erklären im Hotel, ich verreise auf einige Tage – Feststellen der Zugfahrtszeiten – *Car* und *Ferry* zum Pennsylvaniabahnhof – seliges Träumen im Rauchwagen.

Jawohl, da hatte ich endlich das Richtige gefunden. Neuyork mußte mein Hauptquartier und meine Operationsbasis sein, und wo etwas im Lande geschah, da mußte ich hin und sehen und schildern, von kleinen Aufgaben zu großen Unternehmungen wachsend.

Das klang großartig!

Jawohl! Und wenn ich mir heute das Reporterchen von damals vorstelle, so könnte ich mich totlachen!

* *
*

Oh, es war sehr schön.

Ich mußte in Philadelphia umsteigen und in Pittsburg umsteigen, und es war spät abends, als der langsame lokale Zug in den Bahnhof des kleinen Kohlennestes fuhr. *Padsbury Mines* hieß es oder so ähnlich. Und meine Seele jubelte laut. Denn bei dem kleinen Holzhäuschen, das den Bahnhof vorstellte, leuchteten in grellem Fackelschein blaue Uniformen, glitzerten blanke Bajonette, blinkten schwarzschillernde Gewehrläufe, glühten in langen Reihen lodernde Lagerfeuer. Ein großer Lümmel von Milizsergeant durchstöberte meinen kleinen Koffer und durchfühlte mir die Taschen nach verbotenen Waffen, und ich pries die Götter, daß ich gutes, altes, reguläres Armee-Englisch noch so schön flüssig fluchen konnte. Der Sergeant machte ein dummes Gesicht und führte mich zur Hauptwache.

»Was wollen Sie hier?« fragte der Leutnant.

»Zeitung. Neuyorker Zeitungssyndikat«, log ich dreist. »Dann mache ich Sie darauf aufmerksam, daß Sie meine Postenlinie nicht überschreiten dürfen und im Falle der Zuwiderhandlung zu gewärtigen haben, daß die Posten feuern!«

»*Thank you*«, sagte ich höflich. »Darf ich fragen, wie die Sachen stehen?«

»Soviel ich weiß, unterhandeln die Führer der Streikenden augenblicklich mit dem Kohlensyndikat. Heute nachmittag hat ein kleiner Zusammenstoß stattgefunden. Es sind aber keine Verletzungen vorgekommen.«

»*Thank you*«, sagte ich.

Worauf ich mich neben den Milizsergeanten ans Lagerfeuer hockte. Nachdem ich ihm in leisem Flüsterton auseinandergesetzt hatte, was er nicht zu sein brauche, und was er sich ja nicht einbilden dürfe, und was in der Flasche in meinem Überzieher drin sei, war schönstes Einvernehmen hergestellt.

»*Well*«, sagte er, »links da drüben, zweihundert Schritt weit weg, sind die Minen. Die haben wir. Rechts da drüben, in Linie mit dem Feuer dort, so vier-, fünfhundert Schritte weit weg, sind die Hütten der Bergleute. Die haben wir nicht. Was los ist, weiß ich nicht recht, aber die Bande scheint die Minenmaschinen ein bißchen kaput machen und die Büros ein bißchen anzünden zu wollen, 's sind blutige Anarchisten natürlich, verdammte Deutsche un' Italiener und so'n Pack, aber ich nenn's eine gute Sache, daß wir es nicht mit richtiggehenden Amerikanern zu tun haben, die mit Revolvern umgehen können. Mit Kohlen haben sie uns geschmissen! Weiber und Kinder immer lustig mit! Korporal Smith hat ein Kohlenstück von ungefähr fünf Pfund mitten aufs Maul gekriegt. Sein natürlicher Phonograph sieht jetzt aus wie'n Fußball, gerade so schön braunschwarz und fast ebenso groß. Es macht aber nichts; er redet sowieso zuviel. Ich? Verletzt? *Well*, nein; wozu wäre ich denn Baseballspieler zu Hause, wenn ich nicht Flugkurven abschätzen könnte! Na, und dann feuerten wir mit Platzpatronen. Die Dinger machten ein bißchen Lärm, so ungefähr, als wenn man mit der Zunge geschnalzt hätte, und rochen abscheulich nach rauchlosem Pulver, und natürlich lachten die Bergleute uns nur aus. *Well*, daraufhin gaben wir's ihnen im Ernst, über die Köpfe weg, und sie gingen in beschleunigtem Tempo nach Hause. Das war alles, glaube ich. Aber wie die Bande geschrien und spektakelt und geflucht hat! Jawohl, es wird wohl bald aus sein. Schade, wir beziehen für die Zeit des Einberufenseins sehr anständige Löhnung und mein Chef zahlt mir den Gehalt weiter. Ich bin Schuhclerk – Pittsburg. Was sagten Sie, sei in der Flasche?«

– – Eine halbe Stunde später ging ich ein bißchen abseits, wie man eben einmal abseits geht, wenn man am offenen Feuer lagert, und ging noch ein wenig mehr abseits, und war im Dunkeln, und schlug einen gewaltigen Bogen nach rechts, um Bahnhof, Lagerfeuer, und die Herren von der Miliz herum.

Die Lehre vom Werte der Umgehung ist ja eine der einfachsten militärischen Grundregeln. Langsam arbeitete ich mich in völliger Dunkelheit auf unebenem Boden die Bahngeleise entlang, bis die Lagerfeuer kleiner und kleiner wurden und endlich wie glühende Punkte aussahen. Dann rasch hinüber über die Geleise. Links, in ziemlicher Entfernung, mußte nach der Schilderung des Sergeanten die Postenkette sein. Gerade vor mir zeichnete sich eine schwarze Masse undeutlich gegen den Himmel ab, die Hütten der Bergleute wahrscheinlich.

Auf gut Glück tappte ich auf die schwarze Masse zu, alle Augenblicke stolpernd, denn der Grund hier war ein Schlackenfeld – aber heidenmäßig vergnügt.

Ach, das war endlich wieder einmal nettes natürliches Leben ohne Handschuhe und Bügelfalte!

Ich kam immer näher.

Aus der schwarzen Masse wurden einzelne dunkle Gruppen und Schatten. Einen Augenblick leuchtete zwischen den Schatten matter Lichtschein auf, und ich glaubte, die Umrisse eines größeren Gebäudes zu erkennen. Da stolperte ich über irgend etwas, fiel, schimpfte leise, und wollte wieder aufstehen, als plötzlich harte Fäuste von rückwärts mir den Hals umkrampften. Instinktiv schlug ich mit aller Kraft mit beiden Armen nach hinten. –

»Tu' das noch einmal«, sagte eine Stimme in hartem, schlechtem Englisch, »und ich dreh' dir den Hals 'rum! So! Jetzt gehst du vorwärts, langsam, und denkst daran, daß dicht hinter dir ein Mann mit einer Spitzhacke ist, der dir im Notfall gern den Schädel einschlägt!« – »Allright, allright«, brummte ich. Etwas Gescheiteres fiel mir nicht ein. Und rieb mir den schmerzenden Hals.

Ich wurde vorwärts gelenkt, gepufft, gestoßen, immer unter denkbar verständlichsten Anspielungen auf die Spitzhacke und meinen Schädel, sah dunkle Hütten, eine Art Straße, ein größeres Haus, wurde hinüberbugsiert, zu einer Tür geschoben, mit einem gewaltigen Puff hineinbefördert, sah Licht, viele Männer in einem großen Raum, und war im Nu umdrängt. Leidenschaftliche Stimmen brüllten auf mich ein –

»Ruhe!« schrie der Mann, der mich gefangen hatte, ein riesiger bärtiger Geselle, der mich bequem hätte erdrücken können.

»Sie haben auf uns geschossen – 's ist einer vom Büro – schlagt ihn tot!«

Wilde Gesichter drängten sich dicht vor meinen Augen, gellende Stimmen schrien, und ein harter Schlag traf meine Rippen. Da schlug ich zu, dem nächsten mitten ins Gesicht, und brüllte aus Leibeskräften:

»Ich bin euer Freund – ich bin euer Freund!«

Es war ein blödsinniger Einfall, aber der Humor der Sachlage wirkte auf die Leute. Ein schallendes Gelächter brach los. Der Riese zerrte mich zum Tisch, über dem eine schmutzige Petroleumlampe baumelte, und starrte mir ins Gesicht.

»Ruhe!« sagte er. »Kennen tu' ich dich nicht. Dachte, ich hätte Mulvaney erwischt, den Aufseher. Wer bist du?«

»Narr, verdammter –« keuchte ich – »Zeitung, *große* Neuyorker Zeitung – will über euch schreiben – in der Zeitung – verstehst du nicht – Leute wollen wissen – wissen, was hier los ist –«

»Die Hölle ist los«, sagte der Riese. »Hm, vom Büro ist er nicht – ruhig, Jungens. Weiter!«

»Bahnhof angekommen – alles abgesperrt – hinten rumgegangen!«

»Scheint mir zu stimmen, Jungens!«

Da wurde die Tür aufgerissen und zwei Männer stürmten herein, die mit einem Satz auf Stühle sprangen. Sie trugen einfache dunkle Anzüge und runde Hüte, die ihnen in dem Gedränge von verschmutzten blauen und braunen Arbeitskleidern etwas Feierliches gaben. Sofort wurde es totenstill. Und eine klingende metallische Stimme schallte durch den Raum:

»Alles vorbei, Jungens!«

»Im Namen der Union der Bergleute erkläre ich den Streik für beendet.«

»Die Blechmarken sind abgeschafft – Mulvaney ist entlassen – die Preise der Lebensmittel meiden nach dem Standard von Pittsburg reguliert. Wir haben, was wir wollten, Jungens. Die Union hat zu euch gehalten; haltet ihr immerdar zur Union und ihr werdet noch Diamanten tragen!«

Eine Hölle von Lärm brach los.

Weiber stürzten zu ihren Männern, lachend und weinend zugleich; alles schrie, lärmte, zeterte. Die wenigen Amerikaner unter den Bergleuten erklärten denjenigen fremden *Miners*, die halbwegs Englisch verstanden, wie der Sieg errungen worden sei, und diese wieder verdolmetschten es aufgeregt und gestikulierend ihren Landsleuten. Englische, italienische, deutsche, slavische Worte schwirrten wirr durcheinander. Es war ein neuer Turm zu Babel. Mir wurden immer wieder die Hände geschüttelt, und der Riese klopfte mich auf die Schulter, daß ich in die Knie knickte, und der wollte in gebrochenem Englisch erzählen, und jener schrie dazwischen, und es wurde tief getrunken und gellend gejubelt, und ich trank alles in mich ein.

Recht und abermals recht hatten sie, diese armen Teufel, so schien es mir. Eine winzige Ursache hatte den Streik herbeigeführt. Da war ein Aufseher gewesen, ein Irländer namens Mulvaney, der das berüchtigte Hetzpeitschensystem des amerikanischen Unternehmers ein wenig zu straff durchgeführt hatte. Um Höchstleistungen der Arbeitskraft zu erzielen, wurde der einzelne Arbeiter bei jeder Versäumnis mit kleinen Geldstrafen, Zeitverkürzungen, Gewichtsabzügen so gründlich schikaniert, daß endlich den Bergleuten die Geduld riß. Sie rebellierten gegen die tägliche Peitsche. Das war ihnen die Hauptsache. Nebenbei fiel ihnen ein, daß sie auch sonst noch Sorgen hatten. Die lieben Leute in Pittsburg, denen die Mine gehörte, operierten nach uraltem amerikanischem Brauch höchst skrupellos mit der endlosen Kette, die das Geldgetriebe vom Arbeitslohn zum Lebensbedarf in Bewegung setzt. Sie hatten jede Ansiedlung von Kaufleuten zu verhindern gewußt, und das Bergwerk selbst lieferte alle Lebensmittel, alle Kleider, alle kleinen Notwendigkeiten und Genüsse bis hinunter zum Bier. In schlechter Qualität natürlich und zu hohen Preisen.

Man macht das überall so im Land der sogenannten Freiheit, das den Ruhm für sich in Anspruch nehmen darf, dieses kluge System ersonnen zu haben. Sein Witz ist, daß der Unternehmer nicht nur den gewaltigen Unterschied zwischen Eigenkosten und Verkaufspreis einsteckt und ein glänzend rentables Geschäft im Geschäft eröffnet, eine Art Warenhaus, dessen Kunden Zwangskunden sind, weil sie von ihm abhängen, – sondern er erspart sich die Hauptsorge des Kapitals, die Lohnzahlung! Er schafft sich eine eigene Währung! Blechmarken bekamen diese fremden Arbeitstiere – der geborene oder auch nur akklimatisierte Amerikaner ist für diese Sorte Arbeit nicht zu haben –

hübsche blecherne Blechmarken, auch auf Vorschuß, so viel sie nur haben wollten. In allen Werten vom Dollar bis zu fünf Cents. Dafür konnten sie in den Läden der Gesellschaft einkaufen. Wenn der Zahltag kam, so bestand die Bezahlung aus einer Quittung über einen so und so hohen Betrag in Blechmarken und der Mitteilung, daß der Arbeiter Soundso noch so und so viel schuldig sei. Ein recht Sparsamer mochte auch einmal einen Dollar oder zwei in bar erhalten. Aber das kam selten vor. So rollte die Kette endlos. Ersparte sich jedoch wirklich einmal ein Arbeiter Blechgeld, so konnte er den fingierten Wert nicht etwa in wirkliches Geld umtauschen, denn das verbot ja das Münzgesetz der Vereinigten Staaten! Nein, er mußte sein Geld im buchstäblichen Sinne des Wortes aufessen. Oh, der amerikanische Kapitalist ist ein lieber Mensch! Man bedarf wirklich keiner besonderen nationalökonomischen Talente, um sich auszurechnen, ein wie ungeheurer Prozentsatz des gezahlten Arbeitslohnes auf diese Weise wieder in die Taschen des Arbeitgebers zurückfließt.

Jetzt waren sie abgeschafft, der Aufseher und die Geldmarken. Dem Aufseher folgte wohl ein anderer, der klüger war, und statt der Blechmarken bekam jeder Arbeiter sein Einkaufsbuch. Die Form hatte sich geändert. Die Sache blieb.

Und ich schüttelte den Kopf und starrte in die leidenschaftlichen Gesichter und versuchte, mir Wort, Mienen, Art einzuprägen. Soldaten von der Miliz kamen; es wurde gelacht, geschrien, gesungen. Spät nachts schrieb ich mitten im Lärm ein langes Telegramm, das die Western Union-Agentur auf dem Bahnhof beförderte. Im Morgengrauen fuhr ich mit einem Frachtzug nach Pittsburg zurück und im sausenden Pullmanwagen entstand dann auf der Fahrt nach Neuyork die menschliche Geschichte eines kleinen Kohlenstreiks.

O ja, sie wurde sofort genommen. Aber meine schönen sozialen Erwägungen strichen sie mir weg.

»Das verstehst du nicht, Söhnchen«, meinte der maßgebende Mann vom *Journal*. »Bleib nur hübsch bei den Bilderchen. Bleib bei deinem menschlichen Interesse!«

* *
*

Im Grunde pfiff ja wohl auch ich auf die sozialen Erwägungen.

Kaum beschrieben, waren die armen Miners und die klugen Bergwerksherren schon vergessen, denn neue Pläne mußten schleunigst geschmiedet werden. Das Wandern begann im Ernst. War doch der erste Flug ins Land hinaus ein Erfolg gewesen, der nur neue Träume schuf und neues Rebellieren im Blut. Wenige Tage nach der kurzen Fahrt ins pennsylvanische Kohlengebiet verließ ich Neuyork abermals, um nach Baltimore zu hasten – ein deutsches Schulschiff sollte den Hafen anlaufen, und darüber wollte ich schreiben; wiederum einige Tage in Neuyork darauf – dann in eine Frühlingskolonie armer Neuyorker Kinder am Hudson – dann nach Philadelphia, um unter den Größen der Textilindustrie eine Umfrage über die Wirkung des neuen Zolltarifs zu veranstalten, der damals die Gemüter stark erregte – nun nach Chicago zu Buffalo Bill, der »echte« Rauhe Reiter für seinen riesigen Zirkus angeworben hatte, eine Englandreise plante, und hochinteressante Dinge über die Ausrüstung seines Unternehmens zu erzählen wußte – zurück nach Neuyork ...

So begann das Wandern.

Ich aber begann, steif und fest daran zu glauben, daß ich zu großen Dingen berufen sei!

Nur das Ereignis fehlte noch. Das große Ereignis, von dem jede Freilanze im Zeitungsdienst Tag und Nacht sehnsüchtig träumt in den sonderbarsten Vorstellungen. Man möchte auf einem Schlachtschiff sein im Kampf, die Greuel, die wahnsinnige Aufregung einer Seeschlacht erleben; man müßte der Freund eines Edison, eines Teßla, sein und in das wundersame Gehirn solcher Männer hineinblicken können; man sollte täglichen Ehrgeiz und täglichen Gelderwerb verächtlich weit von sich wegwerfen und ein hartes Jahr lang unter den Hochseefischern Neufundlands leben – dann, ja dann würde endlich das große Federbild gemalt werden können, das Ruhm und Erfolg bedeutet. Aber die großen Ereignisse sind gar selten und lassen sich nicht schaffen und werden in einer Zeitungsgeneration nur von wenigen Männern erlebt. Das weiß ich heute. Große Schilderer werden geboren. Der Künstler ist unabhängig von Raum, Zeit und Geschehen, denn ihm können die Runzeln eines alten Weibes eine große Offenbarung sein. Damals aber wußte ich das nicht und fühlte es nicht, sondern wartete krampfhaft auf das Ereignis. Quälte mich ab, zermarterte mein Hirn, träumte, jagte und hetzte dem Geschehnis nach.

Es war töricht, doch wenn ich heute mich des Erinnerns freue, so ist es in mir wie trauriges Bedauern ob der bitterhart errungenen Weltklugheit. Ach, das bißchen Weltklugheit! Es gibt schönere und größere Dinge im Erdenleben, von denen ein Einundzwanzigjähriger nicht viel wissen kann, aber es ist etwas Wundervolles um junge Lebensgier, die sich noch jubelnd in törichtes Traumland stürzen kann, weil der schwere Hammer der Welt und der Menschen bis jetzt abgeprallt ist von den jungen Sehnen.

Ach, was waren das für schöne Zeiten, da man noch so selig glücklich sein durfte, die eigene Kraft ins Ungemessene überschätzen zu können, in bunten Träumen nicht nur am hellichten Tag sondern in der Tat. Da man sich so gar nicht fragte:

»Was werden wir essen? Was werden wir trinken?«

Und so begann denn das Wandern, das so töricht war und doch so schön, weil es in heißem Sehnen geschah und glühender Freude an der Arbeit. Meine Freunde rieten mir ab. Die Zeitungen erklärten mir strikt, daß sie sich nur von Fall zu Fall entscheiden würden und keinerlei Unterstützung versprechen könnten. Sie alle schalten mich ziemlich deutlich einen heillosen Narren, der gutes Brot für ungebackenen Kuchen wegwarf. Ich aber lachte und packte meinen Koffer. Frei wollte ich sein. Irgendwo wollte ich das große Zeitungsglück suchen. Bald hier, bald dort, wie der Zufall es bestimmte.

Die Periode des Lebens als wandernder Zeitungsmann umfaßte nicht ganz drei Monate. Sie führte mich von Stadt zu Stadt in buntem Wechsel, bis weit in den Westen hinein - sie brachte eine Hetzarbeit, die eigentlich auch nicht sehr verschieden war von meinem Neuyorker Berufsleben. In Cripple Creek schossen sie mir eine Kugel ins Bein, weil ich zufällig dabeistand, als drei Silbersucher ihre Argumente durch Revolverschüsse bekräftigten - auf dem *Cowcatcher* fuhr ich auch wieder einmal; das war in der Nähe von Denver - aber sonst passierte nichts besonders Schönes! Es ging mir gut, weder besser noch schlechter als in der Wolkenkratzerstadt.

Es blieb die Sehnsucht nach dem Ereignis. Sie war immer da!

Und wie dann das große Ereignis endlich kam - das ist eine lustige Geschichte!

Vor dem letzten Lausbubenstreich

*Im St. Louis'er Palasthotel. – Der einstige Geschirrputzer und
seine vergnügte Stimmung. – Weshalb ich nach St. Louis
gekommen war. – Sergeant O'Bryan der Polizeizentrale. – Was
der betrunkene Mann verriet. – Die Leichenräuber. – Ihr
Geständnis und meine »copy«. – Frederick Haveland, der Mann
mit den vielen Namen. – Der Gentleman mit der dunklen
Existenz. – Dynamite-Johnny, der Dynamit-Kapitän. – Von
Flibustiern und Gesetzlosigkeit. – Haveland macht mir einen
Vorschlag. – Mein großes Ereignis. – Eine nebelhaft unklare
Expedition nach Venezuela: Der letzte Lausbubenstreich …*

Folgendermaßen spielten sich die Dinge ab:

Ich saß im Palasthotel in St. Louis, so um zehn Uhr morgens herum,
und aß vergnügten Sinnes ein gewaltiges Frühstück. Kleine Pfannkuchen zum Beginn, und eine Tasse schweren schwarzen Kaffees, und
einen Manhattan Cocktail, und ein kleines Steak vom Grill – und als
schönste Delikatesse ein großes Lachen, das zwei ganz verschiedene
Gründe hatte.

Grund Nummer eins:

Der *chief waiter* da, der Oberkellner, der mir so besorgt und
diensteifrig ein weiches Kissen zwischen Rohrstuhllehne und Rücken
schob, so respektvoll das schlanke Kristallglas auf schwerem Silberbrett
präsentierte, war ein alter Bekannter! Und zwar aus Zeiten, wo er jede
Bekanntschaft mit mir entrüstet abgelehnt hätte! Armseliger Kupferputzer war ich gewesen da droben in der Höllenküche im dritten Stock
dieses Kaufes vor wenigen Jährchen – Luft war ich damals für Mr.
Oberkellner, unangenehme Atmosphäre – und was das kleine Frühstück
heute kostete, bedeutete in jenen Zeiten zehn Tage der Qual und des
Schweißes. Und ich lachte leise vor mich hin und genoß reine Freuden
einer besonderen Art von Eitelkeit, einer grotesken Abart von Humor,
wie wohl nur der Emporkömmling sie genießen mag, und empfand
ungemessenen Respekt vor mir selbst. Feinfühlig mögen die Empfindungen gerade nicht gewesen sein, aber sie waren von grundehrlicher
Menschlichkeit. Man dejeuniere, bitte, einmal in einem Hotel, in dem
man einst Kupferputzer gewesen ist, und man wird blitzartig schnell

gewisse an und für sich unsympathische Regungen des Protzentums mit großem und liebevollem Verständnis betrachten lernen. So frühstückte also der Küchenjunge von anno dazumal *en grandseigneur* und schwelgte in protzigen Freuden.

Grund Nummer zwei:

Ich war nach St. Louis von Chicago aus gekommen – dort hatte ich den Weizenspekulanten Leitner interviewt, aber mit miserablem Resultat – um über die skandalösen Verhältnisse in den niederen Varietés zu schreiben, die nach Zeitungsmeldungen damals großes Aufsehen erregten. Der *Outsider* macht derartiges besser als der Kenner der Verhältnisse, der dazu neigt, manches als gegeben und bekannt vorauszusetzen. Darunter leidet die Schilderung. Das erste aber, was ich hörte, als ich auf dem St. Louis'er Bahnhof aus dem *Chicago Flyer* stieg, war die schneidend grelle Kinderstimme eines Zeitungsboys:

»*Extra! Extra special. The variety scandal! All about the variety scandal!*«

Schleunigst kaufte ich mir mit gemischten Gefühlen das Zeitungsblatt, der *St. Louis Globe Democrat* war es, und stellte nach einem kurzen Blick auf die Überschriften unter noch weit gemischteren Gefühlen sofort fest, daß der Mann vom *Democrat* genau das getan hatte, was zu tun meine Absicht gewesen war. Er hatte Varieté auf Varieté unter die Lupe genommen, die Grellheiten herausgepackt, und geschildert, geschildert, geschildert. Ausgerutscht, Hänschen! *Die copy* hatte die *Associated Press*, das große amerikanische Telegraphenbüro, sicherlich schon längst über ganz Amerika weitertelegraphiert, und die Reise nach St. Louis, der Pullmanwagen, die Hotelkosten waren im Handumdrehen zu einer persönlichen Luxusausgabe ohne Zweck und Verstand geworden.

Mißmutig schlenderte ich umher und kam in eine Polizeiwache, die *police central*, die Hauptstation, in der ich aus alten Zeiten bekannt war. Ein betrunkener Irländer wurde hereingeführt, der gewaltig lärmte und nach der üblichen Polizeimethode nicht gerade sanft behandelt wurde. Das reizte den Betrunkenen noch mehr. Er verfluchte mit kräftigsten Flüchen den Wachsergeanten und den Polizisten, der ihn verhaftet hatte, und den Kneipwirt, in dessen Kneipe er verhaftet worden war. Abermals regnete es Püffe und Stöße, und der sinnlos Betrunkene beruhigte sich plötzlich. Er murmelte nur verworrene Worte vor sich hin. Von einer verdammten Kirchhofgeschichte, und einem Pat, der ihn betrügen wolle, und ihm solle man nur ja nicht weißmachen, daß die Doktors nicht schon längst bezahlt hätten. Niemand beachtete ihn.

»Sperrt den Mann in eine Zelle!« befahl der wachhabende Sergeant. »Die Anklage wird auf Betrunkensein und Ruhestörung erhoben werden.«

Ich hatte gedankenlos zugehört, aber plötzlich hatte sich in meinem Kopf eine Ideenverbindung hergestellt. Von einer Kirchhofsgeschichte hatte der Betrunkene etwas gelallt ...

»Kann ich Sie fünf Minuten lang allein sprechen, Sergeant?« fragte ich.

»Jawohl, gewiß«, sagte der. »Watson, verlassen Sie das Büro. Was gibt's?«

»Wer war der Mann?«

»Der Betrunkene? Bummler, Levéebummler, uns wohlbekannt, hat schon allerlei Strafen. Bestiehlt betrunkene Matrosen, raubt Güter von den Stapelplätzen, hat uns aber in letzter Zeit verschiedene Informationen gegeben. Augenblicklich liegt nichts gegen ihn vor. Er wird morgen früh ins Gebet genommen und unter Umständen laufen gelassen. Das ist nichts für Sie.«

»Das weiß ich noch nicht, Mr. O'Bryan. Vielleicht ist das, was ich mir denke, barer Unsinn. Aber hören Sie zu: Ich komme von Chicago, und man hat dort von nichts anderem geredet als von den berüchtigten Leichenräubern, die auf Kirchhöfen Leichen für Sezierzwecke stehlen. Es waren –«

»Weiß ich, weiß ich!« unterbrach mich der Sergeant.

»Natürlich. Ich erwähne den Fall nur, damit Sie verstehen, wie ich auf meine Vermutungen komme. Während Sie vorhin mit dem Polizisten sprachen, hat der Verhaftete allerlei konfuses Zeug geschwätzt. Darunter wörtlich folgendes:

›Verdammte Kirchhofgeschichte – der Hund von einem Pat will mich betrügen – soll mir nur nicht weißmachen wollen, die Doktors hätten nicht sofort bezahlt.‹

»Wenn man nun, Sergeant, vierundzwanzig Stunden vorher viele Spalten über einen großen Prozeß gegen Leichenräuber gelesen hat wie ich, so macht es einen stutzig, einen Angehörigen der kriminellen Klasse über Betrogenwerden in einer Kirchhofsache sprechen zu hören. Das wäre alles. Was sagen Sie dazu?«

»Daß ich Ihnen Dank schulde«, sagte der Detektivsergeant. »Es mag nichts sein, es kann aber auch sehr viel dahinter stecken.«

Und sofort fing der polizeiliche Apparat zu arbeiten an. Der erwähnte Pat, der Inhaber einer berüchtigten Kneipe an der Mississippi-Levée wurde mitsamt seinen Gästen scharf überwacht. Beamte stellten schon in den ersten Morgenstunden fest, daß auf dem großen Zentralfriedhof am Südende der Stadt, wo fast nur Arme begraben wurden, frische Gräber, offenbare Spuren von neu umgeschaufelter Erde zeigten, die verdächtig waren. Um die Verbrecher nicht zu verscheuchen, wurden nicht einmal die Friedhofsbeamten ins Vertrauen gezogen, sondern eine geheime nächtliche Überwachung des Friedhofs organisiert.

Diese Detektivarbeit machte ich mit. Zwischen mir und O'Bryan war ohne viele Worte ein echt amerikanischer Handel abgeschlossen worden; die Neuigkeit sollte mir und nur mir allein gehören, während dem Detektivsergeanten alle Glorie der Entdeckung zufallen mußte.

Drei Nächte des Frierens und der Aufregung verbrachte ich Seite an Seite mit O'Bryan auf dem Kirchhof in einem Oleandergebüsch, auf dem Bauche liegend, und nichts rührte und regte sich in all den qualvoll langen Stunden, in denen ich oft schaudernd daran dachte, daß diese Überwachung wochenlang dauern und dann völlig erfolglos sein konnte ...

In der vierten Nacht regnete es in Strömen. Wir lagen wiederum in dem verwilderten Oleandergebüsch, inmitten der Hunderte von Gräberreihen, in einer Wasserlache, die ständig größer und kälter wurde, und ich fluchte auf St. Louis und die Polizei und die Verbrecher. Es war schwarzfinstere Nacht. Da blitzte sekundenlang Lichtschein auf, hundert Schritte vielleicht vor uns. Das Klirren eines Spatens auf einen Stein hallte schrill und grell durch das Regengeplätscher. Dann wurde es wieder still und dunkel. Durch meine erstarrten Glieder brauste die Erregung wie ein glühender Feuerstrom, und den Sergeanten neben mir hörte ich schwer keuchen in kurzen heiseren Atemstößen. Einmal glaubte ich, da vorn Gestalten unterscheiden zu können. Nach Minuten, die qualvoll lang erschienen, packte er mich am Arm, zog, schob mich vorwärts, und Zoll für Zoll krochen wir auf die Stelle zu, wo der Lichtschein aufgeflammt war. Und plötzlich schrillte seine Signalpfeife mit fürchterlichem Gellen und im gleichen Augenblick krachte sein Revolver und andere Pfeifen antworteten jäh, und blendendweißer Lichtschein flammte auf. Schüsse krachten. Ich war entsetzt aufgesprungen. Die Lichter der Blendlaternen huschten, suchten, zitterten blitzschnell, vereinigten sich zu einem hellen Lichtkreis.

Da war ein offenes Grab. Verstreute Erde. Ein schwarzer Sarg daneben, erdumkrustet. Drei Männer standen da, geduckt wie Katzen, mit verzerrten Gesichtern um sich starrend, die angstvollen Züge hell beleuchtet von dem erbarmungslosen weißen Licht. Einer der Männer hielt einen Revolver in der ausgestreckten Hand.

»Fallen lassen!« befahl eine Stimme.

Der Revolver fiel. Und rasch sich bewegende Schatten schoben sich in den Lichtkreis, und Handfesseln klickten, und von der Straße her dröhnte der Gong des heransausenden Polizeiwagens. O'Bryan gab seinen Unterbeamten rasch kurze Befehle. Wachen wurden aufgestellt, Verhaftungen angeordnet. Dann stießen harte Fauste die drei Männer in den Wagen, und im Galopp ging es nach der Zentralstation. Die schmutzstarrenden, nässetriefenden Verbrecher wurden sofort in das Büro geführt, der Polizeistenograph herbeigeholt und das Verhör begonnen.

O'Bryan hatte die Männer kaum eine Viertelstunde lang mit Drohungen und Versprechungen bearbeitet, als sie das Geständnis ablegten, sie hätten in den letzten drei Monaten siebzehn Leichen gestohlen. Eine ganze Reihe von Mittelspersonen hatten dabei die Hände im Spiel gehabt.

Es handelte sich offenbar, wenn es sich auch schwer nachweisen ließ, um einen der in Amerika nicht seltenen Falle von Leichenraub zu wissenschaftlichen Zwecken. Die Gesetze verbieten die Auslieferung von Leichen an Universitäten oder private Mediziner unter allen Umständen, wenn nicht eine entsprechende testamentarische Verfügung des Gestorbenen vorliegt. Das reiche Material der europäischen Seziersäle, die Leichen von Verbrechern, die Leichen der mittellos in den öffentlichen Krankenhäusern Gestorbenen, steht also dem amerikanischen Mediziner niemals zur Verfügung, sondern er muh Verträge mit lebenden Personen abschließen, ihm ihren Körper nach ihrem Tode zu überlassen. So herrscht ein steter Mangel an Sezierobjekten. Es kommt immer wieder in dieser und jener amerikanischen Stadt vor, daß Leichname gestohlen und an Mediziner verlauft werden. Die Seziersäle zahlen gutes Geld, und es werden beileibe keine unbequemen Fragen gestellt, wenn nur ein testamentarischer Kaufvertrag gezeigt werden kann. Und der läßt sich leicht genug fälschen. So war es auch hier gewesen.

Muß ich erwähnen, daß ich die ganze Nacht hindurch fieberhaft schrieb im Polizeibüro?

Muß ich betonen, daß ich die Kraßheit der Dinge noch krasser färbte? Daß meine Geschichte von den Leichenräubern fürchterliche, knallgelbe, ekelhafte Sensation war?

Muß ich erzählen, daß sie mir viel Geld brachte? Muß ich hervorheben, wie wundervoll ich sie fand und wie ehrlich ich überzeugt war, ein hervorragendes Stück schildernder Zeitungsarbeit geschaffen zu haben? Und mit einem kleinen Herrgöttlein nicht getauscht hätte! Nein; das ist sonnenklar selbstverständlich: Ging doch meine sensationelle Geschichte durch alle Blätter und erregte gewaltiges Aufsehen!

* *
*

So saß ich im Palasthotel von St. Louis, in dessen Küche ich vor kaum drei Jahren Töpfe geputzt hatte, und war stolz.

Da legte sich eine Hand auf meine Schulter und eine sonore Stimme sagte gemütlich:

»Na, lieber Junge, haben sie dich immer noch nicht gehenkt?«

Und neben mir stand vergnügt grinsend Frederick Haveland, der Mann, der immer lachte und stets alle Menschen fragte, weshalb in aller Welt sie noch nicht gehenkt worden seien.

Heute noch kann ich keine Nebelkrähe sehen, ohne an Frederick Haveland denken zu müssen. Sein Gang hatte etwas krähenhaft Wackelndes, Schweres, Possierliches; seine fast schwarzen Augen glitzerten rund und spitzbübisch; über dem dicken Schädel sträubte sich ein grauschwarzer Krähenschopf. Ein Wandervogel war er auch. Wenn er einmal geruhte, Neuyork auf eine ebenso kurze wie tolle Periode aufzusuchen, so haben wir ihn niemals Haveland genannt noch Frederick noch Fred, sondern immer bei einem seiner zahlreichen periodischen *sobriquets*. Den Pokerteufel – er plünderte einen mit absoluter Sicherheit gräßlich aus, nur um die Dollars sofort auf Nimmerwiedersehen an irgend einen bedrückten Zeitungsmenschen zu verleihen – den Mäusemann – da hatte er die Schrecken des *delirium tremens*, die krabbelnden weißen Mäuschen und die züngelnden Schlangen, so wundervoll geschildert, daß wir alle wie auf Kommando drei Tage lang nur Sodawasser tranken und zwar ohne Whisky – den Lokomotiventöter – da hatte er in Texas zwei Lokomotiven mit Volldampf aufeinander losfahren lassen, mit einem Explosionsresultat eisten Ranges, das der verrückten Eisenbahn viel Geld des lieben, zuschauenden, schwer zahlenden Publikums und ihm großen Ruhm einbrachte – vor allem aber den Generalfresser, denn Frederick Haveland hatte es fertig gebracht, als Kriegskorrespondent in Kuba den kommandierenden General Shafter in seinem eigenen Hauptquartier so anzubrüllen, so gröblich zu beleidigen, daß er um ein Haar standrechtlich erschossen worden wäre. Man wußte von ihm, daß er eigentlich Zivilingenieur war, immer in allen möglichen Unternehmungen steckte, sich in den unwahrscheinlichsten Weltwinkeln herumtrieb, und Manuskripte extraspezialen ersten Ranges lieferte, wenn es ihm an der Zeit dünkte, wieder einmal etwas zu schreiben. So mancher zerbrach sich über ihn den Kopf. Wahrscheinlich aber war er nur einer von den wenigen Hunderten von Menschen der Welt, die es verstehen, ihren natürlichen Vagabundeninstinkt zu nähren – und dabei Gentlemen zu bleiben und Geld zu verdienen.

Dieser Frederick Haveland setzte sich umständlich zurecht, streckte die langen Beine aus, und grinste.

»Weshalb haben sie dich eigentlich in Neuyork 'rausgeschmissen?« fragte er.

»Was!« sagte ich entrüstet. »Mit Tränen in den Augen haben sie mich gebeten, ich möchte doch um Gotteswillen dableiben! Mann, sie wollten mir das Honorar verdreifachen! Aber ich hatte meine großen Talente entdeckt und Neuyork war mir zu klein geworden.«

»Richtig! Unangenehmes kleines Dorf!« grinste er.

»Zu klein! Und so wandere ich durch dieses große und schöne Land –«

»Und kriechst auf nassen Kirchhöfen herum, wenn du Glück hast!« ergänzte Frederick Haveland. »Schöne gelbe Sache. Brüllt zum Himmel. Es ist übrigens weiter nicht wunderbar, daß niemand so übertreibt wie die ganz Jungen. Merkwürdig ist nur, daß wir Älteren trotz unserer Weisheit gern wieder ganz jung sein möchten. Und wie geht dir's? In Neuyork – ich hatte dort mit einem Mann zu reden – haben sie mir gesagt, du seist entweder vor einem Mädel davongelaufen oder plötzlich verrückt geworden – –«

»Das würden sie naturgemäß sagen!« meinte ich und lachte.

»Naturgemäß! Oho! Sind wir schon so gescheit geworden?«

Er grinste sein Grinsen, aus dem man nicht recht klug wurde, und urplötzlich kam, ganz gegen meine Art eigentlich, ein sonderbares Gefühl über mich, als müßte ich so etwas wahren wie Selbstbewußtsein und Würde.

»Ich mag ein Narr sein«, sagte ich, mich in den Stuhl zurücklehnend, »lieber Haveland. Ich mag doppelt ein Narr sein in den Augen eines Mannes von Erfahrung. Aber diese närrische Arbeit, bei der ich mich entschieden mehr plagen muß, macht mir närrische Freude, und ich verspüre keine Lust mehr, darüber zu scherzen. *Confound it*, wenn ich's verstehe, doch –«

Da warf Haveland die Hände hoch, wie einer, dem eine Pistole vor den Kopf gehalten wird.

»*Forgie' us all*«, lächelte er, Schottisch quotierend. »Vergib' uns unsere Sünden. Sie ist auch wahrlich nicht schön, diese Gewohnheit von uns Zeitungsmenschen, unsere eigenen Affären stets in die Parabel des schlechten Witzes zu verkleiden. Vergiß aber nicht, daß wir mit wirklichen Narren nicht scherzen würden, weder ich noch du. Und nun wollen wir ernsthaft reden, wenn es dir gefällig ist. Kennst du – nein – weißt du etwas über *Dynamite-Johnny*?«

»Den Dynamit-Kapitän? Natürlich!«

Kapitän John O'Brian war wohlbestallter Lotse des Neuyorker Hafens gewesen, so um das Jahr 1896, als ihn der Zufall, der die rechten Männer auf den rechten Fleck stellt, in Verbindung mit den amerikanischen Vertretern der kubanischen Insurgenten brachte, vor allem mit Mr. Palma, dem Haupt der kubanischen Junta in Neuyork. Die kubanischen Revolutionäre brauchten damals nichts so nötig als Waffen und abermals Waffen und wiederum Waffen. Nur von Amerika konnte ihr Kriegsbedarf kommen. Da sie aber nicht als kriegführende Partei anerkannt wurden, so war für ihre Waffenfrachten nach der Insel der Wasserweg nicht nur durch die Kriegsschiffe Spaniens versperrt, sondern auch durch die Kriegsschiffe der Vereinigten Staaten, die nach internationalem Gebrauch den Waffenschmuggel verhüten mußten. Ein Kapitän, der den Insurgenten Waffen zuführte, lief also doppelte Gefahr: Mit Mann und Maus von einem spanischen Kreuzer in Grund und Boden geschossen zu werden, oder aber von einem amerikanischen Kreuzer beschlagnahmt, was für den Kapitän lange Zuchthausjahre bedeuten konnte. Der abenteuerliche Neuyorker Lotse nun war der rechte Mann für die abenteuerliche Aufgabe. Mit unerhörter Schlauheit verstand er es, bald in dem Hafen von Neuyork, bald in dem Hafen von Jacksonville in Florida, die Kriminalbeamten – die spanische Regierung hatte die Pinkertons, die berühmte amerikanische Detektivagentur zur Verhütung des Waffenschmuggels engagiert – und die Hafenpolizei immer wieder hinters Licht zu führen, in dunkler Nacht heimlich zu laden, und in sausender Fahrt mit seinem schnellen Hochseeschlepper nach irgend einem Rendezvousort an der kubanischen Küste zu jagen. Dort warteten Revolutionäre, und die gefährliche Ladung wurde in rasender Eile gelandet, konnte doch jeden Augenblick ein spanisches Kriegsschiff der Küstenpatrouille auftauchen. Über die Fahrten des abenteuerlichen Kapitäns wurde stets in der amerikanischen Presse berichtet, aber es gelang den Behörden der Vereinigten Staaten niemals, ihn vor den Gerichten zu überführen, oder gar sein Schiff und ihn *in flagranti* zu fangen, obgleich Hunderttausende für seine Überwachung ausgegeben wurden. Nichts schreckte den Dynamit-Kapitän ab. Dutzendemal feuerten spanische Kriegsschiffe auf sein Schiff, und immer wieder entrann er mit knapper Not. Seinen Beinamen erhielt er durch ein charakteristisches Vorkommnis. Der »*Dauntless*«, sein Hochseeschlepper, hatte Dynamit für Kuba geladen. Die gefährlichen gelben Stangen waren in dickwandige Holzkisten verpackt, die Patronenlisten sehr ähnlich sahen. Niemand auf dem Schiff war das bekannt. Als bei der Landung an der kubanischen Küste die Insurgenten an Bord kamen, um zu löschen, hatten sie es begreiflicherweise sehr eilig, sich mit Patronen zu versehen, und schickten sich schleunigst an, eine große Kiste zu erbrechen. Emsig schlug ein Kubano mit einem schweren Beil auf den Deckel los. O'Brian oben auf der Kommandobrücke regte sich nicht im mindesten auf.

»Señor!« sagte er nur, »wenn Sie noch lange auf die alte Kiste loshämmern, fliegen Sie auf direktem Wege zu Ihrer Jungfrau Maria in den Himmel! Es ist nämlich Dynamit drin!!«

Unten aber auf Deck ertönte ein gellender Schrei, ein zweiter, und im nächsten Augenblick waren die Insurgenten samt drei amerikanischen Matrosen über Bord in das flache Wasser gehopst und strampelten wie wahnsinnig küstenwärts. Der tollkühne Kapitän mußte viel über die angebliche Harmlosigkeit von Dynamit zusammenlügen, bis er sie endlich zum Löschen der Ladung überredete.

Das war *Dynamite-Johnny*.

»Also.« sagte Frederick Haveland, »– *Dynamite-Johnny* kennst du. Ich bin zweimal mit Kapitän O'Brian in geschäftlicher und persönlicher Verbindung gestanden. Im Jahre 1897 machte ich eine ziemlich kitzliche Fahrt nach Aguadores mit und später einen kleinen Abstecher mit Waffen nach der Haitischen Küste. Er ist übrigens jetzt Hafenkapitän von Havana, und der friedlichste kleine Irländer geworden, den man sich nur denken kann. *Well* – der Dynamit-Kapitän ist also eine hübsche Brücke zu gewissen allgemeinen Begriffen. Er soll dir als Parallele dienen, und deshalb erwähnte ich ihn. Da du ihn und seine kleine Abenteuer kennst, so brauche ich über Allgemeines nicht so viel zu reden. – Bilde dir mal ein, ich wäre *Dynamite-Johnny!*«

Ich warf meine Zigarre weg und setzte mich aufrecht hin.

»Was ist das, Haveland?«

Diesmal grinste Frederick Haveland nicht. »Es ist ein einfacher Geschäftsvorschlag«, sagte er leise. »Von Mann zu Mann. Las gestern deine Kirchhofssache in der *Dispatch.* Erinnerte mich an dich. Jung und enthusiastisch. Erfuhr auf der Zentrale, daß du im *Palace* stopptest. Sagte mir: den schluck' ich über. Schlage dir vor, gemeinsam mit mir eine kleine Reise nach, sagen wir im allgemeinen, nach Venezuela zu machen. Dauer unbestimmt, aber länger als fünf Wochen unwahrscheinlich. Sache nicht gerade gefährlich, aber auch nicht ungefährlich. Sämtliche Kosten trage ich. Du würdest unter meinen Orders stehen. Veröffentlicht darf ohne meine Zustimmung nichts werden. Was für dich dabei herausspringt, ist Risikosache. Wie denkst du darüber?«

»Abgemacht!« keuchte ich.

Mir war, als stünde mir das Herz still.

Dröhnend hämmerte der Blutschlag gegen meine Schläfen. Ich fühlte, wie sich die Luft in meinen Lungen staute. Mein Atem kam und ging in kurzen leise pfeifenden Stößen. Großer Gott, hatte mir da der Zufall endlich, ach endlich, die Wirklichkeit der Sehnsuchtsträume in den Schoß geworfen: das große Ereignis! Nicht eine Sekunde der Überlegung bedurfte ich. Nur der einzige Gedanke war in mir: Zugreifen! Zupacken! Nur nicht tüfteln und deuteln, nur nicht klug sein wollen. Denn in der Ferne schimmerte das große Ereignis, das Abenteuer.

»Das dachte ich mir!« sagte Haveland, und etwas eigentümlich Warmes war in seiner Stimme und in seinen Augen. »Aber – weshalb hast du augenblicklich ja gesagt?«

»Weil ich, nun, weil ich einmal so bin, und weil der mir bekannte Mr. Haveland den Vorschlag macht und nicht ein x-beliebiger Mr. Smith oder Mr. Meyer. Das ist klar.«

»Auch das hoffte ich.«

»Weshalb aber hast du gerade mir den Vorschlag gemacht?«

»Zufall, wie ich sagte. Zerbrach mir seit drei Tagen den Kopf, wo ich einen geeigneten Partner hernehmen sollte. Einen Partner aber mußte ich aus bestimmten Gründen haben. Hm ja.« Er sah auf seine Uhr. »10 Uhr 53. Ich darf den 12 Uhr Expreß nach Chicago nicht versäumen – muß dort mit einem Mann sprechen. Ich treffe dich am Montag in Galveston, Texas, im *Planter Hotel*. Ich werde dir einen Scheck über fünfhundert Dollars für Auslagen ausstellen – einen Augenblick!«

Er holte ein Scheckbuch hervor und schrieb. Diese absolute Wortkargheit, diese eiserne Ruhe war mir zuviel, denn am liebsten hätte ich ja gebrüllt vor Aufregung.

»Ich muß doch etwas wissen, Haveland!« stieß ich hervor.

»Hm, fünfzehn Minuten habe ich noch. Was weißt du über Venezuela?«

»Das Übliche. Aktuelle.«

»Natürlich. Ich darf noch nicht viel reden, mein Junge. Kannst du dir denken. Wir wollen aber von der Voraussetzung ausgehen, daß in einem Staat wie Venezuela, dessen politische und wirtschaftliche Verhältnisse augenblicklich unstabil sind und den Amerikanern, die seinen Handel betreiben, ein unerhörtes Risiko aufnötigen, der wirtschaftliche Kampf des Kaufmannes sich dann und wann in primitiven und brutalen Formen abspielen muß. Wir wollen auch nicht vergessen, daß der Amerikaner durch den anstrengenden Aufenthalt in den Tropen nicht gerade energischer wird. Angenommen nun, daß sich gewaltige amerikanische Geldinteressen auf Asphaltgewinnung in Venezuela konzentrieren – angenommen, daß zwischen der betreffenden Gesellschaft und der bestehenden Regierung Differenzen entstanden sind, die eine Regelung mit Hilfe der offiziellen Diplomatie nicht vertragen, *peccatur intra muros et extra* – angenommen des weiteren, daß einerseits eine im Gang befindliche revolutionäre Bewegung der Gesellschaft Vorteile verspricht, und andererseits die bestehende Regierung den kranken Leiter der betreffenden Interessen durch Gewaltmaßregeln eingeschüchtert hat – all dies angenommen, so ist es sehr begreiflich, wenn die erwähnten Interessen eine unauffällige Persönlichkeit an Ort und Stelle senden, um Abmachungen zu treffen und den Gang der Dinge zu beschleunigen. Vielleicht muß dabei auch ein bißchen geschossen werden. Nicht viel. Nur gerad, was nötig … Hm ja. Wir sprechen noch über Einzelheiten. Meine Zeit ist um. Da ist der Scheck. Auf Wiedersehen im *Planters Hotel* in Galveston, lieber Junge!«

Und in wackelndem, schwerem Krähengang schritt Frederick Haveland der Drehtüre zu. Er sah ungemein solide und höchst wohlhabend aus, wie einer, der sich bürgerlichen Erfolges und geregelter Verhältnisse erfreut.

Ich sah ihm starr nach.

Wie ich Flibustier wurde

In Galveston. – »Na, immer noch nicht gehenkt?« – Die undurchsichtige Venezuela-Transaktion. – Ich lasse mich auf ein »Geschäft ohne Reden« ein. – Flibustier. – Das Werben der Rekruten. – Jack, der Nevadamann, – »Wenn ich heute Haveland erwischen könnte!« – Wir schmuggeln uns auf den Dampfer. – unterwegs nach Venezuela. – Die »City of Hartford.« – Klarierte Ladung mit Nebenzwecken. – Ein kleiner Namenwechsel auf hoher See

Der tolle Streich, der im Restaurant des *Palace Hotels* in St. Louis mit ein wenig Geplauder und einem völlig unmotivierten Scheck begann, sollte mein letzter werden im Lande der Unruhe, und sechs kunterbunte, zappelige, grell ereignisreiche Wanderjahre nett symbolisch beschließen. Aber hübsch der Reihe nach –

Es war in Galveston:

»Jawohl, Herr – Eis-Tee!« sagte der Negerkellner, rollte die Augen, wie alle Neger es aus unerfindlichen Gründen tun, und grinste, wie alle Neger ohne besondere Ursache grinsen. Es war drückend heiß. Ich fühlte, wie mein Kragen sich langsam in seinen ungestärkten Urzustand zurückverwandelte, und wunderte mich, ob es wohl der Mühe wert sein würde, wenn ich die ungeheure Energie aufwendete, eine Treppe hoch zu meinem Zimmer zu steigen und einen neuen umzubinden. Mit unendlicher Faulheit, beschleunigte doch jede Bewegung das Erweichen des Kragens, sah ich mich um. Einige Herren in weißem Leinen oder gelber Rohseide sahen in den Korbstühlen des Rauchzimmers, Fliegen kletterten an dem elektrischen Kronleuchter des *Planters Hotel* hinauf und hinab, ein trotz allen Drahtgitterschutzes eingedrungener Moskito jagte vergnügt surrend nach Blutbeute. Da waren vortrefflich gedeihende Palmen, reiner gelber Sand auf dem Boden, aber schmutzige Fenster, rauchgraue Vorhänge, zerbrochene Rückenlehnen der Stühle als Symbole der zeitgeheiligten Schlamperei des amerikanischen Südens. In mir war keine Mißbilligung. »Der Teufel mag energisch sein in dieser Hitze!« dachte ich mir nur und träumte von der Farm hundert Meilen weit weg und den Baumwollfeldern und dem kleinen Texasstädtchen und den alten lieben Menschen. Wie hoch ich über dem Erleben vor sechs Jahren stand! Wie alt ich jetzt war und weise! Wie anders würde ich das heute anfangen, und doch, wie schön war es gewesen – – ein Zusammenfahren, ein blitzschnelles Zuschlagen der Hand – da hatte Freund Moskito eingestochen. Genüßlich schlürfte ich den eisigen Tee.

Und mit einemmal war mir zumute, als säße ich auf den Knien einer Gottheit und wartete still des schicksalbestimmenden Willens.

»Na, immer noch nicht gehenkt?« sagte eine sonore Stimme.

Und ich fuhr empor wie aus der Pistole geschossen, weil tief innen in mir gewaltige Erregung war, und stotterte ein idiotisches »*How d' you do, Haveland;* sehr erfreut, dich zu sehen ...«

»Guten Tag, lieber Junge!« sagte Frederick Haveland und grinste. »Heiß, nicht wahr? Nun, auf der Karibischen See wird es noch viel heißer sein. Wir wollen aus dem Eistee einen Whisky und Soda machen, wenn es dir gefällig ist, und uns mit Geschäften befassen. Zeit drängt ziemlich. Ich habe mit einem Mann in Chicago geredet und meine letzten Informationen erhalten. Danach sehen die Dinge so aus, wie ich es befürchtet hatte. Unser Mann sitzt in einem Landhaus – was man so ein Landhaus nennt in Venezuela – nicht weit von La Guayra, was wiederum nicht weit von Caracas ist, verkonsumiert ungeheure Mengen Chinin und hat sich verrechnet. Es ist eine lange Geschichte, die ich dir ganz gewiß nicht erzählen werde. Nur soviel: Unser Mann glaubt, daß Cipriano Castro im Fallen ist, spekuliert auf politische Baisse mit einer halben Million Schatzscheine der Vereinigten Staaten, die anderen Leuten gehören, pflegt schlechten Umgang und ist eigensinnig; mir aber wissen seit vierundzwanzig Stunden, daß

Präsident Castro trotz aller internationaler Verwicklungen fest im Sattel sitzt, und haben entsprechende Schritte getan. Teils übers Kabel, teils durch einen Mann, der jetzt auf dem Neuorleaner Postdampfer wohl schon unterwegs ist. Ich für meinen Teil habe nun die nette Aufgabe, unseren Mann, der viel weiß, sehr große Verdienste hat und einen ganz eigenen Kopf, eines Besseren zu belehren und ihn aus den Händen von Leuten zu befreien, die das Verbrechen begehen, die verlierende Seite darzustellen.«

»Daraus soll der Teufel klug werden«, sagte ich ärgerlich. »Wofür hältst du mich eigentlich?«

»Glaubtest du etwa, ich würde dir Informationen auf den Tisch legen, deren Wert nicht zu ermessen ist?« fragte er eisig kalt. »Geschäft ist Geschäft. Dies ist ein Geschäft ohne Reden. Möglich ist, daß eine Zeitungssache ersten Ranges daraus wird, die ich dir überlasse: sicher ist, daß deine Ausgaben überreichlich gedeckt werden. Großer Gott! Ich dachte, du seist ein Praktikus *und* ein Draufgänger!«

»Ich habe nachgedacht«, sagte ich.

»Und was ist das Resultat?« sagte Haveland scharf.

»Eine Frage: Weshalb brauchst gerade du gerade mich?«

»Deswegen: Weil Enthusiasten, die auf Kirchhöfen herumkriechen, entweder nicht gerade häufig sind oder aber gefährlich – weil ich Leute mitnehmen muß, so zwanzig Mann – weil ich mit der Sorte nicht umgehen kann, denn mich würden sie wahrscheinlich totschlagen – weil ich glaube, daß du der rechte Mann bist – und weil ich für junge Menschen etwas übrig habe ...«

»Abgemacht!« sagte ich kurz.

Ich sehe die Szene vor mir, den Raum. Seine Korbstühle, seine kleinen Tischchen mit Kupferplatten, die Gläser auf ihnen, seine gleichgültigen Menschen, die stumpf rauchten, die Hüte im Nacken, oder flüsternd miteinander sprachen. Den Mann. Sein hartgeschnittenes Gesicht mit dem ewigen Lächeln, seinen schönen Mund mit dem eckigen Härtezug um die Winkel, seine lässige Haltung, sein Selbstbewußtsein, das beherrschte und überzeugte ohne viel Worte, als ob Energiefunken übersprängen von einem Menschen auf den andern. Und ein Lächeln stiehlt sich über mich. Wenn mir Haveland damals gesagt hätte, er gedenke, sich zum Präsidenten von Venezuela zu machen und mich zu seinem Kriegsminister, so würde ich das eine höchst

verständige und ungemein begeisternde Proposition gefunden haben
…

»Ich bin gebunden«, fuhr er fort. »Ich werde dir sagen, was und wieviel ich sagen kann.«

Da fragte ich nichts mehr.

* *
*

Eine Stunde später war ich Flibustier geworden und befand mich in scharfem Konflikt mit den Gesetzen der Vereinigten Staaten.

Denn ich warb Männer für eine bewaffnete Expedition nach einem fremden Land. Nichts anderes war es im Grunde. Mir freilich bedeutete es nicht mehr als einen tollen Streich so ganz nach meinem Herzen, der durch das lockende große Ereignis nicht nur völlig gerechtfertigt wurde, sondern einen großartigen Zug annahm, heroischen Charakter. Herrgott, was waren das für Zeiten! Das vererbte Soldatenblut regte sich. Frau Phantasie und Herr Leichtsinn, ständige und getreue Mitarbeiter eines der größeren Gemächer im Lausbubengehirn, müssen seine Tage gehabt haben. Ich hatte mich außer im Planters Hotel augenblicklich noch in einem zweiten, billigen Hotel eingemietet, unter dem schönen Namen eines Mr. John Smith aus Chicago, und ein billiges Köfferchen mitgebracht, nagelneu, in dem ein nagelneuer fertiggekaufter Anzug verborgen war: ein Anzug, wie ihn ein beliebiger Galvestoner der einfacheren Klassen getragen haben würde. Für die Maskerade und das ständige Wechseln vom einfachen Hotel zum *Planter's House* und zurück – ich war bald da, bald dort – sprachen gute Gründe: es sollte der Neugier nicht so leicht werden, festzustellen, wer ich war.

Heidi, wie schlau ich mich dünkte! Wie vorsichtig und gewitzigt ich mir vorkam! Nun trug wirklich, so schien es mir, das Erleben in den Wanderjahren auf dem Schienenstrang seine praktischen Früchte. Ich, *ego, moi même*, ich und nur ich, das Ich mit einem großen Wir von Gottes Gnaden geschrieben, war doch ein ganz verteufelter Kerl, denn ich wußte, wo man die Männer zum Abenteuern herbekam und wie man mit ihnen redete und auf welche Weise solch' eine kitzliche Angelegenheit eingeleitet werden mußte!

Wo Kohlenhaufen am Frachtbahnhofende ein gutes Versteck boten für Eisenbahnwanderer, wo leere Frachtwagen bei den Lokomotivenschuppen urbilliges Obdach anzeigten, wo in den Sträßchen dicht am Schienenstrang in kleinen Wirtschaften billiges Bier verkauft wurde, da waren die Männer zu finden, die man für Venezuela brauchte. Die Richtigen ließen sich leicht unterscheiden von den Falschen. Drückt doch das harte Trampleben dem Eisenbahnwanderer bald einen leicht lesbaren Stempel auf. Der Lebensschwache verludert, wird scheu, hat etwas Unterwürfiges, während der richtige Bruder Sausewind klare Augen und lustigen Sinn sich bewahrt.

So einen fand ich in der ersten Viertelstunde.

Er hopste gerade aus einem leeren Frachtwagen eines langsam einfahrenden Zuges. Brennend rotes Haar hatte er, das vergnügt unter der Mütze hervorguckte, ein lustiges Gesicht, und eine sechs Fuß hohe Gestalt. Hosen und Rock waren ganz ordentlich.

»Hier! Jack!« rief ich.

Der Mann drehte sich um. »Schon wieder einer!« sagte er gedehnt im weichen Englisch der Weststaaten. »'s scheint mir, als ob's 'n bißchen zu viel Eisenbahnpolizei gäbe in dieser Höllengegend, für meinen bescheidenen Geschmack wenigstens. *Well, and that's allright.* Kann's nicht ändern. Wieviel brummen sie einem auf für das bißchen Spazierenfahren in eurem verdammten Loch von der Stadt?«

»Weiß ich nicht«, grinste ich. »Trinken wir ein Glas Bier?«

»Trinken wir – *well*, ich will Methodistenpfarrer werden, wenn das nich' komisch ist! Wie heißt das Spiel? Heilsarmee?«

»Nein.«

»Hm, die operieren auch nicht mit Bier. Na, Polizei sind Sie keinesfalls. Also her mit dem Bier!« – Da waren wir schon in dem kleinen *saloon* gegenüber. »Meinen Respekt!« sagte der Mann mit den roten Haaren.

»So!« sagte ich. »Können Sie Arbeit gebrauchen?«

»Was für Arbeit?«

»Etwas ungewöhnliche Arbeit.«

»Das hört sich fischig an«, sagte der Rote gemütlich. »Einbrechen is nich'! Jemand umbringen is nich'! Jemand hauen is nich' – das mach' ich nur zum Vergnügen. Aber das Bier ist gut! Weiter!«

Und er lachte mich seelenvergnügt an.

Ich entschied rasch, daß mein Mann einer von der richtigen Sorte war, und entschloß mich augenblicklich, nicht mehr lange auf dem Busch herumzuklopfen. Überdies drängte die Zeit.

»Es mag etwas für Sie sein«, sagte ich, »und es mag nicht etwas für Sie sein, aber ich habe viele Leute vom Schienenstrang gekannt, und wenn Sie mir in drei Worten sagen, was Sie treiben, so will ich Geschäft mit Ihnen reden.«

Nun ging es blitzschnell:

»Nevada-Mann«, sagte er. »Carson City. Silberminen gearbeitet – verdammter Narr gewesen und mit dem bißchen Ersparten auf Silber prospektet – Kuhtreiber dann – wieder Silberminen – Kuba mit Rauhen Reitern ...«

»Was!« ruf ich.

»Roosevelt – Rauhe Reiter – hab' mein Entlassungspapier als Korporal übrigens in der Tasche, 'rumgewurstelt – setz' mir in den Kopf, daß ich den sonnigen Süden 'mal sehen will, is aber eine Saugegend. Das war' alles.«

»*Allright*«, sagte ich. »Zeitungsmann – Zeitungssache an Hand, – handelt sich um eine Geschichte, die mit einer Dampferfahrt anfängt, irgendwohin, und vielleicht damit endigt, daß man sich seiner Haut ein bißchen wehren muß, und zwar gegen Niggers – dazu brauche ich ein Dutzend Männer, auf die man sich verlassen kann – Sache dauert etwa fünf Wochen – fünfundzwanzig Dollars per Woche – und nach meinem besten Wissen tragen ich und mein Freund das wirkliche Risiko und nicht die Männer mit uns. Das wäre so ungefähr die Idee. Jawohl und hier sind fünf Dollars, damit Sie den Mund halten. Habe ich darin falsch kalkuliert?«

»Nee!« sagte der Rothaarige. »Das nenn' ich reden. Stell' mir vor, daß es so'n bißchen Waffenschmuggel ist nach Haiti oder Südamerika, was der Sohn meines Vaters nich' sündhaft findet. Und – für fünfundzwanzig Dollars in der Woche rutsch' ich augenblicklich nach der Hölle und wieder zurück, immer vorausgesetzt, daß ich nicht 'n Spitzbube sein muß dabei! Danke schön und willkommen – *das nenn' ich Geschäft reden!*«

So fand ich den ersten richtigen Mann.

Jack – einen anderen Namen hat er nie genannt, und ich habe nie einen anderen wissen wollen – ging mit Feuereifer ins Zeug. Er redete wenig und fragte nichts. Aber er war es, der in einer Nacht und einem halben Tag den Fremdenverkehr Galvestones, soweit er aus Männern ohne Hab und Gut bestand, so gründlich durchsiebte, daß mir wenig mehr zu tun übrig blieb, als Ja und Amen zu sagen. Wir trafen uns alle zwei oder drei Stunden in verschiedenen kleinen Wirtschaften oder abgelegenen Winkeln des Frachtbahnhofs, und jedesmal brachte Jack Rekruten mit. Da waren drei frühere Reguläre, ein Sergeant darunter, – zwei Irländer, die sich schmunzelnd die Lippen leckten, als sie erfuhren, daß die Aussichten auf eine Rauferei nicht schlecht seien: zwei verwitterte alte Gesellen, die vor undenklichen Zeiten Vorarbeiter im Panamakanal gewesen waren: ein paar Cowboys, und etliche junge Menschen ohne Gepräge, aber stark, jung, gesund, und weltweise in der Art des amerikanischen Westens – sechzehn Mann.

»Nette Bande!« sagte Haveland, als ich ihm erzählte.

»Mir gefallen sie ausgezeichnet!« sagte ich. »Daß man dir für deine doch etwas abseits des Hergebrachten liegenden Zwecke brave Sonntagsschüler mit glänzenden Charakterzeugnissen zur Verfügung stellt, kannst du übrigens nicht verlangen!«

»N–no!« meinte er grinsend. »Halte sie aber lieber im Zügel von allem Anfang an!«

»Selbstverständlich!« antwortete ich kalt.

Denn da mit dem Amt zwar nicht immer der Verstand, aber ganz bestimmt die Anmaßung kommt, so bestand für mich gar kein Zweifel darüber, daß meine sechzehn Mann gutwillig oder böswillig nach meiner Pfeife zu tanzen hatten …

Jack war prima! Ganz von selber hatte er sich zu einer Art Adjutanten gemacht, schafherdete die Gesellschaft, verteilte sie auf Einlogierhäuser, zahlmeisterte halbdollarweise Amüsiergeld, hielt alles in gutem Humor, und log wie Ananias, wenn er mit Fragen geplagt wurde. Ich selber hatte in diesen verrückten drei Tagen die Hände so voll Arbeit, daß ich kaum zur Besinnung kam, und war so seelenvergnügt dabei, daß ich mich um alle Welt nicht zur reinen Vernunft hätte zwingen können. Halb Zeitungsmann sein, halb Glückssoldat, halb praktisch deichseln, halb nebelhaft ins Unbekannte hineinträumen – das war so die richtige Mischung für mein Ich von Anno dazumal. Da sollte man wägen, fragen, zaudern? Nein, Tropenanzüge für die Bande mußte man vorsichtig zusammenkaufen: Wäsche, Kautabak, Pfeifentabak, Revolver, gute starke Messer, vernünftigen Proviant und weiß Gott was alles. Oh, es war sehr schön!

Ich gäbe so manchen Tausendmarkschein darum, wenn ich noch ein einzigesmal genau so jung, genau so töricht und genau so absolut glücklich und zufrieden sein könnte - - -

Haveland arbeitete mit subtileren Mitteln.

Da war immer »ein Mann, den er kannte«, und Arrangements, die längst verabredet waren, und gewichtige Schecks, die Wunder wirkten, und über allem seinem Tun lag ein geheimnisvoller Schleier. Es ist mir die lustigste Erinnerung, die sich an diesen verrückten Streich knüpft, daß ich so kindlich bescheiden, so herzerquickend simpel mit den mageren Aufklärungen zufrieden war, die Mr. Geheimnistuer Haveland gütigst zu machen geruhte. Oh, ich wußte gar nichts! Ich weiß heute noch nicht viel, denn die Ereignisse sorgten dafür, daß die Zusammenhänge mir verborgen blieben. Ich wußte nicht, wer alles die Hände im Spiel hatte; ich wußte nicht, was das Endziel eigentlich war: die Gefahr, den Zweck, das Objekt – ich kannte sie nicht. Scherte mich auch den Kuckuck darum. Kann man doch wie betrunken werden von Abenteuerlichkeiten. Man sieht unklar, träumt im Wachen. Ich fand durchaus nichts besonderes darin, daß Haveland kaum zwanzig Worte auf die Mitteilung verwendete, wir würden heute nacht *pull out*, 'rausrutschen: ich wagte nicht, Fragen darüber zu stellen, wie es kam, daß ein Dampfer fix und fertig für uns dalag: ich war nur sonnenvergnügt, völlig zufrieden damit, das Meinige, das Naheliegende zu tun, als getreuer Vasall, und irgend etwas Unerhörtes zu erwarten.

Freilich, wenn ich heute Haveland erwischen könnte –

Aber immer hübsch der Reihe nach.

Nachts um elf Uhr begaben wir uns auf den Galvestoner Frachtbahnhof und zwar auf krummen Wegen. Hinten herum. Wir kletterten über Zäune und stolperten über Kohlenhaufen. Jack fanden wir an der Stelle, die ich verabredet hatte, und ein leiser Pfiff brachte hinter Frachtwagen und Böschungen hervor meine Leute zusammen. Vorsichtig schlichen wir dem roten Licht zu, das am Frachtbahnhofende vom Hauptgeleise leuchtete, stiegen rasch in den leeren Wagen – ein kurzes »Abdampfen, Jimmy!« des *conductors* – und der Zug setzte sich in Bewegung. Er bestand aus einer Lokomotive und zwei Frachtwagen; in dem ersten Wagen war unser Gepäck, im zweiten hockten wir. Wie Haveland das gemacht hatte, inwiefern die Eisenbahngesellschaft beteiligt war, das wußte ich nicht. Aber der Trick war kindlich einfach.

Nach zehn Minuten Fahrt hielten wir in einem Hafenschuppen am Wasserrand. Die Lokomotive koppelte ab, dampfte zurück, woher sie gekommen war, und die Tore wurden sofort geschlossen. In einer halben Stunde waren die Kisten und die Säcke an Bord des kleinen Dampfers gebracht, der am Wassertor des Schuppens lag, und wir selbst alle miteinander in einem Winkel des Laderaums höchst ungemütlich verstaut, ohne daß irgend jemand draußen auch nur hätte ahnen können, was in dem Schuppen und dem Dampfer vorging – worauf wir und insbesondere Haveland einiges Gewicht legten. Gesellschaftliche Beziehungen zur Hafenpolizei waren uns augenblicklich sehr unerwünscht! Die Nachtstunden in dem übelriechenden Loch wären langweilig gewesen, wenn nicht Jack, das Juwel, immerwährend Geschichten von Pferdedieben und Richter Lynch und Minenkönigen Nevadas erzählt hätte, die uns die leise bestehende Verstimmung vergessen ließen. Ich hatte nämlich verschiedene Whiskyflaschen konfiszieren müssen. Und so etwas nimmt ein Glückssoldat leicht übel …

Schrille Glockentöne erklangen lärmend – ding – ding, ding – ding, ding, ding.

»'s geht los!« sagte Haveland, die Mundwinkel nervös zusammenziehend.

Wir saßen da, mit einemmal stille geworden. Gedröhne, Gepolter, Geräusche. Die Schiffswände erzitterten, die Schraube begann zu arbeiten, die Glocken klingelten, und langsam wurde aus dem Wirrwarr von Geräuschen der stete Arbeitstakt des Schiffes. Eine Stunde mochte vergangen sein, als durch die Luke herab eine knarrende Stimme rief:

»Sie mögen an Deck kommen, meine Herren!«

Wir kletterten die Leiter hinauf.

»Der Bootsmann wird Ihren Leuten die Quartiere zeigen, Mr. Haveland«, sagte ein kleiner Mann mit fuchsigem Spitzbart, schlichten knappsitzenden blauen Kleidern, kecker Mütze. »Darf ich die Herren in den Kartenraum bitten? Steward, drei Gläser, eine Flasche und einen Syphon!«

»Jack, sieh zu, daß alles in Ordnung ist«, warf ich hin.

»Kapitän Boardmann – mein Freund und Partner Carlé«, stellte Haveland vor.

»*Well*«, sagte der Kapitän, »sehr erfreut, Mr. - was ist es - Carley? Wir trinken, wenn es Ihnen beliebt, meine Herren, auf glatte Fahrt und einsamen Weg. Ich muß auf die Brücke. Ich habe die Steuermannskabinen für die Herren zurechtmachen lassen – dies ist sozusagen kein Passagierschiff. Steuermann haust beim Ingenieur – auf'm Boden –

Matratze – nee, ein Passagierschiff ist dies nicht. Sonst alles in Ordnung, *sir*« (zu Haveland). »Gu–uten Morgen!«

Der Kartenraum war ein Loch.

»Dreckiger, alter Kasten«, sagte ich.

»N'n' ja«, grinste Haveland. »Boardmann, der alte Spitzbube – er ist Kapitän und Eigentümer zugleich – beabsichtigt auch gar nicht, an Schönheitskonkurrenzen für Trampdampfer teilzunehmen. Aber seine Maschinen sind tadellos in Ordnung. Sie kosten ihm ein Drittel der Profite. Schnellstes Schiff in der Gegend. Wir haben forcierten Kesselzug und Hilfs-Ölfeuerung und doppeltes Maschinenpersonal, in Summa sechzehn Seemeilen die Stunde, was kein Mensch ahnt. Dja. Für Anstrich jedoch gibt er keinen Pfennig aus. Wir sind 'n prima Kern in dreckiger Schale, mein Sohn!«

»Was meint er mit dem einsamen Weg?«

»Hm. Na, können ja darüber reden. Wir haben eine Ladung für Caracas, Schnellfeuergeschütze *und* Mausers *und* Patronen für die venezolanische Regierung, was ganz rechtmäßig ist ... Unsere Papiere sind völlig in Ordnung.«

Ich pfiff grell durch die Zähne und fiel beinahe auf den Rücken vor Erstaunen.

»Aber«, fuhr Haveland fort, »unter Umständen können auch – hm – andere Leute unsere Maxims und die Patronen und so weiter kriegen. Ist Gefühlssache. Na, und wir möchten gern niemand begegnen, weil wir vorher, vor unserer eventuellen Ankunft in La Guayra, das ist nämlich der Hafen von Caracas, gänzlich inoffiziell unseren kleinen Abstecher zu unserem bewußten Mann machen, was wir uns bei unserer Geschwindigkeit erlauben können. Dja – es ist kompliziert. Halte um Gotteswillen deine Leute in Ordnung. Hast du einen Revolver in der Tasche?«

»Zwei!« sagte ich vergnügt. »Und unsere Route?«

»Gott! Karibische See! Sieh' doch auf die Karte!«

Und kein Wort mehr brachte ich aus ihm heraus, war so recht Haveland.

Stampfe – stampfe – ging das Schiff seinen unerbittlichen Weg. Im steten Dahinfliegen von Dampfern liegt etwas wie die Unabänderlichkeit des Schicksals. Immer gerade aus. Immer vorwärts. Es war gelbnebelig draußen, und drückend heiß schon, trotzdem die Sonne kaum aufgegangen war. Ich stolperte über das unordentliche Deck hin und sah mich nach meinen Leuten um. Sie lagen, vorne neben dem Matrosenlogis, in winzigen Kojen in einem dumpfen Raum, der wohl für Geräte bestimmt war, und schliefen. Mißbilligend stellte ich fest, daß es nach Whisky roch.

»Ein zweitesmal gelingt euch das nicht, Jungens!« dachte ich mir vergnügt.

Als ich die schmale Leiter wieder hinaufkroch, sah ich auf dem Deck bei der Donkeymaschine einen verwitterten Graubart knien, der auf ein langes Stück schwarzgestrichener Leinwand emsig große weiße Buchstaben pinselte. S – T – A – –. Neugierig trat ich näher, aber der alte Kerl nahm nicht die geringste Notiz von mir. Da berührte mich eine Hand an der Schulter, und Haveland stand neben mir, eine Zigarre im Mund, grinsend wie immer.

»Im bürgerlichen Seeleben heißen wir *City of Hartford*, sagte er. »Hübscher Name. Und sehr respektabel. Da wir aber in dringenden Privatgeschäften reisen, und unterwegs nicht gesehen und nicht gemeldet zu werden wünschen, so nehmen wir einen Fetzen Leinwand, malen Buchstaben darauf, nageln den neuen Namen über Heck und Bug, und sind – presto – auf einmal der Dampfer *State of New York*. Der existiert wirklich, sieht uns ungemein ähnlich, und fährt auch irgendwo hier herum. Im Jamaikageschäft. Wie verblüffend einfach es doch ist, ein bißchen zu schwindeln!«

So fuhren wir also auf einem falschnamigen, mit Geschützen vollgepfropften, verdächtig schnellen, richtig klarierten, aber doch wieder krummwegigen Dampfer gen Venezuela. Zu was nun eigentlich? Dja, das war mir wahrhaftig völlig gleichgültig!

Je geheimnisvoller das Ereignis – desto großartiger!

In Venezuela

Stampfe – stampfe …

Und mit den Seemeilen rollten die unerträglichen Tage dahin, gefolgt von den unerträglicheren Nächten. Dann und wann tauchten, wie frei schwebend in der Luft, im glasigen Himmel Inseln und Landstrecken auf, undeutlich, nebelhaft, wolkenartig, oder ein Schiff in der Ferne wie eine vorbeihuschende Erscheinung – aber immer da waren die Unbarmherzigkeit der Glutsonne des Karibischen Meeres und die Schlaflosigkeit der feuchtschwülen Nächte. Ein wüster Traum der Trägheit schien das Leben und ein zu hassender Feind die ewig glatte Wassermasse: ekles Einerlei ihre ewig gleiche Bläue. Man schwankte auf Deck des Morgens nach fiebriger Schwitznacht, berührte eine glühendheiße Reeling, ließ sich stöhnend in den Dampferstuhl fallen, dessen Brettchen so heiß waren wie die Lagerstätten eines türkischen Bades: man rauchte, man trank gierig eisgekühlte Getränke, fast nichts essend, man verträumte im Halbschlaf den Tag im Dampferstuhl. Ungeheuerliche Willenskraft gehörte dazu, zu sprechen, ohne dem Menschen, mit dem man sprach, eine Beleidigung ins Gesicht zu schleudern; übermenschliche Anstrengung erforderte es, die Pflichten des Bemutterns den sechzehn Männern gegenüber zu erfüllen, die vorne am Bug auf Decken und Matratzen herumlagen, spielend, sich zankend, knurrig wie Hunde. Ich ließ aus Revolvern auf die zierlichen Delphine schießen, die um das Schraubenwasser spielten und die farbenglitzernden Leiber mit Blitzesschnelle umherschleuderten, aber es war träger Sport und schlechter Sport, und den Fischen geschah kein Leid; ich ließ die Leute sich gegenseitig mit Seewasser übergießen und machte Scherze dabei, über die weder ich selbst noch irgend jemand anders lachte; ich verteilte Kleider, ließ Waffen probieren, hielt Besprechungen ab, schlichtete Streitigkeiten, erzählte Geschichten – und tat das alles wie im Halbschlaf; wie eine Maschine, wie eine Uhr, die ihre aufgezogene Federkraft abschnurrt.

Das änderte sich mit einem Schlag.

Wir saßen abends im Kartenraum; Boardmann, Haveland, ich. Schweigend. Rauchten grüne Jamaikazigarren. Der Kapitän zeichnete den Kurs des Tages in die Karte ein.

»*Well*, meine Herren«, sagte er plötzlich in seiner wortkargen Art, »wir schaffen's bis vier Uhr früh; sagen wir viereinhalb Uhr!«

»Gottseidank!« schrie Haveland, aufspringend. »Besondere Orders?« fragte der Kapitän.

»Nein. Wie verabredet. Andampfen, sofort landen, zurück aus Sicht, und warten. Das Signal ist eine Rakete.«

»*Very good*«, sagte Boardmann und verschwand.

»Das weitere kommt auf die Umstände an«, erklärte mir Haveland. »Ich kenne hier jeden Steg. Wir entscheiden von Schritt zu Schritt. Im voraus beraten, ist Unsinn. Oh, ich vergaß.« Er holte eine Kassette aus der Kajüte. »Steck' dir diese englischen Sovereigns ein« – eine Handvoll Gold war es –. »Sie sind das beste Geld hierzulande.«

»*Allright*«, nickte ich. »Aber –«

»Nicht reden, bitte«, stieß Haveland hervor. Er sah müde und alt aus.

Mir aber war zumute, als sei ich durch einen elektrischen Impuls urplötzlich wieder frisch, lebendig, stark geworden. Es war ertötend schwül. Ich jedoch glaubte wirklich, einen frischen belebenden Luftzug zu verspüren – ich war ein anderer mit einemmal – ich hätte jubeln können …

»Gut Glück!« rief ich lachend. »Gut Glück. Haveland!«

»Dummes Zeug, dummes Zeug«, brummte er. »Schlafe lieber noch.«

Und er warf sich auf das Banksofa rechts, ich auf das Banksofa links. Kurz nach drei Uhr morgens weckte ich Jack und sagte ihm in wenigen Worten, es sei soweit. Dann holten wir die anderen aus den Kojen. Die elektrischen Glühbirnen hatten wir angedreht, vorher aber eine Decke über die Türe gehängt, denn das Schiff fuhr ohne Lichter. Alles lag gebrauchsfertig da; die Revolver, die Patronenschachteln, die sackartigen Feldtaschen mit Zwieback, Konserven, Zitronensaft in Zinnbüchsen gefüllt, die Feldflaschen mit einer Mischung von Tee, Rotwein, Eis, vom Steward zurechtgemacht. Auf dem schwingenden

Tisch standen Gläser, eine Kanne mit starkem Kaffee, Teller mit Brot. Fleisch, Äpfeln, eine Flasche Whisky, und – etwas sehr Wichtiges – ein Medizinfläschchen mit Chininpillen.

»Essen!« sagte ich kurz. »Drei Finger Whisky für jeden Mann und eine Chininpille. Wir landen in einer halben Stunde. Es wird nicht gesprochen. Befehle werden nur von mir gegeben, und nichts wird ohne Befehl getan. Verstanden?«

»*Yes, sir – yes, sir – yes, sir – –*« rieselte es um den Tisch.

»Eure Revolver habt ihr nur zu dekorativen Zwecken. Dies ist ein Picknick. Wer ohne Order schießt – verstanden?«

»*Yes, sir – yes, sir –*« rieselte es wieder.

»Hat irgend jemand irgend etwas zu sagen?«

»*Hu-rräh!*« begann Jack, aber ich hob rasch die Hand. Dies war nicht die richtige Zeit, zu lärmen –

Die Schiffsschraube hörte zu arbeiten auf. Ich drehte das Licht ab. und wir stiegen an Deck. Das große Boot hing ausgeschwungen in den Davits. Haveland stand neben dem Kapitän auf der Brücke und starrte durch ein Nachtglas zu der dunklen Nebelmasse hinüber, die von Minute zu Minute schärfer in ihren Umrissen wurde und bald Hügellinien und schwarze Wälderflecke erkennen ließ. Dann wurde es in fast grellem Übergang lichter. Wenige hundert Meter vor uns lag einsamer sandiger Strand, von dem jäh steile Hügel aufstiegen.

»Gut!« sagte Haveland. »Alles korrekt. Richtiger Platz. Geben Sie den Befehl. Boardmann!«

Das Boot glitt rasch der knallgelben Strandlinie zu. Haveland, der neben mir im Heck saß, nahm das Glas kaum von den Augen.

»Siehst du den Einschnitt bei dem Gestrüpp dort?« flüsterte er. »Die braune Linie? Das ist unser Weg. Früher waren hier Baracken der Küstenwachen. Sind jetzt verlegt. Die dunklen Punkte dort, ganz weit rechts. War schon dreimal hier. Waffen gelandet. Der Fußpfad führt fast schnurgerade hügelan, durch Urwald, drei Meilen weit, bis zu einer Rodung, die vor fünfzehn Jahren ein verrückter Kalifornier anlegte, um sich da ein einsames Haus zu bauen. Haus ist noch da, *allright*. Dort sitzt unser Mann. Gegend ist im übrigen nicht zu gebrauchen, weil oben auf dem Plateau sumpfig, aber uralter Rendezvousort für Revolutionäre. Augenblicklich auch – was der Haken ist. Kannst du irgend etwas Menschliches sehen?« Er gab mir das Glas. »N–nein.«

»*No! Please God, no!!*«

Und leise knirschte der Bootkiel auf Sand, und wir wateten ein Stück weit in seichtem Wasser und sprangen mit langen Sätzen dem schützenden Gestrüpp zu. Vom Meer her leuchtete der Feuerball der Morgensonne. Gelbe Nebelfetzen umhuschten uns, qualmig nun, dann urplötzlich verschwunden, in leichten Dunst zerlöst, und aus den Bodennebeln wuchsen schreiende Farben von grünen Riesenranken und geil wucherndem Blattzeug, gelb und grün und braun, und ungeheuren Bäumen mit schreiendgrünen Blättern, und das alles begrenzte wie eine Mauer den dünnen brandigroten Pfad, und aus der Mauer kam schwülheißer verpesteter Odem. Irgendwo in der Nähe zeterten schrille Vogelstimmen. Ich war an Ranken gestreift und – stand stockstill, in maßlosem Ekel meinen Hals abstreifend, meine Hände, meine Ärmel, denn ich war bedeckt mit kleinem Getier, mit winzigen Spinnen, langbeinigen kleinen Käfern, mit roten, braunen, grünen lebendigen Punkten – alles wimmelte.

»Hölle! Was ist das?« schrie Leggy – das war einer der Cowboys – »Ameisen? Skorpione?«

»Harmlos, ganz harmlos!« keuchte Haveland. »Vorwärts!«

Springend, laufend, ging es hügelan, dem zerrissenen, hartverkrusteten Pfad nach, der immer wieder von dornigen Ranken überwuchert wurde und dann zwischen riesenhaft aufragenden Palmen führte. Wir mußten uns durchdrängen, die Gesichter schützen, uns vor den tiefen Rinnen im Boden hüten ... So verging eine Stunde härtester Anstrengung. Man kam gar nicht zur Besinnung. Plötzlich blieb Haveland stehen.

»Hundert Schritt weiter, und wir sind da.« sagte er leise, mich abseits ziehend. »Ich kann natürlich nicht wissen, ob Matthews – Percy F. Matthews, das ist unser Mann – ob Matthews da ist und ob er allein ist oder ob seine verdammten Freunde in der Nähe sind.«

Die wuchernden Wände öffneten sich.

Eine weite ebene Fläche lag vor uns, eingebettet zwischen starren Waldwällen, mit hohem Gras, breitblättrigen Pflanzen, rotschimmernden Bodenflecken. Aus der Mitte leuchtete ein niedriges weißes Holzhaus, verwahrlost aussehend, flach, verandenumgeben, verlassen anscheinend. Daneben zwei Hütten. Dicht beim Haus ein Brunnen –

»Nieder!« sagte ich scharf.

Denn aus dem Haus trat ein Mann. Die Gestalt in schmutziger Leinenhose, offener Jacke, breitrandigem Strohhut schlenderte ziellos umher, eine Zigarette paffend, guckte zum Himmel empor, sah gen Westen zum Wald hinüber, kam immer näher. Ich gab Jack einen Wink, und er kroch lautlos vorwärts, um im Bogen hinter den Mann zu kommen. Nun war der Venezolaner uns bis auf zehn oder fünfzehn Schritte nahe. Haveland sprang auf, höflich den Hut ziehend.

»*Santa madre de Dios...*« kreischte der Mann, wandte sich – und starrte Jack an ...

Haveland, immer Hut in der Hand, redete in raschfließendem, klingendem, sonorem Spanisch auf ihn ein, ließ Goldstücke blitzen, lauschte auf Antwort, gab Gegenrede. »Matthews' Diener!« sagte er dann leise zu mir. »Matthews ist drinnen. General Morales – das ist der Rebellenführer, um den sich alles dreht, – steht mit fünfhundert Mann eine englische Meile von hier. Matthews erwartet ihn heute nachmittag. Wir müssen also sofort mit Matthews reden.«

»*Allright*«, antwortete ich. »Jack, behalte den Mann hier. Geht näher an das Haus heran, laßt euch nicht sehen, haltet nach allen Richtungen Ausguck, und meldet sofort, wenn jemand kommt. Verstanden, Jack?«

»*Yes, sir*«

Frederick Haveland aber und ich schritten eilig, hochaufgerichtet, ohne den Versuch zu machen, uns zu verbergen, über den hitzesprühenden Boden dem Häuschen zu. Es war einmal weiß angestrichen gewesen; jetzt klafften an den Wänden große graue und braune Schmutzflecken. Auf der Veranda war zwischen Pfosten und Rückwand eine sonderbare Hängematte gespannt, ein Tierfell anscheinend. Wir stießen die Türe auf. Das eine Fenster war zerbrochen, das andere schmutzig, ein eiserner Kochofen stand an der linken Wand, leere Konservenbüchsen und Flaschen lagen umher. Nächste Tür – nächstes Zimmer. Und ich blieb an der Tür stehen. Auf einem einfachen eisernen Feldbett in der Mitte des Zimmers lag ein Mann, im schneeweißen Leinenanzug, und das Gesicht dieses Mannes war schreiend kupfergelb, zwischen Gelb und Rot, kupfrig.

Er hatte sich auf den einen Arm gestützt, wie aus dem Schlaf aufgeschreckt, und seine Rechte hielt einen Revolver. Die Augen leuchteten wie Lichter. Ich sah gleichzeitig den Mann, die Augen, die Waffe, die Kleinigkeiten des Zimmers – die schönen Felle am Boden. die eiserne Kassette vor dem Bett, den schlichten Waschtisch, die Fläschchen und Büchsen auf einem kleinen Tisch, den Winchester-Repetierer an der

Wand. Dann konzentrierte sich mein Blick auf die Waffe in des anderen Hand. Sie blieb gesenkt.

»Hoho – Haveland ist's!« sagte der Mann mit dem Kupfergesicht dünnstimmig.

»Guten Morgen, Matthews«, preßte Haveland hervor. »Du siehst krank aus.«

»Bin ich auch, Freund. Leber! Aber mein Stimmchen sagt mir, daß Mi–ü–üster Haveland nicht gekommen ist, um sich nach meiner verdammten Gesundheit zu erkundigen. Reden wir also Geschäft. Haveland. Aber ich warne dich« – sonderbar, wie stählern hart die dünne Stimme klang – »daß du zu spät kommst, mein Lieber. Ich habe gewissen Leuten viel Geld verdient, und ich gedenke nicht, mir irgend welche Vorschriften machen zu lassen, wenn ich den Weg klar vor mir sehe, für diese Leute und für mich endlich so etwas wie Millionen fingern zu können. Du hast das geschickt gemacht, Haveland – Privatdampfer, direkt, was? – aber du kommst zu spät. Wer ist der Mann da?«

»Freund; kommandiert sechzehn Amerikaner, die draußen warten.« – »Sechzehn – das ist aber unangenehm«, sagte die dünne Stimme ruhig. »Dann wollen wir das Dings da« – er ließ den Revolver fallen – »weglegen. Rede Geschäft, Haveland!«

»Matthews – du kennst mich?« fragte Frederick Haveland, sich auf einen Stuhl setzend.

»J–ja. Ich kenne dich.«

»Du weißt, daß ich – hm, fast immer auf der richtigen Seite bin?«

»Diesmal nicht.«

»Willst du mir einige Fragen beantworten? Aber richtig!«

»J–ja. Lügen hat in unserem Fall keinen Zweck.«

»Gut! Du unterstützt Morales?«

»Jawohl.«

»Wieviel Geld hast du ihm gegeben?«

»Rund sechzigtausend Gold.«

»Und die halbe Million?«

»Noch nicht.«

»Gottseidank! – Gottseidank! – Wo ist das Geld?«

»Englische Bank, Jamaika. Andere Leute wissen auch mit praktischen kleinen Privatdampfern umzugehen, mein Lieber«, piepste die dünne Stimme. »Und nun hör' zu, Haveland. Über dieses Geld verfüge ich,

vielleicht auch noch der liebe Gott, aber sonst ganz bestimmt niemand
– Leber oder keine Leber! Ich kenne dieses Land und ich weiß, daß
der ehemalige Ochsentreiber Castro, der sich jetzt Präsident schimpfen
läßt, die längste Zeit mißgewirtschaftet hat. Morales steht hier mit 500
Mann, in Caracas warten seine Anhänger nur auf ihn, in den Provinzen
ist seit vielen Monaten alles vorbereitet. Es wird ein einziger Schlag
sein in einer schönen Nacht – Caracas ist nicht weit von hier, mein
Lieber – und – aus – damit. Früher wurde der Fehler begangen, diese
Dinge in entfernten Provinzen anzuzetteln, mir aber schlagen nach
dem Herzen und schlagen schnell.«

»Und die Kompensationen, Matthews?«

»Darüber rede ich nicht.«

»Gut!« sagte Haveland. »Das kann ich verstehen, Matthews! Die
Männer, für die ich spreche, geben keinen roten Heller für Castro.
Keinen roten Heller für Morales. Und sehr wenig – entschuldige! –
für Percy F. Matthews. Es ist alles nur pures Geschäft. Wir wissen –«
hart, scharf, schnell kamen die Worte – »daß seit dreizehn Tagen der
Standort deines Morales in Caracas bekannt ist: wir wissen, daß alle
gefährdeten Punkte schärfstens bewacht werden; wir wissen, daß Castro
seiner Leute sicher ist, denn europäisches Geld ist ihm beigesprungen,
das er richtig verwendet hat – und wir wissen endlich, daß die Vereinigten Staaten unsere Ansprüche nicht unterstützen werden, wenn wir
uns an Anschlägen auf die bestehende Regierung beteiligen. Verstehen
Sie mich jetzt, Mr. Percy F. Matthews?«

»Großer Gott!« sagte unser Mann, schwer keuchend. »Gib mir mal
die silberne Spritze dort, Haveland – und das Fläschchen; nein, das
kleine, blaue – 's ist nur Kokain – so! Danke!« Er stach am Oberarm
ein und richtete sich dann langsam auf.

»Ich muß Morales warnen«, sagte er langsam.

»Wie du willst. Ich mache dich aber darauf aufmerksam, daß es
meiner Ansicht nach nur einen einzigen gangbaren Weg gibt, aus
dieser Affäre herauszukommen. Wir müssen augenblicklich fort. Mein
Dampfer wartet. Du darfst mit dieser Sache nichts mehr zu tun haben.
Hat Morales etwas Schriftliches von dir oder irgend jemand?«

»N–ein.«

»Gut. Unser Ziel ist Caracas, und wieviel Geld es uns kosten wird
– –«

Er hielt inne, die Augen weit aufgerissen. Ich war in die Höhe geschnellt.

Geisterig ertönte Geknatter.

Unregelmäßig, rollend, fern, aber klar und deutlich.

Haveland sah mich an.

»Infanteriefeuer!« sagte ich kurz.

»Hell! Morales wird angegriffen! Schnell. Matthews!«

»Ihr müßt mich tragen –«

»Höll' und Teufel! Schnell, schnell, Matthews hol deine Leute, Ed – –«

Wir rissen die eisernen Füße vom Feldbett, fieberhaft arbeitend, denn das Feuern kam rasend schnell näher, und hatten rasch eine halbwegs praktische Tragbahre konstruiert. Dann ging es im Laufschritt dem Pfad zu, vier Mann mit dem Kranken voraus. Matthews fluchte fürchterliche Flüche dabei, direkt unanständig, und hielt krampfhaft seine eiserne Kassette fest, die er mit auf die Bahre genommen hatte. Befehle zu erteilen, war durchaus unnötig; die Leute hatten augenblicklich begriffen, auf was es ankam – Eile, schnellste Eile, Blitzeseile, und sie mochten ahnen, daß es um Haut und Kragen ging. Haveland, Jack und ich bildeten die Nachhut. Als wir den Waldrand eben erreicht hatten – die Bahre war voraus – tauchte drüben ein Reiter auf, gefolgt von undeutlichen Gestalten, die Gewehre schwangen. Im nächsten Augenblick knallten Schüsse, und hoch über unseren Köpfen zischten Kugeln.

»Das geht nicht«, sagte ich. »Vorwärts, da vorne! Ihr könnt euch nachher drei Wochen lang ausruhen! Rasch! Noch schneller! Wer ist das, Haveland?«

»Weiß nicht«, war die keuchende Antwort. »Wir müssen den Dampfer erreichen und – allein erreichen. Sie würden uns niederschießen wie Hunde, ob's nun Revolutionäre sind oder Regierungstruppen!«

»Versprengte Revolutionäre, wahrscheinlich«, erwiderte ich, rasch nachdenkend. »Sie haben auf uns geschossen – das macht die Sache einfach – Jack, auf das Pferd, – niedrig halten, um Gotteswillen – Leggy, komm' her – das Pferd dort ...«

Mein Colt knallte als erster, und vor dem Pferd spritzten Erdfetzen auf. Fast gleichzeitig mit meinem zweiten Schuß dröhnte es links und rechts neben mir. Pferd und Reiter wälzten sich auf dem Boden.

»Hoffe, er hat sich den Hals gebrochen –« schrie Jack jubelnd. »Gutes Schießen! Das waren fünfhundert Schritt, kalkulier' ich!«

Und wieder schlugen Kugeln um uns ein.

»Weiter!« brüllte ich. »Sie wissen nicht, wer wir sind und wie viele wir sind! Hier, Leute! Feuert in die Luft – schnell – alle sechs Schüsse – wollen ihnen Angst einjagen – so – soo–!«

Geknalle, Gedröhne –

Weiter!!

Und ein wahnsinniges Rennen begann: ein Springen, ein Hetzen, ein blindes Vorwärtsstürmen, ein Vorwärtsschleppen der Bahre, ein Aufbieten der letzten Kräfte, und Schüsse knallten hinten, und Geschosse umzischten uns, und ich ließ aufs Geratewohl feuern. Dann wurde es still.

»*Das Signal!*« keuchte Haveland.

In zehn Sekunden war ein Stock geschnitten. Das Feuergeschoß zischte mit scharfem Knall schnurgerade in die Höhe, aber die Flammengarbe hatte in der dünnen grellbesonnten Luft nur mäßige Leuchtkraft. Es blieb still. Nach zweihundert Schritten feuerten wir eine zweite Rakete; dann in kurzen Zwischenräumen eine dritte, vierte, fünfte. Es blieb immer noch still.

»In zwanzig Minuten haben wir's!« stieß Haveland hervor.

Weiter – weiter!

Der Schweiß lief in Strömen von mir herab und vor den Augen tanzten mir glühende Sterne und mein Atem kam und ging mit pumpenden keuchenden Stößen. Neben mir rannten Menschen, keuchend, stolpernd, fluchend – weit vorne schwankte die Bahre hart auf und ab. Der Mann mit der kranken Leber büßte in dieser Stunde seine sämtlichen Sünden. Ich blieb einen Augenblick lang stehen, den Colt wieder ladend. Fast versagten mir die Füße den Dienst.

Weiter!

Das Ende des letzten Streichs

Endlich am Strand. – Der Dampfer wartet. – Das überfüllte
Boot. – Jack und ich bleiben zurück. – Der Dampfer läßt uns im
Stich. – Das Kriegsschiff der Vereinigten Staaten. – Wir geben
Raketensignale, und ein Boot holt uns ab. – Der Marinekadett
verhaftet uns. – Ein altes Gesicht. – Eine kleine Ohnmacht. – Der
Wahnsinn der Wirklichkeit. – Wie durch Billys Hilfe sich alles
in Wohlgefallen auflöste. – Das Nebelhaft … – Wie schön es ist,
etwas nicht zu wissen –

Die Anwandlung von Schwäche war im Augenblick geschwunden.

Denn da weitete sich der Pfad, und wir waren im niederen Gestrüpp, und der Strand lag knallgelb da, und er war einsam, und greifbar nahe fast schaukelte der Dampfer in leichtem blauen Wellengang, und dicht bei der Strandlinie wartete das Boot. Ein brüllendes Hurra! donnerte durch die Luft.

»Ruhe!« schrie ich. »Ihr könnt auf dem Dampfer brüllen! Schnell!!«

In wenigen Minuten war die Bahre mit dem Kranken durch's seichte Wasser getragen, ins Boot gehoben – Männer wateten hinterdrein – kletterten über Sitze …

»Halt!« rief der Bootsmann. »Höchstens noch einer!«

Haveland, der am nächsten war, wurde ins Boot gezogen. Jack und ich blieben zurück. –

Das alles spielte sich blitzschnell ab.

»Wir holen euch in zwanzig Minuten.« rief Haveland noch.

* *
*

Ich hockte mich in den Sand hin und starrte gleichgültig dem abfahrenden Boot nach, denn mir war schwach und elend zumute. Kein weißer Mann kann in einem Tropenklima seine Kräfte bis aufs äußerste anstrengen, ohne sehr bald zum Ende zu gelangen. Die Luft flimmerte und zitterte. Die Sonne brannte erbarmungslos. Mein einziger Gedanke war: »Wenn ich nur schlafen dürfte …«

Plötzlich pfiff Jack schrill durch die Zähne.

Ich sah auf. Das Boot war halbwegs zwischen Strand und Dampfer. Aus dem Schornstein der *City of Hartford* qualmten auf einmal schwere schwarze Rauchwolken – und – dort am Horizont kräuselte über einem hellen Fleck eine zweite Rauchwolke empor. Der helle Fleck wurde zusehends größer, die Rauchwolke deutlicher, schwärzer …

»Noch 'n alter Dampfer!« murmelte ich schläfrig.

Mechanisch suchte ich die Strandlinie nach links und nach rechts mit den Augen ab, denn ich fürchtete die Küstenwachen, die eigentlich durch unsere Raketen alarmiert sein mußten. Nein; da war niemand. Der helle Fleck wurde weiß; zeigte die schlanken Linien eines Schiffes. Im gleichen Augenblick schien es mir, als ob die Lage der *City of Hartford* sich verschiebe, und zwanzig Sekunden später konnte ich nicht daran zweifeln, daß der Dampfer in voller Fahrt nach Norden abdampfte.

»*They've left, us!*« schrie Jack, wütend aufspringend. »Diese hündischen Söhne von Feiglingen lassen uns im Stich!«

»*Exactly!*« sagte ich ganz ruhig – in meinem Kopf war wohl etwas nicht völlig in Ordnung – »und es tut mir nur leid, daß wir keine Winchesters haben. Die Colts tragen nicht so weit. Hätte ich meinen Winchester, so würde ich die Herrschaften auf der Brücke dort sehr krank machen.« – Mühsam spähte ich durchs Glas nach dem näherkommenden weißen Fleck. – »Sei ein guter Junge, Jack, und schneide mir zwei Stöcke für Raketen. Die Sterne und Streifen habe ich deutlich gesehen – weiß ist das Dings auch – ich müßte mich sehr irren, wenn das nicht ein Kanonenboot der Vereinigten Staaten ist – deshalb sind die Hunde auch ausgekniffen – und ich will's lieber mit Onkel Sam zu tun haben als mit der dreckigen Gesellschaft, die uns jeden Augenblick über den Hals kommen kann – wir wollen zwei Raketen feuern, mein Junge!«

Eine fürchterliche halbe Stunde des Wartens.

Nun war er da, der schlanke weiße Dampfer. Eine Meile weit ungefähr draußen. Mit zitternder Hand zündete ich die Lunten an, und die Feuergarben sprühten in die Höhe … Wir waren wohl beide ein bißchen toll, denn wir rannten wie Verrückte am Strand auf und ab, und knallten Schüsse in die Luft, so schnell wir laden konnten – und brüllten wie besessen, denn vom Schiff löste sich ein dunkler Fleck – kam schnell auf uns zu …

»Amerikaner! Dachten wir uns!« krähte eine Kinderstimme –
»Was war das für 'n verdammter Dampfer, der da wegfuhr?« –
»Was für 'n Höllengeschäft habt ihr hier?« –
»'rein ins Boot!« –
»Sie sind unter Arrest!« –
»Her mit den Revolvern!« –
»Wir werden Sie schon fixen!«

– Es ging alles sehr schnell. »Sie sind unter Arrest!« kreischte zum drittenmal der kindergesichtige Marinekadett, der das Boot kommandierte.

»Das ist mir ver–verdammt an–angenehm ...« stotterte ich totmüde, und doch grinsend. »B–besten Dank! – –«

Und dann waren wir auf einmal an einer weißen Schiffsseite, und irgend jemand half mir die Stufen einer Kriegsschifftreppe empor, und da standen, höchst undeutlich für mein Auge, Herren in Uniformen und insbesondere eine Gestalt in weißem Flanell, mit einem Gesicht, das mir außerordentlich bekannt vorkam, einem lieben alten Gesicht –

»Guter Gott! Bist du's!« rief es aus dem alten Gesicht.

»Der Kerl sieht wie Billy aus«, stammelte ich, sehr hörbar. »Jawohl, ich bin es! Ich – der blödsinnigste verdammte Narr seit Erschaffung dieser verrückten Welt – – –«

»Amen!« sagte eine alte, liebe Stimme.

Hierauf – sonderbar – bin ich wohl zusammengebrochen ...

* *
*

Oh ja, die Wirklichkeit ist immer etwas Wahnsinniges.

Das Schiff war der Vereinigte-Staaten-Zollkreuzer »Albatros« (sagen wir) – das Schiff heißt *nicht* »Albatros«, und Haveland heißt *durchaus nicht* Haveland, und Matthews hat einen *ganz anderen* Namen als Matthews; aber was bedeutet schließlich ein Name? – und, wie verrückt doch die Märchen der Wirklichkeit sind! Mein alter Billy vom Schienenstrang, mein lieber Rauher Reiterleutnant, war – neuernannter Konsul der Vereinigten Staaten für Belize, einem verdammten Hafennest des britischen Honduras, und gondelte vorher im Karibischen Meer noch ein bißchen herum, weil ein amerikanischer Konsul eine

Respektsperson ist und besonders weil der Kapitän des Zollkutters der Mann seiner Schwester war! Die Wirklichkeit ist wahrhaft verrückt.

O, es löste sich alles in Frieden und Wohlgefallen auf.

Ich erzählte Billy haarklein, wie sich das alles zugetragen hatte (wenn der Teufel Haveland zu holen gedachte, so hatte er entschieden meinen Segen!) und der Rest war ein großes Gelächter.

»Offiziell weiß ich von nichts!« sagte Kapitän – nun, wenn ich einen Namen nennen wollte, müßte ich doch lügen.

»Ich garantiere, daß er den Mund hält!« warf Billy ein.

Und ich nickte, und so wurde die Sache als Zeitungswert auch noch versaut …

Muß ich erwähnen, daß Billy und ich uns Geschichten erzählten, die siebenundzwanzig dicke Bände gefüllt hätten? Muß ich angeben, daß Jack einen saftigen Anteil von den englischen Sovereigns des guten Haveland erhielt? Ist es nicht selbstverständlich, daß das Schiff uns in Port Kingston, Jamaika absetzte, und daß wir am gleichen Tag Plätze auf dem Postdampfer nach Neuorleans belegten?

* *
*

So endete die Expedition ins Nebelhafte.

Sie ist hingeschrieben worden nach dem Erinnern der Wirklichkeit, wie die Bilder eines Films aus der Wirklichkeit aufgenommen werden. Es fehlt nur der erklärende Verbindungstext der Lichtspielbühne …

Und damit hat es seine Bewandtnis.

Vor einigen Monaten war ich auf dem Sprung, nach London zu fahren und aus den ausgezeichneten amerikanischen Zeitungsregistraturen des Britischen Museums die Wechselwirkung zwischen venezolanischen Verhältnissen und Maßnahmen des interessierten amerikanischen Kapitals zu der genauen Zeit meines letzten lustigen Streichs festzustellen. Vielleicht hätte sich dann nach Wochen mühseligen Suchens ein Anhaltspunkt ergeben. Diese oder jene Tatsächlichkeit, die eine erklärende Kombination ermöglicht haben würde … Ohne Zweifel standen hinter dem Mann, den ich Haveland nenne, bedeutende Geldinteressen, denn unsere Flibustierfahrt muh Unsummen gekostet haben. Feststeht ferner, daß der wirkliche Interessent die Amerikanische Asphalt-Kompagnie war. Obendrein spielte sich unsere Fahrt kurz vor den internationalen Verwicklungen mit Venezuela ab, über deren einzelne Gründe Belege existieren –

O ja, man hätte kombinieren können!

Aber am Ende erschien es mir häßlich, die lustige Romantik der Wirklichkeit mit grauer Theorie und öden Erklärungsversuchen zu belasten. Das Geschehen muß für sich selbst reden. Ich fuhr nicht nach London. Ich bin es zufrieden, mir lachend zu sagen, daß ein kleines Geheimnis doch viel schöner ist als nüchternes Wissen – in diesem besonderen Fall! Ich habe für einen klugen und gerissenen Mann die Kastanien aus dem Feuer geholt – leichtfertigst meinen Hals riskiert (wofür ich heute noch eine gewisse Vorliebe habe!) – mich um das Naheliegende, Selbstverständliche, Praktische überhaupt nicht gekümmert – einem grotesken Abenteuer in die Zähne gelacht – und ich möchte, daß mir die Erinnerung so bleibt, wie sie ist. Echt! Unverwässert! Ich will gar nicht wissen, was mit der *City of Hartford* geschah – und ob Castro die bestechenden Schnellfeuergeschütze wirklich bekam – und wie dieser Spitzbube von Haveland sich endgültig aus der Affäre zog …

Denn es ist manchmal sehr schön – etwas nicht zu wissen!

Fahrwohl, Amerika!

Neuorleans ist eine außergewöhnlich interessante Stadt, und es scheint mir eine beschämende Erinnerung, daß ich all' das Interessante – die Mississippi-Levée, den sonderbaren Mischmasch von französischer Grazie und amerikanischer Grellheit, die wundersamen berühmten Bauten der alten Stadtviertel – so ziemlich verträumte, verschlief, übersah. In einem Mischmasch von Lachen und Mürrischsein …

»O – du! – du! –« (so sprach ich zu meinem Spiegelbild, und das Sprechen ermangelte keineswegs der allergrößten Deutlichkeit) – »Du! Geh' doch wieder auf eine Farm und pflücke Baumwolle mit schwarzen Negern um die Wette! Dazu taugst du! Da hast du ja dein großes Ereignis gehabt – nettes Ereignis – vier Stunden und fünfzig Minuten hat es gedauert – reizend, reizend – o du …«

»Den Mund mußt du auch noch halten – o, o!«

»Niedlich – diese Einfalt, mit der du hinter Haveland hergelaufen bist – o, o, o, …!«

Aber auf einmal meldete sich ein inneres Stimmchen kichernd:

»Lieber Junge – es war ja – jawohl, es war doch wunderschön …«
Und da lachte ich laut und verspürte heißglühende Luft und sah
knallgelben Sandstrand und schüttelte den Kopf und wunderte mich,
was Haveland jetzt wohl trieb, und ich, der Quecksilberige, ich spielte
solitaire im einsamen Hotelzimmer, was auf gut Deutsch *patience* heißt
– eine wundervoll beruhigende Beschäftigung – der Kuckuck mag
wissen, wie sie aus den Boudoirs Ludwigs des Vierzehnten nach dem
modernen Amerika gekommen ist, wo jedermann *patience* legt – und
grübelte und war ein bißchen krank.

Meine Post kam.

Ich hatte sie mir aus Neuyork, St. Louis, Galveston herbeitelegra-
phiert. Und es begab sich, daß unter den Briefen zwei deutsche waren,
von meiner Mutter, mit trüben Nachrichten von Sorgen und veränderten Verhältnissen, und einmal hieß es – »hätten wir dich nur hier!«
Aber es war hingeschrieben, wie man von etwas Unmöglichem schreibt.

Da sann ich und sann verstimmt.

Und urplötzlich packte mich ein Gedanke, der mir so ungeheuerlich
schien, so furchtbar, daß ich entsetzt aufsprang und jäh im Zimmer
auf und ab rannte. Der Gedanke fraß sich tiefer ein – Bilder kamen,
Vorstellungen, Sehnen, Wünschen – wunderliche Pläne huschten
durchs Hirn – ich sah ein altes liebes Gesicht – ich wandelte in alten
Straßen – und der Gedanke war zum Entschluß geworden …

»Der Wanderweg führt heimwärts!« flüsterte ein zittriges Stimmchen.

»Heiho – heidi – etwas Neues!« jubelte der gute, alte, liebe Leicht-
sinnsteufel. »Hurra – etwas ganz Neues! Etwas wundervoll Neues!!
Rasch nur, rasch, rasch, rasch …«

Ich bestellte telegraphisch in Neuyork eine Kabine auf dem nächsten
Europadampfer.

Ich reiste binnen zwei Stunden von Neuorleans ab.

Und schwamm binnen drei Tagen auf dem großen Wasser.

In mir war keine Wehmut, kein Zögern, kein Grübeln. Vorwärts,
Neuem entgegen!

Fahrwohl, Amerika!

* *
*

Ein Mann, der wirklich kein Lausbub mehr genannt werden könnte, wenn er auch jung bleiben möchte und fröhlich in die Welt gucken trotz erschrecklich starken Haarschwunds, und, liebe gute Götter, ein wenig leichtsinnig auch, sitzt im Schreibstuhl und schreibt und starrt dann wieder in die Ecke, wo die Bilder huschen, von den alten amerikanischen Zeiten träumend, in denen er ein Lausbub war.

Wie rasend schnell sie sich abrollten, die Jahre! Wie es sich jagte und überpurzelte, das Erleben, das Verändern, das Schauen, das Lernenmüssen! O, wie sie huschten, die bunten, tollen, wirren, grellen Bilder – gleich – gleich den lebendigen und doch so märchenhaften Schatten, die uns weißes Licht aus einem Film an eine Wand wirft …

Nein! Häßlicher Gedanke – Sie sind ja da, die kleinen hübschen Bildchen, und sie sind möglichst nett gezeichnet worden nach bestem Können, und die dummen Streiche wurden ja allerdings nicht klug und taktvoll verschwiegen, und schließlich könnte man wohl auch sagen, daß all das Zeug ein kleines amerikanisches Kulturbildchen ist – aber hinter den Bilderchen und den dummen Streichen und all dem Abenteuerlichen steckt ein Gedanke. Ein heißes Wünschen. Stümperhaftigkeit nur war es, die uns das Wollen so viel leichter macht als das Können – *strange, how desire does outrun performance*! sagt Shakespeare! – wenn die Buchstabenbilder den Gedanken nicht scharf ausprägten.

Ich singe keine hohen Lieder des Leichtsinns.

Leichtsinn –

Es kommt in dieser sehr schönen Welt im letzten Ende darauf an, auf eigenen Füßen zu stehen und seines eigenen Glückes Schmied zu sein, so altmodisch das auch klingen mag. Laßt sie doch schmieden, die Männer und die Frauen! Laßt sie hämmern! Mann, Mensch, du mußt ja für das alles bar bezahlen an jeder Wegkreuzung des Lebens – du mußt bezahlen mit harter Münze, mit nagendem Jammer, mit Lebensjahren – du mußt ganz unweigerlich bezahlen – und wenn du nur ein ganzer Mann, ein ganzer Mensch bist, der das frißt, was er gekocht hat, das erleidet, was er verschuldete, so magst du den Kopf hochhalten und den Pharisäer verlachen, sei er großer Herr oder kleiner Knecht, der dich schief anblickt.

Deine Kraft ist in dir und nur in dir. Niemand kann dir wirklich schaden; niemand dir wirklich nützen. Du allein bist der Herr deiner Welt. Und es ist etwas Großes, Herr zu sein –

Laßt sie doch in die Sonne lachen, die Menschen!

Seid frohsinnig!

Vertraut auf euch selber!

Seid stark! Tragt doch grinsend eure Bürden und arbeitet, arbeitet
– dann nur und nur dann dürft ihr leichtsinnig gewesen sein …

So sind frohe Lebensbejahung und starker Glaube an die Kraft des
einzelnen Menschen Paten gestanden bei dem Geborenwerden dieser
vielen Tausende von Zeilen.

* *
*

Und war ich einmal und war ich oft verzweifelt und schwach, so habe
ich, mit glänzendem Erfolg, gesucht, das schleunigst und für immer
zu vergessen. Wie bitterhart es war und wie sonnenlustig, das neue
Leben, wie wirr, wie bunt, wie verrückt, und doch wie wunderschön
folgerichtig – wie endlos oft und wie steinig der Weg – das ist jetzt
eine fröhliche Erinnerung!

Rückblick

Neulich besuchte mich ein amerikanischer Freund.

Ich saß hungrig da und lauschte gierig auf sein Erzählen. Es war,
als hätten nebelhafte Märchengebilde der Erinnerung auf einmal wieder
die festen klaren Formen der Wirklichkeit angenommen; eines romantischen aber wahren Lebens, das doch weit und unwiederbringlich
zurückzuliegen schien. Der Mann, ein erfolgreicher Ingenieur, sprang
von Stadt zu Stadt über in seinem Schildern; von Staat zu Staat, von
Land zu Land – von Texas zu Kuba, von New York zu San Franzisko,
von Zuckerplantagennegern zu New Yorker Milliardären …

Und ich lauschte und lauschte, und eine Spanne Zeit lang kam es
mir vor, als sei ich Ärmlicher nun wirklich wie ein Gefangener an die
Scholle gebannt. Als könne ich das weite Feld von dereinst gar nicht
mehr überblicken. Jedes Wort rief mit grausamer Deutlichkeit alte
Erinnerungen wach. Zu locken schienen sie, zu schmeicheln, zu lieb-
kosen, die alten Ausdrücke und Wortwendungen des Amerikaners,
die in drei kurzen Strichen eine Sache, einen Menschen haarscharf
umrissen. Wie das Überspringen eines elektrischen Funkens war es,

wie die Nähe einer lieben Frau. Auf einmal jedoch schien sich etwas Fremdes einzuschieben. Ich empfand, daß mich von diesem Mann, von seinen Vorstellungen, von seinem Sein eine breite Kluft trennte. Eine andere Kultur. Verändertes Schauen. Neues Erleben.

Und als der Mann, der mir große Freude und tiefes Enttäuschtsein zugleich ins Haus gebracht hatte, gegangen war, legte ich mir eine Frage vor, die mich eigentlich niemals in so klarer Form beschäftigt hatte:

Was ist mir Amerika?

Ein weiches, zärtliches Gefühl kam über mich, als gedenke ich eines lieben Menschen, von dem ich getrennt sein mußte. Die Traumbilder kamen. In ungeheurer Wucht stiegen gigantische Städte auf. Lebendige Steinmassen ragten gen Himmel. Von allen Seiten und nach allen Seiten wälzte sich ein schwarzer, bienenemsiger Menschenstrom. Dumpfes Getöse erdröhnte. In den dichtgedrängten Massen brauste es wie Kampfgetümmel, und still lagen die Leiber der Gestürzten da wie ruhiges Inselwasser im rauschenden Strom. Schwarze Punkte stießen andere schwarze Punkte nieder, kletterten über sie hinweg, schwangen sich auf fremden Rücken empor ...

Dort, wohin alle drängten, rieselte aus bleigrauem Himmel gelb und gleißend ein Goldstrom. Getrieben, gepeitscht, gelenkt von furchtbaren, sausenden Maschinen. Gespenstisch große und starre Riesengestalten von Menschen standen kalt und drohend an den Hebeln. Aus dem Wirrwarr hinaus schossen, wie Granaten aus Geschützen, dampfende Eisenbahnzüge nach allen Richtungen, sich aus der schwarzen Masse wühlend, ungeheuren Fernen zu. Länderstrecken leuchteten da voll goldgelben Weizens, und Millionen von Rindern grasten auf unendlicher Prärie, und während dort Schneeberge drohten, brannte hier glühende Tropensonne über undurchdringlichen Urwäldern. Wie feines, dichtmaschiges Fischernetz spannen sich überallhin die Telegraphendrähte, und schrill wie Trompetenklang erdröhnte hoch über allem das stete Gebrause der Arbeit: jener Arbeit, die ein Gott dem Menschen gegeben hat, damit er sich stark fühle wie die Götter ...

Welch ein Land!

Es wird ständig genährt von einem Menschenstrom aus allen Teilen der Erde, der niemals versiegt. Es ist so riesenhaft groß und es birgt so fabelhafte Schätze, daß man sich nur beklemmten Herzens wie ein unwissendes Kind in törichter Undeutlichkeit vorstellen kann, ob in hundert Jahren ein Paradies aus ihm geworden sein wird oder eine Hölle. Es ist so mächtig, daß die Welt erzittern müßte in Furcht vor ihm.

Ah, welch ein Land!!

Traumhaft schön ist es und furchtbar häßlich zugleich. Freier ist es als irgend ein Teil der Welt, wo Menschen sich regieren, und doch geknechteter wiederum als ärgstes Sklaventum. Es hat eine Regierungsform geschaffen, die fast die ideale Grenze erreicht, und – hat diese Regierungsform so lästerlich mißbraucht, daß ihre Schönheit zu einem jämmerlichen Zerrbild zerstört worden ist. Es züchtet menschliches Herdenvieh, das geschlagen, mißhandelt und zu Tode gearbeitet wird in unsäglicher Roheit – und es bringt starke, freie Männer hervor, die der Welt einen Stempel aufdrücken, nicht nur ihrer heißen Arbeit, sondern ihrer großen Menschlichkeit. Es ist ein Land, in dem eine Welle großer und edler Begeisterung alles, was da Mensch ist, so urplötzlich und gewaltig erfassen kann wie kaum irgendwo auf der Erde – und es ist ein Land, in dem blinde Leidenschaft und wahnsinniges, gemeinsames Tun verheerend wüten können, wie eine epidemische Krankheit. Es ist ein Land voll der unlöslichsten Widersprüche. Es ermangelt aller Einheitlichkeit.

Und gerade darum vielleicht stellt es ein vollendet wahres Abbild des menschlichen Lebens unserer Zeit dar.

Wer in diesem Gewühl von Arbeit, in diesem Wirrwarr der Widersprüche von lebenden und toten Dingen sechs Wanderjahre aufnahmefähiger Jugend verbringen durfte, dem ist wenig Menschliches mehr fremd …

Und wieder kommt das Träumen. Sonnenfrohe Augen sind es, aus denen ich auf die Lehrjahre im Riesenreich des Dollars zurückblicke. Kein häßliches Erinnern trübt das Bild. Keine Lebenswunde wurde mir geschlagen in diesen Jahren; nicht eine einzige Schramme wurde dem jungen Menschen von damals zur Narbe. Darin liegt unzweifelhaft etwas sehr Sonderbares. Wenn ich mir heute vorstelle, welche Ungeheuerlichkeit es war, von einem jungen Menschen, der bis zum Alter von achtzehn Jahren nichts getan hatte als Schulbänke zu drücken und sein Taschengeld in möglichst unsinniger Weise auszugeben, auf einmal praktischen Lebenskampf unter allerschwersten Bedingungen zu verlangen, so will es mir scheinen, als müsse das Gelingen des Experiments einen tieferen Grund haben als die bloße Widerstandskraft starker Jugend. Und aus den Erinnerungsträumen von jagenden Eisenbahnzügen, von Riesenstädten und ungeheuren Menschenmassen, von buntem Hin und Her und anscheinend so planloser Arbeit ersteht ein klarer Begriff; erklärt sich das wirkliche Wesen von tausend kleinen Dingen:

Die Bürger des Reiches Amerika besitzen eine Errungenschaft, die wir uns erst lange Zeit nach ihnen erkämpft haben und noch Schritt für Schritt weiter erkämpfen. Sie haben als Ideal in das tägliche Leben hineingetragen, was einst der Mann von Korsika meinte, als er erklärte, jeder seiner Soldaten trüge den Marschallstab im Tornister! In all seinem rohen, brutalen Kampf um den Dollar, bei all seinem mörderischen Riesenverbrauch von Menschen, achtet der Amerikaner die Persönlichkeit des Einzelnen auf das höchste. Es ist eine seiner schönsten und größten Lehren, wenn er anscheinend so unfreundlich und gleichgültig sagt und immer wieder sagt: hilf dir selber!

Wie ein tönendes Leitmotiv klingen die winzigen drei Worte fortwährend über das Riesenland hin. Sie geben Stärke. Sie verleihen Kraft. Sie bedeuten Freiheit. Sie schenken dem Mann in noch jungen Jahren den Selbstrespekt und das Selbstbewußtsein, die in den Ländern der alten Welt in dieser bestimmten Form erst mit dem Beginnen des wirklichen Lebenserfolgs zu kommen pflegen. Wenn ich den Lausbub von damals sehe und mich lächelnd und schier verwundert erinnere, wie fröhlich und unbekümmert er nach den ersten kurzen Zeiten des Verblüfftseins in die amerikanische Welt hinausgetrampelt ist, so weiß ich, daß das bitterharte Land über dem Atlantischen Ozean seinen jungen Menschen den ganz großen Begriff der Männlichkeit zu schenken vermag. Etwas Urprimitives sicherlich. Einen Kraftbegriff, wie er etwa dem Urwaldpionier nötig war. Aber ein wundervolles Geschenk für den Lebensgang. Eine starke Stütze des Rückgrats, wenn Menschen und Dinge auf die Schultern drücken.

Und jetzt glaube ich, die Frage beantworten zu können.

Die sonderbare amerikanische Luft, in der es von Arbeit rauscht und von der Wichtigkeit des Einzelmenschen tönt, hat Bruder Leichtfuß mit der alten Lebensweisheit durchtränkt, daß keine Werte geschenkt werden ohne Gegenwerte, und daß der allein frei ist und der allein tüchtig, der sich selber hilft!

Das war mir Amerika!

Und wieder huschen die Träume und wechseln die Bilder. Über dem einen Großen, das sich so aus vielen Schalen herausschälte als errungenes Wertkörnchen, gaukeln in sonniger Farbenpracht die frohen Tage, die ich erleben durfte. Es ist ja nicht wahr, daß das Leben grau und trübe ist. Denn in jenen Tagen, die den meisten Leuten mit schwerer Arbeit und hartem Ringen angefüllt scheinen würden, war immerdar – und das in dem härtesten Land der Erde – Güte von Menschen und Frohsinn im Kampf. Und eine Romantik des täglichen Lebens, deren Erlebendürfen ein Göttergeschenk war.

Ach, was waren das für schöne Zeiten!

Aber der Besuch meines amerikanischen Freundes schenkte mir noch ein anderes Erkennen. Auf einmal spann sich in die alten Träume hinein ein jubelnder Glücksbegriff:

Welch wundervolle Zeiten sind das heute!

Rings um den Mann liegt neue Schönheit und immer neues Erleben, größer noch, als es dem Jüngling geschenkt wurde. Die Welt und die Menschen und die Dinge sind überall Märchenwunder. Wir werden freier von Tag zu Tag. Um uns braust das tätige Leben. Heut brauchen unsere jungen Menschen nicht mehr nach Amerika zu gehen, um zu lernen:

Sei stark!
Sei frei!
Hilf dir selbst!

Ende des dritten Teils.

Erzählungen der Frühromantik

1799 schreibt Novalis seinen Heinrich von Ofterdingen und schafft mit der blauen Blume, nach der der Jüngling sich sehnt, das Symbol einer der wirkungsmächtigsten Epochen unseres Kulturkreises. Ricarda Huch wird dazu viel später bemerken: »Die blaue Blume ist aber das, was jeder sucht, ohne es selbst zu wissen, nenne man es nun Gott, Ewigkeit oder Liebe.«

Tieck Peter Lebrecht **Günderrode** Geschichte eines Braminen **Novalis** Heinrich von Ofterdingen **Schlegel** Lucinde **Jean Paul** Des Luftschiffers Giannozzo Seebuch **Novalis** Die Lehrlinge zu Sais
ISBN 978-3-8430-1878-4, 416 Seiten, 29,80 €

Erzählungen der Hochromantik

Zwischen 1804 und 1815 ist Heidelberg das intellektuelle Zentrum einer Bewegung, die sich von dort aus in der Welt verbreitet. Individuelles Erleben von Idylle und Harmonie, die Innerlichkeit der Seele sind die zentralen Themen der Hochromantik als Gegenbewegung zur von der Antike inspirierten Klassik und der vernunftgetriebenen Aufklärung.

Chamisso Adelberts Fabel **Jean Paul** Des Feldpredigers Schmelzle Reise nach Flätz **Brentano** Aus der Chronika eines fahrenden Schülers **Motte Fouqué** Undine **Arnim** Isabella von Ägypten **Chamisso** Peter Schlemihls wundersame Geschichte **Hoffmann** Der Sandmann **Hoffmann** Der goldne Topf
ISBN 978-3-8430-1879-1, 408 Seiten, 29,80 €

Erzählungen der Spätromantik

Im nach dem Wiener Kongress neugeordneten Europa entsteht seit 1815 große Literatur der Sehnsucht und der Melancholie. Die Schattenseiten der menschlichen Seele, Leidenschaft und die Hinwendung zum Religiösen sind die Themen der Spätromantik.

Brentano Die drei Nüsse **Brentano** Geschichte vom braven Kasperl und dem schönen Annerl **Hoffmann** Das steinerne Herz **Eichendorff** Das Marmorbild **Arnim** Die Majoratsherren **Hoffmann** Das Fräulein von Scuderi **Tieck** Die Gemälde **Hauff** Phantasien im Bremer Ratskeller **Hauff** Jud Süss **Eichendorff** Viel Lärmen um Nichts **Eichendorff** Die Glücksritter
ISBN 978-3-8430-1880-7, 440 Seiten, 29,80 €

Erzählungen aus dem Biedermeier

Biedermeier - das klingt in heutigen Ohren nach langweiligem Spießertum, nach geschmacklosen rosa Teetässchen in Wohnzimmern, die aussehen wie Puppenstuben und in denen es irgendwie nach »Omma« riecht.

Zu Recht. Aber nicht nur.

Biedermeier ist auch die Zeit einer zarten Literatur der Flucht ins Idyll, des Rückzuges ins private Glück und der Tugenden. Die Menschen im Europa nach Napoleon hatten die Nase voll von großen neuen Ideen, das aufstrebende Bürgertum forderte und entwickelte eine eigene Kunst und Kultur für sich, die unabhängig von feudaler Großmannssucht bestehen sollte.

Georg Büchner Lenz **Karl Gutzkow** Wally, die Zweiflerin **Annette von Droste-Hülshoff** Die Judenbuche **Friedrich Hebbel** Matteo **Jeremias Gotthelf** Elsi, die seltsame Magd **Georg Weerth** Fragment eines Romans **Franz Grillparzer** Der arme Spielmann **Eduard Mörike** Mozart auf der Reise nach Prag **Berthold Auerbach** Der Viereckig oder die amerikanische Kiste

ISBN 978-3-8430-1884-5, 444 Seiten, 29,80 €

Erzählungen aus dem Biedermeier II

Annette von Droste-Hülshoff Ledwina **Franz Grillparzer** Das Kloster bei Sendomir **Friedrich Hebbel** Schnock **Eduard Mörike** Der Schatz **Georg Weerth** Leben und Taten des berühmten Ritters Schnapphahnski **Jeremias Gotthelf** Das Erdbeerimareili **Berthold Auerbach** Lucifer

ISBN 978-3-8430-1885-2, 440 Seiten, 29,80 €

Erzählungen aus dem Biedermeier III

Eduard Mörike Lucie Gelmeroth **Annette von Droste-Hülshoff** Westfälische Schilderungen **Annette von Droste-Hülshoff** Bei uns zulande auf dem Lande **Berthold Auerbach** Brosi und Moni **Jeremias Gotthelf** Die schwarze Spinne **Friedrich Hebbel** Anna **Friedrich Hebbel** Die Kuh **Jeremias Gotthelf** Barthli der Korber **Berthold Auerbach** Barfüßele

ISBN 978-3-8430-1886-9, 452 Seiten, 29,80 €